Ota Filip

Das Café an der Straße zum Friedhof

Ota Filip

Das Café an der Straße zum Friedhof

Büchergilde Gutenberg

1. KAPITEL

Ich heiße Jan nach meinem Onkel Jan Hejtmánek, der zur Zeit meiner Geburt in unserer Familie großes Ansehen genoß; er hatte sich im Großhandel mit Schweinefett den Säckel gefüllt, doch meiner Mutter wäre es bestimmt lieber gewesen, wenn ich etwa den Namen Jiří bekommen hätte, der damals in Mode war, weil sie aber ein wenig lispelte, blieb es bei Jan; als dann der Herr Onkel Bankrott machte und mein Vater ihn wieder auf die Beine stellen mußte, war es schon zu spät, meinen Namen zu ändern.

Als kleiner Junge wurde ich zumeist ›Brouček‹ gerufen wie das Käferchen in dem bekannten Kinderbuch, ich las die lustigen Geschichten vom Hund Punťa und war ein für Krankheiten anfälliges Kind.

Mein Vater hieß Bohumil.

Nach wem er seinen Namen bekommen hatte, weiß ich nicht.

Er war der Sohn armer Eltern, der es zu etwas brachte.

Wie weit er es aber gebracht hatte, davon wird noch die Rede sein.

Sein Vater, mein Großvater, hieß Antonín.

Der war ein strammer, stattlicher Bursche, ausgedienter österreichischer Soldat, nationalbewußter Sokol, und schrieb überdies heimlich Gedichte ins Poesiealbum wie zum Beispiel:

Wandle auf der Tugend Pfad
allezeit im Leben,
dann säst Du Deines Glückes Saat
durch Arbeit, Fleiß und Streben.

oder: Mögen auch alle Blumen vergehen,
Länder und Welten nicht mehr bestehen,
doch Du wirst in meinem letzten Stündelein
mit Liebe in meinem Herzen sein.

Diese Verse hören sich heute lächerlich an, aber damals, als der Großvater sie niederschrieb, so um das Jahr 1890, hat die Großmutter angeblich Tränen darüber vergossen. Mein Vater hieß also Bohumil, und die Stadt, in der er reich geworden war, hieß Ostrau. Vom Vater ist mir nichts geblieben, ein Album hinterließ er nicht, nur zwei Scheckbücher fand ich einmal; ich erbte von ihm einen dunklen Anzug, den ich mir, als ich heiratete, umarbeiten ließ, er roch ganz nach Mottenpulver, doch damals war mein Vater schon drei Jahre unter der Erde; ich weiß gar nicht, was ich zu meiner Hochzeit angezogen hätte, wäre nicht dieser Anzug gewesen – und dann war noch das Haus da.

Mein Vater sagte des öfteren: »Schaut her, mein Denkmal!«

Dieses Haus stand dicht neben der Baracke, die sich der Großvater vor geraumer Zeit selbst zusammengezimmert hatte, als er das schöne, gemauerte Haus und die gutgehende Schreinerei im Kartenspiel durchgebracht hatte: mein Großvater war nämlich Holzschnitzer, so eine Art Künstler, zur gegebenen Zeit aber blieben ihm die Trümpfe aus, und davon konnte er sich bis an sein Lebensende nicht mehr erholen.

Das schöne Haus hatte mein Vater dem Großvater zum Trotz hingebaut; er, der Vater, tat bis zu einem gewissen Zeitpunkt so manche Dinge zum Trotz, oder um anzugeben, bestimmt ging es ihm dabei um das Prestige, und er wollte seinem Vater beweisen, was für einen tüchtigen Sohn er eigentlich hatte: den besten von den sechs, die einer nach dem anderen mit dem Ränzel auf dem Rücken die schäbige Holzbaracke in dem Dörfchen mit dem poetischen Namen Hoštálkov verlassen hatten.

Diese kleine Ortschaft lehnte sich mit ihrem oberen Ende eng an Hügel und Wälder an, talabwärts aber öffnete sie sich begierig zur Eisenbahn hin, entlang der man zur schwarzen Stadt hinfuhr, nach Ostrau, mit dem Teufelsrachen der glühenden Hochöfen und den Hörnern aus Rauch darauf.

Die verwickelte Geschichte von meinem Vater, meiner Mutter und allen anderen beschäftigt mich schon Jahre hindurch. Verlangt daher nicht, daß ich alles auf einmal aus mir herausschüttle, zuvor muß ich noch einige wichtige Angaben machen: zum Beispiel über Onkel Hejtmánek, der durch Schweinefett abwechselnd reich wurde und pleite ging, über den Großvater, den Vater mit seiner Vorliebe für Beerdigungen und noch über so manche andere.

Vom Vater habe ich das eine mitbekommen: auch ich mag Beerdigungen; feierliche, traurige und prunkvolle mit allem Drum und Dran, mit der Aufmachung in Schwarz, mit dem Leichenwagenkutscher Pleva, der das Gesicht eines notorischen Alkoholikers hatte und mehreren Beschäftigungen zugleich nachging. Am Morgen verkaufte er Zeitungen, um die Mittagszeit handelte er mit Pferden, dann kamen die Beerdigungen an die Reihe, und am Abend fand er sich bei uns zum Saufen ein.

Wir betrieben nämlich ein Café.

Mir genügen auch gewöhnliche Beerdigungen, bei denen man den Toten in einem rasch zusammengezimmerten Sarg einscharrt, der noch nach frischem Holz, feuchtem Lack und nicht getrocknetem Leim riecht ... oder ihn irgendwo an einem Bach in eine seichte, für die Füße des Toten viel zu kurze Grube wirft und nur so viel Erde über ihn häuft, um ihm den Ausblick auf den Himmel zu verdecken; aber an dieses Begräbnis denke ich nur ungern zurück: der Hund in mir beginnt zu jaulen, sein feuchtes Fell sträubt sich, und das Haar auf seinem Rücken steht ihm wie Borsten ab.

Im großen und ganzen gesehen, war mein Vater ein ziemlicher Pechvogel, nur selten brachte ihm sein Glück auch Segen, und er war dauernd unzufrieden: beim Gehen sah er sich ständig um und blickte mit bekümmerten Augen drein.

Kaum hatte er sich umgesehen, beschleunigte er auch schon seinen Schritt.

Unser Lokal befand sich in einer schönen, von hochgewachsenen Linden gesäumten Straße; die Häuser hier brüsteten sich voll Stolz mit ihren Balkonen, strahlten Würde und Ruhe aus – durch unsere Straße fuhr keine Tram, bewahre! hier gingen nur die Leichenzüge durch; denn unsere Straße war eine Sackgasse: sie endete an einem prunkvollen Tor zum Friedhof. Im Sommer verkauften wir Eis und Fruchtsäfte, brauten Kaffee und Kakao, im Winter dann Grog, schenkten Likör und Wein aus, und im rückwärtigen Teil des Lokals, hinter der spanischen Wand, fand sich eine ausgesuchte Gesellschaft zu einem Hasardspielchen ein, wie ›Meine Tante, deine Tante‹, ›Einundzwanzig‹ oder ›Färbel‹, je nachdem, wer gerade kam; ich paßte auf, ob nicht Herr Flanderka aufkreuzte, der Polizist, zu dessen Viertel auch unsere Straße gehörte. Herr Flanderka trug einen breiten Gurt über dem gewölbten Bauch, in dem laut Augenzeugenberichten bei einer Wette zwanzig auf einen Sitz geleerte Biere Platz gefunden hatten; würdevoll schritt er einher und rasselte mit dem Säbel: wir mußten ihn mit Herr Inspektor anreden, obgleich ihm dieser Rang gar nicht zukam, aber der war und blieb nun einmal seine große Sehnsucht. Was das Hasardspiel betraf, kannte er keinen Pardon, und so paßte ich auf, ob er nicht in Sicht war, und

wenn er sich näherte, gab ich ein Zeichen zum Lokal hinüber, und dafür bekam ich manchmal sogar einen Zehnkronenschein, was vor dem Krieg ein ganz hübsches Geld war – wer sich an diese Zeit erinnert, wird mir das bestätigen.
Mein Wunsch war es daher, Herrn Flanderka so oft wie möglich durch unsere Straße patrouillieren zu lassen, und zu diesem Zweck schloß ich Freundschaft mit seinem Sohn Miloš, mit dem ich dieselbe Klasse des Humanistischen Gymnasiums besuchte: wenn bei uns hasardiert wurde, verständigte ich Miloš, und Herr Flanderka bekam jedesmal bei uns zwei Schnäpse spendiert.
Eigentlich war auch mein Vater mit Herrn Flanderka gut befreundet, sie hatten beide die katholische Volksschule in Hošťálkov besucht, aber Herr Flanderka war etwas älter als mein Vater, und so hatten sich ihre Wege für einige Zeit getrennt, in diesem Viertel aber waren sich die beiden wieder begegnet.
Das Honorar teilten wir ehrlich miteinander, von jedem verdienten Zehnkronenschein erhielt Miloš zwei Kronen; bei der Auszahlung kam es zwischen uns zu keinerlei Unstimmigkeiten.
Es war ein faires Geschäft und half uns, unsere Finanzen aufzubessern. Ich hatte noch andere Einnahmequellen: in einem Café lernt man im Laufe der Zeit die verschiedensten Leute kennen, die Diskretion bei einem Botengänger zu schätzen wissen und es sich auch gefallen lassen, wenn sie ihr zuverlässiger Vertrauensmann sanft erpreßt.
Auf diese Weise wurde ich schon von Jugend auf in die Geheimnisse der Erwachsenen eingeweiht, und ihre Welt erschien mir darum auch gar nicht geheimnisvoll und unbegreiflich. Sehr bald wurde mir bewußt, welche Rolle die Frauen in dieser Welt spielen: unser beider Geschäfte, Vaters legales und mein gewissermaßen im verborgenen blühendes, gediehen in gleicher Weise prächtig.
An Beerdigungen war keine Not und auch nicht an Gästen.
Je mehr Beerdigungen, desto mehr Gäste.
Die Tuberkulose und andere Krankheiten, Unfälle, Selbstmorde aus unglücklicher Liebe und das nur wenige Straßen entfernte Krankenhaus spielten uns immer wieder neue Gäste zu. Noch heute könnte ich euch an Hand unseres Kassenbuchs genau nachweisen, wann eine dieser feierlichen Beerdigungen, bei denen die ganze Stadt kopfsteht, stattgefunden hat: der Erlös an diesem Tage war für gewöhnlich außerordentlich hoch.
Erinnert ihr euch zum Beispiel noch an das großartige Begräbnis

jenes Leutnants und seiner heimlichen Liebe? Das war damals ein Ereignis: Der eifersüchtige Leutnant – und was diese Charge vor dem Jahre 1939 bedeutete, wissen nur Zeitgenossen richtig zu würdigen – feuerte also an einem Sonntagvormittag bei hellichtem Tag auf der Stadtkolonnade drei Schüsse aus seinem 6,25-mm-Dienstrevolver auf ein junges Fräulein aus den besseren Kreisen ab, die sie mitten ins Herz trafen, und sich selbst erledigte der Herr Leutnant sofort auf der Stelle mit einer einzigen Kugel direkt in den Kopf, und all das geschah aus unglücklicher Liebe, auch Geld war angeblich mit im Spiel und, weiß Gott, was noch alles.

Das war damals eine Beerdigung!

Die närrischen Eltern, die sich, wie es hieß, dieser großen Liebe widersetzt hatten, mußten wohl kurz nach dem tragischen Ereignis ›Romeo und Julia‹ gelesen haben, und als Versöhnung arrangierten sie eine Beerdigung mit allem Drum und Dran, wie es sich gebührt.

Die ganze Stadt weinte vor Rührung, als die beiden Leichenwagen, von je drei Paar Rössern gezogen, daherkamen; im ersten die Julia mit den drei Kugeln im Herzen und im zweiten der Leutnant mit dem Blei im Kopf; alle jungen Mädchen der Stadt hegten an diesem Morgen den heißen Wunsch, auch von jemandem erschossen zu werden, und sehnten sich danach, daß die Leutnants sich um ihretwillen schlugen.

Außer den teuren Hinterbliebenen folgte den Särgen noch die ganze Stadt, auch Militär rückte an, ja, sogar die Klatschbasen aus der weiteren Umgebung fanden sich ein, um alles mit eigenen Augen zu sehen und mit eigenen Ohren zu hören; unser Lokal war gedrängt voll, viele Leute gingen erst gar nicht auf den Friedhof, sondern begossen das Ereignis direkt an Ort und Stelle; ihr würdet kaum glauben, wieviel so ein teurer Hinterbliebener konsumiert, und Trauergäste pflegen nicht knausrig zu sein.

Nach langem Herumstehen an dem offenen Grab in einer Sonne, die auf das schwarze Sakko und das Genick herniederbrennt, oder mit den Füßen im eisigen Schneematsch oder in einer Kotlache – nach solchen Augenblicken setzt sich jeder gern unter gesunde und fröhliche Menschen, um das totenblasse Gesicht des Pfarrers zu vergessen, das Weinen der Hinterbliebenen und den süßlichen Duft der Grabchrysanthemen; in einer solchen Gemütsverfassung gibt der teure Hinterbliebene oder der Trauergast auch seinen letzten Fünfer für einen großen Korn her: der Schnaps erweckt seine Lebensgeister wieder, verscheucht die quälende Traurigkeit und die unangenehmen Gedanken, die sich einem am offenen Grab aufdrängen.

Ich könnte erzählen!
Wie oft wurde hinter der spanischen Wand um das Erbe eines Verstorbenen gepokert, der noch nicht einmal unter die Erde gebracht war.
Allerheiligen und Allerseelen, das waren für uns Festtage.
Große Beerdigungen gab es jedoch nicht viele, die Leutnants hatten irgendwie die Lust verloren, sich zu duellieren und vornehme junge Damen umzubringen, aber auch so tröpfelte es ständig für uns aus den Taschen armer Hinterbliebener, die nach dem letzten Lebewohl in unser Lokal hereinkamen und im Stehen zwei oder drei Kornschnäpse zum ewigen Gedenken an einen Franta oder Pepík hinunterkippten: »Ach ja, der Arme, er hat es schon hinter sich – und uns erwartet es noch, zahlen, Herr Chef.«
Als letzter kam für gewöhnlich der katholische Geistliche, Herr Pfarrer Kempf, zu uns auf ein Gläschen und hinter ihm hüstelnd und sich schneuzend der Mesner Burian, zugleich Inhaber einer gut florierenden Bügelanstalt uns gegenüber.
Der war ebenfalls ein Jugendfreund meines Vaters, vom selben Jahrgang, und beide begannen ihre Existenz in derselben Stadt; wie es aber schien, hatte mein Vater eine glücklichere Hand als Burian.
Der evangelische, der baptistische und der jüdische Geistliche verkehrten bei unserer Konkurrenz, dem Italiener Caire, dessen Kneipe sich direkt beim Haupteingang des Friedhofs befand und die, wie mein Vater immer behauptete, der Sammelpunkt aller Fortschrittler und suspekter Juden war.
Caires Lokal war eine Kneipe, unser Café dagegen ein nobler Betrieb.
Der Mesner Burian hatte einen unsteten Blick; seine Augen verrieten den Neid, den er in seinem Inneren trug, von dem Augenblick an, als mein Vater das Café eröffnet hatte und vielleicht ihm gerade zum Trotz fast direkt gegenüber der Bügelanstalt, in der sich Burian und seine abgerackerte Frau in der steten Ausdünstung und Zugluft einen chronischen Schnupfen geholt hatten.
»Einen Schnaps wie das Leben, den schenk mir ein, lieber Bohuš«, war die stete Rede des Mesners und Plätters Burian. »Das Leben des einzelnen«, meinte Burian, tief nachgrübelnd, »muß sowohl in den Einzelheiten als auch im ganzen im Gleichgewicht sein, sonst ist es einen Dreck wert. Ich bin prinzipiell für das äußere und innere Gleichgewicht, ich kann Leute nicht ausstehen«, so meditierte Herr Burian nach dem dritten Gläschen, »die an den Hemden sparen,

diese Geizkrägen! Sie werfen sich lieber einen verknitterten Fetzen um den Hals, als daß sie den alten Burian etwas verdienen ließen, lieber tragen sie Fußlappen, Kruzitürken! ist das ein Leben; und was beweisen solche Geizhälse damit? Nichts, aber auch rein nichts – sie haben eben nicht so viel Lebensstil, um ein paar Kröten für ein fachmännisch gebügeltes Hemd auszugeben, pfui Teufel! Und du, Bohuš«, Burian hob seine schweren Lider zu meinem Vater auf, »du bist auch so einer, Geld hast du wie Mist, aber der Lebensstil, der fehlt dir, sieh dir nur dein Hemd an – ich brauche nur dein Hemd anzuschauen und sehe sofort dein Gewissen ...«

Auch Herr Pfarrer Kempf redete viel.

Übrigens hieß es von ihm, er sei ein getaufter Jude. Von den Juden sprach man bei uns im Lokal wie auch zu Hause nicht gut, aber gerade deshalb fühlte ich mich zu Herrn Kempf hingezogen; alles, was er sagte, habe ich in meinem Gedächtnis aufbewahrt, und als ich in die Jahre kam, wo man nach einem Vorbild sucht, nach dem man sich in Benehmen, Redeweise und Menschenbehandlung ausrichtet, habe ich Herrn Kempf ganz einfach kopiert – und bin übel damit gefahren.

In mir war nichts von der schweren Melancholie, die ihm aus den feuchten Augen schimmerte, aus mir wurde ein Raufbold.

Mit Herrn Kempf nahm es ein böses Ende: Im Jahre des Herrn neunzehnhundertneununddreißig am vierzehnten März um neunzehn Uhr Ortszeit stürzte er sich aus dem Fenster seiner im vierten Stock gelegenen Wohnung und schlug auf dem Gehsteig auf, von dem aus die Mitbürger deutscher Nationalität der in die Stadt einrückenden Wehrmacht Adolf Hitlers stürmisch zujubelten.

Sie brüllten: »Ein Volk, ein Reich, ein Führer!«

Den Toten deckte man mit einem papierenen Zementsack zu.

Herr Kempf hatte eine alte Haushälterin, und die hielt sich dann den ganzen Krieg über durch den Verkauf seiner Kleider, Schuhe und Möbel über Wasser – in seinem Testament hatte er ihr alles vermacht, inklusive der Wohnung. Die ersten gelben Halbschuhe, die ich besaß, kaufte mein Vater von Herrn Kempfs Haushälterin; niemand wird mir glauben, wie zuwider mir diese Schuhe waren: bis heute kann ich gelbe Halbschuhe nicht ausstehen, ich trage nur braune oder schwarze, übrigens haben mich Herrn Kempfs Schuhe gedrückt, er hatte einen ziemlich kleinen Fuß. Kempf sprach langsam, bedächtig und zitierte oft lange Passagen aus der Bibel, und mir blieb immer vor Staunen der Mund offen über die wunderbare

Poesie dieser archaischen Gleichnisse, und ich wünschte mir sehr, Herrn Kempf in Religion zu haben und nicht unseren Katecheten, der sich mit der Rechten bekreuzigte und mit der Linken denen in den vorderen Reihen Ohrfeigen austeilte: denn seine Rechte wußte nicht, was die Linke tat. Auf meinen Vater hatte es Herr Kempf besonders abgesehen, sie saßen oft bei einer Flasche Wein und meditierten: auf diese Weise lernte mein Vater die heilige Kirche kennen; zu Hause, in seiner Jugend, ging er zwar in die Kirche, aber damals war das kein richtiger Glauben gewesen, nur Staunen über die an den Wänden gemalten Englein und Angst vor dem Herrn Pfarrer, in dessen weißen und gepflegten Händen alle Fäden des Dorfgeschehens zusammenliefen.

Von Zeit zu Zeit hielt uns mein Vater, unter Herrn Kempfs Einfluß, Moralpredigten, aber bekanntlich ist es mit der Moral eines Cafetiers in der Regel nicht allzuweit her.

Mein Vater liebte also Beerdigungen, sie waren sein tägliches Brot, oder genauer gesagt, sie trugen ihr Scherflein zu der erfolgreichen Entwicklung unseres Geschäftes bei.

Und während der Jahre, in denen er sie fast täglich vorbeiziehen sah, denn in einer großen Stadt sind Begräbnisse an der Tagesordnung, entwickelte er gewissermaßen einen sechsten Sinn, einen Rezeptor, der schon auf bloße Anzeichen hin signalisierte, um was für eine Art Begräbnis es sich handelte. Immer, wenn er von weitem einen Trauermarsch hörte, trat er zum Schaufenster, schob den Vorhang ein wenig beiseite und hob seine Spürnase: wenn das Pferdegespann mit der schwarzen Pracht vorüberzog, schätzte, wog und prüfte mein Vater versiert die Zahl, den Stand und die materiellen Verhältnisse der Trauergäste; diese Kalkulation war notwendig: bevor ein Geschäft beginnt, versteht es sich doch von selbst, den Partner abzutasten. Bei einem ärmlichen Begräbnis wurde im Winter nur schwarzer Kaffee aufgebrüht und zwei bis drei Liter billiger Wein heißgemacht, aber falls die armen Hinterbliebenen sich dennoch nicht lumpen ließen und tiefer in die Tasche griffen, dann standen auf den Regalen über der glasverschalten Theke Batterien von Flaschen bereit: eine Fünferreihe mit französischem Kognak, ferner eine Auswahl von Sliwowitz, eine ganze Menge von Likören mittlerer Qualität und schließlich eine unübersehbare Reihe plebejischen Kornschnapses, wie ihn die Maurer trinken.

Bei vornehmen Beerdigungen wurde aus echtem Jamaika-Rum Grog gebraut, und nicht selten fanden die Trauerfeierlichkeiten dann in

unserem Lokal mit Salven aus dickwandigen Flaschen echten Champagners ihren Abschluß.
Im Laufe der Zeit hatte mein Vater sein Gehör so gut trainiert, daß er schon an der Musik erkannte, wen man vermutlich zu Grabe trug: wenn die Kapelle den Trauermarsch nur so mit halbem Maul herunterblies, war es klar, der Umsatz würde nicht gerade überwältigend sein; aber wenn es aus dem Blech wie aus den Posaunen vor den Toren Jerichos ertönte, dann rückten schnell die Flaschen mit dem französischen Kognak, Marke Martell, auf die Theke, guter Weiß- und Rotwein und für die Damen süßer Sherry zum Hinunterspülen ihrer Bitternis.
Auch Herr Kapellmeister Houžva fand sich stets auf ein Gläschen ein, so wie sich das für einen Künstler gehört, und Herr Houžva war von sich überzeugt, ein Künstler zu sein; wer dies anzweifelte, dem war er nicht hold, und Herr Houžva war unser Kunde und daher in unseren Augen eben ein großer, ja sogar überragender Künstler; er liebte es, wenn seine Qualitäten als Musiker, Komponist und besonders als Flügelhornbläser herausgestellt wurden.
Das Schmeicheln besorgte stets mein Vater, wenngleich er von Musik keine blasse Ahnung hatte, vielleicht kannte er sich in den neuesten Schlagern aus, deren Schallplattenaufnahmen wir für unser Café kauften; er war aber der felsenfesten Überzeugung, Musik gehöre nun einmal zum Leben, denn er kaufte mir eine Geige aus zweiter Hand, auf der er selbst, fast ohne danebenzugreifen, das Liedchen ›Die Zimmerleute, ja die Zimmerleute haben ein Gerüst aufgestellt‹ spielen konnte, was ich dagegen nie zuwege brachte, obwohl es eine ausgezeichnete Geige und, wie schon erwähnt, ein Gelegenheitskauf war. Ich hatte eben kein besonderes musikalisches Gehör; dumm war ich nicht, in der Schule machte mir das Lernen keine Schwierigkeiten, aber die musikalische Erziehung scheiterte an meinem unmusikalischen Gehör.
Ähnlich wie Herr Kempf meinen Vater über die überirdischen und ewigen Dinge belehrte, so verzapfte auch Herr Houžva bei uns seine Weisheiten über Musik im allgemeinen und den Faschismus im besonderen.
Damals nämlich, vor dem Jahre 1939, sah die Situation so aus, daß es nichts Ungewöhnliches war, wenn die Faschisten in ihren schwarzen Hemden durch die Stadt marschierten. Ich erinnere mich noch an einen, der auch bei uns verkehrte; eines Abends kam er in diesem seinen Rabengewand zu uns herein, über sein Gesicht lief eine rote,

angeschwollene Schramme, und er brüstete sich mit dieser Blessur im ganzen Café, jeder durfte die Schramme betasten, auch meine Mutter tat es, ich aber durfte sie bloß anschauen. Das war also eine Schramme, wie eine Banane groß, die sich über das ganze Maul des Herrn Faschisten zog und allmählich blau anlief; dem Polizisten, der ihm eins in die Fresse gegeben hatte, als er wieder einmal durch die Stadt marschiert war, die Verkehrsvorschriften mißachtet und sich lärmend aufgeführt hatte, war ein Volltreffer gelungen: »So ein Gummiknüppel ist ein verfluchtes Ding«, konstatierte der Herr Faschist voller Stolz.

Dann tätschelte er meine Wange und sagte etwas von einer Zukunft, die mir gehöre, und ob ich nicht auch genau so einen Riemen, wie er ihn über seiner Reithose trug, haben wollte. Ich sagte natürlich ja, denn welcher Junge hätte sich nicht einen solchen Riemen gewünscht, da sich doch unsere Scout-Riemen mit denen der Faschisten in keiner Weise messen konnten.

Am nächsten Tag brachte mir der Herr Faschist einen, ich solle ihn tragen, also umgürtete ich meinen Bauch damit und versteckte den Riemen unter der Jacke, und bei unserer Scout-Zusammenkunft zeigte ich ihn her, unser Truppführer aber kanzelte mich ab und befahl: »Herunter damit, herunter mit diesem abscheulichen Ding«, und verdarb mir so die ganze Freude an dem schönen Riemen.

Damals war ich noch nicht ganze zehn Jahre alt, mir ist auch später stets von anderen jede Freude vergällt worden.

Herr Houžva und mein Vater führten lange Gespräche, die immer auf die gleiche Weise begannen, das heißt mein Vater begann: »Also heute, Meister, haben Sie gespielt, daß es eine Freude war ...«

»Gewiß, gewiß, Herr Chef, aber es war halt nicht Wagner, nein, der war es nicht ...«

»Bewahre, Wagner«, sagte mein Vater und errötete dabei wie ein Schuljunge, denn einmal war er durch irgendeinen Zufall ins Theater geraten, wo man gerade den ›Tannhäuser‹ gab, und ihr wißt ja: erster Aufzug, Venusberg, auf der Bühne dort lauter nackte Frauengestalten, die sich gegenseitig auf die Füße traten, und die Musik dazu ... das alles hatte einen mächtigen Eindruck auf den Cafetier gemacht.

Das Theater mußte meinen Vater wohl sehr nachhaltig ergriffen haben, denn er kaufte sich die Schallplatte mit der Tannhäuser-Ouvertüre, und wenn es ihn anwandelte, schlüpfte er schnell in sein Zimmer und spielte sie sich vor; ich hörte ihn dann die Hauptmelodie vor sich hinsummen, und vielleicht, aber ich will nicht darauf schwören, nur so ein wenig, vielleicht waren dies die einzigen Augenblicke, in denen mein Vater das Prickeln, die Freude und den Rausch nachempfand, den ein sensibler, für Kunst aufgeschlossener Mensch beim Anhören bedeutender Musik erlebt.

Eine Zeitlang bedeutete Wagner für meinen Vater die große Freude.

An mir hatte er nie viel Freude. »Herr Chef«, pflegte Houžva mit gedämpfter Stimme zu sagen, »es bereiten sich große Dinge vor: Mussolini in Italien, Hitler in Deutschland, das sind Vorzeichen für eine Neuordnung Groß-Europas ohne Bolschewiken, Juden und Plutokraten, alle, hören Sie, Herr Chef, alle müssen wir an einem Strick ziehen, alle redlich Gesinnten müssen mit uns gehen, solange es noch Zeit ist, heute *ist* noch Zeit, aber morgen ist es vielleicht zu spät; schon zu spät, Herr Chef!«

»Sie sollten die Zeit nicht verpassen!«

»Also zum Wohle!«

Nach solchen Reden rutschte mein Vater immer nervös auf seinem Stuhl hin und her, sah sich besorgt um und lächelte schuldbewußt, um gleich darauf in düsteres Nachdenken zu versinken, er hob das Glas mit dem Martell gegen das Licht und schwieg.

Was finden die Leute nur an dem Kognak, dachte ich, als ich heimlich einen Schluck direkt aus der Flasche trank, er schmeckt doch nach Seife, pfui Teufel, da lob ich mir den Traminer; aber mein Vater trank ausschließlich Kognak, und immer, bevor er das Glas hinunterkippte, hielt er es erst gegen das Licht.

»Also zum Wohle«, sagte mein Vater und betrachtete über den Rand seines Glases hinweg den hartnäckigen Herrn Houžva, der nicht lockerlassen wollte, und dachte unausgesetzt an den jüdischen Cafetier, dem die scharfen Burschen der Gajda-Garde vorgestern das Lokal demoliert hatten, so daß er nun auf der Stelle einen Trödlerladen aufmachen konnte; und dabei war es ein so nobles Lokal gewesen, jeden Samstagabend hatte dort eine Damenkapelle gespielt, und den Ober hatte sich der Jud direkt aus der Schweiz kommen lassen.

»Nehmen Sie sich in acht, Herr Chef«, flüsterte Herr Houžva, »nehmen Sie sich sehr in acht, daß Sie nicht zwischen die Mühlsteine geraten; jeder Arier ist geradezu verpflichtet, uns zu unterstützen – also zum Wohle, Herr Chef, zum Wohle!«

Und mein Vater bewegte die Lippen, er wollte nochmals zum Wohle sagen, aber er schwieg, denn er hatte Angst.

Immerzu mußte er an den alten Goldschmücker denken, dem sie wegen nichts und wieder nichts das Café demoliert hatten, was, wenn sie mir meines auch kaputtmachten, um Gottes willen, man hat sich hier geplagt und geschunden, das wäre das größte Unrecht, mit fünf Hundertern habe ich angefangen, und bitte, was habe ich aufgebaut, wie oft hat mich der Gerichtsvollzieher drangsaliert, und jetzt, da es mir gut geht, würden die kommen und mir alles zusammenhauen ...

»Wissen Sie, Herr Houžva«, sagte mein Vater mit gepreßter Stimme, »wir Geschäftsleute sind jedermanns Diener, wir dienen allen in gleicher Weise redlich; wir schauen weder nach rechts noch nach links.« Houžva nahm einen Schluck aus seinem Kognakglas, schnalzte genüßlich und sagte: »Der Kognak ist gut, Ihre Ansichten dagegen sind es nicht, die wollen mir nicht gefallen, wissen Sie, wir«, und Herr Houžva stieß das *wir* mit solchem Nachdruck hervor, daß meinem Vater die Hand zu zittern begann, »wir werden nicht mehr länger zuschauen, wir verlangen, daß sich das Volk entscheidet: entweder gegen uns oder für uns, aber wer sich uns entgegenstellt, mit dem werden wir *kurzen Prozeß* machen, wir wissen zum Beispiel«, fuhr Herr Houžva fort, »daß der Bruder Ihrer werten Frau Gemahlin Kommunist ist ...«

Mein Vater und Franta, Mutters Bruder, vertrugen sich nicht, und beide hatten für ihre gegenseitige Abneigung gleich mehrere unwiderlegbare Gründe zur Hand: Franta war in meines Vaters Augen nur ein ganz gewöhnlicher Tagedieb, der die Arbeit scheute und sich lieber für das Weibervolk und für Politik interessierte, was auch den Tatsachen entsprach. Und Franta wiederum hatte, vom Klassenbewußtsein eines Kommunisten aus gesehen, ebenfalls zu einem guten Teil recht: für ihn war mein Vater ein Emporkömmling, ein Renegat und Feind der Arbeiterklasse, denn die größten Feinde der Arbeiterklasse sind eben jene, die aus ihr emporgestiegen sind.

Aber wie immer man dazu stehen mag, bei Frantas Einstellung meinem Vater gegenüber spielte eben doch ein gutes Stück Neid mit.

Gegen meine Mutter war für meinen Vater bis zu einem gewissen Zeitpunkt nichts einzuwenden, mit Ausnahme von zwei Begleitumständen: sie hatte Franta zum Bruder und nicht die Mittel für eine Kaution.

Wo hätte auch ein armes Mädchen der Bergarbeiter-Kolonie das Geld für eine Kaution hernehmen sollen – mein Vater verlangte drei Tausender bar auf die Hand, was er auch im Inserat angeführt hatte, denn er benötigte eine vertrauenswürdige Serviererin und Verkäuferin hinter der Theke. Meine Mutter besaß die Kaution nicht, doch als mein Vater sich das Mädchen näher ansah, kam er vermutlich zu der Überzeugung, bei ihr erübrige sich eigentlich eine Kaution.

Als beide später heirateten, nahm meine Mutter dann den Platz an der Kasse ein. Sie war ein erfreulicher Anblick.

In einem Mann, der aus gesellschaftlicher Verpflichtung mehrere Stunden trauernd und sich schneuzend an einem Grab zugebracht hatte, erweckte Mutters Anblick neue Lebenslust und Appetit auf die Freuden der Welt, verscheuchte seine trüben Gedanken und seinen Weltschmerz und rief in ihm nur zu deutliche Sehnsüchte wach, wie sie eben ein richtiger und gesunder Mann beim Anblick einer stattlichen Frau verspürt.

Wenn der verheulte Hinterbliebene meine Mutter ansah, wußte er, worauf er trinken sollte: auf die Liebe, auf die Schönheit, und wozu: um die Bilder in seinem Inneren zu verjagen, die jeden Mann beim Anblick einer schönen Weibsperson quälen.

Als ich zu Verstand kam, quälte mich folgendes vertrackte Problem: Das Hochzeitsdatum meiner geschätzten Eltern stimmte irgendwie nicht mit meinem Geburtsdatum überein, es ergab sich eine Differenz ganzer sechs Monate; ich erwähne dies hier nicht aus dem Grunde, weil ich vielleicht jemals kleinlich gewesen wäre, so manches stimmt mit dem Kalender nicht überein, aber es wurmte mich doch; alles wäre halb so schlimm gewesen, hätte mein Vater nur nicht so viele Worte über Ehrbarkeit und Moral gemacht und mir nicht so leuchtende Beispiele aus seiner eigenen Kindheit vor Augen geführt, diese Lesebuch-Begebenheiten, wie sie Eltern meiner Generation so gern zum besten geben.

Wieviel Scherereien hatte ich doch mit diesen Begebenheiten!

Einmal erwischte ich den Ober, wie er im Anrichtezimmer unser Tagesmädchen malträtierte: er hatte sie über die Tischkante gelegt. Daß ich viel gesehen hätte, könnte ich nicht behaupten, aber für einen Jungen genügte es, und als die Geschichte mit den beiden aufflog, nahm mich mein Vater ins Verhör und fragte mich nach den blödesten Einzelheiten aus, daß mir jetzt noch davon übel wird: ob sie ihre Schlüpfer heruntergelassen hatte, und wie sich das mit seiner, des Obers Hose verhielt usw. usw.

Meinem Vater war es anzusehen, wie sehr er diese Schlüpfrigkeiten genoß und daß es ihm nicht so sehr um den Handlungsablauf ging als vielmehr um die spezifischen Details.

So ließ ich also meiner Phantasie die Zügel schießen und dachte mir die größten Ungeheuerlichkeiten aus; ihr könnt euch vorstellen, daß so ein dreizehnjähriger Bengel in einem Café so mancherlei aufschnappt, was anderswo vielleicht nicht einmal ein Achtzehnjähriger zu hören bekommen hätte.

Als ich mit meinem Bericht zu Ende war, gab mir mein Vater fünf Kronen und schickte mich ins Kino.

Ich muß noch hinzufügen, daß die beiden, der Ober und das Tagesmädchen, bis heute miteinander in glücklicher Ehe leben, und es reut mich ein wenig, daß ich sie so angeschwärzt habe, aber wie zu sehen ist, dieser Blödsinn und meine Anschwärzerei konnten einer wahren Liebe nichts anhaben, auch wenn sie mit dem Aufskreuzlegen über der Tischkante ihren Anfang genommen hatte; die beiden würden mir ganz bestimmt verzeihen, wenn sie wüßten, daß ich das nicht aus Eigennutz tat, vielmehr aus Vergnügen daran, meinen Vater durch reine Erfindungen zu reizen; daß er mir dann diese fünf Kronen schenkte, dafür kann ich wirklich nicht.

Ich selbst wurde, wie man so sagt, in der Sünde gezeugt.

Ich weiß nicht, ob mir das je geschadet oder genützt hat.

Der allererste Anfang meiner Zeugung spielte sich vermutlich auf dem Kanapee im Hinterzimmer ab; dieser Abstellraum, in dem der Kühlschrank stand, befand sich direkt neben der Besenkammer für die Scheuertücher und die Utensilien der Aufräumefrau.

Wenn ich mich nur an das Kanapee erinnere, wird mir schon ganz übel.

Als ich in das Alter kam, in dem ich mir all das, was mit der Zeugung zusammenhängt, in der Realität vorstellen konnte, entlud sich in mir eine Lawine von Haß auf meine Mutter, und es gab Tage, an denen ich es nicht ertrug, wenn sie mich streichelte, ich benahm mich frech und kassierte eine Ohrfeige nach der anderen; ich ließ all das Unrecht geduldig über mich ergehen – denn das war meine Rache.

Eines schönen Sommertages ging ein Gewitter über unsere Stadt nieder, die Blitze fuhren auf die Kirchtürme herab und schlugen in die Glocken ein, der Donner ließ alle Fensterscheiben erzittern, und der Himmel öffnete seine Schleusen; die herabfallenden, trüben Wassermassen konnten von den Kanälen nicht mehr aufgefangen werden und überfluteten die Straßen.

Ich kauerte mich neben das Kanapee in dem muffigen Hinterzimmer und fürchtete mich schrecklich vor dem Tod, in meinem Inneren jagte ein Bild das andere, und alle glichen sie der Sintflut, von der

Herr Pfarrer Kempf so schön erzählen konnte; schon von klein auf hatte ich Angst vor dem Tod, ständig spürte ich ihn hinter meinem Rücken, er war mir hart auf den Fersen; besonders die Naturerscheinungen erschreckten mich, ich fürchtete mich vor Gewittern, und so kniete ich eben an diesem Sommertag in dem muffigen Hinterzimmer beim Kanapee und sehnte Herrn Kempf herbei, um ihm meine Sünden beichten zu können: ich verzieh allen, selbst meinem Vater jenen lüsternen Blick in dem Moment, als ich ihm die Unterwäsche unseres Tagesmädchens beschrieb, meiner Mutter den Fehltritt auf dem Kanapee, dem Miloš Flanderka, der mir mein Messer gestohlen hatte, obgleich das nicht klar erwiesen war – ich vergab allen alles, und da Herr Kempf nicht zur Stelle war, hätte ich mich auch mit unserem Katecheten abgefunden, obgleich er mir mitunter Ohrfeigen verabreicht hatte, weil ich zum Beispiel die kirchlichen Sakramente nicht aufzählen konnte, von denen ich in diesem Augenblick eines, das letzte, gern zum Trost empfangen hätte und dem lieben Gott dafür dankbar gewesen wäre.
Aber ich war allein, und so betete ich wenigstens: »Wenn du, Allmächtiger, schon beschlossen hast, eine Sintflut auf diese Stadt herabzuschicken, und wenn alle zugrunde gehen sollen, so flehe ich zu dir, lieber Gott, wende dein erbarmungsvolles Antlitz mir zu: Warum soll ausgerechnet ich sterben, was habe ich vor deinem Angesicht, lieber Gott, verschuldet?« Draußen tobte das Unwetter, das elektrische Licht ging aus, und ich wagte vor Angst kaum zu atmen, krampfhaft klammerte ich mich an die Sofakante und wartete, daß mich die kalte Sturmflut erfassen und mich auf dem verdammten Sofa, wie in der Arche Noah, forttragen würde, auf die Straße hinaus, wo schon alle tot sein würden und die schlammigen Wassermassen die Leichen, mit dem Gesicht nach oben und den Augen voll Regenwasser, die Straßen hinab bis in den Hauptkanal spülen würden und von dort direkt in die Hölle.

Wir beide, mein Vater und ich, haben einander nie besonders leiden mögen, zwischen uns bestand eine stille Fehde, und bis heute habe ich mich oft gefragt, ob mein Vater meine Mutter vielleicht *nur* meinetwegen geheiratet hat, weil ich schon unterwegs war.
Die Mutter konnte die Kaution nicht aufbringen.
Und im Hinterzimmer stand das Kanapee.
Darauf kann ich mir meinen Reim machen.
Mein Vater war immer nur um seine eigene Haut besorgt, und die

Stürme des Schicksals mußten ihn schon tüchtig durchbeuteln, bevor er begriff, daß auch die anderen eine Haut haben, die ihnen genauso teuer ist wie ihm die seine. Er war einer von jenen, die mit ihrem dicken Hinterteil in der trockenen Stube sitzen und denen, die draußen im Regen stehen, gute Ratschläge geben, was sie tun müssen, um nicht naß zu werden, die aber nie auf den Gedanken kommen, die Durchfrorenen zu sich in die Wärme zu bitten; er gehörte zu jenen Neunmalgescheiten, die einen den ganzen Abend nicht in Ruhe lassen können mit ihrem Gerede über die eigene schwere Jugend, wie sie sich durchschlagen mußten in einer Kate, in der für die Kinder nicht genug Platz war, wo das Brot für sie nicht ausreichte, die aber dabei keinen Finger rühren, einem anderen aus der Patsche zu helfen.

Einem Fünfzehnjährigen ist nicht wohl in seiner Haut, wenn er erkennen muß, daß sein Vater zu jenen Scheißkerlen zählt, die stets im Recht sind – aber nur in diesem ihrem eigenen Recht; was mußte erst alles geschehen, bevor mein Vater zu der Einsicht kam, daß auch andere im Recht sein können.

Viele Jahre lang hat mein Vater immer wieder zwei Geschichten aus seiner Jugendzeit zum besten gegeben: einmal wurde er von daheim zu der Familie Maliňák geschickt, eine gute halbe Wegstunde hinauf auf den Berg durch den Wald, um einen Krauthobel zu holen, es war Abend, Ende Oktober, im Ersten Weltkrieg, der Tag neigte sich schon, und draußen trieben die Grünen Kader ihr Unwesen – und als mein Vater mit dem Krauthobel auf dem Rücken den Waldweg über der Schlucht hinabschritt zu der Stelle, die man ›Am Bach‹ nennt, sah er unten ein Feuer und um dieses herum eine Horde bärtiger Gesellen, deren böse Augen ihm im Schein der Flammen entgegenfunkelten. Mein Vater stieß einen Angstschrei aus, ließ den Krauthobel fallen und jagte heim.

Immer, wenn ich jetzt ›Am Bach‹ vorbeikomme, der Wald ist inzwischen in die Höhe gewachsen, und man wird ihn bald schlagen, sehe ich diese Schar wilder Männer vor mir, wie sie in jener Herbstnacht um das Feuer hocken, sehe meinen Vater als Elfjährigen mit dem schweren Krauthobel auf dem Rücken, wie ihm die Knie zittern, wie er seine Last auf dem Waldweg niederwirft und, außer sich vor Angst, heimeilt. Was hat man doch nicht alles von den Grünen Kadern erzählt, damals, an den langen Abenden, was für schreckliche Räuber- und Mordsgeschichten! Und ich sehe das erboste Gesicht meines angetrunkenen Großvaters vor mir, wie er loslegt: »Marsch zurück und schau, daß du mit dem Krauthobel sofort wieder da bist!«

Oder ich höre wieder jene Geschichte, die sich zu Beginn des Ersten Weltkrieges zutrug, als mein Großvater noch nicht desertiert war: damals gab es nichts zu heizen, und meine Großmutter, sie ist schon lange tot, nur ihr Kleiderschrank existiert bis heute, schickte meinen Vater in Schnee und Kälte in den Wald nach Holz – und weil er nicht einmal Schuhe besaß, mußte er barfuß hinaus.

Vielleicht hätten mich diese Geschichten zu Tränen gerührt, wenn ich sie nur nicht so oft zu hören bekommen hätte mit so verhaßten Nachsätzen: Du weißt ja nicht, wie gut du es hast, du weißt nichts zu schätzen, du bist ein Lump, ein Müßiggänger, aus dir wird noch einmal ein Bolschewik, genau wie aus Franta, nicht einmal in der Schule leistest du etwas Besonderes, wenn das mit dir so weitergeht, wirst du eines Tages noch reif für die Mičko-Familie sein und kannst deren schöne Tochter, diese Vogelscheuche, heiraten.

Die Drohung, ich werde noch einmal bei den Mičkos landen, wiederholte mein Vater ziemlich oft, aber sie verletzte mich nicht, noch schreckte sie mich, ich spürte nur eben den scharfen Stachel seiner Bosheit heraus.

Wenn ich es so betrachte, vielleicht hätte ich mich sogar mit Mičkos Líba gut verstehen können, alle nannten sie eine Vogelscheuche, aber meine Visage taugte auch nicht viel, bis heute nicht: wie oft wollte ich meinem Vater erwidern: »Spar dir das mit Líba, schau doch mich an, mit was für einer Visage du mich in die Welt gesetzt hast!«

Immer, wenn mein Vater das Wort Vogelscheuche gebrauchte, wurde ich vor Wut rot und konnte nicht verbergen, daß mich das mächtig wurmte; mein Vater wußte nur allzugenau, wie ich diese Anspielungen haßte, denn früher hatte ich mich manchmal am Abend mit Líba getroffen, wir promenierten in der Lindenallee unserer Straße auf und ab, wobei wir den Stoff aus der Schule repetierten; das war zu jener Zeit, bevor Mičko seine Tochter aus dem Gymnasium nahm, weil sie – nun, weil sie eben kein großes Kirchenlicht war.

Mein Vater amüsierte sich halt gern auf Kosten meiner Pubertätsschwierigkeiten.

Josef Mičko war der Buchbinder, dessen Laden sich fast direkt gegenüber unserem Café befand; er stammte gleichfalls aus dem Dörfchen Hošťálkov, war aber aus anderem Holz geschnitzt als alle übrigen Leute aus dieser Gegend: er war nämlich Protestant, und als er nach Ostrau kam, wurde er Kommunist; die Abende

verbrachte er immer mit intensivem Lesen und gab das von ihm neugebundene Buch dem Kunden nicht eher zurück, bevor er nicht ausdauernd darin geschmökert hatte, und so sammelte sich in seinem Spitzkopf im Laufe der Jahre ein Konglomerat von genialen und idiotischen Ideen an, von Theorien und Scharlatanerien, von Wissen und Pseudowissen, und sein wohltrainiertes Gehirn, voll nagender Unzufriedenheit mit sich selbst und dem Leben – denn Herr Mičko war bucklig –, verarbeitete das Ganze zu einem wilden System, in dem der Strick und der nächste Laternenpfahl die endgültige Lösung aller sozialen Konflikte in der Gesellschaft darstellten.
Lange Zeit konnte sich Herr Mičko nicht entscheiden, welcher Seite er sich zuwenden sollte: nach rechts, zu den Faschisten, oder nach links, zu den Kommunisten? Ganz bestimmt war für sein weiteres politisches Engagement die eine Tatsache ausschlaggebend, daß sich bei den Faschisten nur allzu viele erfolgreiche Unternehmer befanden, denen Herr Mičko, ein nicht gerade sehr geschickter Handwerker und Pechvogel, eine tiefe Abneigung entgegenbrachte. Er wählte daher den Weg nach links, wo er seinen Grimm nährte und seinen Haß schürte, er ballte die Fäuste und band die Bücher schlecht ein, so daß die Zahl der Kunden abnahm, sich die Anlässe aber mehrten, bei denen Herr Mičko seine Gründe und die Richtigkeit seiner Entscheidung, Kommunist zu werden, bestätigt fand.
Ich persönlich hatte nichts gegen Herrn Mičko einzuwenden, und als er eines Abends in unserem Café etwas von einem Laternenpfahl und Strick für meinen Vater herumschrie, war ich im stillen ein ganz klein wenig auf seiner Seite. Gib es ihm nur, Buchbinder, dachte ich bei mir, gib es ihm nur, diesem Scheißkerl!
Das war mein Zuhause.
Ich weiß nicht recht, wie es gewesen war, aber ich müßte lügen, wollte ich behaupten, ich hätte ein schlechtes Zuhause gehabt.
Mein Vaterhaus haftet tief in meiner Erinnerung.
Auch heute noch, wenn ich zum Beispiel in einen Betrieb komme, wo sich eine solche Registrierkasse befindet, wie wir sie hatten, genauso eine Kühlanlage bei der Theke und genau solche Marmortischchen für zwei Personen, so genügt es, das Klingeln der Kasse zu vernehmen, und schon schließe ich die Augen, berühre mit den Fingern den vom Kompressor der Kühlanlage vibrierenden Marmor; der ganze Raum löst sich auf und fügt sich wieder zu einem Bild zusammen, zu unserem Café, ich bilde mir ein, alles sei beim alten geblieben, es genüge, ein wenig die Augen zu öffnen, und schon werde ich die

Mutter an der Kasse erblicken, den Vater beim Vorhang, werde von fern einen Trauermarsch hören, dort in der Ecke wird Herr Mader Karten spielen, Herr Berger, vielmehr SS-Sturmbannführer Berger, wird genüßlich einen Neuburger auf der Zunge auskosten, Herr Klimesch, der angewidert dreinschauende Herr Klimesch, der Sudetendeutsche mit seiner wundervollen Sprache, wie man sie heute nicht mehr zu hören bekommt, in sein Buch über die Geschichte der Philosophie in der Antike vertieft, wird von Zeit zu Zeit an seinem schwarzen Kaffee nippen, der Saufbold, Künstler und Faschist, Herr Houžva, ist gerade eingenickt, seine heiße Stirn ruht auf der kalten Marmorplatte, der Herr Pfarrer Kempf ist wieder sehr traurig und streicht mit seinen schlanken Fingern über die Nickelbeschläge der Theke – und sie alle werden dasein, wie ich sie gekannt habe: die Kartenbrüder, die Faschisten, die Bolschewiken, die Beneš-Anhänger, alle sehe ich sie wieder vor mir, und keinen von ihnen kann ich aus meinem Gedächtnis verdrängen, sie gehören zu meiner Jugend, genauso wie ich zu ihnen gehörte.
Ich schäme mich ihrer nicht; und viel habe ich erlebt, bevor ich hier niederschreiben konnte, daß auch sie sich meiner nicht zu schämen brauchen.
Aus vielen ihrer Irrtümer habe ich etwas zugelernt, allen von ihnen etwas abgeguckt, und manche habe ich sogar verstanden; andere sind mir bis heute ein Rätsel geblieben.
Jetzt, da ich keinen Grimm mehr in mir trage, der Hund in mir satt und zufrieden schläft, kann ich die Zeit seines Schlafes benützen und berichten, was ich berichten muß.

2. KAPITEL

Am meisten habe ich von unseren Stammgästen gelernt, keinesfalls im Gymnasium, dort haben sie uns mit Wissen vollgestopft, das mir in unserem Café wahrscheinlich wenig genützt hätte; wenn im Lokal die Rede auf die Politik kam, spitzte ich die Ohren und hörte aufmerksam zu; die Bolschewiken, doch von denen verkehrten nur wenige bei uns, nur dann und wann ließ sich einer blicken, priesen Stalin und die Kollektivierung der Landwirtschaft, verwünschten die Verräter, denen man in Moskau den Prozeß machte – und irgendein Agrarier, der Pächter eines großen Gutes irgendwo hinter der Stadt, tobte bei solchen Reden vor Wut, der Beneš-

Anhänger war für einen Kompromiß, die Gefolgsleute Adolf Hitlers verkündeten ihre Parole ›Heim ins Reich‹, Gajdas Schwarzhemden hockten mit blitzenden Augen und wilden Gebärden in einer Ecke beisammen, aber alle ohne Ausnahme tranken Vaters Wein und Mutters Kaffee, schleckten unser Eis und kamen sich bei uns sehr wichtig vor, denn in unserem Lokal fand sich immer jemand bereit, für ein Gläschen zu allem ja zu sagen und dem Beifall zu spenden, der gerade die Runde zahlte; und wenn sich ein solcher Dummkopf nicht fand, der mit einem Schnaps um Verständnis für seine allein richtigen Ansichten warb, dann war eben noch der Herr Chef da, mein Vater, der gute Geist des Unternehmens, bereit, alle anzuhören: die begeisterten Bolschewiken, die wohlgenährten Agrarier, die aufgeblasenen Beneš-Anhänger, die Henlein-Schreihälse und die vollgefressenen Faschisten.

Meine Mutter genoß die besondere Sympathie der Faschistengruppe, die jeden Freitag am frühen Abend bei uns zusammenkam. Ihr Vorsitzender war Kapellmeister Houžva, mit dem es manchmal Schwierigkeiten gab. Wie zum Beispiel damals, als er mit seinen Parteigenossen in Streit geriet und an Mutters Urteilsspruch appellierte.

»Gnädigste«, sagte er, mit untertänigstem Gesichtsausdruck an die Theke herantretend, er hatte immer feuchte Lippen, was auf sein Trompetenblasen zurückzuführen war; wenn einer zwanzig Jahre lang Flügelhorn bläst, so merkt man das seinem Mund an. »Meine Gnädigste«, sagte damals Houžva, »helfen Sie uns entscheiden, wir können uns nicht auf die genaue Definition einigen, was ein Jude ist.«

»Davon verstehe ich nichts«, erwiderte meine Mutter, und Houžvas Gesicht versumpfte, die Feuchtigkeit der Lippen stieg in seine Augen, er verzog den Mund und sagte: »Vielleicht könnten Sie uns dann sagen, *wovon* Sie etwas verstehen, meine Gnädigste?«

»Das bleibt *für Sie*, Herr Houžva, ein ewiges Geheimnis«, fertigte ihn meine Mutter kurz ab.

Die Faschisten brüllten vor Begeisterung.

Irgendwer ließ eine weitere Flasche Kognak kommen.

Meine Mutter stellte die Flasche auf ein Alpaka-Tablett und trug sie persönlich an den Tisch: beschwingt und sich rhythmisch in den Hüften wiegend, schritt sie mit gestraffter Bluse durch das Lokal, den Zigarettenrauch von sich abwehrend.

Houžvas Miene umdüsterte sich, die Unterlippe sank ihm herab, er bemühte sich um ein Lachen, doch das war kein Lachen.

In unserem Lokal war stets etwas los.
Besonders interessant wurde es immer, wenn Herr Kempf und Franta, Mutters Bruder, kamen, der Kommunist, dessen Tagesprogramm mit Versammlungen und Parteiarbeit ausgefüllt war, mit Wirtshausschlägereien, in die er mit Anhängern anderer politischer Richtungen und Gruppen verwickelt wurde, und der keiner geregelten Beschäftigung nachging, obgleich er gelernter Automechaniker war.
Franta hatte nie Geld, was bei seiner Lebensweise durchaus begreiflich war, denn die Partei entlohnte nicht ihre Aktivisten, sie spendierte ihnen nur dann und wann ein Gulasch oder ein paar Biere, zumeist aber gab es nur Reden über die Revolution, die jedoch nicht satt machen.
Mein Vater konnte Franta nicht ausstehen.
Ich glaube, was ihn an Franta am meisten ärgerte, war seine gelassene Selbstsicherheit, die Souveränität, mit der er über theoretische Fragen der Weltrevolution debattierte, über Stalin, Marx und alle Heiligen des dialektischen und historischen Materialismus – über Dinge, die mein Vater in Bausch und Bogen ablehnte, aber gegen Frantas Versiertheit kam er nicht an: er wurde immer grün und gelb vor Ärger, wenn Franta mit Fremdworten und Begriffen nur so um sich schmiß, von denen mein Vater vermutlich nicht die blasseste Ahnung hatte.
Wenn Vaters Geduld am Ende war, so warf er Franta gewöhnlich Beschimpfungen an den Kopf, wie Nichtstuer, Nichtskönner, der nur dummes Zeug daherquassele, er, mein Vater, habe schon die Nase voll davon, Franta möge sich fortscheren, er wolle ihn hier nicht mehr länger sehen.
Nur wenn Herr Kempf anwesend war, wagte mein Vater nicht, Franta hinauszuwerfen. Diese beiden, Franta und Herr Kempf, fühlten sich zueinander hingezogen: sie stritten miteinander, nahmen alles durch, von Abraham angefangen bis zur Gegenwart, Franta zitierte Lenin, Herr Kempf die Bibel, aber einigen konnten sie sich nicht.
Einmal nach einem prunkvollen Begräbnis, ich weiß gar nicht mehr, um welche Leiche es sich handelte, war unser Lokal gedrängt voll, die Leute konsumierten nur die besten Sorten, Herr Kempf hatte auch schon genug hinter der Binde, der Mesner Burian war bereits losgezogen, hinüber in seine Bügelanstalt – das tat er immer, wenn er voll war: er bekam dann Anwandlungen von Handwerksehre und Handwerksfleiß und machte sich still aus dem Staube.

»Es steht nirgends in der Schrift«, pflegte er zu sagen, »daß ich dem Dienst am Herrgott zuliebe meine eigentliche Beschäftigung, mein tägliches Brot, vernachlässigen soll.«

Herr Kempf war schon ein wenig beschwipst und summte, an der Theke stehend, leise vor sich hin, es waren langgedehnte Liedchen in jiddischer Sprache; er ließ dabei das halbgeleerte Glas mit dem gelben Kognak immerzu in seinen schlanken Fingern kreisen, von Zeit zu Zeit hob er seine schwarzen Augen und sah meine Mutter an, er lächelte ihr nicht zu, aber sie senkte rasch und wie erschreckt den Blick und errötete.

Da kam Franta herein.

Ein Kerl mit Schultern wie Torflügel, mit Händen wie kleine Schaufeln, mit blauen, weichen Augen: sein Gang und seine Bewegungen waren langsam, verrieten aber eine ungebändigte Kraft.

Wie ich schon erwähnte, hatte Herr Kempf bereits eins über den Durst getrunken, und als er nun Franta erblickte, lachte er ihm entgegen und sagte zur Begrüßung: »Gelobt sei Jesus Christus, verdammter Bolschewik, was nimmst du heute, einen Kognak?«

»Was gibt's, du Überbleibsel aus dem Mittelalter, du Sproß der Inquisition«, erwiderte Franta den Gruß mit polterndem Lachen.

»Laß ihn doch in Ruhe«, sagte meine Mutter hinter der Theke.

»Aber laß, Mařka, wir beide verstehen uns doch so gut, habe ich nicht recht, Herr Kempf?«

»Das will ich hoffen«, erwiderte meine Mutter.

»Gnädigste«, sagte Herr Kempf, »schenken Sie Herrn Franta zwei Kognaks ein, sie gehen auf meine Rechnung.«

»Das läßt sich hören«, grunzte Franta, hob das Gläschen mit dem Alkohol gegen das Licht und schrie: »Nieder mit dem Klerus.«

Kempf überlegte einen Augenblick, hob dann sein Gläschen und sagte lächelnd: »Barmherzigkeit für jedermann, lieber Franta.«

»Unsinn«, stieß Franta unwirsch hervor, »keine Barmherzigkeit, sondern die Weltrevolution, die Einheitsfront aller Arbeitenden gegen den aufkommenden Faschismus, die Kraft von Millionen, ja Milliarden Menschenarmen, das gilt, das ist *unsere* Barmherzigkeit, Herr Kempf!«

»Die Kraft bedeutet nichts«, erwiderte Herr Kempf, »Milliarden Arme erschlaffen, ermüden, ich aber kenne eine Kraft, die nie erschlafft, sie überdauert alle Zeiten, ja die Ewigkeit . . .«

»Du faselst ein Zeug zusammen, Pfaff«, sagte Franta lachend und kippte den zweiten Kognak hinunter.

»Hör mal«, ereiferte sich meine Mutter hinter der Theke, »so kannst du mit Herrn Kempf nicht reden, benimm dich doch anständig ...«
»No, no, das ist auf einmal ein Getue«, sagte Franta beleidigt, »ich bin dir wohl nicht mehr fein genug, Schwesterlein, was?«
»Die physische Kraft«, fuhr Herr Kempf in seinen Meditationen fort, »bedeutet nichts, sie verbraucht sich, ihr sind endliche Grenzen gesetzt – bis hierher und keinen Schritt, keine Bewegung weiter, je mehr Kraft du aufwendest, desto größer der Verbrauch, desto näher die Grenze der endgültigen Erschöpfung: das Gesetz Gottes aber, lieber Franta, ist ein weises, ja ein sehr weises Gesetz, der Glaube verbraucht sich nicht, du kannst nur schwankend werden, aber nicht einmal dieses Schwanken kann den Glauben an Quantität oder Qualität mindern, vielleicht nimmt die Zahl der Gläubigen ab, doch die Fülle des Glaubens nie, hörst du, Bolschewik, niemals ... aber die Kraft ... die bloße Kraft ... bah!«
»Reiz mich nicht, Schwarzer«, sagte Franta nunmehr ernst und preßte die Lippen zusammen; unterhalb seiner slawischen Backenknochen zeichnete sich der Unterkiefer scharf ab, und die beiden Kognaks auf nüchternen Magen pulsierten ihm schon in den Stirnadern, »hör mal, reiz mich nicht«, wiederholte er, »sonst forderst du mich heraus!«
»Gib doch Ruhe, Franta«, sagte meine Mutter hinter der Theke.
»Und ich geb keine Ruhe«, schrie Franta und schlug mit der Faust auf die Theke mit den Nickelbeschlägen, daß es nur so krachte; mein Vater wollte etwas sagen, aber er wußte nur allzugut, jetzt war mit Franta nichts zu machen, am besten ihn gewähren lassen, und wenn er sich ausgetobt hat, ihm einen Schein in die Hand drükken, dann wird er verschwinden und anderswo einkehren, vielleicht geht er zu seinen Genossen oder zu seinem Mädchen, wie heißt sie nur gleich? Naďa, die Tochter des kommunistischen Abgeordneten, das Mädel hat die Basedowsche Krankheit, Glotzaugen, unmöglich dicke Beine, aber etwas ist an ihr dran, ich sollte sie einladen, sie könnte mir die Buchhaltung in Ordnung bringen, angeblich kennt sie sich darin gut aus, aber den Franta muß man jetzt in Ruhe lassen, bevor er noch ganz in Rage kommt, das Lokal ist voller Leute, also keine Szenen; mein Vater verdrückte sich in den Hintergrund.
Franta hatte sich wieder beruhigt, er blickte Kempf an, die Adern an seiner Stirn traten hervor; das Ärgste an all den Reden von Kempf war – und Franta wußte das nur zu gut, wollte es aber nicht zugeben –, daß der Pfarrer recht hatte, Franta wurde sich der gan-

zen grausamen Wahrheit über den Verschleiß der physischen Kräfte bewußt. Dann tat er zwei Schritte zur vernickelten Kühltruhe hin, hob den Verschluß der Eisbehälter, zwei schwere Deckel aus Chromstahl, ab, nahm sie in seine Pranken, streckte die Arme aus, warf einen Blick auf die Wanduhr, die unsere besaß auch einen Sekundenzeiger, und sagte: »Und jetzt schau her, Pfaff, schau gut her, was Kraft heißt! In dieser Stellung werde ich zumindest anderthalb Minuten aushalten!«
Das ganze Lokal verstummte, und alle blickten zu Franta hin, dann auf die Uhr, und der stand stramm und fest da, und als dreißig Sekunden um waren, zuckte er noch nicht einmal mit der Wimper, nach fünfundvierzig Sekunden schien mir, sein linker Arm senke sich etwas, aber sofort streckte er ihn wieder in die Waagerechte, dann aber, es waren schon fünfzig Sekunden vergangen, begann sein rechter Arm zu zittern, doch das Blut glich es wieder aus: wahrscheinlich hatte es Franta vom Gesicht in die Arme gepumpt – denn er wurde ganz blaß, und die kritischen siebzig Sekunden waren überwunden, der Rekord unseres Lokals gebrochen. Das war immer so ein Spiel bei uns, wenn die Burschen ihre Kräfte messen wollten, machten sie sich einen Sport daraus, wer mit diesen Deckeln am längsten aushielt. Frantas Schultern begannen jetzt zu zittern, und es dampfte von ihm, aber das war bestimmt nur eine optische Täuschung, wahrscheinlich dampfte es aus den offenen Eisbehältern hinter seinem Rücken; die Leute erhoben sich von den Stühlen, die Faschisten in der Ecke sperrten das Maul auf, denn Kraft hatte ihnen ja schon immer imponiert, und bislang war es stets einer von ihnen gewesen, der den Rekord hielt: dreiundsiebzig Sekunden, aber nun war der kleine Zeiger schon auf achtzig Sekunden vorgerückt und schien seinen Umlauf zu verlangsamen, und in diesem Augenblick schaltete sich der Kompressor der Kühlanlage ein, Franta kniff die Augen zu, preßte die Zähne zusammen, der Kompressor brummte und ließ die dicke Luft vibrieren; noch fünf Sekunden ruckte und zuckte es mit Franta hin und her, dann kam die Erlösung; er senkte die Arme und legte die Deckel langsam auf ihren Platz zurück.
»Das nenne ich Kraft«, sagte er, und seine Stimme zitterte, »gelt, da hast du gestaunt, Pfaff?«
Kempfs Augen hatten sich geweitet, meine Mutter hinter der Theke strahlte: Franta ist halt doch ein Mordskerl, er hat Kraft, hat Mut und ist halt *mein* Bruder, dieser Mordskerl! Mein Vater ging wortlos

zur Theke, schenkte einen großen Kognak ein und brachte ihn Franta. »Das war prima«, sagte er.
Franta kippte den Inhalt des Glases hinunter, und der Steuerbeamte, ein Beneš-Anhänger, der sich als Gönner aufspielen wollte, rief meinem Vater zu: »Herr Chef, noch einen Kognak für ihn, auf meine Rechnung!«
Kempf beachtete niemand, seine Augen waren, wie gewohnt, traurig, spielerisch drehte er in seinen schlanken Fingern, auf die er sicher sehr stolz war, das Glas hin und her, hob es und betrachtete das Licht, das sich in dem Schliff brach, und meine Mutter hinter der Theke; dann gab er sich einen Ruck, krempelte die Ärmel seiner Soutane hoch, entblößte zwei dünne, dicht behaarte Arme, ergriff die beiden Deckel, streckte die Arme aus und warf einen Blick auf den Sekundenzeiger der elektrischen Uhr über der Theke.
Franta war im Begriffe, etwas zu sagen, aber als er sich Kempf zuwandte, blieben ihm der Mund offen und die Worte im Halse stekken; irgendwer lachte, doch inzwischen waren schon die ersten fünfzehn Sekunden vergangen, und Kempf begannen beide Arme zu zittern.
»Ich wette auf dreißig Sekunden«, schrie Franta, »dreißig Sekunden und keinen Bruchteil länger.«
Und es lief die zwanzigste Sekunde, und Kempf knickte im Kreuz ein, er bog sich, und die schweren Deckel zogen ihn herunter, auf sein bleiches Gesicht traten rote Flecken.
Und da lief auch schon die fünfundzwanzigste Sekunde.
»Ich wette fünf Kognaks«, brüllte Franta, »er hält es nicht länger als dreißig aus.«
»Red keinen Blödsinn«, flüsterte ihm mein Vater zu, »du bist doch blank!«
Das ganze Lokal stand um Kempf herum.
Als der Sekundenzeiger einen Halbkreis beschrieben hatte, stieß Kempf zwischen den zusammengepreßten Lippen hervor: »Du hast verspielt, Bolschewik!«
Nach vierzig Sekunden knickte Kempf in den Knien ein, aber die Deckel hielt er ständig in Schulterhöhe, und nach wenigen Sekunden gelang es ihm, die gebogenen Knie wieder zu strecken, und jemand im Saal flüsterte »Bravo!«
Zusehends blieb Franta der Atem weg: »Er hält es nicht aus, er hält es nicht länger als eine Minute aus«, seine Lippen bebten, doch niemand beachtete ihn; der kleine Zeiger vollendete einen ganzen Kreis, Herr Kempf lächelte.

Gleich darauf knickten dem Pfarrer von neuem die Knie ein, er hatte schon nicht mehr die Kraft, sie aufzurichten, denn es lief bereits die siebzigste Sekunde, er ist mit diesen Deckeln wie ans Kreuz geschlagen, dachte ich bei mir, und in der achtzigsten Sekunde ging Kempf ganz herunter, und im Knien hielt er immer noch die beiden Deckel in Schulterhöhe, die schlanken, die Griffe umklammernden Finger wurden blau, aber möglicherweise täuschte ich mich, vielleicht war es nur der Reflex der blauen Theke, in der neunzigsten Sekunde senkte Herr Kempf demütig die Augen, und in der fünfundneunzigsten fielen ihm beide Deckel aus den Händen und schlugen krachend auf den Boden; er blieb noch eine Zeitlang knien und atmete heftig, mit Mühe erhob er sich dann und zog aus den weiten Falten seiner Soutane ein weißes Taschentuch hervor und hustete hinein, und nur wenige bemerkten die Blutspuren, die das Taschentuch nachher aufwies.

Der Kreis der Neugierigen löste sich allmählich auf, alle spürten noch die Schwere im Rücken, und als sie sich wieder setzten, interessierte sie nur das Marmormuster ihrer Tischplatte und nicht mehr Herr Kempf, der an der Theke ein kaltes Selterswasser trank und meine Mutter schmerzlich anlächelte, mit einem Blick, in dem Vorwurf, Schuldbewußtsein und auch ein wenig Stolz lagen, seine Hand zitterte immer noch, und schließlich entglitt ihr das Glas mit dem Selterswasser und zerbrach auf dem Fußboden.

Herr Kempf errötete und küßte meiner Mutter die Hand.

»Verzeihung, meine Gnädigste«, sagte er und empfahl sich mit einer Verbeugung.

Franta schenkte er keine Beachtung mehr.

Kempf verehrte meine Mutter.

Ich wußte es, ich sah es ihm an den Augen an, und heute weiß ich ganz genau, es war Liebe; damals, als Junge, ahnte ich eigentlich nur, daß zwischen Herrn Kempf und meiner Mutter vieles unausgesprochen, sozusagen auf halbem Wege steckenblieb: wenige mit gesenktem Kopf ausgesprochene Sätze, eine nicht zu Ende geführte Bewegung des Armes zu meiner Mutter Hand hin, die lässig auf der Theke ruhte – nicht mehr.

Aber all das liegt schon weit zurück und ist vielleicht nicht einmal wahr, vielleicht hat mir das alles nur geträumt, und alles ist nur das Echo eines Traumes: er hinterließ einen bitteren Nachgeschmack, Ratlosigkeit, nichtenträtselte Chiffren, aus denen ich ein für allemal Klarheit haben möchte.

Es handelt sich um meine Jugend.
Alles, was ich anrühre, schmerzt, schämt und verbirgt sich, und sage nur niemand, die Zeit heile Wunden: das ist eine himmelschreiende Lüge, ein Beruhigungsmittel, Morphium – nichts heilt, nichts hört zu schmerzen auf; ständig tragen wir die alten Narben in uns, und sobald sich nur das Wetter ändert, uns jemand unsanft anstößt oder sich das Gewissen regt, schon erwacht der Hund in uns, und alles ist wieder gegenwärtig: der brennende Schmerz, die Qual, das innere Bluten, alles, was gewesen ist, lebt weiter fort, so lange, bis wir gestorben sind – ich habe entsetzliche Angst, daß, wenn ich einmal die Glieder von mir strecken werde und meine Nase spitz zu werden beginnt, alles nochmals wiederkehrt, daß ich nichts vergessen kann, nichts können wir von uns und aus uns fortscheuchen, alles, unser ganzes Leben, ist tief in uns eingewurzelt, und alles wird wiederkehren, auch das Kanapee hinter dem Paravent in dem Alkoven, wo man das Klosett roch, meines Vaters Augen, als ich ihm die unflätigen Dinge über unser Tagesmädchen und den Ober vorflunkerte, auch Štefka wird wiederkehren, ich war fünfzehn, als ich mich mit ihr auf dem verdammten Kanapee vergnügte; als ich ihren Busen berührte, dehnte sie sich der Länge nach, sie war damals noch nicht sechzehn, ich spürte, wie sich ihre Brustwarzen unter dem Büstenhalter strafften, dann streichelte ich ihren Popo, sie preßte die beiden ovalen Hälften fest zusammen, so daß sie hart wie eine Melone waren, aber nicht so kalt, sondern warm, auch hatte sie ziemlich rauhe Hände, denen der Geruch von Ziegenmilch anhaftete: zu Hause in Hošťálkov besaßen sie nämlich eine Ziege, und Štefka molk sie täglich, und es nützte nichts, der Duft von Milch, Wiesen und besonnten Abhängen blieb an ihnen, auch als sie schon bei uns war; ich fühlte ihre Hände auf meinem Gesicht, diese rauhen und festen Finger, und so nahm ich also meine ganze Courage zusammen, und es war eine solche Stille, daß ich mich in ihr verlor.
Ich kann nichts vergessen, jede Einzelheit steht heute deutlicher, konstrastreicher vor mir als je zuvor, damals sah ich nur die Ursache jedes einzelnen Geschehnisses, jetzt aber kenne ich auch die Folgen, alles schließt sich zu einer Kette zusammen, mit der ich an unser Café angeschmiedet und gefesselt bin, an Štefka, die erste, die mich liebte, an Vater, der mich nie sehr mochte und mit dem ich mich bis vor kurzem nicht verstehen konnte, und noch an andere Menschen und Dinge: sie alle haben dazu beigetragen, mein heutiges Gesicht zu prägen, das niemandem gefällt.

Ich kann nicht dafür, mich trifft keine Schuld, ich tat alles, um mich dagegen zu wehren, aber wenn man schon so früh zerpflückt wird, wächst man schwer zusammen, und wenn doch, dann bleiben diese häßlichen Narben zurück, die jeder sofort sieht und untersucht, denn Narben sind heutzutage sehr verdächtig.

Ich könnte mich hier auch zu den Menschen bekennen, die ich geliebt habe.

Aber sie sind tot.

Štefka bekam eine Kugel in den Bauch.

Ich hatte Herrn Kempf gerne, diesen Astheniker, der an Tuberkulose litt, den getauften Juden, der den Messias suchte.

Gott hat ihn auch schon zu sich berufen; für seine Reise in den Himmel hat man ihn mit einem Zementsack zugedeckt.

Und ich konnte auch Herrn Klimesch gut leiden, den Geschichtsprofessor, den Sudentendeutschen mit seiner wunderbaren Sprache.

An einem Vorfrühlingstag des Jahres 1945 schien mir, er schwinge sich über unseren Zaun, und dort traf ihn eine Kugel in den Rücken; das war ein schrecklicher Tagtraum, aber schlimmer noch ist, daß ich nicht weiß, welches Ende er nahm: er verschwand aus meinem Gesichtskreis.

Franta liebte ich auch.

Er bemühte sich, ehrlich zu sein und war es auch – bis zum Ende.

Und ich mochte Herrn Hauptmann Mader, diesen aufgeweckten Österreicher, den Weinkenner, den der Krieg bis zu uns verschlagen hatte, wo er ein wenig Sicherheit suchte, sie aber nicht fand.

Ich vergesse auch nicht Großvater Antonín und meine Großmutter mütterlicherseits, das kann ich nicht, das wäre Sünde.

Es existieren Leute, die ich haßte.

Manche von ihnen sind bereits tot, andere leben noch.

Von allen wird noch die Rede sein.

Sie alle gehörten zu unseren Stammgästen.

Viele waren Blutsauger wie zum Beispiel Onkel Hejtmánek, und andere wieder konnten sich von uns nicht losreißen und kehrten einer nach dem anderen gerade in einem Augenblick zurück, in dem Gottes Mühlen, wie meine Großmutter zu sagen pflegte, zu mahlen begannen.

Sie suchten bei uns Fürsprache und Schutz.

Diesen letzten Wunsch unserer Stammgäste aber konnten wir freilich nicht erfüllen; besonders wo es sich um Herrn SS-Sturmbannführer Dr. Edi Berger handelte.

3. KAPITEL

Als auf dem sanften Hang unter der Linde nur die alte Holzbaracke meines Großvaters Antonín stand, war noch alles ganz anders: ich fuhr hierher in die Ferien, die Urgroßmutter Terezka war noch am Leben, sie rauchte immer Pfeife, und im Sommer saß sie auf den von der Sonne durchwärmten Sandsteinplatten vor dem Hause.

Auch Großmutter Františka, die Mutter meines Vaters, lebte noch, aber sie war immer kränklich, hatte es am Herzen, und ihre Füße waren ein einziges Geschwür, sie machte sich zwar täglich Huflattichumschläge, doch die halfen nicht viel.

Mein Großvater konnte sich nach seiner Rückkehr aus dem Ersten Weltkrieg daheim nicht mehr so richtig zurechtfinden, hängte das Tischler- und Schnitzhandwerk an den Nagel, verstaute sein Diplom der Kunstgewerbeschule in der Schublade, wurde ein leidenschaftlicher Kartenklopfer und verspielte sein kleines Anwesen; dann befaßte er sich der Reihe nach mit Bienenzucht, Landvermessung und Gärtnerei, was ihm zusätzlich zu seinen fünfzehn Metzen Feld und Obstgarten nur eben so viel einbrachte, daß es gerade zum Leben reichte.

Das ganze Jahr über freute ich mich auf die Ferien: auf die Sonntage mit dem Kirchgang, auf die Backwarenverkäufer, deren langgedehnter Ruf – Hööörnchen – den Sonntag einleitete, denn die Hörnchen waren der festliche Leckerbissen vor der heiligen Messe; und ich freute mich auf die Limonade, die mir die Großmutter nur nach einem Hochamt spendierte; damals beneideten mich noch alle anderen Jungen darum, wie gut es mir ging. Hier lebte man bescheiden in einer kleinen Küche mit Lehmfußboden und einem Backofen in der Ecke; meine Großmutter mischte immer einige weichgekochte Kartoffeln unter den Brotteig, und das Brot war nachher schön gelb und so locker, wie ich es seither nie wieder gegessen habe; mich bedachte die Großmutter gewöhnlich mit einem kleinen Laib, den ich noch in heißem Zustand verschlang, nachher bekam ich Bauchschmerzen, und der Großvater lachte mich aus.

Bei der Großmutter gab es noch den Hund Brok, die Kühe Babuša und Stračena und einen rostfarbenen Kater, der sich aber zumeist herumtrieb.

Damals war ich acht Jahre alt.

Als ich ins neunte ging, trat bei uns eine große Veränderung ein.

Vater und Großvater fuhren gemeinsam in die Kreisstadt zum Notar, wo der Großvater sein ganzes Anwesen auf meinen Vater überschreiben ließ, und der Baumeister Krčmář erhielt den Auftrag zur Errichtung eines Einfamilienhauses; das sollte etwas ganz Besonderes, Modernes werden.

Mit dem Bau wurde sofort begonnen, und die Mauern des neuen Hauses wuchsen meinem Großvater direkt vor der Schwelle in die Höhe und verdeckten ihm die Aussicht auf die Straße.

Die Urgroßmutter – die mit dem Pfeifchen – erlebte das nicht mehr, aber meine Großmutter Františka hatte in diesem Jahr alle Hände voll zu tun: mit einem Tintenstift vermerkte sie jede Fuhre Steine, Bauholz, Kalk und Zement, wie sie die Fuhrleute heranschafften, auf das Holz des Kleiderschranks; noch bis vor kurzem stand dieser Schrank auf dem Speicher, noch immer waren diese roten, widerlichen Ameisen darin, über die sich meine Großmutter so ärgerte, weil sie ihr über den Zucker herfielen, und ich konnte die mit dem Tintenstift direkt auf das Holz vermerkten Eintragungen genau entziffern: 9. April Novosad Jan, Nummer 17, drei Fuhren Steine ... 11. April Šabršula Vojtěch, Nummer 76, mit den Kühen Sparrwerk aus der Säge zugeführt, viermal gefahren ... 13. April Stračena gekalbt usw. usw.

Mein Vater kam jeden Samstag, kontrollierte die Eintragungen, entlohnte die Fuhrleute oder zankte sich mit ihnen herum, wenn ihre Rechnungen mit Großmutters Vermerken auf dem Schrank nicht übereinstimmten; der Großvater schwieg verbissen und kümmerte sich nur um seine Angelegenheiten – um die Bienen und den Obstgarten –, der Bau interessierte ihn nicht, zumindest tat er so.

Wahrscheinlich wurmte es ihn innerlich, daß direkt vor seinen Fenstern eine Luxusvilla emporwuchs; sie erweckte in ihm die Erinnerung an das gemauerte Haus unten im Dorfe, das er im Kartenspiel durchgebracht und das er sich zu einer Zeit gebaut hatte, in der sein Handwerk florierte, doch dann kam der Krieg dazwischen, vier Jahre in Schlamm und Blut, in Gefechten, dann wieder die Karten, und aus war es.

Im Vertrag hatte er sich in dem neuen Haus nur ein Zimmer für sich und die Großmutter ausbedungen, aber als alles fertig war, starb die Großmutter, sie hatte keine Gelegenheit mehr, ihr zentralgeheiztes Zimmer zu genießen, und der eigensinnige Großvater versteifte sich darauf, in dem Haus wohnen zu bleiben, das er sich selbst gebaut hatte.

So lebte also mein Großvater in seiner kleinen Stube, voll von Gärungsgefäßen mit ausgezeichnetem Hagebuttenwein und Met, an seinem Schreinertisch, den er sich eigens hatte hierherbringen lassen, um in Wärme, Behaglichkeit und Muße sein letztes Meisterstück anfertigen zu können: einen besonders gediegenen und ziemlich schweren Eichensarg für sein Maß; der kam dann zum Trocknen auf den Speicher, wo er mehrere Jahre zwischen Säckchen mit Thymian, Majoran und Büscheln von Kümmel herumstand, die meine Großmutter hier vergessen hatte.

Die Anfertigung von Särgen war ein Nebenverdienst meines Großvaters, er hatte immer einige in Vorrat; auch das Zierwerk aus gepreßtem Papier kaufte er, und wenn die Hinterbliebenen keine Lust hatten, sich einen Sarg in der Kreisstadt zu beschaffen, konnte ihnen der Großvater mit guter Ware dienen.

Meines Vaters Ansehen im Dorfe wuchs.

Seine Mitschüler, die ihn früher nur mit seinem Vornamen Bohuš begrüßt hatten, lüfteten jetzt respektvoll die Mütze, das ganze Dorf sperrte Mund und Nase auf, wie weit es dieser Bursche in der Welt gebracht hatte; alles war auf bestem Wege: wir besaßen ein schönes Haus, ein florierendes Café, ich schlug mich so recht und schlecht durch die Schule und bemerkte eigentlich gar nicht, daß sich die Welt ganz und gar zu verändern begann: als ich mich umsah, mußte ich feststellen, die Festzeiten mit den Hörnchen am Sonntagmorgen waren ein für allemal vorbei.

Am vierzehnten März des Jahres 1939 marschierten die Deutschen in Ostrau ein.

Dieser Tag kam in aller Stille heran.

Als ich am Nachmittag aus der Schule heimkam, war unser Café halbleer, die Stammgäste waren ausgeblieben, später zog eine Beerdigung vorbei, ich erinnere mich noch daran, als wäre es heute: ein alter, abgeschundener Gaul, zwei oder drei Trauernde, keine Musik bei dem schlechten Wetter, nur der Leichenwagen holperte geräuschvoll über das unebene Pflaster; Herr Kempf schritt vor dem Sarg, der Mesner Burian hielt den Regenschirm über ihn, drängte sich vielmehr selbst unter die schützende Seide, und der Pfarrer war schon zur Hälfte naß.

Nach einem Stündlein kam Herr Kempf vom Friedhof zurück und ließ sich bei uns einen heißen Grog geben.

»Burian, einen Bitteren. Einen Schnaps wie das Leben«, sagte er wie gewohnt.

Herr Kempf rieb seine schlanken Finger an dem heißen Glas mit dem scharf duftenden Grog, schwieg eine gute Weile und warf schließlich nur so für sich die Bemerkung hin, heute sei es draußen aber schon sehr ungemütlich.

Die Zeitungen, die in Reih und Glied, in Rahmen befestigt, an einer Holzwand hingen, schrien die Tagesereignisse herab, aber uns interessierten sie nicht, meinem Vater war das ganz gleich: er kaufte fürs Café alle Zeitungen, angefangen von den kommunistischen bis zu den Henlein-Blättern; dann erschien Herr Klimesch, ließ sich einen schwarzen Kaffee mit Rum geben, und gleich darauf betrat meine Mutter das Lokal, sie warf einen Blick in mein Schulheft, denn ich schrieb am Tisch unter dem großen Spiegel gerade meine Hausaufgabe, sie fuhr mir mit der Hand über das Haar, was ich nicht ausstehen konnte, und begab sich dann an ihren Platz hinter der Theke.

Herr Klimesch schlug sein Buch auf, schlürfte seinen Kaffee und las.

»Heute ist hier aber eine Stimmung«, sagte mein Vater und riß sich vom Fenster los, er ließ den Vorhang herab und drehte das Licht an.

Der alte Junggeselle, Herr Klimesch, Professor am deutschen Gymnasium, der immer von sich behauptete, er liebe seelische Ausgeglichenheit und Schopenhauer, erhob sich von seinem Platz und ging zur Theke.

Er neigte sich zu meiner Mutter hinüber und sagte im schönsten Deutsch, das ich je gehört habe, ob die Gnädigste schon ›Die beiden Grundprobleme der Ethik‹ gelesen habe. »Nein – ach! – das Buch müssen Sie lesen, wenn Sie einmal Zeit haben werden.«

»Höchst interessant«, erwiderte meine Mutter lachend, stützte die Ellbogen auf die Theke und sah ihm gerade in die Augen; Herr Klimesch senkte die Stimme.

»In der heute so bewegten Zeit, meine Gnädigste, ist Schopenhauer meine Zuflucht, meine Rettung, im Vertrauen gesagt – ich kämpfe sozusagen an zwei Fronten: einmal, daß ich das Ganze überlebe – und dann auch dafür, daß ich etwas davon habe, denn das Leben läuft dahin, unentwegt dahin, was immer auch geschieht, ob Reiche stürzen, Revolutionen toben, ob Krieg geführt und gemordet wird, das Leben läuft dahin – und es ist *unser* Leben, unser nicht wiederholbares Leben . . . nur zu leben aber, sich zum bloßen Lebewesen herabzuwürdigen, das allein genügt nicht, ich muß fühlen, daß ich existiere – und so muß ich auch alles fühlen, Freude, Liebe, Schmerz und dergleichen, Sie verstehen, meine Gnädigste?«

»Ich verstehe, Herr Klimesch«, erwiderte meine Mutter lachend.
»Schlimme Zeiten kommen auf uns zu, ich bin aber gut gerüstet, ich habe Gott sei Dank Asthma«, fuhr Herr Klimesch fort, »können Sie sich, meine Gnädigste, einen asthmatischen Welteroberer vorstellen? Wie wäre es mir auch möglich, zu singen: ... denn heute gehört uns Deutschland und morgen die ganze Welt?« Der Herr Professor verschluckte sich, und wieder lachte meine Mutter.
»Ja, meine Gnädigste, das Asthma rettet mich vor dem geliebten Führer und vor seiner Felduniform, und Schopenhauer rettet mich auf andere Weise – eine kleine Dosis Skepsis schützt vor der allgemeinen Ansteckung, meinen Sie nicht auch?«
Meine Mutter gab keine Antwort, ihr Blick glitt über Herrn Klimeschs Kopf hinweg auf die Straße hinaus; draußen begann es zu schneien.
»Wir beide, meine Gnädigste«, fuhr Herr Klimesch fort«, hätten einander vor zehn Jahren begegnen müssen!«
Meine Mutter lachte, mein Vater legte das Bildjournal, in dem er geblättert hatte, beiseite, zuckte die Achseln und sagte, für heute sei ein schlechtes Geschäft zu erwarten.
»Nicht einmal mit den Hemden ist was los«, bemerkte Herr Burian.
»Das liegt an dem Wetter«, sagte Herr Kempf, »geben Sie mir noch einen Wacholder, meine Gnädigste.«
»Herr Chef, wie wäre es mit einer kleinen Schachpartie«, wandte er sich dann lächelnd an meinen Vater.
Die Mutter schenkte den Wacholder ein, der Vater klemmte das Schachbrett und den Karton mit den Figuren unter den Arm, und ich starrte angestrengt zu Herrn Kempf hin; das Wetter an diesem Tag hatte mich schrecklich müde gemacht, und als sich hinter mir der Kompressor der Kühlanlage einschaltete und das Marmortischchen unter meinen Fingern zu beben anfing, nickte ich ein und begann sofort zu träumen: Herr Kempf hatte sich ganz verwandelt, aus seiner schwarzen Soutane wuchsen ihm blütenweiße Flügel, er schwebte zur Decke unseres Cafés hinauf, wo sich der Verputz löste und als weißer Schnee herabfiel, und dann war nur noch der Himmel über Herrn Kempf, ein Himmel voller Engel und über ihnen das Antlitz des Messias, und sie alle waren im Himmel: Herrn Kempfs Vater, Eisik Kempf, Spirituosenhändler aus Ungarisch Brod, seine geliebte Mutter Rachel, geborene Bernhard, die bösen Rabbiner und all die jüdischen Buben aus seiner Straße, mit denen er in Erwartung des Messias aufgewachsen war; aber der kam und kam nicht, ob-

gleich alle Juden fleißig in die Synagoge gingen, den Sabbat hielten und fromm waren, wie es sich für brave Juden gebührt, aber der Messias wollte absolut nicht kommen, und so machte sich der kleine Kempf voll Ungeduld auf den Weg, ihn zu suchen, und landete nach langer Pilgerfahrt im katholischen Seminar – und jetzt war er ein Engel vor dem Antlitz seines Herrn, der sich in den Wolken oben, direkt über unserem Café, huldigen ließ.
Ich öffnete die Augen: mein Vater und Herr Kempf beugten sich über das Schachbrett, Herr Burian war nicht mehr im Lokal, draußen hatte sich der Schneefall verdichtet, es war fast dunkel. In diesem Augenblick stürmte Franta herein und schrie: »Die Deutschen sind da, die Deutschen, die Deutschen!«
Herr Klimesch klappte sein Buch zu, nahm die Brille ab und sagte: »Na also, da haben wir die Bescherung!«
Auf der Hauptstraße um die Ecke lauter fremde Gesichter unter fremden Stahlhelmen, fremde Maschinenpistolen, fremde Geschütze, Panzer, und die kleinen Grüppchen der einheimischen Deutschen auf den nassen Gehsteigen brüllten in einem fort: »Ein Volk, ein Reich, ein Führer«, die Soldaten lächelten zurück, der Strom wälzte sich unaufhaltsam durch die Hauptstraße, und immer wieder neue Gesichter unter merkwürdigen Stahlhelmen, neue Geschütze, fremde Panzer, Autos, Panzerwagen. Mein Vater und ich standen auf dem Gehsteig und verfolgten diese grauen Massen von Uniformen, spürten den Gestank eines merkwürdigen Benzins, unseres roch ganz anders, hörten das rauhe Deutsch, wenn einer der Soldaten bei dem Häuflein Deutscher stehenblieb; Herr Klimesch sprach ganz anders, und von einigen Fenstern der hohen Mietskasernen klatschten schon Hakenkreuzfahnen gegen die feuchten Häusermauern.
Dann kam uns, atemlos, der Ober nachgelaufen: »Herr Chef, Sie müssen ins Lokal zurück ... es ist voller deutscher Offiziere ... wir werden nicht allein fertig ...« Mein Vater gab sich einen Ruck, warf noch einen Blick auf den unübersehbaren Strom von Fahrzeugen und Menschen, auf das Häuflein jauchzender Deutscher, faßte mich dann fest am Arm und sagte: »Komm, wir gehen!«
Diese Stimme kannte ich gut: es war die Stimme der Pflicht, ich spürte, wie die Angst von meinem Vater abfiel, festen Schrittes ging er ins Café zurück, wo ihn etwas ganz Neues, zuvor nie Erprobtes, vielleicht Gefährliches erwarten mochte, aber er war entschlossen zu kämpfen und wenn nötig, zu retten, was zu retten war: sein Lebenswerk – das Café in der Straße zum Friedhof.

Unser Lokal war vollgestopft, durch die Masse der zu einem kompakten Schwarm zusammengeschlossenen grauen Uniformen konnten wir uns unmöglich bis zur Theke durchdrängen.
Mein Vater ließ mich kurzerhand bei der Tür stehen; wenn ich mich ein wenig auf die Fußspitzen stellte, konnte ich über die Köpfe der Soldaten hinweg meine Mutter sehen: sie war ganz blaß, dem Kellner rann der Schweiß von der Stirn, und als er meinen Vater erblickte, der sich durch das Gedränge der fröhlichen Männer an der Theke den Weg bahnte, wo ihnen unser Tagesmädchen mit zitternder Hand Weißwein einschenkte, streckte er den Arm in die Höhe und rief verzweifelt: »Herr Chef, hierher, hierher, Herr Chef!«
Dann stand mein Vater hinter der Theke, mit geübtem Auge übersah er die Situation und erteilte eine Serie von Befehlen: »Herr Karl, öffnen Sie ein paar Flaschen Kognak, du, Marie«, wandte er sich an meine Mutter, »kümmerst dich um den Kaffee und die Kasse, Sie, Fräulein, werden an den Tischen bedienen, aber dalli, dalli!«
Dann setzte er ein Lächeln auf, klatschte in die Hände und sagte mit einer Verbeugung: »Meine Herren, entschuldigen Sie die kleine Verzögerung in der Bedienung, sie ist auf Ihr – hm – etwas unerwartetes Erscheinen zurückzuführen.«
Einige Offiziere lachten.
»Aber gleich wird alles wieder in Ordnung kommen, wir werden alle Ihre Wünsche erfüllen.«
Dann wandte er sich an den Kellner: »Jedem der Herren ein Glas gratis zur Begrüßung in unserem Lokal!«
Die Offiziere klatschten beifällig, und das Geschäft ging los.
Bezahlt wurde in Mark.
Ich verdrückte mich, was sollte ich auch hier, wo doch draußen die Panzer vorüberdonnerten, die Leute jauchzten oder weinten und auf der Straße ein Schauspiel abrollte, das in die Geschichte eingehen würde.
Vor dem Haus, in dem Herr Kempf wohnte, hatten sich ein paar Leute angesammelt: die Gruppe stand um etwas herum, das am Boden lag. Es war Herr Kempf.
Ich sah das Blut und alles Weitere, mir wurde übel, und ich mußte mich im nächsten Hausflur übergeben.
Dann erblickte ich Franta: ich sah, wie er Herrn Kempf mit einem papierenen Zementsack zudeckte; dieser Papiersack war zwar nicht ganz weiß, aber er erinnerte mich an die Flügel, an Herrn Kempfs geknickte Flügel.

Ich konnte nicht mehr zu der Gruppe zurück, ich hatte Angst, sah und hörte nichts, spürte nur ein Beben in den Fußsohlen, wenn in der Straße nebenan die Panzer und schweren Fahrzeuge mit den Raupenketten vorüberdonnerten, und ich wußte, ich heulte über Herrn Kempf, über die böse Welt, die ihm hier auf dem Gehsteig das Rückgrat gebrochen hatte.

Dann legte mir Franta die Hand auf die Schulter und sagte: »Was tust du hier?«

»Ich heule«, erwiderte ich.

»Mensch, ich auch«, flüsterte Franta, und schon war es nicht mehr der Angeber und Redner Franta, der das Maul vollnahm, sondern ein ganz gewöhnlicher verheulter Junge, der sich unsicher fühlt; seine Hand ruhte auf meiner Schulter, und in der Straße nebenan marschierten die schlanken Offiziere mit ihren schwarzen Säbeln, der nasse Schnee fiel auf ihre Stahlhelme herab, und die Panzer ruinierten den Asphalt, und die Sudetendeutschen schrien unermüdlich die Parole von dem einen Reich, dem einen Volk und dem einen Führer. Mit der Hand, die auf meiner Schulter lag, stupste mich Franta vor sich her, und bei jedem Ruck stieß er einen Satz hervor: »Ich mußte am Nachmittag viele Genossen warnen ... endlich kam ich dazu, nach Herrn Kempf zu sehen, ich suchte ihn in seiner Wohnung und fand ihn bei euch ...«

»War denn Kempf ein Genosse«, fragte ich.

»Fall mir nicht ins Wort«, erwiderte Franta und schob mich weiter – »ich ging mit ihm heim, sagte zu ihm, Herr Kempf, packen Sie Ihre Koffer, die polnische Grenze ist noch offen, aber er entgegnete, nein ... ich laufe nicht fort, ich gehe nirgends hin, Franta; mir war zum Heulen, er aber blieb ruhig, um uns herum donnerte es schon, und er ging dahin wie das Opferlamm des Messias ... den ganzen Weg habe ich in ihn hineingeredet ... habe ihn gewarnt ... aber er blieb hartnäckig bei seinem: ich laufe nicht fort, schon Jahrhunderte hindurch sind wir auf der Flucht, immer werden wir von jemandem gejagt – und ich bin schon müde ... ich versuchte, ihn auf andere Gedanken zu bringen, und so sagte ich zu ihm: Herr Kempf, Sie sind doch ein Mordskerl, mit diesen Deckeln haben Sie mir aber eins ausgewischt, alle Ehre ... Sie sind ein großer Kämpfer ... solche werden wir jetzt sehr nötig haben ... aber er lächelte nur: Ich danke dir, Franta, du bist sehr lieb, aber ich laufe nicht fort, alles ist doch so einfach, du glaubst gar nicht, wie einfach es ist, alles ist eine Art Kreislauf ... wie der Kreislauf des Wassers: Verdunstung, Niederschlag und wieder Wasser, alles kehrt dorthin zurück, woher es gekommen ist; ich habe den Messias gesucht, aber es gibt ihn nicht ... alles, diese Verwandlungen, dieser Kreislauf, ist nur eine große Rückkehr ... und wir machen nur große Worte darüber: Suchen, Leben, Tod, aber hinter diesen hochtrabenden Worten stehen ganz simple Tatsachen: die Tatsache eines müden Pilgers, der sich zum Schlaf niederlegt ... ich bin kein guter Priester, lieber Franta, fuhr Herr Kempf fort, ich hänge in der Luft, in einer Luft voller Zweifel, ich habe keine Engelsflügel, die mich emportragen, und so hänge ich also an dem dünnen Faden des Glaubens und suche Sicherheit: Gott, die Natur, die Menschen und mich selbst ... für mich ist heute alles zu Ende, für dich, lieber Franta, beginnt der Kampf erst, für mich ist alles endgültig aus ... immer habe ich darauf gewartet, auf das Wunder, auf den Messias, und auch du wartest, vielleicht auf die Weltrevolution, die anderen haben auf Hitler gewartet, und wie du hören kannst, ist er auch gekommen, aber nur wenige sind sich klar darüber, daß der einfache Mensch immer weiterleben muß: vor und nach dem Messias, vor und nach Hitler, und es gibt keinen Beweis dafür, daß die so heiß ersehnte und erträumte Erfüllung der Hoffnungen auch Zufriedenheit, Sicherheit brächte – wir berauschen uns nur ... gar nichts anderes, wir berauschen uns ... und was jetzt, soll ich jetzt wieder die ewigen, niemals sich erfüllenden Hoffnungen nähren, soll ich sie von der Kanzel verkünden ... nein ... ich bin am Ende ... es gibt nichts, worauf ich warten könnte ... mein Kreis schließt sich.

Weißt du, Franta, fuhr Herr Kempf fort ... manchmal habe ich die Leute sogar um ihren Tod beneidet ... der Mensch sollte sterben, und das wäre nur gerecht, o Gott, wie gerecht wäre das! Er sollte immer nach Vollendung eines Lebenskapitels sterben und nicht mitten drin ... wie habe ich die Menschen beneidet, die nach einem abgeschlossenen Lebenskapitel starben, ihr Tod unterbrach dann nicht den Rhythmus des Kreislaufs ... jetzt geht das Kapitel einer Welt zu Ende, was nachher kommt, weiß ich nicht, aber ich fühle, in diesem weiteren Kapitel ist kein Platz mehr für mich – für dich, Franta, ja ... bestimmt ... aber für mich keineswegs ...«

Wir blieben stehen, Franta preßte meine Schulter, und es schmerzte, aber jetzt, da Herr Kempf tot war, tat es mir nicht so weh, wie das früher der Fall gewesen wäre, als er noch lebte.

An uns vorbei fuhren Lastautos voll mit Männern in braunen Hemden, sie schrien ihre Parolen, warfen Flugblätter in die Menschen-

gruppen, einige von ihnen bliesen Fanfaren, und Franta gab es einen Ruck, es schien, als zerrisse er irgend etwas in seinem Inneren, und als er damit fertig war, brüllte er über die ganze Straße hinweg: »Nieder mit dem Faschismus, es lebe die Sowjetunion, es lebe die Weltrevolution!« Niemand stoppte ihn, die Umstehenden starrten ihn an, und Franta brüllte in einem fort, zwei oder drei Soldaten auf einem vorüberfahrenden Lastauto winkten ihm zu: wahrscheinlich verstanden sie gar nicht, was er schrie, und dann stürmte der Polizist Flanderka herbei, wir standen nämlich in seinem Viertel, er war ganz außer Atem, verschwitzt und rollte unglücklich die Augen: »Herrgott, Franta, in meinem Viertel darfst du so etwas nicht machen, einen solchen Saustall dulde ich hier nicht, sonst muß ich dich verhaften, und da könntest du dich heute verdammt hineinreiten, komm, also mach schon«, fügte Herr Flanderka etwas sanfter hinzu und nahm Franta unter den Arm.
Er zog ihn in den nächsten Hausflur.
Franta versuchte, nochmals zu schreien, aber Herr Flanderka brüllte ihm in die Ohren, er solle doch zum Teufel aufhören: »Kruzitürken, verstehst du, hör auf damit!«
Franta lehnte an der Wand des Hausflurs, denn sonst wäre mein jüngster Onkel zu Boden gestürzt, so hatte ihn das mitgenommen.
»Nimm dich doch ein bißchen zusammen«, sagte Flanderka zu ihm, »und dann mach, daß du heimkommst!«
Und nun begann Franta draufloszuheulen, sein Schluchzen wurde von der gewölbten Decke des Hausflurs zurückgeworfen, und weil ich keine Ahnung hatte, wie man einen heulenden Bolschewiken beruhigt, und weil meine Augen ebenfalls voll Tränen waren, ging ich kurzentschlossen heim.
Ich schämte mich auch ein wenig für Franta, daß er, ein ausgewachsenes Mannsbild, sich so gehenließ und vor mir weinte, und als ich auf dem Heimweg darüber nachdachte, sagte ich mir, eigentlich dürfte ein erwachsener Mann nie im Stehen weinen; wenn ihm schon danach zumute ist und er sich unbedingt ausheulen muß – es hilft angeblich gegen Schmerz und Ratlosigkeit –, dann soll er sich irgendwohin verkriechen, sich zu Boden werfen und in die Erde hineinweinen.
Bei uns im Café ging es fröhlich zu; die deutschen Offiziere sangen ›Dort draußen auf der Heide‹, ich ging in unsere Wohnung hinauf, die direkt über den Geschäftsräumen lag, warf mich in Kleidern aufs Bett und schlief ein; kaum hatte ich die Augen geschlossen, begann ich

sogleich von Herrn Kempf zu träumen, er hatte weiße Flügel, statt der Soutane aber nur ein rosa Hemdchen an, wie solche die Englein seit jeher tragen, was ich noch von der Großmutter weiß; als Flügel hatte Herr Kempf papierene Zementsäcke, und diese wenig tauglichen Flügel schwingend, sank er tiefer und tiefer, bis ich ihre feuchte Berührung auf meinem Gesicht spürte.

4. KAPITEL

Mein Großvater mütterlicherseits starb lange vor meiner Geburt, doch die Großmutter erzählte oft von ihm und verbarg ihre Tränen dabei gewöhnlich hinter einem großen Taschentuch.
Den Großvater, sagte sie, hätte ich mir zum Vorbild nehmen sollen, der ging zum Beispiel mit blankpolierten Schuhen durch den größten Straßenkot, ohne sie sich auch nur ein bißchen zu beschmutzen, wogegen ich nur einmal über die asphaltierte Straße zu laufen brauche und mit Schuhen heimkomme wie ein Infanterist direkt vom Exerzierplatz; in dieser Hinsicht, so hieß es, hätte ich viel vom Großvater lernen können.
Sonst wurde vom Großvater nichts erzählt, und ich wunderte mich schon immer, warum die Großmutter mich nie zu seinem Grab führte, wo wir doch das von Jeník, ihrem ältesten Sohn, der gelernter Installateur war und an einem Nierenleiden starb, regelmäßig schmückten.
Alle Angaben über den Großvater beschränkten sich auf die Feststellung seiner außerordentlichen Geschicklichkeit beim Überqueren von Straßenschmutz und auf ein Foto, das einen bärtigen Mann inmitten einer Gruppe von Steigern des Dreifaltigkeitsschachtes zeigte: mit seinem gestärkten Kragen sah er darauf sehr streng aus, aber seine Augen waren weich, und genau die gleichen hatten auch Franta und meine Mutter von ihm geerbt.
Erst später erfuhr ich, daß der Großvater – im Irrenhaus Selbstmord verübt hatte.
»Sie haben ihn zu Tode gehetzt«, sagte meine Mutter, »sie haben ihn buchstäblich zu Tode gehetzt.«
»Wer?« fragte ich.
Ich erhielt aber keine weitere Auskunft, so daß ich bis heute nicht weiß, wer mir eigentlich den Großvater zu Tode gehetzt hat. Während meines Vorschulalters hatten die Unseren nur wenig Zeit für

mich, und so gaben sie mich meiner Großmutter in Pflege, und zwei oder drei Tage bevor mich die Großmutter in die erste Klasse führte, ließ sie mich kahlscheren und mir aus den ledernen Schnürschuhen alle Eisenzwecken herausziehen: ich klapperte mit ihnen doch so gern über das Steinpflaster des Ganges; ich brüllte, als sie mich schoren und mir die Großmutter nachher die Zwecken eigenhändig aus den Schuhen herauszog; beide Aktionen brachte sie in logischen Zusammenhang mit dem Beginn meines Schulbesuchs, und so trat ich denn mit erheblichem Widerwillen gegen diese Bildungsinstitution in die erste Klasse ein; gleich am zweiten oder dritten Tag regte sich der Herr Lehrer über etwas auf, wobei ihm die Perücke vom Kopf fiel, das war meine zweite seelische Erschütterung innerhalb einer Woche – ein bißchen viel für einen Abc-Schützen.

Der Lehrer war ein sehr guter Mensch, aber die Perücke kann ich ihm bis heute nicht verzeihen: er hatte nämlich so schönes Haar; als ich ihn das erste Mal mit dem Klassenbuch in der Hand dastehen sah, fielen mir sogleich seine Locken auf – und ich beneidete ihn, aber dann verrutschte ihm die Perücke und fiel zu guter Letzt auf den mit Öl eingelassenen Fußboden des Klassenzimmers; ich hatte meinen ersten Schock weg, und seit dieser Zeit bin ich aller Schönheit gegenüber sehr skeptisch, ich prüfe erst, ob sie mit dem Objekt, zu dem sie gehört, auch fest verwachsen ist.

Die Bezruč-Straße, in der ich bei meiner Großmutter wohnte, als Vater und Mutter um ihre Existenz zu kämpfen hatten, war eine Sackgasse: sie endete an einem Zaun, der die Kolonie abschloß; hier wohnten die Bergleute und auch die Großmutter, bevor man sie aus der Kolonie hinauswarf, nachdem der Großvater ein so schlechtes Ende genommen hatte.

Hier wuchsen auch meine Mutter, ihre Schwester Lída und ihr Bruder Franta auf; Jeník war schon lange tot.

Franta wurde kurz vor dem Ersten Weltkrieg geboren, damals hatte der Großvater schon das Zeitliche gesegnet, und die Großmutter mußte sich zu der schmalen Rente noch als Aufräumefrau und durch den Verkauf von Obst und Gemüse etwas hinzuverdienen.

Als Dreijähriger war Franta so unterernährt, daß er davon einen aufgedunsenen Bauch bekam, und meine Mutter, sie mochte damals etwa acht Jahre alt gewesen sein, stahl für ihn aus der Militärküche in der benachbarten Schule Zucker, damit er wenigstens süßen Kaffee hatte. Sie kannte im Schulgebäude jeden Winkel; denn sie war da zur Schule gegangen. Später wurde sie dort für das Militärlazarett dienstver-

pflichtet. Damals war kein Unterricht, und so konnte sie dort den ganzen Tag herumlungern und auskundschaften, was man an Eßbarem stehlen könne, und am Abend stieg sie dann durch ein Fenster in die Kellerräume ein, tastete sich die Wände entlang zum Magazin, und da gab es alles in Hülle und Fülle: Mehl, Zucker, Reis.
Oben in den Schulklassen stöhnten die Verwundeten aus Halič, im Konferenzzimmer wurde amputiert, und in vier Stockwerken starben die bärtigen, verelendeten Soldaten Ihrer Kaiserlich-Königlichen Majestät, und das kleine Mädchen stahl sich an den feuchten Kellerwänden vorbei, hörte die Schmerzensschreie, das Stöhnen und Fluchen von oben; die feste Decke zwischen ihr und den Verwundeten auf den von Blut durchtränkten Strohsäcken schien auf sie herabzustürzen; jedesmal, wenn sie leise durch den Keller zum Magazin schlich, sah sie im Dunkel vor sich verunstaltete Gesichter, Rümpfe ohne Gliedmaßen, Gliedmaßen ohne Rümpfe, hörte die Seufzer, roch den Gestank von verwesendem Fleisch, Urin, Fäkalien und Todesschweiß.
Wie oft wollte sie aus dem Keller weglaufen, um nie wieder hierher zurückzukehren für eine Handvoll Zucker, Mehl oder ein bißchen Reis, je nachdem, was sie im Finstern gerade aus den Säcken erwischte, dann aber tauchte immer wieder das Bild des kleinen Franta mit dem gedunsenen Bäuchlein vor ihr auf, mit dem unterernährten weißen Gesichtchen – und sie schlich sich weiter durch die stinkende Finsternis voller schrecklicher Laute und Echos.
Einmal geschah es dann: das kleine Mädchen war gerade auf dem Rückweg aus dem Magazin, in ihrem Schürzchen trug sie etwas mit Mehl vermengten Zucker, stolperte oder glitt auf dem schlüpfrigen Boden aus und stürzte direkt auf etwas Weiches; sie tastete den Boden um sich herum ab und bekam unter ihren Fingern ein kaltes Kinn, Wangen und Augenhöhlen zu spüren; sie schrie auf und fuhr in die Höhe; der Inhalt ihrer Schürze fiel dem toten Soldaten ins Gesicht.
Meine Mutter schrie und schrie und preßte sich an die Wand.
Soldaten kamen mit Licht: sie erblickten das magere kleine Mädchen, das an der Wand lehnte und schrie, den Toten, das bleiche Gesicht über und über mit Zucker und Mehl bestäubt; meine Mutter mußte drei Tage lang das Bett hüten, dreimal kam der Militärarzt, ein junger Pole aus der Gegend von Krakau, und brachte ein Säckchen Zucker für Franta, dem kleinen Mädchen aber gab er eine Beruhigungsspritze.
Meine Mutter und Franta waren in der Kindheit ein unzertrenn-

liches Paar; jeden Samstag führte ihn meine Mutter zu Kinderfilmen ins Palast-Kino aus; natürlich hatten die beiden nicht das Eintrittsgeld, und so kroch die Schwester mit dem kleinen Bruder durch das Fenster der Damentoilette hinein.

Franta hing an seiner Schwester, sie wurde ihm zur zweiten Mutter, zur Betreuerin und Beschützerin bei seinen ersten Balgereien mit anderen Jungen; wenn er nicht ein noch aus wußte, kam er immer zur Máňa, meiner Mutter.

In der Bezruč-Straße war alles wie außerhalb der Zeit, im Handumdrehen verging das Jahr, ohne daß man es merkte, alles blieb, wie es war: Der alte Smuda kam täglich betrunken heim und verprügelte in der Etage über uns seine Familie, Jan Havlíček, ein beleibter Herr, schrieb in seiner dunklen Kammer seine genialen Werke über die Weltrevolution; eines dieser Werke habe ich gelesen: Einer armen Mutter wurde ein stattlicher Sohn geboren, doch kaum hatten seine Lippen der Mutter Brust berührt, starb sie – wie auch alle, die er mit der Hand oder den Lippen berührte, sogleich starben; der kleine Junge wuchs als Waisenknabe auf, es ging ihm aber nicht schlecht; die Liebchen starben ihm zwar unter den Händen, aber wie aus dem Werk Jan Havlíčeks hervorging, litt der Held nicht allzusehr darunter; schließlich fiel diese seine Begabung einem edlen General auf, dem er die Kusine verführte und ins Jenseits beförderte, selbstverständlich eine schöne, edle und in allen feinen Stickereien bewanderte Kusine; der General steckte ihn in ein schönes Gewand, verfrachtete ihn in seinen Wagen und brachte ihn zum Generalstab, der den Jüngling mit dem Auftrag aussandte, allen Feinden die Hände zu reichen und alle Frauen der einflußreichen Minister zu küssen, so daß es Staatsbegräbnisse am laufenden Band gab und sogar der Tod der britischen Königin in den Zeitungen nur mit drei Zeilen erwähnt wurde. Aber jetzt kommt der schreckliche Konflikt: es gibt einen Dauerfrieden, wer Lust verspürt, Krieg zu führen, dem reicht unser junger Mann die Hand und erledigt ihn, und nun wird ihm bewußt, daß ihm etwas fehlt: die Liebe; er verliebt sich, kann aber die Frau nicht berühren, sonst wäre es um sie geschehen, was auch für den Fall zutrifft, wenn er sie nur mit seinem Glied berührt hätte: denn auch dieses Instrument war tödlich.

Die Jahre in der Bezruč-Straße liefen träge dahin, von der Zeit unberührt: man kaufte bei Herrn Lacina auf Borg ein, tanzte in der Schießstätte; es war gerade die Zeit des Shimmy und die Ära des Tom Mix, als meine Mutter die Schneiderlehre besuchte, sie kam

langsam in das heiratsfähige Alter, und obwohl es ihr nicht an Bekanntschaften mangelte, wollte es nicht recht klappen.
Ein junger Student, erzählte mir einmal die Mutter, warf sich angeblich ihretwegen vor den Zug, was nicht ganz stimmen dürfte, denn er hatte Krebs, litt sehr darunter, und so machte er eben radikal Schluß.
Ein anderer Verehrer, der Automonteur Bobek, brachte es nicht weiter als zu schüchternen Annäherungsversuchen, denn irgendein Gespenst störte ihn dabei; hätte Bobek vor dem Gespenst mehr Mut bewiesen, vielleicht hätte ihn meine Mutter schließlich doch genommen.
Eines Tages nämlich begann plötzlich in den Straßen von Schlesisch-Ostrau ein Phantom umzugehen: Der Unhold, ganz in Weiß, spazierte über die Dächer und schwang sich über die Straßen, die Polizisten hatten Bereitschaft, die Mädchen blieben am Abend daheim, und die jungen Männer mußten zum Rendezvous bis dicht an das Haus herankommen, aber Bobek hatte Angst, sei es vor dem Gespenst, sei es vor der Großmutter, er verpaßte jedenfalls den richtigen Augenblick, so daß es zu keiner näheren Begegnung mehr kam.
Lída, die jüngere Schwester, heiratete früher. Es begann damit, daß einmal in der Schießstätte ein etwas beleibter Herr zu den beiden Mädchen hinzutrat und mit einer Verbeugung sagte: »Gnädigste Jungfer, darf ich um den nächsten Tanz bitten!«
Das war etwas ganz Ungewöhnliches, trug den Duft der weiten Welt, von Exotik und erinnerte so sehr an die schönen Ausstattungsszenen des Stummfilms – denn die einheimischen Burschen, die ungehobelten Häuer, Hüttenarbeiter, Verkäufer und Nichtstuer, sie alle kamen nur an den Tisch heran, fixierten die Mädchen und sagten: »Also was ist, welche, Máňa oder Lída?«
Aber Jan Hejtmánek war aus anderem Holz, der Metzgergeselle aus Prag-Žižkov, der im Ostrauer Schlachthof praktizierte, trug ein Hemd aus feinstem Material und einen Maßanzug aus dem ersten Žižkover Schneidersalon, er machte ein gelangweiltes Gesicht und gebrauchte die Redewendungen eines Mannes von Welt, was Lída bezauberte, meine Mutter ebenfalls, aber um keinen Preis der Welt hätte sie der Schwester den Verehrer weggenommen, und noch eines: Herr Hejtmánek war ihr doch ein wenig zu dick, und Lojza Lapáček hatte ihr beim Tanz zugeflüstert, die Metzger tränken warmes Blut, einerlei ob Tier- oder Menschenblut, hätte so ein Metzger nicht das eine, griffe er zu dem anderen, er verbisse sich in den Hals, das Biest, und söge so lange, bis er genug habe.

Nach drei Wochen saß Jan Hejtmánek bei der Großmutter in der Küche, stammelte einige unzusammenhängende Sätze über seine Liebe zu Fräulein Lída, wenn es der Frau Mutter recht sei, wolle er sie noch diesen Sommer zur Frau nehmen, denn es gibt keinen Mann, der auf seine alten Tage allein bleiben will wie ein vereinsamter Zaunpfahl, wie sich Herr Hejtmánek ausdrückte, er führte also Reden, die eine abgerackerte, alte Mutter nur allzugern hört, und so war es durchaus nicht verwunderlich, daß er zu dem Stück Sonntagsgugelhupf und dem Kaffee auch noch Fräulein Lída dazubekam.
Die Hochzeit wurde im Hotel Národní dům, dem Nationalhaus, gefeiert, es gab Schnitzel mit einer Zitronenscheibe darauf, und wenn wir beide, meine Mutter und ich, guter Laune sind, amüsieren wir uns immer wieder über diese Episode: Die Großmutter, das arme, abgearbeitete, alte Weiblein, wußte mit dem Zitronenstückchen auf dem Schnitzel nichts anzufangen, und so steckte sie das Scheibchen tapfer in den Mund und zerkaute es mit dem zahnlosen Kiefer, auf dem Gesicht das glückliche Lächeln einer zufriedenen Mutter.
Aber *jetzt* erscheint mir diese Episode nicht im geringsten mehr lächerlich, im Laufe der Zeit hat sich die Komik aus ihr verflüchtigt wie der Duft billigen Parfüms, und geblieben ist allein das Wesentliche des Vorfalls: in ihm spiegelte sich der ganze Charakter der Großmutter, die es fertigbrachte, auch die bitterste Pille zu schlucken, gewohnt, die härtesten Schicksalsschläge zu empfangen und hinzunehmen, ohne dabei ihren festen Halt zu verlieren, mühselig und ohne fremde Hilfe auf den eigenen Füßen stehend; sie war die trefflichste Frau, die ich je kennengelernt habe.
Von mir und der Großmutter erzählt man sich folgende Geschichte, die ich hier unbedingt wiedergeben muß: Sie ging einmal mit mir spazieren, ich konnte noch nicht richtig laufen, hatte fürchterliche O-Beine, und da raste uns plötzlich ein scheuendes Pferdegespann entgegen, der Wagen sprang dröhnend über das Kopfsteinpflaster, der Kutscher schrie vor Wut und Angst auf die Pferde ein, die, Schaum vor dem Maul, mit den Hinterhufen ausschlugen, so daß die Funken nur so stoben, die Frauen kreischten, und ich stand mit der Großmutter in der Mitte der Straße, für sie war es schon zu spät, mich auf den Arm zu nehmen und aus dem Bereich des wütend herangaloppierenden Gespanns beiseite zu flüchten, und so tat die Großmutter das Einfachste, was eine mutige Frau in einer solchen Situation tun konnte: mit der Linken schob sie mich hinter sich, versteckte mich hinter ihrem weiten Rock, und die Rechte streckte sie

abwehrend den Pferden entgegen – sie brachte die Tiere unmittelbar vor ihrem Gesicht zum Stehen.
Leute eilten herbei, der Kutscher fuchtelte und knallte mit der Peitsche herum, dieser Kerl war betrunken, er schrie auf die Pferde ein, aber die standen jetzt mit gesenkten Köpfen lammfromm und still da, und meine Großmutter fiel in Ohnmacht.
So manches Mal habe ich mir später gewünscht, eine Großmutter zu haben, die einem ein Gespann wildgewordener Pferde vom Leibe hält, denn nun stand ich den Dämonen immer ganz allein gegenüber, ich besaß nicht die innere Kraft, sie mit bloßen Händen abzuwehren – und so wurde ich überfahren, total überfahren.
Wenn nicht das Leben meiner Großmutter so viel Mühe und Plage beschert hätte, sie wäre aus lauter Liebe imstande gewesen, Berge zu versetzen; aber so war sie sehr abgerackert; am Ende machten ihr die Blutkörperchen und noch so mancherlei andere Krankheiten zu schaffen, und daran starb sie auch.

Meine Mutter war der Großmutter nicht sehr nachgeraten.
Wieviel Anträge erhielt Máňa, meine Mutter, doch als junges Mädchen!
Besonders als sie Damenschneiderei lernte, mangelte es ihr nicht an Verehrern; sie sang auf einer Liebhaberbühne, ging tanzen, war hübsch, fröhlich und konnte sich so manche schicke Kleider nähen, wie sie nicht einmal die aufgeblasensten jungen Fräulein in der Stadt trugen – und das macht bei den Männern gewaltigen Eindruck.
Nur bemerkte niemand die Angst, die in meiner Mutter steckte, die sich tief in sie eingewurzelt hatte von dem Augenblick an, da sie im Schulkeller auf den toten Soldaten gefallen war und sein bleiches Gesicht mit Zucker und Mehl bestäubt hatte; diese Angst verließ sie nie mehr, und stets schreckte sie irgend etwas: einmal war es die Vision von Hunger, ein andermal Kinder mit gedunsenem Bauch, dann wieder eine Krankheit, ein andermal etwa tiefes Wasser, obgleich sie ausgezeichnet schwamm; und wenn es nichts zu fürchten gab, dann ersann sie sich selbst eine Angst: was gab es nicht da an Zwischenfällen, die sie parat hatte, was für Vorstellungen von Schrekken und Qualen! Ohne Angst konnte sie nicht leben, sie suchte sie – und fand sie selbstverständlich auch.
Sie steckte tief mit festen Wurzeln in ihr, sie war ein Erbteil des Großvaters, dessen, der sich nie die Schuhe beschmutzte, wie auch das Erbteil der schlimmen Zeiten nach dem Ersten Weltkrieg, als die

Großmutter in der kleinen Wohnung ›Schläfer‹ beherbergte, die ihr für Übernachtung und Frühstück wöchentlich zwanzig Kronen bezahlten – das waren schlimme, ja wirklich arge Zeiten.
Noch heute leidet meine Mutter unter der fixen Idee, eine Schale Kaffee oder Tee, in die man nicht zumindest fünfzig Gramm Zucker hineintut, habe nicht genügend Nährwert, und eine Brotscheibe müsse man drei Finger dick mit Butter oder Fett bestreichen; mir ist der Zusammenhang zwischen Frantas gedunsenem Bäuchlein und Mutters fixer Idee ganz klar, aber unsere Gäste brachten der übersüßte Kaffee, die Unmengen von Mehlspeisen, die Berge von Fett und Butter wie auch alles andere, was sie auftischte, aus der Fassung.
Bei uns wurde gesüßt und gefettet, daß mir übel davon wurde. Meine Mutter ertrug es nicht, Hunger mitansehen zu müssen, jeder Hungernde erweckte ihr Bedauern und ihr unendliches Mitleid; ihm hätte sie alles gegeben, auch das Letzte, genauer gesagt, das Vorletzte, denn den letzten Rest hätte sie bestimmt für sich – und für mich zurückbehalten.
Das war zu Weihnachten im Jahre siebenunddreißig oder achtunddreißig, als sich jener Vorfall mit dem rothaarigen Jungen abspielte, er war der größte Dummkopf und zugleich der ärmste Schlucker in unserer Klasse; wir Kinder aus den Familien, die im Überfluß lebten, sollten daheim unsere Eltern überreden, ein Tröpflein Honig auf den Tisch der Armen fallen zu lassen, der Herr Lehrer appellierte an die christliche Nächstenliebe zur Weihnachtszeit, an unser patriotisches Mitgefühl und dergleichen: ich suchte mir den Rothaarigen aus; aber dem Herrn Lehrer war das gar nicht recht, er hatte einen ganz anderen Jungen im Sinn, dessen Äußeres nicht solchen Anstoß in unserem Milieu erregt hätte, aber ich bestand darauf, Ruda mit heimzunehmen, und der Herr Lehrer versuchte vergeblich, mich davon abzubringen; er befürchtete, mein Vater könne in Rudas Wahl möglicherweise eine Böswilligkeit seitens der Schule erblicken, aber ich blieb halsstarrig: an Ruda hatte ich Gefallen gefunden, er war dumm, aber aufrichtig – und das nur allzusehr.
Und außerdem war er drei Jahre älter als ich – er war so oft sitzengeblieben.
Er mochte mich, vermutlich der Vesperbrote wegen, die ich redlich mit ihm teilte, die anderen taten das freilich auch, aber es kommt sehr auf die Art und Weise an, wie man mit dem anderen teilt.
Ich brachte also Ruda heim, betrat mit ihm das Vorzimmer, rief die Mutter herbei und war gespannt, wie sie reagieren würde. Als sie

den kleinen Rotkopf erblickte, die dünnen Beinchen, die schäbige Kleidung, ging ihr Atem schwer, sie bekam ziemlich feuchte Augen und gab uns gleich einen Schluck heißen Kakao; wir tranken ihn in der Küche, und Ruda machte ein abweisendes Gesicht. Das Gebäck für ihn war noch nicht vorbereitet, aber meine Mutter häufte auf unsere Teller so viel Tortenstücke und Kuchen, daß Ruda nicht widerstehen konnte und fragte: »Darf ich mir ein Stück nehmen?«

Meine Mutter schlug die Hände zusammen und rief: »Nicht nur eines, du sollst sie alle essen!«

Ruda nahm sich jedoch nur ein einziges Stück, dann fragte er bescheiden, ob wir jetzt hinaus ins Freie gehen dürften.

»Natürlich, geht nur, geht, inzwischen werde ich alles vorbereiten ...«

Im Korridor stand der Schlitten, fachmännisch betastete ihn Ruda: »Ist das deiner?« Ich nickte, er ergriff den Schlitten, und wir gingen auf die verschneite Straße hinaus.

Ich hatte keine große Lust, länger draußen zu bleiben, setzte mich daher vor dem Haus auf den Schlitten, und Ruda bemächtigte sich sofort der Schnur; ich war überrascht, ich hatte nicht erwartet, daß er sich so mit der größten Selbstverständlichkeit als Zugtier einspannen würde, auf dem Schlitten sitzend, hatte ich doch keinen derartigen Wunsch geäußert; aber Ruda kam in Fahrt, setzte sich mit dem Schlitten in Bewegung und fuhr los, er zog mich die Straße hinauf und hinunter, an unseren Fenstern vorbei, und jedesmal, wenn er den Hauseingang passierte, schrie und jauchzte er vor Begeisterung, um meine Mutter darauf aufmerksam zu machen, wie schön er, Ruda, ihren Liebling auf dem Schlitten hin und her führte. Ich schrie ihm mehrmals zu: »Stopp, jetzt werde ich dich ein Weilchen ziehen«, aber Ruda raste unentwegt die Straße auf und ab, wahrscheinlich kam ihm nicht im entferntesten der Gedanke, ich könne ihn nun auch ein Weilchen ziehen; offensichtlich fühlte er sich in seiner Rolle ganz wohl.

Und Ruda zerrte und riß an dem Schlitten, langsam sah man ihm schon die Ermüdung an, aber er wollte die Schnur nicht loslassen, um keinen Preis; er mußte beweisen, was für ein gutes und dankbares Zugtier er war. Wenn ich heute an diese Episode zurückdenke, wird mir bewußt, wie sehr ich mich damals schämte, wie mich der Katzenjammer befiel und ich Ruda am liebsten angebrüllt hätte: »So laß doch endlich dieses idiotische Ziehen sein, kipp mich in den Schnee und ruh dich aus«, aber zugleich wird mir bewußt, daß ich zum erstenmal das Gefühl der Überlegenheit auskostete – und auch den Widerwillen, diese Überlegenheit auszunützen und zu mißbrauchen. Diese Schlittenfahrt machte mir überhaupt keinen Spaß, und ich war froh, als die Mutter das Fenster öffnete und uns nach oben rief, wo Ruda nochmals eine Schale Kakao, natürlich übersüßten, austrinken und einige mit Schlagrahm gefüllte Tortenstücke verzehren mußte und nachher noch ein Eis mit Früchten; und während er aß, streichelte ihm meine Mutter unentwegt den roten Schopf, und Ruda bekam rote Flecke im Gesicht, begann heftig zu atmen, verschlang alle Lekkerbissen und bekam als Abschluß seines Besuches bei uns noch einen riesigen Karton und einen Briefumschlag, der einen Hunderter enthielt; er versuchte meiner Mutter zum Abschied die Hand zu küssen: wer weiß, wer ihm das auf die Seele gebunden hatte, bestimmt nicht sein Vater, der alte Bolschewik, der immer in den Wirtshäusern randalierte, bestimmt ging das auf das Konto des Herrn Lehrer.

Ich begleitete Ruda noch an die nächste Straßenecke; dort wurde er plötzlich ganz bleich, übergab sich und beförderte alle guten Sachen, die er bei uns in sich hineingestopft hatte, wieder aus sich heraus; der arme Kerl war traurig darüber, aber den Karton preßte er fest an sich, der Briefumschlag mit dem Hunderter steckte sicher in seiner Manteltasche.

Die Sache mit Ruda ereignete sich zu einer Zeit, als meine Mutter es sich bereits leisten konnte, den Kindern der Bergarbeiter-Kolonie Kartons mit Gebäck zukommen zu lassen und ihnen einen Hunderter zuzustecken; damals, als sie zum erstenmal zu meinem Vater ins Café kam, war bei uns angeblich noch Schmalhans Küchenmeister gewesen.

Damals hatte mein Vater einen Aushang an seinem Geschäft angebracht, er suche ein tüchtiges Fräulein, und meine Mutter, des ewigen Bückens über die Nähmaschine überdrüssig, streifte ihr bestes Sommerkleid über, ging hin und stellte sich dem Herrn Chef vor.

Der Herr Chef, obwohl noch ein junger Habenichts und damals hart am Rande des Bankrotts, hatte schon das Gehabe eines wackeren Unternehmers, trug einen steifen, wenn auch nicht gerade sehr sauberen Kragen, tat sehr wichtig und fragte meine Mutter: »Also, mein Fräulein, die Kaution haben Sie doch?«

Das war der Stein des Anstoßes, denn wo hätte ein Mädchen aus der Bezruč-Straße die Kaution hernehmen sollen – mein Vater benötigte drei Tausender, um das Loch zweier oder dreier Schuldverpflichtungen zustopfen zu können –, und so machte meine Mutter auf dem hohen Absatz kehrt, rot vor Wut im Gesicht, dieser unverschämte Grünschnabel, er verlangt eine Kaution.

»Wo denken Sie hin, Herr Chef«, erwiderte sie, »leider habe ich nicht die Kaution, da müssen Sie sich also nach jemand anderem umsehen ...«

Meine Mutter aber hätte damals nicht so forsch kehrtmachen dürfen: die heftige Bewegung wehte ihr das Kleid um die Beine, löste ihr Haar und ließ es um den Nacken flattern, züngelnd zeichnete es eine blonde Flammenspur in die Luft, daß es meinem Vater den Atem verschlug. Hier bot sich ihm die ganze Pracht in wirbelnder Bewegung voller Trotz dar.

Das Fräulein hatte noch die Hand auf der Türklinke; sie amüsierte sich schrecklich über das französische ›Entree‹ an der Tür, das muß ein feiner Vogel sein, dieser Herr Chef, dachte sie, er gibt sich nicht mit einer schlichten tschechischen Aufschrift zufrieden, er muß etwas Besonderes haben – Entree!

»Aber vielleicht könnten wir uns doch noch einigen, mein Fräulein«, sagte mein Vater.

Meine Mutter drehte sich um und sah ihm in die Augen, das tat sie immer, wenn sie lachte: »Vielleicht, Herr Chef«, erwiderte sie.

Dann kam vermutlich die Sache mit dem Kanapee im Hinterstübchen, wo der aufdringliche Geruch der Scheuerlappen zu spüren war, es gab das Hin und Her mit der Hochzeit, und zuvor noch saß mein Vater bestimmt auf demselben Platz wie Hejtmánek damals und hielt eine fließende Rede über das Glück des Lebens, trank Kaffee und aß Gugelhupf, bis er und die Großmutter die Angelegenheit schließlich mit Handschlag besiegelten; aber das Glück wollte meinem Vater nicht mehr zulächeln; die Hochzeit war angeblich kaum der Rede wert, denn mein Vater hatte bestimmt andere Sorgen: zwei Monate nach seinem Eintritt in den Ehestand machte er Bankrott.

Beerdigungen gab es zwar genug, die Leute starben auch damals in genügender Zahl, aber Geld und Arbeit wurden immer weniger, die Geschäfte gingen schlecht, und eines Tages kam der Exekutor und pfändete die Alpaka-Tabletts, die Warenvorräte und auch fast alles übrige. Das Unternehmen war auf den Hund gekommen, und mein Vater mit ihm.

Zu diesem Zeitpunkt tauchte, so erzählt man, Hejtmánek auf, mit der Miene eines Erlöser-Engels, und sagte, es sei ihm zu Ohren gekommen, mit dem lieben Schwager stünde es nicht zum besten und, ojemine, auch das Geschäft ginge schlecht; dann stand er noch eine

Weile gaffend herum, zog die Luft durch die Nase, bis es endlich aus ihm herauskam: er würde gern etwas Geld in das Unternehmen stecken, natürlich nur gegen Beteiligung am Café.

Jeder andere hätte in der damaligen Situation Hejtmánek vor Freude beide Arme ausgerissen, aber mein Vater sagte nein, nein und nochmals nein: »Das ist mein Unternehmen, ich habe es auf die Beine gestellt, und ich falle mit ihm, oder ich boxe mich wieder hoch, ich danke dir, lieber Schwager; mit fünf Hundertern habe ich angefangen, und geblieben sind mir jetzt zwei Tausender.«

Hejtmánek tat gleichgültig, aber jeder konnte aus dem Zucken der Fettfalten unter seinem Kinn schließen, wie es in seinem Innern tobte. »Kamerad, du wirst noch gekrochen kommen«, sagte er und schlug die Tür hinter sich zu.

Im Winter war mein Vater Herr über alle Eisbahnen der Stadt: In allen Stadtteilen errichtete er seine Verkaufsstände mit Tee, Bonbons und Näschereien, wie man sie so gern auf der Eisbahn schleckt, er investierte die letzte Krone in das Unternehmen – und es rentierte sich: Im März überschlug er Einnahmen und Ausgaben und errechnete ein hübsches Sümmchen für den Neubeginn unseres Cafés in der Straße zum Friedhof.

Im Mai fing er wieder von vorne an.

Und in diesem Mai machte er seinen ersten Seitensprung.

Die Eisbahn besuchte täglich irgendsoein Fräulein, Evi hieß sie, und kaum war sie da, schon machte sich mein Vater daran, ihr die Schlittschuhstiefelchen zuzuschnüren, trug ihr den Tee bis auf den Eislaufplatz hinaus, und heim ging das Fräulein nie allein; meine Mutter hätte es nie erfahren, wenn nicht die anderen Frauen auf der Straße ihr alles zugetragen hätten.

»Gib nur auf den Bohuš acht, er zieht mit so einem Fräulein in der Stadt herum!«

An einem Maiabend dann – in der Kirche um die Ecke war eben die Maiandacht aus, die Linden in unserer Straße dufteten, obgleich sie um diese Jahreszeit noch nicht blühten, und alles war vom Regen frisch gewaschen – traf meine Mutter die beiden zwei Straßen von unserem Café entfernt.

»Bohuš, komm mit nach Hause!« sagte sie.

Mein Vater blickte die Mutter wie eine Fremde an, seine Augen trübten sich, das war immer der Fall, wenn ihm jemand irgendein Hindernis in den Weg legen wollte, und erwiderte: »Aber mein Fräulein, das muß ein Irrtum sein, ich kenne Sie gar nicht . . .«

Nachdem sich meine Mutter daheim ausgeweint hatte, legte sie mich in den Kinderwagen und eilte zu meiner Großmutter in die Bezruč-Straße, ach, jetzt empfand sie die Straße nicht mehr als häßlich und abstoßend durch ihr Grau, den Schatten und den Zaun, der sie von der Kolonie trennte, vielmehr erschien sie ihr an diesem Abend als Hafen der Zuflucht, alles kannte sie hier, und alle kannten die zerzauste Máňa, niemand sagte hier zu ihr: »Mein Fräulein, ich kenne Sie nicht«, jeder Stein hieß sie willkommen, jedes Fenster, jedes Häuschen flüsterte ihr entgegen: »Guten Abend, Mařka, ei, ei, warum weinst du, Mädchen, was ist denn los?«
»Ich gehe nie mehr zu ihm zurück«, sagte meine Mutter zur Großmutter in der Küche.
Die Großmutter schwieg, sie wußte das Ihre, sie hatte Erfahrung nach alldem, was sie durchgemacht hatte, sie war abgerackert, kannte den Hunger und die durchweinten Abende und Nächte im verborgenen, damit die Kinder nicht merkten, was die Mutter bedrückte, kannte die Erniedrigung in den Waschhäusern der Herrschaften, wußte, wie dünne Kümmelsuppe in der Ausdünstung von Waschkessel und fremdem Schmutz schmeckt, ach, sie wußte nur allzugenau, was das heißt, mit den paar Kronen Rente auszukommen, die sie nach dem Tode des blauäugigen Steigers, dem, der an den Schuhen nie Straßenschmutz hatte, bezog.
»Und wovon willst du leben?« fragte die Großmutter.
Meine Mutter auf dem Hocker beim Ofen sank in sich zusammen, wahrscheinlich kam ihr die Erinnerung an Franta wieder, an sein gedunsenes Bäuchlein; sie hob die furchterfüllten Augen und sah zu mir hin: ich lag in meinem Steckkissen auf dem Tisch.

Ich weiß nicht, warum mir die Mutter das alles erzählte, und gerade in jener Nacht, als sie mich mit der Kerze in der ausgestreckten Hand weckte – ein wenig heißes Wachs tropfte mir dabei auf den Handrücken und verbrannte die Haut, bis heute sieht man die Narbe –, sie trug ihren chinesischen Schlafrock mit den blutroten Drachen, und so gingen wir in die Nacht hinaus und vergruben das Eichenholzkästchen unter dem siebten Apfelbaum der ersten Reihe; dann standen wir beide in der Nacht da, meine Mutter zog mich an sich, und mit leiser, fremder Stimme voller Resignation erzählte sie mir von ihrem Kummer, als wäre es das Leid einer anderen, irgendeiner fremden Person, mit der sie mitfühlte; ich zitterte am ganzen Leib vor Kälte und Scham, am liebsten hätte ich aufgeschrien: Genug, warum erzählst du mir das alles, aber ich schwieg, und so berichtete sie ununterbrochen weiter: vom Vater, wie unglücklich sie mit ihm war und noch sei, von Franta, von Herrn Berger, und alle diese halbvergessenen und schmerzlich gegenwärtigen Episoden, und allmählich dämmerte mir, was alles mitgeholfen hatte, mich zu prägen und zu formen, ohne daß ich mir dessen bewußt gewesen war.

In der Nacht kam dann der Vater an, die Melone auf dem Kopf wie damals als Freier, er wollte alles verreden, doch meine Mutter sagte zu ihm: »Bitte, schweig lieber.« Die Großmutter äußerte sich nicht dazu, und ich brüllte im Bett vor Schmerzen, denn ich hatte Mittelohrentzündung bekommen; am Morgen stand meine Mutter wieder auf ihrem alten Platz im Café, aber sie hatte etwas dazugelernt und begann jetzt auch an sich selbst zu denken, sie machte sich selbständig, entdeckte für sich neue Welten, nur jenen zugänglich, die es sich leisten können, von Zeit zu Zeit schröpfte sie ein wenig meines Vaters Geldbeutel für ihre Kleiderrechnungen, und wenn er protestierte, machte sie nur die Bemerkung: »Ich interessiere mich ja auch nicht dafür, wieviel du für deine Damen ausgibst . . .«

Schon damals hätten die beiden ohne ernstliche Gefühlsschäden auseinandergehen können, das Geschäft aber hielt sie zusammen: der Vater war der gewiegte Fachmann, und die Mutter verlieh dem ganzen Unternehmen den Anflug von Wärme, den Duft eines ausgezeichneten Kaffees und Kakaos und war auch sonst schon durch Figur und Aussehen ein Anziehungspunkt, was zur Besserung unserer finanziellen Verhältnisse in der Zeit der abklingenden Wirtschaftskrise zu Beginn der dreißiger Jahre nicht wenig beitrug.

Unsere Straße zum Friedhof war schon grundsätzlich eine demokratische Einrichtung, nicht nur ihrer Funktion wegen, denn jedermann mußte sie einmal, in Schwarz hinter dem Sarg herschreitend, passieren oder wurde diesen letzten Weg im Wagen durch das große Tor geführt – durch das man nur eintritt –, sondern auch wegen ihrer, ich möchte sagen, völkisch harmonischen Gliederung. Hier wohnten sie alle: Deutsche, Tschechen, einige ›Wasserpolacken‹ und Juden und auch Herr Arturo Caire, der Italiener und Inhaber des Konkurrenzunternehmens ›Beim Tor‹.

In unserer Straße war es üblich, und das war für alle sehr nützlich, daß wir Jungens schon im Alter von sechs und sieben Jahren fließend Deutsch und Tschechisch sprachen, das heißt: die deutschen

Jungen mußten notwendigerweise Tschechisch lernen und wir wiederum Deutsch; das Deutsch, das ich damals beherrschte, war keineswegs besonders elegant, auf Schliff und Ausdrucksweise legte man in unseren Lausbubenkreisen keinen allzugroßen Wert, wir bedienten uns der Sprache hauptsächlich als Mittel zum Zweck, um in geeigneter Weise zum Ausdruck bringen zu können, dieser oder jener sei ein Ochs oder ein Esel, oder um uns kurz und bündig darüber zu verständigen, welche Türklingeln wir heute wieder drücken würden, um die Hausmeister zu ärgern.

Als die Mutter den katastrophalen Stand meiner Deutschkenntnisse konstatierte, schickte sie mich fleißig zu Herrn Klimesch hin, damit ich von ihm etwas lerne. Wir setzten uns in einen dunklen Winkel des Lokals, der Herr Professor bekam einen Gratis-Kaffee mit Rum, rückte die Brille zurecht, er hatte eine so zierliche, funkelnde Brille, und begann, mir germanische Götter- und Heldensagen zu erzählen, von lauter Meuchel- und Fememorden, von den seltsamen Zeichen in den Granitfelsen an den Ufern dunkler Flüsse und stürmischer Meere, von Waffengeklirr und vom Gesang der römischen Legionen, die durch die Wälder Germaniens zogen – Geschichten, die in anderem Munde wie eine Aufforderung zum Kampf geklungen und in die junge Seele womöglich noch die ruhelose Sehnsucht nach Taten eingepflanzt hätten, die an Grausamkeiten denen der Göttersagen wahrscheinlich gleichgekommen wären, aber Herr Klimesch erzählte das alles ganz anders; aus seinem Munde hörten sich diese Greuel an wie das Märchen vom Wolf, der die Großmutter fraß, und wo alles am Ende doch noch gut ausging.

Nicht nur diesen einen Nachmittag verbrachten wir beide so zusammen, wir plauderten über alle möglichen Dinge, und ohne es zu merken, eignete ich mir langsam und für immer Herrn Klimeschs Redeweise an, sogar das deutsche Gaumen-R, ich lernte das Lied ›Am Brunnen vor dem Tore‹, das ich bis heute singe und wobei mir immer so schön wohl und traurig zumute ist; und bevor noch das Jahr um war, sprach ich ein so schönes Deutsch, daß mich die Jungen aus den besseren deutschen Familien zu meiden begannen; ich sprach nämlich allzu gewählt.

Ich war noch nicht acht Jahre alt, als zwei englische Ingenieure aus den Eisenwerken in unserem Lokal verkehrten, beide langaufgeschossene Burschen, die gerne einen hoben; sie verbrachten ganze Nachmittage hinter ihren Zeitungen, die sich wie riesige Planen ausnahmen, in die man unser ganzes Kühlpult hätte einwickeln können; den Engländern machte es einen Heidenspaß, wenn ich so manches englische Schimpfwort von ihnen aufgriff, bald aber ließen sie das Lachen sein und lehrten mich ein paar Alltagsworte, was mir und meiner Mutter ungemeines Vergnügen bereitete, so daß sie schließlich einen Englischlehrer für mich fand; er war Jude, ein Baum von einem Mann, unterrichtete am Mädchengymnasium, und innerhalb von drei Jahren, bis ihn dann im Jahre vierzig die Gestapo verhaftete, brachte er mir ein ganz anständiges Englisch bei.

Hätte ich damals nur ein bißchen mehr Geduld gehabt und wäre mein Vater nicht dagegen gewesen, so hätte ich mir in früher Jugend auch noch das Russische angeeignet, aber das Schicksal wollte es nicht, und so blieb ich mit dem Russischen auf halbem Wege stekken: von Franta schnappte ich nur ein paar Worte auf, doch das cyrillische Alphabet beherrschte ich ganz leidlich. Franta, damals schon Geselle ohne feste Anstellung, ansonsten Funktionär der kommunistischen Partei, Mitglied von drei oder vier Abteilungen kommunistischer Jugendgruppen und Kulturvereine, büffelte an den Abenden Marxismus und Russisch; uns besuchte er regelmäßig, meine Mutter steckte ihm hin und wieder mal einen Zwanzigkronenschein zu, aber so, daß es mein Vater nicht sah, denn der konnte Nichtstuer und politische Schwätzer nicht ausstehen.

Schon von jeher bezeichnete mein Vater die Bolschewiken als Diebspack, das nur stahl, verstaatlichte und kollektivierte, aber selbst etwas zu schaffen, dazu seien sie nicht imstande, sie seien wie Parasiten an gesunden Bäumen, die so lange an ihnen herumschmarotzten, bis sie die vernichtet hätten; und ein Parasit, so fügte mein Vater hinzu, sei kein konstruktives, sondern ein destruktives Element, seine Funktion in der Natur sei genauso wie die der Kommunisten in der Gesellschaft zersetzender Art.

An einem Samstagnachmittag, um diese Zeit war in unserem Café immer großer Betrieb, klaute jemand meinem Vater die mit Hundertern prall gefüllte Brieftasche, mein Vater schrie »Diebe, Diebe«, und zum Unglück war auch Franta gerade anwesend, der bei meiner Mutter hinter der Theke stand und, als der Spektakel losging, sich sogleich aus dem Staube machte.

Herr Flanderka kam und recherchierte, und ein Gast sagte ihm, er habe Franta im selben Augenblick verschwinden sehen, als mein Vater Krach geschlagen und sich an die hintere Hosentasche gegriffen hatte, die jetzt leer war. Herr Flanderka notierte sich alles, mein

Vater wurde blaß und flüsterte meiner Mutter ins Ohr: »Ich stand doch gerade hier und Franta direkt neben mir ... ich bin überzeugt, er hat sie mir geklaut, dieser Gauner von einem Bolschewiken, ich will ihn hier im Café nicht mehr sehen, hörst du, nie mehr!«
Meine Mutter verzog den Mund, das hatte sie sich seit neuestem angewöhnt, schwieg jedoch; Herrn Flanderkas Ermittlungen blieben erfolglos.
Am nächsten Sonntag war eine große Beerdigung, das Café wieder voll, und auch Franta kam herein, man merkte ihm schon an, daß er einen in der Krone hatte, er stellte sich in die Mitte des Lokals und hielt Ausschau nach meinem Vater: beider Blicke trafen aufeinander.
»Hinaus, du Bolschewik, du Diebskerl«, brüllte mein Vater ihn an.
»Herr Chef«, sagte Franta gelassen, »wenn Ihnen gestern Ihr Portjuchhé mit dem Geld abhanden gekommen ist, so kann ich Ihnen nur versichern, daß ich es nicht gestohlen habe, und ich lasse mich deswegen von Ihnen nicht beleidigen, aber wenn wir Ihnen nach der Revolution das ganze Lokal kassieren und Sie in eine Kolchose stecken werden, damit Sie dort Ihr Brot durch redliche Arbeit verdienen, oder Sie nach Sibirien abschieben werden, dann werde ich mich dazu bekennen – ja, das haben die Bolschewiken getan!«
»Hinaus«, brüllte mein Vater.
Franta zuckte die Achseln und entfernte sich ohne jede Eile.
Damit endete für mich auch der Russisch-Unterricht, denn Franta besaß die Bücher, er stellte die Besuche bei uns ein, so daß ich keine Möglichkeit mehr hatte, neue Weisheiten zu sammeln.
Erst im Sommer ließ sich Franta wieder einmal blicken, hatte aber seinen Auftritt in unserem Lokal dementsprechend vorbereitet und arrangiert: in der Stadt feierte der Arbeiter-Turn-und-Sportverein damals irgendein Fest, und eine Abordnung von Turnern aus der Sowjetunion, alles ausgesuchte Sportler, nahm daran teil, und Franta, als einer der Organisatoren, mußte sie betreuen und führte sie auch zu uns ins Café; ungefähr fünfzig kamen an, alle, Männer wie Frauen, in Shorts, mit bloßen, sehnigen Armen, mächtigen Schultern und Muskelpaketen, selbstbewußt, und füllten das ganze Lokal. An der Brust hatten sie das rote Abzeichen mit Sichel und Hammer und darüber den großen fünfzackigen roten Stern.
Sie tranken Limonade, lachten und scherzten, meinem Vater aber zitterten die Hände; als sie aufbrachen, übernahm Franta die ganze

Zeche, warf meinem Vater einen Geldschein auf die Theke hin und sagte: »Herr Chef, ich bezahle alle Limonaden!«

Mein Vater, von dem Besuch dieser Muskelmenschen tief beunruhigt, erwiderte stotternd: »Es ist gut, schon gut, laß das sein ...«

Franta warf sich in die Brust und schrie über das ganze Lokal hinweg: »Das war nur eine kleine Probe, Herr Chef, aber wenn sie wirklich und für immer hierherkommen, wird es anders aussehen!«

Dann hob einer nach dem anderen die geballte Faust über den Kopf, und mein Vater machte ihnen eine formvollendete Verbeugung; im Café blieb der penetrante Geruch von Schweiß und beißendem Rauch russischer Zigaretten zurück.

Man mußte gründlich lüften.

Mein Vater stellte mir Franta immer als abschreckendes Beispiel vor Augen, und wenn ich etwas ausgefressen hatte, wurde mir stets nachdrücklich erklärt, ich werde noch einmal so enden wie Franta: aus mir werde ein Herumtreiber, Schwätzer, ein Vagabund, ja vielleicht sogar noch ein politischer Funktionär, denn nach Ansicht meines Vaters gingen nur jene in die Politik, die keine Lust hatten, sich ihr Geld auf redliche Weise zu verdienen.

Je mehr mein Vater Franta mir gegenüber herabsetzte, desto mehr zog es mich zu ihm hin; Franta brachte mir immer etwas Interessantes mit: einen fünfzackigen Stern, eine Stahlkugel aus einem riesigen Kugellager, eine Schleuder, alles Dinge, die ein Jungenherz höher schlagen lassen.

Als ich ihn damals am vierzehnten März neunzehnhundertneununddreißig in dem Hausflur, in dem er so unaufhaltsam drauflosheulte, stehen ließ, tat er mir schrecklich leid, ich konnte nicht so ohne weiteres um die Ecke biegen, irgend etwas zog mich zu Franta zurück: ich blieb stehen.

Eine große Welle von Mitleid riß mich hoch über die dunkle Straße, über die Dächer aller Mietshäuser, über die Kirche und die Schule, ganz allein kreiste ich dort oben unter den schwarzen Wolken und sah alles: die wütende Freude und auch das Leid dieses Abends, den Hochmut und die Unterwerfung, die Hysterie und die stille Resignation, und zum ersten Male wurde mir bewußt, daß ich Franta wirklich vom Herzen gern hatte. Seit jeher habe ich nur die Unglücklichen geliebt, meine besondere Sympathie gilt Menschen, die das Spiel verlieren und k. o. sind, den Geschöpfen mit Spitzköpfen, mit rotem Haar und den Buckligen, den Gezeichneten; rasch kehrte

ich zu Franta in den Hausflur zurück, drückte ihm einen Kuß auf die Stirn und sagte: »So heul doch nicht, ich bin ja auch noch da – und wenn du deine Revolution gewinnst, wird alles wieder gut werden ...«
Dann lief ich schnell nach Hause.

Für Franta brachte das Jahr neununddreißig nichts Gutes, er begann es zwar mit seinem Eintritt in den Stand der Ehe, er heiratete die Tochter des kommunistischen Abgeordneten Kment, dann aber ging alles nach und nach in die Brüche.
Mein Vater nahm selbstverständlich an der Hochzeit nicht teil, meine Mutter aber ja, und mich nahm sie mit.
Beim Hochzeitsschmaus lernte ich den Herrn Genossen Kment kennen, und es interessierte mich außerordentlich, warum er soviel wunderschöne Goldzähne hatte, was den Herrn Abgeordneten ziemlich erheiterte. »Das sind die Souvenirs von den Herren Polizisten«, antwortete er mir.
Meine Mutter lachte zwar auch, entschuldigte sich aber sehr bei dem Herrn Genossen Abgeordneten für mein vorlautes Benehmen und wies mich zurecht: »Schau nur, was für Späße der Herr Abgeordnete macht, aber jetzt hör endlich mit dieser dummen Fragerei auf.«
Meine Mutter war von dem Herrn Genossen Abgeordneten, denn so sprach sie ihn an, bezaubert, insbesondere von seinem Titel; in dem Restaurant, in dem wir aßen, sprangen die Kellner nur so um Kment herum, und fortwährend hieß es: Herr Abgeordneter hier, Herr Abgeordneter da. Und dann waren bei der Hochzeit auch noch irgendwelche andere, übrigens sehr unangenehme Leute anwesend, die ihn durchaus nicht mit Herr Abgeordneter titulierten, sondern ganz einfach mit Genosse, ihre harten Gesichter waren voll Spannung, sie tranken fast nichts, sondern wechselten miteinander nur von Zeit zu Zeit ein paar ernste Worte über die internationale Lage. Dann erhob der Herr Genosse Kment sein Glas und brachte einen Toast aus, der, an die Adresse solcher Leute gerichtet wie meine Eltern, keine besonders angenehmen Schmeicheleien enthielt, eher das Gegenteil, doch zusammen mit den anderen klatschte ihm meine Mutter begeistert zu, man sang die Internationale, ich mußte aufstehen, aber ich kannte kein einziges Wort dieses seltsamen Liedes, und es war mir sehr peinlich, als alle um mich herum mit ganzer Seele und aus vollem Halse losbrüllten: »Wacht auf, Ver-

dammte dieser Erde«, auch meine Mutter, das überraschte mich am meisten, wo hatte sie nur dieses Lied gelernt, auf der Liebhaberbühne doch wohl kaum. Seit dieser Zeit befällt mich stets ein Gefühl des Unbehagens, wenn Massen um mich herum singen: ich bin nicht imstande, den Mund aufzumachen und in der Menge mitzusingen; für mich ist Gesang, und ich singe angeblich sehr gut und schön, eine rein persönliche Angelegenheit, vermutlich ist das auf Herrn Klimeschs Einfluß zurückzuführen, mit dem ich in einer stillen Ecke des Cafés oder draußen außerhalb der Stadt zum ersten Male dieses schöne Lied gesungen habe: ›Am Brunnen vor dem Tore, da steht ein Lindenbaum, ich träumt' in seinem Schatten so manchen süßen Traum‹ ...

Gleich am Tag nach der Hochzeit kamen Onkel Jan Hejtmánek, Tante Lída und meine Kusine Lidka zu uns: dieses Mädchen hatte bereits von Kindheit an auffallend große Augen und stets einen halboffenen Mund; meine Mutter war schon immer der Ansicht, mit Lidkas Nase stimme etwas nicht, man sollte mit ihr zum Arzt gehen, und so hatte die Tante also einen Spezialisten konsultiert, natürlich einen Juden, denn zu den jüdischen Ärzten besaßen wir stets das größte Vertrauen, sie verlangten zwar unchristlich hohe Honorare, verstanden aber ihr Fach, und dieser Arzt stellte nun fest, die Nase des Mädchens sei vollkommen in Ordnung, empfahl jedoch, noch einen anderen Arzt zu Rate zu ziehen, und zwar einen Psychiater, einen Facharzt, der sich auf die kindliche Psyche gut verstand, davor aber war meine Tante aus begreiflichen Gründen zurückgeschreckt und hatte nichts Weiteres mehr unternommen: es war ihr nämlich wieder eingefallen, daß ihr Vater, der geschickte blauäugige Steiger, der sich nie die Schuhe beschmutzte, sich im Irrenhaus erhängt hatte, dort, wo *jene* ihn angeblich zu Tode gehetzt hatten. Onkel Hejtmánek war etwas magerer geworden, und mein Vater lehnte an dem Sekretär in einer Pose, wie ich sie von einem Farbdruck, der in der Schule hing, kannte: ›Napoleon nach der Schlacht bei Austerlitz‹.

»Das war ein riskantes Geschäft, Hejtmánek«, sagte mein Vater bedächtig, »in so etwas hättest du dich nicht einlassen sollen, das mußte doch ein Blinder sehen, daß es der alte Kobĕra nicht mehr lange machen wird, daß er abkratzt, bevor er noch alle Schulden bezahlt hat; was hast du jetzt von dem Toten, diese Parzellen sind nicht einmal die Hälfte wert, aber damit du es weißt, ich werde dir die Fünfzigtausend borgen, selbstverständlich nur gegen Sicherstellung; ich bekomme von dir die drei Parzellen und – und die Hälfte deines Geschäftes ...«

Meines Onkels Gesicht verfiel zusehends, aber er nickte zustimmend, nur meine Tante lächelte glücklich, sie begriff gar nicht, daß das Angebot meines Vaters Onkel Hejtmánek wie einen Stich mitten ins Herz traf, für ihn den Gnadenstoß bedeutete, ein Begräbnis ohne Musik, und in einer Art hysterischer Hochstimmung rief sie vergnügt aus: »Also das sollten und müßten wir doch feiern.«

Die Unseren rückten eine Flasche Champagner heraus, nachher noch irgendeinen anderen Wein, und im Verlaufe von zwei Stunden bekam Onkel Hejtmánek das heulende Elend, und meine Mutter lachte nervös, mein Vater hielt Tante Lídas Hand und flüsterte ihr etwas ins Ohr, und sie lachte und errötete abwechselnd, aber sie sah sehr schön aus, reizvoll, die glänzenden Augen voll Verlangen und Gelöstheit; gegen Abend begleiteten wir sie alle heim: mein Vater ging Arm in Arm mit der Tante, meine Mutter mit Onkel Hejtmánek, der einen schweren Kopf hatte und dauernd stolperte, Lidka und ich schritten wie Fremde nebeneinander her, mit ihrem halbgeöffneten Mund sog sie die starke Vorfrühlingsluft dieses Abends ein, und in ihren großen, feuchten Augen spiegelten sich die Lichter der Straße.

Als wir um die Ecke bogen, erblickten wir am Himmel einen furchterregenden Kometen, er sah wie eine stumme Drohung auf uns herab: aus seinem Schweif sprühten Funken hervor.

»Das bedeutet Krieg«, sagte mein Vater, und Hejtmáneks Kinn begann zu zittern, er hatte sich immer noch nicht von der Unterschrift unter den Wechsel erholt, und alle Kometen und Kriegsdrohungen an diesem Abend mochten ihm glatt den Buckel herunterrutschen, jetzt, da er eigentlich bankrott, erledigt war.

Angesichts des Kometen hatte mein Vater sofort eine Theorie zur Hand: Als er noch ein kleiner Junge gewesen war, hatte sich über dem Dorfe ebenfalls ein Komet gezeigt, und Krieg war gekommen – jetzt war wieder ein Komet da, unweigerlich würde es Krieg geben.

Mir war vor diesem Kometen ein wenig bange, Lidka vermutlich auch, denn wir hatten uns an der Hand gefaßt, o Gott, das wäre furchtbar, wenn uns jetzt so das glühende Ungeheuer mit seinem feurigen Schweif eins versetzte; von der Stadt her vernahm man das Hupen der Feuerwehr, und weiter links von uns loderte schon der Feuerschein über einem Teil des Horizontes, irgend jemand lief an uns vorüber und schrie uns zu: »Das Aso-Gebäude brennt!«

Wir eilten zum Kaufhaus Aso, das an einer frequentierten Straßenkreuzung lag; das große Haus war nicht wiederzuerkennen: es stand in Flammen und glühte wie ein riesiger Koksofen, und über dieser Feuersbrunst stand ruhig das unheilverkündende Zeichen, der Komet, und mir wurde abwechselnd kalt und heiß; mein Vater konnte seine Augen nicht von dem Feuer losreißen und wiederholte dauernd, es werde Krieg geben, Not kommen und weiß Gott was noch alles, bis meine Mutter, schon ganz nervös davon, denn mein Vater schmiegte sich überdies noch eng an die Tante, ihn unwirsch unterbrach und sagte: »So hör doch schon endlich auf und komm heim!«
Wir gingen und ließen das brennende Haus hinter uns, und der unheilvolle Komet bewegte sich vom Platz weg und wanderte, immer über unseren Köpfen, mit uns mit.
Am nächsten Tag blieb ich der Schule fern, ich hatte Fieber und Ohrenschmerzen.

5. KAPITEL

Štefka trat ihren Dienst bei uns sofort nach Beendigung der Schule an, Krahuják hatte sie aus Dankbarkeit meinem Vater gegenüber zu uns geschickt, weil er ihn aus dem Gestapo-Gefängnis herausgeholt hatte, in das er wegen unerlaubten Waffenbesitzes hineingekommen war; aber was für Waffen waren das schon gewesen, lauter kleine Wildererflinten, damals jedoch fast ein hinreichender Grund für Sondergericht und Tod.
Die Sache verhielt sich folgendermaßen: Es gibt keinen Einödhäusler im Umkreis von Hošťálkov, der nicht wildern ginge und demzufolge nicht auch Waffen daheim besäße; das liegt den Leuten im Blut, und wie ich sie kenne, konnte keiner dieser großen Versuchung widerstehen, einen Schuß auf ein Reh abzugeben, das zufällig im Kleefeld gleich hinterm Haus umherspazierte.
Damals jedoch schrieb man das Jahr 1940, und die Gestapo hatte durchaus kein Verständnis für Wildererleidenschaften, und ungesetzlicher Waffenbesitz wurde streng bestraft: es ging um Kopf und Kragen.
In einer Winternacht, noch vor Weihnachten, verhaftete die Gestapo etwa fünfzehn Männer in Hošťálkov, denn natürlich hatten die Deutschen die kleinen Kugelbüchsen und Schrotflinten auf den

Dachböden der Einödhöfe aufgestöbert, Waffen, über die man hätte weinen mögen, aber was half es: es war Krieg, und hier waren die Waffen; der alte Krahuják wurde auch eingelocht und später überdies auch Jožka Kurtin, der Verlobte von Zdenka, der jüngsten Schwester meines Vaters.

Den Krahuják rissen die Gestapo-Leute direkt aus dem warmen Bett, aber Kurtin, der mit seiner alten Mutter zwei Wälder höher wohnte, bekam Witterung davon, vielleicht hatten ihm die Hunde die Nachricht von unten hinaufgebellt, und als fünf Männer den Hohlweg zu seiner Hütte hinaufstiegen, saß er mit schußbereiter Flinte auf dem Dachboden; die Gestalten in den Ledermänteln bekam er bald ins Visier, gab zwei Schüsse auf sie ab, aber gottlob, daß es noch so dunkel war oder daß ihm die Hand zitterte, keiner von ihnen bekam auch nur einen Kratzer ab, und bevor sich noch die Burschen an die Holzhütte heranzupirschen vermochten, war Jožka durch die Hintertür hinaus in den Wald entschlüpft.

Noch am selben Tage gegen Abend fuhr Zdenka nach Ostrau, erschien in unserem Café und lamentierte uns vor, um Jožka stünde es schlecht, sie erwarte ein Kind von ihm, sie beide wollten gleich nach Neujahr heiraten, aber jetzt, da er weggelaufen sei, würden sie ihn bestimmt irgendwo erwischen und ihn abknallen, und was finge sie, das arme Mädchen, dann mit einem Kinde an.

Meinem Vater sank das Kinn auf die Brust.

»Herrgott, schrei hier nicht so herum«, flüsterte er ihr zu, »siehst du denn nicht, daß ...«

Houžva saß ganz allein an einem Tisch und löste gerade eine Schachaufgabe, und nachdem er alles genau mitangehört hatte, zwinkerte er meinem ratlosen Vater zu und ging schließlich zu ihm hin.

»Herr Cafetier, das ist alles halb so schlimm, das könnte man in aller Ruhe wieder in Ordnung bringen, alles läßt sich in Ordnung bringen, hier haben Sie eine Telefonnummer, rufen Sie an, und holen Sie sich dort Rat, und alles wird in bester Ordnung sein ...«

Meinem Vater schwollen die Adern an der Stirne, das geschah immer, wenn ihn Angst oder Wut befiel, jetzt war es eher Angst, denn das Mädchen schrie und weinte in einem fort, hängte sich an seinen Hals und sagte, Jožka habe nicht mehr als zwei Flinten gehabt, mit der dritten konnte man sowieso nicht schießen, so daß sie gar nicht mitzähle, der liebe Bruder möge doch um Gottes willen etwas unternehmen, den Jožka dürften sie nicht totschießen, da sie doch guter Hoffnung sei; dann fiel sie wieder Herrn Houžva um den Hals. »Helfen Sie mir, ach bitte, helfen Sie mir, und retten Sie meinen Jožka!«

Herr Houžva befreite sich aus ihrer Umarmung und tätschelte Zdenkas Wange. »Ja, ja die Liebe, ach die Liebe, nicht wahr, mein kleines Fräulein«, er wandte sich dann zu meinem Vater und sagte: »Wenn Sie gestatten, Herr Cafetier, will ich es versuchen.« Er ging zum Telefon, das sich in einer Ecke des Cafés befand, würdevoll nahm er den Hörer ab, wählte die Nummer und führte mit gedämpfter Stimme ein Gespräch.

Zdenka schafften wir nach oben, hier im Lokal störte sie nur, und in der Wohnung konnte sie sich ungeniert ausweinen, ohne uns das Geschäft zu verderben.

Nach einem Stündlein hielt vor unserem Café ein schwarzer Mercedes, und ihm entstieg ein Herr in einer knapp sitzenden schwarzen Uniform, der Chauffeur öffnete ihm unsere Tür, der Offizier trat ein und grüßte mit der erhobenen Rechten: »Heil Hitler!«

Herr Houžva sprang auf, nahm stramme Haltung an und verneigte sich.

»Herr Cafetier, das ist, wenn ich mir gestatten darf, die Herren miteinander bekannt zu machen«, sagte er auf deutsch, kam aber damit nicht zu Ende, denn der Herr in der rabenschwarzen Uniform schlug die Hacken zusammen und vollendete: »Sturmbannführer Dr. Edi Berger, meine Herren«, und mein Vater machte seinerseits eine Verbeugung und sagte, er sei Bohumil Haboň, Cafetier und Realitätenbesitzer, und während dieser Vorstellung war meine Mutter angelegentlich damit beschäftigt, ein Alpaka-Tablett blank zu polieren, sie fuhr mit dem Tuch einmal von rechts, einmal von links darüber, und zum Schluß hauchte sie es immer an, mechanisch setzte sie dann ihre Bewegung mit dem Tuch fort, und als sich Herr Berger vor ihr verneigte, schlug sie rasch die Augen nieder, hauchte ihr Spiegelbild auf dem Tablett an, betrachtete lange das vom Niederschlag ihres Atems verwischte Porträt, doch beharrlich zog Herr Berger ihren Blick auf sich, so wie ein Fischer eine Gründel an der Angel zu sich heranzieht, und verneigte sich nochmals.

Mein Vater bat Herrn Berger nach oben in die Wohnung, wo Zdenka auf dem Sofa noch immer weinte, sie brachte erneut die ganze Geschichte mit ihrer Schwangerschaft vor, mit Jožkas drei Flinten, von denen die eine schießuntauglich war; mein Vater übersetzte nur das Nötigste.

Dann erschien meine Mutter und brachte auf einem Alpaka-Tablett drei Kaffees, Herr Berger hob schnuppernd die Nase: »Wunderschön«, sagte er und ergriff die Hand meiner Mutter, »meine Gnädigste, wollen Sie sich nicht zu uns setzen, es wird nicht lange dauern.«
Und so setzte sich meine Mutter zu ihnen, obgleich ihr mein Vater mit einem wütenden Blick bedeutete, sich ins Lokal hinunterzuscheren, man kann doch das Personal nicht unbeaufsichtigt lassen.
»Ich sehe nur den einen Ausweg«, sagte Herr Berger, während er seinen Kaffee schlürfte, »daß sich der, wie heißt er nur gleich... Jožka, ach ja, Jožka... *selbst* stellt, das heißt sich so bald wie möglich bei der Gestapo meldet; wenn er sich selbst stellt, können wir ein Auge, vielleicht sogar beide Augen zudrücken, alles ist dann bedeutend einfacher... na, und mit der mißglückten Schießerei... wir werden ja sehen, wir werden schon sehen, nicht wahr?«
Mein Vater bot Herrn Berger eine Zigarre an.
Herr Berger beschnupperte sie und sagte dann: »Die riecht herrlich, einfach herrlich, Herr Cafetier, wo kriegen Sie so etwas heute noch her? Ja, aber zur Sache... wir haben nicht die Absicht, die Angelegenheit zu einer Widerstands-Aktion aufzubauschen, ich werde mich bemühen, darin nur die nackten Tatsachen zu sehen: Wilddieberei bestrafen die Protektoratsämter nach den geltenden gesetzlichen Bestimmungen, wenn natürlich dieser Jožka sich weiter im Wald versteckt hält und sich nicht selbst stellt, dann würde es todsicher zu bestimmten Komplikationen kommen, deren Tragweite ich heute noch nicht genau abschätzen kann...«
»Sie glauben also...«, stieß mein Vater hervor.
»Ich glaube«, fuhr Herr Berger ruhig fort, »es ist wohl am besten, das Fräulein fährt heim, sucht den Jožka, sie weiß doch bestimmt, wo er sich aufhalten könnte, und bringt ihn persönlich zu uns auf die Dienststelle.«
»Ja, ja, das wird das beste sein.«
Herr Berger erhob sich, küßte meiner Mutter die Hand, verneigte sich vor meinem Vater und empfahl sich; mit dem Abendzug fuhr mein Vater mit Zdenka nach Hošťálkov, und gleich am frühen Morgen machte er sich auf Skiern auf die Suche nach Jožka: er kannte die Wälder sehr genau, als Junge war er hier überall herumgekraxelt und herumgekrochen, und Jožka fand er dort, wo er ihn gleich vermutet hatte, im Heustadel unweit der Maruška.
Jožka vermochte vor Kälte kaum noch den Mund aufzutun; als er

meinen verschneiten Vater erkannte, war er, wie man mir erzählte, zu Tränen gerührt, und den ganzen Heimweg mußte ihn mein Vater mehr oder weniger auf seinem Rücken schleppen. »Ich habe ihn nicht umgebracht, ich nicht«, phantasierte Jožka, »Tonda aus Rajnochowitz hat ihn erschossen, er war es, ich nicht, ich nicht...«, weiß Gott, von wem er da sprach.
Unten im Tal mußte Jožka ein Stück Speck essen und zwei oder drei Schlückchen Schnaps zu sich nehmen, er schwitzte über Nacht, um sein Fieber auszukurieren, und am Morgen saß er schon im Zug nach Ostrau; auf der Gestapo-Dienststelle ließ er sich gehorsam in die Zelle sperren, und weiter geschah nichts; zwei oder drei Verhöre mit ein paar Ohrfeigen überstand er ohne jeglichen Schaden, und zusammen mit den anderen Waldbauern wurde er dann dem Bezirksgericht überstellt, wo sie ihnen einige Monate aufbrummten; man schrieb noch nicht April 1941, und alle waren wieder gesund und zur Aussaat zurück, so daß ihre Landwirtschaft durch ihre Abwesenheit keine Einbuße erlitt und sich die Wildhüter eines ruhigen Winters erfreuen konnten.
Nach ihrer Freilassung aus dem Gefängnis erschienen die Waldbauern alle durch die Bank in unserem Café.
»Das werden wir dir, lieber Bohuš, nie vergessen«, sagte Krahuják im Namen aller. Mein Vater lächelte zwar, aber nicht gerade sehr erfreut.
»Also zum Wohle«, erwiderte er, hob die Flasche und schenkte dann ein, »zum Wohle, liebe Freunde, und vergeßt es...«
Einige Tage darauf kam wieder Herr Berger zu uns, diesmal in Zivil, küßte meiner Mutter die Hand und setzte sich zu einem Soda hin.
»Na, Herr Cafetier, diesmal haben die Burschen noch Glück gehabt, was? Aber es stand sehr schlimm um sie, wirklich recht schlimm, das können Sie mir glauben.«
Herr Houžva zeigte sich auch regelmäßig, sein Gesicht war übrigens bedeutend schmäler geworden; um Augen und Kinn hingen ihm dicke Wülste schlaffer Haut, und das einst runde Bäuchlein hatte beträchtlich an Umfang verloren und sank immer um ein Stückchen tiefer herab, sobald die Bauchmuskeln nachgaben.
Aus Hošťálkov trafen Dankschreiben ein, und die Waldbauern versprachen, sich meinem Vater beim Schweineschlachten erkenntlich zu zeigen; am Sonntag nach dem Hochamt erzählten sie den anderen Männern im Wirtshaus, mein Vater hätte es bei der Gestapo

durchzusetzen vermocht, daß man es bei ein paar Maulschellen bewenden ließ und sie dann zum Gericht abschob, wo alles einen reibungslosen und ganz normalen Verlauf nahm: Gefängnis und Geldstrafe; aber dessen muß ein Wilderer ja unter jedem Regime gewärtig sein.

Herr Berger kam immer häufiger zu uns, mein Vater schenkte ihm regelmäßig ein Gläschen Neuburger ein, das stets für ihn bereitstand; er saß nur da und starrte meine Mutter an, wechselte ab und zu ein Wort mit meinem Vater, benahm sich korrekt und zurückhaltend, die Waldbauern erwähnte er mit keinem Wort mehr. Sperrstunde war um elf; es war Juli, die Tage schwül, der Sprengwagen fuhr vorüber, kühlte das heiße Pflaster, und durch die offene Tür drang der Duft der blühenden Linden ins Café herein, und der abgekühlte Luftstrom trug von der Straße den Geruch von Feuchtigkeit, vermengt mit dem Gestank der Gehsteige und Fahrwege, zu uns herüber; in diesem Augenblick schickte sich Herr Berger an, das Lokal zu verlassen, und blieb noch in der Tür stehen.

»Ein schöner Abend, meine Gnädigste«, sagte er.

Meine Mutter lehnte mit aufgestützten Ellbogen an der vernickelten Theke.

»Ja, ein sehr schöner Abend, Herr Berger.«

»Wir machen Schluß«, sagte mein Vater nach einem Weilchen.

»Gute Nacht, Gnädigste«, verabschiedete sich Herr Berger in der Tür mit einer Verbeugung.

»Gute Nacht, Herr Berger«, erwiderte mein Vater, und meine Mutter verharrte in ihrer Stellung, die Ellbogen auf die Theke gestützt; der Vater schloß die Tür, drehte das Licht aus, und unser Kellner, der Herr Karl, und Fräulein Milada stellten die Stühle mit den Beinen nach oben auf die Marmortischchen.

»Möchtest du nicht noch ein wenig spazierengehen?« fragte meine Mutter den Vater.

Mein Vater zuckte gleichgültig die Achseln: »Wie du meinst, ein Weilchen, meinetwegen«, und nervös verfolgten seine Augen Herrn Bergers schlanke Gestalt auf der Straße, die vom Mondlicht überflutet war.

Gleich zu Monatsende kam Štefka an, ich holte sie vom Bahnhof ab, denn sie war zuvor noch nie bei uns in der Stadt gewesen, und half ihr das Gepäck tragen, das alles Nötige enthielt, dessen ein Mädchen, das seinen Dienst in einer Familie antritt, bedarf; wir kannten uns schon aus den Ferien, von den Weideplätzen und abendlichen Lagerfeuern, aber jetzt ging Štefka verschüchtert neben mir her.

»Warst du noch nie in der Stadt?«

»Nein, nie.«

»Am Sonntag werden wir uns alles gemeinsam anschauen, ich werde dir das Kaufhaus zeigen, den Bahnhof, die Eisenwerke . . .«

»Und was ist mit deinen Leuten, sind sie sehr arg?«

»Aber weshalb denn«, sagte ich, »man kann es mit ihnen aushalten.«

Štefka mußte die Wohnung aufräumen und für die Wäsche sorgen, und mit der Zeit bekam sie auch Erfahrung im Kochen; die Stadt hatte sie rasch verändert, nach wenigen Wochen war sie nicht mehr das verschüchterte Kind vom Lande, sondern ein ganz geschicktes, brauchbares junges Mädchen; sie nahm auch ein wenig zu und bekam Rundungen an Stellen, wo Frauen eben rund zu werden pflegen; wir gewöhnten uns an sie. Nach einem halben Jahr nahm Štefka das Zepter unseres Haushalts ganz in ihre Hand: meine Mutter brauchte sich nicht mehr damit zu belasten, was, wie und wovon gekocht, wann gewaschen werden müsse und wen man sich dazu besorgen mußte – all das arrangierte jetzt Štefka allein. Zwei- oder dreimal in der Woche besuchte Štefka mit einer Gruppe gleichaltriger Mädchen die Turnhalle; die Gymnastik hatte es ihr besonders angetan, und ich wunderte mich nicht im geringsten darüber, denn schon auf der Weide war Štefka immer die Geschickteste gewesen, sie konnte den Überschlag und Radschlagen, sie sprang am weitesten und lief am schnellsten.

Wir fragten sie nie, ob es ihr bei uns gefiele, aber ich denke, sie hätte diese Frage mit Ja beantwortet; sie brachte in unsere Häuslichkeit ein wenig Regelmaß und Sinn für Ordnung, was bei meinen, den ganzen Tag von den Pflichten des Geschäftes in Anspruch genommenen Eltern ein wenig zu kurz kam; heute kann ich es niederschreiben, daß Štefka mir so ein wenig zur zweiten Mutter wurde, sie war es, die dafür sorgte, daß ich mit sauberem Hemd in die Schule ging, die mich kontrollierte, ob ich ein Taschentuch bei mir, ob ich geputzte Schuhe habe, die sich um mein Mittagessen kümmerte und mir am Abend bei den Schulaufgaben über die Schulter blickte. Unseren Haushalt ohne Štefka hätte ich mir jetzt nicht mehr denken können.

Anfang Juni 1942 hatte mein Vater einen schwächeren Sommer vorausgesagt; vielleicht war es nur Melancholie, die ihn befiel, als er durch das dünnmaschige Netzwerk des Vorhangs auf die öde Straße hinausblickte; alles war eingeschüchtert, alles schwieg, nur die roten, mit Tod und Standrecht drohenden Anschläge schrien von den Straßenecken und Häusermauern herab: in Prag war der SS-Obergruppenführer Heydrich bei einem Attentat auf ihn erschossen worden, und in den Zeitungen las ich, er wäre ein hervorragender Sportler, ein Turnierfechter gewesen, noch bevor er sich Hitler und dem SD verschrieb; er hatte eine so schlanke Taille wie die Frühgeburt einer Wespe, aber seine Augen waren böse.
Langsam lohnten sich auch die Beerdigungen nicht mehr, das Staatsbegräbnis von Heydrich in Prag war selbstverständlich erstklassig, aber bei uns in der Straße wurde alles mit einer gewissen Eile erledigt, niemand war in Stimmung, nach der Beerdigung noch ein Weilchen im Kreise der Trauergäste bei einem Ersatzkaffee zu plaudern, auf jedem lasteten so viel Angst und böse Vorahnungen, daß er, in sich verkrochen, lieber stumm heimeilte und den Schlüssel im Schloß zweimal umdrehte: alles war eben nur ›Ersatz‹.
Wenn man da zum Beispiel an die Beerdigung des jungen Topper denkt.
War denn das, ich bitte euch, überhaupt ein richtiges Begräbnis? Eine Komödie war es, nichts als eine Komödie, mein Vater bezeichnete es so, und ich mußte ihm ganz und gar recht geben.
Der Leichenzug ging vorüber, mein Vater spähte, wie immer, durch den Vorhang, aber als er hinter dem Sarg die alte Frau Topper aus dem Nebenhaus erblickte, die Witwe eines aufgeblasenen Beamten der Eisenwerke, des weiteren acht Soldaten mit Gewehren rings um den Sarg, machte er nur die Bemerkung: »Diese Beerdigung da ist einen Dreck wert.«
Damit war der junge Topper zum zweitenmal erledigt.
Im vorüberfahrenden Sarg lag nämlich der Topper gar nicht, das war eben der ganze Schwindel, der arme Kerl lag schon seit zwei oder drei Monaten in einem Massengrab irgendwo bei Leningrad verscharrt, aber die Familie hatte es sich in den Kopf gesetzt, ihn wenigstens symbolisch zu begraben, um der Stadt und unserer Straße zu zeigen, was für einen Helden sie da brachten, dessen leerem Sarg eine acht Mann starke Garde halber Krüppel das Geleit gab, die dann über seinem Grab eine Ehrensalve abfeuern würde. Mein Vater sagte, das sei alles nur eine leere Geste, die Geste von Narren,

nichts mehr, eine Geldverschwendung, aber dem jungen Topper war das schon alles egal, er lag in irgendeinem Sumpf bei Leningrad, und das hier war gar nicht sein Begräbnis, sondern nur eine Fopperei, ein Schindludertreiben mit Gefühlen.

Den Topper kannte ich gut, er war kein schlechter Junge, kurz nach seinem Abitur am deutschen Gymnasium wurde er zur Wehrmacht eingezogen; vor Jahresfrist noch war er im braunen Hemd und in weißen Strümpfen mit der Hitlerjugend marschiert. Er war bei der Gruppe der Bläser, und des Abends pflegte er im Hof auf seiner Fanfare irgendeinen neuen Marsch einzuüben, gewöhnlich aber ließ er das nach kurzer Zeit sein und blies dann zum eigenen Vergnügen: er war ein Bild von einem Jungen, von stattlichem Wuchs, und verstand aus der Fanfare alles mögliche herauszuholen, was man sich nur wünschte; die Leute öffneten die Fenster und riefen ihm in deutscher oder tschechischer Sprache zu: »Du, Walter, blas mir mal dieses Lied, du kennst es doch.« Und Walter blies, und es war wunderschön.

Ich betone, er war kein böser Junge, aber die Zeit war böse, sehr böse zu ihm; noch vor dem Abitur mußte er sich der Musterungskommission stellen, und als er von dort zurückkam, prahlte er vor uns damit, daß man ihn doch genommen habe, und er werde irgendwo im Norden kämpfen, denn er sei doch ein so hervorragender Skiläufer; aber fünf Monate nach seiner Einberufung wurde er an die Front nach Leningrad verfrachtet, er schrieb nur einmal, dann nicht mehr, und eines Tages kam von seinem Kommandanten die Nachricht, er sei gefallen – nein, er war kein schlechter Kerl, er wurde nur in eine schlechte Sache hineingezogen.

Am Abend nach dem Begräbnis ließ Mičko sich in unserem Café über den Hitler-Rotzbuben aus, es sei ihm ganz recht geschehen, daß ihn die Russen abgekragelt hatten, das sei die Strafe dafür, daß auch er am vierzehnten März neununddreißig ›Ein Volk, ein Reich, ein Führer‹ gebrüllt hatte, jetzt gäbe es für ihn kein Volk mehr, sein Reich sei im Himmel, und für den Führer hätte er jetzt kalte Füße gekriegt.

Aber so von Walter zu sprechen, das konnte ich nicht, ein paar übers Maul, ja, das hätte er vielleicht, ich sage *vielleicht*, verdient, aber warum mußte er totgeschossen werden, was für einen Sinn hatte es gehabt, ihn bis nach Leningrad zu verschleppen? Er hätte ohne Führer ruhig weiterleben, studieren, am Abend in unserem Hof seine Fanfare blasen und seine zwanzig Jahre genießen können, die so sinnlos im Sumpf vernichtet wurden.

Als sie ihn nun nur symbolisch im Sarg vorübertrugen, hatte ich das Gefühl, hier werde an Topper ein schrecklicher Verrat begangen – von allen: vom Volk, vom Reich und vom Führer.
»Die Menschen brauchen eben den faulen Zauber, sogar am Grabe«, sagte mein Vater, als der Zug vorüber war.
Herr Houžva bekam bei uns aus Protektion täglich ein Gläschen Weißwein serviert, jetzt hob er seinen großen Kopf vom Marmormuster der Tischplatte und sagte: »Das ist halt schon so: diese ganze Musik, der Pomp, das alles ist ja nur ein fauler Zauber, und heutzutage kommen die Menschen noch auf ganz andere Weise ums Leben.« Und er fügte hinzu: »Caire verkauft seinen Laden, Herr Cafetier.«
»Warum sollte er sein Geschäft verkaufen«, sagte mein Vater, es geht doch gut, warum sollte er also, nicht wahr...«
Mein Vater setzte sich zu Houžva, der schob ihm wortlos das leere Glas hin, mein Vater stand auf, füllte es unter der Theke und brachte es ihm.
»Caire verkauft«, wiederholte Herr Houžva.
»Was Sie nicht sagen, davon hatte ich keine Ahnung.«
»Das ist schon so, er will seinen Besitz losschlagen, um bares Geld in Händen zu haben, ja, wissen Sie denn nicht, daß seine Frau Jüdin ist?«
Unruhig rutschte mein Vater auf seinem Stuhl hin und her.
»Und hat er schon einen Käufer?«
»Er hat – und hat nicht, wie man es nimmt ... wie soll ich Ihnen das erklären, Herr Cafetier; ein bestimmtes Amt hält nämlich seine schützende Hand über diesem Verkauf, es legt Wert darauf, daß das Unternehmen in rein arische Hände übergeht ...«
»Es wird also notwendig sein, bei diesem Amt ein Gesuch einzubringen«, sagte mein Vater, sich die Lippen befeuchtend.
»So ist das nicht, Herr Cafetier, bewahre, so wiederum nicht, dieses Amt gibt nur einem ernsthaften Interessenten zu verstehen, daß er kaufen darf.«
»Das ist mir nicht ganz klar, Herr Houžva, das kommt mir irgendwie merkwürdig vor.«
Herr Houžva leerte sein Glas mit einem Zug, mein Vater erhob sich und füllte es von neuem unter der Theke.
»Und was wäre, wenn ich mit Caire direkt verhandelte«, sagte mein Vater.
»Tun Sie das nicht«, erwiderte Herr Houžva in entschiedenem Ton, »nur das nicht!«

»Und was soll ich also tun?«
Herr Houžva tat einen Schluck und sagte dann mit schmatzenden Lippen: »Wenn Sie an einem Kauf interessiert sind, so könnte ich mich dafür verbürgen, daß von seiten des betreffenden Amtes keinerlei Einwände erhoben werden, denn das Amt legt Wert darauf, daß das Unternehmen in verläßliche, loyale Hände übergeht, verstehen Sie, natürlich«, und Herr Houžva begann mit den Fingern auf die Marmorplatte zu trommeln, ähnlich wie es die Erpresser im Film machen, »natürlich mein Anteil an diesem Geschäft . . .«
Mein Vater begriff sofort und fragte rundheraus: »Also wieviel, Herr Houžva?«
Herr Houžva trommelte weiter mit den Fingern auf der Tischplatte, trank wieder einen Schluck Wein, kostete ihn genüßlich auf der Zunge aus, schnalzte und sagte schließlich: »Zwanzig Prozent des Kaufwertes.«
»Und der Kaufwert wäre?«
»Hunderttausend«, erwiderte Herr Houžva, hob das halbgeleerte Glas und blickte über den geschliffenen Rand hinweg meinen Vater lange an.
Mein Vater schien sehr erleichtert, man merkte es sofort; an der Art, wie er seine Finger unter die Weste schob, erkannte ich, die Entscheidung war gefallen, die Rechnung ging auf.
»Das wäre akzeptabel«, sagte er bedächtig, »jetzt geht es nur noch um den Termin: wann also?«
»Die Sache scheint Ihnen sehr dringlich zu sein«, stieß Herr Houžva hervor.
»Aber nein, keineswegs, das ist nicht der Fall, ich dachte nur, daß Herr Caire . . .«
»Herr Caire«, sagte Herr Houžva und stellte sein Glas auf die Tischplatte, so daß der restliche Inhalt zu zittern begann, und in diesem Moment ging hinten der Kompressor an, und das ganze Lokal vibrierte wie immer von dem Brummen der Metallkolben, »Herr Caire«, wiederholte Houžva und betonte diesen Namen jetzt mit scharfem Nachdruck, »wird bald . . . nun . . . wie soll ich mich nur ausdrücken . . . wird – wird bald nicht mehr in der Lage sein, sein weiteres Schicksal selbst zu bestimmen.«
Mein Vater ergriff Herrn Houžvas Glas und fragte ihn, ob er noch eines wünsche.
»Selbstverständlich«, brummte der, war aber gar nicht mehr so sehr zum Reden aufgelegt, er wartete, bis mein Vater ihm das nachge-

füllte Glas brachte, trank dann ein Schlückchen daraus und machte ein finsteres Gesicht.
Nach einer Weile sagte er: »Sie, Herr Cafetier, sind dem Caire wahrscheinlich auch nicht sehr hold, Konkurrenz, was?«
Mein Vater zuckte die Achseln und schwieg.
Herr Houžva hatte einen tüchtigen Zug, er stürzte ein Glas nach dem anderen hinunter, aber er vertrug nicht mehr so viel wie früher, es fehlte ihm die gute Unterlage, nach einem halben Stündlein sackte er zusammen und ging unter den Tisch, mein Vater mußte ihn hochzerren, ihm eine Wiederbelebungsdusche mit Selterswasser verabreichen, und als Herr Houžva glücklich einigermaßen wieder auf den Füßen stand, führten sie ihn auf die Straße hinaus, wo der Herr Kapellmeister einen Trauermarsch anstimmte und nach Hause stolperte; mein Vater zog mich zu sich heran und sagte:
»Hör jetzt gut zu, was ich dir sage, du bist alt genug, um auch einmal etwas für das Geschäft zu tun, du packst dich zusammen, zuvor aber wäschst du dir noch die Hände, kämmst dich und gehst zu Herrn Caire, grüßt, ja wie nur? Also du sagst: ›Guten Tag, Herr Caire, küß die Hand, Frau Caire, mein Vater schickt mich zu Ihnen, ich soll Ihnen die besten Empfehlungen ausrichten und Sie bitten, uns heute abend ganz bestimmt zu besuchen, es handelt sich um eine unaufschiebbare Angelegenheit.‹ Wirst du das auch so sagen?«
Mir klopfte das Herz, als ich zum erstenmal das Lokal der Konkurrenz betrat, aber das war eigentlich keine solche Kneipe, vielmehr war es sehr gemütlich, ich würde sagen, weitaus gemütlicher als bei uns, wo alles vor lauter Chrom und Marmor nur so blitzte; das Mobiliar war alt, die Wände mit Holz verkleidet, und Herr Caire hatte einen Schnurrbart unter der Nase, und wenn er lachte, ließ er eine Reihe schöner, weißer Zähne sehen, die ganz bestimmt echt waren, nicht wie diese herausnehmbare Zahnprothese meines Vaters, und Frau Caire hatte graues Haar, aber sie war schön, und als ich ihr die Hand küßte, steckte sie mir ein Stückchen Schokolade zu, lachte und sagte, ich sei ein wohlerzogener Junge, und beide ließen ausrichten, sie kämen bestimmt heute abend, sofort wenn sie schließen würden, und deshalb wollten sie auch ein wenig früher Schluß machen als sonst.
Zu Hause weinte meine Mutter, mein Vater wiederholte in einem fort, sie verstehe nichts davon und habe keinen Geschäftssinn, meine Mutter dagegen lag ihm in den Ohren, er solle seine Finger von diesem Geschäft lassen, wozu brauchten wir noch ein zweites Lokal und

noch dazu das Eigentum von Juden, aber sobald einmal mein Vater die Augen aufriß und nervös mit den Händen in die tiefen Hosentaschen fuhr, war eigentlich schon alles entschieden: es gelüstete ihn danach, sich in Caires Lokal festzusetzen und auch noch den übrigen Teil der Kunden an sich zu ziehen, die es bisher zur Konkurrenz näher hatten als zu uns: die Totengräber, Gärtner, ein paar Beamte der Friedhofsverwaltung und ähnliche Leute mehr.

Am Abend saß das Ehepaar Caire in unserem Wohnzimmer.

Der alte Caire war ein richtiger Stutzer: das graue Haar trug er glatt zurückgekämmt, die gefärbten Augenbrauen waren dicht und stark, darunter zwei schwarze, scharf blickende Augen, in denen aber nichts Böses lag, eher Schalkhaftigkeit, dann die Nase – dicht unter dieser Adlernase hielten seine Hände einen Blumenstrauß, den er dann feierlich vor meine Mutter auf den Tisch legte; Frau Caire kam in einem schwarzen Kleid, das ihr, dieser schönen italienischen Jüdin, ausgezeichnet stand, zwar war sie schon ein wenig füllig, aber ihre Hände waren immer noch zart und weich, und als sie mir über das blonde Haar strich, spürte ich die Wärme ihrer Haut und einen leichten Mandelduft.

Mein Vater spendierte einen prima Vorkriegskaffee, bot Herrn Caire eine Zigarre an und ging sofort auf die Sache los: »Ich habe gehört, Herr Caire, Sie wollen verkaufen.«

Herr Caire senkte den Kopf, Frau Caire hatte Tränen in den Augen, ließ jedoch den Kopf nicht sinken, sondern blickte an den anderen vorbei.

»Ich muß«, erwiderte Herr Caire.

Frau Caires Hand, die die Kaffeetasse hielt, begann zu zittern, und behutsam stellte die Frau sie auf den Tisch zurück.

»Wir wollen nicht«, sagte sie, »aber wir müssen.«

Mein Vater stand vom Tisch auf und ging, um sich eine Zigarre anzuzünden; vielleicht konnte er den Blick der schwarzen Augen unter den buschigen Brauen nicht ertragen, der ihn traf, als Herr Caire den Kopf hob.

»Heute nachmittag hat mir Herr Houžva erzählt ...«

Im Moment, als dieser Name fiel, faßten sich die beiden, Herr und Frau Caire, unter dem Tisch an der Hand, meine Mutter konnte es nicht sehen, auch nicht mein Vater, aber ich sah es, und ich sah auch die wachsende Angst in ihren Augen und bemerkte um Frau Caires schöne römische Nase tiefe Falten, die eine unsichtbare, grausame Hand zu ziehen schien und die mit ihrem unteren Ende bis zu den

Mundwinkeln hinabreichten: ihre Lippen bebten und zuckten, und die schöne Jüdin begann zu weinen; mein Vater, der uns den Rücken zukehrte und durch das Fenster auf die Straße hinausblickte, nahm das alles nicht wahr.

»Herr Houžva hat sich angeboten, den Verkauf zu vermitteln«, sagte er dann, »aber er verlangt ein bißchen viel, zwanzig Prozent des Kaufwertes von hunderttausend Kronen, das ist natürlich eine Unverschämtheit, deshalb habe ich Sie hierher gebeten, vielleicht könnten wir uns direkt einigen, ich würde Ihnen für Ihr Unternehmen um diese Zwanzigtausend, die Herr Houžva als Provision bekäme, mehr bieten, das wäre doch meiner Ansicht nach ein durchaus faires Geschäft.«

Nun wandte sich mein Vater wieder den Gästen zu, und meine Mutter neigte sich zu Frau Caire hin und sagte: »Ihr Kaffee wird Ihnen kalt.«

Frau Caire führte die Tasse an die Lippen, Herr Caire sog an seiner Zigarre, und mein Vater setzte sich wieder zu ihnen; meine Mutter stützte ihre Ellbogen auf den Tisch, den eine schöne Spitzendecke zierte.

»Wissen Sie denn überhaupt, Herr Cafetier«, fragte Herr Caire, »mit was für Geschäften sich Herr Houžva befaßt?«

»Soweit mir bekannt ist«, gab mein Vater zur Antwort, »übt er den Beruf eines Kapellmeisters aus ...«

Herr Caire hob seine schlanke Hand: »Das meine ich nicht, ich frage nur, ob Sie wissen, wovon er jetzt lebt.«

Mein Vater zog die Schultern hoch.

»Herr Houžva«, sagte Herr Caire mit gedämpfter Stimme, »vermittelt in letzter Zeit, um es möglichst gelinde auszudrücken, den Verkauf jüdischen Eigentums«; mein Vater verharrte in seiner Stellung mit hochgezogenen Schultern. »Und wen Herr Houžva einmal anbietet«, fuhr Herr Caire fort, »der ... der kann sogleich pakken und nur mehr auf den Transport warten, auf diese Weise hat er vor vierzehn Tagen den Edelstein verkauft, Sie kannten doch seine Weinstube, nicht wahr?«

»Ja«, erwiderte mein Vater, und meine Mutter erhob sich, um aus der Küche eine weitere Kanne Kaffee zu holen, entfernte sich elastischen Schrittes über den knarrenden Parkettboden und kehrte sofort zurück.

»Ich kann aber nicht verstehen«, sagte mein Vater und ließ die Schultern fallen, »woher Herr Houžva erfährt ...«

Herr Caire hob erneut die Hand: »Herr Houžva weiß das alles schon vorher, ein bestimmtes Amt unterrichtet ihn darüber, er hat eben gute . . . sagen wir Beziehungen, ja Beziehungen, das Amt revanchiert sich und gibt ihm wiederum Informationen, das jüdische Eigentum ist selbstverständlich schon längst liquidiert, aber das Eigentum der Mischehen . . . da gibt es noch Möglichkeiten von Geschäftsübertragungen, an denen Herr Houžva ganz ordentlich verdient.«

Meinem Vater sank das Kinn auf die Brust.

»Wenn es sich so verhält, Herr Caire, dann müssen Sie bitte verzeihen, aber ich . . . ich«, meine Mutter mischte sich jetzt ein, »mein Mann wußte nicht . . .«

Frau Caire schlürfte ihren Kaffee, ihr Gesicht hatte sich ein wenig geglättet, vorsichtig stellte sie die Schale auf die Untertasse, und mit einer eleganten Bewegung voll Konzentration legte sie dann ihre Hand auf die ihres Mannes.

»Das muß Ihnen, meine Liebe, gar nicht unangenehm sein«, sagte sie milde und mit freundlichem Lächeln, »wir wären sogar froh, wenn wir gerade Ihnen verkaufen dürften, jetzt, wo es doch schon so gut wie sicher ist, daß wir beide, mein Mann und ich . . .«, und Frau Caire sprach nicht mehr zu Ende, um ihre Mundwinkel begann es zu zucken, und große Tränen traten ihr in die sanften Augen.

Herr Caire zog ein weißes Taschentuch hervor, wischte ihr die Tränen fort und sagte beruhigend:

»Noch ist gar nichts sicher, meine Teuerste, aber was das Geschäft betrifft, wäre es bestimmt gut, sich mit dem Herrn Cafetier auf eine faire Form der Durchführung zu einigen, nicht wahr?«

»Ja, Liebster«, erwiderte Frau Caire mit fester Stimme, »jetzt geht es eigentlich nur mehr um die Form.«

Nach einem halben Stündlein waren alle Einzelheiten besprochen, gleich am nächsten Tag wollte man den Notar aufsuchen, von Hand zu Hand das Geld übergeben, und Herr Caire sagte, er habe die Absicht, solange noch Zeit sei, wie er sich ausdrückte, irgendwohin aufs Land zu übersiedeln.

Herr Houžva kam regelmäßig zu uns ins Café, er saß immer an einem Tisch nahe der Tür, trank seinen Wein und äußerte sich nicht mehr; wenn mein Vater eintrat, hob er die Augen, und sein prüfender Blick voller Argwohn folgte ihm überallhin; jedesmal wollte er meinem Vater etwas sagen, doch dann senkte er den Kopf und widmete sich der Betrachtung der marmornen Tischplatte, dem Inhalt

seines Glases und seinen eigenen Überlegungen, von denen niemand auch nur etwas ahnte; als mein Vater wieder einmal an ihm vorüberging, faßte Herr Houžva ihn am Ärmel und sagte: »Auf ein Wort, Herr Chef, Sie haben einen großen Fehler begangen, dieses Geschäft mit dem Caire war kein lohnendes Geschäft, das werden Sie mit der Zeit noch feststellen, es wird Ihnen noch bitter leid tun.«
»Was haben Sie nur, Herr Houžva«, sagte mein Vater lachend, »ich weiß gar nicht, von welchem Geschäft Sie da reden, soviel ich weiß, haben wir beide doch kein Geschäft miteinander gemacht, zwar haben Sie im Schwips irgend etwas dahergeschwatzt, aber wer würde sich schon um so etwas kümmern, nicht wahr, also entschuldigen Sie, die Pflicht ruft . . .«
Dann aber kehrte mein Vater doch noch zu Herrn Houžva zurück, in der Hand trug er eine Flasche Traminer und stellte sie vor Herrn Houžva auf den Tisch.
»Trinken Sie noch einen, Herr Kapellmeister«, sagte er zu ihm.
Hinter der Theke flüsterte die Mutter meinem Vater zu, sie hätte Angst bekommen.
»Wovor denn, ich bitte dich«, erwiderte lachend mein Vater, »die Ängste und Sorgen kannst du mir überlassen.«
Meine Mutter äußerte sich nicht weiter, was blieb ihr denn auch anderes übrig, als zu schweigen, sie hatte ihm sowieso schon alles überlassen: ihr ganzes Leben, ein Stück ihrer Jugend, und so kam es jetzt auch schon nicht mehr auf Herrn Houžva an.
Draußen dämmerte es bereits, die Lindenallee duftete, und Stille herrschte; wenn jemand auf dem Gehsteig vorüberging, vernahm man schon von weitem das Klappern der Absätze, besonders wenn der Betreffende die hübschen Holzsandalen trug, wie sie die Firma Baťa anbot; die Luft wurde feucht wie vor einem Gewitter, aber nirgendwo sah man es blitzen, nur von den Bergen her zog eine schwarze Wolke auf unsere Stadt zu, und sanfte Windstöße trugen den Geruch von feuchtem Ruß, Erde und Rauch aus den Eisenwerken in unsere Straße, und als der Wind sich drehte und aus der Gegenrichtung blies, er hatte inzwischen an Stärke zugenommen, begannen die Linden zu rauschen, und durch die dunkle Straße jagten Staubwirbel heran, einer nach dem anderen, und die allerkleinsten kreisten dann in unserer Eingangstür.
Gegen zehn Uhr abends kam ein Guß herab, der in einen dichten Sprühregen überging, und mein Vater sagte, nach einem solchen Regen schössen die Pilze nur so aus dem Boden, und in der offenen Tür

stehend, sog er den Duft des heimatlichen Dorfes ein, den Wind und Regen zu uns heranwehten, er dachte an sein neues weißes Haus, das dort unterm Wald hervorschimmerte, an die Rosensträucher und an hunderterlei andere Dinge, als er so in der offenen Tür stand und sich die Schuhspitzen von den herabrieselnden Tropfen benetzen ließ; vielleicht dachte er auch an Frau Caire, an ihr schönes Profil, nur die Füße standen zu der übrigen Gestalt in gewissem Widerspruch: sie waren entschieden zu massiv, und er dachte möglicherweise auch an den alten Caire, im Vergleich zu dem mein Vater stets nur der Bauernflegel blieb; ihm fehlten dessen Tradition und Selbstsicherheit, die schlanken Hände, das Silberhaar, die gefärbten Augenbrauen, der Schnurrbart und die vielen anderen positiven Qualitäten, die in den Augen meines Vaters einen Menschen erst zu den ›besseren Leuten‹ aufsteigen ließen: er wußte nur allzugenau, er selbst zählte nicht zu den besseren Leuten, er blieb der Emporkömmling vom Lande, hatte die Taschen voll Geld, hatte sich ein Haus gebaut, noch ein zweites Unternehmen gekauft und beherrschte die Straße zum Friedhof.

Meine Mutter befiel jetzt wieder die Angst: sie setzte sich in irgendeinen Winkel, legte die Hände in den Schoß und blickte voll Unruhe und böser Ahnungen um sich, dann ging sie zum Telefon, wählte die Nummer und unterhielt sich eine Weile mit Tante Lída, dort war alles in Ordnung, Lidka schlief bereits, Onkel Hejtmánek säße beim Radio.

»Ich müßte noch schnell zur Mutter laufen«, sagte sie ein wenig später, doch mein Vater sah von der Tür aus zu ihr hin und erwiderte nur achselzuckend: »In diesem Regen?«

Ich weiß, meine Mutter machte sich Sorgen um die Großmutter, die noch immer in der Bezruč-Straße lebte, ganz allein in ihrer Wohnung, ab und zu kam sie zu uns, aber immer nur auf einen Sprung, warf einen Blick in mein Zimmer, erteilte Štefka einige Ratschläge und ging wieder, wahrscheinlich fühlte sie sich bei uns nicht recht wohl; und dann war noch Franta da, um den bangte meine Mutter in den schlimmen Tagen nach dem Heydrich-Attentat am meisten; zwar hatte er Arbeit gefunden, er reparierte die Rohrleitungen in den Kokereien, das war aber nur noch schlimmer, da er jetzt mit verdächtigen Leuten in Berührung kam, von denen sich ab und zu einer in die Bezruč-Straße verirrte, dort eine Botschaft oder einen Briefumschlag hinterließ und sagte, es sei für Franta, der würde es sich von hier bestimmt abholen, und Franta war bis jetzt immer ge-

kommen, hatte sich mit keinem Wort darüber geäußert – und im letzten Jahr war er um vieles ernster, ja nur zu ernst geworden.
Das Telefon klingelte.
Zögernd blieb meine Mutter auf halbem Wege zwischen Theke und Apparat stehen.
»Heb du ab, Bohuš«, bat sie leise.
»Was ist denn jetzt schon wieder los, du siehst wohl Gespenster«, sagte mein Vater und lachte ein wenig betreten, sah meine Mutter an, ging aber schließlich doch zum Telefon.
»Hier Café ... «, meldete er sich und vollendete nicht den Satz, drückte nur den Hörer ans Ohr, das Kinn sank ihm auf die Brust, und nach einer Weile legte er auf, langsam und umständlich legte er den Hörer auf den Apparat.
»Franta ist von der Gestapo verhaftet worden, wegen Billigung des Heydrich-Attentats«, sagte er und setzte sich auf das nächstbeste Tischchen.
Die bösen Ahnungen meiner Mutter an diesem Abend hatten sich nun erfüllt, schon von dem Augenblick an, als das Unwetter losgebrochen war, hatte sie ständig den Schlag erwartet, jetzt aber, da ihre Befürchtungen eingetroffen waren, fand sie auch genügend Kraft, sich wieder aufzuraffen.
»Wer hat angerufen?« fragte sie mit fester Stimme.
Das Kinn meines Vaters lastete schwer auf seiner Krawatte.
»Herr Houžva ... darauf steht jetzt der Tod ...«
Unerschüttert bewahrte meine Mutter ihre feste Haltung, das lag schon so in ihrem Charakter: solange die Gefahr nur um sie herumschlich, hatte sie Angst, sobald sie aber deren Atem mitten im Gesicht spürte, schlug sie zurück, nur wußte sie jetzt noch nicht, wohin, auf wen und wie sie zurückschlagen sollte, um Franta zu retten.
»Was werden wir unternehmen?« fragte sie.
Mein Vater holte sich ein Glas Wasser, lehnte sich an die vernickelte Theke, winkte Herrn Karl, unseren Kellner, heran: »Herr Karl, wir machen Feierabend, Sie können schon heimgehen, und Sie, Fräulein«, sagte er zu Milada, die gerade die Tische säuberte, »Sie gehen bitte auch«; dann wandte er sich meiner Mutter zu.
»Mařka, wir können in dieser Sache nichts unternehmen, rein gar nichts.«
»Wieso«, hauchte meine Mutter mit blassen Lippen, »wieso nichts, es geht doch um Frantas Leben, wir müssen etwas tun ... Geh zu Herrn Berger«, sagte sie jetzt mit Entschiedenheit, »geh zu ihm hin,

bestich ihn, gib ihm Geld, meinetwegen alles ... geh doch zu ihm hin ...«

»Du bist wohl wahnsinnig«, schrie mein Vater und wurde ganz rot im Gesicht, »willst du mich ... willst du auch uns noch hineinziehen. Du glaubst, *ich* würde mein Vermögen für einen verrückten Bolschewiken riskieren. Zum Teufel, warum gibt er nicht auf sein Maul acht.« Und mein Vater kam in Fahrt, von der eigenen Beredsamkeit fortgerissen, konnte er sich nicht genug tun, Bilder von Franta zu entwerfen, sie aufzubauschen und meine Mutter mit Vorwürfen zu überschütten, als sei sie an dem ganzen Unglück schuld. »Du glaubst wohl, ich werde für ihn jetzt die Kastanien aus dem Feuer holen, ich nicht, ich bestimmt nicht!«

Meine Mutter hörte gar nicht hin; vielleicht sah sie Franta ganz anders vor sich: mit einem von Hunger geschwollenen Bäuchlein, wie er gierig den Zuckerstaub in seinen Mund stopfte; er war ihr Bruder, was immer er auch sein mochte, ein Bolschewik, Anarchist oder Verbrecher, er blieb ihr Bruder; sie konnte es dem Vater nicht einmal verübeln, er darf so sprechen, er ja, ich nicht, ich auf keinen Fall, dachte die Mutter, denn Franta ist mein Bruder, dem zuliebe ich in den Keller gekrochen bin, wo die toten Soldaten lagen, ihn habe ich durch das Fenster der Damentoilette gratis ins Kino hineinbugsiert, er ist ein Stück meiner selbst; meine Mutter warf ihren Ballonseidenmantel über die Schultern und ging in den Regen hinaus; in der Eingangstür, in sicherer Hut vor dem Abfluß der Dachrinne, lehnte unser Ober, der Herr Karl, der keine Lust hatte, im Regen heimzugehen, und wartete, bis er nachließ.

»Frau Chefin, wohin wollen Sie denn jetzt?« fragte er.

Meine Mutter aber ging stumm an ihm vorbei.

Der Vater lief vor die Tür und rief ihr nach: »Mařka, du bist verrückt, wo willst du hin, komm sofort zurück, man kann nichts tun, nichts kann man tun«, aber er vernahm nur die raschen sich auf dem Gehsteig entfernenden Schritte.

Mich hatte man ganz vergessen, ich saß auf einem Hocker an der Kasse, wo ich oft zu sitzen pflegte und meiner Mutter zusah, wie sie mit flinken Fingern die Tasten niederdrückte, um den Verzehr zu registrieren: von hier aus konnte ich das ganze Lokal überblicken, ich mußte den Kopf nur ein wenig wenden und in den großen Spiegel an der Seitenwand schauen, und alles lag wie auf meiner Hand da; jetzt sah ich im Spiegel meinen Vater hereinkommen, sein Haar war naß, er blieb in der Mitte des Lokals stehen, kehrte sich dem

Spiegel zu, blickte aber nicht hinein, er stand nur so da, und in dem reflektierenden Glas sah ich eine winzige Schramme auf seiner Schulter, im Frühjahr war nämlich ein Vöglein in unser Café hereingeflogen, und von der blitzenden Fläche beirrt war es auf sein Spiegelbild aufgeprallt, tot herabgefallen und hatte mit seinem Schnäblein einen Kratzer in den Spiegel geritzt, das war alles, was von ihm geblieben war; dann sah ich im Spiegel die Großmutter eintreten.
»Sie haben Franta eingesperrt«, sagte sie.
Das Café war fast leer, nur ganz hinten saßen zwei Pärchen, die aber nichts zu sehen und zu hören schienen.
Mein Vater kehrte sich ihnen zu.
»Zahlen, wenn ich bitten darf, heute schließen wir etwas früher, bitte.«
Als die beiden Pärchen ins Dunkel hinaus verschwunden waren, wandte sich mein Vater, noch immer in der Mitte des Lokals stehend, meiner Großmutter zu: »Sind Sie nicht der Mařka begegnet?«
»Nein, wohin ist sie gegangen?«
»Ich weiß nicht«, erwiderte achselzuckend mein Vater.
»Warum haben Sie sie weggehen lassen, Bohuš?«
Wieder zuckte mein Vater die Achseln.
»Man kann nichts tun, liebe Mutter«, sagte er und strich mit der Hand über die feuchte Theke, »man kann nichts tun, wir sind vollkommen machtlos.«
Die Großmutter sank auf einen Stuhl.
»Daß Sie es nur wissen, Houžva war es, der Franta angezeigt hat«, sagte sie.
»Wer hat Ihnen das gesagt?«
Die Großmutter öffnete die Hand und legte einen zerknüllten Papierfetzen auf die Marmorplatte, glättete ihn sorgfältig und gab ihn dann meinem Vater. »Den Franta hat Houžva angezeigt, dieser Hurensohn von einem Faschisten, Toník J.«, las mein Vater.
»Wer ist dieser Toník«, fragte er.
»Einer von Frantas Kameraden, er hat oftmals eine Botschaft für Franta bei mir hinterlassen.«
»Jesus Maria, Mutter«, stieß mein Vater hervor, »wenn das herauskommt, wird man auch Sie ...«
»Es geht jetzt nicht um mich«, sagte die Großmutter.
Mein Vater drehte die Lichter aus und sperrte die Tür ab.
»Kommen Sie, Mutter, wir wollen in die Wohnung hinaufgehen, dort können wir ungestört miteinander reden.«

Im Wohnzimmer angelangt, sah sich die Großmutter erst nicht lange um und fragte ohne Umschweife: »Und was jetzt?«
»Man müßte darüber reden«, erwiderte mein Vater, aber die Großmutter sagte resolut: »Dazu ist jetzt keine Zeit, wir müssen etwas unternehmen.«
»Gewiß, gewiß, wir werden etwas unternehmen«, sagte mein Vater verlegen, »man muß unbedingt etwas unternehmen, vielleicht rufe ich bei der Polizei an, ob sie nicht nach der Mařka suchen könnten . . .«
»Und was ist mit Franta?« fragte die Großmutter.
»In dieser Sache ist nichts zu machen, überhaupt nichts, wir sind machtlos, da hilft nur beten, wenn Sie daran glauben, etwas anderes bleibt uns nicht übrig . . .« Dann ging mein Vater zum Telefon und rief das Polizeikommissariat an, dem er die Personalbeschreibung meiner Mutter diktierte, wobei seine Stimme zitterte; um Mitternacht rief er alle Krankenhäuser an, ob dort nicht zufällig eine so und so aussehende Frau eingeliefert worden sei; um zwei Uhr morgens fragte er noch einmal beim Polizeikommissariat nach, ob sie meine Mutter vielleicht schon gefunden hätten, aber aus dem Telefon kam eine wütende Stimme: sie erboste sich über meinen Vater, der sie dauernd belästige, wenn er nicht selbst imstande sei, sein Weib zu hüten, warum wende er sich dann ausgerechnet an die Polizei; gleich darauf begann es zu dämmern.
Die Großmutter saß im Fauteuil, den Kopf in die Hände gestützt, und mein Vater im Hemd ohne Sakko wanderte im Zimmer auf und ab, er rauchte, und die Luft war dick und undurchdringlich; auch ich schlief nicht und saß die ganze Nacht bei ihnen; ich öffnete das Fenster, die Straße lag noch im Dämmerlicht, doch dann begannen die Kronen der Linden aufzuleuchten, ein Vogel piepte, aus der Ferne vernahm man das Klingeln der ersten Straßenbahnen und das Heranstolpern des Milchmannes; mein Vater ging zum Telefon und wählte Hejtmáneks Nummer.
»Sie haben Franta eingesperrt«, sagte er kurz.
Hejtmánek schrie irgend etwas ins Telefon, dann hörte ich die Tante weinen, und mein Vater legte auf; nach einem halben Stündlein erschien Familie Hejtmánek bei uns; mit einer gewissen fieberhaften Geschäftigkeit rief mein Onkel eine Telefonnummer nach der anderen an, hielt meinem Vater vor, was er alles zu unternehmen vergessen hatte und was er selbst ganz bestimmt veranlaßt hätte, wäre er nur von uns gleich am Abend angerufen worden; aber nach einem Stündlein, die Sonne ging schon auf, legte er erschöpft den Hörer

hin; die Tante schluchzte an der Schulter der Großmutter. Der gereizte Onkel beschimpfte meinen Vater, weil er ihn in einer so wichtigen Familienangelegenheit nicht sofort herzitiert hatte, und als die beiden mitten im besten Wortgefecht waren, bremste vor unserem Haus ein Auto: wir beugten uns aus dem Fenster und erblickten die Mutter; den Mantel nur lässig über die Schulter geworfen, stieg sie aus dem schwarzen Mercedes, der Chauffeur machte eine Verbeugung, schlug dann die Wagentür zu und fuhr davon; die Mutter blieb noch eine Weile am Rande des Gehsteigs stehen und sog die frische Luft ein; man würde kaum glauben, wie herrlich die Luft nach einem Regen in unserer Straße war, kein Vergleich zu den anderen Straßen unserer verrauchten Stadt, das verdankten wir den Linden und der Friedhofsnähe, in unserer Umgebung gab es ziemlich viel Grün: hier war die Lunge der Stadt.
Meine Mutter spähte um sich, uns oben konnte sie jedoch nicht entdecken, die Lindenkronen verbargen uns vor ihren Blicken, ganz bestimmt aber spürte sie die Hunderte von Gesichtern hinter den Fenstern, denn ein schwarzer Mercedes am frühen Morgen hatte zu jener Zeit nichts Gutes zu bedeuten; Mičko wohnte schräg gegenüber, auch er zog den Vorhang zurück, damit mein Vater sehen konnte, wie er auf das wegfahrende Auto wies, auf meine Mutter und wie er dann symbolisch ausspuckte und den Vorhang wieder zuzog.
Mit langsamen Schritten ging die Mutter zur Haustür, dann hörten wir sie die Treppe heraufkommen, und als sie bereits im Vorraum war, stand niemand auf und ging ihr entgegen, sie trat ein, sagte kein Wort, nicht einmal guten Morgen, lehnte sich nur an die Wand und sah alle herausfordernd an mit einem Blick, dem keiner von ihnen standhielt, so daß alle die Augen niederschlugen, nur die Großmutter nicht; ja, sie alle senkten die Augen wie Diebe oder Ehrabschneider.
»Wo warst du?« fragte mein Vater.
Die Mutter schwieg.
»Wo warst du, Mařenka?« schluchzte Tante Lída.
Die Mutter blieb stumm.
»Wo warst du, Schwägerin?« schrie jetzt Hejtmánek, doch ein Blick meiner Mutter voller Verachtung machte ihn zahm.
Die Großmutter stand auf.
»So sag uns doch, Kind, wo warst du nur?«
Meine Mutter wandte sich ab und krümmte den Rücken, wie in Er-

wartung eines Schlages: »Beim Berger«, sagte sie dann langsam und deutlich.

Mit einem heftigen Ruck schleuderte mein Vater den Stuhl beiseite, daß er krachend auf den Sekretär aufprallte und mit der Rückenlehne eine Scheibe der Glasvitrine zertrümmerte, führte aber seine impulsive Handbewegung nicht zu Ende, beugte sich vielmehr nur über den Tisch und stützte die Arme breit auf; Hejtmánek holte zu einer Geste oder auch zum Schlage aus, er bewegte die Lippen, aber weiter kam auch er nicht, die Tante fiel meiner Mutter weinend um den Hals, und das Kinn der Großmutter begann zu zittern, Hejtmánek nahm Anlauf zu einer weiteren Geste, aber er konnte nur hervorstoßen: »Eine tschechische Patriotin, pfui!«

»Schweig«, verwies ihn die Großmutter in scharfem Ton, »hier geht es nicht um Patriotismus, darum geht es hier überhaupt nicht«, ihre Stimme zitterte, »und was ist mit Franta?« fragte sie.

Das richtete meine Mutter wieder auf, sie schob die Tante von sich weg, blickte fest in die Runde und mit beherrschter Stimme, die nicht bebte, nicht ein einziges Mal stockte noch schwankte, trotz ihrer stürmisch wogenden Brust, und die auch ihren inneren Gefühlston nicht abstreifte, verkündete sie, Herr Berger werde diesen *Irrtum* auf das richtige Maß zurückführen, Franta werde sich nicht wegen Billigung des Heydrich-Attentats zu verantworten haben, sondern wegen Schwarzhandels mit Zigaretten, er bekäme dafür so an die fünf oder sechs Jahre Zuchthaus – mehr war nicht zu erreichen ... mehr nicht, »und jetzt ... jetzt könnt ihr mir alle den Buckel herunterrutschen, ihr alle!«

Die straff gespannte Saite im Innern meiner Mutter gab nach, ich hörte den Ton, wie sie entzweiriß, und sah, wie gleichsam das eine Ende der Saite in meiner Mutter Kinn weitervibrierte, ihr Tränen entpreßte und meine Mutter sich dieser Tränen sehr schämte, so daß sie das Gesicht mit den Händen bedeckte, aus dem Wohnzimmer lief und nebenan die Schlafzimmertür zuschmetterte.

Dann drehte sie den Schlüssel von innen um.

Hejtmánek kam endlich dazu, seine Geste zu Ende zu führen, und vollendete sie auch, er hielt eine salbungsvolle Rede und sagte, wir lebten in einer schweren Zeit, in der die ganze Nation am Boden liege, ihre besten Söhne und Töchter in den Kerkern schmachteten, und fügte, zur Großmutter gewandt, hinzu: »Liebe Mutter, möge es Ihnen zum Trost gereichen, daß Ihr Sohn Franta zu den Helden gehört, die für die Freiheit und eine bessere Welt kämpfen.«

Die Großmutter sah hilflos von einem zum anderen, nahm wieder Platz und saß mit gesenktem Kopf da; mein Vater wurde von Hejtmáneks Stimmung angesteckt, nur Tante Lída blieb sich treu: sie weinte still und herzzerbrechend vor sich hin und konnte sich nicht beruhigen. Das war so ihre Art, sich gegen die Welt zur Wehr zu setzen: Tränen und Wehklagen, in die sie sich stets flüchtete, wenn Schlimmes kam – und Schlimmes kam nur allzuoft.

Mein Vater und Hejtmánek standen sich Aug in Aug gegenüber und kamen sich sehr bedeutend vor; sie taten ihr Bestes, einen Abglanz des nationalen Unglücks auf sich selbst und ihre eigene Beherztheit fallenzulassen, und bemühten sich überhaupt, einander einzureden, was für gute und tapfere Patrioten sie doch waren; wie immer, wenn Familienberatungen abgehalten wurden, schenkte niemand meiner Person irgendwelche Beachtung, nahm niemand von mir Notiz, ich zählte sozusagen nicht mit und konnte auf diese Weise in Ruhe über die Bedeutsamkeit dieses Morgens nachgrübeln, an dem aus einem Müßiggänger, dazu noch einem Bolschewiken, mit einem Schlage ein Patriot, Held und Märtyrer geworden war, wobei Onkel und Vater es nicht verabsäumten, Frantas Weitblick lobend hervorzuheben, an diesem Jungen sei schon immer etwas dran gewesen.

Bereits von klein auf war dieser Hund in mir, dieser Hund unter meinem Herzen, doch das war kein böser Hund, nur so ein verspieltes Hundejunges, das von Zeit zu Zeit zum Spaß bellte und einen Juchzer ausstieß, manchmal aber auch knurren und voller Bosheit loskläffen konnte wie eben jetzt. Der Hund in mir begann sich zu regen, und ich sagte: »Ich habe geglaubt, ihr würdet aufatmen, daß sie ihn eingesperrt haben, diesen Tagedieb und Nichtsnutz von einem Bolschewiken!«

Onkel Hejtmánek klebte mir eine, mein Vater nahm ebenfalls einen Anlauf, befand sich aber zu weit weg von mir, am anderen Ende des Tisches, so daß er mich nicht erreichen konnte, der Onkel erging sich dann in Reden über meine vernachlässigte Erziehung, doch mein Vater kümmerte sich nicht mehr um ihn: er stand lauschend an der Schlafzimmertür und klopfte leise an.

»So mach doch keinen Unsinn, Mařka, und öffne doch!«

»Laßt mich alle in Ruhe«, sagte verdrossen die Mutter nebenan, nicht eine Spur von Unwillen in der Stimme, nur Müdigkeit und Ekel; mein Vater richtete sich auf, sein Blick fiel auf mich: »Los, verschwinde«, sagte er.

Ich ging durch den Vorraum in die Küche, dort fand ich die schlafende Štefka, den Kopf auf den Tisch gestützt, und setzte mich an das andere Ende des Tisches, ließ den Kopf auf das Holz sinken und bemühte mich einzuschlafen; vor den Augen flimmerten mir die Jahresringe des tausendmal gescheuerten Holzes, das nach Teig und Seifenschaum duftete; jeder Jahresring hatte einen scharfen, festen Kamm, erstarrte Adern versteinerter Ungetüme in den Rillen des Holzes, in dem sich die Jahre und Jahrzehnte abgelagert und umgebrochen hatten; ich sank in eine Landschaft von Holz, in der man umherschweifen, über die Kämme steigen und die Jahre zählen konnte, und immer gelangte man irgendwohin: zum Ende des Jahres oder zur Mitte, wo aus dem saftigen Kern der kleine Kamm des Jahresanfangs hervorwuchs; da weckte mich Štefka: »Du sollst ins Wohnzimmer hinüberkommen«, sagte sie.

Dort saßen sie alle wie erstarrt, von draußen fiel das Sonnenlicht ins Zimmer und ließ sie um zehn oder auch mehr Jahre älter erscheinen; das grelle Licht hatte ihnen neue Gesichter gezeichnet; als ich eintrat, legte mir der Onkel die Hand aufs Haupt und eröffnete mir, im Leben gäbe es Momente, lieber Bub, gäbe es also Momente, in denen ... und er vollendete nicht den Satz mit den Momenten, die es gäbe, denn mein Vater unterbrach ihn mit der kurzen an mich gerichteten Bemerkung, ich müßte über alles, was ich hier gesehen und gehört habe, meinen Schnabel halten.

»Jo«, erwiderte ich.

»Das sind viel zu ernste Dinge«, fuhr er fort und goß sich ein Gläschen Kognak ein, »als daß man darüber so ohne weiteres reden könnte.«

Ein erneutes »Jo« meinerseits.

»Und sag nicht immer jo, es heißt ja, verstanden«, erboste sich mein Vater.

»Ja«, sagte ich jetzt.

»Über die Familie«, fuhr mein Vater fort, hob sein Gläschen, drehte und schwenkte es in den Fingern hin und her, »sind schwere Zeiten hereingebrochen, wir werden fester zusammenhalten müssen als je zuvor, also nicht wahr ... die Mutter, nicht wahr ...«, mein Vater zog sein Taschentuch, schneuzte hinein, Onkel Hejtmánek wandte sich ab, legte die Hände auf den Rücken, und die Tante fing zu weinen an, nur die Großmutter blickte vorbei ins Leere, und alle glaubten vielleicht, mir unbedingt etwas erklären zu müssen, aber ich konnte mir alles schon allein ausmalen: meine Mutter hatte die Nacht bei Herrn Berger verbracht, hatte ihm abgelistet, daß Franta nicht auf dem Militärschießplatz an die Wand mußte; daß das alles nicht umsonst erlangt worden war, konnte ich mir leicht vorstellen, ich hatte meine Erfahrungen vom Café her – und was hätte sich denn auch anderes tun lassen? Als einziger Ausweg war Berger geblieben, und meine Mutter hatte diese Möglichkeit benützt, also wozu das Herumgerede; die Erwachsenen benehmen sich unmöglich, sagte ich mir damals, immer glauben sie, sie müßten sich etwas ausreden, einander überzeugen, sich gegenseitig blauen Dunst vormachen und diesen zur Wahrheit aufwerten; gerade jetzt waren sie dabei, meinen Vater zu beschwatzen, und es bedurfte wohl keiner langen Überredungen, sich von der Mutter nicht loszusagen und im Interesse der Familie ein Opfer zu bringen; und mein Vater tat so, als ließe er sich sehr bitten, er hätte sich sowieso nicht von der Mutter scheiden lassen können, denn die Hälfte des Besitzes war auf ihren Namen überschrieben worden, worauf sie damals, gleich nach dem Vorfall mit diesem Fräulein Evi, bestanden hatte, und jetzt war er fest an sie gekettet; Onkel Hejtmáneks patriotisches Gerede verlieh dieser Fessel nur ein wenig Glanz und den Anschein von Selbstaufopferung – und ich kann mir vorstellen, wie hervorragend sich mein Vater damals in dieser Rolle fühlen mochte; immer war er nur dieser böse Schwager gewesen, der das Geld zusammenscharrte, und mit einem Male hatte sich alles geändert: sie baten ihn fast auf den Knien, die Mutter nicht zu verstoßen, es hinunterzuschlucken, zu verwinden. »Wir alle leben in einer schweren Zeit«, wiederholte Onkel Hejtmánek dauernd, »müssen doch alle etwas opfern, und wer weiß, was uns noch erwartet«; sie beschwatzten und überredeten meinen Vater, er war fertig, am Ende, leistete keinen Widerstand, hörte nur zu und war mit allem einverstanden; bestimmt dachte er dabei nicht an Franta, sondern nur an das Unternehmen, deshalb bezog er die sehr vorteilhafte Position eines großmütigen Märtyrers und sagte, jetzt, wo sie uns Franta eingesperrt hätten, sähe er es als seine Pflicht an, sich um Naďa zu kümmern. »Ich wäre froh, wenn ich sie bei mir im neuen Unternehmen, das ich von Caire gekauft habe, beschäftigen könnte.«

Onkel Hejtmánek, von so viel Großmut Frantas Ehefrau gegenüber an der empfindlichsten Stelle seiner Eitelkeit getroffen, fügte hinzu, auch er würde gelegentlich einen Hunderter beisteuern, wenn sie ihm bei den Büroarbeiten ein wenig helfen könnte; nur die Großmutter blieb skeptisch und sagte, Naďa könne sich allein durchbringen, auch wenn Vater und Mann im Gefängnis säßen und sie jetzt beiden Pakete schicken müßte: ihrem Vater, dem Abgeordneten, ins Pankratzer Zuchthaus nach Prag und dem Franta weiß Gott wohin.

Dann trennte man sich, die Tante weinte immer noch, und der Onkel drückte meinem Vater innig die Hand, was nicht allzuoft vorkam, ja fast überhaupt noch nicht vorgekommen war; die Großmutter blieb bei uns.

Vormittags um zehn öffneten wir wie gewohnt unser Café, kurz nach dem Mittagessen bezog meine Mutter ihren Platz an der Kasse, und um halb drei, ich stand gerade auf der Straße vor dem Lokal, wurde bei uns ein herrlich duftender, in Zellophan verpackter Rosenstrauß aus dem Blumenladen abgeliefert: ein Soldat, der die Hakken zusammenschlug, überbrachte ihn mit den ergebensten Empfehlungen von Herrn Berger; meinem Vater blieb die Luft weg, bereits ernüchtert, sah er die Dinge, wie sie waren, und hätte Franta und Berger am liebsten zum Teufel gejagt, meine Mutter aber steckte den Strauß in eine Vase und stellte sie auf die Theke, sinnend roch sie von Zeit zu Zeit daran, die Augen halb geschlossen, wie einem Traum sich hingebend, aus dem sie plötzlich zu erwachen schien, verwundert darüber, wo sie sich eigentlich befand; dann kam Herr Klimesch herein, blieb stehen und sog eine Weile den Duft der frischen Blumen ein, dann aber, wie von einer mir unbegreiflichen Lähmung befallen, begab er sich wortlos zu seinem Tisch; die Mutter schwieg, sah nur bisweilen zu den Rosen hin, die einen roten Schimmer auf ihr Gesicht warfen, als ihr Blick jedoch von dem Strauß auf die Tasten der Kasse zurückglitt, war sie ganz blaß und saß wie erstarrt da; beide – Herr Klimesch und die Mutter – hielten den Kopf hartnäckig voneinander abgekehrt, so daß ihre Blicke sich nicht begegnen konnten.

In dieser Sommerschwüle welkten die Rosen sehr rasch, bereits am Abend fielen die ersten Blätter ab; wenn eines sich von der Blüte löste, glitt es mit zitternder Bewegung auf das glänzende Blech des Kühlpultes herab; in großen Mengen fielen die Blätter, wenn der Kompressor hinten anging und das Pult erbeben ließ: der kleine Teppich aus Rosenblättern rings um die Vase verdichtete sich, und meine Mutter nahm ein Gläsertuch, und mit einer einzigen energischen Bewegung fegte sie sie auf die Schaufel und warf sie in den Abfallkorb. Um halb acht klingelte das Telefon, die Mutter hob ab, meldete sich jedoch nicht: Als sie den Hörer wieder auflegte, sagte

sie zur Großmutter, Franta habe sich des Schwarzhandels mit Zigaretten schuldig bekannt.
Die Großmutter sah um sich, ratlos darüber, was diese Nachricht für Franta zu bedeuten hatte, was ihn wohl jetzt erwarten mochte, was für eine Unsicherheit sich da vor ihr auftat, was für ein gähnender Schlund von Unvorhersehbarem, was für eine Gefahr da jetzt auf ihre Familie zukam und was sie *jetzt* noch zu erwarten hatte.
Ich weiß genau, wie Großmutters Blick dann lange Zeit auf der Mutter ruhte, die sich, in den Taschenspiegel blickend, mit beneidenswerter Gleichgültigkeit die Oberlippe anmalte, sorgfältig die blutrote Farbe auftrug, um sie dann mit einem festen Druck der Unterlippe auch auf diese zu übertragen, und abermals sagte, alles käme schon wieder in Ordnung, Franta hätte sich schuldig bekannt.
Gegen neun erschien Herr Houžva; mit einem Blick streifte er den Blumenstrauß auf dem Kühlpult, nahm Platz und bestellte provokativ ein Soda; sonst bekam er immer sein Glas Wein, aber heute trank er nur ein Soda, ignorierte meinen Vater, vertiefte sich in das Marmormuster der Tischplatte und schmierte mit seinen dicken Fingern irgendwelche Krähenfüße oder vielleicht Notenschlüssel auf den Tisch: ich konnte das nicht so genau sehen; unerwartet stand er dann auf und ging zu meinem Vater an die Theke.
»Nun, Herr Chef, ist der Kaufvertrag schon notariell und amtlich bestätigt?« fragte er.
»Das lassen Sie meine Sorge sein, ich bin ja der Käufer und nicht Sie«, fertigte ihn mein Vater kurz ab.
»Wir werden ja sehen, Herr Chef, das werden wir noch sehen, aber ich kann Ihnen nur sagen: Sie spielen sehr hoch, sehr sogar ...«
»Ich habe alle Trümpfe in der Hand, Herr Houžva«, sagte mein Vater und verzog den Mund zu einem schiefen Lächeln.
»Und welche Trümpfe wären das, Herr Chef, wenn ich fragen darf?«
»Zum Beispiel – zum Beispiel Herr Berger«, gab mein Vater gleichgültig zur Antwort, doch es gelang ihm nicht recht, und seine Stimme zitterte, aber die Wirkung dieses Namens war unverkennbar: Herrn Houžva hatte das verdammt mitgenommen, er klammerte sich an die Kante der Theke, sein Gesicht lief rötlich an, die Tränensäcke unter den Augen schwollen.
»So ... so ... haben Sie also schon«, stotterte Herr Houžva, »einen Weg zu ihm gefunden?«
Mein Vater schwieg weise.

»Schade«, fuhr Herr Houžva fort, dämpfte aber bereits die Stimme, und es hörte sich eher wie ein Selbstgespräch an, beim Reden öffnete er kaum die Lippen; seine Stimme kam eigentlich nur aus einem winzigen Spalt der halbgeöffneten wulstigen Lippen, »schade, wir hätten beide als Partner in die Sache einsteigen können, sie wird Ihnen sowieso keinen Segen bringen, heute oder morgen, wer weiß, Sie haben einen Fehler begangen, ich hätte Ihnen auch anderweitig behilflich sein können, vielleicht in Frantas Angelegenheit, wenn die Gnädigste ... und auch Sie es gewünscht hätten ...«

»Danke«, erwiderte mein Vater eisig und legte die Hand auf das feuchte Blech neben die Vase, »besten Dank, um Franta haben wir uns auch bereits gekümmert ...«, und meines Vaters Hand schloß sich langsam zur Faust, zwei Rosenblättchen hafteten ihm an den Fingern, und jetzt zerquetschte er sie; ein ähnliches Bild hatte ich einmal in einem für Jugendliche verbotenen großen Liebesfilm gesehen, ich war unbemerkt hineingeschlüpft, dort hatte ich auch einen Herrn mit den Fingern eine Rose zerdrücken und dann auf eine Blondine losgehen sehen, sie tat ein Weilchen so, als wehrte sie sich, doch dann bog sie den Kopf zurück, es wurde gesungen, und weiter gab es nichts mehr zu sehen; damals begriff ich noch nicht das Gleichnis zwischen der zerdrückten Rose und dem Fräulein in der Umarmung, aber meines Vaters zur Faust geschlossene Hand brachte mir diese Szene wieder in Erinnerung; Herr Houžva hob die schweren Augen.

»Wieder Herr Berger?«

Mein Vater zuckte die Achseln und lockerte die Faust, aber die Rosenblättchen blieben ihm an den Fingern haften.

»Sie haben mich überfahren«, sagte Herr Houžva, »ich bin eindeutig nach Punkten geschlagen und kann mir daher gestatten, ganz aufrichtig zu Ihnen zu sein« – mein Vater zog die Oberlippe hoch, was heißen sollte, seine Aufrichtigkeit könne ihm gestohlen bleiben, doch ließ bei meinem Vater jener gespannte Ausdruck höchster Bereitschaft nicht im geringsten nach, mit dem er jeder Bewegung Herrn Houžvas gefolgt war, von dem Augenblick an, als sich dessen Finger in die Kante der Theke verkrallt hatten. »Ja, ich bin geschlagen«, fuhr Herr Houžva fort, »und ich kann Ihnen verraten, daß ich Caires Unternehmen auch noch einem anderen Interessenten angeboten habe, und wenn ich ihm erzählen werde, daß Sie das Unternehmen gekauft haben, dank Ihrer Beziehungen zu Herrn Berger, wird er sehr enttäuscht – und überrascht sein.«

Mein Vater wandte sich ab.
»Interessiert es Sie nicht, wem ich das Unternehmen angeboten habe?«
»Nein, Herr Houžva«, sagte mein Vater, goß sich ein wenig Selterswasser ins Glas, »das interessiert mich überhaupt nicht.«
»Aber ich will es Ihnen trotzdem sagen, damit Sie etwas zum Nachdenken haben, Caires Lokal wollte nämlich auch Ihr guter Bekannter kaufen, sozusagen Ihr Mitschüler und Nachbar aus Ihrem Dorf – Herr Burian.«
Die Hand meines Vaters, in der er das Glas mit dem Selterswasser hielt, begann zu zittern, und rasch versteckte er sie hinter seinem Rücken, damit Herr Houžva es nicht sah; Herr Houžva beugte sich über die Theke, die wenigen Gäste an den Tischen hatten sich bislang um nichts als um ihren Ersatzkaffee oder ihr Eis gekümmert und hoben erst den Kopf, als sich die Mutter hinter der Kasse aufrichtete, auf die Tür mit der französischen Aufschrift ›Entree‹ wies und ganz eindeutig und laut über das ganze Lokal hinweg rief: »Hinaus!«
Ungläubig sah sich Herr Houžva um, wem diese Geste wohl galt, doch meine Mutter sagte abermals, jetzt bereits etwas leiser: »Verschwinden Sie, verschwinden Sie schon, und lassen Sie sich hier nie wieder blicken . . .«
Herr Houžva setzte ein Lächeln auf, spreizte die Hände und ließ die Handflächen in etwa zwanzig Zentimeter Abstand vom Rumpf hängen.
»Meine Gnädigste, ich kann nicht begreifen, vielleicht könnte ich, Gnädigste . . .«
Interessiert verfolgten alle von ihren Tischen aus, wie der Stammgast von der Frau Chefin den Hinausschmiß erhielt; meine Mutter wollte diesen peinlichen Auftritt nicht länger ausdehnen, Herr Houžva verharrte noch immer in seiner unnatürlichen Stellung mit gespreizten, hängenden Händen im Abstand von zwanzig Zentimetern vom Körper, und deshalb sagte sie nochmals deutlich und über das ganze Lokal verständlich: »Ich will Sie hier nicht mehr länger sehen, Sie Denunziant, Sie!« Die letzten Worte, wie ein einziger Zischlaut ausgestoßen, trafen Herrn Houžva wie ein Peitschenhieb ins Gesicht, so daß es ihm siedendheiß wurde und er von neuem errötete, in einem anderen Rot jedoch als zuvor an der Theke; und jetzt ermannte sich auch mein Vater, mit drei Schritten trat er an Herrn Houžva heran, packte ihn beim Kragen und zog ihn zum Ausgang; Herr

Houžva setzte sich erst gar nicht zur Wehr, wie konnte er auch, mein Vater besaß einen Zentner gut gepolsterter Muskeln an seinem Körper, während Herr Houžva nur ein zusammengeschrumpfter, schlaffer Hautsack war, und es hätte bloß eines kleinen Stupsers bedurft, und Herr Houžva wäre schon auf der Straße gelandet, aber mein Vater ließ von ihm ab, verneigte sich tief und sagte: »Guten Abend, Herr Berger . . .«

In diesem Moment verlief alles wie auf der Bühne; ich weiß eigentlich gar nicht, wer das so inszeniert hatte: die Mutter hinter der Kasse straffte sich, aber ihre Hand wies nicht mehr zum Ausgang; etwas vorgeneigt, stand sie da, feuerrot im Gesicht, auch die Gäste an den Tischen hatten sich erhoben, und aller Gesichter waren der offenen Tür zugekehrt, wo mein Vater Herrn Houžva den letzten energischen Stoß geben wollte, um ihn im wahrsten Sinne des Wortes auf die Straße zu werfen, statt dessen aber verneigte er sich, denn nur ihm allein, aus seiner Sicht war es möglich, Herrn Berger im hellen Sommeranzug, mit einer roten Rose im Knopfloch, zu gewahren. Herr Houžva, diese Situation benützend, krümmte den Rücken und schlüpfte ins Dunkel hinaus, dann erst wurde Herr Berger in der Tür sichtbar: er stutzte ein wenig.

Aller Gesichter waren nämlich auf ihn gerichtet, da die Gäste zur Tür starrten; im ersten Augenblick mochte Herr Berger wohl den Eindruck haben, man warte nur auf das verabredete Zeichen, um sich auf ihn zu stürzen, er tat daher nur einen schüchternen Schritt vorwärts, und in diesem Augenblick legte sich die Spannung im Lokal: die Gäste setzten sich auf ihre Plätze zurück, gaben vor, nichts gesehen und gehört zu haben, vertieften sich in ihre Zeitungen, in ihr Eis oder ihren Ersatzkaffee und taten so, als kümmerten sie sich überhaupt nicht um den eleganten Herrn Berger. In einer Duftwolke von Kölnisch Wasser schritt er zu meiner Mutter, verneigte sich und küßte ihr zeremoniös die Hand.

Sicherlich spürte Herr Berger die Unruhe, die in der Luft lag, behielt darum die Hand meiner Mutter etwas länger in der seinen, bewegte zwar die Lippen, schwieg aber, genoß nur die Situation und bemühte sich, sie zu ergründen.

Dann klappte jemand am Tisch ein Buch zu; in der gespannten Atmosphäre hörte es sich wie ein Schuß an, Herr Berger zuckte zusammen und sah sich um; Herr Klimesch erhob sich von seinem Tisch und klemmte die in rotes Leder gebundenen ›Beiden Grundprobleme der Ethik‹ unter den Arm, ging gemessenen Schrittes zur

Kasse; doch niemand sah ihm nach, jeder war nur mit dem Marmormuster der Tischplatte, mit seinem Kaffee oder Eis beschäftigt, als wollte einer dem andern seine physische Absenz dokumentieren. Bestimmt aber wünschte sich in diesem Augenblick so mancher der Gäste, mit Blindheit und Taubheit geschlagen zu sein, um auf diese Weise das allerschönste Alibi zu haben, das man in jener Zeit nur haben konnte. An der Kasse sagte Herr Klimesch: »Ich möchte zahlen, bitte.«

Meine Mutter nannte irgendeinen Betrag, manierlich legte Herr Klimesch die Münzen auf die Theke, die Mutter sagte: »Danke, Herr Klimesch«, und fügte noch hinzu: »Sie gehen heute schon, Herr Professor?«

»Ja«, erwiderte Herr Klimesch, »ich gehe heute schon, die Luft ist mir hier etwas zu schwül« – warf einen Blick auf Herrn Berger und ging.

Herr Berger beherrschte sich vorzüglich, er hatte das lederne Gesicht eines Tragöden; er verstand es, sein Gesicht zu verwandeln. Es kam nicht nur einmal vor, daß er das Gesicht eines Spürhundes aufsetzte, das war so seine Maske – er besaß nämlich kein eigenes Gesicht. Und wenn doch, so hat er es mir nie gezeigt, er behielt das gleiche Hundegesicht noch im Tode, damals, als er von hinten niedergeschossen, tot vor unserem Hause lag; aufmerksam hatte ich sein Gesicht studiert, denn Tote haben gewöhnlich ihr natürliches Aussehen, sie müssen sich nicht mehr verstellen, nichts mehr vorspielen, sie müssen gar nichts mehr, aber Herr Berger blieb immer derselbe wie zu seinen Lebzeiten; erst heute wird mir Bergers Verwandlungsfähigkeit so recht bewußt; ich beneide ihn um diese Kunst, wenngleich mir seine steten Verwandlungen im Laufe der Zeit unheimlich wurden; ich gewann den Eindruck, seine Verwandlungen wurden weder von inneren noch äußeren Reizen oder anderen Impulsen beschleunigt oder gebremst, er paßte sie nur logisch und besonnen den jeweiligen Situationen an, und wir hatten nicht die Macht, Einfluß auf sie zu nehmen, sie zu verändern oder sie gar aus ihrem Geleise zu heben: nie gelang es mir, ihm die vorzüglich gewählte Maske vom Gesicht zu reißen, hinter sie zu dringen, auch wenn es mir manchmal schien, mir würde das im nächsten Augenblick todsicher gelingen.

Ich studierte also aufmerksam Bergers leblose Züge, damals, als er so auf dem Rücken im nassen Gras an dem hinteren Gartenpförtchen lag, und noch in diesem kurzen Augenblick, da ich ihn zum letzten

Mal sah, gab ich die Hoffnung nicht auf, Berger endlich so zu sehen, wie er wirklich gewesen war, sein wahres Gesicht; doch auch im Tode war es unverändert geblieben, Berger war wie lebendig, und der vom Schmerz verzerrte linke Gesichtsmuskel hatte den Mundwinkel ein wenig hinaufgezogen, so daß es aussah, als lache Berger: angewidert kehrte ich mich ab; ich fühlte Zorn in mir aufsteigen: mir wurde jetzt bewußt, der Schuß in seinen Rücken hatte keine Lösung gebracht, Berger blieb für mich der, der er gewesen war, sein Fall, sein vom Schicksal bestimmter Tod, in den ich ihn gehetzt hatte, blieb unlöslich mit mir verbunden. Es hilft nicht, daß ich mir Bergers Lebenslauf dauernd rekapituliere, der ebenso der Lebenslauf von tausend anderen sein könnte; ich glaube, erst wenn mir Bergers Schicksal alltäglich zu werden beginnt, wird es mir gelingen, auch seinen Tod darin einzusetzen, und ich werde zwischen seinem Leben und seinem Ende einen durchaus klaren Zusammenhang finden.

Herr Berger begann sein Leben als ein ganz normales Bürschlein in einer ehrsamen bayrischen Familie; im Gymnasium der Kleinstadt wurde seine Neigung zu romantischen Schwärmereien geweckt, und in den Studentenverbindungen erhielt er dann den gleichen Zuschnitt wie Tausende andere auch; sein Vater wollte aus ihm einen Juristen machen; die Familie prozessierte schon in der zweiten Generation mit einem jüdischen Konkurrenten aus der Kürschner-Branche, und so konnte sich der Vater leicht ausrechnen, daß die Aufwendungen für das Jurastudium seines Sohnes ihn niedriger zu stehen kämen als die Gerichtskosten und Honorare der Rechtsanwälte; doch der alte Berger hatte sich verrechnet, schwer verrechnet sogar, denn anstatt fleißig in München seinen Studien zu obliegen, besuchte Edi Theater zweifelhaften Rufes und verknallte sich schließlich in eine romantische Heroine: und das alles im letzten Jura-Studienjahr, als der Vater wegen der hohen Kosten für Bücher, Immatrikulationsgebühren, Vorlesungs- und Exkursionsgelder schon die Geduld zu verlieren begann.

Herr Berger junior bekam dann ein Engagement bei einer Wanderbühne, spielte den ersten Liebhaber, doch die romantische Heroine lief ihm bald mit einem sehr vermögenden Kaufmannssohn davon, sie heiratete ihn und mit ihm den Besitzer eines eingeführten Kolonialwarengeschäftes in Augsburg und ließ Edi, wie man so schön sagt, einfach sitzen.

Das war zu einer Zeit, als die Ära Adolf Hitlers bereits im Kommen war und seine Leute eifrig die Werbetrommel rührten, auf der Suche

nach tüchtigen Männern für die SA; und verzweifelt über den Verlust seiner romantischen Heroine schlug sich Herr Berger zu ihnen, erhielt eine Uniform und dank seiner Bildung auch bald eine entsprechende Charge. Herr Berger, im Grunde eine romantische Natur, erfuhr gleich in den ersten Jahren seiner Tätigkeit in der SA so manchen schweren Schock, und da er nie ein Mann starker Taten war, hatte er von der Wiedergeburt Deutschlands eine etwas andere Vorstellung als sein geliebter Führer Adolf Hitler; aber mit Adolf war schwer zu diskutieren, und so schwieg Herr Berger weise und sang das Horst-Wessel-Lied, das Lied dessen, der ihn in diesen aufgeregten Zeiten ernährte und kleidete.
Im Jahre 1938 schlug er ein vorteilhaftes Angebot der Wehrmacht aus und kehrte lieber an die Münchner Universität zurück, um seinen Doktor fertigzumachen; kaum hatte er den Titel erworben, begann der Krieg, Berger senior benötigte im Prozeß gegen seinen jüdischen Konkurrenten keinerlei Hilfe mehr, da sich diese Angelegenheit gewissermaßen von selbst erledigt hatte, und unser Herr Berger konnte sich nun von der Gestapo anwerben lassen, wo er sich dank seiner Verbindungen zur SA in den vorhergegangenen Jahren nicht nur in die Höhe arbeitete, sondern auch dem Frontdienst auswich; Ende des Jahres 1940 wurde er nach Ostrau versetzt.
Ein für allemal durch die Falschheit seiner romantischen Heroine im tiefsten getroffen, die an seiner Stelle jenen Tropf von Kaufmann in Augsburg geheiratet hatte, beschloß Herr Berger, sich gefühlsmäßig nie mehr an eine einzige Frau zu binden; durch das Leben belehrt, landete Herr Dr. Edi Berger nunmehr bei der Gestapo mit dem festen Entschluß, seine romantischen Neigungen auf entsprechendem Niveau zu halten und sich nicht wie die gewalttätigen Schläger in den Kellerräumen die Hände zu beschmutzen; diese Kerle ertrug Dr. Berger nicht; wenn sie nach ihrer Nachtarbeit sein Büro zur Meldung betraten, mußten sie tadellos in Ordnung sein: saubere Uniform, frisch rasiert, blanke Stiefel wie bei einer Parade. Nur wenige der Gestapo-Männer der Stadt konnten sich wie Herr Berger einer akademischen Bildung rühmen und eines Parteibuchs der NSDAP mit einer so respektabel niedrigen Nummer, so daß Herr Berger, dank seines korrekten Auftretens, allmählich zum einflußreichsten Mann in dem roten Gebäude der Masaryk-Liga zur Bekämpfung der Tuberkulose wurde, in dem die Gestapo während des Krieges ihren Sitz hatte.

Dieses rote Gebäude kannte ich gut, man führte uns schon als Kinder von der Schule aus hierher in die gekachelten Räume zum Durchleuchten, hier roch es penetrant nach Karbol, und wir mußten uns ausziehen, in Reihen aufstellen, und das Fräulein Schwester ging herum und sagte uns, es werde überhaupt nicht weh tun, die Mädchen nach rechts, die Buben nach links; als wir, die kleine Horde von Nackedeis, ins Dunkel eintraten, wurden wir einer nach dem anderen von muskulösen Händen erfaßt und zum Apparat gezogen, dessen Surren uns Schrecken einjagte; so mancher von uns begann zu weinen, und die starke Hand verdrehte uns auf die verschiedenste Weise Arme und Schultern, die rauhe Frauenstimme befahl, tief zu atmen, aber wie konnte ich denn, da sich doch die starke Hand von den Schultern zu meiner Kehle hinschob; sie wird mich bestimmt erwürgen, dachte ich; ich wurde von alldem beinahe ohnmächtig, am meisten von dem Schweißgeruch; er ging von der Frau Doktor aus, sie hatte eine Gummischürze um, ähnlich wie sie die Metzger im Schlachthof tragen.

Nein, dieses rote Gebäude habe ich in keiner guten Erinnerung wie etwa zum Beispiel damals im Mai des Jahres achtunddreißig, als sie uns in der Schule Gasmasken um den Hals hängten und uns in das Haus der Masaryk-Liga führten, wo sie auf dem Hof eine Gaskammer aufgestellt hatten, in die sie uns hineinjagten, unsere ganze Klasse mußte sich die Maske aufsetzen, mit zitternden Händen zog uns der Klassenlehrer die Gurte stramm, schraubte die Filter fest und befahl uns, keine Angst zu haben, blickte aber dabei nervös zu dem gelassen dreinschauenden Mann in Weiß hinter dem dicken Glas hin; dann setzten wir uns auf die Bänke längs der Wand, jemand schlug die Tür zu, von irgendwoher kam das Zischen einer Schlange, vielmehr zischte es wie das ganze Schlangennest, das ich und mein Cousin im Sommer auf der Lichtung ausgenommen hatten, aber jetzt sah ich die Schlangen nicht wie damals: der Herr Klassenlehrer führte uns vor dem Glas draußen das Atmen nach den Richtlinien des CPO (zivilen Luftschutzes) vor, wir atmeten also nach Vorschrift, das heißt, wir bemühten uns wenigstens, so zu atmen.

Dann wurden wir an die frische Luft geführt, der Herr Doktor in Weiß sagte zu uns: »Ihr seht, es war nicht schlimm.« Wer wollte, bekam eine Flasche Milch, und wir gingen in die Schule zurück, wo schon die nächste Klasse wartete und uns glühend darum beneidete, daß wir es bereits hinter uns hatten.

Und noch ein andermal wurde ich in das Gebäude der Masaryk-Liga gebracht, aber das war schon während des Krieges, als ich und Karl Smuda, der Sohn eines Deutschen, eines Trunkenbolds aus dem Haus, in dem meine Großmutter wohnte, in den Geräteschuppen auf dem Tennisplatz des deutschen Sportvereins eingestiegen waren: viel hatten wir ja nicht entwendet, nur zwei Tennisbälle, die damals sehr rar waren und die wir gerade benötigten.

Weil Karl Smuda ein Deutscher war, führte uns der Polizist direkt in das Gebäude der Masaryk-Liga, in dem nicht nur die Gestapo ihren Sitz hatte, sondern auch die Kriminalpolizei, die Kripo, wie die Deutschen dazu sagten; der Polizist, der uns erwischt hatte, wollte mit diesem Fall nichts zu tun haben.

Auf der Gestapo waren wir ganz verdattert, schon in der schönen Eingangshalle aus lauter Marmor begann Karl Smuda lauthals daraufloszuheulen und hielt dies bis zum dritten Stock durch; dort führte man uns in ein Büro, in dem ein beleibter Herr in schwarzer Uniform saß, und der brüllte uns sogleich an: »Also was habt ihr ausgefressen, ihr Halunken!«

Karl Smuda heulte unausgesetzt, und so begann ich also und schilderte wahrheitsgetreu den Vorfall mit den Tennisbällen; zum Schluß zog ich sie aus der Tasche und legte sie als Beweis unseres guten Willens und Bedauerns auf den Tisch; der dicke Herr in der schwarzen Uniform sah abwechselnd mich und dann wieder Karl an, darauf nahm er die zwei Bälle in seine weichen Hände, wog sie, überlegte und verkündete schließlich, er werde uns wahrscheinlich einsperren müssen, denn wir seien Halunken; nun begann auch ich meinen Mund zum Weinen zu verziehen, doch der Mann blieb unerbittlich, die Bälle steckte er in die Tasche; ich bereute es schon, sie so leichtsinnig herausgerückt zu haben, auch Karl warf mir trotz seines Geheuls, das er ununterbrochen durchhielt, einen vorwurfsvollen Blick zu: so viel haben wir riskiert, und jetzt sind auch noch die Bälle futsch, sagten mir seine Augen; lieber hätte ich erzählen sollen, daß ich sie irgendwo verloren oder weggeworfen habe.

Der Mann in Schwarz telefonierte irgendwohin und sagte, sie sollten heraufkommen, um zwei abzuholen, damit meinte er uns. »Heil Hitler!«

Es dauerte nicht lange, und ein junger baumlanger Lackel trat ein, brüllte an der Tür »Heil Hitler«, der Dicke und er flüsterten miteinander und blickten bedeutungsvoll auf uns; dann packte dieser junge Kerl uns beide beim Kragen und zog uns auf den Gang hinaus, wo auf den Bänken bereits irgendwelche Leute saßen, die zuvor noch nicht da gewesen waren, sie blickten zu Boden, auf die blau-weißen, zu schönen geometrischen Formen angeordneten Fliesen; in der Ecke stand eine Frau in schwarzem Kleid, mit dem Gesicht zur Wand gekehrt; das Kleid war aufgeschlitzt, der Rücken zerschlagen, nur der Büstenhalter wurde von einem einzigen Knöpflein gehalten, und niemand tat auch nur einen Mucksер; am Ende der Bank längs der Wand saß ein abgezehrter Mann. Als uns der Bursche in der schwarzen Uniform an ihm vorüberzog, lachte er uns an und sagte: »Kopf hoch und nicht heulen!« Der junge Bengel, der uns führte, versetzte ihm einen Schlag ins Gesicht, so daß der abgezehrte Mann auf die schön gemusterten blau-weißen Fliesen stürzte und dort liegenblieb.

Mit dem Lift fuhren wir in den Keller hinunter, dort steckte man uns in eine Zelle, schmetterte die Tür hinter uns zu, und wir beide, Karl und ich, waren zum erstenmal in unserem Leben eingelocht; wir begriffen, daß hier mit Geheul nichts auszurichten war, und so ließen wir es also sein, Karl wischte sich mit dem Ärmel die Augen ab und sagte: »Ätsch, mein Vater war schon im Loch, wegen einer Rauferei, und dein Vater, war der auch schon eingesperrt?« Hier ging es also um das Familienprestige; konnte ich denn jetzt gestehen, daß mein Vater noch nie gesessen hatte? Das konnte ich auf keinen Fall, ich hätte mich ja vor Karl bis in die Tiefe meiner Seele schämen müssen, und so sagte ich also: »Selbstverständlich war er schon im Loch – und wie oft! Und erst wie lange!«

Wir setzten uns auf die Pritschen und grübelten über unser weiteres Schicksal nach, das uns ziemlich ungewiß erschien, so daß wir erneut zu flennen begannen und nach der Mutter riefen, aber statt der Mutter kam dieser junge Schwarze.

»Also kommt 'raus, ihr beiden Helden!«

Wieder wurden wir in den Lift verfrachtet und fuhren nach oben.

Im Büro des Dicken auf dem Tisch lagen unsere zwei Bälle, er saß auf der Innenkante des offenen Fensters und fragte: »Nun, wie hat es euch unten gefallen?«

Was für eine blöde Frage, dachte ich, schwieg aber wie das Grab und Karl desgleichen; erstaunlich elastisch, wie man ihm das kaum zugetraut hätte, schwang sich der dicke Mann vom Fensterbrett.

»Das war nur eine Warnung, ihr Halunken, wenn man euch nochmals hierherbringt, so lasse ich euch dort unten wirklich schmoren, verstanden? Und jetzt marsch 'raus mit euch, ich will euch hier nicht mehr länger sehen.«

Es hätte keiner weiteren Aufforderung bedurft, wir bedankten uns nicht einmal und drängten beide gleichzeitig hinaus.
Als wir um die Ecke waren, schworen wir, daheim kein Sterbenswörtlein davon zu erzählen, Karl nahm diesen Schwur jedoch nicht sehr ernst: daheim schwieg er sich allerdings aus, aber in der Schule, er ging natürlich in die deutsche, prahlte er damit, daß er mit mir einen ganzen Nachmittag auf der Gestapo eingelocht gewesen war, noch am selben Nachmittag wußte es die ganze Straße und gegen Abend auch die Mutter und der Vater. Zu Hause gab es dann für mich einigen Verdruß.
Gegen die Masaryk-Liga zur Bekämpfung der Tuberkulose habe ich persönlich gar nichts einzuwenden, in ihrem Gebäude aber habe ich keinen einzigen angenehmen Augenblick erlebt; jedesmal, wenn Herr Berger jetzt zu uns kam, sah ich jene Frau mit dem zerschlagenen Rücken vor mir, jenen abgezehrten Mann, der so einen Schlag ins Gesicht bekommen hatte, daß er auf die blau-weißen Fliesen gestürzt war; es war für mich unvorstellbar, daß Herr Berger jemandes Rücken mit einem Gummiknüppel so bearbeiten könne, andererseits mußte er jedoch unbedingt davon etwas wissen; für mich war das nicht in Einklang zu bringen: Herr Berger im hellen Anzug mit einer roten Rose im Knopfloch – es zeugte nicht gerade von Geschmack, sich eine so große Blume anzustecken, eine kleinere hätte bestimmt besser ausgesehen –, und dann wieder jene Frau mit dem zerfetzten Rücken, der aussah wie eine türkische Fahne nach einem Trommelfeuer.
Des öfteren schon wollte ich Herrn Berger ganz offen über diese Angelegenheit mit dem blutigen Rücken befragen, über diesen ausgemergelten Mann, der auf den Fliesen liegengeblieben war, doch nie brachte ich genügend Mut dazu auf; obgleich sich Herr Berger bei uns liebenswürdig und zuvorkommend gab, fühlte ich doch instinktiv diese Furcht aufsteigen: sie befiel mich jedesmal, sooft er bei uns erschien.

Ich hatte Herrn Bergers Blick aufgefangen, den er Herrn Klimesch nachsandte, und war überrascht über so viel Haß, der sich plötzlich in dem glattrasierten Gesicht über der roten Rose zeigte.
»Wer ist das?« fragte er meine Mutter.
Die Mutter brachte ihre Frisur in Ordnung, was aber gar nicht notwendig war, sie wollte sich nur zur Ruhe zwingen, und erwiderte, das sei Herr Professor Klimesch, der täglich zu uns ins Café komme, ein Stammgast ...

Mein Vater machte Herrn Berger eine vollendete Verbeugung, sie reichten einander die Hand, und der Vater sagte, er rechne es sich zur Ehre an, Herrn Berger auf ein Gläschen Weißwein einzuladen, selbstverständlich nicht hier, aber vielleicht oben, wenn sich Herr Berger hinaufbemühen wolle. Herr Berger seinerseits erwiderte auch etwas von Ehre, er würde sich gern bemühen, falls er nicht störe. »Aber woher denn«, sagte der Vater. Und die ganze Zeit über, während sie die Treppe zur Wohnung hinaufstiegen, machten sie einander abwechselnd Verbeugungen; dort oben konsumierten sie vier Flaschen Traminer, plauderten miteinander, und als sie ins Lokal zurückkehrten, waren beide in bester Stimmung, Herr Berger knickte vor meiner Mutter in der Taille ein, küßte ihr zweimal die Hand, streifte mit einem Blick die Rosen und sagte: »Wunderschöne Blumen, meine Gnädigste«; dann ging er.

Die mit dem Verkauf von Herrn Caires Lokal verbundenen Amtshandlungen gingen glatt vonstatten; gleich am ersten Juli trat im Lokal ›Beim Tor‹, das wir dann unter uns mit ›unten‹ bezeichneten, ein neuer Ober seinen Dienst an, und Tante Naďa, Frantas Strohwitwe, nahm Frau Caires Platz an der Kasse ein.

Mein Vater hatte auf der ganzen Linie gesiegt, er strahlte vor Glück, gönnte sich eine kleine Sauftour, aber sooft er die Mutter ansah, verdüsterte sich sein Blick, das Kinn sank ihm auf die Brust, und es währte ziemlich lange, bevor er wieder seine gewohnte, jetzt vielleicht nur vorgetäuschte gute Laune zurückgewann.

Houžva ging jeden Abend an unserem Café vorüber, warf immer nur einen Blick herein, das Lokal zu betreten aber wagte er nicht, erst nach vierzehn Tagen kam er, grüßte devot und setzte sich an seinen Tisch; mein Vater geruhte, ihn persönlich zu bedienen: »Also was bestellen wir heute, Herr Houžva?«

»Sagen wir zwei Dezi Weißwein«, erwiderte Herr Houžva demütig.

»Bedaure sehr, Herr Houžva«, sagte mein Vater, sich verneigend, »Weißwein gibt es nicht, wo sollten wir auch heutzutage Weißwein hernehmen, nicht wahr? Wenn es ein Ersatzkaffee, ein Eis oder ein Fruchtsaft sein darf, damit kann ich, bitte, dienen ... in unserer Straße, Houžva, ist der Quell für Sie versiegt ...«

Houžva hob die roten Augen zu meinem Vater auf: »Aber Herr Cafetier, Sie können mich doch nicht so quälen, was geschehen ist, ist geschehen, martern Sie mich also nicht mehr länger, Sie haben auf der ganzen Linie gesiegt, was wollen Sie noch mehr?«

Mein Vater sah über seinen Kopf hinweg irgendwohin auf die

gegenüberliegende Wand, dann aber ging er wortlos zur Theke, schenkte zwei Dezi Weißwein ein und brachte Houžva das Glas.
Herr Houžva hob sein Glas, sah meinen Vater an, senkte dann aber den Kopf.
»Also auf Ihr neues Unternehmen, Herr Chef, es möge gedeihen!«
Aus dem Radio kamen Fanfarenstöße, und diese, zusammen mit dem erhobenen Pokal in Herrn Houžvas Hand und der selbstbewußten Haltung meines Vaters, ergaben ein ganz hübsches Bild; niemand konnte darüber im Zweifel sein, wer der Sieger war und wer hier als Geschlagener mit gesenktem Kopf einen Wein schlimmster Sorte in sich hineinschlürfte; neue Siege der deutschen Wehrmachtsverbände gegen die Bolschewiken wurden gemeldet, einige Hunderttausend Gefangene waren gemacht, Hunderte von Geschützen erbeutet worden, Städte waren gefallen, aber das alles interessierte meinen Vater nicht, er feierte seinen Sieg; erst jetzt, da Herr Houžva bußfertig und bittend zu ihm gekommen war, wurde ihm so recht bewußt, daß er nun als Herr über die Straße zum Friedhof herrschte, die beiden Eingänge zur Straße fest in Händen hatte und daß es nur darauf ankam, den Krieg zu überdauern, reich zu werden und dann nach diesen Kriegs- und Schwindsuchtsjahren in Friedenszeiten mit Schneid und Tempo neu anzufangen.
Seit diesem Tage hatte mein Vater an dem Sprichwort, jede Wolke habe angeblich einen Silberstreif, Gefallen gefunden, und ich weiß, unter dieser Wolke verstand er Herrn Bergers schwarze Uniform, jene Nacht, die wir wachend zugebracht und auf die Mutter gewartet hatten, und dieses Silber war der Kaufvertrag, Herrn Caires Unternehmen betreffend, der schön im Trockenen im Schreibtischfach lag, und dieses Silber waren auch Herrn Bergers Achselstücke, dessen Macht und Einfluß, die uns diesen Vertrag ohne erhebliche Schwierigkeiten und Hindernisse in die Hände gespielt hatten.

6. KAPITEL

Und der Krieg nahm seinen Fortgang.
Die Maschinerie des Verderbens funktionierte tadellos, nur bei uns spürte man überhaupt nichts davon, wenn ein Trauermarsch ertönte, nahm mein Vater seinen Platz hinter dem Vorhang am ersten Schaufenster ein, und obgleich er wußte, das Geschäft werde sich

kaum lohnen, denn der Krieg hatte bereits alles aufgefressen und ausgetrunken, ließ er seine Begabung, etwas vorauswittern zu können, durchaus nicht verkümmern. Später legten wir für die gesellschaftliche Bedeutung der Beerdigungen einen ganz exakten Maßstab fest: Wenn der Ministrant mit dem Kreuz bereits ›Beim Tor‹ angelangt und der Zug der Trauergäste bei uns noch nicht zu Ende war, dann konnte man sagen, die Beerdigung werde sich lohnen.

Mehrmals am Tage ging mein Vater nach ›unten‹, kontrollierte den Stand des Unternehmens und sah nach dem Rechten; die Freidenker hatten sich schon mit dem neuen Chef abgefunden; der evangelische Geistliche wurde mit einem Privileg ausgezeichnet und bekam eine Sonderzuteilung von Wein, und wenn er den Wunsch äußerte, war auch ein Gläschen Likör für ihn da; der jüdische Geistliche kam nicht mehr, Juden wurden jetzt kaum noch begraben, der Baptist trank ausschließlich Limonade, und der katholische Pfarrer, Herrn Kempfs Nachfolger, war ein verschüchterter Jüngling: bei jedem Gläschen errötete er; wäre nicht Burian gewesen, er hätte das Lokal überhaupt nicht betreten.

Herr Burian aber besuchte eifrig unser Unternehmen ›Beim Tor‹, und gemeinsam mit dem Buchbinder Mičko organisierte er dort die Opposition gegen meinen Vater.

Ich habe es bereits einmal erwähnt: Ich persönlich hatte nie etwas gegen Mičko, doch ich muß abermals betonen, er war ein Radikaler, ja ein solcher Wirrkopf von einem Radikalen, daß er nicht einmal den Kommunisten sehr willkommen war; er vermochte sich nämlich der straffen Parteidisziplin nicht unterzuordnen, stellte sich dauernd auf die Hinterfüße und wäre am liebsten sofort nach jeder Plenarsitzung mit der roten Fahne in die Stadt losgezogen, um mit dem Aufhängen der Bourgeois, dem Ausräumen ihrer Wohnungen und der Weltrevolution sozusagen in Miniaturausgabe zu beginnen, und das hauptsächlich deshalb, um zunächst seine innere Unrast zu stillen.

Alle diese komplizierten kommunistischen Theorien über die Revolution und die Neuordnung der Gesellschaft legte sich der Buchbinder Mičko auf höchst einfache Weise zurecht: die Reichen auf dieser Welt, mein Vater inbegriffen, hatten sich verschworen, ihn, den ehrsamen Handwerksmeister, zu vernichten, und deshalb war es ohne umständliche Theorien notwendig, die Laternenpfähle der Stadt auf der Stelle mit den Leichen der Kapitalisten und deren Vasallen zu bekränzen.

Vorläufig entlud sich des Buchbinders unbefriedigter revolutionärer Radikalismus auf seine beiden Lehrlinge, die Mičko erbarmungslos prügelte, so daß es kein einziger Bub bei ihm länger als zwei bis drei Monate aushielt.

Das kommt von diesem Bücherlesen, sagten die Leute in unserer Straße, wenn wieder einmal die gellenden Schmerzensschreie der verstörten Lehrlinge aus seiner Werkstatt zu vernehmen waren; Mičko verschlang täglich so seine zweihundert Seiten Buchtext (er brüstete sich auch damit), konnte sie aber begreiflicherweise nicht verdauen und bekam auf diese Weise oft seelischen Durchfall, Diarrhöe aus Unruhe.

Heute weiß ich, an Mičkos ganzem Wesen war nicht allein sein Lesen schuld, sondern auch seine Not, seine Hoffnungslosigkeit – er war sicherlich sehr unglücklich, dieser Buckel hatte ihn gezeichnet, diese ewigen Demütigungen daheim im Dorf, und wie grausam, unbarmherzig und gnadenlos in seinen Urteilen ein Dorf zu sein vermag, das begreift nur, wer auf dem Dorfe gelebt hat – hatten ihn ein für allemal gezeichnet, sei es durch eigene Schuld, sei es durch die Schuld der Eltern oder vielleicht sogar ganz ohne Schuld – und doch gezeichnet für alle Zeiten.

Solange mein Vater zwischen Bankrott und gewerblichem Vegetieren hin und her schwankte, war er für Mičko der beste Freund; der Buchbinder kam täglich zu uns, und mein Vater ging oft zu ihm in die Werkstatt hinüber, wo es manchmal große Schachturniere gab, die aber nie zu Ende gespielt wurden, denn entweder zerzankten sich die Spielteilnehmer mit Mičko wegen irgendwelcher Machinationen – oder aber Mičko warf sie hinaus.

Als sich jedoch mein Vater ein wenig heraufgearbeitet hatte, wurde es schlimm: Mičko war neidisch geworden – und ich konnte ihm das nicht einmal verdenken; nach einer solchen Jugend voller Zurücksetzungen und Demütigungen kommt das alles schon von allein: der Neid, die Wut, der Haß und lauter unschöne Eigenschaften, wie sie die Lehrer bereits in den untersten Klassen der Volksschule als verwerflich hinstellen, mit denen sich aber dann später im Leben jeder selbst auseinandersetzen muß.

Bei Mičko war es der ganz gewöhnliche Neid eines Schwächlings, der ehrgeizige Pechvögel erfüllt, die sich mehrmals am Tage ihre Unfähigkeit, etwas zu leisten, eingestehen und zusehen müssen, wie andere, ihnen direkt vor der Nase, zu Wohlstand kommen; er beneidete meinen Vater wahrscheinlich um alles: am meisten wohl um das Café, dann um meine Mutter, um die Wohnung – und vielleicht sogar um mich, obwohl ich natürlich kein Wunderknabe war, doch fiel mir das Lernen im allgemeinen leicht, wogegen Mičkos Líba, das Scheusal genannt, schon in der Sekunda sitzenblieb und über sie nicht hinauskam, so daß sich Mičko gezwungen sah, sie aus dem Gymnasium herauszunehmen und sie daheim Buchbinderei lernen zu lassen.

Wieder mußte er einen Traum begraben: er hatte sich eine studierte Tochter gewünscht.

Menschen, die immer wieder ihre Träume und Hoffnungen begraben müssen, sind dann den Träumen und Hoffnungen anderer gegenüber unduldsam; es bereitet ihnen Vergnügen, wenn auch diese zu Grabe getragen werden.

Ziemlich oft ging ich zu Líba in die Werkstatt hinüber, trug ihr ganze Stöße von Papier von einem Platz zum anderen, mischte den widerlich riechenden Leim, ordnete Bogen, während Mičko voll Ärger dastand und, die Stirn an das kalte Fensterglas gepreßt, schräg hinüberblickte zu unserem Café: die Wut in ihm wuchs mehr und mehr, die Unruhe meldete sich, und ich verstand die Sprache seines Hundes in ihm: er reckte sich an der kurzen Kette und probierte durch Zerren, bis wohin er gelangen konnte.

Den Buchbinder Mičko schmerzte alles: die Weltrevolution war nicht in Sicht, an ein Studium der Tochter war nicht zu denken, das ganze lausige Leben verbrachte er in dem Leimgestank, und die anderen lebten alle aus dem vollen mit schönen Frauen an der Seite und im Bett; und um den Schmerz seines Hundes an der kurzen Kette zu besänftigen, kam Mičko eines Abends zu uns ins Lokal gestürmt, setzte sich gar nicht hin und bestellte auch nichts, hielt nur nach meinem Vater Ausschau und bellte dann durch die spärlichen Zähne, es fehlten ihm vorn zumindest fünf: »Du Kollaborateur!«, dann spitzte er den Mund, als wolle er meinem Vater ins Gesicht spucken, doch dazu kam er gar nicht, denn meine Mutter hatte sich wie ein Wiesel durch die Lücke zwischen Kasse und Theke hindurchgezwängt, sprang zu Mičko hin und gab ihm eine solche Ohrfeige, so daß er beinahe hinfiel; er wäre wirklich hingestürzt, hätte ihn mein Vater nicht aufgefangen und ihn an die frische Luft des Sommerabends auf die Straße hinausgezerrt.

Alles hatte sich so rasch abgespielt, daß die Gäste gar nicht mitbekamen, was eigentlich geschehen war: die Ohrfeige klatschte, Mičko ging zu Boden, mein Vater faßte ihn unter den Armen und setzte

ihn draußen ab, meine Mutter stand mit blutleeren Lippen, heftig atmend in der Mitte des Lokals und zitterte am ganzen Körper.
Später behauptete Mičko, mein Vater habe ihm die Ohrfeige verpaßt, doch das war ein Irrtum, der Arme hatte gar nicht mitbekommen, woher sie geflogen kam, und gleich darauf hatte man ihn hinausgetragen.
Nach einer halben Stunde war Herr Mičko wieder zurück, jetzt in Begleitung von Herrn Flanderka, der ein großes Notizbuch herauszog und im Amtston sagte, er komme betreffs Körperverletzung wegen der von meinem Vater aus Mutwillen ausgeschlagenen zwei Zähne; mein Vater zitterte noch vor Erregung, doch meine Mutter saß schon wieder ruhig an der Kasse und verfolgte ganz unbeteiligt meines Vaters Zorn: wäre Herr Flanderka nicht zugegen gewesen, todsicher hätte sich der Vater auf Mičko gestürzt und ihn wie ein Hund im Maul hinausgetragen, ihn bestimmt erwürgt; schon von klein auf hatte Feindschaft zwischen den beiden bestanden, die sich durch meines Vaters Mißerfolge in den ersten Jahren seines Lebens in der Stadt abgeschwächt hatte; die Dorfbuben, von meinem Vater angeführt, pflegten hinter Mičko herzuschreien: »Zwetschgenkrampus, wo hast du deinen Pferdehuf«, und er, der kleine, bucklige und wütende Mičko, hatte dann von dem staubigen Weg Steine aufgehoben und sie blindlings in die Richtung der Beschimpfungen geschleudert, denn vor lauter Tränen sah er nichts, und schon von jeher war auch seine Hand nicht gerade die allerkräftigste gewesen.
»Herr Kommissar«, sagte mein Vater, und Herr Flanderka blähte sich auf, denn er war nicht Kommissar, auch nicht Inspektor, sondern ein ganz gewöhnlicher Polizist im Range eines Wachtmeisters, »ich wünsche, daß Herr Mičko die Worte wiederholt, mit denen er das ganze herausgefordert hat, Herr Mičko hat sich nämlich einer groben Ehrenbeleidigung schuldig gemacht!«
»Also, Mičko, was haben Sie gesagt«, donnerte Flanderka ihn an.
Herr Mičko schwieg.
»Zum Donnerwetter, wird's bald«, erboste sich Herr Flanderka, »zuerst bemühen Sie die Polizei, und jetzt, wo Sie reden sollen, schweigen Sie!«
Herr Mičko wischte sich das blutverschmierte Maul mit seinem Ärmel ab und sagte, er bestehe auf gar nichts mehr, er werde meinem Vater alles ein andermal und noch nachdrücklicher wiederholen, dann taumelte er, als falle er im nächsten Moment um, machte aber kehrt und ging; nur in der Tür blieb er noch einen Augenblick ste-

hen, überlegte mit gesenktem Kopf, hob ihn dann aber wieder: »Dem Laternenpfahl entgehst du sowieso nicht, Bohuš«, schrie er, und Herr Flanderka sah sich gezwungen, ihm mit einer Geldstrafe zu drohen, aber mein Vater sagte: »Lassen Sie es gut sein, Herr Kommissar, trinken wir lieber ein Gläschen miteinander, meinen Sie nicht auch?«

Herr Mičko drohte noch mit der mageren Faust, dann verschlang ihn das Dunkel. Er schrie noch etwas, so daß sich Herr Flanderka vor das Lokal hinausbegeben mußte und in das Dunkel der Straße hineinbrüllte: »Also machen Sie schon, daß Sie wegkommen, Mičko, sonst muß ich Sie verhaften, Sie haben mir in meinem Viertel schon mehr als genug Unfug gestiftet.«

Die Koalition gegen meinen Vater war jetzt offenkundig: Burian und Mičko.

Beide waren mit meinem Vater in der einklassigen katholischen Volksschule aufgewachsen, auch Mičko mußte diese besuchen, obgleich er Protestant war, später heiratete er eine Katholikin und trat zur katholischen Kirche über: »Seinetwegen werden wir im Dorfe doch keine neuen Schulen einrichten«, sagten die Gemeindeältesten; doch dann hatten sich ihre Wege getrennt. Burian, immer ein wenig abhängig von meinem Vater, konnte ihm das Lokal beim Haupteingang des Friedhofs, auf das er selbst spekuliert hatte, nicht verzeihen; jetzt verband ihn mit Mičko die gemeinsame starke und ständig wachsende Feindschaft gegen meinen Vater, denn Burian hatte eigentlich stets erhebliche negative Vorbehalte gegen den Buchbinder gehabt wegen dessen radikal-kommunistischen Überzeugungen, die Burians Ansicht nach dem Eigentümer der Bügelanstalt durchaus nicht bekamen; erst als Burian seinen Traum, Besitzer des Betriebs ›Beim Tor‹ zu werden, aufgeben mußte, erwachten in ihm Patriotismus und Mitgefühl mit dem Schicksal des armen Herrn Caire und seiner Frau.

Ich für meine Person verhielt mich den Ereignissen gegenüber ziemlich passiv, denn ich mußte mich mit der lateinischen Konjugation und Deklination herumschlagen und bemerkte nur so nebenbei, wie mein Vater Wohlstand ausstrahlte, schon allein durch das Bewußtsein, zwei Unternehmen zu besitzen, eines rentabler als das andere; er trug jetzt einen massiven Goldring, was er bisher als geckenhaft und hochstaplerisch angesehen hatte, ja, er fand sich sogar einen erstklassigen Schuhmacher und Schneider, ließ sich funkelnagelneu

einkleiden und beschuhen, das kostete ihn natürlich ziemlich viel, aber wir hatten es ja, und so schritt mein Vater im Anzug aus bestem Qualitätsstoff und Schuhen aus feinstem Leder einher.
Dann packte ihn die Einbildung, und er begann einen feinen Salon direkt beim Theater aufzusuchen, um seine Hände maniküren zu lassen, von Zeit zu Zeit führte er meine Mutter in eine Nachtbar, um die Konkurrenz zu beschnuppern, wie er sich ausdrückte, und dort trieb er stets irgendeine Gesellschaft auf, die sich dann bei uns in der Wohnung betrank, wenn sie gegen Morgen von ihrer Sauftour ankam und noch immer nicht genug hatte.
Einmal im Winter trieben sie es so arg, daß sie, statt Wasser für den Kaffee, die blecherne Zuckerdose auf den Gasherd stellten, Štefka weckten und ihr auftrugen, den Kaffee zu brühen; bevor sich das Mädchen angezogen hatte, war der angebrannte Zucker übergelaufen, zuerst über die Herdplatte, dann auf die weißen Steinfliesen in der Küche herabgeflossen, und es gab gleich ein großes Geschrei, denn mein Vater wollte nicht wahrhaben, daß er es gewesen war, der den Zucker auf den Herd gestellt hatte; Štefka weinte, sie sei doch nicht daran schuld, das Geschrei in der Wohnung weckte auch mich auf, ich saß dann bei Štefka in der Küche und half ihr den Kaffee zubereiten, gemeinsam trugen wir ihn schließlich ins Wohnzimmer, wo außer dem Vater und der Mutter noch vier andere Personen saßen: zwei Weibsbilder, eine hochaufgeschossen und mager, mit dem perversen Gesichtsausdruck einer Nutte, und an der anderen fiel mir vor allem der Busen auf: er war enorm groß und vorgewölbt; die beiden fremden Männer hatten die Gesichter gieriger Geschäftsreisender, Gesichter geriebener, aber keineswegs gescheiter Leute.
Das hochaufgeschossene Frauenzimmer, diese verdammte Nutte, bildete sich plötzlich ein, tanzen zu müssen, so rollten sie also im Wohnzimmer den Teppich zusammen, legten eine englische Platte auf und tanzten Swing, aber noch immer hatten sie nicht genug, und so machten sie sich über diesen italienischen Wein her, der so stark und würzig ist, mein Vater hielt ihn im Sekretär verwahrt, und ich hatte manchmal davon gekostet; sie tranken die Flasche sofort leer, und das machte mich wütend; dann begannen die Männer mit ihrer Kraft zu protzen und hoben die Stühle an einem Stuhlbein in die Höhe; der kleinere Bursche machte einen Handstand und hielt in dieser Stellung zwei bis drei Sekunden aus; sie standen schon unter Dampf, die Gesichter aller, außer dem der mageren Nutte, waren

dunkelrot angelaufen, ihre Pelze hatten sie in dem Vorraum gelassen.

Ich saß mit Štefka in der Küche, wir tranken Kaffee und wollten es uns auch gutgehen lassen, wenn sie uns schon auf solche Weise geweckt hatten; dann kam mein Vater herein und sagte zu Štefka: »Zieh dir die Shorts an und führ uns deine Salti vor.«

Štefka wäre das ideale Modell für einen Bildhauer gewesen, bei uns hatte sich ihre Figur gefestigt, biegsam und elastisch war sie ja schon immer gewesen, und die Gymnastik hatte das Ihre dazu beigetragen, sie zu ihrem großen Vorteil zu verändern; des öfteren hatte sie mir anvertraut, nach dem Kriege wolle sie sich zur Berufssportlerin ausbilden lassen, denn sie fühle sich dazu berufen, und ich billigte es.

Štefka errötete, als mein Vater ihr das sagte, sie schämte sich, ich will nicht behaupten, sie sei ein Hascherl gewesen, das keinesfalls, aber ich glaube, es gab da für sie Unterschiede: als Schaunummer vor einer bezechten Gesellschaft aufzutreten, das paßte ihr ganz und gar nicht, ja wenn das an der Hochschule für Leibesübungen gewesen wäre, dann natürlich sofort; ich sagte meinem Vater, das sei ein wenig geschmacklos, doch er hörte mich gar nicht an.

»Becil dich«, sagte er zu Štefka.

Štefka verzog das Gesicht zum Weinen, sah umher, aber meines Vaters Augen wurden böse, ich schlug die meinen nieder, was konnte ich auch hier ausrichten, nichts, rein gar nichts, wenn ich mich dagegenstemmen und meinem Vater sagen wollte, du bist verrückt, verschwinde und laß sie in Ruhe, würde er mir eine herunterhauen, und der Streit wäre entschieden. Und so sagte ich: »Hab keine Angst, Štefi, und versuch es«, sofort aber wurde mir bewußt, daß ich etwas verraten, zerbrochen hatte.

Štefka ging in ihre Kammer, streifte die Shorts und ein Trikotleibchen über und begab sich ins Wohnzimmer mit dem zusammengerollten Teppich, ich nahm in der Tür Aufstellung, um auch etwas zu sehen; die Männer in den Fauteuils rückten unruhig hin und her. Štefka hatte prachtvoll modellierte Oberschenkel, eine durchgebildete Muskulatur und ein kleines, schönes Kinn, das jetzt vor Furcht ein wenig zitterte; die Weibsbilder verrieten Mißbehagen, wie konnten sie sich auch bei ihren deformierten Büsten mit dieser jungen Schönheit messen, die da ohne Makel in den trüben Morgen trat, mit ihrem samtenen Teint und tausend auf den ersten Blick sichtbaren Verheißungen: sie boten sich hier ganz selbstverständlich dar.

Meine Mutter verließ das Zimmer; Štefka machte einen Überschlag, dann noch einen, lächelte, aber ihr Kinn zitterte immer noch, dann setzte sie zum Spagat an, der ihr tadellos gelang, die Männer klatschten und schrien vor Begeisterung, mein Vater lächelte zufrieden, ich weiß nicht, ob des gelungenen Spagats wegen oder nur deshalb, weil der Štefka beim Auseinandergrätschen der Beine aus den knappen Shorts die weichen Härchen ein wenig hervorlugten; wieder klatschten die Männer, und mit einem süßsauren, bornierten Lächeln spendeten auch die Frauen ihren Beifall; wegen dieser paar Härchen?

Štefka setzte dann zu dem schwierigen Übergang aus dem Spagat zum Handstand an; als sie das im Vorzimmer trainiert hatte, mußte ich mehrmals sehen, daß diese Gymnastikübung ihre Kräfte noch überstieg; ich war deshalb sehr verwundert, daß sie dieses Risiko eingehen wollte, aber hätte ich ihr jetzt gesagt, Štefka, laß das sein, sie hätte bestimmt nicht auf mich gehört, offensichtlich war sie bereits in Rage gekommen und wollte zeigen, was sie zuwege brachte, so setzte sie also zu diesem schwierigen gymnastischen Kunststück an, und als sie schon dabei war, sich auf den Armen hochzustemmen und die Beine zu strecken, faßte sie einer der Männer mit dem Gesicht eines Geschäftsreisenden bei der kleinen, unter dem Trikot gestrafften Brust: die Weibsbilder brachen in Gelächter aus, meine Mutter betrat gerade das Zimmer, sah es, erblaßte, ihre Lippen begannen zu zittern, das Glas mit dem Wasser entglitt ihren Händen; Štefka schrie auf, fiel, stürzte auf den Parkettboden, ihr Kinn bebte, Tränen traten ihr in die Augen, jetzt weinte sie wirklich und lief aus dem Zimmer: alle brüllten vor Lachen, nur meine Mutter nicht.

Ich schloß die Wohnzimmertür und ging Štefka nach, die sich in ihr Kämmerchen hinter der Küche zurückgezogen hatte: sie lag quer über dem Bett da und weinte im Dunkeln, was ich nicht ertragen kann. Wenn eine Frau im Dunkeln weint, so heißt das, sehr verzweifelt und unglücklich sein, Unrecht erleiden und Verwundung für immer.

Ich setzte mich neben sie, streichelte ihren zuckenden Rücken und bat sie, nicht mehr zu weinen, ich sei doch bei ihr, und wenn sie es wünsche, werde ich ihr einen Kaffee aus der Küche bringen, der werde ihr sicher guttun; aber sie zitterte nur wie Espenlaub im Gehölz; wir fühlten uns beide sehr unglücklich.

Ich legte mich neben sie, streichelte ihr die nasse Stirn, dann küßte ich sie und sagte ihr, daß ich sie sehr lieb habe, doch das war überhaupt nicht wahr, nicht ein bißchen liebte ich sie damals, erst viel

später, als sie schon tot war, wünschte ich mir sehr, sie geliebt zu haben; wir legten einander die Arme um den Hals, ich ihr, sie mir, und gleich war alles viel besser.
Am Morgen beim Frühstück kam mein Vater in die Küche, zog einen Hunderter aus der Brieftasche und gab ihn Štefka, hatte aber nicht den Mut, sie anzusehen, oder vielleicht wollte er es auch gar nicht; ich erwartete, daß Štefka ihm die Banknote vor die Füße werfen, ihm die Augen auskratzen würde, aber sie senkte nur den Kopf, nahm das Geld, errötete und sagte wie zur Entschuldigung: »Ich werde es meinem Vater schicken, er wird es brauchen können.«
Das war ziemlich sentimental, ein bißchen zu viel für mich, war mir zuwider und kam mir wie eine Entehrung vor; als der Vater fort war, machte ich ihr Vorhaltungen, warum sie mir nicht gesagt habe, sie brauche einen Hunderter für ihren Vater, ich hätte ihr zwei oder drei gegeben, und wenn das noch nicht genug gewesen wäre, dann hätte ich bei uns daheim auch fünf Hunderter, ja sogar einen Tausender gestohlen; für Štefka hätte ich alles getan, aber daß sie diesen Hunderter von meinem Vater angenommen hatte, konnte ich ihr lange nicht verzeihen; Štefka seufzte nur.
»Versprich mir«, drang ich in sie, »daß du nie wieder auf *solche* Weise Geld annehmen wirst!«
Štefka schwieg.
»Wenn ich erwachsen bin«, sagte ich, »werde ich dich heiraten.«
Štefka lachte.
»Ach geh«, erwiderte sie, »red nicht so, das schlag dir lieber aus dem Kopf.«

Die Sache mit Doris Topper, der Schwester des jungen Topper, der im Sommer das seltsame Begräbnis hatte, entwickelte sich ganz anders; es half nichts, daß ich ihr fast täglich bis zum deutschen Gymnasium nachlief und auf sie wartete, bis sie aus der Schule kam; in dem kleinen Park, in dem ich mich immer mit meinen Kameraden traf, machte ich ihr den Hof, Doris zuliebe verschmähte ich das Fußballspiel und repetierte lieber mit ihr englische Vokabeln, von Glück und Freude erfüllt, mit ihr auf einer Bank sitzen zu dürfen; ich war ihr um eine Klasse voraus, und was die Mädchen im deutschen Gymnasium lernten, hatten wir, im tschechischen, längst durchgenommen.
Doris gab mir deutlich zu verstehen, ich sei nicht ganz ihr Typ und müsse mich mit der erteilten Gnade des gemeinsamen Wiederholens

der englischen Sprache zufriedengeben, weiter würde ich es bei ihr kaum bringen; der ganze Zauber dieses blondlockigen deutschen Mädchens sollte einen Helden erfreuen: mit dem Sieg über die Russen bekränzt und mit Eisernen Kreuzen geschmückt, würde er von der Front zurückkehren.

Doris bereitete sich nämlich zu jener Zeit eifrig für ihre Mission als auszeichnungswürdige Mutter im Reiche Adolf Hitlers vor, und sooft ich versuchte, auch nur den leisesten Zweifel hinsichtlich Hitlers Schicksals zu äußern, gab sie sich höchst beleidigt und sagte: »Erlaube mal, was glaubst du eigentlich, wofür unser Walter gefallen ist?«

Auf eine solche Frage konnte ich selbstverständlich keine Antwort geben, und weiß Gott, was Doris heute, wenn sie noch lebte, wohl antworten würde.

Ich versuchte, Doris mit Schokolade zu bestechen, aber nur selten brach sie sich ein Stückchen davon ab, obgleich ihr vor Appetit der kleine rosige Mund wäßrig wurde; Doris trug einen großen Stolz in sich, den ich mit meiner niedrigen und leicht durchschaubaren Verhaltensweise einer minderwertigen Rasse nicht zu überwinden vermochte.

Dann, als ihr Bruder fiel, der sympathische Walter, und ein so feierliches Begräbnis bekam, war es mit Doris kaum noch auszuhalten: in einem fort drosch sie das Verslein von ihrem Bruder, dem großen Helden, der trotz seiner Jugend mit dem Eisernen Kreuz zweiter Klasse ausgezeichnet worden war, was mir überhaupt nicht imponierte, denn Kurt Smuda, der Cousin jenes Jungen, mit dem ich auf der Gestapo eingelocht gewesen war, damals, als wir in das Gartenhäuschen des deutschen Tennisklubs einstiegen und die zwei Bälle entwendeten, hatte das Ritterkreuz erhalten, und als er einmal auf Urlaub heimkam, stibitzte es ihm Karl, und wir mimten dann einen ganzen Nachmittag lang deutscher Held und Bolschewik: Karl mit dem Ritterkreuz um den schmutzigen Hals war selbstverständlich der Held und ich der böse Bolschewik, der dauernd da, da, da und charascho plärren und sich Karl ergeben mußte, was bald aufhörte, mich zu amüsieren, und so klebte ich ihm eine, aber in aller Realität: damit war das Spiel aus.

Kurt Smuda war ein Held, und in den Zeitungen hatte gestanden, er habe fünf Panzer der Bolschewiken erledigt; er nahm jedoch ein schlimmes Ende: kurz nach seiner Rückkehr vom Urlaub an die Front erledigten die Bolschewiken jetzt ihn.

Er war irgendwo auf der Krim geblieben, und der Mutter sandte man nicht einmal sein Ritterkreuz zurück, soweit ich aber Kurt gekannt habe, hätte er sich über sein Schicksal wohl kaum beklagt. Er nahm das Leben hin, wie es kam, vertraute auf die Vorgesetzten, litt an keinerlei Komplexen, verfügte über große physische Kraft und auch über guten Verstand: all das konnte er auch im Krieg bestens zur Geltung bringen, wenn dies schon im Frieden nicht möglich gewesen war; zu normalen Zeiten wäre aus ihm ein tüchtiger Lastwagenlenker geworden, und so im Alter von fünfunddreißig Jahren hätte er schon ein kleines Kapital zusammengespart gehabt und sich eine eigene Karre gekauft; sicher hätte er es weit gebracht.
Wie ich schon erwähnt habe, war es mit Doris nicht mehr zu ertragen, ihr Zuhause hatte wohl ziemlich auf sie abgefärbt: nach Walters Tode verschrieb sich ihre Mutter im Rahmen mehrerer Organisationen, das Winterhilfswerk inbegriffen, der öffentlichen Wohlfahrtspflege, nähte Fäustlinge für die Soldaten, betreute vaterlose Kinder, und überall, wohin sie kam, predigte sie den Glauben an den Endsieg – das alles hatte Doris von ihr mitbekommen.
Ich habe mit Doris das Meine erlebt: Im Winter wurde auf der Hauptstraße irgendein völkisch-deutscher Trödelladen eröffnet, in dem Damen der besseren deutschen Gesellschaftskreise von Ostrau vielerlei Gebraucht-Gegenstände verkauften, wie zum Beispiel die Figurengruppe eines Hirsches mit der Diana (dem Hirsch fehlte das linke Geweih), halbverrostete Bügeleisen, einen unvollständigen Satz von Weingläsern, handgemalte Bildchen und noch andere Kunstgegenstände, wie es auf dem Plakat draußen vor der Verkaufsstelle hieß; Doris zog mich in den Laden hinein, und ich, in der törichten Hoffnung, bei ihr im Kurs zu steigen, verausgabte von meinem Taschengeld sechzig Protektoratskronen oder ganze sechs Mark für eine handgemalte, fast neue Glasdose, deren eine Ecke nur etwas abgeschlagen war, aber Doris meinte, man könne sie so hinstellen, daß der beschädigte Teil nicht zu sehen sei. Auf dem Heimweg versuchte ich, Doris zu küssen, was ich nur als gerechte Belohnung für meinen Beitrag zur deutschen Kriegsmaschinerie empfand, doch Doris wurde so wütend darüber, daß ihr die Tränen kamen und sie mich einfach stehen ließ; ich spazierte dann, die Glasdose unterm Arm, den Fluß entlang; als es dunkel wurde, schmiß ich diesen Trödelkram in den übelriechenden Fluß und verspürte so etwas wie eine Erleichterung dabei.
Zu Hause hörte ich mir eifrig den BBC-Sender und Jan Masaryk

aus London an, und als ich dann Doris mit knappen Worten darüber berichtete, rümpfte sie nur ihr Näschen, warf die wunderschönen Zöpfe in den Nacken und sagte: »Na ja, die feigen Tschechen ...« Das hatte mich selbstverständlich in ihren Augen nicht gerade erhöht, im Gegenteil, meinen Wert sogar erheblich gemindert, so daß sich Doris des öfteren über sich selbst wunderte, warum sie überhaupt mit mir verkehre; ich hatte große Lust, ihr ins Gesicht zu schleudern, es ginge ihr nur um die Schokolade, verkniff mir aber diese Antwort, lächelte nur und wußte, meine Zeit reifte heran, Doris würde schon noch auf die Schokolade hereinfallen und sie für ihre Grundsätze eintauschen, denn ihre Grundsätze würden dann nichts mehr gelten.

Dann fiel Stalingrad, und Doris wollte einen Monat lang nicht mit mir sprechen, sie wich mir aus, beantwortete meine Brieflein nicht, mit denen ich sie überschüttete, aber als wir einander im Frühling wieder begegneten, schnappte sie nach der Schokolade und verzehrte sie im Stehen schweigend vor unserem Haus.

Frau Toppers Wohltätigkeitsdrang erlahmte nicht, doch in ihren Augen stand schon die Angst geschrieben; Doris aß mir die Schokolade aus der Hand, ja, sie deutete mir sogar an, ich könnte sie ins Kino einladen, wohin wir dann auch tatsächlich gingen und uns die grandiosen Rückzugsoperationen der Rommel-Armeen in Afrika ansahen, während meine Hand über Doris' Knie immer höher und höher vorzustoßen begann.

Daheim sagten sie mir, es sei an der Zeit, mich musikalisch zu bilden, ich habe sowieso nichts zu tun, und wenn schon eine Geige da sei, wäre es ewig schade, sie unbenutzt liegen zu lassen; mein Vater hatte die Geige sehr günstig gekauft. Eines Abends hörte ich vor der Wohnungstür jemanden recht falsch das Liedchen fiedeln ›Die Zimmerleute, ja die Zimmerleute, haben ein Gerüst aufgestellt‹, und so ging ich öffnen: mein Vater stand im Vorhaus, den Hut schief auf dem Kopf, und kratzte auf der Geige herum, so daß sich die Mieter über uns aufregten; im Wohnzimmer verkündete er dann, er habe dieses Meisterinstrument sehr günstig von Herrn Kempfs Haushälterin erworben, er habe nicht nur die Geige, sondern auch alles andere auf dem Fleck für sechzigtausend Kronen gekauft, lasse morgen alles nach Hoštálkov transportieren, um dort damit Staat zu machen, die Geige war im Preis inbegriffen.

Es war mir nicht bekannt, daß Herr Kempf eine so schöne Geige besaß, bestimmt hatte er auch darauf gespielt, denn alle Gegenstände, mit denen er sich umgab, hatten ihre Bestimmung, zumindest sagte er es so in Momenten der Mitteilsamkeit und fügte dann hinzu, er möge Leute nicht, die sich mit überflüssigem Kram umgeben oder mit Irrtum, Haß und Bosheit belastet sind; schade nur, daß Herr Kempf keine weiteren Worte über die Bestimmung des Doppelbetts in seinem Schlafzimmer verloren hat.

Später teilte mein Vater auch der Mutter mit, daß er Herrn Kempfs Wohnungseinrichtung gekauft habe; noch im Arbeitskittel, in dem sie an der Kasse zu sitzen pflegte, betrat die Mutter das Wohnzimmer, eine Teetasse aus schönem chinesischem Porzellan in der Hand, und als sie diese Neuigkeit erfuhr, wurde sie blaß und schmetterte das feine Porzellan auf den Boden, so daß es in tausend Scherben zersprang und der Tee langsam in den Teppich sickerte, und so besitzen wir seit jenem Tage von diesen chinesischen Tassen nur noch fünf Stück, und sooft ich sie im Schrank eingereiht sehe, drängt sich mir die Erinnerung an jene Szene auf, die dann folgte.

»Daß du dich nicht schämst«, sagte die Mutter.

»Warum sollte ich mich schämen, sechzigtausend sind doch ein anständiger Preis, wenn man bedenkt, daß ich die Geige eigentlich gratis bekommen habe; jeder andere hätte mit allen zehn Fingern zugepackt und hätte im Handumdrehen zumindest noch zwanzigtausend daran verdient.«

»Aber so begreif doch«, sagte die Mutter und wandte sich ab, »Herr Kempf hat darin gewohnt!«

»Eben deswegen«, erwiderte mein Vater, und sein Gesicht erhellte sich, »von einem anderen Juden hätte ich das gar nicht genommen ...«

Die Mutter sagte nichts mehr und schlug die Schlafzimmertür hinter sich zu.

»Wenn du glaubst«, schrie sie meinem Vater durch die geschlossene Tür zu, »ich werde darin schlafen, dann hast du dich getäuscht!«

Nächsten Tag mußte ich nicht in die Schule, gleich am Morgen kam der Möbelwagen, wir beluden ihn mit allem, was mein Vater von Herrn Kempfs Haushälterin gekauft hatte, ich setzte mich in die Führerkabine, und wir fuhren nach Hošťálkov; mein Vater schickte mich mit, um dem Chauffeur den Weg zu weisen, er selbst blieb in der Stadt.

Nachdem die Möbel abgeladen worden waren, durchstöberte ich alle Schubladen: sie dufteten nach Lavendel wie Herrn Kempfs Hemden, mein Großvater kam sich auch die Dinge ansehen, strich mit

der Handfläche über das Holz, sagte aber kein Wort. Das war mehr, als wenn er es gelobt hätte.
In der Schublade des einen Nachtschränkchens fand ich ein Foto meiner Mutter, das mir schon immer sehr gefallen hatte: jenes vor fünf Jahren aufgenommene Bild, das sie im blauschwarzen Kostüm zeigte und das auf der Rückseite eine Widmung trug: »Dem lieben Freund – Marie«; und wieder beschäftigte mich der merkwürdige Zusammenhang zwischen Herrn Kempfs Schlafzimmer und dem Foto meiner Mutter im Nachtschränkchen, aber das alles war viel zu verletzlich, als daß ich es durch Ausspinnen möglicher Varianten zu Ende gedacht hätte; Herrn Kempf hätte ich alles verziehen; wenn er sich für diese Sünde vor dem Herrgott verantworten muß, dann würde ich für ihn ein gutes Wort einlegen. Meine Mutter war sehr unglücklich und Herr Kempf ein sehr lieber Mensch, kannst du denn das, lieber Gott, nicht verstehen?
Am Abend wartete ich, bis ich mit der Mutter im Wohnzimmer allein war, und legte wortlos das Foto vor sie hin, sie sah mich an, fragte nichts, lächelte, und mit langsamen Bewegungen zerriß sie das Bild in kleine Stückchen; die Reste zerknüllte sie in der Hand, strich mir über das Haar, ich bekam Angst, sie wollte mir etwas erklären, mir irgendeine dumme Dutzendlüge erzählen, und so riß ich mich los und lief aus dem Zimmer; nie wieder haben meine Mutter und ich darüber gesprochen, doch dieses Foto liegt bis heute zwischen uns, und wir wissen beide, daß dies eine höchst empfindliche Stelle ist, die jeden von uns aus anderen Gründen und auf verschiedene Weise schmerzt.
Meinem Vater erzählte ich selbstverständlich nichts davon, wozu auch, ich wußte, ich trug ein großes Geheimnis mit mir herum, aber es war recht unbequem, es zu ertragen, es störte mich nur; sooft ich jetzt meine Mutter ansah, verwandelte sich in meinen Augen ihr Gesichtsausdruck: sie lächelte rätselhaft, und mit kleinen, nervösen Bewegungen der Finger zerriß sie immer wieder das Foto; ich begann meine Mutter zu beobachten, jede ihrer Bewegungen wog ich ab, brachte ich in irgendwelche Zusammenhänge, und wenn keinerlei Verbindungen herzustellen waren, dachte ich mir selbst zahlreiche Varianten aller möglichen Ursachen und Folgen aus.
Ich fing an, auf alle Männer, die sie im Café anlächelten, eifersüchtig zu werden, und am meisten eifersüchtig war ich auf Herrn Berger; er spürte das sehr wohl heraus und begann, um meine Gunst zu werben, doch ich ließ mich nicht kaufen, weder für eine Schreckschußpistole noch für einen Fußball, für gar nichts.

Auch mein Vater machte mir Sorgen und Tante Naďa erst recht.
So weit ich zurückdenke, war sie, als Franta noch in Freiheit lebte, ein lustiges Frauenzimmer gewesen, natürlich hatte sie sich Sorgen um ihren Vater im Kriminal gemacht, aber Jugend läßt sich nicht so leicht einschüchtern; doch jetzt, seit sie bei uns im Lokal ›Beim Tor‹ an der Kasse saß, hatte sie sich unter unseren Augen vollständig verändert: Frantas Verhaftung hatte sie arg mitgenommen.
Franta saß in einem Zuchthaus irgendwo bei Bayreuth und schrieb, er habe Hunger und nochmals Hunger, er schufte in einer Fabrik, wir sollten ihm doch etwas schicken, aber mein Vater sagte: »Nein, nein und nochmals nein, einem Nichtstuer schicke ich nichts, er soll nur lernen, was Arbeiten heißt, wenn er bis jetzt immer bloß auf Versammlungen große Reden geschwungen hat; wir haben ihm das Leben gerettet, was will er noch mehr.«
Auch der Herr Genosse Kment im Zuchthaus hatte Hunger und schrieb dauernd um warme Wäsche, das Rheuma plagte ihn, und Naďa plagte wiederum die Sorge, wie sie es anstellen sollte, möglichst alle Wünsche ihrer Männer in der Haft zu erfüllen: so hatte das arme Weibsbild also zwei verzweifelte, hungrige Männer zugleich am Halse, aber nur eine Lebensmittel- und eine Kleiderkarte zur Verfügung.
Eines Tages kam Tante Lída gleich in der Frühe zu uns geeilt, schrie schon im Vorraum, sie werde diesem Frauenzimmer die Augen auskratzen, wie die sich das eigentlich vorstelle, sozusagen bei uns in der Wohnung Unzucht zu treiben.
Meine Mutter, noch im Schlafrock, sagte ihr, sie solle hier nicht so herumschreien und weiterkommen; im Wohnzimmer fing die Tante erneut davon an, weinte dazwischen und schrie dann wieder, mein Vater müsse diese Dirne fortjagen.
»Ich weiß, daß Franta regelmäßig Pakete bekommt«, sagte meine Mutter mit müder Stimme, »ich weiß eigentlich alles, aber was kann ich dagegen tun, ich selbst darf ja Franta nichts schicken ...«
»Aber das Gerede, bedenk doch das Gerede der Leute«, entsetzte sich die Tante.
»Ach was, das Gerede, das Gerede kümmert mich schon lange nicht mehr, es ermüdet mich nur, es gibt schon allzuviel Gerede, die Leute reden eben gern, reden sehr viel, wenn sie nichts verstehen, absolut nichts, hörst du ... ich weiß, ich weiß alles ...«
»Da ist doch mein Honza anders«, sagte die Tante jetzt seelenruhig, »der ist ganz anders, sooft Naďa zu uns kommt, um uns bei der Buch-

haltung zu helfen, erhält sie dafür ein halbes Kilo Schmalz und geht in allen Ehren wieder fort, in allen Ehren ...«

»Natürlich«, erwiderte die Mutter, doch in ihrer Stimme lag Bitterkeit und ein wenig Bosheit, weiß Gott, wo das bei ihr auf einmal herkam, nie hatte sie bisher in einem solchen Ton gesprochen; wenn sie ihrem Ärger Luft machte, schrie sie freilich, aber aus ihrem Schreien war nie Bosheit herauszuspüren, nur einiger mit Nachdruck betonter Ärger, doch jetzt verzog sie den Mund zu einem boshaften Lächeln, »natürlich, dein Honza ist anders, selbstverständlich«, und meine Mutter riß sich jetzt jedes einzelne Wort förmlich von den Lippen, als wären sie dahinter fest verhaftet, »die Nadinka muß sich ihr Schmalz bei deinem Honzíček aber auch schwer verdienen, verstanden!«

Die Tante schrie nicht auf, schluchzte nicht, aber ich weiß, sie zerknüllte ihr Taschentuch, das tat sie immer: sie konzentrierte ihre ganze Aufmerksamkeit auf das zu einem Knäuel zusammengeballte Taschentuch, umschloß es fest mit der Hand und wartete, bis ihr die Tränen in die Augenlider stiegen und heiß und bitter auf ihre Hände herabfließen würden.

»Ich weiß«, flüsterte die Tante, »ich weiß das nur zu gut ... und ... was sollen wir dagegen tun?«

»Nichts«, erwiderte die Mutter sachlich, »gar nichts kann man dagegen tun.«

Sooft ich nun Tante Naďa zu sehen bekam, war ich wütend auf sie, fast genauso wütend wie auf Berger, aber die Zeit brach meinem Zorn die Spitze ab; der Hund in mir begann alles zu begreifen, ich sah die Tante nunmehr ganz anders: sie bangte um ihren Vater, um Franta, sie stand ganz allein da, niemand half ihr, alle Freunde und Genossen waren weg oder hatten sich irgendwo verkrochen und warteten, warteten nur, kümmerten sich den Teufel um das arme Ding, das allen Stürmen ausgesetzt war; und was dann, wenn sie zusammenbrach, alles aufgab, wer würde dann ihrem Vater und ihrem Mann einmal im Monat ein Päckchen mit Schmalz und einer Fleischkonserve zukommen lassen, wer ihnen die Wäsche waschen, ihnen für den Winter warme Socken stricken, wer würde das alles für das alleinstehende, verlassene arme Ding tun? An welche moralische Grundsätze also sollte sie sich halten, wenn doch der einzige Grundsatz, die einzige Hoffnung in ihrer festen Zuversicht bestand, die beiden würden die Haft überleben; dieser letzten Rettungschance opferte Naďa alles auf. Seinen Grundsätzen treu zu bleiben kann sich nur leisten, wer schon unter dem Galgen steht, dort kann man leicht schreien: es lebe der große Stalin, es lebe die Sowjetunion! Da bleibt einem keine andere Wahl als nur dieser Aufschrei – und im Konzentrationslager oder im Zuchthaus? Dort konnte man an große Dinge denken, an erhabene und weniger erhabene Grundsätze, aber setzt nur einmal eine junge zwanzigjährige Frau an die Kasse ›Beim Tor‹, sperrt ihr den Vater und den Mann ein, zerstört alle ihre Hoffnungen, dieses ganze junge, hoffnungsvolle Leben, sie wird sich wie jeder andere Schiffbrüchige verhalten: sie wird alles tun, nur um am Leben zu bleiben, nicht einmal deshalb, weil sie sich vor dem Tode fürchtete, sondern weil ihr Leben die einzige Garantie für das Leben zweier anderer ist – und wenn eine solche Frau darüber hinaus noch ein Weiteres tut, dann ist das Heroismus.

7. KAPITEL

Während der Kriegsjahre fühlte ich mich in der Schule am wohlsten; sowie ich das Gebäude betrat, wußte ich, hier hatte ich festen Boden unter den Füßen, meinen Platz, wußte genau, was mich erwarten, was von mir verlangt werden würde; sogar träumen konnte man hier, schweigen und interessanten Dingen lauschen – und für alles bekam man in der Schule eine Note: wie immer auch meine Antwort ausfiel, der Herr Professor trug mir eine Note ein, eine Eins, Zwei, Drei, Vier oder einen Pinsch.

In der Schule war alles aufs beste eingerichtet, ich wußte, wer mein Freund war und wer zum feindlichen Lager des Jirka Vatras gehörte, der die Gruppe der ›Aristokraten‹ anführte; der Führer der Plebejer war ich; wir waren in der Überzahl und besaßen in unseren Reihen die besten Schüler der Klasse, wie zum Beispiel Miloš Flanderka, den Sohn des Polizisten: der war überhaupt der Musterknabe der ganzen Schule; er war kein schlechter Kerl, hatte aber eine Schwäche: von Zeit zu Zeit beging er Verrat an unserer Plebejer-Gruppe und lief zu den Aristokraten über, er ließ sie die Mathematikaufgaben abschreiben, kam aber stets demütig zu uns zurück, wenn ihm die oberen Zehn der Klasse ungeschminkt zu verstehen gegeben hatten, wohin der Sohn eines Polizisten gehöre. An den Tagen, an denen Miloš von einem Lager ins andere überwechselte, war er immer tief beschämt, doch mit keinem Wort machte ich ihm je einen Vorwurf, mahnte ihn nie an seine feierlichen Treuegelöbnisse, mit denen er sich dann stets zu uns, den Plebejern, bekannte, wenn ihn die Aristokraten aus ihrer Gunst verstoßen hatten, weil sie ihn nicht mehr brauchten.

Beide Gruppen der Klasse waren eigentlich in allem und jedem entgegengesetzter Meinung, über nichts konnten wir uns einig werden, rauften oft miteinander, aber unser Sieg bei den Schlägereien befriedigte uns Plebejer nicht; ich wußte nur zu genau, unsere physische und zahlenmäßige Überlegenheit konnte die anderen Vorzüge der Aristokraten nicht wettmachen; in einem Punkt jedoch waren wir uns mit den Aristokraten einig, da waren wir wie ein Herz und eine Seele: wir alle haßten unseren Klassenvorstand, den Herrn Professor Mikeš; er unterrichtete bei uns Turnen und Geographie und vertrat, zu unser aller großem Leidwesen, auch manchmal in Geschichte.

Herr Professor Mikeš hatte von uns den Spitznamen ›Rappel‹ bekommen, und daß er diesen zu Recht verdiente, dafür will ich hier als Beispiel nur seine Anordnungen für die große Pause und die Art seiner Geschichtsstunden anführen: Alle Klassen blieben in der großen Pause auf den Schulgängen, nur wir nicht; uns jagte der Herr Professor Rappel bei jedem Wetter auf den Schulhof, dort verpaßte er unserem Körper ein Gymnastiktraining, dann mußten wir im Hof herummarschieren, aber nicht im normalen Soldatenschritt, sondern Kopf hoch, mit ganz langen Schritten, wobei wir tief und regelmäßig atmen und uns das Zwerchfell massieren mußten.

Die ganze Schule lag in den Fenstern und brüllte vor Begeisterung über unsere Schmach, als wir so im Hof hin und her marschierten, tief atmeten und uns das Zwerchfell massierten; doch das war noch gar nichts, denn die Glanznummer des Herrn Professor Rappel kam erst gegen Ende der Pause: jetzt war das Kopfkreisen an der Reihe, wobei wir Halsmuskulatur und Halswirbel lockern mußten; wir kreisten also so lange mit dem Kopf, bis wir uns die Halswirbel ausrenkten, und wer uns zufällig dabei beobachtete, mochte uns wohl für eine Horde Amok laufender Narren halten.

Die Mädchen, bei denen sich schon die ersten Rundungen zeigten, weinten in diesen großen Pausen auf dem Hofe vor Scham, wir Jungen bissen die Zähne zusammen, und Herr Professor Rappel redete in uns hinein, was das Zeug hielt, er werde uns zu einer Generation heranbilden, würdig der Aufgaben, die uns erwarteten, wir seien das Heil und die einzige Hoffnung der Nation: so quasselte er in einem fort, und wir dachten uns im stillen etwas sehr Ungebührliches, wir pfeifen dir auf dein blödes Geschwätz, auf deinen Sokol-Größenwahn; und wenn dann das Training vorbei war, mußten wir abermals in Zweierreihen antreten und jetzt in normalem Schritt im Hof rundum marschieren, wobei wir unsere Frühstücksbrote verzehren durften.

Diese Gelegenheit benützte Professor Rappel dazu, uns seine asketische Selbstdisziplin zu demonstrieren: Zum trockenen Brot aß er eine feingeschnittene Möhre, Sellerie- und Zwiebelscheibchen oder irgendein anderes Gemüse, wobei er es selbstverständlich nicht unterließ, in einem Sondervortrag auf den Vitamingehalt der einzelnen Gemüsesorten und auf ihre Bedeutung für die gesunde seelische und körperliche Entwicklung eines mannhaften Patrioten hinzuweisen.

Zwar weiß ich nicht, was Herr Professor Rappel daheim aß, aber vermutlich war das um nichts besser: er war ein hagerer, knochiger Gesell, sein Gesicht wie mit einer Axt grob zurechtgehauen, seinen Kahlkopf, der die Form eines unregelmäßigen Rechtecks hatte, schmückten nur zwei Reihen Goldzähne: wenn er sie bleckte, packte uns schieres Entsetzen.

Schon damals mußte er hoch in den Fünfzigern gewesen sein, aber er ließ es sich beim Turnen nicht nehmen, uns zu beweisen, was er noch alles fertigbrachte, womit er selbstverständlich für eine vegetarische Ernährung Propaganda machen wollte: einmal mißlang ihm der Felgumschwung am Reck, wahrscheinlich war er schon zu geschwächt, er fiel herunter und schlug neben die Matte auf den Parkettboden auf, daß es nur so krachte, und blieb, der Länge nach auf dem Boden hingestreckt, mit stierem Blick liegen; er atmete kaum noch, und jemand aus der Klasse sagte ganz laut: »Vielleicht ist er schon hin . . .«, und niemand half Professor Mikeš auf die Beine, so sehr haßten wir ihn.

Er rappelte sich von alleine auf, dehnte seine Glieder, bleckte die Goldzähne, schnappte nach Luft, und wir standen in strammer Haltung um ihn herum, senkten die Köpfe oder betrachteten frech seinen verschwitzten Schädel, sein vom Schmerz zu einer Grimasse verzogenes Gesicht; recht geschieht's dir, du Biest, dachten wir uns im stillen.

Aber von neuem schwang sich Rappel aufs Reck, von neuem versuchte er den Felgumschwung, und mit schadenfrohen Gesichtern warteten wir auf ein erneutes Aufkrachen, doch diesmal hielt er sich oben, sprang elastisch ab, musterte uns und bohrte jedem von uns seinen Blick ins Gesicht, sagte aber kein einziges Wort.

Die Plackereien, die er uns in den Pausen und im Turnen zumutete, waren noch nichts im Vergleich zu dem, was wir in den Geographiestunden erdulden mußten oder aber, wenn er die ständig kranke Frau Professor Majerová bei uns in Geschichte vertrat, was er sehr gern und oft tat; nach Professor Mikešs Ansicht waren unsere slawischen Vorfahren die edelste Kulturblüte der Menschheit gewesen, mit der sich die übrigen Völker keinesfalls messen konnten, nur Sparta im alten Griechenland fand vor Rappels gestrengem Urteil ein wenig Gnade; und in Geographie erfuhr ich, wir Tschechen müßten früher oder später gewaltige Gebietsansprüche geltend machen, denn von Rechts wegen gehöre uns etwa das halbe Deutschland, ganz Österreich und Ungarn dazu.
Wir lernten altslawische Texte auswendig, zitierten Hus im Original, sprachen fließend in der Zunge unserer Spracherneuerer aus dem 18. Jahrhundert; wenn wir das alles dem Rappel so vorrezitieren mußten, wünschten wir uns von ganzem Herzen, der Teufel möge ihn holen und ihn mit sich forttragen, irgendwohin zu den heldenhaften slawischen Vorvätern, wo er sich gut ausnehmen würde.
Professor Mikešs Verdienst war es zuzuschreiben, daß der Großteil von uns Kosmopoliten wurde; wenn jemand in unserer Gegenwart das Wort ›Patriotismus‹ in den Mund nahm, drängte sich uns stets das Bild des Professors Mikeš auf, wie er an einer Möhre knabberte, oder wie er die richtige Massage des Zwerchfells vorführte; in diesen Kriegsjahren wurden die historischen Romane Alois Jiráseks von den Schülern aller Klassen direkt verschlungen, wir aber richteten es uns bequemer ein: nur Miloš Flanderka mußte den Jirásek genau lesen und uns dann mit knappen Sätzen über den Inhalt informieren.
Mikešs Patriotismus hing uns zum Halse heraus, und daran änderte auch der tragische Vorfall nichts, den uns zu Ende des Schuljahres, es war in der Quarta, der Mathematikprofessor Hrubý, ein todernster und todkranker Mann, bekanntgab; er war nierenleidend, und seine Hauptsorge während des ganzen Kriegs galt eigentlich der Beschaffung von genügendem Vorrat an Traubenzucker, der ihn auf den Beinen hielt. Hrubý kam herein, wir standen auf, er legte das Klassenbuch auf den Tisch, senkte den Kopf, und anstatt uns setzen zu heißen, verkündete er mit leiser Stimme: »Heute nacht wurde Herr Professor Mikeš verhaftet, bis auf weiteres übernehme ich das Amt des Klassenvorstands.«
In der Pause erfuhren wir auf dem Gang nähere Einzelheiten, von

denen folgende noch am glaubwürdigsten waren: Professor Mikeš war mit einer Gruppe von Sokoln, die Verbindung zu London unterhalten hatte, verhaftet worden; vor dem Schulgebäude standen zwei schwarze Mercedes, und schon seit dem frühen Morgen saßen die Gestapo-Männer in ihren Ledermänteln im Direktionszimmer; im Gebäude herrschte Stille, und es wurde eigentlich gar nicht unterrichtet: während der einzelnen Stunden lasen wir nur für uns selbst.

Den ganzen Vormittag über mußte ich an den Tag zurückdenken, an dem ich und Karl Smuda wegen der gestohlenen Tennisbälle auf der Gestapo gelandet waren; immer wieder sah ich jene Frau mit dem blutigen Rücken vor mir, jenen abgezehrten Burschen, der nach dem Hieb auf dem blau-weißen Fliesenboden zusammengebrochen war, und ich dachte an Herrn Professor Mikeš: ob ihm wohl auch jemand mit dem Gummiknüppel den Rücken zerschlagen hatte? Manche Mitschüler gingen in ihrer extremen Ehrung für Professor Mikeš wirklich bis an die äußerste Grenze: sie verschmähten mit Butter oder Schmalz bestrichenes Brot und kauten in den Pausen an Grünzeug herum; ich aber ließ mich zu solchen Demonstrationen nicht fortreißen, sie kamen mir lächerlich vor, selbst wenn mir, wie ich gestehen muß, unser tägliches Marschieren im Schulhof zu gefallen anfing.

Ich sagte mir, Rappel hatte zwar einige blöde Grundsätze, aber er hatte wenigstens überhaupt welche gehabt.

Mir gefiel jedoch nicht, daß Mikeš plötzlich zum Helden geworden war. Die Plebejer-Gruppe unserer Klasse begann ihn zu verehren: unkritisch, ergeben und ohne Vorbehalte; in diesen Tagen lief ich zu den Aristokraten über, die zwar Herrn Professor Mikešs Mut anerkannten, aber nicht bereit waren, auch nur um Haaresbreite von ihrer Überzeugung abzurücken, er habe keinerlei Verständnis für uns gehabt.

Nach einigen Tagen erfuhren wir, daß Herr Professor Mikeš, von uns Rappel genannt, durch Erschießen hingerichtet worden war.

Unmittelbar darauf hatten wir Deutschstunde.

Frau Professor Najmanová betrat die Klasse; wie immer blickte sie zuerst nervös umher, stockte aber diesmal auf ihrem Weg zwischen Tür und Katheder, ging nicht, wie gewohnt, steifen Schrittes mit gewaltsam hoch aufgerichtetem Kopf weiter, ihn in regelmäßigem Rhythmus der Klasse zukehrend, was alles so typisch ist für Menschen, die an großem Trema leiden, sondern blieb vor den Bänken stehen, auf deren nächstbeste sie das Klassenbuch legte, und sagte: »Setzen, bitte«, wir blieben jedoch stehen; gleich darauf begann der Frau Professor das Kinn zu zittern, ihre linke Hand tastete nach dem Taschentuch; es steckte immer im Gürtel ihres blauen, altmodischen Kleides; wie hatten sich doch die Mädchen über dieses Kleid lustig gemacht, über das weiße Batisttüchlein im Gürtel, und wie hatte sich Frau Professor Najmanová dann verändert, als sie sich gegen Kriegsende verliebte und einen Beamten der Steuerbehörde heiratete, wie war sie für kurze Zeit aufgeblüht, bevor sie und ihr Mann wegen Verbreitung illegaler Schriften liquidiert worden waren. »Heute werden wir«, flüsterte Frau Professor Najmanová vor den Bänken, »heute werden wir«, wiederholte sie dauernd, und den unsicheren Fingern ihrer linken Hand wollte es nicht gelingen, das weiße Taschentuch loszunesteln, »heute werden wir«, sagte sie nun zum dritten Male, und das Zittern ihres Kinns ließ jetzt nach, sie öffnete ein wenig den Mund, und in diesem Augenblick, als sich dieses gequälte, unsichere, altjüngferliche Geschöpf, noch unfähig, Angst, Freude, Hoffnung, Schmerz und Härte zu ertragen, der Tafel zukehrte, um ihre Tränen vor uns zu verbergen, fühlte ich (o Gott, wie habe ich mich damals geschämt) das Wasser der salzigen Tränen in meine Augen steigen; zuvor hatte ich nur sein Brennen in der Brust verspürt, dann im Halse, und jetzt floß es schon frei über mein Gesicht; in diesem Augenblick war ich überzeugt, die Frau Professor gernzuhaben; das war gar nicht wahr, aber ich fühlte mich wie nach der Beichte: in dem Aufblitzen eines Momentes war mir bewußt geworden, wie sehr ich sie jahrelang durch meine unerbittliche und beharrliche Geringschätzung verletzt hatte, mit der die Starken die Schwächeren zu verletzen pflegen; das war bestimmt das erste Mal, daß mir klarwurde, man könne auch aus Mitleid lieben, und dieses Gefühl sei sehr schön – sei aber nur von kurzer, ach so kurzer Dauer.

Ich wischte mir die Tränen mit dem Jackenärmel ab (obwohl ich ein sauberes Taschentuch bei mir hatte, aber wer weiß, ob ich es in der Aufregung gleich gefunden hätte) und sagte: »Wir werden die deutsche Romantik durchnehmen ... vielleicht könnte ich beginnen«; verlegen setzte sich die Klasse, und ich begann im Stehen deutsch zu rezitieren, was mir gerade einfiel: »Sein Auge ward naß; mit dumpfem Klang – schlug er das Fell, daß es rasselnd zersprang« ... und die Frau Professor Najmanová fand endlich ihr Taschentuch, wischte sich die Augen ab und kehrte sich uns zu: »Heinrich Heine, Atta Troll«, sagte sie leise, und vielleicht lächelte sie sogar ein wenig, »fahr fort, fahr nur fort«; ich hatte mich bereits beruhigt, langsam rezitierte ich Vers um Vers, vernahm meine Stimme, aber als wäre sie gleichsam außerhalb von mir: Herr Professor Klimesch kam mir in den Sinn, der Sudetendeutsche mit seinem herrlichen Deutsch, und ich dachte bei mir, was er wohl dazu sagen würde, wenn er mich hier die Verse zitieren hörte, die wir zusammen einstudiert hatten, diese wunderschönen Verse des deutschen Juden Heinrich Heine, die hier für einen Patrioten, den nationalbewußten Slawen und Sokol, Professor Mikeš, vorgetragen wurden.

Dann erzählte uns die Frau Professor von der deutschen Romantik, die Wehmut verflüchtigte sich allmählich, doch die ganze Stunde hindurch mußte ich nur an Mikeš denken: er wollte uns zu einer Schar nationaler Märtyrer oder zum zukünftigen Stab eines wiedererweckten Sokoltums erziehen, aber das wäre ihm nie gelungen, selbst wenn er noch zehn Jahre gelebt hätte; er hatte keine Ahnung von uns, der Großteil seiner Götter bedeutete uns nichts mehr, und in unseren Augen hatte ihn nur der Tod auf der Hinrichtungsstätte gerettet, der uns die strenge und geradlinige Einheit der Denk- und Handlungsweise Mikešs wieder in Erinnerung brachte: bei all seinem Komödiantentum war er nicht nur ein nationalbewußter Komödiant, sondern auch ein Charakter gewesen.

Es tut mir bis heute noch sehr leid, daß ich damals im Turnsaal, als Mikeš auf den Parkettboden stürzte, nicht hinzueilte und ihm auf die Beine half; selbstverständlich hätte ich mir die Verachtung beider Lager unserer Klasse zugezogen, aber Mikeš wäre es wert gewesen, diese Verachtung in Kauf zu nehmen; er war eben doch ein alter Mann, für den gegen Ende seines Lebens alles zusammenbrach; er hatte viel erlebt: den Oktober 1918, den Aufstieg und Fall der ersten Republik, den März 1939 und alles, was nachher kam; jemand erzählte mir nach dem Krieg, Mikeš sei bis zum März 1939 ein durchaus angenehmer Mensch gewesen, weder hatte er in seinen Klassen während der Pausen Pflichtturnen noch Atemübungen oder Zwerchfellmassage eingeführt, ja, er hatte sich sogar des öfteren ein Paar Würstchen und ein Bier gegönnt, was er sich vom Schuldiener bringen ließ.

Erst während des Krieges hatte er sich verändert, wir aber waren nicht wie die Sokoln aus einem Teig geknetet, der in Zeiten nationaler Wiedergeburt aufgeht, und vertrugen auch keinerlei Unterjochung: weder durch die Deutschen noch durch Herrn Mikeš.

Meine Antipathie gegen Mikeš hatte sicherlich ihre tieferen Wurzeln in den Erlebnissen meiner frühen Kindheit, als ich noch als Abc-Schütze in die erste Klasse ging und mich meine Leute in die Sokol-Turnhalle führten; ich konnte nicht begreifen, warum ich stramm stehen mußte, dazu noch in einer ausgerichteten Reihe, warum ich im Gleichschritt gehen sollte, das alles war doch nicht unbedingt notwendig; ich schlenderte oder stand lieber in einer kleinen Gruppe herum; die Sokoln kamen mir dann immer ein wenig lächerlich vor, wenn sie so mit der Feder an der Kappe und mit grimmigem Gesichtsausdruck dahermarschierten; nie habe ich solche Fanatiker leiden mögen – und Mikeš war einer von ihnen gewesen.
Als ich ins Gymnasium kam, war ich längst schon von dem jüdischen Pater, Herrn Kempf, beeinflußt, von den Geschichten aus der Bibel, die er mir erzählte und so auszulegen pflegte, daß am Ende allen ein Stück göttlichen Erbarmens zuteil wurde; viel näher als Herr Professor Mikeš standen mir Herr Klimesch, der mich deutsche Verse lehrte, und mein jüdischer Englischlehrer; der war in seiner Jugend einige Male um den Erdball gereist und erzählte von allen Völkern und allen Ländern, von den Negern, den Hindus, von den Schotten und den Arabern, vom Betschuanenland und dem Hochland von Wales, mit großer Liebe und auch mit Verständnis für alles Rauhe und Schlimme.
Ich begrub Mikeš ohne jegliche seelische Erschütterung.
Der Herr Professor Mikeš hat heute am Gymnasium eine Gedenktafel, seine Atemübungen sind vergessen, auch ich habe vergessen, richtig zu atmen, und massiere mir nicht mehr das Zwerchfell – das alles taugt zu nichts.

Als Mičkos Líba, das Scheusal genannt, noch mit mir das Gymnasium besuchte, saßen wir nebeneinander, sie war im Denken etwas langsamer, und so ließ ich sie in Mathematik und Physik, auch manchmal in Chemie abschreiben, sie wiederum half mir beim Stilistischen: sie hatte ein Stück dichterischer Schau in sich, wie Frau Professor Štorková, die bei uns Tschechisch, Literatur und Stillehre unterrichtete, immer von ihr sagte.
Was konnte doch Líbas Phantasie alles erfinden, wir wunderten uns immer, woher dieses Mädchen das nahm, da sie sonst in allen Schulfächern um die Fünf herumschwamm.
Wir gingen miteinander heim, ich wartete immer auf sie, so daß mich die Jungen verspotteten, ich hielte mich nur allzusehr an sie, und

daheim servierte mir mein Vater die blöden Scherze über eine vortreffliche Ehe zwischen mir und dem Scheusal, falls ich es im Leben zu nichts brächte.
Als Líba die Schule aufgab und in der Werkstatt gegenüber bei ihrem Vater das Buchbinderhandwerk zu lernen begann, ging ich von Zeit zu Zeit zu ihr hinüber, schwatzte ein wenig von den Neuigkeiten, die sich in der Schule zugetragen hatten, Líba lächelte nur traurig, den alten Mičko aber ärgerten wohl meine Erzählungen, und so warf er mich manchmal hinaus, was ich ihm aber nie übelnahm: schon von klein auf hatte ich die Außenseiter gern, und Mičko, der wütende, ewig gekränkte und bucklige Mann, war einer von diesen.
Líba begann mich jedoch zu meiden, oder schien es mir nur so: wir hatten keine gemeinsamen Interessen mehr; ich erzählte zum Beispiel von der Schule, sie mischte den stinkenden Leim, die Hände blieben ihr am Kochlöffel kleben, und sie blickte an mir vorbei durch das Auslagenfenster auf die Straße hinaus: ich begriff, die Schule interessierte sie nicht mehr; so gab ich also meine Besuche in Mičkos Werkstatt auf.
Dann kam Doris Topper an die Reihe, ich mußte mich ihr ziemlich widmen, und Líba blieb hinter dem dicken Glas des Schaufensters zurück, wo sie in der kleinen Werkstatt ihres Vaters Leim mischte und mit ansah, wie ich an Doris' Seite durch die Straße schritt, oder wie wir beide in unserem Café Eis schleckten, oder wie wir mit Herrn Klimesch in der Lindenallee auf und ab promenierten und uns über interessante Dinge unterhielten.

Es war im Sommer 1944.
Wenn ich mit Doris oder Herrn Klimesch beisammen war, dünkte uns der Krieg irgendwo weit weg, hinter uns oder über uns, wir nahmen ihn gar nicht wahr, sondern versenkten uns immer tiefer in unsere gemeinsamen Interessen; von Herrn Klimesch bekam ich den Heine geschenkt, wir lasen ihn in jenem Sommer gemeinsam, auch Doris luden wir dazu ein und distanzierten uns so mit Absicht von der Wirklichkeit, die uns nicht gefiel und nur allzu rauh war; eines Abends fragte ich meinen Vater: »Was wird geschehen, wenn die Bolschewiken kommen?«
Ich wußte, diese Frage quälte meinen Vater mehr als alles andere; ich will nicht behaupten, daß er sich vor den Russen gefürchtet hätte, vielmehr bedrückte ihn die Unsicherheit; als ich so unverblümt fragte, zog meine Mutter die Augenbrauen hoch, der Vater seufzte und

streckte die Arme vom Körper; er gab keine direkte Antwort, sondern servierte uns eine nur allzu vereinfachte Philosophie: Es ist eine große Misere, die Ereignisse sind für den kleinen Mann zu stark und übermächtig, ich und wir alle sind ihnen nicht gewachsen, ich will mir nichts einreden und mich auch nicht zu törichten Hoffnungen versteigen, ausgerechnet ich könnte etwas ändern; »ich könnte natürlich«, fuhr mein Vater fort, »auf die Straße hinausgehen, zwei oder drei deutsche Schilder herunterreißen und mich dafür einsperren lassen, um dann später ein Alibi zu haben, oder aber ich könnte in einer Widerstandsgruppe mitarbeiten, aber das alles halte ich für Unsinn. Ich mußte mich sehr anstrengen, um das aufzubauen, was ich besitze ... nun, ich bin kein Feigling, das keinesfalls, warum sollte ich mich jedoch gegen oder hinter die Ereignisse stellen, für die ich ganz ohne Bedeutung, ja eine Null bin; aber hier, in meinem Unternehmen, bin ich alles, hier ist das Stückchen Welt, für das ich die unmittelbare Verantwortung trage, nicht nur mir selbst, sondern auch euch gegenüber; Heldentum ist in meinem Falle eine Unverantwortlichkeit, ein Hasardspiel«, sagte mein Vater und breitete erneut die Arme aus.

»Und die Bolschewiken?« fragte ich weiter.

»Und die Bolschewiken«, wiederholte mein Vater und sah mich mit ernstem, schwerem Blick voller Befürchtung an, »wenn sie kommen, dann ist alles verloren«, sagte er und wandte sich von mir ab, »aber solange sie noch nicht da sind, werde ich alles tun, um das Unternehmen zu halten und zu festigen ... So ein Mičko verachtet mich, aber weshalb? Was für ein Unterschied besteht zwischen mir und Mičko und zwischen mir und Burian? Ich habe ganz einfach mehr Glück gehabt und bin vielleicht auch tüchtiger, ich bin eben früher hochgekommen, dieser Mičko hat gesagt, ich fülle mir die Taschen, während andere kämpfen und sterben ... ja, natürlich, andere sterben, aber Mičko und Burian zum Beispiel, die sterben und kämpfen auch nicht und füllen sich nicht einmal die Taschen, obwohl Burian das nur zu gern täte ... worin besteht also der Unterschied? Bitte sehr, ich habe keine einzige Granate fabriziert, ich bin kein Lokomotivführer, der die Bombenlasten zum deutschen Flugplatz hinbringt, ich fördere keine Kohle, ich schmelze kein Eisen und Stahl, ich verkaufe nur Tee- und Kaffee-Ersatz, Fruchtsäfte, Limonaden und Eis; wie groß ist also meine Schuld im Vergleich zu der anderer? Die Herren vom Moskauer und Londoner Sender sollen mir gefälligst eine Antwort darauf geben – nein und tausendmal nein, ich lasse mich nicht in den Untergrund jagen, ich will nicht zugrunde gehen, ja, ich will nicht zugrunde gehen, ich kann nichts verhindern, aber ich kann mich retten oder unseren Bankrott hinausschieben . . .«

»Die Ereignisse werden uns wie eine Dampfwalze überrollen«, sagte ich.

»Ja, das ist möglich«, fuhr mein Vater fort, »wenn diese Dampfwalze bis zu unserer Straße vordringen wird, werde ich mich ihr entgegenstellen, um zu retten, was zu retten ist, denn dann weiß ich, hinter meinem Rücken steht mein Lokal, meine Arbeit . . .«

»Und das Vaterland?« fragte ich.

Mein Vater ignorierte meinen Einwurf und fuhr fort: »Ich wünsche mir, daß die Leute in Ruhe und Frieden leben, viel Geld haben und viel Zeit, um es auch ausgeben und in den Kaffeehäusern sitzen zu können, aber was nutzt es, mein Wunsch ist leider nicht Befehl.«

»Du hast Angst«, sagte die Mutter, »du hast die Hosen voll.«

»Ja«, erwiderte mein Vater ruhig, »ich habe Angst, ich habe wirklich die Hosen voll.«

»Du hast wohl das Bedürfnis, dich auszusprechen«, sagte die Mutter weiter.

»Ja, das ist richtig, ich muß mich aussprechen, jetzt ist vielleicht der geeignete Augenblick hierzu gekommen.« Der Vater trat zum Fenster, zündete sich dort eine Zigarre an, tat einen Zug und blies eine Rauchwolke gegen die Zimmerdecke. Er holte Atem, als wolle er nun beginnen, dann aber sank ihm das Kinn auf die Brust, unschlüssig sah er uns an und schwieg.

Meine Mutter verließ das Wohnzimmer, ich wollte grinsen, doch ich kam nicht dazu.

Die Sirenen begannen zu heulen, und wir begaben uns in den Keller.

Wir nahmen immer nur das Nötigste mit in den Keller, wo sich der Luftschutzraum befand: mein Vater eine Aktenmappe mit Dokumenten und einige Flaschen Kognak für den Fall, daß jemand übel werden sollte; er selbst trank im Luftschutzraum ziemlich viel und bewirtete das ganze Haus, und ich glaube, die Mieter, die während des Kriegs zu keinem ordentlichen Schluck kamen, begaben sich beim Einsetzen des Alarms mit Vergnügen in den Keller, wo mein Vater einen griffbereiten Ausschank eingerichtet hatte – und wo man dafür nicht bezahlen mußte; meine Mutter nahm bis zu einem bestimmten Zeitpunkt immer ein Köfferchen mit, und wenn es aus den motorisierten Flakgeschützen rings um uns krachte, stellte sie sich das Köfferchen auf den Kopf, doch niemand lachte darüber, denn andere verkrochen sich unter die Bänke oder preßten sich an die Wand, je nachdem, wie groß die Angst eines jeden war; ich selbst nahm gar nichts in den Luftschutzkeller mit, Štefka hingegen ihre ganze, fein säuberlich in zwei Paketen verschnürte Habe und eine Riesenpuppe, die sonst auf ihrem Bett placiert war.

Im Keller war es immer höchst interessant, jeder schwatzte viel, um die Angst zu verscheuchen, am gesprächigsten aber war mein Vater, denn er besaß den Kognak, und alle hörten ihm aus Höflichkeit zu; solange der Vater redete, schenkte er den anderen ein, wenn er schwieg, tankte er selbst.

Am interessantesten für mich aber war es, wenn ich mich aus dem Keller fortstehlen konnte, um zum blauen Sommerhimmel zu den Amerikanern hinaufzuschauen: sie flogen in ganzen Geschwadern, malten Notenlinien an den Himmel, und alles ringsum, die Gehsteige, Häuser, Bäume, das Licht und die Luft erbebten vom Dröhnen ihrer Motoren; jetzt schoß die deutsche Flak, aber wie konnte sie denen beikommen. Dann jagten sie mich immer in den Keller zurück; dort war alles um vieles ärger: die Wände schwankten, und wir klammerten uns an sie, die Angst, in eine vom Luftzug aufgewirbelte Staubwolke gehüllt, ging unter uns um; in solchen Augenblicken voller Bangen faßten Štefka und ich uns an der Hand, denn weder sie noch ich fanden anderswo eine Stütze.

Mein Vater hatte immer schon genug in sich, apathisch saß er an der Wand da, die leere Flasche zwischen den Beinen, und wenn es in unmittelbarer Nähe aus den Geschützen tüchtig krachte, fuhr er zusammen, öffnete die Augen, und für gewöhnlich befiel ihn dann die fixe Idee, er habe möglicherweise vergessen, im Lokal oben den Haupthahn der Wasserleitung zuzudrehen, sah sich voll Ratlosigkeit um und suchte Štefka; wir beide standen immer in einem Winkel und preßten unsere Hände ineinander.

»Štefka«, sagte mein Vater, »geh ins Lokal hinauf und schau nach, ob das Wasser abgestellt ist!«

»Pfeifen Sie auf das Wasser, Herr Cafetier«, brummte der lange Kerl, der die Garçonnière dort oben bewohnte, er war Sänger an der Oper, »jetzt geht es um mehr als nur ums Wasser.«

Štefka zitterte, ich drückte ihr fest die Hand.

»Wir gehen gemeinsam«, flüsterte ich ihr ins Ohr, und bevor mir

noch meine Mutter etwas zuschreien konnte, liefen wir die gewundene Treppe ins Vorhaus hinauf; wie doch hier das Donnern widerhallte, die Fensterscheiben klirrten; rasch schlossen wir die Hintertür des Lokals auf, der Hahn war selbstverständlich fest zugedreht.
»Štefka«, sagte ich aufgeregt, »komm, ich will dir etwas zeigen.«
Ich nahm sie an der Hand und zog sie durch das Lokal, vorsichtig schob ich den Eisenriegel am Haupteingang mit der Aufschrift ›Entree‹ zurück und öffnete die Tür einen Spalt breit. »Schau her«, sagte ich und wies auf den Himmel; weiße Wölkchen wie Engelpupser hüpften auf dem Blau mit den weißen Streifen, an deren vorderem Ende ein silberner Punkt schimmerte.
»Sie fliegen wie die Gänse«, sagte Štefka und lächelte.
»Hast du Angst?«
»Nein«, erwiderte Štefka, abermals lächelnd, »wir sind doch zu zweit.«
Ganz nahe um die Ecke feuerte die Flak eine Salve ab; wir schlossen die Tür, schoben den Riegel vor, und durch die Gardine blickend, gewahrten wir einen großen Laster: langsam fuhr er vorbei, und zwei Männer am vierläufigen Maschinengewehr, die unbewegten Gesichter an die Visiervorrichtung gepreßt, feuerten ganz mechanisch in regelmäßigen Intervallen ihre Salven ab; Štefka und ich schmiegten uns eng aneinander, ich spürte das Beben, das ihr von den Beinen zu den Schultern aufstieg, und wäre dieses Krachen nicht um uns gewesen, hätte ich mir bestimmt gewünscht, recht lange so aneinandergeschmiegt zu verweilen, die Gesichter an die Glasscheibe der Tür gepreßt, voller Begierde in Erwartung weiterer Explosionen, die wir beide in gleichem Maße am ganzen Körper verspürten; als der Militärwagen um die Ecke verschwand, begaben wir uns in den Keller zurück. Oben war es still, wir vernahmen jetzt nur das Echo der fernen Detonationen, die exakt aufeinander folgten: nun hob mein Vater den Kopf, stellte wieder die Gläser auf und öffnete eine neue Flasche.
»Meine Herren, Sie werden meine Einladung zu einem kleinen Kognak bestimmt nicht verschmähen, der wird uns allen sehr gut tun.«
Die Herren aus unserem Hause gaben keinen Korb und waren auch bereit, sich die Weisheiten meines Vaters aufmerksam anzuhören; für gewöhnlich leitete er sie mit vielsagendem Schweigen ein, mit dem Hinunterkippen des gefüllten Glases und einem genüßlichen Schmatzen.
»Jetzt kriegen sie, was sie sich gewünscht haben, jetzt haben sie den

totalen Krieg, wir aber, meine Herren, wir sind in Sicherheit, uns werden die westlichen Alliierten nicht bombardieren, uns Tschechen nicht, lassen Sie uns darum auf den Erfolg der Aktionen unserer Verbündeten trinken!«
Die Kristallgläser klirrten, nur der Opernsänger aus der oberen Garçonnière stieß nicht mit den anderen an, sondern stürzte den Kognak mit einer energischen Bewegung voll Groll hinunter.
Die Herren waren zufrieden.
»Es liegt doch klar auf der Hand«, sagte Herr Liebner, ein Bankbeamter und Beneš-Anhänger, »daß wir ein unterdrücktes Volk sind, wir leiden unter den Schrecken des Krieges, unsere Regierung sitzt in London, wir befinden uns mit Hitler-Deutschland im Kriegszustand, und demzufolge werden sie uns auch nicht bombardieren; aber, aber, selbstverständlich, Herr Kamel, produzieren wir für Hitler, arbeiten für ihn, aber, meine Herren, wir müssen das tun, wir werden dazu gezwungen, und das macht, bitte, einen großen Unterschied aus. Für die deutsche Kriegsmaschinerie ist es nicht so ganz gleichgültig, wer für sie produziert und ob er dabei die Fäuste ballt, das ist hier, bitte sehr, wenn ich Sie belehren darf, kein Problem der Materialqualität der technischen Ausrüstungen, die wir für die Deutschen herstellen, vielmehr ein für unser Volk höchst moralisches Problem: jawohl, denn die Produktion für Hitler macht uns keine Freude, wir empfinden nur Qual und Abscheu dabei, bitte, ich weiß zwar nicht, Herr Kamel, was Sie mit Ihrem spöttischen Lächeln andeuten wollen, aber als guter Tscheche sollten Sie die Unterschiede wohl begreifen können – und Ihre unangebrachten Bemerkungen habe ich schon satt. Natürlich, andere sterben, Polen, Russen, Engländer, Franzosen und Jugoslawen, sie alle kämpfen, aber wir, bitte, was ist denn unser passiver Widerstand anderes, unterbrechen Sie mich doch nicht wieder, mit Ihrer blöden Bemerkung über passiven Widerstand mit aktivem Ergebnis für den Feind, die Sie gerade gemacht haben, beleidigen Sie mich, mein Herr, mich, den ehemaligen Legionär, unser passiver Widerstand war schon beim Zerfall von Österreich-Ungarn höchst erfolgreich, jawohl, das ist *unsere Methode* zu kämpfen.«
»Ach, rutschen Sie mir doch den Buckel herunter«, erwiderte Herr Kamel abschließend.
»Aber, meine Herren, meine Herren, wir werden uns doch hier nicht zanken«, sagte mein Vater begütigend und füllte erneut die Gläser; als er damit fertig war, hob er das seine: »Ich trinke auf den Sieg

der alliierten Armeen, auf das Wohl General Eisenhowers, Premier Churchills und auf den großen Stalin!«
Erregt erhoben sich die Herren, nur Herr Kamel blieb sitzen, und ohne zu warten, kippte er den Inhalt seines Glases hinunter.
»Es lebe Präsident Beneš«, schrie Herr Liebner.
Abermals klirrten die Gläser, und so bemerkten wir gar nicht, daß sich die Tür des Luftschutzraumes geöffnet hatte und jetzt in ihr ein kleiner, untersetzter Mann in der Uniform (in einer übrigens über und über mit Staub bedeckten) eines deutschen Hauptmanns stand, sich verbeugte und höflich salutierend grüßte: »Guten Tag, meine Damen, guten Tag, meine Herren, dürfte ich mich für eine Weile bei Ihnen unterstellen?«
Einige der Herren hatten ihren Kognak noch nicht vollständig ausgetrunken, sie hoben ihn nicht mehr an die Lippen, sondern stellten die Gläser auf die kleinen Kisten, die als Tisch dienten.
»Ich hoffe, ich störe nicht«, sagte lächelnd der deutsche Offizier.
»Nein«, erwiderte Herr Kamel gelassen, »weshalb sollten Sie, gerade haben wir auf den Sieg angestoßen, wollen Sie nicht mittrinken?« fragte er in hartem, sonst aber tadellosem Deutsch.
Die Gesichter der übrigen Herren waren grau geworden, vielleicht vom Staub, den die Zugluft aufwirbelte, oder vielleicht machte das die gelbliche Beleuchtung und überhaupt die ganze Atmosphäre hier; mein Vater faßte sich bald und füllte ein leeres Gläschen mit Kognak: »Bitte, Herr ...« – »Mader, Hauptmann Mader«, ergänzte der kleine Mann, sich straffend, soweit dies bei seinem Bäuchlein und seinem wenig militärischen Aussehen möglich war.
Dann leerten alle die Gläser, und hätte draußen nicht wieder die Flak gefeuert (die Bomberverbände waren an den am Himmel hinterlassenen Kondensstreifen entlang zurückgeflogen), so hätte ich meinen können, im Keller habe sich eine ziemlich exzentrische Gesellschaft zur Kostprobe eines guten Kognaks zusammengefunden.
»Ein ausgezeichnetes Tröpfchen«, sagte Herr Mader, »ich schätze Martell, den habe ich, meine Herren, schon fünf, nein, fünfeinhalb Jahre nicht mehr getrunken.«
Mein Vater schenkte eine weitere Runde ein, die Herren spürten die Erleichterung in den Knien, sie placierten sich um die Kisten, Herr Mader bekam auch eine Sitzgelegenheit, nur Herr Kamel blieb abseits; über unseren Köpfen donnerten die Verbände, die Geschütze heulten, doch nicht mehr mit dieser verbissenen Wut wie noch eine Stunde zuvor, und der Vater schenkte ein, bis die Flasche leer war. Gleich darauf kam die Entwarnung.

Mein Vater fühlte sich verpflichtet, Herrn Mader in die Wohnung nach oben einzuladen, damit er sich dort ein wenig zurechtmachen könne, und als die Herren die Vorhaustreppe hinaufstiegen, schwankten sie sanft, und wir lachten sehr über Herrn Maders Schilderung, wie ihm dieser amerikanische ›Kesselschmied‹ auf dem freien Weg hinter dem Friedhof Beine gemacht hatte.
Im Badezimmer wusch sich Herr Mader und säuberte seine Uniform, und wir mußten ihn sehr überreden, mit uns noch eine Tasse Kaffee zu trinken; Štefka brühte ihn gerade auf, und ich half ihr dabei; nach dem Kaffee kam eine Flasche ›Drei Grazien‹ auf den Tisch, Herr Mader fiel aus einem Staunen ins andere und wiederholte dauernd, er träume wohl, es sei gar nicht Krieg, es habe ihn nie gegeben, und als die gute Hälfte der ›Drei Grazien‹ seinen Kopf schon ein wenig in Verwirrung gebracht hatte, begann er, auf Hitler zu fluchen, ließ die Republik Österreich hochleben und schilderte uns dann die Schönheit seiner Heimatstadt Graz, plötzlich brach er in Weinen aus, weil man vor kurzem seiner Frau im Krankenhaus die eine Brust wegoperiert hatte (ich weiß nicht mehr, ob die rechte oder die linke), aber ich konnte es Herrn Mader sehr gut nachfühlen: ich vermochte mir Štefka nicht vorzustellen, wenn ihr da vorne eines dieser hübschen, warmen und lieben runden Dinger fehlen würde; in der Küche hielt ich Štefkas Hand, es war mir unmöglich, die Sommersprossen, die sich auf ihrem Unterarm auf einem Quadratzentimeter Haut zusammendrängten, zu zählen, so viele waren es; dann half ich ihr beim Geschirrspülen, und gegen Abend, Herr Mader und mein Vater plauderten immer noch miteinander im Wohnzimmer, und es wollte überhaupt kein Ende nehmen, lasen wir zusammen ›Die Kinder des Kapitän Grant‹ und wünschten uns beide heiß, die Kinder des Kapitäns Grant zu sein; ich könnte davon erzählen, wieviel Nächte Štefka bei uns durchweint hatte, wir waren nur durch eine Querwand getrennt, so daß ich ihr Schluchzen vernehmen konnte, aber ich kannte den Grund ihres Weinens nicht, es ging ihr bei uns doch nicht schlecht; sie litt keinen Hunger, mußte nicht ins Reich zur Zwangsarbeit, auch konnte sie Geld und manche abgetragenen Anzüge heimschicken, die dann ihre Brüder auftrugen; Štefka weinte wohl vor Heimweh; man sagt zwar, ein junges Bäumchen läßt sich leicht biegen, das ist wahr, aber wer zählt die jungen Bäumchen, die in fremdem Boden keine Wurzel fassen können, verdorren oder zerbrechen, oder die vielleicht nur geknickt werden und dann schief weiterwachsen?

Gern hätten wir das Schicksal der Kinder des Kapitäns Grant gegen das unsere eingetauscht; ich sagte Štefka, daß ich sie liebhabe, und wir küßten uns, bis uns der Mund trocken wurde, niemand scherte sich um uns, mein Vater und Herr Mader waren im Wohnzimmer bereits eingenickt, es begann zu dämmern, auch die Mutter war nirgends zu sehen, vermutlich war sie unten im Lokal, das aber heute nicht geöffnet war, nach einem Luftangriff blieb es stets geschlossen, weil ohnehin niemand kam.
»Wir beide«, sagte ich zu Štefka, »werden heute auch feiern!«
Ich holte aus dem Vorratsschrank eine Flasche Traminer, öffnete und stellte sie auf den Tisch: wir gossen den Wein in Tassen, Štefka befeuchtete sich kaum die Lippen, aber ich genehmigte mir eine ganze Menge, Freude packte mich, eine unbändige Freude, so daß ich Štefka küßte; sooft mein Blick auf sie fiel, hätte ich am liebsten einen Freudenjauchzer ausgestoßen.
»Torte und Eis fehlen noch«, sagte ich.
Ja natürlich, Eis gab es in der Kühltruhe, eine Torte im Vorratsschrank, alles war für den morgigen Besuch der Familie Hejtmánek vorbereitet: Lidka hatte doch Geburtstag; das Kusinchen trug ihr Näschen hübsch hoch, zierte sich immer sehr, und auch morgen würde sie wie gewöhnlich über die Torte die Nase rümpfen, sie aber dann fast allein vertilgen, sie war eine gefräßige Natur, doch am verhaßtesten waren mir ihre Augen: weitaufgerissen, blieben sie starr an allem ringsherum haften und verrieten nichts von dem, was die halbgeöffneten, sich geräuschlos bewegenden Lippen flüsterten.
Im Vorraum ergriff ich den Schlüssel zur Hintertür des Cafés, verstaute einen kleinen Porzellantopf für das Eis unter dem Hemd und schlich leise die Treppe hinab; wie ein Dieb öffnete ich die Tür zum hinteren Lagerraum des Lokals, damit mich die Mutter, falls sie dort drinnen war, nicht hörte; ich knipste das Licht nicht an und tastete mich durch das Halbdunkel zur Kühltruhe, schon hatte ich den schimmernden Griff in der Hand, hielt aber inne: aus dem Nebenraum, in dem sich das Kanapee, dieses verdammte Kanapee, befand, hörte ich ein Flüstern, das Leder ächzte, ich dachte sofort an Diebe, wollte losschreien, doch blitzartig kam mir der Gedanke, mich hübsch still zu verhalten, ich war sehr neugierig, was für Diebe das sein mochten, die sich unser Kanapee ausgesucht hatten, und so ließ ich den Griff der Kühltruhe los und stahl mich langsam der Wand entlang durch den Lagerraum zum Hinterstübchen hin; aufgeregt klopfte mein Herz, und ich kühlte es mit dem kalten Porzellantopf

unter dem Hemd; dann ging der Kompressor des Kühlaggregats an und machte einen Mordsspektakel, und so legte ich die zwei Schritte zu der Pappkartonwand in einem Satz zurück, preßte das Ohr an sie, vernahm aber nur das eintönige Brummen des Kompressors, das meine Ohrmuschel erbeben ließ; dann wurde es schlagartig still; nur gut, daß ich den Topf an das Herz pressen konnte, er kühlte es; überall im Dunkel um mich herum machte es tssst, tssst: durch die Kupferrohre unterhalb der Decke strömte die Eisluft vom Kompressor in das sich im Lokal befindende Kühlpult, was sich stets wie das Zischen eines ganzen Knäuels von Schlangen anhörte, aber vor denen hatte ich keine Angst; ich lauschte, doch die Diebe nebenan verhielten sich ganz still, nur das Sofa knarrte, erst nach einer Weile sagte der eine: »Liebling«, und seine Stimme glich der Herrn Bergers aufs Haar; dieses Wort hatte sich seiner Kehle geradezu entrungen, es mußte ihn heiß gebrannt und geschmerzt haben, er hatte es förmlich mit den Wurzeln aus sich herausgerissen, nicht laut kam es aus ihm, doch wie ein Sturm, ein Strom, ein dunkler Strom, der einen in tausend Abgründe stürzen läßt und wieder zu tausendfacher Auferstehung emporreißt; nie zuvor, noch jemals nachher habe ich irgend jemanden das Wort Liebling so aussprechen hören; und dann flüsterte meine Mutter in deutscher Sprache: »du, du«, aber auch sie gab die Worte nicht so von sich, wie man normalerweise Brot, Wasser oder Luft sagt, sondern stieß dieses deutsche Du so rasch hintereinander hervor, ganz außer Atem, in großer Eile, daß ich den Eindruck hatte, sie schleudere diese Silben in einem Gewaltgalopp aus sich heraus, auf der Jagd hinter jemandem her, der schon in Reichweite war und den sie dennoch nicht erreichen konnte; ich lockerte die Hand, mit der ich den Topf für das Eis unter dem Hemd an mich preßte, er entglitt mir und fiel klirrend auf die Steinfliesen, blindlings stürzte ich durch den dunklen Gang ins Vorhaus, schlug die Tür zu und nahm vier Stufen auf einmal in den ersten Stock hinauf, schloß mich in mein Zimmer ein und verwünschte die ganze Welt, diese beschissene, schmutzige und verhurte Welt, diese Riesenkneipe, aber bald beruhigte ich mich wieder und ging zu Štefka in die Küche zurück: sie schnitt gerade die Festtorte der Kusine an.

»Wo hast du das Eis?«

»Eis gibt es keines«, erwiderte ich und wandte mich ab, um Štefka nicht in die Augen sehen zu müssen. »Aber statt dessen werden wir trinken!« Mir selbst schenkte ich die Tasse bis zum Rande voll, Štefka hatte die ihre noch kaum berührt.

»Und ex, Štefka«, sagte ich, »ex und bis auf den Grund!«
»Du hast geweint?« fragte sie.
»Nein, warum sollte ich denn«, erwiderte ich und trank die Tasse in einem Zug leer. Der Wein stieg mir sogleich in den Kopf, verlagerte sich dann in die Beine, ich hörte ganz deutlich das Zischen in den Kühlröhren, Porzellantöpfe fielen auf Steinfliesen und zerbrachen, aber es war ihrer noch eine unübersehbare Reihe da, der Kompressor dröhnte, er schlug mit einem stählernen Herzen, das Sofa knarrte, Berger schrie Befehle: Liebling, Liebling!, und meine Mutter antwortete immer nur du und du und du, die Augen voller Tränen, aber wie konnte man nur erkennen, ob das Tränen des Schmerzes waren oder bloß der Überschuß an innerer Wärme, die sich an den Augenlidern niederschlug? Die Welt hatte einen üblen Geruch für mich bekommen, der Wein machte mir heiß, und aus der angeschnittenen Torte grinste mir die Füllung wie rosarote Eingeweide entgegen, und so fegte ich sie mit einer einzigen Bewegung vom Tisch und zertrampelte sie auf dem Fußboden; der leere Tisch wirkte besänftigend auf mich, auch die Flasche und die Tassen lagen bereits in Scherben auf dem Boden, die ganze Welt begann sich mir jetzt um das Salzfaß auf dem Tisch zu drehen, doch das hatte ich gern, Salz liebte ich, diese kühlen, geruchlosen kleinen Kristalle; legt doch nur einmal Salz unter das Schulmikroskop, wie schön, wie rein es ist, Berge sind es, Erdgeschichte, Würze der Ewigkeit, Niederschlag verflüchtigter Zeitalter. »Štefinka«, sagte ich, ihren Arm ergreifend, »wer kann alle die Sommersprossen auch nur auf einem Quadratzentimeter deiner Haut zusammenzählen, die nach Stall, Ziege und Wiesen duftet«; ich zog sie enger an mich, das Boot stieß ans Ufer, der Geruch von Herbstfeuern stieg auf, von gebratenen Kartoffeln, von Forellen, die wir beide den Fischern aus dem Bach weggestohlen hatten: die Forellen, die Augenblicke, Tage, künftige Tage und Jahre, Hoffnungen, Träume, Liebe, Haß, alles, was wir besitzen, ist geraubt; ich spürte den Bug des Bootes an meinem Gesicht, den Duft der Fracht ferner Welten unter der von Knöpfen behüteten Bluse, deren zwei Reihen sich jetzt öffneten, und der Bug des Bootes ruhte an meinen Lippen wie auf einer sanften Untiefe.

Mein Vater hatte die Gewohnheit, die Vorhaustreppe mit langsamen Schritten hinaufzusteigen; sein Gang war schwerfällig und stampfend, und schon von der Wohnung aus konnte man hören, wie er unten an der Fußmatte vor der Treppe seine Schuhe gründlich und energisch abstreifte; meine Mutter dagegen eilte die vierundzwanzig Stufen immer leichtfüßig hinauf, und nur selten änderte sich der Rhythmus der klappernden hohen Absätze – beider Stimmung war jedoch schon an der Art und Weise zu erkennen, wie sie die Tür aufsperrten und hinter sich schlossen; war mein Vater aufgeregt oder wütend, so zitterten ihm die Hände, er fingerte dann eine gute Weile an den rasselnden Schlüsseln herum, bis er den richtigen erwischt hatte, die Mutter trug immer nur einen einzigen, an einem silbernen Ring befestigten Schlüssel bei sich; bei ausgeglichener Gemütsverfassung verweilte sie immer noch einen Augenblick vor der Tür, um Atem zu holen, dann erst steckte sie den Schlüssel ins Schloß und drehte ihn um; war sie dagegen aufgeregt, so stieß sie den Schlüssel hinein, riß die Tür auf, trat mit einem einzigen energischen Aufstampfen ein und schmetterte die Tür hinter sich zu; nun hörte ich die Mutter die Treppe heraufkommen, doch anders als sonst: mit schweren Schritten, stets nach je vier Stufen innehaltend.

»Geh in dein Zimmer«, sagte ich zu Štefka.

Vor der Wohnungstür blieb die Mutter stehen, ich wußte, jetzt holte sie Atem, dann würde sie ruhig den Schlüssel ins Schloß stecken, behutsam die Tür öffnen, leises Klappern würde zu vernehmen sein, aber nichts stimmte: die Mutter vermochte den Schlüssel nicht hineinzubekommen, und nachdem ihr das endlich gelungen war, stieß sie mit einem Ruck die Tür sperrangelweit auf, so daß sie gegen die Wand schlug, die hohen Absätze traten geräuschvoll über den Parkettboden des Vorraums: mit einem ohrenbetäubenden Krach fiel die Tür ins Schloß.

Dann kam sie in die Küche herein, in der Hand ein paar Scherben des zerbrochenen Topfes, den ich im Lagerraum fallen gelassen hatte; ihre Augen flackerten nervös, oder vielleicht war es nur ein Lichtreflex, Unsicherheit, Ärger und Scham wechselten in ihnen, und auch das war alles recht ungewöhnlich an ihr, bisher hatte die Mutter jede Erregung mit Kühle überspielt, mit einem Gemisch von Verachtung und Spott in den Augen – und mit Schweigen.

»Was hast du mit der Torte angestellt?« fragte sie.

»Eigentlich nichts«, erwiderte ich, »ich habe sie nur vom Tisch geschmissen und auf dem Boden zertrampelt, wie du siehst ... mein Kusinchen mag sich morgen anderswo den Ranzen vollstopfen ...«

Der Mutter begannen die Hände zu zittern, ich erwartete eine Ohrfeige, Geschrei und Schimpfen, aber vorerst zitterten ihr nur die Hände, und darin klirrten die Scherben: es klang wie ein fernes

Glockenspiel ohne Melodie, ich bog den Kopf vor, um alles besser vernehmen zu können; mein Gehör und alle Sinne waren angespannt auf dieses Klirren der Scherben gerichtet.
»Und was soll die zerbrochene Flasche hier?« fragte die Mutter.
»Ich habe sie zerbrochen, zuvor aber habe ich sie leergetrunken, die ganze Flasche und fast ex, auf die Gesundheit, auf deine Gesundheit!«
Die Mutter ließ die Scherben zu Boden fallen, aus war die Melodie, nur ein letztes Aufschlagen zu hören.
»Du warst unten im Magazin?« fragte sie leise.
»Nein, ich war nirgends«, gab ich zur Antwort, mit einem Male fühlte ich mich erschöpft, »nirgends war ich, ich habe den Topf nicht zerbrochen, ich war es nicht ... das heißt ...«, und ich wollte noch hinzufügen, ich habe das Zischen der Eisluft in den Röhren nicht gehört, auch nicht die Diebe, die sich über unser Sofa hergemacht haben und von denen der eine fast genauso wie Berger »Liebling« geflüstert hat und du, meine Mutter, hast immerzu du, du und wieder du darauf geantwortet. Was willst du nur von mir, schrie ich im stillen in mich hinein, soll ich vielleicht zugeben, ja, ich war dort unten, ich habe den Topf zerschlagen, als meine Hand von meinem Herzen wegglitt, ich habe alles gehört, die Eisluft in den Röhren, das Flüstern – ja, ich habe es gehört, aber was soll ich jetzt damit anfangen, ich, hörst du! ich!
Soll ich es aus mir herausheulen, herausschreien, oder es in mir gären lassen?
Aber ich sagte kein Wort von alldem, heulte wahrscheinlich nur, ganz bestimmt heulte ich, die Mutter strich mir übers Haar, die besänftigende Melodie ihrer Stimme drang wie aus weiter Ferne an mein Ohr, doch ich konnte ihre Worte nicht verstehen, ich vernahm nur deren Melodie, nichts mehr.
»Rühr mich nicht an«, schrie ich noch, »rühr mich ja nicht an!«
Ganz nahe vor mir sah ich das hübsche Gesicht meiner Mutter und ihre verzweifelten, unruhig umherjagenden Augen und mußte mich mit aller Gewalt an dem Tisch festklammern, um mir nicht eingestehen zu müssen, wie leid sie mir tat, und am liebsten hätte ich meinen Kopf in ihren Armen geborgen, um mich dort nach Herzenslust ausheulen zu können, aber Berger, dieser Unhold Berger weckte den Hund in mir, und mit einem Male waren Mitleid und Sehnsucht wie ausgelöscht, nichts blieb davon zurück, nur schläfrige Wut rekelte sich in mir, und meinen Hund befielen böse Träume. Als ich die

Augen öffnete, war es dunkel, mein Vater stand in der Küche, über seine Schultern lugte mir Herrn Maders gerötetes Gesicht entgegen.
»Wo ist die Mutter?« fragte der Vater.
»Ich weiß nicht«, gab ich zur Antwort.
Der Vater knipste das Licht an.
»Um Himmels willen, was ist hier los?«
»Nichts«, erwiderte ich, »ich habe nur die Torte heruntergeschmissen, eine Flasche Wein ausgetrunken und sie auf den Boden geknallt.«
Wenn meinen Vater der Zorn packte, legte er nie sofort los, der Ärger wuchs vielmehr nur langsam in ihm, er mußte ihn erst abwägen, sozusagen hätscheln; auch jetzt merkte ich ihm die aufsteigende Wut an, die sich unverzüglich verstärken und zur Explosion kommen würde: Er wird sich bestimmt nicht über eine Torte und eine Flasche Wein aufregen, großzügig ist er ja schon seit jeher gewesen, ein positiver Charakterzug, den man ihm nicht absprechen kann, und bestimmt auch nicht darüber aufhalten, daß ich mir eine ganze Flasche Wein zu Gemüte geführt habe, sondern eher über die Art und Weise meines Eingeständnisses: ich zeigte absolut keine Spur von Zerknirschung und Schuldbewußtsein – und das ärgerte meinen Vater am meisten; er trat zu mir und langte mir eine.
»Du fängst beizeiten an, du wirst bald reif für den Galgen sein!«
»So werden wir also alle beide hängen«, erwiderte ich ihm frech ins Gesicht, »Mičko hat es dir sowieso schon prophezeit!«
Ich stand auf, ging am Vater vorüber; er holte zum Schlag aus, seine Handbewegung blieb jedoch auf halbem Wege in der Luft hängen.
»Gute Nacht, Herr Mader«, sagte ich zu dem deutschen Hauptmann, ging in mein Zimmer, warf mich aufs Bett, zog die Decke über den Kopf und lächelte befreit in die mich umgebende Finsternis. Hier war ich geborgen, hier konnte niemand an mich heran, weder die Mutter noch der Vater noch Herr Berger; jedermann sollte so ein Zufluchtsplätzchen haben, sagte ich mir damals, seine Bettdecke, unter die er sich hübsch ins Dunkel und in die Wärme verkriechen und wo ihm niemand etwas anhaben kann, alle sind ausgeschaltet, wenn man so unter der Bettdecke liegt und träumt; und so viele Menschen haben keine Bettdecke und keine Zuflucht, zum Beispiel meine Mutter, wohinein soll sie sich jetzt einkuscheln, wohin sich in ihrer Wehrlosigkeit flüchten – und mein Vater, doch der hatte wenigstens seine Illusion: sein Unternehmen, Ertrag, Arbeit und Erfolg.
Und ich, was habe ich?

Nur diese Bettdecke, nichts mehr, und vielleicht noch die Mutter, aber wie kann man mit ihr sprechen, wie läßt sich der heutige Tag überbrücken; unter der Bettdecke vergegenwärtigte ich mir alles noch einmal und war schon ganz nahe, um Haaresbreite nahe daran, meiner Mutter zu vergeben, doch über Herrn Berger, über sein »Liebling«, kam ich nicht hinweg; sowie ich mir nur dieses Wort in Erinnerung rief, gingen alle Kühlkompressoren in mir los und jagten mir den Frost in die Adern, ich hörte das Tssst, Tssst, der Hund in mir wurde wach und sträubte sein Fell.

Ich könnte zum Beispiel weglaufen, dachte ich, irgendwohin weit weg, ich würde den Miloš Flanderka und den Karl Smuda mitnehmen, letzteren ganz bestimmt, denn der fand sich in den verschiedensten Lebenssituationen zurecht und war uns allen an Erfahrung weit voraus – und das paßte vortrefflich, er, der Karl Smuda, konnte zum Beispiel schon mit einer Flinte umgehen, in der Hitlerjugend hatte man ihm das beigebracht, wenn die Bolschewiken kommen werden, hatte mir Karl gesagt, bekäme er ein richtiges Gewehr und würde sie gebührend empfangen, alle deutschen Jungen würden mitmarschieren, jeder, der imstande war, eine Waffe zu schleppen, würde marschieren: Buben, Mädchen, Frauen, Kranke und Greise; doch ich denke, Karl Smuda würde sich überreden lassen und auf die Flinte und das Abknallen der Russen husten, wenn ich ihm ein besseres Abenteuer böte: die gemeinsame Flucht zu den Amerikanern, über Österreich nach Italien; für Štefka hinterlasse ich einen Abschiedsbrief; unter der Bettdecke dachte ich mir aus, was ich ihr alles schreiben würde, daß ich sie liebe und daß Liebe für mich das vierte Element bedeute, in dem ich leben müsse, um nicht zugrunde zu gehen, und daß man ohne Liebe nicht leben könne, jawohl, eine alte Wahrheit, die ich nur wiederholte, aber solange wir imstande waren, sie zu wiederholen und zu begreifen, war es um uns gut bestellt, es wäre erst schlimm, wenn wir sie vergessen sollten und ohne Liebe ersticken müßten wie meine Mutter; die ist arg daran; ich habe Štefka, Líba, ich habe Doris, sie alle miteinander habe ich gern, das heißt: an jeder von ihnen liebe ich etwas anderes, am meisten aber liebe ich doch die Štefka.

8. KAPITEL

Der abscheuliche August 1944: eine Wolke von Flugasche über der Stadt, eine Hitze zum Ersticken, die Schwimmbäder geschlossen, im Kino nur Filme mit Jugendverbot, nach Hošťálkov in die Ferien war ich nicht gefahren, die Großmutter war gestorben und das Haus leer.

Alles lief in einem erdrückenden Gleichmaß ab: die Menschen starben, Beerdigungen gab es genug, zu verkaufen dagegen nichts, mein Vater warf seine alten Vorräte an Zigaretten, Alkohol und Wein auf den schwarzen Markt und kassierte die Gewinne nur in harter Münze, in Gold oder in Valuta.

Ab und zu pfiff ich Doris aus ihrer Wohnung heraus, noch vor Jahresfrist hätte sie mir das sehr übelgenommen, aber im August 1944 kam sie gern heruntergeeilt, um nach einer Tafel Schokolade zu haschen, und wir gingen dann zusammen spazieren, noch ein Stück hinter den Friedhof hinaus, wo die staubigen Felder begannen, die kärglichen Gärtchen, schließlich die Sümpfe und der Bahndamm: dort setzten wir uns hin. Die Lastzüge von und nach dem Osten fuhren an uns vorbei; vom Rangierbahnhof her, weiter zur Stadt zu, vernahm man das Aneinanderstoßen der Waggonpuffer, das Pfeifen der Lokomotiven.

»Liebst du mich?« fragte Doris.

»Nein«, erwiderte ich.

Doris lachte.

»Mich wird wahrscheinlich niemand lieben.«

»Warum nicht«, sagte ich, »du bist doch hübsch . . .«

Ich umfaßte ihre Schultern.

»Du darfst mich küssen«, sagte sie.

Frau Topper grüßte immer noch mit der erhobenen Rechten, was im August 1944 nicht einmal mehr die beschränktesten Nazis taten; ich weiß, es war nicht mehr die Liebe zum Führer, die sie den Arm emporheben ließ, sondern Sturheit und Treue zu den eigenen Irrtümern; Doris nannte das »deutsche Ehre«.

Gerade in diesem Augenblick, als Doris ihr Gesicht zu mir aufhob, mußte ich mich wieder daran erinnern.

»Du darfst mich küssen«, wiederholte sie.

»Was wird mit dir nur einmal sein, Mädchen . . .?« fragte ich.

»Was sollt' wohl sein«, lachte Doris nervös, »ich werde das Gymnasium zu Ende machen, auf die Hochschule gehen, werde vielleicht

Medizin studieren, mir einen anständigen Mann suchen, heiraten und Kinder haben ... was sonst wohl ...«

»Ja, was sonst wohl ... eigentlich hast du recht ... darf ich dich küssen?«

Ich berührte ihre rauhen Lippen; ich wünsche dir, dachte ich, daß du glücklich wirst, du kannst doch für nichts.

»Sag mir doch etwas, sag doch ...«

»Ich habe dir bereits alles gesagt, Doris, alles.«

»Ich habe nichts gehört.«

Der Bahndamm erbebte, die Züge nach dem Osten fuhren an uns vorbei, eine unendliche Reihe aus dem Osten stammender Waggons. Die vier letzten Wagen des langen Lastzugs waren mit lebendigen Menschen beladen: kahlgeschorene Schädel, bis auf die Knochen abgemagert, aus tiefen Augenhöhlen starrten sie über die Verschalung zu uns herüber, den Mund im Schreien geöffnet. Bei dem Rasseln der Räder konnten wir sie jedoch nicht verstehen; zwei oder drei dieser Knochenmänner in dem gestreiften Habit hoben die Hände über den Kopf und machten eine Menge obszöner Gesten zu uns herüber: dabei verzerrten sie die Gesichter zu wilden Fratzen; einer von ihnen, der Große, trieb es am ärgsten.

Noch am Abend daheim dann sah ich jenes fratzenhafte Gesicht, voller Begierde, vor mir, die alle Qual und Erniedrigung in dieser bedauernswerten Elendsgestalt überlagert hatte.

Knapp vor der Sperrstunde kam Herr Houžva in unser Café hereingeschlichen; ich konnte ihn kaum wiedererkennen, er war nur noch ein in Kleidern wandelndes menschliches Wrack; verlegen trat er vor der Kasse von einem Fuß auf den anderen, vergrub abwechselnd seine Hände in den Hosentaschen und zog sie wieder an den Hosennähten entlang heraus. Meine Mutter fragte ihn: »Womit kann ich Ihnen dienen, Herr Houžva?«

Aber er erwiderte, er habe keinerlei Wunsch, wirklich gar keinen, er habe nur so im Vorübergehen einen Sprung hereingemacht, um sich nach dem Befinden der alten Bekannten zu erkundigen, bis es schließlich aus ihm herauskam, er bringe uns eine Nachricht.

»Sie haben uns noch nie eine gute Nachricht gebracht«, sagte die Mutter.

»Auch diesmal ist es keine gute Nachricht«, erwiderte er.

Mein Vater betrat das Lokal. »Was haben Sie hier verloren«, sagte er, »ich habe Ihnen doch schon einmal erklärt, ich will Sie hier nicht mehr sehen.«

»Aber laß ihn doch«, beschwichtigte die Mutter, »er kommt mit einer Nachricht für uns.«

Mein Vater packte Herrn Houžva am Unterarm, zog ihn zu einem Tisch und drückte ihn auf einen Stuhl: »Also heraus mit der Sprache, Herr Houžva!«

Den alten Musikanten befiel ein Zittern, das Kinn hüpfte ihm auf und ab, er befeuchtete seine wulstigen Lippen, blickte mit den wäßrigen Augen meinen Vater an, bewegte die Lippen, befeuchtete sie wieder, vermochte aber kein Wort hervorzubringen; der Vater kam mit einem Glas Weißwein und stellte es schweigend vor Herrn Houžva hin – der Kapellmeister tat einen tiefen Zug.

»Herr Cafetier ... Herr Cafetier ... Herr und Frau Caire ... Herr und Frau Caire ... sind beide tot.«

»Was reden Sie da«, sagte mein Vater leise und setzte sich zu Herrn Houžva.

»Sie sind durch den Kamin gegangen ... beide, Herr Caire hätte nicht müssen, aber als sie seine Frau abholten, machte er auf der Gestapo einen solchen Lärm und Skandal, daß sie ihn auch gleich mitnahmen.« Herr Houžva griff erneut zum Glas, der Wein gab ihm Courage, und auch mein Vater ermutigte ihn: dem war das Kinn auf die Brust gesunken, nervös strichen seine Finger über den Tisch hin und her.

»Herr Cafetier«, flüsterte Herr Houžva, »verkaufen Sie das Unternehmen ›Beim Tor‹, solange es noch Zeit ist, es ist jüdischer Besitz, und Sie wissen genau, was das nach dem Krieg bedeuten wird, ich rate Ihnen gut: sehen Sie zu, es loszuwerden, solange noch Zeit dazu ist ... Herr Burian würde es Ihnen vom Fleck weg für hundertfünfzigtausend in bar abkaufen ...«

Mein Vater umklammerte die Tischkante, hob den Kopf und lächelte.

»Beruhigen Sie sich, Herr Houžva, beruhigen Sie sich doch, ich habe das Unternehmen den Caires nicht mit Gewalt weggenommen, und ich wundere mich sehr, daß Herr Burian auch jetzt noch ein so eminentes Interesse an jüdischem Besitz hat, hören Sie gut zu, ich habe Sie schon einmal hinausgeworfen, heute aber werde ich Sie nicht hinauswerfen, sondern Sie nur bitten zu gehen, gehen Sie, Herr Houžva, und sagen Sie Herrn Burian, er soll mir gefälligst den Buckel herunterrutschen, verstanden?«

Herr Houžva erhob sich langsam, abermals befiel ihn das Zittern, er raffte sich aber zusammen.

»Ich rate Ihnen gut, Herr Cafetier, ich selbst habe nichts davon und will auch gar nichts haben, verkaufen Sie, verkaufen Sie, es geht um Sie persönlich!«

»Gehen Sie schon, Herr Houžva«, sagte mein Vater, stand auf und faßte den Kapellmeister an der Schulter, »gehen Sie und kommen Sie mir nie wieder mit etwas Derartigem.« Houžva schlurfte dem Ausgang zu und drehte sich in der Tür nochmals um: »Ich habe Sie gewarnt, Herr Cafetier, und empfehle Ihnen nochmals, verkaufen Sie, es geht um Ihre Haut«; Herr Houžva trat auf die dunkle Straße hinaus, und meine Mutter sagte: »Ich denke, er hat recht, diesmal glaube ich ihm, wir sollten verkaufen!«

»Nein«, erwiderte mein Vater hart, »nein und nochmals nein«, und hieb mit der Faust auf das Nickelblech, »was ich einmal gekauft habe, gebe ich nicht mehr her.«

Hinten in den Nischen saßen zwei Pärchen, sie kicherten und tranken ihre Limonade, draußen hatte sich ein Wind erhoben, und seine Stöße jagten einen Schwall stickiger mit feiner Flugasche vermengter Luft durch die offene Tür mit der französischen Aufschrift ›Entree‹ ins Café herein: unmittelbar auf der Schwelle drehten sich kleine Staubwirbel und trugen manchmal auch ein welkes Blatt oder einen Papierfetzen herein, und bedächtig erhob sich die Mutter von der Kasse und fegte den Kehricht zusammen, was eigentlich Sache des Obers Herrn Karl gewesen wäre, doch dann hätte die Mutter nicht so ohne weiteres in die Tür treten können, um auf der dunklen Straße nach Herrn Klimesch Ausschau zu halten; Herr Klimesch wollte sich verabschieden kommen, vorgestern war ihm vom Wehrkreiskommando der Gestellungsbefehl ins Haus geflattert, in dem ihm mitgeteilt wurde, für die Erringung des Endsieges sei es von höchster Wichtigkeit, daß Professor Dr. Klimesch, Rudi, zum 819. Bataillon der Deutschen Wehrmacht einrücke.

Die Stunde der Kartenbrüder nahte heran, im Handumdrehen würden sie alle dasein, und meine Mutter befürchtete, Herr Klimesch könne sich verspäten, der scheue und schüchterne Herr Klimesch würde sich dann nur mit einer Verbeugung verabschieden, kein weiteres Wort mehr sagen und in den schwülen Sommerabend hinaus verschwinden, und wer weiß, ob er noch einmal zurückkehrte, denn das Schicksal des 819. Bataillons, mit dem von jetzt an auch Herrn Klimeschs Schicksal verbunden war, dürfte ziemlich ungewiß, bedrohlich, problematisch, voller Tücken und Todesgefahr sein.

Herr Klimesch tauchte aber doch noch rechtzeitig in unserer Tür auf, er trug einen weißen Anzug, unter den rechten Arm ein Buch geklemmt und in der linken Hand einen Strauß Gladiolen; er blieb in der Tür stehen, um seine Augen an das grelle Licht im Lokal zu gewöhnen, wischte sich mit dem blütenweißen Taschentuch den Staub aus den Augen, polierte die Brille blank, trat dann zur Kasse, legte die Blumen auf das glänzende Blech hin und küßte meiner Mutter mit feierlichem Anstand die Hand.

»Ich bin gekommen, um mich zu verabschieden, meine Gnädigste«, sagte er leise.

Sie sahen einander an, als trenne sie ein Fluß, doch kein Wasser war zwischen ihnen, nur kühles Blech und dann noch die Blumen: meine Mutter nahm sie in die Hand und schmiegte ihr Gesicht an sie; Herr Klimesch legte das Buch auf die Theke: »Lesen Sie es, wenn Sie einmal Zeit haben werden.«

»Gerne, Herr Klimesch, sehr gerne werde ich es lesen«, aber ich wußte, sie würde es nicht lesen, denn meine Mutter las nie ein Buch.

»Wollen wir zum Abschied noch etwas trinken?« fragte die Mutter, erhob sich und ging hinter die Theke, wo sie eine Flasche für ihre Lieblingsgäste aufbewahrte.

»Ja, sehr gerne, meine Gnädigste«, gab Herr Klimesch zur Antwort.

Die Mutter schenkte den Kognak in die feinsten Gläser ein, die wir besaßen, dann prosteten beide einander zu und sagten: Viel Glück und auf ein gesundes Wiedersehen, wie man das eben so zu sagen pflegt.

»Da hat Sie also Ihr Asthma doch nicht gerettet«, bemerkte die Mutter lächelnd.

»Nein«, erwiderte Herr Klimesch, »das Asthma hat mich nicht gerettet, leider.«

Dann verneigte er sich und küßte meiner Mutter erneut die Hand, aber alles, was er sagte und tat, entbehrte bereits jeder persönlichen Färbung und des für Herrn Professor Klimesch so charakteristischen Charmes; heute bewegte sich hier nur eine Marionette oder aber ein Mensch, der sich selbst alle Gefühle versagte, damit sie nicht hinderlich waren, wer konnte es wissen.

»Auf Wiedersehen, meine Gnädigste«, sagte Herr Klimesch und schritt dem Ausgang zu.

Schon ging er durch die Tür mit der französischen Aufschrift ›Entree‹.

»Herr Klimesch«, rief ihm die Mutter leise nach.
Herr Klimesch blieb stehen und wandte sich um.
»Gnädige Frau, Sie wünschen?«
»Auf Wiedersehen«, flüsterte die Mutter.
»Auf Wiedersehen, meine Gnädigste«, sagte auch Herr Klimesch und ging hinaus.
Meiner Mutter flossen die Tränen und fielen direkt auf die roten Gladiolen, genauso wie ich es vor kurzem in dem neuen Ufa-Film gesehen hatte; nur eines vermißte ich noch bei dieser Abschiedsszene: ich hatte erwartet, meine Mutter würde nicht an sich halten können, Herrn Klimesch nacheilen, ihm um den Hals fallen oder ihm zumindest etwas nachrufen, doch das war ihr unmöglich, ganz und gar unmöglich, das Kühlpult lag dazwischen; und so eilte ich, der ich mich bis jetzt hinter dem Brokatvorhang verborgen hatte, hinaus; Herr Klimesch war noch nicht weit weg, nur wenige Schritte vor mir auf der Straße.
»Herr Klimesch, Herr Klimesch, ich muß Ihnen noch etwas sagen ... meine Mutter hat Sie gern ... und ich auch ...«
Herr Klimesch blieb stehen, sah mich aber nicht an, sondern hob nur seinen Kopf zum Himmel, der grau, voll Staub, Wind und Wolken war, aus denen bald der Regen herabfallen würde.
»Ich ... ich habe sie ... euch beide auch gern ... das ist sehr lieb, aber jetzt geh schon heim ... und vergiß das Lied nicht, das wir zusammen gesungen haben – erinnerst du dich noch daran ... ›Am Brunnen vor dem Tore‹ ... wir werden zu unseren Lindenbäumen zurückkehren, wohin sollten wir auch sonst zurückkehren, da es doch für uns, wie es scheint, eine andere Rückkehr nicht geben kann ... aber jetzt geh heim.«
»Auf Wiedersehen, Herr Klimesch«, sagte ich.
Er aber erwiderte nichts mehr darauf; mit militärischem Marschschritt machte er sich auf den Weg zum 819. Bataillon, dem Bataillon mit dem ungewissen Schicksal.
Als ich ins Lokal zurückkehrte, witterte ich sofort, daß etwas in der Luft lag, niemand besaß für Veränderungen der Atmosphäre eine so gute Spürnase wie ich, nicht einmal mein Vater; im Lokal war starker Blumenduft zu spüren, neben Herrn Klimeschs Gladiolen stand noch ein Strauß Rosen, die natürlich von Herrn Hauptmann Mader stammten: der saß gerade bei einer Kartenpartie, vorne in einer der Nischen. In den ersten Tagen, als Herr Mader bei uns zu verkehren begann, hatten ihn die Kartenbrüder nur ungern unter sich gesehen,

denn die Uniform, obzwar sie zu Herrn Maders gesamtem unsoldatischem Aussehen in krassem Gegensatz stand, hatte die Leute eben doch sehr gestört, aber schon nach wenigen Tagen hatten sie herausgefunden, daß ihnen von seiten dieses jovialen Wehrmachtsoffiziers keinerlei Gefahr drohte, außer der, daß er sie beim Kartenspiel bis auf die letzte Krone aussäckelte.

Herr Mader saß mit offenem Hemdkragen da, seine Militärbluse hing über der Stuhllehne, und ich glaube, er war so in das Spiel vertieft, daß er auch nicht im entferntesten an seine Wachabteilung auf dem Bahnhof dachte, deren Kommandant er war, ja, er schien in diesem Augenblick sogar seine Frau vergessen zu haben, der man im Grazer Krankenhaus die eine Brust abgenommen hatte (ich weiß nicht, ob die linke oder rechte), alle Fronten, Siege und Niederlagen existierten jetzt für ihn nicht, er war wieder ganz der frühere Mader, der städtische Verwaltungsbeamte, ein mit allen Wassern gewaschener Kartenbruder und guter Familienvater; an diesem Abend machte er einen Stich nach dem anderen, daß es nur so eine Freude war, auch von dem Spielerjargon seiner tschechischen Partner hatte er so manches Sprüchlein aufgeschnappt und eingelernt: »Also meine Herren, Hut festhalten, eins, zwei, drei, runter geht's den Berg!«

Alles war wie gewohnt, doch ich wußte, hier braute sich etwas zusammen, diese Vorahnung hatte mich gleich befallen, als ich ins Lokal zurückgekehrt war, den Duft des Rosenstraußes spürte, der neben den Gladiolen placiert war, Herrn Mader in Hemdsärmeln beim Kartenspiel erblickte und meine traurige, in Nachdenken versunkene Mutter an der Kasse.

Ein wenig später betrat Herr Berger das Café, seine Gestalt war kaum wahrzunehmen: er trug die schwarze Uniform, und als er in dem dunklen Rechteck der Tür stand, hatte ich den Eindruck, als käme nur sein Kopf zur Tür herein, eine Reihe silberner Knöpfe und ein direkt über seiner Stirn aufsteigender Totenkopf; seine Uniform hob sich von dem dunklen Hintergrund gar nicht ab; und beinahe hätte ich es vergessen, er hielt in der Hand, ich glaube in der linken, einen Strauß weißer Rosen.

Und auf dem Pult standen an diesem Abend bereits zwei Blumensträuße, Herr Berger brachte also den dritten, weshalb er aber dazu die Uniform angezogen hatte, war mir unbegreiflich.

»Und loos geht's, meine Herrschaften«, frohlockte Herr Mader am Kartentisch, »los, Abfahrt!«

Herr Berger schritt durch das Lokal zur Kasse; alle sahen ihn, das

ganze Lokal verstummte, und jeder zwang sein Gesicht zu einer gleichgültigen Miene, um Angst und Furcht zu kaschieren, nur Herr Mader nicht, der saß mit dem Rücken zur Kasse, sah Herrn Berger nicht und war mit seinen Karten beschäftigt.
Herr Berger schlug an der Kasse die Hacken zusammen und küßte meiner Mutter die Hand:
»Der dritte und schönste«, bemerkte er . . .
»Vielen Dank, Herr Berger«, sagte die Mutter und zu unserem Ober, Herrn Karl, gewandt: »Bringen Sie bitte eine Vase und stellen Sie die Blumen zu den anderen.«
Auf dem Nickelpult standen jetzt die drei Blumensträuße in der Reihenfolge, wie sie überreicht worden waren: der Mutter am nächsten standen Herrn Klimeschs Gladiolen, dann Herrn Maders Rosen und schließlich Herrn Bergers weiße Rosen; ich wußte, jetzt war der Schauplatz für den Höhepunkt der Handlung an diesem Abend abgesteckt; nur mein Vater fehlte noch, doch kaum hatte ich an ihn gedacht, da betrat er schon das Lokal, verneigte sich vor Herrn Berger, streifte mit gleichgültigem Blick die drei Blumensträuße auf dem Pult, dann die Mutter und zuckte die Achseln.
»Von wem sind die schönen Blumen?« fragte er.
»Der erste Strauß ist von Herrn Klimesch«, sagte die Mutter, »er war hier sich verabschieden, weil er einrückt, der zweite ist von Herrn Mader und der dritte von Herrn Berger.«
In diesem Augenblick schrie Herr Mader am Kartentisch: »Uuuund Trumpf!«
Herr Berger lehnte noch an der Theke, mit dem Daumen strich er nervös über den glänzenden Schirm seiner schwarzen Uniformmütze, ich wußte, nun wurde sein Hund in ihm wach, schon lag er auf der Lauer, zwar bellte er noch nicht, dazu war die Zeit noch nicht gekommen, doch er war bereits wütend, böse und hätte gern zugeschnappt, und ich wußte auch, daß Herr Berger die beiden anderen Blumensträuße am liebsten mit einer einzigen Handbewegung vom Pult gefegt hätte, um nur seinen eigenen stehen zu lassen: den weißen und zugleich teuersten – doch jetzt waren die Geschehnisse in Fluß geraten, auch wenn Herr Berger immer noch an der Theke stand und mit dem Daumen über den Schirm seiner Uniformmütze strich; wenig später stülpte er sie energisch auf, und die Handlung setzte ein: mit militärischem Schritt legte Herr Berger die fünf oder sechs Schritte zurück, die ihn von Herrn Mader am Spieltisch trennten, und stellte sich hinter dessen Rücken in Positur; im Lokal war es

still geworden, nur der Ventilator surrte, und hinten ging der Kompressor an, meiner Mutter trat die Röte ins Gesicht, der Vater machte einen Schritt vorwärts, vollendete ihn aber nicht, und die Gesichter aller Gäste erstarrten, stumm und regungslos saßen sie da, nur der nichtsahnende Herr Mader, die Trumpfkarte in der erhobenen Hand schrie: »Uuund noch einmal!«

»Herr Hauptmann«, sagte Herr Berger mit lauter Stimme.

Herr Mader ließ die Trumpfkarte auf den Tisch fallen, drehte sich dann um und sagte: »Guten Abend, wollen Sie nicht bei uns Platz nehmen, Herr ... eh ... Herr ...?« Bergers Hund war nun auf den Beinen und kläffte kurz: »Herr Hauptmann, nehmen Sie gefälligst zur Kenntnis, daß Ihr Benehmen gegen alle für einen deutschen Offizier geltenden Grundsätze und Vorschriften gröblich verstößt!«

Herr Mader legte seine Karten langsam auf den Tisch zurück und drehte sich halb zu Herrn Berger um: »Also was wünschen Sie eigentlich?«

»Herr Hauptmann, ich fordere Sie auf, dieses Lokal augenblicklich zu verlassen!«

»Ich denke nicht daran«, erwiderte Herr Mader, aus seinem Gesicht war der gutmütige Ausdruck gelinder Überraschung gewichen, und seine Stimme hatte einen scharfen Ton angenommen; Herr Berger straffte sich, und es sah aus, als hätte er eine Sprungfeder in seinem Körper, die ihn hochschnellen ließ.

»Ich befehle Ihnen«, kläffte Herr Berger, »dieses Lokal augenblicklich zu verlassen!«

Herr Mader legte die Hände auf den Tisch, dann zuckte er die Achseln, erhob sich langsam, knöpfte seinen Hemdkragen zu, zog die Uniformbluse an und schloß bedächtig und sorgfältig sämtliche Knöpfe; das Lokal fiel in Totenstarre; alle Gäste verwünschten im stillen den Augenblick, der sie bewogen hatte, sich hier an unseren Tischen niederzulassen; zwei der Gäste versuchten, sich zu erheben, was ihnen aber nicht gelang, sie gaben sich nur einen Ruck, neigten sich vor, und das war alles; Herr Mader hatte bereits alle Knöpfe geschlossen, er schob den Stuhl zur Seite und pflanzte sich vor Herrn Berger auf, wie klein war doch dieser Herr Mader, er reichte dem Schwarzen knapp bis zur Schulter.

»Seit wann«, begann Herr Mader in scharfem Ton, »befiehlt ein SS-Offizier einem Offizier der Wehrmacht? Wo hat man Sie denn das, mein Herr ... mein Herr ... gelehrt, einen Wehrmachtsoffizier so zu beleidigen?« Herrn Maders Stimme überschlug sich, er war das

Brüllen nicht gewohnt, doch jetzt nahm er alle Kraft zusammen, »Sie also wollen mir beibringen, wie ich mich zu benehmen habe – und wo sind Sie, junger Mann, denn im Jahre einundvierzig gewesen, was, warum gehen Sie nicht nach Rußland und kommandieren dort herum, he, sicher haben Sie sich hübsch im Warmen verkrochen und sich die ganze Zeit irgendwo herumgewälzt, daß Sie jetzt noch die Stirn haben, sich so aufzuspielen, ich habe von Ihnen schon die Schnauze voll, abtreten!«
Herr Berger war nicht nur weiß, sondern grün im Gesicht geworden, ich meine richtig grün, doch ich bezweifle, daß dies seine echte Hautfarbe war, denn hier um uns herum war so viel Grün, auf den Spieltischen grüne Bezüge, grüne Paravents, auch die Zimmerdecke war grün, und so war es wohl der grüne Lichtreflex, der Herrn Berger ins Gesicht fiel; er wollte den Mund öffnen, doch es blieb nur bei dem Versuch, Herr Mader brüllte abermals: »Abtreten!«
Das Wunder geschah, Herrn Bergers innerer Hund zog den Schwanz ein, jawohl, Herr Berger machte vorschriftsmäßig kehrt und marschierte zur Theke zurück, wo er, um zu retten, was noch zu retten war, mit scheinbar ruhiger Stimme sagte: »Zahlen, bitte!«
Meine Mutter hatte immer noch rote Flecken im Gesicht, die sich bis zu den Haarwurzeln hinaufzogen.
»Sie haben doch heute nichts gehabt, Herr Berger ...«
»Ach so, so«, stotterte Herr Berger, »Verzeihung, das hatte ich ganz vergessen.«
»Darf ich Ihnen noch etwas bringen?« fragte mein Vater.
»Nein, nein, heute wirklich nicht, Herr Chef«, stotterte erneut Herr Berger; meine Mutter erhob sich von ihrem Platz an der Kasse, suchte krampfhaft ein paar deutsche Worte zusammen, die sie schließlich hart und über das ganze Café vernehmbar hervorstieß: »Heute, Herr Berger, haben Sie sich aber unmöglich benommen, das war unverschämt von Ihnen ...«
Herr Berger verbeugte sich stumm und ging; ich wartete darauf, daß er in der Tür stehenbleiben, sich umwenden und ein paar effektvolle Worte zum besten geben würde, um den peinlichen Eindruck, den er hinterlassen hatte, ein wenig abzuschwächen, er drehte sich zwar um, öffnete sogar schon den Mund, dann aber führte er die Hand an die schwarze Uniformmütze mit dem Totenkopf und sah meine Mutter mit einem jener Blicke an, die ich so zu hassen begann: mit dem wütenden Blick eines verzogenen, tyrannischen Kindes, dem man das Daumenlutschen verboten hat.

Langsam legte Herr Mader seine Uniformbluse wieder ab und knöpfte seinen Hemdkragen auf: »Und nun können wir nach dieser kleinen Unterbrechung weitermachen, wer, meine Herren, ist am Geben?«

Die Tage ließen den Blutdruck hochschnellen, sie sogen sich wie Blutegel an den Menschen fest, hafteten wie schmutzige, von der Augusthitze verschwitzte Hemden an ihnen: gern hätte man sie ausgewechselt, aber es gab keine saubere Wäsche, so blieb keine andere Wahl, als zu leben, wie man eben leben mußte; das verängstigte Menschlein wurde mit seinem ganz und gar gewöhnlichen Leben, mit seinen banalen Wünschen und Hoffnungen, um die es bangte, hineingedrängt in eine Zeit der Hochkonjunktur für große Helden, kolossale Feiglinge nationalistischen Zuschnitts, für Phlegmatiker und Chamäleone.

Um zu einem Lesebuchhelden aufzusteigen, dazu fehlte es dem kleinen Mann an Charakter, Mut und Dreistigkeit, und ein widerlicher Feigling sein, das konnte er auch nicht: Feigheit ist eigentlich dem gewöhnlichen Menschen nie angeboren; sie ist nur ein Mittel, mit dessen Hilfe er sich vor dem harten und blinden Zuschlagen des Schicksals zu schützen sucht.

Dem gewöhnlichen Menschen geht es nicht so sehr um Ehre, das ist für ihn ein allzu hochgestecktes Ziel: auch der Hungernde träumt ja nicht von Kaviar, sondern von einem Stückchen Brot; der ganz gewöhnliche Dutzendmensch will nur leben, ein wenig Freude haben und auch ein wenig Gewißheit, daß ihn der Sturmwind der historischen Veränderungen bei seinem Wüten nicht allzu hart von einer Wand gegen die andere schleudert: die Erfahrung hat nämlich den kleinen Mann Vorsicht gelehrt – immer war er es, der letzten Endes den Kopf hinhalten mußte.

Und kommt dem kleinen Mann ja nicht zu sehr mit der Freiheit, er braucht sie nämlich nicht; auch mit der Freiheit hat er seine Erfahrungen gemacht; wie viele ›Befreier‹ hat der kleine Mann schon überlebt, wie viele hochgelobt und zu Göttern erhoben – und wie vielen auf den Richtstätten dann den Kopf abgeschlagen? Und nichts ändert sich, überhaupt nichts; alle Revolutionen, auch lebenskräftige, wunderbare, starke, voller Verheißungen – erlahmen durch das Schwinden der Illusionen; sobald die Revolution ihre eigenen Illusionen aufgezehrt hat, stirbt sie; bleibt es aber nur bei den Illusionen der Parolen, die die Massen zu Taten hingerissen haben, wozu war dann das Blutvergießen, wozu die Errichtung von Galgen – und was jetzt mit den leeren Worten? Hinweg mit ihnen ins Museum, um sie dort für ein paar weltfremde Phantasten einzulagern; die bis zum Rand mit dem Teig der Vergangenheit vollgefüllten Brotschüsseln in der Abgeschiedenheit und im Dunkel der muffigen Rumpelkammern gären lassen und warten, was daraus entsteht: neue Legenden, neue Worte – eine neue Vergangenheit; o grausame Desillusion, wie oft ereilst du den Menschen auf seiner Jagd nach dem Glück, springst ihm an den Hals, würgst ihn, entpreßt ihm Tränen und Aufschreie des Zorns, der Verzweiflung und Hoffnungslosigkeit!

Nie habe ich Helden leiden mögen, ich würde sie außer Gesetz stellen; am meisten tun mir die einfältigen, bescheidenen Helden leid, die sich im Interesse dieser oder jener ›Sache‹ opfern – ach ja: sie sind die zukünftigen Rekruten der Regimenter verbitterter Veteranen einer ›Sache‹. In jedem Wirtshaus kann man sie hören: schon damals habe ich gesagt ... wenn man nur auf mich gehört hätte ... ja, damals, damals war alles ganz anders ... aber heute, bewahre heute ... und so weiter, und so weiter immerfort im Kreis herum. Der Kreislauf der Verdunstung und des Niederschlags der Verbitterung; aber auch die Feiglinge mag ich nicht, denn sie haben vieles mit den Helden gemeinsam: sie verstehen es, die Zeit auf Kosten anderer für sich selbst auszubeuten.

Lieb und wert ist mir der ganz gewöhnliche Mensch, der, den man immer aufs Maul schlägt, den man schon Jahrhunderte hindurch immerzu an der Nase herumführt – er fällt immer wieder auf etwas herein: auf einen neuen Gott, auf neue Verheißungen, auf neue Wahrheiten und Halbwahrheiten –, er, der kleine Mann, trägt im Verlauf der Geschehnisse allein das *volle* Risiko; der Held riskiert nur eines: den Tod; aber was ist das schon für ein Risiko, wenn man bedenkt, daß Zehntausende von Menschen Hungers sterben, der Tod die Namen- und Bedeutungslosen direkt auf der Straße hinweggrafft; ihr Leben sinkt in den Staub, die Erde saugt sie in sich zurück, und nichts bleibt von ihnen, überhaupt nichts: nicht ein Fünkchen Hoffnung, ein Brosamen Liebe, nicht einmal ein bißchen Angst.

Der Held ist ein Parasit, wenn er nicht beizeiten stirbt.

Der gewöhnliche Mensch ist nie ein Parasit; er kann nicht auf öffentliche Anerkennung rechnen, auf Medaillen und Ehren; er hat nur auf einen Wink, auf einen Befehl hin zu sterben; ich bin der Sprecher der gewöhnlichen Menschen, denen man einen Bazillus injiziert hat,

der dann in ihrem Kopf die Gehirnzentren des individuellen Denkens befällt und sie mit Massenmythen infiziert, in deren Namen er, der kleine Mann, angeblich verpflichtet ist, zu sterben, zu kämpfen, zu arbeiten, zu leben oder was immer es auch sein mag und was im Augenblick von Nutzen ist; den gewöhnlichen Menschen fallen die Geschehnisse stets in den Rücken – und auf den Hilferuf, helft, ihr Leute, hier wurde einer von euch überfallen, reagiert diese fremde Welt, voll Gleichgültigkeit gegenüber der Verzweiflung des Nächsten, mit müßigem Gaffen.
Sollte ich selbst einmal geopfert werden, auf dem Richtplatz, in der Hölle der Front oder in einer Feuersäule von Funken, die meine Asche bis in die Stratosphäre hinauftragen, dann möchte ich in diesem letzten Augenblick meines Seins gerne den Mut finden, mich auf mich selbst zu besinnen, denn das alles ist mein Leben, mein Schmerz, ich wurde für meinen eigenen Tod geboren; was mich schmerzt, schmerzt niemanden anderen so sehr wie gerade mich, und wenn überhaupt irgendwer unsere Schmerzen zu begreifen vermag, dann sollten dies unsere Mütter sein; wozu dann aber auf den Richtstätten die Gerechtigkeit, die Heimat, die Nation anrufen – wenn das alles ohne mich doch völlig bedeutungslos ist, denn einzig ich allein bin alles, mit mir endet alles, wenn ich nicht existiere, ist auch nichts mehr für die nächste Sekunde da, nichts mehr für die Ewigkeit; und ich bin kein Held, ich bin ein ganz gewöhnlicher Mensch und will nur leben, ich werde alles tun, wozu man mich zwingt, und werde überhaupt nicht darüber nachdenken, ob ich ein Held oder ein Feigling bin.

9. KAPITEL

Die Lindenallee in unserer Straße war graugrün, die Blättchen hingen schlaff herab, manche hatten die Hitze nicht überstanden, in stiller Resignation welkten sie an den Bäumen und fielen am Morgen taubenetzt zu Boden; alles war mit feiner Flugasche bedeckt, und regnen wollte es absolut nicht, unmittelbar nach Tagesanbruch überzog sich der Himmel mit einem graublauen Schleier, erhitzte Luft, von den heißen Pflastersteinen aufsteigend, vom rauhen Bewurf der durchglühten Häuser reflektiert, aus Kaminen ausgespien, strömte zum Firmament hinauf, gelangte jedoch nicht weit, nur bis zu der graublauen über der Stadt liegenden Decke, dort prallte sie ab und

fiel zurück, Wolken von Staub und Brandgeruch aus den Kokereien, den Eisenwerken und der chemischen Fabrik heranführend.
Gleich am Morgen hatte ich mir auf dem Gehsteig eine Spitze an den besten Schuhen, die ich besaß, aufgerissen, die Meinen hatten sie mir für die Schule gekauft, und ich wollte sie nur ein wenig einlaufen, jetzt hatte einer der Schuhe einen Haifischrachen, und ich versuchte, das klaffende Maul mit Wasserglas zu verkleben, es wollte mir aber nicht recht gelingen; ich mußte die Reparatur unterbrechen, denn die Sirenen begannen zu heulen; rasch umwand ich die Schuhspitze mit einem Bindfaden, vielleicht wird das Wasserglas an dem Schuh im Keller trocknen, dachte ich, und der Schuh wird dann wieder so leidlich in Ordnung sein; für den Nachmittag war ich mit Doris verabredet, wir wollten ins Kino gehen, man gab einen neuen Film, ›Kautschuk‹, der zwar für Jugendliche verboten war, aber jetzt nahm man es mit der Kontrolle nicht mehr so genau.
Im Keller war bereits das ganze Haus versammelt: unser Platz befand sich unter einem Eisenbetonträger, von dem mein Vater behauptete, der hielte schon etwas aus, und immer, wenn er sich mit der Mutter darunter niederließ, tastete er ihn zuvor erst mit der Hand ab; neben uns saßen Herr und Frau Kapusta, er war Inhaber eines Immobilienbüros, sie eine stille Frau, die ihr Häkelzeug sogar in den Luftschutzkeller mitnahm, und wenn es rings um uns krachte, beschleunigte sie höchstens die Bewegungen ihrer flinken Finger und senkte ein wenig den Kopf; uns gegenüber saßen Herr und Frau Beck, er war der Inhaber des Steinmetzbetriebes beim Friedhof; es ging ihm gut, aber seine schmächtige Frau war blaß, hatte eingefallene Wangen, auf die manchmal rote Flecken traten, und sie hüstelte ein wenig; meine Mutter hatte mir immer sehr ans Herz gelegt, ihr nicht allzu nahe zu kommen, doch ich konnte Frau Becková gut leiden; schon weil sie von der Tuberkulose gezeichnet war, zog es mich zu ihr hin; schräg gegenüber saß Frau Liebnerová, die Eigentümerin eines großen Landgutes, mit ihrem Bruder Václav Liebner, einem Bankbeamten und Beneš-Anhänger: er wartete nur auf den Tod der lieben Schwester, und fürsorglich beobachtete er, wie das Wasser in ihren Beinen anstieg. Der Arzt hatte gesagt, wenn das Wasser bis zum Herzen gelange, würde es mit ihr aus sein, und das war später auch der Fall, doch da besaß Frau Liebnerová das große Gut nicht mehr, und so konnte Herr Liebner nichts mehr erben.
Herr Kamel, der Opernsänger aus der oberen Garçonnière, kam als letzter; er hielt sich immer etwas abseits, als scheue er uns, auch

heute setzte er sich in einen Winkel, sah verärgert drein und schwieg. Sonst wohnte niemand mehr in unserem Haus, es war ein vornehmes Gebäude, in jedem Stock befand sich nur eine einzige Wohnung, am Samstag und Sonntag, auch an einem Feiertag lagen Teppiche im Treppenhaus, wochentags jedoch nicht; um acht Uhr abends wurde das Haustor abgeschlossen.

Der Hausmeister, Herr Pěgřen, kam nie in den Keller, er bewohnte nämlich die Kellerwohnung, so daß er sich die Mühe sparen und schön bei sich daheim in der Küche bleiben konnte; nur einmal, ich glaube, wir saßen zum ersten Male im Keller, kam er zu uns herein und fragte Herrn Liebner respektvoll, der Herr Bankbeamte war Oberleutnant der Reserve: »Herr Liebner, können Sie mir bitte sagen, wie viele Stockwerke so eine Fliegerbombe durchschlagen kann?« – »Herr Pěgřen«, erwiderte Herr Liebner, »das ist ganz verschieden, das hängt von dem Gewicht der Bombe ab, aber eine zwei Zentner schwere würde unser Haus bis zum ersten Stock herunter wegrasieren . . .«

»Da kann ich also beruhigt sein«, sagte Herr Pěgřen und schlurfte in seine Küche zurück; er war Witwer und lebte ganz allein.

Die Flak betätigte sich an diesem Tag nur wenig, das war sofort zu merken, und mein Vater öffnete die erste Flasche verhältnismäßig bald: er schenkte die Gläschen voll, die auf einer Holzbank in einer Reihe standen; sooft draußen losgefeuert wurde, begann der Spiegel der gelben Flüssigkeit zu zittern. Flugzeuge waren kaum zu hören. Freilich schien es uns, als nähere sich von fern her ein Gewitter, auch das Haus erbebte, und die Herren stellten ihre Gläschen langsam auf den Tisch zurück, einige tranken sie gar nicht mehr aus und blickten zur Decke hinauf.

»Um Himmels willen«, sagte Herr Liebner.

Mein Vater schenkte eine dritte Runde ein.

»Keine Angst, meine Herren«, sagte er, und seine Hand zitterte auch nicht ein bißchen, »lassen Sie uns trinken; oft denke ich so bei mir: Was haben wir denn eigentlich vom Leben, nichts, überhaupt nichts, ein bißchen Freude im Geschäft vielleicht und was man so trinkt und träumt . . . aber, aber, meine Herren, keine Angst, unsere westlichen Verbündeten würden doch nicht . . . also, nicht wahr . . .«

»Selbstverständlich«, sagte Herr Liebner, »haben wir denn nicht schon genug Opfer gebracht; unsere Leute, die in den Konzentrationslagern schmachten – gnädige Frau«, wandte er sich an meine Mutter, »gestatten Sie, daß ich Ihnen meine Bewunderung für Ihren

Herrn Bruder ausspreche ... ein Held ... ein Märtyrer ... meine Herren, lassen Sie uns das Glas erheben und auf alle unsere Helden trinken – zum Wohle!«

Die Herren kippten die Gläser hinunter, nur Herr Kamel zögerte ein wenig: »Es kommt näher«, sagte er und trat zur Wand, »es kommt heran, die Wand bebt schon, Kruzitürken, um diese Jahreszeit war ich vor dem Krieg immer schon an der Adria und jetzt ... es nähert sich ...!«

»Ruhe bewahren«, schrie Herr Liebner, »wir müssen es durchstehen!«

Herrn Kamel trat der Schweiß auf die Stirn, nervös preßte er sich an die Wand, als wollte er in den Beton hineinkriechen, denn das Dröhnen und die Erschütterungen machten ihm angst und bange: sie kamen in Wellen heran, und die Geschütze schwiegen bereits, nur das Haus erbebte.

»Quasseln Sie doch nicht in einem fort«, schrie jetzt Herr Kamel, »ich bitte Sie, seien Sie still!«

Ich weiß nicht, was dann geschah; sie wollten das Haus wohl aus seinen Fundamenten herausreißen, es stöhnte und klagte, es wehrte sich; das Licht ging aus; ich weiß nicht, wie lange das dauerte, ob eine Sekunde, Minute, eine Stunde oder Tage, ich weiß es nicht; die Stille kam in der Finsternis heran; ich spürte ihre Berührung im Gesicht, sie roch nach Kalkstaub, sie legte sich mir auf die feuchte Stirn, den Arm konnte ich heben, und so fuhr ich mir mit den Fingern übers Haar, betastete dann meine Ohren: sie hörten; dann die Augen: sie sahen zwar nichts, aber ich besaß sie noch; dann die Nase, das Kinn, die Brust, die Hände, die Beine; Herr Kamel riß ein Streichholz an: alle, außer mir, Herrn Kamel und Štefka, die in der Mitte des Kellers unter der schwächsten Stelle der Decke stehengeblieben war, hatten sich in einer Ecke zusammengedrängt; ich lehnte mich mit dem Rücken gegen die Wand.

Neben mir lag ein Päckchen Kerzen, ich reichte Herrn Kamel eine; er zündete ihren Docht an und stellte sie auf die Bank.

Mit einem Seufzer der Erleichterung entwirrte sich das Knäuel in der Ecke, nur meine Mutter schrie leise auf: ihr Köfferchen lag geöffnet in der Mitte des Kellers, und über den ganzen verstaubten Boden waren Säuglingswäsche, kleine Bettbezüge, Häubchen und Windeln verstreut, zwei Schnuller entdeckte ich, Puder und dergleichen mehr; rasch bückte sich die Mutter und stopfte die Sachen in das Köfferchen, schloß es, setzte sich wieder auf ihren Platz unter

dem stabilen Pfeiler und preßte ihr Gepäck fest an sich: unsicher blickte sie umher.
»Herr Cafetier«, sagte Herr Beck, »ich hatte keine Ahnung, daß Ihre Frau ...«
Für meinen Vater war der Angriff noch nicht zu Ende, erst jetzt sank ihm das Kinn auf die Brust, er lehnte sich an die Wand und erbebte wie unter der Explosion einer Zeitmine, unter der Staubschicht war er weißer als der Staub selbst; Herr Kamel schenkte ihm ein Gläschen ein. »Trinken Sie, das wird Ihnen guttun – und herzlichen Glückwunsch ...«
Štefka setzte sich zu mir: »Du bekommst ein Brüderchen oder ein Schwesterchen, was hättest du lieber?«
»Eine Schwester«, gab ich zur Antwort.
Meinem Vater zitterte das Kinn, das Glas glitt ihm aus der Hand und fiel zu Boden, zerbrach aber nicht: »Meine Herren ... ich weiß nicht ... ich ... meine Herren, das ist ein Irrtum ...«
Herr Liebner brach in nervöses Lachen aus: »Sie wollen uns doch nicht weismachen, Sie wüßten von nichts!«
»Schenken Sie sich ein, meine Herren, schenken Sie sich nur ein«, sagte mein Vater ...
Frau Liebnerová meinte dann, wir würden alle jetzt wahrscheinlich nur noch ganz arme Schlucker sein. »Václav, geh und schau nach Herrn Pěgřen, vielleicht haben wir gar kein Haus mehr über uns.«
Aber Herr Pěgřen kam von allein herein und sagte: »Das war ein Treffer! Aber unser Haus ist ganz, das gegenüber – was soll ich viel sagen – ist weg ... das ein Stückchen weiter ... ist auch weg ... und Tote ... Tote ... gibt es eine Masse.« – »Trinken Sie, Herr Pěgřen«, sagte mein Vater, »und was ist mit dem Lokal ›Beim Tor‹?«
»In Ordnung, Herr Chef, alles vollkommen in Ordnung ...«
»Es kommt schon wieder näher«, sagte Herr Kamel und preßte sich an die Wand: die Erde bebte, die Kerzenflamme bog sich unter dem Luftzug, doch es ging an uns vorüber, nur eine einzige Explosion wirbelte uns erneut zu einem Knäuel zusammen.
»Das war aber nahe«, sagte Herr Pěgřen, »ganz nahe, möchte ich sagen.«
»Meine Herren«, ließ sich jetzt Herr Liebner vernehmen, »das Schlimmste haben wir nun wohl hinter uns.«
Das könnte ich nicht behaupten, dachte ich, als ich meinen Vater anblickte: uns steht das Schlimmste noch bevor, die Geschichte mit dem Köfferchen und seine Bedeutung für meinen Vater, der es vermied,

meiner Mutter in die Augen zu schauen, während ihr verzweifelter Blick ihn die ganze Zeit suchte, als die Herren die letzte Flasche leerten; dann kam die Entwarnung.

Im Café sah es aus wie nach einem Tataren-Überfall: alle Fenster zerschlagen, von den vier prachtvollen Schaufenstern lagen nur noch Scherben da, aber die verglaste Tür mit der französischen Aufschrift ›Entree‹ war heil geblieben, die Marmortischchen geborsten, das Geschirr über den Boden verstreut, aus dem von einem Splitter getroffenen Kühlpult floß das Salzwasser heraus; ich ging auf die Straße hinaus; der Vater blieb im Lokal inmitten der Scherben und der Verwüstung zurück, die Mutter sank schwerfällig auf den Hokker an der Kasse, das Köfferchen auf den Knien. »Wir werden von vorn beginnen müssen«, sagte sie, doch der Vater machte nur eine müde Handbewegung.

Das Haus uns gegenüber war nicht mehr da, ich mochte lieber nicht hinsehen, Leute, über und über mit Staub bedeckt, standen auf den Trümmern, und einige von ihnen wühlten mit den bloßen Händen im Schutt herum; weiter unten in der Straße, dort, wo das Haus mit unserem Lokal ›Beim Tor‹ gestanden hatte, war jetzt ein freier Ausblick auf das Krematorium.

»Dieser letzte Brocken«, sagte Herr Pěgřen, »ist prompt dort hineingekracht.«

Ich ging zurück, um meinem Vater Bericht zu erstatten.

Mit einem Fußtritt schleuderte er ein Marmorstück beiseite.

Zu Hause in der Wohnung übermannte mich die Müdigkeit; durch die zerschlagenen Fenster strömte die frische Luft ins Zimmer. Der Staub hatte sich bereits gesetzt, den Rauch von den Brandstätten und von der brennenden chemischen Fabrik am westlichen Horizont hatte der Wind noch nicht zu uns herübergetragen, der Himmel trübte sich ein, es begann zu nieseln, und von den Linden tropfte schmutziges Wasser herab; die Dämmerung brach früh herein, der aus dem Chemiewerk aufsteigende Rauch verdunkelte den Westen, die Explosionen öffneten ihren glühenden Rachen und spien neue Rauchwolken zum Himmel, und draußen unter den Linden fand jetzt ein großes Leichenbegängnis statt, das größte, das unsere Straße je gesehen hatte, nur spielte es sich in verkehrter Reihenfolge ab: die Toten wurden aus der Erde herausgescharrt.

»Grauenhaft«, sagte mein Vater.

»Geht doch vom Fenster weg«, ließ sich die zitternde Stimme meiner Mutter aus dem Halbdunkel des Zimmers vernehmen.

Štefka kam herein, eine Kerze in der Hand.
»Wird heute überhaupt gegessen?«
»Selbstverständlich«, erwiderte die Mutter, »koch uns einen Tee und öffne eine Konserve.«
Der Vater zündete eine Kerze an und stellte sie auf einen Teller, den er dann lange in der Hand hielt, ratlos, wohin er das Licht stellen sollte; die Mutter saß in einer Zimmerecke, so wie sie aus dem Luftschutzkeller gekommen war: staubbedeckt, das Köfferchen auf den Knien; nicht einmal das Kleid hatte sie gewechselt; sie machte den Eindruck, als wolle sie im nächsten Augenblick fortgehen, sie saß nur auf der äußersten Kante eines Fauteuils, bereit, sich jederzeit zu erheben.
Štefka brachte den Tee und stellte drei Tassen auf den Tisch.
»Willst du dir nicht Tee nehmen?« fragte der Vater.
Die Mutter erhob sich, ließ jedoch das Köfferchen nicht aus den Händen, sondern stellte es zu ihren Füßen neben den Tisch; von der Straße drang eine kreischende Frauenstimme herauf, ein Handwagen rumpelte mit Gepolter über das Kopfsteinpflaster; feiner Sprühregen fiel auf die nassen, jetzt schon sauberen Linden herab, zwischen denen neue Explosionen und neue Rauchkrater zu sehen waren; unten schlug der Luftzug die Haustür zu.
Dieser Knall ging uns durch Mark und Bein.
Rasch bückte sich die Mutter und tastete nach dem Köfferchen zu ihren Füßen; wir horchten auf die schweren Tritte, die jetzt die Treppe heraufkamen: der Mann mußte bestimmt Holzschuhe an den Füßen haben, jeder seiner Tritte dröhnte wie ein Schlag, das war keinesfalls der Rhythmus der Holzsandalen von der Firma Baťa, hier kamen schwere Eichenholzsohlen heraufgepoltert; der Mann ging absolut sicher, er schien unser Haus und die Treppe genau zu kennen, hatte keine Eile, denn er wußte wahrscheinlich, die Tür, an die er klopfen und durch die er eintreten würde, war nicht mehr weit.
Meinem Vater traten Schweißflecken auf die Stirn.
Die Mutter hob das Köfferchen vom Boden und legte es auf ihren Schoß; die Schritte kamen näher; ich wünschte mir, daß sie an uns vorübergingen und die Treppe zu den weiteren Stockwerken hinaufstiegen; ich ahnte jedoch, daß die Holzschuhe vor unserer Tür haltmachen würden; die Mutter atmete heftig, die Flecken auf meines Vaters Gesicht dehnten sich aus, und von seiner linken Schläfe rann ihm ein Schweißbächlein herab: er hatte heute schon mehr als

genug getrunken, und der Tee heizte ihm tüchtig ein. Dann knarrte die Wohnzimmertür, nie zuvor hatte sie geknarrt, aber jetzt mochte sich wohl ein Glasscherben zwischen die untere Kante des Eichenholzflügels und den Parkettboden des Vorraums gezwängt haben, der klemmte und knirschte, während er zerrieben und zermalmt wurde; Štefka stieß einen Angstschrei aus.

Wir standen der Reihe nach auf: zuerst ich, dann der Vater, und als letzte erhob sich die Mutter vom Stuhl und drückte das Köfferchen fest an die Brust; da ich so postiert war, daß ich das schwache Kerzenflämmchen abblendete, erblickten wir in der Tür nur die dunklen Umrisse eines Mannes, meine Mutter stellte langsam das Köfferchen auf den Tisch und rief leise:

»Franta!«

Franta tat zwei Schritte vorwärts, ich hörte seine Holzschuhe die Scherben des Lüsters auf dem Fußboden zertreten, und umarmte zitternd meine Mutter; Kriminalluft ging von ihm aus: Gestank von Urin, Moder und Sauerkraut. »Nun bin ich also wieder da«, sagte er.

Ich trat einen Schritt zurück, um ihn mir besser ansehen zu können: die eingefallenen Wangen, die tiefen Falten, die unruhigen blauen Augen, die hohe Stirn, das schüttere Haar und die hervortretenden Backenknochen: ein Franta, der aussah, als hätte er die Vierzig überschritten, und dabei war er jetzt erst knapp über dreißig; er trug die gestreifte Montur, darüber irgendein Zeug, das früher einmal ein blauer Arbeitsmantel gewesen sein mochte.

»Kann ich eine Zigarette haben?« fragte er und setzte sich.

Mein Vater schob ihm die ganze Kassette hin, und sorgfältig suchte sich Franta eine, die härteste, heraus; ich wunderte mich sehr, woher bei ihm auf einmal diese Selbstdisziplin kam, ich hatte eher erwartet, er würde sich sogleich zwanzig oder dreißig einstecken; dann strich er mir übers Haar und sagte, ich sei sehr gewachsen und wie doch die Zeit verrinne; die Mutter schob ihm die Fleischkonserve hin: »Iß, Franta, iß!« Franta zündete sich die Zigarette an der Kerzenflamme an.

»So sag doch etwas«, flüsterte die Mutter.

Der Onkel schluckte zweimal, brach sich ein Stückchen Brot ab, nahm mit dem Messer eine Scheibe Fleisch und begann langsam zu kauen: »Gestern haben sie uns in Nürnberg in einen Viehwagen verladen«, sagte er, während er sich abwechselnd Brot und Fleisch abschnitt, beides in den Mund schob und langsam zerkaute, »angeblich zum Arbeitseinsatz irgendwo im Osten, und heute gegen Morgen sind wir hier angekommen; am liebsten hätte ich die Bretterwände des Waggons durchgenagt, als ich die Heimat, den altbekannten Gestank unserer Stadt spürte; auf dem Umladebahnhof fuhren sie uns auf ein Abstellgleis, zwei Tage haben wir nichts zu essen und zu trinken bekommen, dann kam Gott sei Dank der Fliegerangriff, es krachte einige Male auf den Bahnhof herunter, die Bewacher gingen in Deckung, wir brachen den Waggon auf und nahmen die Beine unter den Arm«; Franta schob einen weiteren Bissen in den Mund.

»Wo ist Naďa?« fragte er.

»Iß jetzt«, erwiderte die Mutter, »iß nur ruhig weiter, sie ist bei der Großmutter, wir werden sie herholen, du kannst unbesorgt sein, iß nur . . .«

»Ruft sie nicht her«, sagte Franta und hörte zu kauen auf, »holt niemanden her«; seine Zähne bearbeiteten jetzt wieder das Fleisch, und er begann von den dreißig Männern zu erzählen, die sich in einem stillgelegten Schacht hinter dem Bahnhof verbargen und auf seine Rückkehr aus der Stadt warteten, wohin sie ihn geschickt hatten, um ihnen aus der Patsche zu helfen.

»Wir wollen nach der Slowakei«, sagte er.

»Um Himmels willen, was wollt ihr denn in der Slowakei?« flüsterte der Vater.

Frantas Gesichtsausdruck veränderte sich plötzlich, wie aus der Pistole geschossen, stieß er kurz und schneidend die Worte hervor: »Dort wird gekämpft, ich brauche noch heute nacht ein Lastauto, für dreißig Männer Proviant, und du, lieber Schwager, wirst mir das alles beschaffen, verstanden!«

Mein Vater wischte sich die Stirn: »Und jetzt gib mir noch den guten Rat, wo ich noch heute nacht einen Lastwagen auftreiben soll!«

»Das ist deine Sache«, bemerkte Franta trocken, »laß Moneten springen, und du wirst sehen, daß du ihn herzauberst . . .«

»Das ist doch gefährlich«, sagte der Vater.

»Selbstverständlich ist das gefährlich«, erwiderte Franta lächelnd, »aber wenn die Rote Armee kommt – und das wird nicht mehr lange dauern, bis Weihnachten wirst du sie hier haben, dann wird dir so eine kleine Bestätigung, daß du dreißig Häftlingen zur Flucht verholfen hast, sehr gelegen kommen, das ist nicht übel, was, das ist doch ein gutes Geschäft für dich, wenn du es nicht anders verstehst.«

Rasch kalkulierte der Vater bei sich: das Geld wäre das wenigste,

aber wo ein verläßliches Auto herbekommen, das ist kein schlechter Einfall, einen solchen Trumpf gegen Burian und Mičko in Reserve zu haben.
Wo nur einen Laster hernehmen, zum Teufel, woher bekommt man ihn bloß!
»Bis zwölf Uhr nachts muß der Lastwagen beim Schacht sein, in der Stadt geht alles drunter und drüber, es *muß* klappen!«
Meine Mutter saß da, die Ellbogen auf den Tisch gestützt, und blickte Franta an, er kam ihr fremd vor, wie oft schon hatte sie um ihn geweint, bei jedem Päckchen hatte es Krach mit dem Vater gegeben, sie unterstütze einen Lumpen, der ihm das Leben, die Ehe und überhaupt alles zerstört habe – und jetzt sitzt Franta wirklich hier, fremd, böse, wie hat sich der Junge doch verändert; warum ist er nicht im Waggon geblieben, warum fortgelaufen, ist sie nur deshalb zu Berger gegangen, damit sich Franta jetzt in eine weitere unbekannte Gefahr stürzt – und hat denn Herr Berger nicht versprochen, Franta würde die Erlaubnis bekommen, mehr Pakete als die anderen zu erhalten, bis er in ein ›gutes‹ Lager kommen werde: »Um Himmels willen«, sagte die Mutter, »warum bist du weggelaufen, alles, was in meinen Kräften stand, habe ich getan, um dich zu retten – und du läufst weg –, um Himmels willen ...« Die Mutter begann zu weinen, sie weinte nur selten, und das war dann immer ein untrügliches Zeichen dafür, daß sie das Spiel verlorengab, daß kein schützender Damm mehr da war, hinter den sie sich bergen konnte, keine andere Möglichkeit als diese letzte: das Weinen; der Gedanke, Franta werde sich neuen Gefahren entgegenwerfen, und sie werde weit weg von ihm sein und ihn nicht beschützen können, erschreckte sie sehr.
»Wir werden dich in Hošťálkov verstecken«, sagte die Mutter, »aber geh nirgends hin, pfeif auf die anderen, es soll sich jeder um sich selbst kümmern, es sind furchtbare Zeiten.«
»Schweig«, schrie Franta sie an, »so darfst du in meiner Gegenwart nicht reden, du hast dich sehr verändert, Máňa, oder kennst du mich wirklich so schlecht?«
Mein Vater kalkulierte jedoch anders: etwas für Franta zu tun war in der heutigen Zeit eine gute Investition, er war immer noch der Ehemann der Tochter eines einflußreichen Funktionärs der kommunistischen Partei, und derartige Beziehungen mußte jetzt ein Geschäftsmann ausbauen und pflegen, auch um den Preis finanzieller Opfer.

»Ich müßte es einmal beim alten Jerlig versuchen«, überlegte der Vater laut, »du kennst doch diesen Spediteur, nicht wahr, ich habe keine Ahnung, wieviel er für eine solche Arbeit verlangen wird, du weißt ja, das ist kein Transport eines Kinderausflugs ... Kruzitürken, dreißig Häftlinge.«

»Kümmere dich darum, Schwager«, sagte Franta und erhob sich, »um zwölf Uhr erwarten wir das Auto beim Schacht, du kennst doch den alten Rudolf-Stollen hinter dem Bahnhof? Ich werde ringsherum Wachtposten aufstellen, der Fahrer soll sich mit einem Losungswort melden, sagen wir mit – Máňa –, und falls es dir nicht gelingen sollte, das Auto aufzutreiben, kommst du um zwölf persönlich hin, wir würden dann ein Versteck für morgen besorgen und das Ganze die darauffolgende Nacht versuchen, also auf Wieder ...«

Franta hatte sich zur Tür gewandt, ich sah nur seinen Rücken, hörte seine von den Wänden zurückschallende Stimme, unser Zimmer schien leer zu sein, so stark war plötzlich die Resonanz; gleich darauf taumelte Franta wie unter einem Schlag, wohl aus Schwäche, dachte ich, aber warum dann dieses hastige Beiseitetreten, er steht stramm?

Ein Blick zur Tür genügte: in ihr stand in der vollen Pracht seiner Uniform der Herr Sturmbannführer Dr. Edi Berger, die silbernen Paspeln an Aufschlägen und Kragen glänzten im matten Kerzenschein.

»Guten Abend, meine Gnädigste«, sagte Herr Berger mit einer Verbeugung, küßte meiner Mutter die Hand, verneigte sich vor meinem Vater, und zu mir sagte er »Servus«, Franta beachtete er jedoch nicht; wir standen alle richtig stramm, nur meine Mutter gewann ihre Fassung rasch wieder, ergriff das Köfferchen und drückte es an die Brust; Herr Berger, in der Mitte des Zimmers stehend, lächelte verlegen.

»Entschuldigen Sie, gnädige Frau, daß ich so ungelegen komme, aber ich habe mir große Sorgen gemacht, als ich die Meldung bekam, in Ihrer Straße seien Bomben gefallen, ich konnte mich nicht eher losmachen ... ich bitte um Entschuldigung ... die Klingel funktionierte nicht ... die Tür stand weit offen ... und so trat ich ein ... aber ich bin froh, Sie alle wohlauf zu sehen«; Herrn Bergers Blick glitt zu Franta hin, dann griff er mit der Linken in die Brusttasche, zog ein Fläschchen französischen Kognak heraus und tippte mit dem Finger daran: »Bitte, meine Herren, wir wollen uns hinsetzen und nicht die ganze Unterhaltung lang stehen.«

Sie setzten sich an den Tisch, nur ich nicht, ich ließ mich in einem Lehnsessel beim Fenster nieder; Franta rührte sich nicht von der Tür weg, er zitterte ein wenig, sein riesiger formloser Schatten an der Wand schwankte hin und her, seine Augen waren jetzt nicht mehr blau, sie glichen dunklen Abgründen, aus denen die Angst schimmerte.

»Sie, mein Herr ... eh ... sind selbstverständlich auch eingeladen«, wandte sich Herr Berger an Franta.

»Das ist mein Bruder Franta«, sagte die Mutter.

»Ich weiß, wir kennen uns doch ...«

Mein Vater saß da, krampfhaft die Tischkante umklammernd, er wollte etwas sagen, vermochte jedoch keine Silbe herauszubringen, seine Linke zitterte wie im Krampf, ich hatte den Eindruck, er wolle sich an die Kehle greifen, um diese paar Worte, denen er eine ungeheure Bedeutung beimaß, ja von denen sein Leben abzuhängen schien, gewaltsam aus sich herauszupressen; dann räusperte er sich, und abermals rann ihm ein Schweißbächlein die Schläfen herab; die Mutter öffnete das Büfett, doch alle Gläser lagen in Scherben auf dem Boden des Schränkchens; einige dieser Scherben glitten auf den Teppich, andere fielen klirrend auf den Parkettboden, und ihre scharfen Kanten, in denen sich das Licht brach, blitzten und funkelten.

»Sie müssen entschuldigen, Herr Berger, wie Sie sehen, ist alles ...«

»Jetzt gibt es halt Scherben, gnädige Frau«, sagte Herr Berger, »bitte, halten Sie sich damit nicht auf ... und bringen Sie doch Ihren Bruder zu uns her.«

Meine Mutter ergriff Frantas Arm und zog ihn zum Tisch, sein Gesicht glich keinem menschlichen Antlitz mehr, sondern eher einem Klumpen feuchter, von einem Wahnsinnigen zu menschlichen Zügen zusammengekneteter Asche.

»Setz dich, Franta«, sagte die Mutter und drückte ihn in einen Stuhl.

Dann stellte sie Kaffeetassen auf den Tisch, die unten im Schrank standen und ganz geblieben waren; Herr Berger entkorkte die Flasche, langsam und bedächtig schenkte er die gelbe Flüssigkeit in die Schälchen; mich beachtete niemand, ich war nur Zuschauer.

»Also zum Wohle, auf das gesunde Wiedersehen nach den Stunden der Angst«, sagte Herr Berger und hob seine Tasse; Frantas Hand zitterte; als er nach seiner Tasse griff, rutschte ihm das blaue Zeug von der Schulter und gab die gestreifte Montur preis; Herr Berger

stieß mit dem Vater und der Mutter an, zuletzt auch mit Franta, lange, ja allzulange und aufmerksam betrachtete er Frantas Arm in der gestreiften Sackleinwand, kippte dann mit einem Ruck den Inhalt der Tasse hinunter und sagte: »Ich bin gekommen, mich zu verabschieden.«
Er ließ den Kopf zurücksinken und sog mit halbgeöffneten Lippen den Duft des Kognaks in sich, ich erkannte sofort, daß Herr Berger nur Zeit gewinnen wollte, sein Hund war sprungbereit, wartete nur auf den geeigneten Moment, und der nahte heran; nun neigte Herr Berger den Kopf über den Tisch: »Zufällig habe ich jetzt denselben Weg ... wie ... Herr Franta da.«
Meinem Vater sank das Kinn auf die Brust, aus dem Mund floß ihm ein Rinnsal von Kognak auf das orangefarbene Hemd; Onkel Franta gab bereits alles verloren, nichts konnte er mehr in die Gegenwart herüberretten – alles blieb hinter ihm zurück: die Rote Armee, Revolution, Partei, der rote Terror, das alles war jetzt ausgelöscht, er wartete nur noch auf ein rasches Ende, langsam sank er in sich zusammen, kein Lebensfünklein war mehr in ihm, er war nur noch ein Häuflein warmer, grauer Asche; meine Mutter starrte in die Ferne, durch das Fenster hinaus zu den Bränden hin, zu unbekannten Gefilden jenseits der Stadt, wo es keine Kaffeehäuser gab, keine Trunkenbolde, keine Beerdigungen, wo man weder eine Kaution noch eine hübsche Figur haben mußte, wo immer genug Essen auf dem Tisch stand, wo man ewig jung oder alt sein durfte, wie es einem beliebte, und die Kinder vom Hunger nicht ein gedunsenes Bäuchlein hatten; sie rang nach Luft; sie verspürte ein Würgen im Hals; langsam griff sie nach ihrem Köfferchen und trat ans Fenster.
Die Kerze brannte allmählich herunter, das Flämmchen zuckte hin und her wie ein zappelndes Kaninchen, das an den Hinterläufen nach unten gehalten, vor dem Schlag hinter die Löffel noch mit den Beinchen herumschlägt – bis es den Schlag bekommt – und sein Leben verlischt.
Ins Zimmer strömte die kühle Abendluft und trug den Geruch von Regen herein, den Gestank der schwelenden Brandstätten und das, was in der Luft haftenbleibt, wenn eine Menge Toter unter den Fenstern auf dem nassen Pflaster liegt; meine Mutter lehnte am Fensterbrett, die Umrisse ihrer prachtvollen Figur zeichneten sich gegen den roten Himmel ab, als wären sie dort in dunkles Kupfer gestochen; jedes Wort, das jetzt aus ihrem Munde kam, wurde von

den vibrierenden, lose im Fensterrahmen verbliebenen Scherben klirrend zurückgeworfen. »Herr Berger«, sagte die Mutter, »treiben Sie nicht Ihr Spiel mit uns, wir wollen nicht Katz' und Maus spielen.«

Von Berger konnte ich nur die silbernen Achselstücke und Aufschläge sehen, den silbernen Totenkopf an der auf dem Tisch liegenden Uniformmütze, deren Augen auf mich gerichtet schienen, und über allem lag der rote Widerschein der Feuersbrunst von draußen.

»Ich bin über alles genau im Bilde«, erwiderte Herr Berger leise, »durch Zufall bin ich unfreiwilliger Zeuge Ihrer Gespräche geworden ... ich habe nicht gelauscht, ich kann nichts dafür, daß Ihre Klingel nicht funktioniert, die Tür offenstand ... ich hörte Stimmen, und so horchte ich, ich bedauere das sehr.«

»Und was weiter?« fragte die Mutter.

»Was weiter?«

»Was werden Sie unternehmen, Herr Berger?«

Herr Berger schwieg, entflammte dann ein Streichholz vor seinem Gesicht und steckte sich eine Zigarette in den Mund: er hatte sein Hundegesicht, seine Maske auf, ohne die er nicht existieren konnte, er begann das Spiel und spielte ziemlich schlecht, was konnte man denn von einem Schmierenschauspieler auch anderes erwarten; ähnliche Szenen waren schon lange vor Berger gespielt worden und würden auch nach ihm gespielt werden; sorgfältig hatte Herr Berger seinen großen Auftritt vorbereitet, alles war durchdacht, jetzt wartete er nur darauf, daß ihm jemand das Stichwort zuwarf; viel später erst kam ich zu der Überzeugung, daß dies ein ganz gutes Schauspiel hätte abgeben können, wenn es den anderen aufgegangen wäre, daß Herr Berger nur spielen wollte, doch dazu hatten wir alle viel zuviel Angst.

Vom Fenster her ertönte abermals die Stimme der Mutter, die Stimme der Silhouette auf dem Kupfergrund, aber ich konnte nicht erkennen, ob ihr Gesicht dem Zimmer zugekehrt war oder ob sie hinausblickte, aus der Stimme ließ sich nichts folgern (sie klang metallen; kam wie aus unendlichen, nur von Feuersbrünsten begrenztem Raum her, von einer Luftströmung hergetragen, vom schmerzlichen Aufprall gegen die scharfen Gegenstände im Dunkel deformiert, bei jeder Silbe Farbe, Stärke und Form wandelnd).

»Wieviel verlangen Sie?« sagte diese Stimme.

»Madame, ich verstehe nicht«, flüsterte Herr Berger.

»Sie verstehen nur zu gut, also wieviel?«
Herrn Bergers großer Auftritt war für diesen Abend zu Ende, nervös rückte er auf seinem Stuhl hin und her, und voll Unzufriedenheit beging er einen Fehler nach dem anderen. Er versuchte es auf die pathetische Tour und gab sich beleidigt: »Sie mißverstehen mich, Gnädigste, ich will Ihrem Bruder helfen, ich werde ihm helfen ...«
Franta und mein Vater erfaßten wohl gar nicht mehr, was sich im Zimmer abspielte, sie waren auf dem Nullpunkt angelangt, am Ende, es führte kein Weg weiter, nur Feuer war da, Abgründe und Kreuzwege; meinem Vater war es, als fiele er, wie in die Kabine eines durchgehenden Lifts gesperrt, in die Tiefe, während die beleuchteten Stockwerke an ihm vorüber nach oben rasten, und in jedem Stockwerk in einem Bruchteil von Sekunden eine Szene, doch unzusammenhängend und vage, ja manchmal sogar einem Wahnbild gleichend; seine Rechte umklammerte die Tasse und wollte ihm nicht mehr gehorchen, die Hand war tot oder gehörte bereits jemandem anderen.
»Aber meine Herren«, begann Herr Berger wieder. »Kopf hoch, noch ist nichts verloren!«
»Idiot«, sagte die Mutter beim Fenster, das Wort deutlich artikulierend.
Bergers Gesicht dehnte sich im Dunkel in die Länge, mit einem Satz war er beim Fenster. Merk dir, kläffte sein Hund, für dich heiße ich ein für allemal Liebling, verstanden, wenn du deine Meinung geändert hast, so brauchst du es nur zu sagen, du kannst es gleich sagen, und ich werde euch alle miteinander wie Kerzen ausblasen, ffff – und aus ist es mit euch, verstanden, weg seid ihr!
Die kupferne Silhouette gehörte zur Mutter, der Schatten daneben zu Berger; weitere Worte erübrigten sich; Franta erhob sich, doch wieder sah ich nur einen Schattenriß mit verlängertem Arm nach einem Gegenstand auf dem Tisch suchen; die nervösen Finger stießen eine Tasse um, es klirrte, dann tasteten sie sich zur Schneide des Fleischmessers vor und umklammerten dessen Griff; dann tauchte dieser aus der Asche neuerstandene Schatten hinter Bergers Rücken auf und suchte im Dunkel das rechte Schulterblatt unter dem Uniformtuch: dort setzte er die Spitze des Messers an.
»Du Schweinekerl«, sagte die Mutter ruhig und leise zu Berger.
Bergers Schultern sanken ein wenig herab, Franta zögerte jedoch zuzustoßen: einen Augenblick lang standen die drei dort erstarrt,

ich fühlte mich wie ein von einer Schlange hypnotisierter Frosch; schon wollte sie mich verschlingen, ich wollte schreien, hielt mich aber zurück: ein schwacher Motor, der mit Vollgas den Berg hinaufgejagt wird, hält auch nicht viel aus. Ich schluckte.

Stille herrschte, nur draußen rasselten die Karren über das Kopfsteinpflaster, Schritte entfernten sich unter dem Fenster, am Horizont gähnte der feurige Rachen der Explosionen und wuchs zur Form einer Aschenurne empor.

»Tun Sie das Messer weg«, sagte Herr Berger.

Die Feuerurne am Horizont hatte sich jetzt herausgeputzt: mit einem Hütchen aus Asche und Staub bedeckt, stolzierte sie mit dem Wind über den orangefarbenen Nachthimmel nach Westen.

»Stecken Sie das Messer weg, verstanden«, sagte Herr Berger erneut, jede Silbe einzeln betonend.

Ich sah nur Frantas Profil, doch ich wußte, es war kein Zorn in ihm; wenn er wütend wurde, begannen seine Schultern hin- und herzuzucken, als wolle er das Gewicht nach vorn werfen, um seine Kräfte zu erproben, doch jetzt stand er ruhig da, das Messer an Bergers Rücken angesetzt: er sammelte gewiß Kraft, um zuzustoßen; alles spielte sich wie auf der Bühne ab, und eine innere Stimme sprach beruhigend auf mich ein, keine Angst zu haben, das Szenarium sei aufs beste durchdacht, alles liefe ab, wie es verlaufen müsse, durch einen Aufschrei könne ich nichts ändern, weder etwas hinzufügen noch streichen, das Geschehen vollziehe sich außerhalb meiner Person, und weshalb also schreien? Wer hörte mich schon? Die Feuerurne war jetzt verschwunden; sie hatte den Schattenriß der Mutter am Fenster mit sich fortgenommen, ich hörte ihre Absätze Glassplitter zertreten und sie dann sagen: »Du bist mein lieber, guter Franta!«

Franta bekam einen Schüttelfrost, der ihn mit kurzen, heftigen Stößen durchfuhr und ihm das Messer aus der Hand schlug, es fiel fast lautlos auf den dicken Teppich; Berger drehte sich um.

»Ach, Sie sind das. Ich habe schon gedacht, der Herr ...«

Dann zog er ein weißes Taschentuch heraus, wischte sich die Stirn ab und legte seine Hand auf Frantas Schulter: »Vergessen Sie das Messer, vergessen Sie alles, das war keine richtige Lösung, kommen Sie, wir wollen einen trinken.«

Franta ließ sich wie ein kleines Kind zum Tisch ziehen.

»Trinken wir einen«, wiederholte Berger in einem fort und schenkte die Tassen bis zum Rande voll mit Kognak, »ich kann nichts

sehen«, sagte er lachend, »die kostbare Flüssigkeit wird noch überlaufen.«
Dann klopfte er meinem Vater auf den Rücken: »Also zum Wohle, Herr Cafetier, auf Ihre Gesundheit und ein langes Leben, sackerlot, wir wollen trinken, Burschen, wir wollen trinken, auf daß wir leben, alle miteinander!«
Mein Vater raffte sich allmählich auf, hob langsam die Tasse an die Lippen und leerte sie dann in einem Zug.
»Hätte ich mit dem Messer hinter Ihrem Rücken gestanden«, sagte er langsam, »dann würden wir jetzt nicht mehr miteinander anstoßen ...«
»Ich weiß, Herr Cafetier«, erwiderte Herr Berger leise, »ich weiß das sehr genau ... es hat mich überrascht, daß nicht Sie sich dazu entschlossen haben ...«
Mein Vater machte eine müde Handbewegung und sank in seinem Kabinenlift wieder um ein paar Stockwerke tiefer und beschäftigte sich mit dem Problem der rätselhaften, im Bruchteil von Sekunden aufleuchtenden Bilder, wenn die Stockwerke an ihm vorüber nach oben sausten.
Franta trank nichts, er hatte sich langsam wieder in warme Asche verwandelt; die Mutter setzte sich an den Tisch, das Köfferchen auf den Knien, sie stützte die Ellbogen auf und legte den Kopf in die Hände; Berger trank ein Täßchen Kognak nach dem anderen, erleichtert atmete er jetzt auf.
»Meine Herren«, sagte er, »ich werde Ihnen das Lastauto besorgen, um zwölf wird es beim Schacht sein ... Ehrenwort ... diese dreißig Burschen, oder wie viele es sind, werden ohne einen einzigen Kratzer in die Slowakei gelangen, und wenn ich sie persönlich hinfahren müßte, haben Sie verstanden? Nein? Auch gut.« Herr Berger trank erneut ein Schälchen, erhob sich, zündete eine Kerze auf dem Tisch an und begann im Zimmer hin und her zu wandern, die Glasscherben knirschten unter seinen Stiefeln. »Sie nehmen an«, fuhr er fort, »ich habe Sie in eine hübsche Falle gelockt; vor lauter Angst haben Sie sofort das Herz in die Hosen fallen lassen und haben geglaubt, ich würde zum erstbesten intakten Telefon laufen und Sie alle zusammen abführen lassen ... aber, aber, ich muß doch auch an mich denken, meine Herren, jawohl, an mich ...«
Mein Vater bewegte sich.
»Haben Sie etwas gesagt, Herr Cafetier?« fragte Berger. »Nichts, auch gut, aber fahren wir fort: Sie, Herr Cafetier, haben sich hier

ein Alibi für die Russen und die neue Regierung, die nach uns kommen wird, geschaffen – und ich? Denken Sie vielleicht, ich bin auf den Kopf gefallen und werde mir gerade jetzt noch das Schandmal eines Kriegsverbrechers auf die Stirn einbrennen lassen? Ich bin gar nicht glücklich darüber, daß ich heute zu Ihnen hergekommen bin, ich bedauere es, ich werde dadurch nur Ungelegenheiten haben; wäre ich nicht gekommen, so hätte ich das Schicksal der dreißig Häftlinge und auch das Ihre, Herr Franta, ruhig dem ... nun eben dem Schicksal überlassen können – und es hätte mich auch nicht einmal sehr verdrossen, wenn ich erfahren hätte, daß irgendwo in der Slowakei oder noch an der Grenze dreißig aus dem Konzentrationslager entflohene Häftlinge abgeknallt wurden – das heißt: die ganze Sache würde mich nichts angehen, verstehen Sie, ich würde mir nicht die Finger an ihr beschmutzen, aber jetzt – jetzt bin ich *geradezu* verpflichtet, dafür zu sorgen, daß diese dreißig Burschen nach der Slowakei gelangen, die Verantwortung ist von Ihnen auf mich übergegangen; es geht um meinen Kragen, um meine Zukunft nach dem Krieg; jetzt, Herr Cafetier und Herr Franta, ziehen wir an einem Strang.«

Aus der Asche, die Franta hieß, sprang ein Fünklein auf, das, vom Luftzug erfaßt, ihm in die Augen gesprungen sein mußte. »Nein«, sagte Franta.

Berger bekam wieder sein Hundegesicht, doch diesmal war es keine Maske, der Hund in ihm stieg an die Oberfläche, packte Franta am Kragen, beutelte ihn und zerrte ihn zu seinen bösen Augen hoch: »Keine Widerrede, verstanden, und jetzt los zu deinen Genossen, um zwölf ist das Lastauto dort, und solltet ihr versuchen, etwas auf eigene Faust zu unternehmen, werde ich kurzen Prozeß mit euch machen!« Herr Berger ließ Franta los und auf den Stuhl zurückfallen und fügte noch hinzu: »Aber nicht ich, selbstverständlich nicht ich ...«

Dann schenkte er sich und meinem Vater ein weiteres Schälchen ein.

»Geht nur, ihr Helden, in die Slowakei kämpfen, krepiert dort im Namen eurer bolschewistischen Götter, aber meine Hände werden sauber bleiben – los, hau ab!«

Franta erhob sich, es hatte ihn verdammt mitgenommen, wer hätte das erwartet, er stand vor Berger stramm und sagte »jawohl«; sein Kinn begann zu zucken, und er heulte; warum nur mußte ich stets dabeisein, wenn Franta zu heulen anfing, ich wollte das doch gar

nicht mitansehen, lieber hätte ich mitangehört, wie er mit Herrn Kempf stritt, die Fäuste zum bolschewistischen Gruß hob, das war der echte Franta, aber wenn er weinte, war er es nicht mehr, sondern nur noch ein Bündel Angst, kein Kämpfer; aber möglicherweise existierte ein ungeschriebenes Recht, heulen zu dürfen, daß nämlich ein richtiger Kerl dann heult, wenn er seine ganze Ohnmacht fühlt, wenn er getreten wird, und hier heulte eben nicht ein Feigling, sondern ein Mann vor Scham und Erniedrigung, einer, in dem sich das Eis des Zorns in Tränen aufgelöst hatte, die nun mit ihrem Naß vielleicht schon eine junge Saat neuer Entschlüsse und Taten nährten.
»Zum Donnerwetter, hau endlich ab, ich will dich hier nicht mehr länger sehen«, brüllte Herr Berger.
»Geh doch, Franta«, sagte die Mutter.
Frantas Augen, voll Tränen, wanderten im Zimmer umher, was war doch hier alles durcheinandergeraten: das Messer lag noch auf dem Teppich, und nur ich bemerkte Frantas Blick, die winzige Bewegung zu der Klinge hin, die stille Resignation.
»Vergiß nicht, was ich gesagt habe, Punkt zwölf werde ich dort sein, verstanden!«
»Im Vorzimmer hängt ein Mantel«, sagte die Mutter, »zieh ihn drüber.«
Mein Vater hob den Kopf, doch es herrschte Halbdunkel, die stillgewordenen dunklen Stockwerke versanken, nirgends mehr blitzte ein Licht auf – nur Finsternis und der Beigeschmack von Asche; hier ging ihn nichts mehr etwas an, und darum ließ er den Kopf wieder sinken und verlangsamte sein Fallen, genauer gesagt, er prüfte, was geblieben war, und rekapitulierte das Vergangene. Mein Vater zog Bilanz.
Frantas Schritte entfernten sich, dann schlug die Haustür zu.

Dreißig hungrige Männer in gestreiftem Lumpenzeug kauern unter dem verrotteten Vordach in dem stillgelegten Schacht hinter der Stadt; dreißig Männer haben Angst und schweigen; die Angst jedes einzelnen wird durch die Bangigkeit seines Nachbarn, an den er sich vor Kälte anpreßt, noch vervielfacht; es gibt keinen Gesprächsstoff, keiner wagt, seine Befürchtungen laut werden zu lassen. Beim Transport war das ganz anders gewesen; dort im Viehwagen hatten sie Vermutungen darüber anstellen können, wohin und wozu man sie nach dem Osten schaffe, sie hatten disputiert und gestritten, ob sie

in Breslau zugrunde gehen würden oder beim Bau von in Eile errichteten Verschanzungen; sie konnten über die auf sie zukommenden Dinge nachdenken, wenn aber alles schon einmal addiert und ausgerechnet ist, verlieren die Tage des Lebens ihren Sinn, der Boden entgleitet ins Unbekannte.
Auch im Lager war das alles ganz anders gewesen.
Dort hatte es wenigstens eine Ordnung gegeben: Wecken, Appell, Fußtritte, eine halbe Schüssel Fraß, Tod; hier unter dem Dach in der Freiheit war gar nichts mehr, hier gab es nur Finsternis, Zugluft, Regen; nichts außer den aufleuchtenden Bränden in der Stadt, der peinigenden Angst, die einem tief im Nacken saß; im Lager hatte man auch Angst gehabt, aber jeder hatte gewußt, woher sie kam. Hier wußte man überhaupt nichts.
Dreißig Männer hocken im Dunkel; dreißig Fledermäuse glotzen ins Dunkel, aus dem alles mögliche kommen kann: Erlösung oder Tod, doch das ist jetzt wohl schon egal; dreißig Männer haben vielleicht die letzte Gelegenheit ergriffen und getan, was sie tun mußten: sie waren durch eine Straße voller Bombenexplosionen und pfeifender Splitter zum Leben hingelaufen. Sie rannten um ihr Leben, und da tut man das rechte Ding im rechten Augenblick: man läuft, geht in Deckung, gibt einem Kerl einen Hieb über den Kopf, erschlägt ihn, hilft dem Kameraden oder man läßt ihn liegen, je nachdem; jede Tat hat Zweck und Sinn – und beides ist in Reichweite: Zweck und Sinn, von der Hoffnung wird nicht gesprochen, nur von den Taten; niemand fragt nach dem Gewissen, das kommt dann nachher, in solchen Augenblicken geht es nur um Stolpern und Tod oder um den Sprung ins Leben, vielleicht nur für kurze Dauer, aber dennoch. Niemand hatte gefragt, was das alles sollte, aber einer wie der andere hatte gewußt, er mußte die von irgendeinem Wahnsinnigen aus dem Luftschutzraum am Rande der Schienenstränge beschossene Böschung überqueren; das allein war zweckmäßig: rasch überqueren, nichts mehr, nur das; in diesen fünf Sprüngen, die man machen mußte, gipfelte das Leben – gipfelte und endete oder begann es; was jenseits der Böschung sein mochte, das war unwichtig; vielleicht war dort irgendwo ein weiterer Wahnsinniger und würde wieder schießen; das alles haben die dreißig Männer bereits hinter sich, eigentlich waren sie siebenunddreißig gewesen, drei waren auf der Böschung gefallen, vier verwundet liegen geblieben; so hatte man es abgemacht: die Verwundeten werden ihrem Schicksal überlassen.

Dreißig Männer haben jetzt Hunger.
Die Dunkelheit hatte sie hinterrücks angefallen, hatte ihnen eine Schlinge um den Hals geworfen und zog sie jetzt zu; das Dunkel hatte muskulöse Klauen und zog wie besessen, erbarmungslos.
Inmitten des Knäuels röchelt ein Mann.
Stimmen kommen aus der Mitte der lebendigen Masse, von glotzenden oder gleichgültigen Augen her, zwischen gebleckten Zähnen hervor, »dieser Hurensohn ist allein abgehauen; am Morgen werden sie uns wie faule Kartoffeln von hier herausziehen.« – »Halt's Maul«, kläfft ein anderer, »Franta ist nicht abgehauen, dafür kenne ich ihn viel zu gut.« – »Ich scheiß auf Franta«, krächzt die Stimme wieder, »ich scheiß auf euch alle, ich werde allein losgehen, dem erstbesten Zivilisten die Klamotten abnehmen und allein losmarschieren«; ein Schatten löst sich aus dem Knäuel, ein langer, auf einem schmalen Gestell von Knochen und Bein hängender Schatten, tut zwei, drei Schritte in die Finsternis hinaus, ein zweiter, kleinerer Schatten, löst sich und versetzt dem langen einen Hieb über den Kopf: der Knochenmann sackt langsam zusammen und verschmilzt mit dem Boden – wie ein Häuflein frischer Erde liegt er da.
»Alle oder keiner«, sagt die Stimme, das Dunkel zerschneidend.
Das Häuflein Erde auf dem Boden hebt den Kopf, richtet sich mit beiden Armen auf den Boden stützend auf die Knie auf: »Du Hurensohn, hast mir eine schöne Abreibung gegeben«, sagt er keuchend, und es rasselt in ihm, als hätte er einen Ventilator in der Brust, »wegen deinem Franta müssen wir hier alle krepieren.«

Franta stand schon eine gute Stunde in die Nische unserer Haustür gedrückt, überlegte, was geschehen war, fand aber keine Antwort darauf, verschob sie auf nachher, bis er wieder einen klaren Kopf haben würde, alles fort war, diese Nacht und überhaupt alles; angestrengt versuchte er, die Geschehnisse der letzten Stunden zu ordnen, doch das erforderte Zeit und Konzentration, und beides fehlte ihm, und dann: Franta mußte sich auf eine andere Sache konzentrieren, einen Schlußpunkt setzen; im dunklen Vorhaus war sein Fuß an einen vom Treppengeländer abgebrochenen Gußeisenstab gestoßen, er hatte ihn aufgehoben, man konnte ihn gut halten, und er kühlte; Franta öffnete die Haustür einen Spalt, um besser zu hören: dieses Zimmer mußte er auslöschen, die offene Rechnung begleichen, warten, bis Berger an ihm vorbeikam und ihm die Gußeisenstange auf den Kopf schmettern, ihn dann zu dem zerbombten

Haus hinüberzerren, wo schon elf Leichen auf der Erde nebeneinanderlagen: die zwölfte würde er dann dort zu ihnen werfen; auf der Treppe oben flackerte ein Lichtchen auf, stieg herunter, die feinen Formen des Geländers, der Stolz des Hauses, zeichneten sich als vergrößerte Schattenornamente an den Wänden ab; Frantas Finger schlossen sich fester um die Stange; das Licht war bereits im Vorhaus unten, jetzt nur ja nicht zittern und den Arm mit dem Eisen langsam hochheben.
»Gib auf Franta acht«, sagte eine Frauenstimme, »vor allem auf ihn gib acht!«
»Selbstredend«, sagte Berger. »Bekomme ich einen Abschiedskuß?«
»Ja ... aber jetzt geh schon.«
Das Eisen in Frantas Hand wurde schwer – und nun war es bereits zu spät, um zuzuschlagen, der schwarze Schatten mit den Silbersäumen ging durch die Haustür, schon ertönten seine Schritte auf der Straße, Frantas Stange fiel krachend auf das Pflaster.
»Ist jemand hier?« fragte die Frau im Vorhaus.
»Ja«, sagte Franta, durch die Tür ins Vorhaus tretend, »ich bin es«; er trat näher zu der Frau hin, die die Kerze in der Hand hielt: »Jawohl, ich bin es – du Dirne.«
Die Frau stand auf den Steinfliesen, die Kälte in ihren Füßen stieg ihr bis zum Hals hinauf; Franta wandte sich von ihr ab und ging hinaus; der Luftzug verlöschte die Kerze; die Frau tastete sich mit zitternden Händen am Geländer entlang, sie wankte die Treppe hinauf, mit Augen, die die Last der Tränen nicht mehr halten konnten, sie wünschte sich, daß die Stufen jäh endeten, sie in einen Abgrund stürzte und, von den scharfen Vorsprüngen der Granitquader zermalmt, in die Hölle hinabfiele; doch die Treppe führte zu keinem Abgrund, sondern nur zu dem gelblichen Rechteck unserer Wohnungstür; im Grunde genommen endet doch nichts mit einem Abgrund; selbst wenn wir uns tausendmal wünschten, ein Abgrund möge uns verschlingen und einen Schlußpunkt setzen, so geschieht eigentlich gar nichts, der Satz läuft weiter, nur von uns spricht man dann in der Vergangenheit, wir aber existieren weiter: irgend jemand erbt unsere Leiden, unser Unrecht, und trägt sie weiter; oft schon habe ich solche Erwägungen über die Abgründe angestellt und stets gefühlt, was für eine schreiende Ungerechtigkeit es ist, wenn jemand uns mit Schuld belädt, sich selbst aber ins Verderben stürzt und diesen Schlußpunkt setzt, und wir, oder zum Beispiel ich, müssen diese Last weitertragen, die uns eigentlich gar nicht zu-

kommt; nein, ich wünschte meiner Mutter nicht den Abgrund und das Ende; ich bin froh, daß sie in dem matt erleuchteten Rechteck unserer Wohnungstür den Vater erblickte: er saß bei der Kerze da, den Kopf in die Hände gelegt; alles konnte weitergehen, das Gewicht der Lasten war noch gleichmäßig verteilt, jeder trug die seine, doch schon damals hatte ich das Gefühl, daß meine verdammt unbequem war.

Die Kerze auf dem Porzellanteller brannte herunter, aus der Wohnung schlugen der Mutter jene Gerüche und Dünste entgegen, wie sie alle Wohnungen, jede auf ihre Weise, ausströmen; die Mutter blieb in der Tür stehen, und sich an sie lehnend, sagte sie leise: »Bohuš, ich gehe fort, hörst du, ich gehe weg und laß dich hier sitzen, das wird undankbar von mir sein, du hast mich aus der Kolonie herausgezogen, nie habe ich bei dir Hunger leiden müssen, aber jetzt kann ich nicht mehr mit dir weiter zusammen leben, das ist das Ende, niemand kann von mir noch mehr verlangen, weder du noch Franta ...«

Mich hat man wieder vergessen, wie gewöhnlich, dachte ich, als die Mutter mit ihrer Rede zu Ende war, ich bedeute hier weniger als die Zugluft, die ihr die heiße Stirn kühlt; das hatte sie sich ja sehr hübsch zurechtgelegt: wenn die Treppe nicht in einem Abgrund endet, dann gibt es da die Worte stiller Resignation an der Tür, den Abschluß unbequemer Kapitel, einen faulen Handel; du gehst schon nicht fort, dachte ich bei mir, du, meine Mutter, gehst nicht fort, du bildest dir nur im Augenblick ein, du müßtest das tun, du belügst dich selbst; setz dich nur ruhig hin und verschnauf dich; der Vater hob ein wenig den Kopf und sagte: »Ich brauche dich, ich verzeihe dir alles, aber bleib nur da.«

Und die Mutter tat das einzig Richtige an diesem ganzen Abend: mit einem tiefen Atemzug sog sie die Zugluft ein, schloß die Tür hinter sich (wieder knirschten die zerriebenen Glassplitter so fürchterlich), setzte sich im Zimmer aufs Sofa, legte sich das hingeworfene Köfferchen wieder auf die Knie, mit einer fahrigen, flüchtigen Bewegung strich sie sich das Haar zurück und sagte abermals mit leiser Stimme: »Bitte, sei mir nicht böse, ich werde nicht mehr ...«, der Vater tastete auf dem Tisch nach der Tasse mit dem restlichen Kognak und kippte ihn mit einem Ruck hinunter. »Reden wir nicht mehr davon«, erwiderte er und ließ den Kopf auf den Tisch zurücksinken.

Ich saß immer noch im Lehnsessel in der Zimmerecke; immer wieder kamen neue Detonationen, und ihre Druckwellen drangen bis zu uns ins Zimmer: ich spürte sie im Gesicht, die Kerzenflamme flackerte und erlosch schließlich; im ausgedorrten Mund spürte ich einen Salzgeschmack, und auch unter den Augenlidern schmerzten mich Salzkristalle, eine unbekannte Macht wiegte das Deck des schwankenden Schiffes, und der nächtliche Wellenschlag trug mich fort; das Beben des Mastes, des Takelwerks, die dumpfen Anschläge gegen die Seiten – das alles spürte und hörte ich im Dunkeln; eine böse Vorahnung, das Schiff werde sinken, ließ mich erzittern, und ich sehnte ein Rettungsboot herbei, doch das Deck war leer, das von schwieligen Händen blankgescheuerte Steuerrad drehte sich von allein, nur vom irren Spiel der Wellen gesteuert; ich schrie Hilfe, Hilfe, aber niemand eilte herbei – und wer hätte auch kommen sollen, wen hätte ich eigentlich erwarten können? Franta war fort und war nur noch Asche, Herr Kempf war abgestürzt, weil ihn die Flügel nicht emporgetragen hatten, Herr Klimesch war mit seinem Bataillon fortmarschiert, die Großmutter lag gelähmt darnieder, weil sich ihre roten Blutkörperchen zersetzten, und nur böse Ahnungen stürmten auf mich ein: das Schiff wird sinken und alle mit ihm, die Mutter, der Vater, Berger, Herr Klimesch, Herr Mader, auch Štefka und Doris, aber warum ich? Welche Schuld muß ich auf mich nehmen, welches Erbe; ich wollte doch das Schiff der zukünftigen Schiffbrüchigen gar nicht besteigen, wer will mich um meine Zukunft bringen; die vom Salz aufgerauhten Taue schnürten mir den Hals ein: laßt mich los, schrie ich, das hier ist nicht mein Schiff, ich gehöre eigentlich gar nicht hierher ... ich bin nur ein blinder Passagier und bin unschuldig, es ist ungerecht, daß ich mit euch zugrunde gehen soll!

Das Licht weckte mich, in dem sechsflammigen Lüster flackerten die gelblichen Glühfäden einer einzigen Birne: die Spannung war minimal; die Mutter saß mit auf den Tisch gestützten Ellbogen da, das Kinn in die Handflächen gelegt; des Vaters Stellung war unverändert geblieben: den Kopf gesenkt, die Lider halbgeschlossen, den Rücken vorgeneigt. Ich hatte großen Durst, am ganzen Körper verspürte ich ein Kribbeln wie von Ameisen, sie schienen an meinem Knochenmark zu nagen, griffen durch die Adern die Blutgefäße an und bohrten sich in die feinen Kapillargefäße; ich erhob mich aus dem Lehnsessel.

»Du warst hier«, sagte die Mutter aufschauend.

»Ja.«

Als ich durch das Zimmer hinausging, spürte ich meines Vaters schweren Blick im Rücken; ich tastete mich durch den finsteren Korridor zum Badezimmer und drehte den Hahn auf: aus dem Rohr spritzte nur eine halbe Handvoll Wasser heraus, das im Mund scheußlich nach Rost schmeckte; ich überlegte, was ich jetzt weiter unternehmen sollte: ins Wohnzimmer zurückzugehen, wo die Eltern stumm und regungslos auf den Morgen warteten, das war mir unmöglich, die Dunkelheit lag zwischen uns; ich setzte mich auf den Rand der Badewanne, und da fiel mir ein, daß in der Küche in einer Flasche noch ein Rest Wein geblieben war; langsam schob ich mich an den Wänden entlang in die Küche, Streichhölzer fand ich auf dem Ofensims, dort lagen stets zwei oder drei Schächtelchen bereit; ich riß ein Streichholz an: am Tisch saß Štefka und schlief; ich berührte ihre Schulter, sie zuckte zusammen und schrie leise auf.
»Erschrick nicht«, sagte ich, »ich hole mir nur etwas zu trinken.«
Den Weinrest trank ich in einem Zuge aus: alle Dinge um mich herum schienen plötzlich kleiner zu werden, alles war wieder so wie in der Kindheit, auch Štefka war nicht mehr das heranreifende junge Mädchen, sondern das Kind, das ich von der Weide her kannte; voll jugendlichem Ungestüm küßte ich sie auf die Wange, das Gleichnis vom Wasser und den geöffneten Fingern fiel mir wieder ein. Das Leben rinnt uns allen durch die Finger, ähnlich wie wenn man die Hand in ein reißendes Wasser taucht: wir können alles spüren, die Kühle, die Strömung, die anhaltende Energie des Wassers, aber schließt man die Finger, um das Wasser einzufangen und festzuhalten, und sei es auch nur für einen Augenblick, dann ist die Hand leer und feucht, nichts weiter; ich bin in der Strömung, dachte ich, ich fühle schon, wie sie mich durch das Flußbett hinunterzerrt, um mich unbarmherzig gegen die bemoosten, aus dem Felsgestein herausragenden Klippen zu schleudern; aber ich bin stark, ich habe kräftige Arme und elastische Beine, ich werde mich, ja, ich muß mich gegen die Strömung stemmen, sonst gehe ich unter.
»Schlaf, Štefka«, sagte ich, »schlaf nur weiter.«
Ich wollte das Licht anknipsen und drehte den Schalter, aber ringsum blieb es dunkel; vom Korridor aus sah ich, daß auf dem Tisch im Zimmer wieder eine Kerze brannte und der Lüster mit der einzigen intakten Glühbirne einen gelblichen Lichtschein auf die Verchromung warf; ich blieb in der Tür stehen, und da wußte ich noch nicht, daß ich im nächsten Moment sagen würde: »Es wäre besser gewesen, wenn es uns heute – alle zusammen erschlagen hätte ...«

Die Mutter hob die Augen, doch der Vater rührte sich nicht, vielleicht hatte er es gar nicht gehört, deshalb wiederholte ich: »Es hätte uns erschlagen sollen, alle auf einmal – und Schluß!«
Der Vater hob ein wenig den Kopf, sein ganzes Körpergewicht ruhte auf seinen auf dem Tisch liegenden Armen; doch er konnte und wollte vielleicht auch gar nicht aufstehen.
»Was hast du da gesagt?«
In diesem Augenblick wünschte ich mir nichts dringlicher, als daß mein Vater in dieser Stellung zu Stein geworden wäre, daß ihm die trüben Augen, der wütende Zug um den Mund, die hervortretenden Adern auf immer blieben, daß das Echo meiner Worte noch lange im Zimmer anhielte; als ich an ihm vorüberging, sagte ich: »Ich spreche doch deutlich genug, es hätte uns im Keller erwischen sollen, und Ruhe wäre, ein für allemal . . .«
Der Vater stützte sich mit den Armen ein wenig hoch, packte mich mit einer Hand an der Schulter, hielt mich fest und drehte mich zu sich: der Geruch von Zigarren, Kognak und säuerlichem Weindunst schlug mir aus seinem Mund entgegen. »Was unterstehst du dich«, sagte er mit schwerer Zunge und gab mir dann kühl, ohne jede Spur von Zorn und Wut, eine Ohrfeige, doch dieser Schlag weckte den Hund in mir vollends auf, schon holte er Atem, um aus sich herauszustoßen: Jetzt hast du Courage, ja jetzt, aber als Berger . . . als er . . . da hast du es nicht fertiggebracht zuzuschlagen, da hast du Angst um deinen Kopf gehabt; ich riß mich vom Vater los, schmetterte die Tür meines Zimmers zu und fiel auf mein Bett, das mit Mörtel und Ziegelsplittern übersät war, die von der Zimmerdecke herabgefallen waren.
Ich genoß meine Wut.
Ich wollte sterben, wünschte mir eine neue Sintflut herab, oder einen Fliegerangriff, damit ein Hochwasser alles hinwegfege und in den Kanal hinabspüle oder wir uns in eine Feuersäule verwandelten und ich das aparte Hütchen aus Staub und Wind darauf wäre, als Staub emporschwebte und nicht auf den Flügeln eines papierenen Zementsacks, die Herrn Kempf nicht hinauftragen konnten; draußen marschierte eine Militärabteilung vorbei, dann hupte ein Lastwagen, und aus der Ferne kam eine gellende Frauenstimme: »Jindřich! Jindra!« Jindřich schwieg, er lag wohl unter den Trümmern des Hauses, den Mund, die Augen, die Brust voll Staub, was ist dir denn passiert, Jindra? Alles tut mir weh, Junge, alles, die Beine, der Körper, der Kopf, ich bin schon fast tot, und alles

schmerzt, so habe ich mir das nicht vorgestellt, nein, das ist nicht gerecht.

Ich werde dich ins Krankenhaus tragen, sagte ich.

Tu das, vielleicht stirbt man im weißen Bett leichter, wer weiß.

Ich wühle Jindra aus der Erde, er ist schwer und feucht, zuerst kommt eine Erdschicht, dann Ziegel und zum Schluß Staub; ich nehme Jindra auf den Rücken, er ist jetzt nicht schwer, fast so leicht wie ein Kind; drei Schritte, und ich bin im Krankenhaus; ein hoffnungsloser Fall, sagt der Arzt, trag ihn auf Zimmer sechzehn.

Ein langer Gang, der zu einem blinden, sich über die ganze Wand ausdehnenden Fenster sanft ansteigt, die letzte Tür rechts, Nummer sechzehn – leer, nur in der Ecke ein Bett und darauf Herr Klimesch, Schopenhauer lesend.

Da leg mich hin, jammert Jindra, hier und nirgends anderswohin, hier werde ich mich besser fühlen.

Ich will Jindra auf den Boden legen, er stöhnt und wird schwer, meine Arme können ihn nicht mehr halten; mit einem dumpfen Aufschlag fällt er zu Boden; Herr Klimesch hebt den Zeigefinger: Unsere Taten sind allerdings kein erster Anfang, daher durch das, was wir tun, erfahren wir bloß, was wir sind, hast du das verstanden, Jan?

Ja, Herr Klimesch, ich habe es verstanden.

Jetzt geh und lauf ein bißchen herum, sagt Herr Klimesch, und morgen wollen wir das zusammen wiederholen.

Ja, morgen werden wir das wiederholen, besten Dank.

Im Garten, in dem ich sitze, wird nach Jindra gerufen, doch das Rufen geht in einen gellenden Schrei über: ich atme heftig, ich weiß, ich muß durch den Keller hindurchlaufen, wo mich die wilden Hunde an den langen, an mächtige Mauern angeschmiedeten Ketten beißen werden, dahinter schlägt ein Hammer auf einen Amboß, dröhnen machtberauscht Maschinen; eine grüne Katze spaziert über blutgetränkte Bandagen, genießerisch dehnt sie den Rücken mit dem gesträubten Fell und kriecht in den Gipsfuß beim blühenden Kirschbaum; ich habe schon vergessen, wie ich heiße, vielleicht bin ich der Jindřich; ich bin wohl schon tot, ich wollte nach dem Grabstein suchen, mich der Menge dort beigesellen: schweigend betreten die Leute jetzt den Garten und legen voll Würde Kränze auf die Gras- und Rasenhügel; elegante Damen mit Schleiern, Herren mit Zylindern. Vor mir steht eine schöne Dame, sie legt ihren Kranz zu meinen Füßen nieder.

Ich wollte, junger Herr, daß Sie Stunden der Freude erleben; ich wollte auf dem ersten Ball der kommenden Saison mit Ihnen tanzen!
Ich bedauere sehr, Madame, antworte ich, wie Sie sehen, stehe ich schon mit einem Fuß im Grab, und der andere liegt dort beim Baum, schauen Sie nur hin!
Aus dem Gipsfuß bei der blühenden Kirsche kriecht die grüne Katze hervor; die Dame schreit auf, dehnt sich in die Länge und zerreißt in zwei Hälften; die grüne Katze reibt sich zärtlich an meinem Bein, ich spüre ihr weiches Fell, die animalische Wärme und einen heftigen Schmerz, als sie mich in die Wade beißt: ich schreie vor Schmerzen, doch ich habe keine Zunge mehr, nur einen Salzklumpen, gern möchte ich ihn ausspucken, kann es aber nicht; ich öffne den Mund, in dem ich Staub, den Geschmack von Rauch und den Gestank der schwelenden Brände verspüre, den der Wind die ganze Nacht hindurch über unsere Stadt emporgetragen hatte.
Draußen ist es bereits Tag.

Punkt zwölf Uhr nachts kam über den kotigen Weg zu der stillgelegten Zeche ein großer Lastwagen herangerumpelt, um zwölf Uhr fünf setzte sich Franta neben den Chauffeur, legte sich das Stück Eisenrohr auf die Knie und sagte: »Solltest du versuchen, vom richtigen Weg abzubiegen, schlag ich dir das Rohr über den Schädel, wenn uns jemand anhalten will, gibst du Vollgas, verstanden?«
»Red keinen Unsinn«, erwiderte der Chauffeur gleichgültig, »Berger hat alles arrangiert, Schwierigkeiten wird es keine geben, ich bringe euch an die Grenze, die Stelle ist genau bestimmt, dort geht ihr hinüber, keine Bange, Kamerad, nur Ruhe – wenn du hinter uns einen Personenwagen siehst, dann wieder nur ruhig bleiben: das ist Berger, der begleitet uns, da hast du, rauch dir eine an ...«

10. KAPITEL

Gegen Ende der Ferien des Jahres 1944 hatten sich unsere Septimaner und Oktavaner besondere Allüren zugelegt: sie rauchten kurze englische Pfeifen, zogen in Gruppen in der Stadt herum und ließen sich, sofern dem einen oder dem anderen überhaupt schon etwas wuchs, einen kurzen Schnurrbart à la Clark Gable stehen; von Zeit zu Zeit warfen sie ein *all right* hin und führten gewichtige Reden

über den Krieg und die Kämpfe in der Slowakei. Wir Jüngeren lauschten mit offenem Munde, denn schon ein Septimaner war für uns ein kleiner Herrgott, von einem Oktavaner ganz zu schweigen.
Im Protektorat Böhmen und Mähren lief der Film ›Das Hotel zum blauen Stern‹; R. A. Dvorský und seine schmucken Jungen spielten darin den Schlager der Saison; irgendein Lied von den Sonnenblumen, die sich der Sonne zuwenden, und so weiter und so weiter; in der Slowakei fing es schon an, und hier bei uns leuchteten einem an allen Straßenecken die blutroten Anschläge entgegen: ›Das Überschreiten der Grenze nach der Slowakei wird mit dem Tode bestraft – K. H. Frank.‹
Mit besorgtem Ausdruck in den Gesichtern lasen die Septimaner und Oktavaner diese Plakate, als beziehe sich diese Todesdrohung ausschließlich auf sie und niemanden anderen; Josef Rozhoň, vor dem Anschlag stehend, vergrub seine Hände tief in den Hosentaschen, schob die kurze Pfeife von einem Mundwinkel in den anderen (niemand brachte das so brillant fertig), sah dann zu den anderen in der Gruppe hin und stieß zwischen den Zähnen hervor: »Boys, das ist *verdammt* ernst«; wir Jüngeren sperrten das Maul auf, denn die Art und Weise, wie Josef Rozhoň das von sich gab, ließ bei uns keinen Zweifel darüber aufkommen, daß dieser Bursche verflucht viel von der Slowakei wissen mußte und daß überhaupt die ganze Gruppe der Septimaner und Oktavaner irgendeine große Sache plante.
»Ich wette eins zu hundert«, flüsterte mir Miloš Flanderka zu, »die werden wir am ersten September in der Schule nicht mehr zu sehen bekommen«; auch ich dachte so, und schon jetzt überlief mich ein angenehmes Gruseln bei der Vorstellung, was für ein geradezu historisches Fiasko das sein würde, wenn am ersten September zwei ganze Klassen leer blieben und man in der Bude herumflüsterte, diese verwegenen Kerle seien nach der Slowakei abgedampft und feuerten vielleicht jetzt schon ins Lebendige; ein derartiges Ereignis bringt in den eintönigen Schulalltag immer ein wenig Abwechslung; ich freute mich schon auf den Schulbeginn, aber leider etwas voreilig: am ersten September rückte die Septima und Oktava vollzählig in die Schule ein; vor der Bude klopften sie ihre englischen Pfeifen aus und steckten sie in die Tasche. Ich war sehr schockiert, daß kein einziger von ihnen den Mut besessen hatte, mit dem ersten Anflug eines englischen Schnurrbärtchens anzukommen; einträchtig hatten sie sich alle das untrügliche Zeichen von Männlichkeit und

Persönlichkeit abrasiert; artig streiften sie an der Fußmatte ihre Schuhe ab, damit der Herr Pedell sie nicht zusammenschimpfte.
Die Leute bei uns lasen die Kundmachungen, senkten die Köpfe und gingen heim; dort, hinter den herabgelassenen Verdunkelungs-Rouleaus, ballten sie die Fäuste, hörten den Londoner und Moskauer Sender – doch dort war es dunkel, und niemand sah und hörte sie; man ging zeitig zu Bett; die Morgenschicht begann um sechs, und die Fabriken liefen auf vollen Touren.
Die Organisation klappte: das Schuljahr hatte am ersten September begonnen; der Materialnachschub für die Fabriken geriet nur selten einmal ins Stocken, so daß Maschinengewehre, Munition und Fliegerbomben die Fabriken pünktlich verließen; in der Schule stärkte man uns moralisch: Herr Professor Kadlec ließ in der Klasse sein Foto kreisen, das ihn in der Uniform eines tschechoslowakischen Hauptmanns zeigte. Wo er wohl diese Uniform verstaut haben mag, dachte ich, höchstwahrscheinlich in der Mottenkiste; er hat halt doch ganz hübsch Fett angesetzt, sein Hinterteil wird wohl kaum noch in diese fesche Reithose hineinpassen.
In der Slowakei wurde gekämpft – und wo gekämpft wird, dort stirbt man auch. Im Protektorat drückten wir ihnen alle Daumen: Bravo, slowakische Patrioten, haltet durch, und wir werden anfangen; wir können freilich nicht sofort beginnen, wir müssen Rücksicht nehmen, der eine hat Familie, der andere eine kranke Mutter, ein dritter wieder eine gute Beschäftigung, und ein vierter möchte überhaupt nur durchhalten.
Im Herbst zogen sich die dezimierten, besiegten Männer in die slowakischen Berge zurück: sie rotteten sich zu Trupps zusammen und glichen kaum noch einer aufständischen Armee als vielmehr wilden Raubtieren. Sie töteten, wenn sie Hunger hatten; die November-Regenfälle, die Nachtfröste und die ersten Schneeschauer legten sich ihnen auf die Brust und preßten alles Leben aus ihnen; die Deutschen im Tal unten saßen beim warmen Ofen; sie hielten jede Straßenkreuzung, Eisenbahnlinie und jeden strategisch wichtigen Punkt besetzt; für die verelendeten Männer in den Bergen zeigten sie kein großes Interesse – noch hatten sie genügend Kräfte, um sie aus ihren Schlupfwinkeln herauszuholen; sie gaben sich damit zufrieden, sie vom Tal abgeschnitten zu haben.
Von Zeit zu Zeit unternahm das ›Jagdkommando‹ eine Aktion, und immer stieß es auf verzweifelten Widerstand, auf Raserei, die wie eine heftige Explosion im Menschen losgeht, wenn er, verelendet,

seine Ohnmacht und Verzweiflung fühlt – und nur um der Hoffnung willen weiterkämpft; die Gegner konnten einander im Winter keinen Schaden mehr zufügen, beide waren schon zu sehr geschwächt: sie beobachteten einander nur.

In den Cafés des Protektorats saßen die jungen Männer mit Schnurrbärtchen à la Clark Gable und rauchten aus kurzen englischen Pfeifen Lindenblüten und Erdbeerblätter, heimlich tanzte man Swing, und statt ja sagte man *all right;* die schmucken Burschen des R.-A.-Dvorský-Jazzorchesters waren in Mode; so reifte die Zeit heran, sein Patriotentum aus der Mottenkiste herauszuholen, es nahte der Zeitpunkt für die Paradeuniformen, den Willkommensgruß mit Brot und Salz: selbstverständlich mußte man zuvor daheim vor dem Spiegel die Offiziersuniform anprobieren, ob sie noch paßte und ob es nicht notwendig war, die Hosen hinten ein wenig zu erweitern, damit man *dann* nicht lächerlich aussah.

Sofort nach Onkel Kurtins Entlassung aus der Gestapohaft, die insgesamt drei Tage gewährt, aber ausgereicht hatte, ihm die Vorderzähne auszuschlagen und die Nase etwas zu deformieren, hatte er sich uns an den Hals gehängt; eigentlich hätte er für seine Freilassung dankbar sein müssen; Kurtin erschien bei uns, bleckte meinem Vater seinen zahnlosen Oberkiefer entgegen, sah ihn vorwurfsvoll an und sagte: »Jetzt habe ich weder Zähne noch Flinten.«

Der Vater rief einen befreundeten Dentisten an, der Josef, selbstverständlich auf unsere Rechnung, neue Zähne einsetzte, und so konnte sich der Onkel der Welt wieder präsentieren; zufrieden war er jedoch nicht; er wollte heiraten und hatte kein Geld: »Also, ich möchte gern heiraten, da die Zdenka doch schon so breit geworden ist, aber ich habe das Geld nicht dazu, Bohuš, hörst du!«

Der Vater hätte ihn am liebsten hinausgeworfen, doch seine jüngste Schwester tat ihm leid, wer würde sie denn jetzt noch nehmen, und was würde das alles noch kosten!

»Wieviel brauchst du?« fragte er Josef.

Vierzehn Tage später war die Hochzeit, doch schon eine Woche darauf kam Kurtin, jetzt vollgültiges Familienmitglied, zu meinem Vater mit einem neuen Anliegen. Im Vorraum trat er verlegen von einem Fuß auf den anderen: er trug seinen schwarzen Hochzeitsanzug, der natürlich aus unseren Stoffvorräten geschneidert worden war.

»Also, jetzt brauch ich eine passende Arbeit, Bohuš«, sagte Kurtin.

»Bei mir kann ich dich nicht unterbringen«, erwiderte der Vater.

»Das will ich auch gar nicht«, sagte Kurtin, hin und her tänzelnd, »aber in der Waffenfabrik stellen sie Leute ein.«
»Mensch, du willst in der Waffenfabrik arbeiten?« verwunderte sich mein Vater.
»Ich dachte«, sagte Josef mit gesenkten Augen, »vielleicht könntest du dort für mich ein gutes Wort einlegen, Bohuš...«
Nie habe ich bei meinem Vater eine Anwandlung von Ironie entdeckt, er dachte immer langsam, zäh und verbissen: das ist so die Art des Denkens der Dorfburschen aus kleinen Verhältnissen, wenn sie hinaufgekommen sind und noch höher hinaus wollen, aber jetzt konnte er es sich doch nicht verkneifen zu sagen: »Du willst also für Hitler Waffen fabrizieren?«
Kurtin wand und drehte sich vor Unbehagen.
»Ja, das heißt also ... das mit dem Patriotismus steht auf einem anderen Blatt ... aber die Familie will doch leben.«
Achselzuckend ging mein Vater zum Telefon und rief die Waffenfabrik an, und schon zwei Tage später fuhr Kurtin per Bus von Hošťálkov nach Vsetín zum erstenmal zur Schicht; nach Jahresfrist begann er mit dem Bau eines Häuschens, das im darauffolgenden Jahr unter Dach und Fach war: Josef Kurtin arbeitete bis zu sechzehn Stunden am Tage; er stand an der Drehbank und fertigte Maschinengewehrläufe; daheim dann saß er beim Radio und ballte die Fäuste: Tod den deutschen Okkupanten! Am Morgen freilich öffnete er die Fäuste wieder, um eine geschickte Hand beim Einstellen der Drehbank zu haben; ein oder zwei Monate später würde dann so ein Maschinengewehrlauf zum ersten und bestimmt nicht zum letzten Male eine Kugel in die Reihen jener abfeuern, von denen mein Onkel Josef Kurtin, ehrsamer Dreher und Patriot, die Befreiung aus der Knechtschaft erhoffte; der Onkel verbesserte seine Finanzen auch noch durch Schwarzhandel: er verschaffte uns regelmäßig Butter, Eier, Fleisch, Obst und Geflügel.
Das Geld hierfür nahm er aus meines Vaters Hand mit solch wilder Raffgier entgegen, wie ich sie nie zuvor erlebt hatte und wohl nie mehr erleben werde: sich den Zeigefinger mit Speichel anfeuchtend, zählte er mit zitternden Händen die Protektoratsbanknoten nach, indem er die einzelnen fettigen und zerknüllten Hunderter und Tausender auf dem Tisch ausbreitete; dann verstaute er sie sorgfältig in die Rocktasche. »Donnerwetter, hast du aber Geld, Bohuš«, sagte er einmal.
Ich dachte viel darüber nach, warum mein Vater Kurtin geholfen

hatte; er hätte ihn ganz einfach hinauswerfen können, und nichts wäre passiert: nur Zdenka hätte ihren Bräutigam verloren – und das wollte mein Vater keinesfalls; deshalb hatte er Kurtin das Geld für die Hochzeit gegeben, ihm neue Zähne einsetzen lassen und ihm die gutbezahlte Arbeit in der Waffenfabrik vermittelt; das alles hatte er nur getan, um sich ihn vom Halse zu schaffen; er versprach sich davon kein Heil für seine Seele, sondern sah darin nur eine unumgängliche Investition: die nahm er auf sich, um vor diesem Kerl endlich Ruhe zu haben.

Kurtin hatte jedoch sehr genau herausgespürt, daß er meinem Vater keine Ruhe gönnen durfte: er verpflichtete sich ihn durch kleine Dienstleistungen, er kam mit unerschöpflichen Lebensmittelvorräten zu uns gefahren, ließ sie sich gut bezahlen, aber wer hätte im Krieg nicht gut bezahlt? Jetzt war Kurtin kein Hungerleider mehr, er wußte bereits genau, was er wollte: sich bis zum Hals vollfressen; viel früher als der Vater und die Mutter fand ich heraus, daß Kurtin uns haßte; hätte ich ihn offen heraus nach der Ursache dieses Hasses gefragt, so hätte er nur mit den Achseln gezuckt: er hatte selbst keine Ahnung, aus welchem Quell diese nagende Wut in ihm gespeist wurde, die dann später, vor allem in den zwei letzten Kriegsjahren, immer mehr wuchs und zur Frucht heranzureifen begann.

»Nach dem Krieg«, sagte Onkel Kurtin einmal bei uns im Wohnzimmer, »werde ich von dir viel erzählen können, Bohuš!«

»Ja«, erwiderte der Vater, »das wirst du, aber vergiß dann nicht, auch zu erwähnen, daß ich dich von der Gestapo herausgeholt habe und wen du um Fürsprache gebeten hast, dich in der Waffenfabrik unterzubringen.«

»Es gibt noch andere Dinge«, sagte Kurtin leise, »die ich mir gut für später merken werde!«

Auf diese Art und Weise schlug sich Bürger Josef Kurtin, mein guter Onkel, durch den Krieg und wartete auf die Befreiung.

Ende September entschloß sich meine Mutter, nach Hošťálkov zu übersiedeln; ich fuhr mit ihr, denn die Schule lag fast gänzlich in Trümmern: eine Bombe war direkt auf die Mitte des Gebäudes gefallen, hatte beide Flügel des Gymnasiums beschädigt und zwei Stockwerke, einschließlich der Direktion im Mitteltrakt, wegrasiert; in behelfsmäßigen Unterrichtsräumen wurden uns dann Hausarbeiten aufgegeben.

Štefka fuhr mit uns, was hätte die Mutter ohne sie auch angefan-

gen? Die Großmutter lehnte es ab, sich uns anzuschließen, sie wollte die Stadt, an die sie gewöhnt war, nicht verlassen; und so zog sie zu uns in die Stadtwohnung, um meinen Vater zu bekochen.
»Und was geschieht mit Naďa?« fragte die Großmutter den Vater. Der zuckte aber nur die Achseln.
»Selbstverständlich soll sie vorläufig auch hierher übersiedeln«, sagte die Mutter kühl.
Zweimal wöchentlich kam der Vater zu uns nach Hošťálkov herausgefahren; stets brachte er einen kostbaren Blumenstrauß mit (er mußte wohl dafür ein kleines Vermögen ausgegeben haben); er legte ihn auf den Tisch, doch die Mutter berührte die Blumen nicht und ließ sie auf dem bloßen Tischtuch liegen. Und was gingen denn mich die Blumen an? Gar nichts.
Ich hatte Ostrau ganz gern verlassen – niemand war mehr da, von dem ich mich hätte verabschieden müssen; Líba Mičková war mit ihrem Vater gleich am Tag nach dem Luftangriff, bei dem ihnen das halbe Haus weggebombt worden war, nach Hošťálkov übersiedelt; Miloš Flanderka hatte sich in der Schule nicht mehr gezeigt, um sich die Hausarbeiten abzuholen, er war ebenfalls bei der Großmutter auf dem Lande geblieben, Herr Klimesch befand sich bei seinem Bataillon; Doris Topper war tot; einen Tag nach dem Bombardement war ich ihrer Mutter auf der Straße begegnet, ganz in Schwarz, doch das war nichts Ungewöhnliches an ihr, seit Walters Tod hatte sie nur noch Trauerkleidung getragen.
»Guten Tag, Frau Topper«, sagte ich. »Ist Doris daheim? Ich möchte mich gern von ihr verabschieden, wir fahren nämlich fort.«
Durch den dichten Schleier konnte ich Frau Toppers Gesicht nicht genau sehen, doch ihre Schultern bebten, und so senkte ich die Augen und blickte hinunter auf die schwarzen Baumwollstrümpfe und die verbeulten Schuhe mit den scharf hervortretenden deformierten großen Zehen; sie legte mir ihre Hand auf den Kopf, eine knochige, kühle Hand, und ich wagte nicht, mich zu rühren.
»Doris, meine liebe Doris«, sagte die Frau in Schwarz, und ihre Stimme überschlug sich, sie hatte wohl ihre Stimmbänder nicht mehr in der Gewalt und ließ ihrem Schmerz, der jede Silbe ihrer Worte deformierte, freien Lauf, »ach ja, Doris ist tot, es hat sie erschlagen ...« Die knochige Hand auf meinem Kopf drückte mich hinunter, ich mußte meine gespannten Halsmuskeln dagegenstemmen, doch sie preßte mich immerzu hinab; ein Gefühl des Unbehagens beschlich mich.

»Ach Doris, Doris, ich hatte sie um einen Kranz geschickt ... es war doch der Jahrestag von Walters Begräbnis, dann kam der Alarm ... sie wollte mit dem Kranz noch schnell heimlaufen, aber an der Straßenecke traf sie dann ein Bombensplitter ...«
»Was stand auf der Kranzschleife, Frau Topper?« fragte ich und versuchte, ein wenig zur Seite zu treten, um mich von dem Druck der knochigen Hand auf meinem Kopf zu befreien.
»In steter Erinnerung, Mutter und Doris.«
Ich schämte mich, daß ich nicht weinen konnte, blickte daher unausgesetzt zu Boden und überlegte angestrengt, was ich jetzt sagen sollte, doch keine passenden Worte, überhaupt nichts wollte mir einfallen: Frau Toppers ausgetretene Halbschuhe mit den mißgestalteten großen Zehen nahmen meine Aufmerksamkeit ganz gefangen; ich bemühte mich, mir Doris' Erscheinung in Erinnerung zu rufen, lange, ziemlich lange zog vor meinem inneren Auge eine wirre Folge von Bildern ihrer Person vorüber: im Sommerkleid, im Winter auf Skiern, dann auf dem Bahndamm, als damals dieser lange Kerl aus dem offenen Waggon heraus die obszönen Gebärden zu uns gemacht hatte, bis ich schließlich Doris in jenen Wintertagen vor mir sah: an unserer Straßenecke stehend, in BDM-Kluft, deren grobes, schwarzes Tuch sie ganz und gar nicht kleidete; in der Hand hielt sie die Sammelbüchse des Winterhilfswerks und klimperte mit den Münzen darin, sie durcheinanderschüttelnd, aber niemand kam vorbei, und sie rasselte unentwegt mit der Büchse, von einem Fuß auf den anderen tretend, mit weißer, fast abgefrorener Nase, aber ein borniertes Pflichtgefühl ließ sie in der eisigen Zugluft ausharren: vom Friedhof aus öffnete sich die freie Gegend nach Norden hin, von wo stets, besonders im Januar, ein kalter Wind herblies; ich kam zu Doris' Standplatz, sie hielt mir die Sammelbüchse vors Gesicht, schwenkte sie rasselnd, und ich, weil Doris es war, weil sie mir leid tat und ich ihr etwas zukommen lassen wollte, in der Hoffnung, sie würde alles sein lassen, um sich gemeinsam mit mir in eine der hinteren Boxen unseres Cafés zurückzuziehen, ich warf ihr also ein silbernes Fünfmarkstück, das auf der einen Seite einen bärtigen Herrn, auf der anderen den Reichsadler zeigte, in die Sammelbüchse und sagte: »Jetzt komm ins Warme, pfeif auf die Sammlerei, du hast doch schon genug darin«, aber sie verzog nur schmollend die starren Lippen und erwiderte, für wen ich sie eigentlich halte, sie habe den Auftrag bekommen, gerade diesen strategischen Punkt mit der Büchse besetzt zu halten, sie werde hier auch bis zur festge-

setzten Stunde ausharren, ich könne ja ruhig ins Warme gehen, ich mache mir doch sowieso nichts daraus, was die deutschen Männer an der Front alles ausstehen müßten, ich habe keinen Begriff von Ehre und könne auch keinen haben, sie aber, gottlob, ja; ich bekam eine schreckliche Wut auf Doris, so daß mir die Zähne zu klappern begannen (doch das kam wahrscheinlich auch von der Kälte), ich weiß nicht mehr, was ich ihr damals darauf antwortete, aber was ich sagte, war nicht so wichtig wie das, was ich bei mir dachte: es gibt wohl auf beiden Seiten ziemlich viel Leute, die so waren wie Mikeš, hier war irgend so ein germanischer Mikeš am Werk und hatte einem klugen Mädchen ein Stück Jugend und vielleicht sogar das ganze Leben vergiftet; das ist doch nicht möglich, daß *sie selbst* so redete, jemand anders redete aus ihr, jemand anders hatte sie durch Borniertheiten verdorben, und du, Mädchen, mußt jetzt leiden, mußt eine Verantwortung auf dich nehmen, die dir gar nicht zukommt und dir auch nicht ansteht; nein, ich will mich nicht über dich ärgern, aber diesen deutschen Mikeš an eurem Gymnasium möchte ich gern kennenlernen, diesen Trottel möchte ich schrecklich gern sehen, der auf solche Weise die jungen Mädchen vergewaltigt; ich wandte mich ab und ging heim, aber Wut und Kälte schüttelten mich noch lange Zeit.

Der Druck auf meinem Kopf war jetzt weg; ich hob die Augen und erblickte den blauen Himmel, Frau Topper entfernte sich langsam, im Zugwind unserer Straße hin und her taumelnd; ich bin also schon ein Mann, dachte ich, ich bin wohl schon erwachsen, wie käme sonst dieser Stolz in mir hoch, woher diese Eitelkeit? Ich bin der einzige Mann, der sie geküßt hat, dachte ich, ich als einziger habe ihre Knie berührt, für sie das Kino bezahlt, sie mit Schokolade gefüttert, ich, nur ich, der einzige Mann, den sie geliebt oder verabscheut hat, doch was liegt jetzt daran – ich allein der einzige, und nachher gab es nichts mehr; meine Eitelkeit glich in diesen Augenblicken einer Hochflut, sie trat aus den Ufern, trübte die Wasser, aber als sie abgeklungen war, blieb ringsum beinahe nur Wüste zurück: damals wurde ich mir der großen inneren Verantwortung bewußt, die wir für jeden Augenblick unseres Lebens tragen. Ob dies nun der erste einer unübersehbaren Reihe schöner oder abscheulicher Momente ist oder aber der letzte einer sich schließenden Kette von Ursachen und Wirkungen; ich bin für Doris verantwortlich, für alles, was ich ihr gesagt, was ich in ihr geweckt habe; was sich in ihr hätte entfalten können, wäre nicht dieser sinnlose Bombensplitter gewesen.

Für mich bestehen alle diese Zusammenhänge weiter fort: in mir ist Doris nicht gestorben, sie lebt in mir weiter.
Dem Leben gegenüber trage nur ich, immer nur ich allein alle Verantwortung: wenn ich Wurzeln des Hasses pflanze, werden sie nicht absterben, sondern die mir zugemessene Lebenszeit überdauern; alles, was ich in andere hineingesät habe, wird auch in mir aufgehen.

Der Altweibersommer zog sich bis Ende Oktober hin; Štefka und ich hatten ihn ganz für uns allein; die Stadt lag weit hinter uns zurück, und wir sehnten uns nicht nach ihr; nur am Abend blickten wir zu dem roten Schein am nördlichen Horizont hin: unruhig lag er über der Stadt, zerteilte sich, ging in ein Orange über und erlosch bisweilen.
Am Vormittag holte Štefka immer die Post ab; ungeduldig lugte die Mutter dann nach ihr aus und ging ihr oft bis zum Pförtchen entgegen; Herr Berger schrieb häufig und stets dicke Briefe; nie erfuhr ich, was in ihnen stand: die Mutter steckte sie immer rasch in die tiefen Taschen ihres Morgenrocks, ging in ihr Schlafzimmer, schloß sich ein, und ich glaube, sie vergaß dann die ganze Welt um sich herum. Ich beobachtete sie durch das offene Fenster vom Garten aus: sie saß regungslos auf dem Bett, warf von Zeit zu Zeit einen Blick in den Brief, doch ich hatte den Eindruck, sie las ihn in diesem Moment gar nicht, sondern machte sich ihre Gedanken darüber; und wieder verharrte sie wie erstarrt auf der Bettkante; gegen Abend kam sie für gewöhnlich in die Küche und warf den Brief mit der hastigen Bewegung eines Diebs, der Beweisstücke verbrennt, in den Ofen: sie ließ das Ofentürchen so lange offen, bis das Papier ganz verkohlt war; der Feuerschein umspielte ihr Gesicht: er verschwand auch dann nicht, wenn sie das gußeiserne Ofentürchen mit einer heftigen Bewegung zuschlug, sich erhob und mich mit einem prüfenden Blick voller Unruhe, in dem ich Schuldbewußtsein las, musterte; ich täuschte mich wohl kaum in meiner Annahme, daß sich die Mutter in solchen Augenblicken vor mir schämte.
Zweimal in der Woche kamen Briefe von Herrn Klimesch; die las die Mutter sofort in der Küche, manchmal lächelte sie dabei, und ein andermal wieder hielt sie nachdenklich inne, die Hand mit dem Brief sank ihr herab, und ihr Blick glitt in den Garten hinaus zu den Chrysanthemen, die durch die ersten Nachtfröste braun geworden waren: diese Blumen durfte niemand abschneiden, der

Großvater wollte das nicht haben; er wachte eifersüchtig über ihnen und pflegte sie; stundenlang konnte er, mit dem Rücken in der Herbstsonne, stumm vor seinen Chrysanthemen sitzen; in solchen Augenblicken durfte ich mich ihm nicht nähern, er war niedergedrückt, weiß im Gesicht, um die Mundwinkel Spuren von Aschgrau; er beobachtete das Sterben der Blumen.
Herrn Klimeschs Briefe trafen in wirrer Reihenfolge ein, die deutsche Feldpost ächzte schon in ihren Fugen: manchmal bekamen wir den Brief bereits drei Tage nach seiner Absendung, ein andermal benötigte er für den Weg von der Weichsel bis zu uns her drei Wochen; manche Passagen aus Herrn Klimeschs Briefen las mir die Mutter vor: ich bewunderte ihren klaren Sinn und die präzise Formulierung der Sätze; jeder Brief knüpfte in seiner Gedankenfolge stets an den vorhergehenden an, durch das Verschulden der Post freilich wurde oft der Zusammenhang zwischen den einzelnen Briefen unterbrochen, und so hörten sich manche von ihnen wie vereinzelte fragmentarische Aufschreie an; in jedem schrieb Herr Klimesch: »Ich komme zurück, ich weiß nur nicht, wann und auf welchem Wege, aber ich komme bald ...«
Als der erste Brief eintraf, suchte ich sofort auf der Landkarte von Polen den Ort, von dem er abgesandt worden war; nach und nach verband ich die einzelnen Absendungsorte mit einer Geraden, und nach mehreren Briefen stellte ich fest, daß die Einheit, in der Herr Klimesch kämpfte und mit der er auf dem Rückzug war, sich fast geradlinig auf uns zubewegte.
Der Mutter sagte ich nichts davon.
Ich wußte, daß die Worte, mit denen Herr Klimesch jeden Brief beendete, für ihn und vielleicht auch für uns die Bedeutung einer magischen Formel hatten, einer Beschwörung oder eines Zauberspruchs, dessen Macht stärker war als all der Druck und die Stundenschläge des Schicksals, die auf einem sich an der Grenze zwischen Leben und Tod bewegenden Soldaten lasteten; Herr Klimesch kehrte zu uns zurück, und es war nur eine Frage der Zeit, wann unser Stammgast bei uns eintreffen würde.
Franta schrieb nie und ließ uns auch sonst keine Nachricht zukommen.
Manchmal, bei schönem Wetter, öffnete die Mutter die in den Garten hinausführenden Fenster und sang vor sich hin; dann wußte ich, daß sie das Köfferchen mit der Baby-Ausstattung hervorzog, die Säuglingswäsche auf dem Bett ausbreitete, ordnete und glattstrich;

ihre wohlklingende Stimme drang bis zu mir und zum Großvater herüber: wir gruben gerade die Beete um.
»Sie hat wohl wieder einen Brief bekommen?« fragte der Großvater.
»Ja, am Vormittag, von Herrn Berger.«
»Da singt sie also«, sagte der Großvater nach einer Weile.
»Ja, sie hat eine schöne Stimme«, bemerkte ich.
Der Großvater hielt seinen runden Kopf über den Spaten gesenkt, Schweißtropfen traten ihm auf die Stirn; sein Atem ging schwer, denn neben anderen Gebrechen plagte ihn auch noch das Asthma; ich ging sehr gerne zu ihm in die Holzbaracke hinüber: dort roch es so schön nach Tabak, dem Machorka-Eigenbau, den der Großvater immer im Fleischwolf zerkleinerte; der in mehreren Korbflaschen gärende Hagebuttenwein verbreitete einen angenehmen säuerlichen Duft; an den Abenden erzählte mir der Großvater oft vom Ersten Weltkrieg, von den Sturmangriffen an der Piave, wo er gegen die Italiener gekämpft und Dörfer und Täler erobert hatte, deren Namen mir heute noch zauberhaft und verlockend im Ohr klingen, wenngleich ich mich an keinen einzigen mehr erinnern kann.
In besonders feierlichen Augenblicken kramte der Großvater aus seinem Schreibtisch die drei Medaillen mit dem Bild Kaiser Franz Josefs hervor: er hatte sie als Auszeichnung für besondere Tapferkeit an drei Fronten erhalten; als Hitler im Jahre 1939 kam, wurde ihm auf Grund dieser Auszeichnungen die Veteranen-Rente erhöht; im letzten Kriegsherbst ging es mit dem Großvater bergab: er kochte sich Tee aus jungen Birkenblättern, doch das half überhaupt nicht, beim Wasserlassen hatte er immer fürchterliche Schmerzen.
An diesen Herbstabenden nahmen wir auch manchmal die vergilbten Fotos der strammen österreichisch-ungarischen Infanteristen her, mit denen zusammen der Großvater gedient hatte, oder jene der Sokoln mit dem herausgestreckten Brustkorb und dem aufgezwirbelten Schnurrbart: das war also die Jugend meines Großvaters; wenn er von diesen Jahren erzählte, blitzten seine Augen, seine Stimme wurde fest, und für einen Augenblick war er wieder der alte Draufgänger, wie ihn die Sokolinnen und die Mädchen in den Garnisonen gekannt hatten.
Wenn der Vater aus der Stadt zu uns herauskam, brachte er Blumen mit: er legte sie auf den Tisch, wo sie zwecklos und unbeachtet hinwelkten, weil sie niemand in eine Vase stellte; beim Abendbrot sahen Vater und Mutter einander unablässig an, sprachen aber

kaum ein vernünftiges Wort miteinander, nur der Vater machte von Zeit zu Zeit eine Bemerkung wie etwa, der Herr Hauptmann Mader habe wieder einmal Pech im Spiel gehabt, oder was man dem Hauptmann von daheim berichtet hatte und was für ein Unglück er doch mit seiner Frau habe, der man in Graz die Brust wegoperiert hatte (ob die linke oder rechte, weiß ich nicht), und daß diese Wunde nicht abheilen wolle.

Die Mutter ging früh zu Bett, sie sagte immer, sie fühle sich abgespannt, der Vater blieb allein im Eßzimmer sitzen, starrte ins Leere, zündete sich dann eine Zigarre an und rauchte noch eine Weile; er seufzte, und wenig später ging auch er schlafen; wir waren alle wieder in einer Wohnung beisammen, aber jeder in seinem eigenen Zimmer fest in sich abgeschlossen; ich wünschte mir sehr die Zeit zurück, als ich noch sechs Jahre alt war und der Vater mich morgens weckte und mir in Fortsetzungen jene Geschichten erzählte, wie er mit den fünf Hundertern in der Tasche, die er bei den Wallfahrten auf dem Hostein verdient hatte, in die Stadt gekommen war, das Geschäft begonnen, wie er Bankrott gemacht und sich wieder auf die Beine gestellt hatte: diese simplen Geschichten von Aufstieg, Glück und Pech hatten mich seinerzeit tief beeindruckt; doch ich weiß, das war damals die letzte Ära gewesen, in der ein tüchtiger Mann mit fünf Hundertern noch etwas beginnen konnte – heute war das längst vorbei; gern hätte ich mir diese Geschichten an so manchem dieser Herbstabende nochmals angehört: mein Vater und ich saßen uns jetzt im Zimmer gegenüber, und er sah mich gar nicht; gern hätte ich diese geradezu biblischen Erzählungen vom Menschen des zwanzigsten Jahrhunderts von neuem vernommen, von diesem Gehetzten, der vor allem und jedem Angst hatte und allen denen Angst einjagte, die sich das gefallen ließen; diese apokalyptischen Erzählungen von jenen unruhevoll umhergetriebenen Odysseus-gleichen Händlernaturen, von den Pechvögeln und den vom Unternehmergeist Besessenen, von diesen großen und kleinen Egoisten und Angsthasen, die ein Ladenpult zwischen sich und die häßliche, mächtige Welt schoben, der sie zu Diensten und immer wieder zu Diensten waren; wie viele dieser ehrgeizigen Dorfburschen waren auf dem Stadtpflaster geblieben, wie vielen von ihnen waren Seele und Rückgrat verkrüppelt worden, wie viele Namen hatte mein Vater doch gekannt, und jeder dieser Namen bedeutete ein individuelles Schicksal: Burian, Flanderka, Mičko und noch andere; was hatten doch diese jungen Bürschchen alles in der Stadt erreichen wollen, und mit welchen Träumen waren sie gekommen? Wie viele Träume mußten sie auf dem Weg zum Friedhof, dem Terrain, das meines Vaters feste Hand beherrschte, begraben – und welche Träume hatte mein Vater selbst gehabt, welches ›Glück‹ wollte er eigentlich der Stadt abjagen? So sehr wünschte ich mir, daß der Vater hier neben mir säße, daß wieder ein Herbstabend wäre, wir das Licht ausmachten und ich hätte sagen können: »Erzähl mir etwas, zum Beispiel von diesem Juden, wie du ihn im Geschäft drangekriegt hast.« Der Vater würde nur lachen: ich weiß, jene Geschichte würde im gleichen Augenblick wieder in ihm lebendig werden, doch er würde sie jetzt nicht erzählen, sondern sich nur vom Stuhl erheben wie damals in Hošťálkov; er hatte das Fenster geöffnet und tief Atem geholt; ich war zu ihm hingetreten und hatte mich neben ihn gestellt.

»Dort unter dem Kogel«, hatte der Vater damals zu mir gesagt, »du kennst doch diesen Bach, dort gibt es Forellen wie ein Arm stark – kannst du Forellen mit der bloßen Hand fangen?«

»Ja, das kann ich, Štefka hat es mir beigebracht.«

»Dort hab' ich doch, ich glaube, ich ging in die dritte Klasse, einmal ...«

Über dem Berg schoß jetzt eine grüne Rakete empor, dann noch eine und nach einer Weile noch eine, doch diesmal war es eine blaue, und diese Reihenfolge wiederholte sich noch dreimal.

Ein Flugzeug war über uns und flog ziemlich niedrig; die feuchte, mit dem Duft des Waldes und dem aufsteigenden Nebel durchtränkte, milde Abendluft erzitterte; im Schein der bunten Raketen bot die Landschaft vor uns eine herrliche Szenerie mit Lichteffekten, wie sie auch der raffinierteste Bühnenbeleuchter nicht zu ersinnen vermocht hätte: die strahlende Leuchtrakete fiel langsam zur Erde, die Schatten der Bäume wuchsen in die Länge und beschrieben auf dem feuchten Gras und den umgepflügten Feldern Halbkreise; schon über den Baumwipfeln verschmolz das grüne und blaue Licht ineinander und spiegelte sich in unseren Augen: in denen meines Vaters las ich grünblaues Staunen, Schrecken und Angst; die Motoren des Flugzeuges heulten in voller Lautstärke auf: ihr Echo wurde von den Bergen zurückgeworfen und verhallte allmählich im weiten Tal unten.

»Ich gehe abschließen«, sagte der Vater und stieg die Treppe zur vorderen Eingangstür hinunter, doch bevor er sie absperrte, hörte ich ihn unten noch mit dem Großvater sprechen. Grün, grün, rot,

das war das Signal: »Bereit zum Sturm«, ließ sich die aufgeregte Stimme des Großvaters vernehmen, »so war das immer dort unten ...« Und er nannte einen Namen, den schönen Namen eines italienischen Dorfes, Berges oder Tales, was weiß ich.
»Ich sag dir, Bohuš«, wiederholte der Großvater, »grün, grün, rot bedeutet Angriff!«
»Aber heute haben sie eine blaue leuchten lassen«, erwiderte der Vater.
»Das macht nichts, macht überhaupt nichts«, sagte der Großvater ungeduldig, »aber drei waren es – und das genügt mir.«
»Gute Nacht«, sagte der Vater und schlug die Haustür zu; dann drehte er unten den Schlüssel zweimal im Schloß um.
»Sperr gut zu«, rief die Mutter aus ihrem Schlafzimmer.
Im Haus herrschte jetzt vollständige Ruhe und Stille, als gäbe es die Lichter am Horizont gar nicht; immer noch sah ich die fliehenden Schatten an den Wänden und überall ringsum; leise trat ich ins Vorhaus hinaus, ging zur Haustür hinunter, schloß sie auf und öffnete sie sperrangelweit: das war ein verrückter Einfall von mir, eine Herausforderung an die mit dem Tanz der Lichter und Schatten und dem Geheul der Motoren hereinbrechende Nacht – und eine Herausforderung an meinen Vater, der das Patentschloß zweimal abgesperrt hatte, um das Gefühl der Sicherheit zu haben; in der offenen Tür spürte ich die rauhe Zugluft, ich hielt ihr mein Gesicht entgegen, um es zu kühlen; ich dachte bei mir: Sicherheit gibt es wohl nirgends und Ruhe ebensowenig.

Das Forellenfangen mit der bloßen Hand machte mir viel Spaß, Štefka hatte es mich gelehrt, es ist ein großes Kunststück und erfordert Geduld, genaue Kenntnis der kleinen Bäche und Flüßchen und einige Tricks, die ich aber nicht verraten werde; einiges hatte ich meinem Vetter Vojta abgeschaut, von ihm aber nicht so viel gelernt wie von Štefka; Vojta hielt nichts von der feineren Kunst des Fangens und verlegte sich auf das Fischen mit dem Korb: dazu braucht man in den kleinen Bächen eine ganz besondere Technik; man fängt zwar viel, doch diese Art des Fischfangs gleicht mehr einem Raubzug – und das war für mich nicht verlockend.
Das Fangen im Korb erfordert zwei Personen – und das ging mir gegen den Strich: es gibt nichts Schöneres, als ganz allein zu fischen, durch das Oktober-Wasser zu waten, bis die Füße vor Kälte zu kribbeln beginnen, mit den Händen im Wasser unter die Ufer zu

greifen und mit den nach oben geöffneten Handflächen das Gewirr des Wurzelwerks abzutasten, so lange, bis sie die zarte Oberfläche eines Fischbäuchleins berühren; wie oft habe ich auf diese Weise einen Fisch aufgestöbert und gefühlt, wie er über meine Handflächen wegschwamm; ich folgte ihm, und jedesmal, wenn die Forelle über meine Hände glitt, wurde mir vor Wonne schwarz vor den Augen: ich weiß, mir ging es nicht um diesen Moment roher Gewalt, wenn sich meine Hand fest um den kühlen, glatten Fisch schloß, sondern vielmehr um den Augenblick, in dem das Spiel noch gleich und gleich stand, ich die Forelle am Bäuchlein kitzelte und sie mich wieder an der Hand; beide, ich und der Fisch, hatten in solchen Augenblicken die gleiche Chance – und ich ging ja auch ein großes Risiko ein: was dann, wenn mich der Heger, Herr Novosad, oder gar der Herr Wachtmeister Turek dabei erwischt hätten?
Der beste Fischplatz war der Bach beim Häuschen der Krahujáks: er war schön mit Gebüsch umwachsen, so daß man den Fischräuber nicht entdecken konnte, der dagegen hatte eine durchaus gute Sicht, wenn er den Kopf etwas hervorstreckte; dorthin ging ich am liebsten, wobei ich von der Mündung des Bächleins aus an der Straße, wo es sich in ein Flüßchen ergoß, langsam die Strömung aufwärts zum Haus der Krahujáks hinaufwatete: ein Stückchen weiter oben war mein Bezirk zu Ende; dort kroch ich aus dem Wasser, streckte meine starren Füße in die Sonne, um sie ein wenig anzuwärmen, dann sah ich zum Haus der Krahujáks hin, das sich wenige Schritte bachabwärts von mir befand, und stutzte: aus dem Schornstein stieg Rauch, aber wer heizte dort, wo doch Štefka noch bei uns ihre Arbeit tat und der alte Krahuják immer erst spät abends aus dem Wald heimkam?
Langsam schlich ich durch das Gras näher, zwischen mir und dem Haus lag der Bach mit dem Gebüsch; schon befand ich mich der Scheune gegenüber, und wenn sich der an einem Holzstoß lehnende Mann nicht bewegt hätte, so hätte ich ihn gar nicht bemerkt: er trug eine braune Kordsamtjacke, eine dunkle Hose und eine Flinte über der Schulter; ein Glück, daß er mit dem Rücken zu mir stand, ich barfuß war, der Bach ein wenig rauschte und das Gebüsch dicht war; langsam und geräuschlos tauchte ich im Gebüsch unter und glitt in den Bach zurück; ein Partisanen-Wachtposten bei Krahujáks, das hatte mir gerade noch gefehlt, dachte ich, jetzt kann ich aus dem Bach nicht mehr heraus, ich werde hier noch erfrieren; sobald die Sonne untergeht, wird es schlimm mit mir werden; der Kerl steht

Wache, der Schornstein raucht, weiß Gott, wie viele noch drinnen im Haus sind.

Ich hockte im Wasser, meine Zähne klapperten vor Angst und Kälte, und ich wünschte mir gar sehr, der Mann in der Pumphose möge doch einmal zum Hof hinüberschlendern, aber das fiel dem gar nicht ein: von dem Platz aus, auf dem er stand, hatte er eine ideale Sicht auf den zur Straße führenden Weg; nach einem halben Stündlein versuchte ich, mich langsam den Bach hinabzuschieben, und ganz bestimmt wäre alles gutgegangen, hätte sich nicht Brok – der kleine Pudel auf den niedrigen, krummen Beinen – eingemengt, den Herr Krahuják immer als den besten Wächter weit und breit bezeichnete; diese Behauptung hatte ich stets mit einiger Reserviertheit aufgenommen, denn ich wußte, Jäger und besonders Wilderer übertreiben gern; jetzt konnte ich mich jedoch davon überzeugen, daß dieser Hund *tatsächlich* außerordentlich schlau war, auch wenn man Herrn Krahuják nicht alles und aufs Wort genau glauben konnte, was er von ihm erzählte, ebensowenig wie alle die anderen Geschichten, die er in guter Laune zum besten zu geben pflegte; der alte Krahuják dachte sich nämlich gern etwas aus. Wie hatten wir zum Beispiel über die Geschichte mit dem Hasen gelacht, den Herr Krahuják in die Scheune gejagt hatte, und er, das große, feiste Biest, war dennoch durch ein Loch in der Hintertür durchgeschlüpft, aber, o weh, bei dem wütenden Hakenschlagen hatte er sich in den Riemenschlingen des Göpels verfangen und begann wie besessen im Kreis herumzulaufen, so daß Herr Krahuják rasch den Transmissionsriemen auflegte, und bevor sich noch der Hase herauszuwinden vermochte, hatte er dem Krahuják auf der Häckselmaschine für einen ganzen Monat Stroh geschnitten; die Mär vom besten Hund im ganzen Umkreis, die Herr Krahuják von Brok verbreitet hatte, schien offensichtlich doch wahr zu sein: Brok kam aus dem Hof getrabt, hob das Hinterbein und setzte seine Unterschrift an die Scheunenecke, hob schnuppernd die kleine Schnauze, kam zum Bach herangelaufen und blieb genau drei Schritte vor mir stehen: wir beide kannten einander, deshalb bellte er vorerst nicht, hob nur das rechte Vorderbein und sah mich neugierig an.

Ich schob mich den Bach hinab, Brok blieb mir auf den Fersen. Dann bellte er, aber nicht ärgerlich, sondern nur so, um sich mir bemerkbar zu machen: ich nahm nämlich keine Notiz von ihm; für gewöhnlich mochte ich ihn ganz gerne, doch jetzt, als er mit dem Schwanz wedelte zum Zeichen, daß er mich erkannt hatte, wünschte ich ihn zu allen Teufeln; der Mann bei der Scheune rief ihn an: »Brok, was hast du dort?«

Brok bellte, aber wieder nur so halb und halb, machte einen kleinen Satz, blieb stehen und sah abwechselnd zu dem Mann mit der Flinte hin und wieder auf mich: ich kroch jetzt schon auf dem Bauch durch das Bachbett; ich muß rasch weg, nur schnell weg, dachte ich, aber dem Brok machte mein Kriechen Spaß, er bellte und hopste am Ufer entlang.

Dann vernahm ich ein Geräusch, das mir vom Kino her wohlbekannt war: das Spannen des Hahns an der Flinte. »Halt!« schrie der Mann; ich legte mich ganz ins Wasser, drehte den Kopf ein wenig zurück und sah über mir den Mann mit der Flinte, neben ihm schwanzwedelnd Brok: die Freude des Hundes war unverkennbar.

»Komm heraus«, sagte der Mann, »aber schnell!«

Völlig durchnäßt stand ich wenig später am Ufer, die Flinte war auf meine Bauchgegend gerichtet, ich hielt den Kopf gesenkt: die Hose war dem Mann viel zu groß, die Schuhe waren dagegen viel zu klein; ich senkte den Kopf noch tiefer: an meinem Gürtel hing die heutige Beute – fünf Forellen mit blutigen kleinen Mäulern voller scharfer Zähnchen und mit glasigen Augen, die direkt auf mich gerichtet waren.

»Also komm schon«, sagte der Mann und stupste mich mit der Flinte vorwärts; Brok folgte uns schwanzwedelnd.

»Ich habe meine Schuhe dort oben gelassen«, sagte ich und wies mit dem Kopf bachaufwärts.

»Die kannst du dir später holen«, erwiderte der Mann und bugsierte mich in Richtung des Hauses. Ich ging ein wenig geduckt, für meine Jahre war ich groß und stark, wenn ich ihm sagen werde, wie alt ich bin, wird er es mir nicht glauben, schon jetzt traut er mir nicht, er führt mich wie einen Kriegsgefangenen, so wie ich das vor kurzem in der deutschen Wochenschau gesehen habe: Banditen werden abgeführt; auch ich werde abgeführt, aber wohin nur? Das hatte die deutsche Wochenschau nicht gezeigt; ich ging jedoch nicht weit, nur bis in die Küche der Krahujáks: zuerst betraten wir das kleine Vorhaus mit dem Lehmfußboden; hier roch es nach Sauerkraut und nach den Kartoffeln im Keller, links befand sich die Küchentür, deren unterer Teil aus Holz bestand, mit einer grobförmigen Klinke, der obere Teil aus vier Glasscheiben, die mit einem dünnen Vorhang bedeckt waren: wenn der Wind ein wenig stärker blies, klirrten die

Glasscheiben; in der Küche saßen fünf oder sechs Männer, der jüngste von ihnen, der mit dem stechenden Blick, fragte: »Wo hast du den da aufgegabelt?«

Herr Krahuják saß auch unter ihnen und sagte: »Den kenne ich.«

Er neigte sich dann zu diesem Kleinen mit den bösen Augen hinüber, flüsterte ihm etwas zu, und der musterte mich währenddessen, lachte von Zeit zu Zeit, dann wurden seine Augen wieder ernst und nachdenklich, sein Blick glitt über mich, von den Füßen aufwärts über die nasse Hose und den fünf Forellen im Gürtel bis zu meinem Gesicht hinauf: das prüfte er so gründlich, daß mich ein Schauer überlief. Ich bin in einer schönen Patsche, dachte ich, doch wenigstens warm ist es hier, nur der Kerl mit der entsicherten Flinte sollte fortgehen: er steht hinter meinem Rücken, ich weiß das.

Herr Krahuják wandte sich jetzt von dem Kleinen ab, und dieser sagte: »Geh hinaus!« Ich wollte schon kehrtmachen, doch er sagte abermals: »Nicht du, sondern der Wachtposten«, und der kleine Mann zündete sich eine Zigarette an.

»Du gehst fischen, nicht wahr?«

Ich zuckte die Achseln.

»Und weißt du auch, daß das verboten ist?«

Wie sollte ich das nicht wissen, dachte ich, eine blöde Frage, das weiß doch jedermann, daß Fischereifrevel bestraft wird, aber gerade deshalb lockt er mich, und um die Fische geht es überhaupt nicht dabei.

»Wo ist dein Vater?«

»In der Stadt«, erwiderte ich.

Die anderen Männer interessierte das Gespräch nicht mehr, sie beugten den Kopf über den Teller und schlürften die heiße Suppe; ich hätte auch gern einen Teller Suppe gehabt, in der Selchfleischstückchen schwammen, bestimmt hatte sie Štefka gekocht, niemand konnte die Kartoffelsuppe so gut zubereiten wie sie; der Mann mit dem stechenden Blick blies den Rauch fort; jetzt sah ich in seinen Pupillen diese bösen Flämmchen.

»Du kennst doch den Sturmbannführer Berger«, fuhr mich der kleine Mann in deutscher Sprache an, und die anderen Männer legten langsam den Löffel weg, wischten sich mit dem Handrücken den Mund ab, und einer, so ein schwarzer Bursche, griff an seine Revolvertasche; soll ich es leugnen oder nicht, dachte ich, Krahuják hat ihm doch bestimmt schon alles erzählt, und wenn auch nicht, was könnte ich denn leugnen? Ja, ich kenne Berger, ich kenne ihn sehr gut, besser, als Sie ihn kennen... mehr aber sage ich auf keinen Fall, nichts vom Sofa im Hinterstübchen und den im Dunkeln vibrierenden Kühlkompressoren, von dem zerbrochenen Topf, dem Köfferchen, das die Mutter im Wäscheschrank verschlossen hält, nichts von den Briefen, die sie über der auf dem Bett ausgebreiteten Babywäsche liest, nichts von der Flamme, die am Abend das Papier verzehrt, und von dem roten Gesicht der Mutter beim offenen Ofen, das von der Aufregung oder der Glut herrühren mochte, wer konnte wissen, was sie erröten ließ? Nichts von den quietschenden Bremsen des Mercedes am Morgen vor unserem Haus, nichts, gar nichts weiter werde ich sagen; das würde *der* nicht verstehen; der da gehörte nicht zu unseren Stammgästen.

»Ja, bitte, ich kenne Herrn Berger gut«, sagte ich jetzt ebenfalls in deutscher Sprache.

Die Männer schwiegen, nur einer atmete schwer, wie der Großvater, wenn er einen Asthmaanfall bekam; jetzt machte sich der Duft der Kartoffelsuppe, die langsam dick wurde, besonders stark bemerkbar; ich war dem Weinen nahe, eine große Traurigkeit befiel mich, Angst hatte ich keine, doch ich war mir dessen bewußt, daß sie mich in die Enge getrieben hatten, mir die Schlinge um den Hals warfen, aber was hatte denn ich mit Berger zu schaffen, warum fragten sie mich, ob ich ihn kenne, das ist meine Angelegenheit, aber doch keinesfalls meine Schuld.

»Have you a blond sister«, herrschte mich der kleine Mann jetzt in englischer Sprache an.

»No Sir, I haven't, but my mother, she ... is ...«, erwiderte ich stotternd.

»Du wolltest wohl sagen, daß du ein Brüderchen oder Schwesterchen erwartest.«

»Jawohl.«

»Und der Vater?«

»Ist Berger, mein Herr.«

Die Schlinge lag um meinem Hals, ich spürte, wie sie mich einschnürte, der starke Druck trieb mir das Blut in den Kopf, ich öffnete den Mund, wollte etwas über die Zusammenhänge sagen, aber mein Kinn begann zu zittern, doch nicht vor Angst, Angst hatte ich nicht, sondern vor Scham; sie war sehr groß, größer als ich, und wohl schon die eines Erwachsenen; wie ein Pilzgeflecht war sie, das den sicheren Boden unter meinen Füßen zerstörte, alles floß

zu einem einzigen trüben Strom zusammen, und ich wartete nur darauf, wie damals bei dem Gewitter auf dem Sofa, daß mich dieser wilde Strom mit sich fortriß und in ein schwarzes Loch hinabspülte ... Der verdammte Herr Berger, dachte ich, was habe ich denn mit ihm zu schaffen, was geht der mich überhaupt an!
»Setz dich«, sagte jetzt wieder dieser Kleine.
Ich setzte mich an die Ecke des Tisches, auf der Bank längs der Wand war gerade nur dort noch Platz; Herr Krahuják schob mir einen Teller Suppe hin.
»Ich weiß, du ißt sie gern«, sagte er.
Ich hielt den Kopf gesenkt und hätte nie gedacht (obgleich ich einmal im Kino gesehen hatte, ich saß neben Doris, meine Hand lag auf ihrem Knie, wie in dem deutschen Film einem Waisenkind die Tränen in die Suppe herabfielen), daß ich auch solche große Tränen weinen könne: sie tropften jetzt in die Fettaugen der Suppe; alle saßen regungslos da, Stille herrschte, nur der Duft der Suppe war zu spüren, man hörte das Ticken der alten Pendeluhr, der Mann neben mir seufzte, ergriff dann den Löffel und schlürfte wieder seine Suppe, und die anderen taten desgleichen.
»Also iß schon«, sagte der Mann mit dem scharfen Blick, »ein bißchen Suppe wird dir guttun, du bist vom kalten Wasser bestimmt ganz durchgefroren ...«
»Ja«, sagte ich.
Langsam tauchte ich den Löffel in die dicke Suppe, und langsam führte ich ihn zum Mund: alle hatten schon ihren Teller geleert, nur ich nicht, ich wagte nicht, den Kopf zu heben, doch ich spürte die fünf oder sechs auf mich gerichteten Augenpaare: diese Blicke legten sich auf mich und benahmen mir den Atem.
»Stell dich zum Ofen«, sagte der Kleine, »damit du ein wenig trokken wirst.«
Ich stellte mich mit dem Gesicht zur glühenden Herdplatte, in der Hitze strömten die Fische an meinem Gürtel einen süßlichen Geruch aus.
»Dreh dich um«, sagte der Mann mit dem stechenden Blick, »gehst du überhaupt in die Schule?«
»Nein, ich fahre einmal wöchentlich in die Stadt, hole mir die Aufgaben und arbeite sie daheim aus.«
»Da hast du also eine ganze Menge freie Zeit, sozusagen verlängerte Ferien, was?«
»Ja«, sagte ich.

»Du hast auch genügend Zeit fürs Fischen?«
»Natürlich.«
»Ich hätte für dich eine interessantere Arbeit«, sagte der Kleine jetzt gedehnt, sah mich aber nicht an, »du könntest uns gute Dienste leisten ...«, er verstummte und blickte mir scharf in die Augen, »das heißt, wenn ich dir trauen kann.«
»Ich denke, das können Sie.«
»Was soll das heißen, ich denke, sag ja oder nein.«
»Irgendwo habe ich einmal gelesen«, erwiderte ich, und mein Kopf war jetzt wieder klar, ich stand schon wieder fest auf den Beinen, und die Wärme des Ofens auf meinem Rücken tat mir wohl, »daß man demjenigen, von dem man einen Dienst erwartet, im *voraus* einen gewissen *Kredit* an Vertrauen einräumen muß ... damit werden solche Dienste manchmal sogar honoriert ...«
Der Mann lachte: »Gut gesagt ... und daß du es nur weißt, ich werde dir diesen Kredit einräumen – wie hoch soll er sein?«
»Das genügt schon so, mein Herr, ich danke Ihnen.«
»Ich habe für dich eine interessante Aufgabe: du sprichst gut deutsch, schau zu, daß du von Zeit zu Zeit mit den Soldaten vom Jagdkommando im Dorf ins Gespräch kommst ...«
»Ich weiß gar nicht, daß es bei uns ein Jagdkommando gibt.«
»Das weißt du nicht, weil du dich den ganzen Tag beim Fischen herumtreibst; am Vormittag haben sechzig Mann Quartier in der Schule bezogen, versuch, mit ihnen von Zeit zu Zeit ins Gespräch zu kommen, und was du für wichtig hältst, sag ... der Štefka, und die weiß dann schon, was weiter zu tun ist ... einverstanden?«
»Ja«, erwiderte ich.
Der Mann zündete sich eine weitere Zigarette an.
»Und nun darfst du gehen.«
Jetzt waren seine Augen nicht mehr so böse, die Falten um seinen Mund hatten sich gelockert, und seine Züge waren weicher geworden.
»Auf Wiedersehen, mein Herr.«
»Warte«, sagte der Kleine, »gibst du mir nicht einmal die Hand?«
Über den Tisch hinweg reichte er mir die Rechte, ich ergriff sie, sie war feucht und warm.
»Auf Wiedersehen«, sagte ich abermals.
Schon hielt ich die Türklinke in der Hand: da meinte der alte asthmatische Mann am Tisch, ob ich nicht einen der Fische hier lassen könnte, er äße Forellen in Butter gesotten schrecklich gerne.

Ich löste den Gürtel, nahm einen Fisch, den größten, herunter und legte ihn vor den Mann auf den Tisch.
»Lassen Sie sich ihn recht gut schmecken.«
»Danke schön.«
Auf dem Hofe umhopste mich schwanzwedelnd Brok, ich kraulte ihm das von Flöhen wimmelnde Fell und ging hinaus auf den Weg, der zur Straße hinabführte; an der Scheune stand der Mann mit der Flinte und rief mir zu: »Halt!«
Ich blieb stehen.
»Da hast du deine Schuhe und Strümpfe«, sagte er, »zieh beides an, es ist schon kühl.«

Das Jagdkommando hatte sich in der Schule einquartiert, und die erste Tat des Kommandanten, eines langen Oberleutnants, war, bei einem Anstreicher im Ort ein großes Warnschild mit der Aufschrift ›Achtung, Bandengefahr!‹ malen und im Dorf beim Wirtshaus aushängen zu lassen; drei Tage lang war das Kommando mit der Einrichtung des Quartiers beschäftigt: dann besetzten sie auf Dauer das Dorfwirtshaus. Hin und wieder begab sich eine bis an die Zähne bewaffnete Gruppe die Straße bis zum Wald hinauf, stieß aber für gewöhnlich nur bis zum Wirtshaus da oben vor und ging nicht mehr weiter; zu mehr war sie auch nicht imstande, denn die durch die Frontverpflegung geschwächten Mägen der Kriegsveteranen vertrugen den echten, schwarz gebrannten Schnaps, der hier für Protektoratskronen und auch für Reichsmark billig zu haben war, nur schwer.
Vor Einbruch der Dunkelheit kehrte die Gruppe ins Dorf zurück, trat aber dem Oberleutnant nicht so bald unter die Augen: die Soldaten verkrochen sich vorerst in die nächstliegenden Scheunen, um abzuwarten, bis sich die Wirkung des schwarz gebrannten Alkohols bei ihnen verflüchtigt hatte; dann erst traten sie wieder in Reih und Glied an und marschierten so leidlich im Schritt endgültig zur Schule, wo der Patrouillenführer meldete, daß es zu keiner Feindbegegnung gekommen war.
Schon nach zwei oder drei Tagen fand das Dorf heraus, daß dieses Jagdkommando keine Lust hatte, irgend jemandem nachzujagen, daß es seine Anwesenheit im Dorf eigentlich als eine große, vom Stabsoffizier erteilte Gnade betrachtete, der es sich in den Kopf gesetzt hatte, diesen ›strategischen Punkt‹ in Hošťálkov besetzt zu halten, was zur großen Freude der sechzig Männer, die hier das

Kriegsende überleben wollten, auch durchgeführt worden war; meine Pflichten als Kundschafter beschränkten sich auf ein Minimum: wenn das Jagdkommando zum Aufbruch startete, wußte für gewöhnlich schon tags zuvor das ganze Wirtshaus, wohin sie gingen und wieviel Mann stark das Aufgebot war.

Einmal kam ich zu Krahuják mit dem Vorschlag, die Landstraße überwachen zu lassen, ich wolle diese Aufgabe übernehmen, benötige dazu aber einen Helfer und eine Waffe.

»Wen hast du dir also ausgesucht?« fragte Krahuják.

Wen anders hätte ich mir denn aussuchen können als meinen Cousin Vojta, einen erfahrenen Fisch- und Wilddieb, einen Jungen, der um zwei Tage älter war als ich.

»Gut«, sagte Krahuják, »mit dem Helfer bin ich einverstanden, aber eine Waffe bekommst du nicht.«

Ich erwiderte nichts darauf, doch ich wußte genau, daß es so gut wie ausgeschlossen war, Vojta mit leeren Händen für eine Mitarbeit gewinnen zu wollen: ja, wenn ich ihm als Beweis so eine kleine Pistole oder vielleicht auch nur eine Handgranate vorzeigen könnte, dann käme eine Einigung ganz bestimmt viel rascher zustande; noch am Abend ging ich auf einen Sprung zu Vojta; er langweilte sich: Schule gab es keine, die Kühe hütete seine jüngere Schwester Milena, und eine neue Gummischnur für seine Spezialschleuder hatte er nicht auftreiben können; ich kramte mein Geheimnis aus, Vojta zuckte mit keiner Wimper, sondern fragte nur sachlich: »Und was ist mit Waffen?«

Natürlich Waffen, das war zu erwarten gewesen, schon der Urgroßvater hätte für eine Flinte sein Leben hergegeben, der Großvater einer Flinte zuliebe beinahe das Leben gelassen – und was konnte man dann anderes vom Enkel erwarten, dessen Vater, gleich nachdem er der Schule entwachsen war, mit seiner Büchse im Herrschaftsrevier herumgeknallt hatte.

»Waffen«, sagte ich, »müssen wir uns selbst beschaffen ...«

Vojta sah mich mit forschendem Blick an; seine vom Mundwinkel bis zum Ohr reichende Narbe lief rot an: diese Narbe besaß er schon seit seinem fünften Lebensjahr, damals hatte er die Kühe gehütet und war der Babuša, die gern stieß, etwas zu nahe gekommen (er hatte dann zwar behauptet, die Kuh habe eine abwehrende Kopfbewegung gemacht und ihm dabei die Wange aufgerissen, doch die Wahrheit sah anders aus: er war auf der Kuh geritten, Babuša hatte ihn abgeworfen, und im Flug über ihren

Kopf hatte sein Gesicht das eine Horn gestreift), und so war es eben passiert. »Gut«, sagte dann Vojta bedächtig, so redete er immer; schon damals war Vojta – wir waren beide sechzehn, sahen aber älter aus – im Vergleich zu mir ein Riese, in den Händen hatte er die Kraft eines Mannes, und weil er sich seiner physischen Stärke sehr genau bewußt war, bemühte er sich, sie noch durch entsprechende Ausdrucksweise zu unterstreichen, wodurch seine Überlegenheit enorm wuchs: vieles hatte er auch auf der Gewerbefachschule für das Bauhandwerk in Zlín von den Maurern und Polieren aufgeschnappt.

In den Späherdienst an der Landstraße teilten wir uns beide, ich stand am Nachmittag auf Posten, er vom Morgen an, doch der Verkehr war entweder nur gering, oder aber es wälzten sich ganze Panzerwagen-Kolonnen und ein Strom von Truppen die Straße hinauf, so daß es überflüssig war, den Partisanen Meldung zu machen, denn solchen Einheiten waren sie ohnedies nicht gewachsen: wir zählten sie nur hübsch ab und machten uns Notizen; es war ein schöner November, die Sonne schien warm herab, und am Mittag bei der Wachablösung, unser Beobachtungsplatz war das Gärtchen vor Onkel Vrbas Haus, sahen wir zwei deutsche Soldaten die Straße heraufmarschieren: wir sprangen vom Zaun herunter und versteckten uns hinter dem Scheunentor.

Die beiden sahen nicht gerade wie zackige SS-Männer aus: an dem Tor kamen zwei Großväter vorüber, gebückt von der Last des Rucksackes, die langen Gewehrkolben schlugen gegen ihre Knie, und der eine machte gerade beim Scheunentor eine abwehrende Handbewegung, die Fäden des Altweibersommers hatten sich in seinen Fingern verfangen: »Schönes Wetter heute, was?« Der andere, der Kleinere, brummte etwas, nahm die Mütze vom Kopf, und seine von einem Kranz grauer Haare umsäumte Glatze leuchtete in der Sonne auf.

»Vojta, die Waffen sind da«, sagte ich.

Die Soldaten waren vorüber; die Mündungen der stählernen Gewehrläufe glänzten in der Sonne wie der Kahlkopf des Kleineren; in wenigen Augenblicken hatte ich meinen Plan fertig.

»Los«, rief ich und lief in den Hof, von dort aus in den Wald, und auf den Waldwegen und Abkürzungen entlang der Landstraße erklärte ich Vojta im Laufen meinen großartigen Plan, wie man den Soldaten die Gewehre und Patronen abnehmen könne; Vojta sagte nichts, er keuchte nur und wurde ganz rot, hielt sich aber ausgezeichnet: ich war immer ein besserer Läufer als er, aber an Kraft war er mir weit überlegen.

Wir hielten erst hoch überm Dorf im Laufen inne, dort, wo die Straße in einer scharfen Kurve in den Wald abschwenkte und in Serpentinen zum Troják anstieg; ich suchte mir die dritte Biegung aus; vom Dorf unten drang das Mittagsläuten zu uns herauf, es hörte sich hier aber wie ein Sterbeglöckchen an, die tiefen Töne gelangten nicht bis zu uns, und ich vernahm nur das hohe ›Bim, bim, bim‹.

Wir krochen ins Dickicht; Vojta sah sich nervös um: »Aber wenn ...«

»Hab keine Angst«, sagte ich, »es wird schon alles gutgehen.«

In der Kühle des Dickichts beruhigten sich unsere Herzen wieder; die Röte in Vojtas Gesicht ging zurück, seine Augen wurden schmal, ich wußte, er war jetzt vollkommen in Ordnung: so hatte er ausgesehen, als wir beide mit dem Korb direkt unter den Fenstern des Hegers, Herrn Novosad, diese Riesenkerle von Forellen gefangen hatten; dann erschienen an der Straßenbiegung unter uns die beiden Soldaten: sie gingen langsam, unter den Tritten ihrer Kommißstiefel erhoben sich kleine Wolken grauen Staubes, der in der Sonne silbern glänzte – auch auf ihrer Stirn glänzten feine Silbertröpfchen; die Bluse hatten sie aufgeknöpft, um dem sehnigen Hals Erleichterung zu verschaffen.

Jetzt waren sie nur noch etwa fünf Schritte von uns entfernt, ich sprang aus dem Dickicht auf die Straße heraus und schrie: »Halt! Augenblick, meine Herren, gestatten Sie, daß ich Ihnen den Befehl der Partisanengruppe zur Kenntnis bringe!« Die Soldaten blieben stehen, dem kleineren schwollen die Adern am Halse wie Stränge an, der größere zog sein Taschentuch heraus und wischte sich den Schweiß von der Stirn, es fiel ihnen gar nicht ein, zum Gewehr zu greifen: sie standen im Straßenstaub da, verzehrende Angst in den Augen, die Sonne und das Bimmeln des Sterbeglöckchens vom Dorf herauf im Nacken; sie blickten auf meine Lippen, und mir war recht komisch zumute, ich dachte, was wohl passieren würde, wenn der Größere zum Beispiel jetzt mit einer langsamen Bewegung das Gewehr von der Schulter zog – er sah Herrn Göttlicher, dem deutschen Friseur, der in Ostrau bei uns um die Ecke seinen Laden besessen hatte, auffallend ähnlich; ich ließ mir bei ihm immer das Haar schneiden, und wenn ich auf dem Sessel unruhig hin und her rückte, hatte er mir oft ein Kopfstück gegeben und gedroht, er werde seinen Hosenriemen abschnallen und mich damit versohlen;

dieser Herr Göttlicher, unser stiller Stammgast, nahm später ein sehr schlimmes Ende; abends saß er immer in unserem Café ganz allein bei seinem Kognak und schlürfte ihn augenblinzelnd und von Zeit zu Zeit einen Seufzer ausstoßend: »Ach, dieses Leben, dieses Leben«; seine verschwenderische Frau machte ihm das Leben sauer, und er hatte niemanden, dem er hätte sein Herz ausschütten können; er war ganz fremd in unserer Straße, niemand wußte, woher er gekommen war, und alle sahen den lang aufgeschossenen, mageren Deutschen nur über die Schulter an: die anspruchsvollen Damen und Herren aus unserer Straße hätten seinen Laden keinesfalls betreten, selbst wenn das Frisieren, der Haarschnitt und die Rasur bei ihm kostenlos gewesen wären; Herr Göttlicher hatte eigentlich nur von Gelegenheitskunden gelebt – von denen der Großteil die Leichen waren, die er ins Krankenhaus um die Ecke oder in die Totenkammer gleich hinter dem Friedhofstor rasieren oder scheren ging; bisweilen kam auch ein Trauergast zu ihm herein, wenn ihm keine Zeit mehr geblieben war, den Haarschnitt oder die Rasur bei seinem Friseur vornehmen zu lassen; die einzigen Dauerkunden waren wir Jungens aus unserer Straße und meine Mutter: sie fand sich jeden zweiten Tag bei ihm ein, um sich schnell das Haar nachfrisieren zu lassen. Wenn sich meine Mutter auf dem Sessel niederließ, schluckte Herr Göttlicher, sein Adamsapfel begann wild auf und ab zu hüpfen, vor Aufregung tränten ihm sogar die Augen; eine Woche vor dem Überfall auf die Sowjetunion mußte Herr Göttlicher einrücken, er kam gar nicht sich verabschieden, und ich war wohl sein letzter Zivilkunde gewesen: als ich an diesem Sommerabend seinen Laden betrat, um mir das Haar schneiden zu lassen, machte er gerade Schluß: er legte Rasiermesser, Apparat und Scheren in ein prachtvolles rotes Lederetui und eröffnete mir, daß er auf Nimmerwiedersehen schließe (was für ein unmögliches Deutsch doch dieser Herr Göttlicher sprach, aber was konnte man von einem Deutschen aus Hultschin auch anderes erwarten), ich möge doch zur Konkurrenz gehen, aber ich bat ihn, mich dennoch dranzunehmen; wortlos band mir Herr Göttlicher das Handtuch um den Hals, öffnete das Etui und sagte, er werde sein Werkeug mitnehmen, vielleicht benötigten die Herren Offiziere oder die gewöhnliche Mannschaft einmal einen Haarschnitt – denn auch an der Front müßten sich die Männer doch rasieren und sich die Haare schneiden lassen; dann wurde Herr Göttlicher nachdenklich und betrachtete stumm sein kleines, sommersprossiges Gesicht im Spiegel. »Ich weiß es zwar nicht genau, Herr Göttlicher«, sagte ich, »aber ich denke schon, daß auch die Soldaten sich das Haar schneiden lassen müssen, nehmen Sie Ihr Werkzeug nur mit.«

»Kommen Sie nicht sich verabschieden?« fragte ich, als ich fertig war.

»Nein«, erwiderte Herr Göttlicher und legte seine Sachen wieder in das Lederetui zurück. »Warum sollte ich, hier in dieser Scheißgasse bin ich sowieso niemandem ans Herz gewachsen.« Als ich zahlen wollte, wehrte er ab, ich solle es sein lassen, er habe ohnedies schon abgerechnet. Und dann rief seine Frau von hinten: »Schorschi« (so nannte sie ihn immer), »komm doch schon!« Niemand in unserer Straße konnte Frau Göttlicher leiden, sie war ein böses Weib, böse und wütend auf ihren Mann, der sie enttäuscht hatte: sie hatten davon geträumt, sich einen eleganten Friseurladen einzurichten, und waren auf dem Weg zum Friedhof gelandet – und weiter waren sie nie mehr gekommen. Ich mußte an Herrn Göttlicher denken. Was dann, sagte ich mir, wenn dieser Soldat tatsächlich Herr Göttlicher war, wenn er den Riemen abschnallte und mir damit das Hinterteil versohlte oder aber die Flinte herunterriß und ... was dann?

»Geben Sie die Gewehre her«, sagte ich mühsam in deutscher Sprache, ich erkannte meine eigene Stimme nicht wieder, das war nicht mehr ich, der da so sprach, sondern jemand anders, vielleicht der Hund in mir, aber der schlief doch, ich hatte ihn nicht geweckt: ich fühlte keine Wut in mir aufsteigen, sondern nur Mitleid, denn die beiden Soldaten standen mit gesenktem Kopf da, und der kleinere knöpfte sich mit nervösen Fingern den abgewetzten Kragen des Militärhemdes zu und dann auch die Bluse und sah mit flatterndem Blick umher.

»Legen Sie die Gewehre vor sich auf die Erde, die Patronen dazu«, sagte ich.

Der Größere zuckte die Achseln, dann zogen beide gleichzeitig die Gewehre an den Riemen über den Kopf, legten sie auf die staubige Straße, lösten ihre Gurte und legten auch die Patronen neben die Gewehre; mein Auftrag war jetzt erfüllt, und ich weiß nicht, was mich noch bewog, ins Gebüsch hineinzurufen: »Also Vasja, bist du bereit?«

»Da, da, charascho«, brüllte Vojta aus dem Dickicht, so daß ich erschrak, Vojta hatte mit so tiefer Stimme geantwortet, daß ich fast meinte, er sei weggelaufen, und an seiner Statt säße da ein echter Vasja im Dickicht und ziele mit seinem Maschinengewehr auf diese beiden.

»Nicht schießen«, sagte der größere der Soldaten, »bitte nicht ...«, der kleinere hob den Kopf, sah um sich und legte die Hand ans Herz: »Junger Herr«, sagte er stotternd, »wir haben Ihnen alles gegeben, alles, sagen Sie dem Russen, er soll nicht schießen ... das hat doch keinen Sinn ... hier, nehmen Sie meine Uhr und geben Sie sie dem Russen, oder behalten Sie sie selbst ...«, und der Soldat riß zugleich mit einem Stoffetzen eine große altmodische Uhr aus der Hosentasche, ergriff meine Hand, öffnete sie und drückte mir die Uhr mit Gewalt hinein; es war eine billige Uhr, wie man sie in Deutschland vor dem Kriege zentnerweise hergestellt hatte: sie zeigte zehn Minuten nach zwölf; als ich sie, mit dem Zifferblatt nach unten, umdrehte, las ich auf ihrer Rückseite die Widmung in deutscher Schrift: ›Daß du immer rechtzeitig nach Hause kommst! Deine Dich liebende Frau – Anna 1924‹; hätte mir dieser Soldat eine gute Uhr, etwa eine Doxa oder Omega oder irgendein anderes Markenfabrikat, in die Hand gedrückt, so hätte ich sie auf die Erde geknallt. Ich pfeif auf Ihre Uhr, wir brauchen Gewehre, hätte ich zu ihm gesagt, aber so drehte ich diese armselige Uhr in meiner Hand hin und her, einen Trödelkram mit der Mahnung in deutscher Schrift, immer rechtzeitig heimzukommen; mein Hund hatte unruhige Träume: auch ein Hund kann im Schlaf heulen, wenn er träumt, aber ich konnte es nicht, nein, stehend soll man nicht heulen – aber warum stehen wir drei uns hier auf der Straße feindlich gegenüber, warum haben diese beiden eine solche Todesangst vor mir und bieten mir diese Schunduhr für ihr Leben, für ein verpfuschtes oder auch glückliches, wer weiß das schon, wer? Wie komme ich nur zu dieser Überlegenheit, und wo liegen die Wurzeln ihrer Angst? Um Gottes willen, laßt uns hier zusammen weinen, auf die Knie fallen, und wir alle, alle wollen um Vergebung bitten – und die Gewehre liegen lassen und weggehen –, warum ist dieser Soldat nicht Herr Göttlicher, warum schnallt er nicht den Riemen ab und zieht ihn mir über den Hintern, wie gut mir das bekäme; meine Hand zitterte, doch keiner sah es, warum sollten denn auch diese Soldaten auf die zitternde Hand eines sechzehnjährigen Bengels sehen? Mein Hund erwachte aus seinem unruhigen Traum, das war nicht ich, sondern er, der jetzt schrie: »Schauen Sie gut her«, und ich schob den Pulloverärmel am Handgelenk ein wenig zurück, »ich brauche Ihre Uhr nicht, ich habe, bitte sehr, eine Schweizer Uhr, das neueste Vorkriegsmodell, verstehen Sie doch, da, nehmen Sie Ihren Schund zurück – ich will ihn gar nicht ... nicht einmal sehen ...« Die

Soldaten duckten sich, der kleinere stülpte seine Soldatenkappe auf, zog die Gurte seines Rucksacks fester. »Werden Sie uns erschießen?« fragte er. »Wir haben keine Waffe mehr«, flüsterte der Größere, und sein Adamsapfel war ihm bis unter das Kinn hinaufgesprungen, wahrscheinlich wurde er dort vom Halsmuskel festgehalten, und jetzt zitterte der Adamsapfel in dieser krampfhaften Umklammerung und wollte hinunter, wohin er gehörte.

Das Mittagsläuten im Dorf unten hatte aufgehört: der Mesner Lysák befestigt jetzt wohl schon die Glockenstränge an den Pfosten, schließt die kleine Eisentür und steigt die knarrenden Stufen hinunter, das Echo der Glocken aber ist noch nicht verhallt, es hängt noch über den Bergen und kommt zurück, doch er geht jetzt schon an der weißen Kirchenmauer vorbei, im grellen Sonnenlicht zeigt der Schatten der Sonnenuhr etwas über die Mittagsstunde, der gekrümmte Schatten des Mesners fällt auf die Mauer, auf deren anderer Seite, in der Kirche, sich der Beichtstuhl befindet, wo über die Sehnsüchte Gericht gehalten wird; dann biegt der Mesner in die Lindenallee ein, in den undichten Schatten der bereits gelichteten, mächtigen Linden.

»Da haben Sie Ihre Uhr zurück«, sagte ich leise, »nehmen Sie sie, bitte, und gehen Sie ins Dorf zurück ...«

»Danke, junger Herr«, sagte der Größere.

»Aber wir müssen nach Bystritz«, fügte der kleinere Soldat hinzu, »dort wartet der Transport auf uns ... abkommandiert von der Front ... näher zur Heimat ... Sie verstehen!«

»Nein«, erwiderte ich, »kehrt euch, und zurück ins Dorf!«

»Wir müssen unbedingt nach Bystritz«, wiederholte der Soldat. Ich konnte mir nicht darüber klarwerden, was in mir vorging und wo alle meine beunruhigenden Überlegungen voll wirrer, unbeantworteter Fragen noch enden würden: zum ersten Male im Leben hatte ich tatsächlich jemandem Angst eingejagt, jetzt zitterte einer voller Furcht vor mir, lag sozusagen besiegt auf dem Rücken da – und ich hätte darüber Genugtuung empfinden müssen, die Bosheit in mir hätte sich gesättigt und besänftigt zur Ruhe begeben können; doch ich schämte mich, mit jeder Minute wuchs die Scham in mir, ich hatte das Gefühl, etwas Sinnloses getan zu haben: die Gewehre lagen im Straßenstaub zwischen uns; ich mußte mit Gewalt meinen Widerwillen überwinden, um sie zusammen mit den Patronentaschen aufzuheben; geht doch zu allen Teufeln, hätte ich am liebsten geschrien, mich freuen diese Gewehre nicht mehr, nichts freut

mich mehr, nichts ist mir heute gelungen, überhaupt nichts: ich ging in den Wald zurück; die Soldaten standen noch eine Weile zögernd da, dann lüpften sie ihre Rucksäcke und marschierten los; ich blickte ihnen nach, wie sie, die Sonne im Genick, über die staubige Straße zogen: dann tauchten sie an der Straßenbiegung in den Schatten.
»Umkehren«, rief ich, »zurück ins Dorf, dort weiter oben wird man euch abknallen!«
Sie blieben stehen, der Größere dreht sich um: »Aber nein, es geht doch der Heimat zu – und wir haben ja auch keine Waffen mehr ...«
Ich hörte ihre Schritte noch, als sie längst hinter der Biegung verschwunden waren; dann untersuchte ich mit Vojta die Gewehre.
»Wozu hast du nur so lange mit ihnen gequasselt«, sagte Vojta. »Aber sonst war das eine prima Arbeit.«
Die Gewehre waren in einem katastrophalen Zustand, mit keinem von beiden konnte man einen Schuß abgeben: der Lauf des einen war etwa zehn Zentimeter von der Mündung abwärts deformiert, und an der anderen Flinte war der Schlagbolzen zerbrochen, so daß Vojta zu dem Urteil kam, aus diesen zwei Flinten könne man eigentlich nur noch eine einzige zusammenbauen; Patronen hatten wir über sechzig Stück, doch als wir sie zählten, fiel uns ein, daß wir den beiden die Bajonette nicht abgenommen hatten; Vojta schlug vor, die Flinten zu unserer privaten Verwendung zu behalten; gleich am nächsten Tag in der Frühe wollte er sich nach Soliska aufmachen, wo man angeblich einen sehr hübschen Film gab.
Wir saßen am Waldrand in der Nähe des Dorfes, das Metall der Waffen juckte uns in den Händen, die Patronen, schön zu Fünferreihen geordnet, glänzten in der Sonne, die durch das Nadelgezweig hindurchschien: angestrengt arbeiteten wir an den Waffen, das heißt nicht ich, sondern Vojta; von Zeit zu Zeit warf er eine nicht gerade schmeichelhafte, an die Adresse der früheren Flintenbesitzer gerichtete Bemerkung hin – dann war endlich alles fertig; Vojta zog den Verschluß durch, zielte und ließ den Hahn einschnappen: dieser metallene Klang erfüllte uns beide mit männlicher Genugtuung; ich glaube, so mancher Mann fühlt sich nur mit einer Waffe in der Hand oder mit einem hübschen Weibsbild an der Seite wohl, erst dann weiß er so recht, daß er wirklich lebt. Selbstverständlich gibt es auch noch andere Beglückungen, Vojta aber hatte die stärkere dieser beiden noch nicht kennengelernt; ich vielleicht doch.
Vojta zielte einige Male und lud wiederholt durch; er sah ganz

ruhig aus, doch die Narbe auf seiner Wange verriet ihn, sie lief rot an, und dann noch seine Augen: wenn er das Gewehr anlegte und zielte, trat ein Leuchten in sie, doch seine Hände zitterten nicht; beim Zielen erstarrte er förmlich und verharrte in regungsloser Konzentration, eine Eigenschaft, die gute Schützen und Wilderer auszeichnet.
Dann hörten wir über uns vom Troják her einen Schuß fallen; wenig später eine Salve aus einer Maschinenpistole.
Und noch eine.
Die Schallwellen ließen ein junges Eichenbäumchen am Rande der Lichtung erzittern, mehrere dürre Blättchen lösten sich und segelten mit schwankenden Bewegungen zu Boden, bevor noch das Echo der Schüsse verhallt war; wir sprangen auf: ich wußte, was geschehen war, ich wußte es nur zu genau!
Die beiden Gewehre in der Hand, blickte Vojta unruhig umher; ich bückte mich, stopfte rasch die Patronen in die Tasche und lief auf die Straße, Vojta hinter mir, hinauf in Richtung zum Troják; Vojta folgte mir auf den Fersen.
»Gehen wir lieber nicht hin«, stieß er hervor, bergauf konnte er mit mir nicht Schritt halten, schon war ich ihm etwa zwanzig Meter voraus, aber er trabte immer noch mit den Gewehren in der Hand hinter mir her. »Bleib stehen«, schrie er, »sei nicht verrückt, geh nicht hin!«
Ich hörte ihn gar nicht, ich lief drei Biegungen hinauf, dann kam ein ebenes Stück und wieder eine Biegung, und dort lagen diese beiden: in ihrer Unterwäsche, barfuß, der Größere mit dem Kopf, das Gesicht nach unten, im Graben, die mageren Beine in den Unterhosen auf die Straße hingestreckt, einen Blutfleck auf dem Rücken; der andere lag etwa zwanzig Meter weiter davon, mitten auf der Straße, auf seiner von einem Kranz grauer Haare umsäumten Glatze glänzten noch Schweißtropfen, und in den weitaufgerissenen Augen spiegelte sich nur Verwunderung und keinerlei Schmerz, trotz der am Halse wahrnehmbaren bräunlichen drei Flecken: alles krampfte sich in mir zusammen, ich konnte weder einen Schritt vor noch zurück tun, rang nach Atem, genau wie Vojta, der schon keuchend neben mir stand, und seine Narbe zuckte; mein Hund bekam einen Tritt in die Seite und heulte vor Schmerz auf; ich kann nichts dafür, das habe doch ich nicht verschuldet, ich konnte sie nicht zurückhalten, sie mußten nach Bystritz, dort wartete der Transport auf sie, hier ist doch nicht der Weg zum Friedhof oder

auf den Kalvarienberg, sondern der Wallfahrtsweg auf den Hostein zur heiligen Jungfrau Maria; hier tönt mir noch immer der langgezogene Singsang der Vorbeter im Ohr, der Diskant der frommen, abgerackerten Weiblein auf ihrer Wallfahrt zur Sieben-Schmerzen-Mutter – nie aber, niemals hat eine Prozession so schön gesungen, wie meine Mutter es konnte, wie hätte man das auch von Frauen, die Feldarbeit taten, und von Männern, die mit dem Vieh umgingen, erwarten können; die singen höchstens am Sonntag, sonst aber schweigen sie, über die steinigen Äcker gebückt, oder brüllen mit dem Vieh; früher einmal soll das besser gewesen sein, man sang am Abend nach der Arbeit, vor und nach dem Gebetsläuten, im Mai auch auf dem Dorfplatz beim Kreuz, aber schade um jedes Wort, mit hungrigem Hals kann man schlecht singen, und so geschah dies nur noch bei den Wallfahrten, bei denen sich dann die eingerostete Kehle in dem Lied befreite: »Gegrüßet seist du tausendmal ... heilige Maria, Mutter Gottes, bitt für uns, arme Sünder, jetzt und in der Stunde unseres Todes.« Hier geht man doch nicht um den Tod bitten, sondern um Hoffnung für ein neues Leben; diese Straße führt nicht zu Gericht und Henker, hier wird nicht mit der Maschinenpistole in den Rücken geschossen, und wo war denn der Priester geblieben, um die Beichte abzunehmen; wer vermag jetzt, wo es bereits zu spät ist, über die gelegentlichen Sünden dieser beiden Landwehrmänner das Urteil zu sprechen – oder aber ihnen die Absolution zu erteilen und zu ihnen zu sagen: »Väterchen, gehen Sie heim, Sie sind schuldlos, der Schmutz, der an Ihnen klebt, ist nicht der Ihre, jemand anders nur hat sie beschmutzt, gehen Sie heim, Väterchen.« – »Ihr Feiglinge«, schrie ich auf, und Vojta entfiel eines der Gewehre, es schlug mit Getöse auf den Boden, »ihr Feiglinge!« Mein Hund zerrte an der Kette, bellte und heulte; ich hob das Gewehr vom Boden auf und stieß fünf Patronen in die Kammer.

»Du bist verrückt«, schrie Vojta, »laß das sein – verschwinden wir, rasch ... hörst du nicht, etwas kommt heraufgefahren ... rasch weg!«

Vojta packte mich an der Schulter und zerrte mich in den Wald, wo ich immer noch schrie und weiterbrüllte, auch als wir schon längst hinter einem Baum auf der Erde lagen und in der Straßenkurve die Schnauze eines großen Lastautos mit Soldaten in grauen Uniformen auftauchte: etwa zehn Meter vor den Leichen stoppte es, drei Befehle ertönten, die Soldaten sprangen ab, und dem Führerhaus

entstieg ein Riesenkerl mit einem Schäferhund an der Leine. Ich verstummte.
Vojta nahm mir das Gewehr aus der Hand: sein Gesichtsausdruck zeigte jetzt wieder äußerste Konzentration, die Narbe hatte zu zucken aufgehört, war aber rot angelaufen; der Hund begann nach einer Spur zu suchen, und Vojta zielte auf sein Halsband: »Jetzt könnte ich schießen«, flüsterte er, »aber nein ... nein ...«
Wir schlichen uns weg, in die Klamm hinein, überquerten den Bach, liefen den langgedehnten, mit Birken bestandenen Bergabhang hinunter und kehrten auf großen Umwegen ins Dorf zurück, zu unserem Versteck, das wir uns auf dem Weideplatz angelegt und mit Reisig getarnt hatten; als wir die Waffen verbargen, war die Sonne schon im Untergehen: groß, blutrot, ohne Flecken sank sie hinab; es wurde kühl und sah nach einem leichten Nachtfrost aus, uns schauderte.

Daheim dann hörte ich die Mutter ein Wiegenlied singen, doch als ich an ihre Schlafzimmertür klopfte, schrie sie heraus, ich möge sie nicht belästigen und sie endlich in Ruhe lassen; und so ging ich zum Großvater in die Holzbaracke hinüber: ich mußte den heutigen Tag zu einem Abschluß bringen, mir über die Geschehnisse Rechenschaft ablegen, das Maß an Schuld des einzelnen abwägen. Wo fing die Schuld dieser beiden alten Männer in Uniform an, wo hörte sie auf, und wo setzte meine Verschuldung ein? Wer hatte den beiden Männern die Uniform ausgezogen, wer ihnen die Stiefel von den heißen, verschwitzten Füßen gerissen, wer hatte die Waffe gegen sie erhoben und sie von hinten erschossen? Der Kleinere hatte drei Schüsse im Hals und lag zwanzig Meter weiter weg; hatte er vielleicht zu fliehen versucht? Und wohin, warum? Weshalb war er nicht ruhig am Straßenrand stehen geblieben wie der größere Soldat, der mit dem Gesicht nach unten in den Graben gefallen war?
In der alten Baracke fand ich den Großvater im Bett liegen, er hatte fiebrige Augen und litt wieder an einem seiner Asthmaanfälle, die mich stets mit Schrecken erfüllten; er stöhnte, stieß unverständliche Worte hervor, beruhigte sich bisweilen, lag dann aber regungslos und bleich da, nur die weißen Hände auf der Bettdecke schlossen sich im Krampf und öffneten sich wieder; ich kehrte zu uns ins Haus zurück, es war bereits dunkel, über dem Kogel leuchteten große Sterne, und die Mutter sang in ihrem Schlafzimmer ein nie enden wollendes Wiegenlied; die Telegraphendrähte summten, das

war immer der Fall, wenn eine Wetteränderung herannahte; ich stand ganz allein im Vorzimmer und hätte am liebsten mit der Faust an die Schlafzimmertür gedroschen und geschrien: Hör auf, wer soll sich nur diese Wiegenlieder in einem fort anhören, wen wiegst du denn ein, am Ende gar dich selbst? Ich kenne schon dein Singen, die kreisende Bewegung deines Körpers: immer, wenn dich Wut oder Freude befällt, drehst du dich mit einem heftigen Schwung um; in einem solchen Augenblick habe ich den Eindruck, dein Schwerpunkt liege außerhalb deiner Person, und du, von seinem magnetischen Pol angezogen, drehst dich um ihn herum: wahrscheinlich hast du dich damals im Café, als dich der Vater nach der Kaution gefragt hat, genauso herumgewirbelt, warum hast du die Kaution nicht gehabt, wegen idiotischer drei Tausender sich so das Leben zu verpatzen, warum hast du sie nicht gehabt, dann hätte der Vater diese zwei oder drei dringenden Schulden begleichen können; sein ganzes Leben lang wäre er dein Schuldner geblieben, immer hättest du ihm diese dreißig Hunderter vorhalten können; und ich wäre jetzt ruhiger, müßte mich nicht bedrückt fühlen, daß mein Anfangswert nur ganze drei Tausender beträgt; das ist wenig, sehr wenig für mich; jetzt, liebe Mutter, sing, bitte, nicht mehr, setz dich auf dein Bett, öffne das Fenster und blick lieber zum Garten hinaus oder auf den Wald hinüber mit seinen wunderschönen Farben. – An der Grenze des tiefgrünen und tiefblauen Abendhimmels zeigte sich jetzt ein ins Violette spielender Streifen.

Ich habe keinen Menschen auf der ganzen Welt, dachte ich, dem ich von der Taschenuhr mit der Widmung in deutscher Schrift erzählen könnte, von den zwei Gewehren, von denen das eine nicht zu gebrauchen war, von den beiden Toten, wie sie in ihrer weißen Unterwäsche auf der staubigen Landstraße unter dem Troják dalagen; ich konnte noch nicht schlafen gehen, und so setzte ich mich in der Küche ans offene Fenster; die Mutter hatte zu singen aufgehört, ihr Schlafzimmer war jetzt dunkel, und auch ich saß im Finstern in der Küche, zwischen mir und ihr lagen zwei Türen und noch viele andere Dinge, denen ich mich bemühte, auf den Grund zu kommen, was mir aber nicht gelingen wollte – und wenn doch, hätte uns das dann nähergebracht?

Gegen zehn Uhr abends kam der Vater aus der Stadt.

Ich vernahm seine Schritte schon unten auf dem kiesbestreuten Gartenweg; ich ließ das Verdunkelungs-Rouleau herunter, knipste das Licht an und wartete, bis er hereinkam.

Dann trat er in die Küche, in der Hand einen wunderbaren Blumenstrauß – Flieder im November.
»Bist du das?« rief die Mutter aus dem Schlafzimmer.
»Ja, ich bin's«, antwortete der Vater in der Küche, »ich habe dir Flieder mitgebracht.« Die Mutter schwieg; der Vater ging ins Vorzimmer zurück und klopfte an die Schlafzimmertür: »Willst du den Flieder sehen, Mařenka?«
»Leg ihn auf den Tisch«, gab die Mutter gleichgültig zur Antwort, »morgen werde ich ihn mir ansehen.«
Dann hörte ich, wie der Vater im Zimmer den Mantel ablegte und den Schrank öffnete.
»Du siehst nicht gut aus«, sagte er wenig später zu mir in der Küche, »die Schießerei heute hat euch wohl ziemlich angst gemacht.«
»Das kann man nicht sagen«, erwiderte ich.
»Im Dorf habe ich gehört, es sei hier zu einem Schußwechsel gekommen, angeblich hat es zwei Soldaten unter dem Troják erwischt.«
»Es hat keinen Schußwechsel gegeben!«
»Aber man hat es mir doch erzählt ...«
»Es war kein Schußwechsel«, wiederholte ich, und abermals kam mir meine Stimme fremd vor, sie war nicht meine Stimme, sondern die des Hundes in mir, Bitternis stieg in mir hoch, und ich konnte nicht anders, ich mußte jetzt berichten: »Als man diese beiden umlegte, hatten sie gar keine Waffen mehr, dann nicht einmal mehr Uniformen, man hat sie von hinten abgeknallt ... sie wollten nach Bystritz ... und einer von ihnen sah Herrn Göttlicher so ähnlich ...«
Dem Vater sank das Kinn herab. »Woher weißt du denn das alles?« fragte er.
»Ich und Vojta haben ihnen die Gewehre weggenommen ... nein ... noch zuvor, bevor man sie erschossen hat ... ich habe sie nach Bystritz laufen lassen ... die Schüsse habe ich erst später gehört ... und die beiden dann auf der Straße unter dem Troják liegen sehen ...«
»Um Gottes willen! Und wo hast du diese Gewehre?«
»Was liegt mir denn jetzt noch an den Gewehren«, schrie ich, »ich will sie nicht mehr haben, ich brauche sie nicht, warum habe ich sie ihnen nur weggenommen ... vielleicht hätten sie schießen, sich wehren können!«
Der Vater setzte sich an den Tisch und ließ den Kopf hängen.

Von draußen hörte man das Summen der Drähte, sie zeigten immer noch die Wetteränderung an, ich stellte Wasser für den Tee auf den Herd; beim Ofen dufteten die Hagebutten, sie weckten in mir die Erinnerung an die warmen Tage, an denen Štefka und ich sie auf den Feldwegen gepflückt, uns dabei die Hände blutig gerissen und uns gegenseitig die Blutstropfen mit den Lippen von den Händen gesogen hatten: sie die meinen, ich die ihren; ich erzählte dem Vater alles, von den Männern in Krahujáks Küche, von dem Kerl mit dem stechenden Blick, von Vojta, wie er auf den Schäferhund angelegt, aber nicht auf ihn geschossen hatte; der Vater wollte wahrscheinlich gar nichts hören – und ich hatte auch damit gerechnet, daß er den Kopf sinken lassen und mir dann, wenn er sich wieder ermannt hatte, eine herunterhauen werde; mit dem Erzählen war ich bald zu Ende, eigentlich zu bald für eine so verwickelte Geschichte; doch als ich damit zu Ende war, kam sie mir gar nicht mehr so kompliziert vor, jetzt erschien sie mir durchaus begreiflich – nur ihre schlimmen Folgen zeichneten sich bedrohlich auf dem Hintergrund meiner Worte ab; der Vater hob die Augen, verkrampfte die Hände ineinander und sagte:
»Pack dich zusammen, hol die Flinten und wirf sie in den Schloßteich, hast du verstanden!«
»Jetzt gleich?«
»Willst du am Ende gar warten, bis hellichter Tag ist?«
Die Mutter öffnete die Schlafzimmertür und kam gleich darauf zu uns in die Küche; sie hielt dem Vater die Wange hin, die er küßte.
»Wie war die Reise? Wir haben dich heute gar nicht erwartet.«
»Die Blumen für dich liegen im Wohnzimmer auf dem Tisch«, sagte der Vater.
»Danke, ich werde jetzt das Teewasser aufstellen.«
»Ist schon geschehen«, sagte ich.
Der Vater nahm sich eine Zigarre und sah mich an: »Also geh schon!«
»Wohin schickst du ihn?« fragte die Mutter.
»Das erzähle ich dir später.«
»Den ganzen Tag treibt er sich herum«, sagte die Mutter, doch ich hatte mir im Vorzimmer bereits den Pullover über den Kopf gestreift, schlug die Tür zu, und draußen war ich; beim Großvater leuchtete die Petroleumlampe, er lehnte elektrisches Licht ab, dem Vater zum Trotz; ich warf einen Blick durchs Fenster hinein: der Großvater lag friedlich auf dem Bett und schlief, im Ofen prasselte

das Feuer, und das Rohr glühte; ich bildete mir ein, sogar das Glucksen des gärenden Weins in den an der Wand stehenden Korbflaschen zu vernehmen.
Den Weg zu unserem Versteck, wo wir die Gewehre verbargen, wollte ich mir abkürzen und wählte daher den Fußpfad ›Beim Bach‹; an dieser Stelle war mein Vater damals im Ersten Weltkrieg, mit dem Krauthobel auf dem Rücken, auf die ›Grünen Kader‹ gestoßen, hatte vor Schreck seine Last fallen gelassen und war heimgeeilt, doch niemand hatte sich seiner Angst erbarmt: der Großvater mit dem vom selbstgebrannten Schnaps geröteten Gesicht hatte die Hand ausgestreckt und ihn angeschrien: »Marsch zurück und schau, daß du mit dem Krauthobel sofort wieder da bist.« Das Kraut mußte in die Fässer eingelegt werden, noch bevor des Großvaters Urlaub von der italienischen Front abgelaufen war.
Ich ging denselben Fußpfad wie damals vor Jahren der Vater, nur daß die Bäume jetzt höher waren und der Wald sich verändert hatte; ich liebte den Wald, ob im Sonnenschein, im Regen oder in der Dunkelheit, nur die Espen mochte ich nicht, ja, in der Nacht fürchtete ich mich sogar vor ihnen: ihre Blättchen zitterten auch bei Windstille und erschreckten mich mit ihrem Rascheln; es überdeckte die Geräusche des nächtlichen Waldes; auch vor den Eulen fürchtete ich mich: sie glitten lautlos durch das samtene Dunkel; ich spürte die von ihren Flügeln aufgewirbelte Luft über meinem Kopf – und die Vögel in den Nestern schrien im Schlaf auf, wenn der Luftzug der Raubvogelfittiche ihre Jungen streifte.
Im Versteck tastete ich nach den beiden Gewehren: das mit dem deformierten Lauf vergrub ich; ich arbeitete mit meinem Taschenmesser im sandigen Erdreich, der Schweiß rann mir den Rücken herunter, und nach einer knappen halben Stunde war die Grube genügend tief und lang: ich legte das Gewehr hinein, schüttete sie zu und stampfte den Boden fest; die Patronen stopfte ich in meine Hosentasche, fünf waren im Gewehr drin; ich trat aus unserem Versteck heraus, lud die Flinte durch und sicherte sie. Sie sollen nur kommen, dachte ich, jetzt können alle kommen: die Schatten, die Raubtiere, die schwarzen Vögel mit den ausgebreiteten Fittichen, der ganze Nachtspuk; sie sollen nur kommen, dann genügt es, das Gewehr zu entsichern und abzudrücken; hier, in diesem Metall, ist hundertprozentige Sicherheit, man muß die Waffe nur aufs Ziel richten. Die Flinte in den Teich werfen? Niemals! Die gehört jetzt mir, ich werde sie im Wald bei Tag und Nacht mit mir führen und dann in die

hohe Tanne hinter dem Haus hängen, dort in mein geheimstes Versteck; ich ging am Waldrand entlang, stieg bis zum Kogel hinauf, wich aber dem nördlichen Hang lieber aus: dort gab es nur allzu viele Espen, und vom Dorf her schlug die Glocke eins; ich kam von den Wegen und Fußpfaden ab, blieb stehen und horchte auf das Rascheln, zielte ins Dunkel auf verdächtige Schatten, doch die flohen stets, von der Waffe erschreckt – ich lächelte in mich hinein: wie mächtig ich bin, wie stark, es genügt abzudrücken, Feuer schlägt heraus, das Metall zerreißt die Dunkelheit; die Dorfglocke schlug zwei; ich wandte mich heimwärts, zu meiner Linken befand sich die nicht sehr tiefe Schlucht ›Am Bach‹, wo der Vater einmal das Lagerfeuer der ›Grünen Kader‹ erblickt, den Krauthobel hingeschmissen und totenblaß heimgelaufen war; bis hierher mußte er damals zurückgehen, ich war jetzt freilich besser daran als damals vor Jahren der Vater – ich habe eine Flinte bei mir, und sowie sich etwas rührt –, schieße ich; über den Baumwipfeln erhob sich ein früher Morgenwind, die Tannen stöhnten kurz auf, die Espen hingegen kannten jetzt keine Ruhe mehr, ihr Rascheln pflanzte sich über die dunklen Trichter der Schneisen von einem Ende des Waldes bis zum anderen fort; ich preßte die Flinte fest an meine rechte Hüfte, die Schatten gruppierten sich um mich; die satten Raubvögel schliefen schon längst, ich spürte jetzt auch nicht den leisesten Luftzug ihrer Flügel über mir, nur Dunkelheit vor mir; sie war rauh wie die Rinde eines alten Baumes; und dann konnte ich auch nicht einen einzigen Schritt mehr vorwärts tun, der Wald schnürte mir die Kehle ein, aus dem kalten Dunkel ›Am Bach‹ traten Lichter hervor, wispernde Geräusche drangen, nichts Gutes kündend, an mein Ohr: die Schatten schlossen sich zum Kreis um mich; ich entsicherte das Gewehr: die Sicherung schnappte ein und gab mir Sicherheit, jetzt war ich imstande, wieder einen zögernden Schritt vorwärts zu tun, dann noch einen – und allmählich trat das Dunkel vor der Gewehrmündung auseinander. »Noch fünfzig Meter«, sprach ich beruhigend auf mich ein, »noch ein paar Meter, und ich bin am Waldrand, dort beginnt die Wiese, die zu unserem Haus abfällt, die Mutter läßt manchmal die ganze Nacht Licht brennen, vielleicht wird mir auch heute ihr erleuchtetes Fenster den Weg zeigen.« Ich kannte ihn natürlich sehr gut, hier war ich oft herumgestreift, doch heute würde ich so einen kleinen Leuchtturm als Wegweiser im Dunkeln brauchen, das Zuhause; ich werde über die Wiese bis zum Zaun laufen, mich dann nach links wenden, den Hang zur Tanne hinauf, um die Flinte in ihren Wipfel zu hängen; etwa zehn Schritte vom Waldrand entfernt, erhob sich ein Lüftchen, die wispernden Geräusche, von den Zugwinden in den Schneisen vorwärtsgetrieben, setzten wieder ein, die Schatten begannen hin und her zu schwanken: sie bogen sich im Schlaf von einer Seite zur anderen; ich lehnte mich an einen Baum, ich preßte mich an ihn und spürte das Holz im Rücken: es arbeitete, bewegte sich und setzte sich gegen den Wind zur Wehr; vor mir sah ich nur noch einen einzigen Schatten, die anderen hatten sich unter die Bäume geduckt, zu den Wurzeln geschmiegt, nur der eine Schatten stand aufrecht; jetzt hatte ich keine Angst mehr, wurde mir aber dessen bewußt, daß ich endlich den Schuß abfeuern, alle mir im Wege stehenden Schatten zerschlagen und fällen mußte, um mir den Weg zur Wiese frei zu machen; ich schrie »Halt«, doch ich hörte meine Stimme nicht, die Kehle versagte mir den Dienst, ich war nicht imstande zu schreien, nur innen in mir schrie das Wort, doch aus dem Mund kam kein Laut hervor; ich holte Atem und versuchte es nochmals: »Halt, oder ich schieße!« krächzte ich endlich, jetzt hörte ich mich; der Schatten duckte sich, schnellte dann in die Höhe und floh; ich zielte blindlings, drückte auf den Hahn, ein Schuß, ein weiterer und noch ein dritter.

Die Espen zitterten, unzufrieden rauschte der Wald auf und warf das Echo zurück, es kam von allen Seiten, eines nach dem anderen, jedes anders klingend, von irgendwo anders her, und alle diese Echos erreichten mich; ich befand mich mitten im Kreis dieser Echos; ich schrie »Mutter«, lief aus dem Wald heraus, stolperte über die Wiese, watete bis an die Knöchel im Sumpf, prallte in der Finsternis im Laufen gegen unseren Zaun, tastete nach dem Hinterpförtchen, schloß es hinter mir – und erst jetzt blieb ich stehen; aus Großvaters Fenster fiel der gelbliche Lichtschein der Petroleumlampe, ich stieg auf den kleinen Holzstoß vor dem Fenster, um hineinsehen zu können, preßte das Gesicht an die Scheiben und schrie auf: von drinnen starrten mir die vom Schmerz geweiteten Augen, mit den wirren Falten, der geöffnete Mund des Großvaters entgegen. Er rief etwas, doch ich verstand ihn nicht; jemand öffnete unsere Haustür, es war der Vater, mit vor Angst zitternder Stimme fragte er: »Ist jemand hier?«

Ich duckte mich an die dunkle Wand von Großvaters Häuschen.

»Ich bin es«, sagte ich leise.

»Komm her!«

Ich betrat den Hof, schlüpfte in den Hausflur, rasch schloß der Vater die Tür und knipste erst dann das Licht an: als sein Blick auf mich fiel, sank ihm gleich wieder das Kinn herab, mit der Linken fuhr er sich nervös an den Hals.

»Wer ...?«

»Ich habe geschossen!«

»Um Gottes willen«, stieß der Vater hervor und bewegte seine Hand am Hals heftiger hin und her, »auf wen hast du geschossen?«

»Das weiß ich nicht, auf irgendeinen Schatten ...«

Dem Vater trat der Schweiß auf die Stirn.

»Weg damit, rasch, wirf die Flinte irgendwo fort, verschwinde aus dem Haus, du bist mit dem Zeug da nie hier gewesen, ich weiß von nichts, verstanden, verschwinde!« Der Vater drehte das Licht im Hausflur aus, packte mich dann am Kragen und schob mich durch die halbgeöffnete Tür in die Finsternis hinaus. Im ersten Augenblick wollte ich mich zur Wehr setzen, als er mich so packte, ich hätte ihm am liebsten zugeschrien, nirgends geh ich hin, wenn du Angst hast, nimm die Flinte und versteck sie selber, ich mag sie sowieso nicht mehr, ich habe mich arg getäuscht, als ich glaubte, weiß Gott, wie rasch diese Waffe einen Mann aus mir machen würde, doch dann sagte ich mir, meinetwegen, mag sich nur die ganze Geschichte nochmals wiederholen, dich hat ja auch der Großvater bei Nacht in den Wald hinausgejagt, und du hast mir dieses Histörchen tausendmal vorerzählt; du wolltest wohl von mir bemitleidet werden, mir imponieren und mir beweisen, was für ein Prachtkerl du doch schon von Kindheit an warst – also, was ist Wahres daran, Vater? Was wolltest du mit diesen Geschichten in mir wecken, und was löst du jetzt in mir aus, wenn du mich am Kragen packst und in die Finsternis hinausstößt? Ich will es dir sagen – und ich sollte es dir hübsch laut ins Gesicht schleudern, doch dazu kommt es auch noch einmal –, jetzt löst du in mir nur schadenfrohe Genugtuung darüber aus, daß auch du, mein Vater, nur ein ganz gewöhnlicher Scheißkerl bist, der die Hosen voll hat, einer von jenen Dorfburschen, die es in der Stadt zu etwas gebracht haben, jetzt mächtig stolz auf sich selbst sind und gern jemanden anders am Kragen packen: mich, Caire, Houžva, diesen besoffenen Kapellmeister mit seinen vom Trompetenblasen aufgeblähten Lippen, die Mutter, Onkel Hejtmánek und Kurtin; wenn du mich jetzt nicht am Kragen hieltest, sondern mir die Flinte aus der Hand nähmst und zu mir sagtest, morgen wollen wir sie irgendwohin wegschaffen, geh jetzt schlafen, ich werde das schon in Ordnung bringen, dann könnte ich an alle die Geschichten, die du mir an den Abenden im dunklen Zimmer erzählt hast, wie du diese Juden im Geschäft drangekriegt, wie du mit den auf dem Hostein verdienten fünf Hundertern angefangen hast, das ganze Leben lang mit Rührung zurückdenken, denn für einen Jungen hat wohl niemandes Wort eine so große Bedeutung wie das Wort des Vaters; jetzt geht es mir langsam auf: du hast vor mir nur eine Komödie gespielt, hast ganz einfach schwatzen wollen, und ich war gerade zur Hand. Der Vater schloß die Tür hinter mir zweimal ab.

In dem gelblichen Rechteck von meines Großvaters erleuchteten Fenster sah ich dessen altes Antlitz: es blickte ins Dunkel hinaus, in seinen Augen las ich schmerzvolle Erwartung; ich schlich mich die Mauer entlang zum Hinterpförtchen, lief den Hang hinter dem Haus hinauf, kletterte die Tanne hoch, bis zu meinem Versteck, und dort hinein hing ich das Gewehr und die Patronen.

Vom Dorf her kam vereinzeltes Hundegebell, doch nur schläfrig wie aus Hundeträumen; dann schlug es vom Kirchturm drei: mit dem ersten Glockenschlag tat sich vor mir ein Vorhang auf, und eine liebliche Landschaft voll Gesang und Musik breitete sich vor mir bis in die weite, horizontlose Ferne aus; beim zweiten Glockenschlag schlug ein Hund an, beim dritten quietschten unter mir die Bremsen eines Eisenbahnwaggons, und unzählige verzweifelte Augenpaare blickten zu mir herauf, und Tausende von Händen erhoben sich, mit den Fingern Unflätigkeiten andeutend; dann umgab mich die Stille eines sonntäglichen Mittags in einem sommerlichen Garten: darin promenierte Doris, mit dem über die Schulter geworfenen Grabkranz, Herr Kempf saß auf einer Bank und schnitt mit einer kleinen Schere einen großen, groben, papierenen Zementsack zur Form von Flügeln zurecht, dann flog ein feuerroter Hahn auf den unteren Zweig eines der Apfelbäume und krähte; ich sah ihn noch, bevor ich die Augen öffnete, doch dann war er schon wieder weg, und aus der Morgendämmerung trat drunten unter mir unser weißes Haus hervor; es ruhte auf dem Grund des fließenden Morgennebels, der sich von den östlichen Ufern heranwälzte; nur des Großvaters gelbes Fenster schimmerte dort unten wie ein Halbedelstein; ich spürte weder meine Füße noch meine Finger, und die Kälte stieg mir bis in die Kehle hinauf; mein Speichel war eiskalt; auf der Wiese zwischen dem Wald und unserem Haus glänzte matter Reif, auch die Bäume waren silbern, nur der Wald mit den niedrigen Birken und Espen an seinem Rande nahm sich wie ein dunkler Wall aus.

Meine Augen wanderten zu der Stelle hin, von wo aus ich geschossen hatte, ich versuchte mir klar darüber zu werden, wo der Schatten gestanden hatte, wo ich und wohin er dann entflohen war; dann stieg ich vom Baum, begab mich zum Zaun hinunter und über die Wiese zum Wald hin; die Eiskristalle knirschten unter meinen Füßen, die auf der Wiese eine deutliche Spur hinterließen; im Wald dagegen war es nur feucht, doch auch hier gefror mein Atem zu eisigem Rauch, in der Windstille blieb er hinter mir in der Luft hängen wie die Fetzen eines Totenhemdes aus Nebel.

Bei einer mächtigen Tanne fand ich die drei leeren Patronen auf der Erde; ich lehnte mich an den Baum: von hier aus hatte ich geschossen, der Schatten hatte etwas links von mir gestanden, vielleicht bei der niedrigen Birke dort, und war dann weggelaufen, aber nicht geradewegs in den Wald hinein, sondern an seinem Rand entlang; vorsichtig schritt ich längs des Waldes und suchte nach einer Fußspur. Aber was dann, wenn die Sinne mich getäuscht hatten und ich tatsächlich nur auf einen Schatten geschossen hatte, dachte ich, wenn alles nur ein irres Spiel der Angst und Bangigkeit, ein Wahnbild, gewesen war, es heißt doch, in diesem Wald gehe es um? Wie oft hatte mir der Großvater von der weißen Frau erzählt: gerade hier an dieser Stelle war er ihr einmal im Winter begegnet; die Nacht war dunkel gewesen, Tauwetter, und es hatte genieselt, der Großvater war den Fußpfad heruntergekommen, die Flinte über der Schulter, und auf einmal war sie vor ihm gestanden: ganz in Seide gehüllt, auch das Gesicht darin verborgen, nur die schlanke Hand gegen den Großvater ausgestreckt, ihm mit dem Finger zuwinkend: »Komm, komm, komm mit mir!« Und der Großvater war ihr gefolgt, hatte nicht gewußt, warum und wohin, er war mit ihr mitgegangen, und die Frau hatte immerzu gesagt: »Komm, komm, komm mit mir!«

Beim ersten Hahnenschrei war sie verschwunden, und der Großvater war ganz durchnäßt und erschreckt nach Hause gestolpert; gleich, nachdem er sich ein wenig ausgeschlafen hatte, war er, weil es ihm keine Ruhe gelassen hatte, in den Wald zurückgekehrt: im nassen Schnee mußten doch irgendwelche Fußspuren zurückgeblieben sein! Und sie waren auch dort gewesen! Seine hohen Stiefel hatten im Wald Fußstapfen hinterlassen, die zwischen den Bäumen einen großen Kreis bildeten ... wie oft hatte mir der Großvater die Stelle gezeigt, wo die weiße Frau gestanden hatte, wo er im Zauberkreis herumgegangen war: hier war es gewesen, genau hier bei diesen drei kleinen Tannen, freilich, jetzt waren es schon ganz schöne Bäume, doch damals, vor vielen Jahren im Winter, hatten sie nur bis etwa zur Schulterhöhe eines großen Mannes aus dem Schnee herausgeragt; heute waren sie schon ein gutes Stück emporgewachsen, die Wurzeln mächtiger geworden, und dort beim Stamm der nächststehenden Tanne sah ich jetzt, zur Hälfte von ihr verdeckt, eine Männergestalt auf der Erde liegen, im Militärmantel, die ausgestreckten Beine in zerfetzten Schnürstiefeln, die eine Hand weggestreckt und die andere unter das ins Tannengezweig vergrabene Gesicht gelegt; ich bückte mich ein wenig und betrachtete den Mann.

Er ist tot, dachte ich bei mir, ganz und gar tot, ich habe ihn erschossen; ich erwartete, daß der Gedanke, einen Menschen erschossen zu haben, mich entsetzen, mich zu Boden drücken, mir den Atem rauben oder mir zumindest eine Träne entpressen würde, doch nichts dergleichen geschah; ich betrachtete den unter der Tanne hingestreckten Mann wie einen Gegenstand, zu dem ich in keinerlei Beziehung stand: ich hatte auf einen Schatten geschossen – die Nacht war jetzt vorbei; und ich fragte mich selbst, ob ich es *wirklich* gewesen war, der dreimal den Hahn abgezogen und auf einen fliehenden Schatten geschossen hatte, und gab mir gleich selbst die Antwort darauf: Nein, ich bin es nicht gewesen, sondern meine Angst, ich habe nur geschossen, um die Angst zu verjagen.

Ich richtete mich auf, begann um den Mann im Kreis herumzugehen, näherte mich ihm und rechnete mir die Größe des Kreises so aus, daß ich zu der am Boden liegenden Gestalt von hinten – zu ihren Füßen – herantrat; dann hockte ich mich hin und berührte mit der Hand die Schulter des Mannes und rüttelte sie ein wenig; der Mann bewegte sich nicht.

Dann drehte ich seinen Kopf ein wenig zur Seite: er hatte Frantas Gesicht, doch es war ein abgemagertes und schmerzzerquältes Gesicht: das Gesicht eines Gejagten; seine Augen waren geschlossen, und als ich ihn jetzt ganz umdrehte, stöhnte er auf.

Ich nahm ihn auf die Schulter und schleifte ihn quer über die Wiese durch die Hinterpforte in unseren Garten; von den Bergkämmen wälzte sich dichter Nebel herab, und niemand hatte uns gesehen.

Franta lag jetzt bei uns im Wohnzimmer auf der Couch: der Vater zog ihm den Militärmantel herunter, und Franta schrie vor Schmerz auf, die Mutter lehnte an der Tür und weinte leise; dann schlug der Verwundete die Augen auf, sah verwirrt um sich, die Mutter streichelte ihn und sagte: »Sei ruhig, Franta, alles wird wieder gut werden, du bist schon in Sicherheit, lieg nur schön ruhig.«

Der Vater sagte kein Wort, ging ins Vorzimmer zum Telefon und rief den Arzt an; Štefka kam stets gegen acht Uhr morgens, wir schickten sie sogleich zur Post, um ein Telegramm an die Großmutter und Tante Lída aufzugeben, beide sollten sofort herkommen: mit dem zunehmenden Licht dieses sonnigen Tages (die Nebelschwaden hatten sich gegen neun Uhr aufgelöst) trübten und verschleierten sich Frantas Augen: er stöhnte nicht, wälzte sich nur auf seinem Lager hin und her, und das Blut aus seiner Wunde an der Hüfte sikkerte ins Laken: zweimal mußte es die Mutter während dieser zwei Stunden, bevor der Arzt kam, wechseln; wir standen ratlos um Franta herum: der Vater rauchte wütend, ging in sein ›Kabinett‹ hinüber, wie wir sein kleines Zimmer nannten, kehrte aber bald wieder ins Wohnzimmer zurück; die Mutter saß neben Franta und machte ihm kalte Umschläge auf die Stirn; dann kam der Großvater herein; sofort übersah er die Situation und kommandierte: »Wasser auf den Ofen stellen, tüchtig heizen, Verbandszeug herschaffen!« Dann entkleidete der Großvater Franta ganz allein, mit geschickten Bewegungen schwenkte er ihn wie eine Puppe herum; wer hätte diesem Alten eine solche Kraft zugetraut! Und wir anderen, die wir bisher ratlos und wie erstarrt dagestanden hatten, führten seine mit dem entsprechenden Schneid eines Frontsoldaten erteilten Befehle aus.

Der Großvater wusch Franta, und die Mutter half ihm dabei, doch wenig später hörte man unten schon den Tatra-Wagen des Arztes mit klappernden Ventilen vorfahren: der Arzt kam die Treppe heraufgeeilt und wies uns alle aus dem Zimmer. Ich saß mit dem Vater zusammen in der Küche.

»Zum Teufel«, sagte der Vater, »du hast uns eine feine Suppe eingebrockt.«

Ich schwieg und wartete auf das Urteil des Arztes.

Der öffnete die Wohnzimmertür nur einen Spalt breit und rief: »Heißes Wasser!« Nach etwa einer halben Stunde kam er heraus, wusch sich in der Küche die Hände, setzte sich dann zu dem für ihn vorbereiteten Kaffee, der Vater steckte ihm eine Zigarre zu und stellte eine Flasche Kognak auf den Tisch: die Mutter kam zu uns in die Küche herein und lehnte sich an die Tür, sie trug ihren chinesischen Morgenmantel mit den großen roten Blumen; ein Abglanz von diesem Rot fiel auf ihr Gesicht.

»Die beiden Durchschüsse am Bein sind unerheblich«, sagte der Arzt, »der Schuß in der Schulter ist schon etwas komplizierter, am schlimmsten aber ist die Wunde an der Hüfte ... und die Lungenentzündung und im übrigen der ganze körperliche Zustand und, wie es scheint, auch die seelische Erschöpfung; wie er sich in dieser Verfassung bis hierher geschleppt hat, ist mir unbegreiflich ...«

Jetzt kam der Großvater herein und sagte: »Er soll nur nicht den Brand bekommen.«

»Ich habe getan, was in meinen Kräften stand«, erwiderte der Doktor, sog an seiner Zigarre, sie war nicht richtig angeraucht, und der Vater reichte ihm nochmals Feuer.

»Wie alt sind diese Wunden?« fragte ich.

Der Arzt sah überrascht auf, blickte meinen Vater, die Mutter, den Großvater an, dann hob er die Kaffeetasse an die Lippen: »Die Wunde am Bein ist etwa zwei bis drei Tage alt, die Verwundung an der Schulter liegt schon länger zurück, sagen wir vielleicht vierzehn Tage, der Durchschuß an der Hüfte auch etwa zwei bis drei Tage, die Lungenentzündung – na ja –, die ist erst im Anfangsstadium ...«

Der Vater erhob sich und sah zum Fenster hinaus, ich trat zu ihm hin.

»Ich bin es also nicht gewesen«, sagte ich leise zu ihm, der Vater drückte die Zigarre aus und sah wütend umher.

»Darauf kommt es jetzt gar nicht an, wer es gewesen ist, es ist viel schlimmer, daß er überhaupt hier ist ...«

»Du weißt nicht, was du redest«, sagte die Mutter ruhig, »solange ich hier im Hause bin, wird auch Franta hierbleiben!«

Der Herr Doktor empfahl sich mit der Bemerkung, er käme am frühen Abend wieder.

Nach der Mittagsstunde trafen sie alle ein: die Großmutter, Tante Lída, Onkel Hejtmánek und Lidka, auch Tante Naďa. Franta schlief ziemlich unruhig, schrie in seinen Fieberträumen, seine Lippen waren aufgesprungen, doch die Wunden hatten zu bluten aufgehört; der Vater saß in der Küche, er ließ es zu, daß Hejtmánek seine Schultern umfaßte, und hörte sich geduldig an, daß wir alle Opfer bringen, Gefahr und Geld riskieren müßten, wenn es um das Leben eines Kämpfers ginge, auf den wir stolz sein könnten; der Onkel trank dabei unverschämt viel Bohnenkaffee und stopfte sich Vaters Zigarren in die Tasche; der Vater machte verzweifelte Augen, und als wir einander ansahen, schien mir, daß wir uns wenigstens in diesem kurzen Augenblick verstanden: uns beiden hing Hejtmánek zum Halse heraus.

Die Großmutter saß bei Franta, sie weinte nicht, sondern streichelte

nur seine heiße Stirn und machte ihm kalte Umschläge; Tante Lída jammerte bei meiner Mutter im Schlafzimmer; Tante Naďa stand hilflos in der Mitte des Zimmers und wartete auf Aufträge, mit denen sie Franta behilflich sein konnte, doch niemand wollte etwas von ihr haben; sie mieden und übersahen diese sehr unglückliche, von der Hetze überraschte und verwirrte junge Frau; nur ich bot ihr an, sich ein wenig auszuruhen, und sagte:
»Du kannst dich ein Weilchen auf mein Bett legen.«
Kusine Lidka irrte durch das Haus: mit geöffneten Lippen sog sie beim Fenster den Duft des Waldes ein; als ich sie berührte, sprang sie zur Seite, lehnte sich an die Wand, sah mich mit weitaufgerissenen Augen an und sagte: »Laß mich in Ruhe, hörst du . . .«
Gegen Abend nahm ich Štefka beiseite: »Es wäre gut, wenn du alles daheim erzähltest.«
»Ist schon geschehen«, erwiderte sie.
Ich war ein wenig verärgert darüber, daß sie so rasch und selbständig – hinter meinem Rücken – gehandelt hatte.
Am Abend kam der Doktor wieder, sagte kein Wort, wies uns alle aus dem Zimmer, nur die Großmutter half ihm beim Verbandwechsel: nach einer knappen Stunde kam er aus dem Zimmer heraus, sah niemandem in die Augen, zuckte nur die Achseln, stülpte den Hut auf den Kopf, ließ auf der Straße unten seinen alten Tatra-Wagen anspringen und verschwand in der Finsternis. Er käme in der Frühe wieder, sagte er nur so nebenbei.
Er ließ uns mit Franta allein: der schrie die ganze Nacht, von Schmerzen gepeinigt, die Augen im Fieberwahn zur Decke gerichtet, wo sich unbekannte Schrecken abzuspielen schienen, die Hunde einander jagten, und er knurrte sie an und stieß Flüche aus, mit einem Aufseufzen fiel er dann in tiefen Schlaf oder in Bewußtlosigkeit, seine Nase wurde spitz, und wir erwarteten nur noch sein Ende; die Großmutter saß zu Häupten seines Lagers, die Lippen fest zusammengepreßt, und verscheuchte mit ihrer Greisinnenhand den Tod; nach Mitternacht pochte es unten an der Haustür. Tante Lída schrie hysterisch auf: »Die Deutschen.« Und diese Möglichkeit war nicht ganz von der Hand zu weisen; vielleicht hatte ich die größte Angst von uns allen, ich war es doch gewesen, der geschossen, Franta hergebracht und den Soldaten die Gewehre weggenommen hatte. Warum nur hatte ich das alles getan, dachte ich, warum mich nicht von allem ferngehalten und lieber meine lateinischen Vokabeln gelernt, mit denen ich im Rückstand war, was lag mir noch an den Geweh-

ren, wozu waren sie gut? Onkel Hejtmánek stand erstarrt in der Mitte des Zimmers, das Blut war aus seinem Gesicht gewichen, und dieses glich jetzt einer von einer Überschwemmung verheerten Landschaft, seine Stimme bebte, als er sagte: »Bohuš, ich bitte dich, wenn etwas los sein sollte, so bin ich nur zufällig hier, hörst du, ich bin nur zu Besuch gekommen und wußte von gar nichts ... um Gottes willen, ich habe doch Familie.«
Der Vater erwiderte nichts darauf, er verstand wenigstens zu schweigen – ja, mir schien sogar, als gewahre ich in seinem Gesicht einen Anflug von Erleichterung: die Angelegenheit nahm eine konkrete Gestalt an, und wie es schien, pochte die Lösung an die Tür; mein Vater benötigte immer eine konkrete Situation, um sich rasch in ihr zurechtzufinden, und jetzt zeichnete sich eine solche Situation ab, zwar etwas allzu rasch und in einer Atmosphäre von Angst, doch sie war da, und es mußte nun einmal gehandelt werden.
»Geh hinunter öffnen«, sagte der Vater zu mir.
Warum, zum Teufel, soll gerade ich gehen, dachte ich, warum geht zum Beispiel nicht der Onkel hinunter, und warum war die Mutter nicht hier, um zu sagen: Geh doch selbst, Bohuš, und öffne; doch die hockte mit der Tante zusammen im Schlafzimmer hinter der verschlossenen Tür – die beiden konnten Frantas Todeskampf nicht mehr länger mitansehen –, und warum sagte die Großmutter kein Wort, man möge mich nicht hinunterschicken, warum wollten sie mich in die Finsternis hinausstecken, wollten sie mich an Ende gar schon verurteilen und bestrafen?
»Also geh schon«, sagte der Vater bedächtig, »hab keine Angst.«
Und warum war der Großvater nicht da, doch der war bereits in sein Bett geschlüpft und wartete auf sein nächtliches Wasserlassen: in seiner Stube voll Duft des gärenden Weins zittert er jetzt angsterfüllt vor einem neuerlichen Anfall.
»Hab keine Furcht«, sagte der Vater abermals.
»Wer hat denn hier eigentlich Angst«, erwiderte ich, »ich sollte Angst haben, nein, ich habe keine Angst«, und ich fuhr innerlich zu mir selbst fort: Ich weiß, wie sich der kalte Stahl eines Gewehrs anfühlt, ich kenne die Schatten, das Rascheln der Espen über mir und die Berührung der Raubvogelschwingen im Gesicht. »Ich gehe also«, sagte ich, und als ich an Onkel Hejtmánek vorüberschlenderte, warf ich ihm die Bemerkung zu: »Onkel, dir zittern ja die Hände, du hast wohl ein bißchen zu viel Kaffee getrunken.« Langsam stieg ich das dunkle Treppenhaus hinunter, drehte das Licht erst unten an

und öffnete mit einem Ruck die Tür. Ich werde sie wenigstens etwas blenden, dachte ich, und werde sie mir besser ansehen können – doch vor der Tür war nur Leere und Finsternis: ein Nachtfalter irrte im Strom des Lichts umher; schon wollte ich die Tür wieder schließen, da trat plötzlich der alte Krahuják ins Licht.

»Sind die Deinen daheim?«

»Ja.«

»Ich bin gekommen ... um nach Franta zu sehen.«

Aus dem Dunkel traten jetzt zwei weitere Gestalten ins Licht, den kleinen Mann mit dem stechenden Blick kannte ich bereits von Krahujáks her, und noch einer, ein mit Waffen bespickter baumlanger Kerl.

»Kommen Sie weiter«, sagte ich.

»Du bleibst hier«, wandte sich der kleine Mann an den Riesenkerl, »und gibst acht, wenn etwas sein sollte, du weißt schon ...«

Der Riese tauchte ins Dunkel.

Ich schloß die Tür, und wir stiegen hinauf: auf der Treppe blieben schmutzige Fußspuren und der Gestank von verschwitzter Kleidung, Rauch und feuchter Erde zurück; ich war neugierig, ob sie sich wohl die Schuhe an der Fußmatte vor der Wohnungstür abstreiften; sie taten es; im Vorzimmer wartete der Vater und begrüßte sie mit: »Guten Abend, meine Herren.«

»Wir sind gekommen ...«, begann Krahuják, doch der Vater unterbrach ihn mit einer Handbewegung: »Hierher, bitte, meine Herren.«

Die Männer betraten das Wohnzimmer, Franta lag ruhig da, und die Großmutter wechselte gerade seinen Stirnumschlag: »Wo hat er die Kleider?« fragte der kleine Mann.

»Bitte, meine Herren«, sagte der Vater und führte sie ins Badezimmer, wo in der Wanne Frantas blutiges Zeug lag, eine Uniform unbekannter Herkunft und ein grüner Mantel; Krahuják untersuchte alles und legte die Sachen auf den gekachelten Boden: aus der Brusttasche des Mantels zog er eine große Pistole ohne Munition heraus, aus der Seitentasche eine Handgranate, und beim Abtasten des Hosenbundes stieß er auf einen eingenähten Gegenstand; als sie das Futter aufrissen, fiel ein kleines Leinensäckchen heraus, und darin befand sich ein zerknülltes Stück Papier; der Mann mit dem stechenden Blick prüfte es aufmerksam und sagte dann, es sei alles in Ordnung.

Der Vater hatte inzwischen schon in der Küche die Gläschen und die Kognakflasche bereitgestellt.

»Bitte, mein Herr ... Herr ...«, sagte er mit der einladenden Geste eines gelernten Kellners zu dem kleinen Mann und forderte die beiden auf, in die Küche zu treten.
»Nennen Sie mich einfach Karl«, erwiderte der Kleine.
Die Männer setzten sich mit dem Vater an den Tisch und leerten die Kognakgläser mit einem Zug, zuvor aber hatte sich Herr Karl in der Küche aufmerksam umgesehen, und sein Blick war auf Onkel Hejtmánek haftengeblieben: erst dann hatte er die Küche betreten. »Das ist mein Schwager«, erklärte der Vater.
»Hejtmánek ist mein Name, bitte, Jan Hejtmánek, ich bin sozusagen nur zufällig hier, wir sind zu Besuch gekommen, nicht wahr, Bohuš ...«
»Ist mir ein Vergnügen«, sagte Herr Karl.
Der Vater stieß einen Seufzer aus: »Honza«, sagte er, »geh ins Zimmer nach nebenan, vielleicht braucht dich die Großmutter.«
Hejtmánek stand verlegen lächelnd da, schlenkerte mit seinen fleischigen Armen herum und wiederholte dauernd: »Selbstverständlich, selbstverständlich«, und verzog sich dann rücklings aus der Küche, die Tür hinter sich schließend; der Vater schenkte abermals eine Runde ein, kippte seinen Kognak hinunter und sagte:
»Also zur Sache, meine Herren, was wünschen Sie?«
»Nichts und viel«, sagte Herr Karl, »es handelt sich um Franta.«
»Bitte«, erwiderte der Vater kühl, »der steht zu Ihrer Verfügung, Sie können sich ihn gleich mitnehmen, falls Ihnen das unsere Frauen erlauben.« Der Vater genehmigte sich noch einen Schluck, der machte seine Kehle frei, und schon sprach er mit gewohnter, nicht mehr angstgepreßter Stimme: »Ich sag es Ihnen offen heraus, ich mache mir nicht viel aus Franta, ich habe ihn nie besonders gemocht, und ginge es mir nicht um seine Frau ...«
»So hätten Sie ihn ausgeliefert«, ergänzte Krahuják und hob seine schweren Augenlider.
»Nein, das hätte ich natürlich keinesfalls getan, die Sache ist viel einfacher: ich kann ihn nicht ausstehen und will mit ihm nicht unter einem Dach leben ... natürlich ... jetzt ... bleibt selbstverständlich kein anderer Ausweg, als ihn ... vielleicht für einige Zeit ... hierzubehalten, ich werde mich um ihn kümmern ...«
»Ich muß Sie darauf aufmerksam machen«, sagte Herr Karl mit ernster Stimme, »daß Sie uns in diesem Fall persönlich für seine Sicherheit haften!«
Der Vater erwiderte mit fester Stimme: »Wer sich unter meinem

Dach befindet, ist in Sicherheit, er wird keinen Hunger leiden, keinerlei Mangel und wird alles bekommen, was er nötig hat. Genügt Ihnen das, mein Herr?«

Karl lachte: »Selbstverständlich genügt das, ich fürchte nur, daß Ihre deutschen Freunde, zum Beispiel Herr Berger ...«, und als er diesen Namen nannte, ging mit Herrn Karl eine Veränderung vor, er war sprungbereit, blieb allerdings weiter am Tisch sitzen, ja, er hatte sich sogar überhaupt nicht bewegt, doch er war bereit: alles an ihm war Spannung; der Vater lächelte ein wenig.

»Herr Karl«, sagte er, »die Situation ist leider so, daß Herr Berger, vorausgesetzt natürlich, er wäre da, Frantas Sicherheit weitaus besser garantieren könnte als zum Beispiel Sie selbst ...«

Herrn Karls Hand fuhr an die Pistole, der alte Krahuják drehte die Mütze in seiner Hand hin und her und blickte zu Boden.

»Sie wollen also damit sagen ...«, stieß Herr Karl hervor.

»Gar nichts will ich damit sagen«, erwiderte der Vater scharf, »ich sage nur, was ich weiß. Wenn Herr Berger den Befehl über das Jagdkommando hätte, könnte ich ruhiger sein, aber wie kann ich wissen, ob dieser lange Oberleutnant nicht einen unvorhersehbaren Anfall von Diensteifer bekommt ... oder wie er auf anonyme Anzeigen reagiert ...«

»Sie gehen etwas zu weit, mein Herr«, sagte Karl scharf.

Ich wußte, der Vater bekam Angst, eine Lawine von Angst wälzte sich auf ihn, doch alles war schon in Fluß geraten, und es gab keinen anderen Ausweg, als sich mit eigenen Kräften da herauszuretten.

»Herr Karl«, sagte der Vater leise, »machen Sie sich doch Ihre Situation klar: Sie sind ein Gejagter, Sie haben es nicht einmal wagen können, bei Tag hierherzukommen, sie mußten uns in der Nacht aufschrecken, was für Manieren sind denn das – und ich biete Ihnen Hilfe an, zwar auf etwas ungewohnte Weise, aber nehmen Sie doch die Dinge, wie sie sind; Sie haben zwei Möglichkeiten: entweder ziehen Sie die Pistole und erschießen mich, oder Sie legen die Hände ruhig auf den Tisch und hören gut zu, was ich Ihnen jetzt sagen werde.« Herr Karl tauschte mit Krahuják einen Blick, der zuckte die Achseln, die bösen Lichter in Karls Augen verglommen, er legte langsam die Hände auf den Tisch zurück, schenkte sich selbst ein Gläschen ein, trank davon und blickte auf meinen Vater: der rauchte sich gerade eine Zigarre an, seine Hand zitterte nicht ein bißchen, so gut verstand er zu spielen.

»Reden Sie«, sagte Herr Karl.

Der Vater sog an seiner Zigarre, sie brannte nicht richtig, blies dann den Rauch weg und sah mich an: »Geh zur Mutter hinüber«, forderte er mich auf.
Ich verließ die Küche und setzte mich in den Vorraum in einen Lehnsessel, wo ich mir in Gedanken nochmals den Ablauf der heutigen Geschehnisse rekapitulierte: es war mir klar, wir spielten mit hohem Einsatz; jetzt hatte sich noch der Vater eingeschaltet, sein Einsatz war keinesfalls hoch, vielleicht waren diese fünf Hunderter, mit denen er seinerzeit angefangen hatte, mehr wert gewesen als das Vertrauen, das ihm Herr Karl entgegenbrachte; nebenan im Zimmer schrie Franta jetzt wieder, Tante Naďa wanderte in meinem Zimmer hin und her, sah von Zeit zu Zeit zu Franta hinein, fragte die Großmutter, ob sie etwas brauche, doch niemand verlangte etwas von ihr, und so begann sie von neuem von einer Wand zur anderen zu marschieren, sie konnte nicht einmal mehr weinen; Onkel Hejtmánek schlief im Kabinett auf dem Sofa, die Mutter und Tante Lída blieben die ganze Nacht über miteinander im Schlafzimmer, und Kusine Lidka schlief in der Mansarde oben; ich öffnete das auf den Hof führende Fenster; der Großvater hatte die Petroleumlampe brennen, und sein großer Schatten wanderte in regelmäßigen Intervallen im kleinen Zimmer hin und her; unser Hahn begann zu krähen, doch es war noch dunkel.
Ein Hahnenschrei weckt stets meine Träume auf: Doris erschien, mit zerzaustem Haar, ein hoffnungsvolles Lächeln im Gesicht, die Arme zur Umarmung ausgebreitet; dumpfe Schläge weckten mich, als sie Herrn Kempf auf den schweren Deckeln unseres Kühlpultes kreuzigten und ihm große Nägel in die schlanken, weißen Handflächen trieben, dumpf ertönten die Hammerschläge: die Männer stiegen jetzt die Treppe hinunter.
Der Vater kam gleich zurück, legte mir die Hand auf die Schulter und sagte: »Am Nachmittag wirst du zu Krahujáks ein Päckchen hintragen.«
»Was wird darin sein?«
»Frag nicht ... Geld ...«
»Wieviel?«
»Sehr viel«, erwiderte der Vater und rieb sich mit der Linken die Stirn.

Der Weihnachtstag war herangekommen, es hatte nicht geschneit, nur das Gras war vom Frost braun geworden, der Bach und alle großen Wasserlachen waren zugefroren; tagsüber blieben die Fenster geöffnet; Franta brauchte viel frische Luft: er saß schon manchmal auf dem Sofa, er war einsilbig, abgemagert, hielt sich an Naďas Hand fest und beobachtete stumm den Betrieb um sich herum; der Vater schmückte den Christbaum; niemand von uns durfte die Tanne anrühren, diese Zeremonie behielt er sich selbst vor: ich durfte nicht einmal die Glaskugeln anfassen.
Wenn ich Tannenduft im Zimmer spüre, taucht sogleich das Bild meines Vaters vor mir auf, ich war damals noch ziemlich klein, als er heimlich elektrische Kerzen an den Christbaum montierte, und weiß Gott, was er dabei anstellte, er bekam einen fürchterlichen elektrischen Schlag, so daß er auf dem Teppich zusammenbrach; mein Vater hatte schon von jeher ein schwaches Herz gehabt; der Arzt, der nebenan wohnte, stellte ihn aber bald wieder auf die Beine.
Jedesmal, wenn der Vater nun Weihnachten den Christbaum ins Wohnzimmer hereinbrachte, mußten wir uns an diese Episode erinnern. »Das ist damals eine Ladung gewesen«, pflegte der Vater dann zu sagen, »mir ist ganz schwarz vor den Augen geworden.« Und ich antwortete stets darauf: »Ein anderer hätte so einen Brocken gar nicht ausgehalten.« Štefka war in der Küche beschäftigt, wo es nach Karpfen, Gebäck und schwarzer Sauce duftete; den ganzen Nachmittag brachte ich dort bei ihr zu; mir schien, daß Štefka sich mir entfremdet hatte: ihr gehetzter Gesichtsausdruck verriet ihre innere Unruhe, und wenn ich ihre Hand ergreifen wollte, entzog sie sie mir sofort mit schuldbewußtem Lächeln, küssen durfte ich sie überhaupt nicht mehr; gegen Abend begleitete ich sie heim, doch nur bis zum Steg, wo der Feldweg zum Haus der Krahujáks abbog.
»Komm nicht mehr weiter mit«, sagte Štefka.
Dort hinter dem Steg begann eine andere Welt.
Am Abend hörten wir uns die düstere Weihnachtsbotschaft Dr. Goebbels' im Radio an, dann schalteten wir auf das Glockenläuten um, und ein deutscher Kinderchor sang ›Stille Nacht, heilige Nacht‹, von einer anderen Rundfunkstation aus kam die Rede eines englischen Sprechers über Frieden und Liebe, doch am besten gefiel mir die Predigt in einer ganz unverständlichen Sprache: eine melodiöse Män-

nerstimme brachte langsam und feierlich wunderschöne Worte zum Vortrag, wie ich solche noch nie vernommen hatte, doch sie tönen in meinem Innern fort, und ich fühlte deutlich, in ihnen waren Weisheit, Ruhe, ja vielleicht sogar Gott selbst; ich verstand sie nicht, aber wer kann schon Gott begreifen, und weshalb sollte Er zu uns in einer Sprache reden, die wir alle verstehen können; vielleicht will Er das gar nicht und spricht nur zu den Auserwählten: in diesem Augenblick bildete ich mir ein, zu den Erwählten zu gehören.
Franta war heute zum erstenmal zu uns an den Tisch gekommen.
Nach dem Abendessen saßen wir abermals schweigend beim Radio, und der Vater fragte Franta: »Willst du dir nicht den Moskauer Sender anhören?«
»Vielleicht ein andermal«, erwiderte Franta.
Dann bettete ich ihn wieder aufs Sofa; die Großmutter schlummerte über ihrem Strickzeug, der Großvater hatte ihr Hagebuttenwein eingeschenkt und ihr mit gerötetem Gesicht zugeprostet: »Möge es uns beiden noch recht lange schmecken.« Geschenke gab es eine ganze Menge, für jeden etwas; die Mutter betastete den schönen Wollschal, den sie vom Vater bekommen hatte, sie bedankte sich aber gar nicht, sondern sagte nur, sie sei sehr müde und werde bald zu Bett gehen; für Štefka besaß ich auch ein Geschenk: einen schmalen Ring aus mattem Silber mit einem roten Stein; ich hatte ihn mir von einem Mitschüler, dessen Vater Juwelier war, verschafft und mußte dafür hundert Kronen und dazu noch eine Barclayfeder herausrücken; gegen neun Uhr abends, als Štefka sich auf den Heimweg machte, steckte ich ihr den Ring im Garten an den Finger.
»Ich dank dir schön«, sagte sie, »gerade so einen hab' ich mir gewünscht.«
»Hast du von einem solchen Ring geträumt?«
»Das gerade nicht, aber ich habe ihn mir gewünscht.«
»Und wovon träumst du also? . . . Ich zum Beispiel träume . . .«
Štefka hielt mir den Mund zu.
»Sei still, von Träumen soll man nicht reden, das ist eine Sünde!«
Ich wollte ihre Hand küssen, doch sie versteckte sie hinter ihrem Rücken und sagte nur gute Nacht; hart ertönten dann ihre Schritte, die sich auf dem gefrorenen Gartenweg entfernten; auf der Straße angelangt, begann sie zu laufen.
Im Wohnzimmer schlummerte die Großmutter immer noch über ihrem Strickzeug, der Großvater leerte gerade den letzten Rest seines mitgebrachten Hagebuttenweins: um nichts in der Welt hätte er

auch nur einen Schluck von Vaters Kognak getrunken; die Mutter befand sich schon im Schlafzimmer, Tante Naďa saß bei Franta, und beide flüsterten miteinander; der Vater drehte am Radio herum; ich begab mich in mein Zimmer und las die Abenteuer des Kapitäns James Cook, kletterte im Takelwerk seines Schiffes herum, litt unter der glühenden Sonne des Äquators Durst und schrie mit ausgedorrtem Mund: »Land, Land in Sicht!« Und meine Augen drangen auch bei windstillen Tagen bis auf den Grund des blauen Ozeans: grüne Fische verharrten dort regungslos in endlosen Tiefen, andere wieder, ganz gelbe und rote, strichen dicht an den sich matt vom Meeresgrund abhebenden Edelsteinriffen vorbei; leicht wiegte die Strömung das Schiff, Stille herrschte ringsum, nur das von der Mittagshitze ausgetrocknete Deck knarrte, die salzgetränkten Taue schlugen gegen die leeren Maste, und als sich vom Meer her eine Brise erhob, klopfte es dreimal. Ich öffnete die Augen und drehte das Nachttischlämpchen aus; in der Tür stand Franta.
»Schläfst du schon?« fragte er.
»Nein«, gab ich zur Antwort.
Franta hatte sich verändert, doch ich glaube, eine grundsätzliche Wandlung hatte sich schon im Konzentrationslager und dann in der Slowakei in ihm vollzogen, wo er alle Phasen des Aufstandes miterlebt hatte: angefangen vom Freudenrausch über die ersten Siege, bis zu den schweren Niederlagen und dem panischen Rückzug in die Berge mit Hunger und Kälte; seine blauen Augen blickten jetzt traurig drein, er konnte nicht mehr lachen, verzog nur den Mund, zuckte mit den Schultern, das war alles, was von seinem Lachen übriggeblieben war; seine rauflustige Natur hatte sich beruhigt, auf den ersten Blick schien es, er habe im Konzentrationslager und in der Slowakei Selbstdisziplin gelernt, die seine einst so ungeheure physische Kraft, die immer wieder durchgebrochen war, gebändigt hatte; Franta war sehr abgemagert. Mit der Zeit kam ich dann jedoch dahinter, daß mein Onkel sich eigentlich gar nicht verändert, sondern nur seine Taktik geändert hatte; ich begann ihn zu durchschauen, und dadurch blieb er mir immer nahe.
»Also was gibt's?« fragte Franta und setzte sich zu mir auf die Bettkante, seufzte und fügte dann hinzu, er sei gekommen, sich bei mir zu bedanken.
»Wofür denn? Vielleicht hast du gar keinen Grund zum Dank.«
»Wenn du mich dort so liegen gelassen hättest ... ich war schon ganz von Kräften, den ganzen Tag war ich ums Haus herumgeschlichen

und habe auf den Abend gewartet, bis alles still sein würde ... und als es soweit war, hat jemand plötzlich ›Halt!‹ geschrien, dreimal geschossen ... ich bin davongelaufen ... gestürzt – und was dann weiter geschah, weiß ich nicht mehr, ich bin erst bei euch wieder aufgewacht ... ich weiß nur, ich bin tiefer in den Wald hineingekrochen.«
Ich streckte die Beine unter der Bettdecke gerade, legte die Arme an den Körper und sagte: »Ich war das, ich habe dreimal auf dich geschossen.« Ich spürte, wie Frantas Hand über die Bettdecke zu meinem Gesicht hinaufglitt, an der Schulter aber stockte und sie fest zusammenpreßte.
»Aber ... warum hast du geschossen?«
»Aus Angst, ich ging in der Nacht durch den Wald ... hatte eine Flinte bei mir ... zielte auf jeden Schatten ... auch auf deinen.«
»Ich hatte ebenfalls Angst«, flüsterte Franta.
»Die ganze Nacht über war ich dann draußen gewesen, und gleich am Morgen ging ich zu der Stelle hin, von der aus ich geschossen hatte, fand dich und schleppte dich hierher.« Franta lockerte seinen Griff an meiner Schulter.
»Eigenartig«, sagte er, »wirklich sehr eigenartig – versetz dich nur in meine Lage: zehn Tage lang schlich ich durch die Wälder zu euch her, nährte mich von den Kartoffeln, die ich aus den Kellern stahl, auf den Äckern ausgrub ... sie schossen auf mich, trafen mich, bei Tag verkroch ich mich ins Dickicht, und bei Nacht lief ich weiter ... dann kam ich bis zu dem Hang über eurem Haus ... sah bei Tag dich und deine Mutter, traute mich jedoch nicht, die Wiese zur Hinterpforte hin zu überqueren ... ich warte also, bis es dunkel wird, dann schießt jemand auf mich, ich stürze ... ich denke, jetzt ist es aus mit mir, empfinde nichts mehr, weder Schmerz noch Angst, sondern krieche nur tiefer in den Wald hinein.«
Ich lag mit dem Gesicht nach oben: meine Tränen konnten nicht herabfließen, von den Lidern zurückgedämmt, standen sie in meinen Augen; als diese überflossen, rann ihr Wasser in die Grübchen an der Nasenwurzel.
»Bist du mir böse, Franta?« fragte ich.
Franta preßte meine Hand, seine war eiskalt.
»Warum sollte ich dir böse sein, aber ich möchte das nicht noch einmal durchmachen wollen ... das nächste Mal aber, das nächste Mal«, wiederholte Franta mit ernster Stimme, und der harte Nachdruck, der auf diesem Adverb der Zeit lag, ließ mich aufhorchen: glaubt er

denn vielleicht, er wird noch einmal verwundet und gehetzt in der Nacht ums Haus herumschleichen, warum könntest du denn nicht das *nächste Mal* durch die Eingangspforte zu uns zurückkehren, mußt du denn immer nur im Kreis herumschleichen? Ich erinnerte mich an Herrn Klimesch, auch er war auf dem Rückweg, doch seine Rückbewegung war geradlinig: Herr Klimesch wird durch die vordere Eingangspforte hereinkommen, die Sonne zu seiner Rechten und den Südwind im Gesicht; am frühen Abend, nach dem Gebetläuten wird es sein, das Geräusch der Gießkannen, die gegen die Einfassung der kalten Brunnenbecken schlagen, wird wie winzige Keile in die Abendstille eindringen, bevor es dann ganz dunkel wird – und Stille und Frieden sich ausbreiten, alle Fenster unseres Hauses werden erleuchtet sein, und der Strom der Lichter wird einen Kreis um unser Haus bilden; wer in ihn eintritt, wird in Sicherheit sein, von Angst befreit. Sonntäglich gekleidet, werden wir hier alle anwesend sein, nichts Böses mehr in unseren Herzen; auch Herr Berger kehrt zurück, doch seine Bahn ist nicht berechenbar; unser Haus steht ihm von allen Seiten offen, bei Nacht und bei Tag, er kommt, geht fort, geht durchs Haus, als gäbe es diese Mauern nicht, die der Vater zu seinem Schutz aufgebaut hat; Herr Berger wird weder am Waldrand vor dem Haus liegenbleiben, noch wird er gegen Abend vor der Pforte stehen, Sonne und Wind im Gesicht, Herr Berger wird auf andere Weise zurückkehren, die Bahn seines Rückwegs bleibt uns verborgen, nur der Schlußpunkt muß ein für allemal gesetzt werden, damit Herr Berger für immer fortgeht; Herr Kempf wird nicht zurückkehren, mir schien, als schwebe er auf weißen Flügeln direkt über unserem Haus, über dem Zinkblechdach, er lächelt weise, bewegt die Lippen und sagt etwas in einer unverständlichen Sprache; ich bemühte mich, ihn zu verstehen, ihn zu sehen, und öffnete deshalb die Augen; Franta saß an meinem Bett, und weil ich für meine Träume (ich wußte nicht einmal, wie lange ich geträumt hatte) keine andere Entschuldigung fand, so lachte ich kurz auf, doch es war kein gutes Lachen, und ohne Übergang mußte ich dem Onkel alles erzählen: von den Gewehren, den beiden Soldaten, von denen der eine Herrn Göttlicher so ähnlich sah, Franta hatte ihn auch gekannt, von Štefka, von Krahuják: endlich hatte ich mir das alles von der Seele geredet, und ich fühlte mich erleichtert und frei. Dann fragte ich ihn: »Und was sagst du dazu?«

»Nichts«, erwiderte Franta trocken, »überhaupt nichts kann ich dir sagen, noch ist die Zeit dazu nicht gekommen.«

Wenig später erhob er sich und sagte: »Gute Nacht, schlaf gut.«
Als er fort war, hätte ich am liebsten gesungen, vielleicht ein Weihnachtslied: doch meine Stimme hatte nicht mehr genügend Kraft, und so brummte ich nur vor mich hin und fühlte mich sehr wohl; dann öffnete ich das Fenster, die Nacht war klar, die Sterne leuchteten über den höchsten Baumspitzen des Kogels, ich konnte jetzt die ganze Welt vernehmen; nebenan schaltete der Vater den Rundfunk auf Kurzwelle um, weiß Gott, was er hören, was er Neues erfahren wollte, welche Hiobsbotschaft; dann stellte er den Apparat auf einen Kinderchor ein, dessen klare Stimmen das Lied sangen: ›Christ ist geboren, freuet euch‹; draußen läuteten die Glocken zur Christmette, und ich kehrte auf das von den Wellen gewiegte Schiff James Cooks zurück: nichts hatte sich hier verändert, nur das Wasser war tiefblau geworden, und die Fische schwammen, zum Greifen nah, unter der Oberfläche, ich tauchte meine Hand ins Wasser und legte sie noch feucht an mein Gesicht, bis mir die Augen brannten und ich das Salz auf den Lippen spürte.
Der Christtagsmorgen bescherte uns einen blauen Himmel, in der klaren Luft klirrte der Frost, und in den tiefen Schatten lag Nebeldunst; die Schornsteine aller Häuser rauchten: wie Brandopfer, an denen der Erlöser in der Krippe sein Wohlgefallen hatte, stiegen die Rauchschleifen senkrecht zum Himmel auf; von den Feld- und Hohlwegen, den Fußsteigen und Waldpfaden her ergoß sich ein Menschenstrom auf die Straße, die Männer in schwarzer Kleidung, weißen Hemden und dunklen, breitkrempigen Hüten; die Frauen hatten die schwarzen Kopftücher, die sie die Adventszeit über getragen hatten, gegen weiße oder rote und mit Blumenornamenten geschmückte ausgetauscht; der Familienvater schritt einher, das Gebetbuch in der Hand, gefolgt von den sich heute artig betragenden Kindern, denn in der Kirche erwartete sie das Wunder der Geburt, die Krippe mit dem Jesulein, ein Bethlehem voll Zauber und Träumen: die Glocken tönten klar und rein.
Als sie verhallt waren, lag die Straße leer und verlassen da, nur ab und zu kam ein Nachzügler herangetrabt, zumeist eine Frau, die durch die Versorgung des Viehs oder durch die Vorbereitungen für das Festessen aufgehalten worden war.
Draußen kniff mich der Frost in die Wangen, es herrschte eine solche Stille, daß ich das Knistern der Eiskristalle in der Sonne vernehmen konnte; im Gras blieben die Fußspuren zurück und in ihnen die Schatten der Wintersonne; ich hielt ihr mein Gesicht entgegen: ich

spürte, wie die Luft erbebte, und dann kam ein Donnern vom Süden her, wo sich über dem Kamm des Tesáks an Sommertagen die Gewitter zusammenballten, die Blitze sich sammelten und von wo Wolken voll vernichtenden Hagelschlags herabkamen.
Dann setzten auch immer sogleich die Glocken ein; damals wurden noch bei Gewitter und Hagelschlag die Glocken geläutet, Gewitterkerzen angezündet, doch jetzt kam das Gewitter nur allzu rasch heran; die erste Jagdstaffel kennzeichnete am Himmel den Weg für die nachfolgenden: die Schwärme der silbernen Vögel richteten sich gehorsam nach den weißen Streifen und kamen vom Süden her nach Norden gezogen; viel zu früh, um nisten zu können; vom Kirchturm läuteten jetzt die Glocken; ich stapfte durch das gefrorene Gras entlang der Landstraße zu den Krahujáks hin, zu Štefka: das Gewitter zog hoch über mir vorbei, doch weder Regen noch Hagel kam herab.
Unterhalb des Häuschens der Krahujáks sprang mir Brok entgegen; in der Küche saßen zwei fremde Männer, der jüngere von ihnen war bestimmt nicht älter als zwanzig, er starrte stumpf und müde vor sich hin, die Hand auf dem über seinen Knien liegenden Gewehr; der andere Mann schlief, den Kopf auf die Tischplatte gestützt; Štefka kochte gerade Kartoffelsuppe: aus den hohen, gußeisernen Töpfen stieg der scharfe Duft von Steinpilzen, Hammelfleisch und Majoran auf; Štefka trug die neue Schürze, die sie gestern von uns als Weihnachtsgeschenk bekommen hatte.
»Wer sind diese beiden?« fragte ich Štefka mit gedämpfter Stimme.
»Sie sind in der Nacht angekommen.«
»Ich habe gedacht, wir könnten miteinander ein wenig spazierengehen . . .«
»Ich kann nicht.«
»Ich möchte dir gern etwas sagen.«
»Nun, so sag's doch, vielleicht gleich hier . . .«
»Hier nicht, komm wenigstens nach nebenan . . .«
»Also gut«, erwiderte Štefka und öffnete die Schlafzimmertür: hier war es fast genauso kalt wie draußen; Heiligenbilder an der Wand und zwei hochgetürmte Betten; jahrelang hatte niemand mehr darin geschlafen, seit der Zeit, als sich Štefkas Mutter auf den steinigen Feldern, unter den schweren Traglasten von Futterklee und im herbstlichen Wald die Schwindsucht und den Tod geholt hatte; Krahuják schlief jetzt in der Küche auf dem Kanapee und Štefka, wenn sie daheim war, im Kämmerchen nebenan; ich schloß die Küchentür hinter mir.

»Also was willst du?« fragte Štefka.
Ich ergriff ihre Hand, ich wollte ihr sagen, daß ... Doch ich stockte verwirrt, meine Kehle war wie zugeschnürt: dann blickte ich auf den Ring, der rote Stein funkelte mir entgegen.
»Trägst du meinen Ring?«
»Du siehst es doch«, sagte Štefka.
»Weißt du auch, warum ich ihn dir geschenkt habe?«
Štefka löste ihre Hand aus meiner Umklammerung, wandte sich von mir ab und sah zum Fenster hinaus. »Nein ... ich weiß nicht«, sagte sie.
»Daß du es nur weißt: Ich liebe dich ... Das wollte ich dir heute sagen, nichts mehr.«
Ich wagte nicht, mich ihr zu nähern: doch es hätte genügt, die Hand auszustrecken und sie Štefka auf die Schulter zu legen: ich weiß, sie wäre nicht zurückgewichen, hätte die Finger auf die meinen gelegt, ich hätte sie ... hätte sie sogar küssen können; aber das war alles auf einmal sehr weit weg, schon sagte sie zu mir: »Das darfst du nicht, das geht nicht«, dann ging sie hinaus, ließ die Schlafzimmertür sperrangelweit offen und rief mir zu, ob ich nicht ein bißchen Suppe haben wollte.
Ich begab mich in die Küche zurück: hier fühlte ich mich immer sehr wohl, der Ofen strahlte angenehme Wärme aus, das um den Herd aufgestapelte, trockene Holz duftete, und aus den Töpfen stieg der Dampf auf und schlug sich in feinen Tröpfchen an der Decke nieder: hin und wieder fiel eines von ihnen auf die glühende Herdplatte herab und zischte leise auf; Štefka stellte drei Teller auf den Tisch und rüttelte den Schläfer wach: »Aufstehen, es gibt Suppe.«
Der Mann riß den Kopf hoch und öffnete mit Anstrengung die geröteten Augen. »Wo bin ich denn?«
»Aber bei uns doch«, lachte Štefka; sie stellte den Suppentopf auf den Tisch, schöpfte Suppe und Fleischstücke heraus und verteilte sie auf die Teller; wir schlürften die heiße Suppe mit Behagen: sie erwärmte mich und erfüllte mit ihrer Wärme meinen ganzen Körper.
»Was bist du für einer?« fragte der ältere Mann.
»Der kommt immer zu uns«, gab Štefka schnell zur Antwort.
»Kommt er zu dir?«
»Ach wo, nur eben so ...«
Wir hatten unsere Teller geleert, die Männer zündeten sich eine Zigarette an, jetzt sank dem jüngeren der Kopf herab.
»He, du da, schlaf nicht ein, zum Teufel, schlaf hier nicht«, erboste

sich der ältere, »säubere lieber deine Flinte, damit du nicht einschläfst ... hörst du!«
Der junge Bursche hob den Kopf und hielt die Rechte mit geöffneter Handfläche in Gesichtshöhe nach oben: der ältere Mann beobachtete ihn mit gespanntem Gesichtsausdruck.
»Wieder, schon wieder sind sie da«, sagte der jüngere, »sie kommen zurück ...«
Ich strengte mein Gehör an, vernahm aber nichts: nur die Topfdeckel klapperten; dann legte der Bursche mit einer langsamen Bewegung die Hand auf den Eichentisch.
»Still«, flüsterte er, »er vibriert, ganz gehörig vibriert er, es sind also viele, eine ganze Menge ...«
Ich konnte nicht widerstehen und legte die Hand mit der flachen Innenseite auf den Tisch, und tatsächlich: er vibrierte genauso wie die Marmortischchen in unserem Café, wenn hinten der Kühlkompressor anging, nur das Klingeln der Kasse, der Duft von Kaffee und Zigaretten, das Stimmengewirr der Stammgäste fehlte – und ich hätte mir einbilden können, ich sei zu Hause, in unserem Lokal; unter diesem inneren Druck nervöser Spannung kam es mir so recht zum Bewußtsein, daß mein eigentliches Zuhause das Café war, daß es für immer in mir weiterexistieren würde: wo ich künftig auch hinkommen mag und wo unter meinen Handflächen eine Tischplatte zu vibrieren beginnt, werde ich schnell die Augen schließen (eine Reflexbewegung der Abwehr und Sehnsucht zugleich, wieder zu Hause zu sein, denn nie mehr werde ich ein Zuhause haben), und alles wird wiederkehren, oder besser gesagt, ich werde zurückkehren – und werde sie alle wieder vor Augen haben: die Stammgäste, wie ich sie gekannt habe, bevor erbarmungslose Grenzen sie in meinem Innern voneinander schieden; alle werden hübsch beisammen sein: die Halunken genauso wie die Gutmütigen, die Beneš-Anhänger, Faschisten, Henlein-Leute, Onkel Franta, Herr Kempf, Herr Houžva, Herr Berger, Herr Mičko, auch Herr Burian und Herr Göttlicher; die Mutter wird die Kasse klingeln lassen, der Herr Inspektor Flanderka wird mit der Bewegung eines erfahrenen Professionals einen Kognak hinunterkippen, draußen hinter der Eingangstür mit der französischen Aufschrift ›Entree‹ wird es zu dämmern beginnen, und am Ende unserer Straße wird sich gegen den roten Schein über den Eisenwerken das hohe steinerne Friedhofstor mit seinem kunstvoll geschmiedeten, überaus festen Gitter abzeichnen.

Der mir am Tisch gegenübersitzende junge Mann ließ seinen Kopf bis auf die Tischplatte herabsinken. »Schlaf nicht ein«, schrie ihm der ältere vom Ofen her zu, wo er sich an einem Kohlenstück die Zigarette anzündete, »hörst du, schlaf nicht ein, wer soll denn Wache halten und achtgeben, ob sie kommen.«

»Ich schlaf doch gar nicht«, entgegnete der andere, »ich horche bloß, in einer Weile, in wenigen Augenblicken werden sie über uns sein.« Dann glitt seine Handfläche über den Tisch und beschrieb zuerst große Kreise und allmählich immer kleiner werdende – und je kleiner sie wurden, desto stärker wurde das Dröhnen der schweren Flugzeuge: ich bekam Angst, nicht so sehr vor den Geschwadern der Bombenflugzeuge als vielmehr vor dem jungen Mann: er hatte gezaubert. Was würde geschehen, wenn er die Kreisbewegung seiner Hand auf dem Tisch einstellte, der Lärm verstummte? Welche Zaubermacht würde er dann mit einer Handbewegung oder mit einem Blick der verschlafenen Augen herbeirufen? Wenn er doch lieber einschliefe, wünschte ich mir; die Kreisbewegung seiner Hand auf dem Tisch hatte jetzt aufgehört, der Flugzeuglärm war verhallt, nur der Tisch zitterte noch ein wenig vom Aufprall der herankommenden nur mehr schwachen Schallwellen; der junge Mann hob sein Gewehr von den Knien, wobei er mit dem bisher auf die Wand gerichteten Lauf einen Halbkreis beschrieb, und in dem Augenblick, als seine Finger den Abzugshahn streiften, war das Gewehr gerade auf den Rücken der abgekehrten Štefka beim Ofen gerichtet. Ich schrie auf: »Štefi!« Sie drehte sich zu mir um, in den Augen nichts als Überraschung, weder Schmerz noch Todesangst: der Schuß ging los; möglicherweise hatten sich die Geschehnisse in ganz anderer Reihenfolge abgespielt: vielleicht hatte sich Štefka mir erst dann zugekehrt, als der Schuß schon gefallen war, wahrscheinlich hatte ich aufgeschrien, als sie schon zu Boden glitt; aber kam es denn jetzt noch auf die Reihenfolge der Geschehnisse an, Štefka war jedenfalls zusammengesunken, ich konnte ihr Fallen nicht verhindern, sie wurde schwer, sehr schwer, so daß ich sie nicht mehr halten konnte, doch ihre Augen sah ich ganz nahe vor mir: nicht einmal jetzt standen Schmerz, Furcht oder Todesbangen in ihnen, sondern nur Vorwurf, doch wem er galt und was er ausdrücken wollte, erfuhr ich nie mehr; auch jetzt stimmen die Geschehnisse noch nicht überein: ich weiß nicht, wie sich das alles abgespielt hat, nur daß ich vom Tisch aufsprang, die fallende Štefka umfaßte, sie fiel nicht direkt zu Boden, sondern wand sich herum, mit krampfhaften Bewegungen an ihrer Schürze zerrend, die sie von uns als Weihnachtsgeschenk bekommen hatte; nein, sie war nicht auf den Lehmfußboden gefallen, ich hatte sie aufgefangen: dann hörte ich die Flinte auf den Boden aufschlagen, und der junge Mann lief hinaus, ich weiß nicht, was der ältere tat, ich weiß heute gar nichts mehr; Štefkas Augen waren immer noch geweitet, sie versuchte, sich die Schürze vom Leib zu reißen; über die eine Hand, die ihr zuerst herabgesunken war, rann schon Blut, und als ich sie aufs Sofa legte, standen Tränen in ihren Augen, ihr flatternder Blick irrte angstvoll umher. »Štefi, Štefinka«, schrie ich, doch nie hätte ich mit so viel Entsetzen aufschreien dürfen, der ältere Mann schob mich beiseite, band ihr die Schürze los, hob ihren Rock hoch, zog ihr die Schlüpfer herunter, doch ich sah nicht hin, ich schwöre es, nein, nein; ich hörte nur, wie der Mann mit energischen Bewegungen Stoff zerriß und mir zuschrie: »Lauf sofort um den Arzt, rasch, um Gottes willen nur rasch!« Ich rannte auf den Hof hinaus, bei den Türstufen lag der junge Mann und übergab sich; um den Weg zur Straße abzukürzen, lief ich quer über die Felder; noch vom Wunder der Geburt, Bethlehem und den Weihnachtsliedern erhoben, schritt die Schar der Dorfbewohner feierlich einher, aber ich lief und lief nur; die Leute drehten sich nach mir um, und ich hörte sie sagen: »So ein Gottloser!« Ganz deutlich hatte ich es gehört.

Ihr lieben Leute, ich laufe doch um ein gottgewolltes Leben, schrie es in meinem Innern, gebt mir den Weg frei, hebt mich empor, gebt mir Flügel, das Lebenswasser, ein bißchen von dem Segen, den ich in euren Augen lese, ein Stück Hoffnung und Glauben – das alles nur für Štefka, ich selbst brauche nichts, aber sie muß am Leben bleiben –, ihr Leute, ich will doch nur zum Telefon, mein Altar ist jetzt der Telefonapparat; mit den letzten Kräften rannte ich daheim die Treppe hinauf und ins Vorzimmer, wo mir Kamillenduft entgegenwehte, doch ich nahm nichts anderes wahr als nur den Apparat: wie besessen hob ich den Hörer ab und rief die Post an, die mich mit dem Arzt verband, und schrie ins Telefon: »Štefka Krahujáková liegt im Sterben!«

Aus dem Schlafzimmer vernahm ich das Wimmern des Neugeborenen: vor Schwäche drehte sich mir der Kopf, ich war nicht mehr imstande, den Hörer aufzulegen: schwer fiel ich in den Lehnsessel; der Vater trat ins Vorzimmer und hinter ihm die Hebamme, die mit zittriger Stimme zu mir sagte: »Du hast also ein Schwesterchen bekommen«, sie strich mir übers Haar, nie konnte ich das ausstehen,

doch ihre weichen Finger auf meinem Scheitel beruhigten mich, schläferten mich ein, überwältigten mich. »Geh sie dir ansehen«, sagte die Hebamme, »geh doch!«
»Nein«, schrie ich, »nein!« Die in meinem Hund verborgen liegende Kraft ließ mich hochschnellen. »Ich will nicht, ich will nichts sehen, niemanden«, schrie ich, »ich will allein sein ... laßt mich in Ruhe!«
Ich lief in mein Zimmer, schloß zweimal hinter mir ab, warf mich in Kleidern aufs Bett und vergrub weinend den Kopf ins Kissen: der feuchte Damast kühlte mir die Stirn, mit der Zunge leckte ich mir den Salzgeschmack von den Lippen; das in der Ebbe schaukelnde Schiff spannte die Ankerkette straff, so daß ein Glied zersprang; ich tauchte die Hand ins blaue Wasser: gelbe, rote und blaue Fische kreisten unter seiner Oberfläche, sie schwammen durch meine Finger, und das Bild meines über den Wasserspiegel gebeugten Gesichtes wellte sich beim Aufprall des warmen Windes vom Festland auf das Wasser; ruhig glitt das Schiff durch eine Meeresenge, von der Strömung zu den roten Klippen am Horizont hingetragen, und ich zitterte.
Štefka sah ich zum letztenmal, weiß gekleidet, im Holzsarg liegen: der stand in der Mitte des blankgefegten Hofs, in dessen Ecken sich die Trauergäste zusammendrängten; man wartete auf den Pfarrer, und die Frauen begannen schon zu singen; die frostige Sonne warf ihre schrägen Strahlen über das hohe Scheunendach; ich trat drei Schritte zurück, um den Silberring an Štefkas Mittelfinger zu sehen und mir den roten Stein direkt in die Augen leuchten zu lassen; schon auf dem Weg zum Friedhof hatte sich ein Wind erhoben, jagte uns ins Dorf hinunter und peitschte uns den gefrorenen Schnee wie Nadelstiche in den Nacken.
Am Abend begann es zu schneien, und zwei Nächte und drei Tage hindurch fiel dichter Schnee herab: am vierten Tag war Štefkas Grab zugeweht, und nur das Stück einer schwarzen Schleife mit der verwischten, schon unleserlichen Aufschrift bezeichnete die Stelle, wo Štefka unter dem Schnee lag; am fünften Tag in der Frühe hielt vor unserem Haus ein schwarzer Mercedes, und ihm entstieg Herr Berger.
Der Chauffeur, ein langer, hagerer Bursche, mit den Leidenszügen eines Nierenkranken, reichte ihm zwei große Pakete aus dem Wagen; dann fuhr der Mercedes fort.
Herr Berger stand vor unserer Gartenpforte, er trug Felduniform, blickte zu unseren Fenstern hinauf, sein längliches, mageres Gesicht

verriet Unruhe, Erwartung und Ungeduld; ich sah ihn ziemlich genau durch den Vorhang, er aber konnte mich nicht sehen – und außerdem wurde deutlich, daß er keinerlei Einzelheiten des Hauses, wie etwa Mauern, Kamine, Fenster, wahrnahm, vielmehr das Haus nur als Ganzes, als Symbol seines Ziels; sofort, als das Auto hielt, hätte ich ins Zimmer stürzen und laut verkünden müssen: Herr Berger ist gekommen, um Franta, Naďa, Vater und Mutter zu warnen; die hatte sich schon lange nicht mehr blicken lassen, möglich, daß sie sich vor Franta verbarg; immer, wenn sie zu ihm hereinkam, wandte er sich von ihr ab, und manchmal erwiderte er nicht einmal ihren Gruß; dann preßte die Mutter nur die Lippen zusammen, machte hastig kehrt und ging ins Schlafzimmer zurück; ich weiß genau, sie weinte dann; Herr Berger stand jetzt unter unseren Fenstern, an der Gartenpforte, die zwei Pakete lagen im Schnee, von seiner Uniform fielen grüne Schatten in seine Augenhöhlen und Hautfältchen: das Grün in seinem Gesicht und auf seiner Stirn schien jetzt in die Farbe von Pergament überzugehen; dann nahm er die Pakete an sich, stieß mit der Schulter die Pforte auf und betrat den Garten.
Ich ging ins Wohnzimmer hinein: hier saßen sie alle beieinander und tranken ihren Kaffee zu Ende, nur die Mutter fehlte, die war mit der Kleinen beschäftigt und ging Franta aus dem Weg; der konnte sich jetzt zum Essen schon zu uns an den Tisch setzen; ich nahm mir einen Kolatschen aus der Kuchenschüssel, setzte mich und wartete, bis Herr Berger unten an der Haustür läuten würde. Als das geschah, sagte ich: »Herr Berger ist gekommen.«
Franta zuckte nur zusammen, verzog schmerzvoll das Gesicht und blieb regungslos sitzen, der Vater sagte: »Unsinn, wo käme denn der jetzt her?«
Unten läutete Herr Berger zum zweitenmal.
»So geht doch endlich öffnen«, rief die Mutter nebenan im Schlafzimmer, »es läutet unten!«
»Geh öffnen«, sagte der Vater zu mir.
»Bitte sehr, ich gehe also Herrn Berger öffnen«, sagte ich.
»Was du nur fortwährend mit diesem Berger hast«, erboste sich der Vater.
Ich stieg zur Haustür hinunter und öffnete.
»Guten Tag, Herr Berger, kommen Sie bitte hinauf, Sie werden erwartet«, sagte ich; ich nahm Herrn Berger eines der Pakete ab.
»Oben erwartet Sie eine Überraschung«, sagte ich leise auf der Treppe zu ihm.

»Aber, aber, was denn?«
In der Wohnung oben begann die Kleine zu weinen, Herr Berger lächelte: »Eine Überraschung?«
»Das auch, natürlich, aber noch etwas anderes – Franta ist zurückgekommen!«
Der Vater stand im Vorraum, im Halbdunkel konnte man sein Gesicht nicht erkennen: »Guten Tag, Herr Berger«, sagte er leise.
Herr Berger drückte ihm stumm die Hand, legte den schweren Mantel ab und hing den Gurt mit der großen Pistole an den Kleiderhaken; die Pakete ließen wir im Vorraum; dann trat er ins Zimmer: »Guten Tag, meine Damen«, sagte er, sich verneigend, »guten Tag, Franzi!«
Die Mutter öffnete die Tür, mit der Linken zog sie den Hausmantel mit dem chinesischen Muster enger an sich, sie trug ihn immer, wenn es etwas kühler war, die Rechte reichte sie Herrn Berger zum Handkuß, das Baby im Nebenzimmer begann zu schreien; das verstand Berger: das Händeküssen; das paßte zu ihm, auch in der für seine vollschlanke Figur etwas zu knappen Uniform; die Mutter duftete nach Milch und Kamille, sie strahlte Wärme aus, und hinter ihrem Rücken im Schlafzimmer schrie im Wäschekorb die Kleine, wir hatten sie noch nicht taufen lassen, nannten sie aber Ann; Herr Berger hielt Mutters Hand in der seinen.
»Wollen Sie sich das Baby nicht ansehen?« fragte die Mutter.
Herr Berger betrat das Schlafzimmer; Franta warf den Kaffeelöffel auf den Teller, stützte sich mit der linken Hand fest auf den Tisch, erhob sich aber nicht, die Großmutter legte ihm die Hand auf die Schulter und flüsterte ihm zu: »Bleib sitzen, Franta, bleib nur ruhig sitzen.« Der Vater zündete sich eine Zigarre an, doch seine Hand zitterte; dann hörte das Baby zu weinen auf, und die Mutter erschien in der Tür.
»Herr Berger wird mit uns frühstücken«, sagte sie, und die Großmutter erhob sich und ging, um eine weitere Kanne Kaffee in der Küche zu bereiten, Tante Naďa setzte sich sogleich auf den Platz der Großmutter neben Franta und streichelte seine auf dem Tisch ruhende Hand; Herr Berger setzte sich neben meinen Vater, die Großmutter schenkte ihm Kaffee ein, und der Vater gab ihm Feuer.
»Ich bin froh, daß ich zurückgekommen bin«, sagte Herr Berger.
»Wie ist es Ihnen die ganze Zeit über ergangen?« fragte der Vater, doch ich wußte genau, es interessierte ihn überhaupt nicht, wie es

Herrn Berger ergangen war, er hatte nur gefragt, um das Gespräch nicht stocken zu lassen und um zu verhindern, daß im verlegenen Schweigen die Dinge eine dramatische Wendung nahmen, die er nicht wünschte; Herr Berger überhörte jedoch die Frage, er musterte Franta, und dieser hielt seinen Blick aus.

»Also auch wieder zurück«, sagte Herr Berger; Franta wandte sich ab.

»Wir wollen einen Kognak trinken«, sagte der Vater, erhob sich, öffnete das Büfett und balancierte eine volle Flasche in seinen Händen, stellte dann die Gläser auf den Tisch und schenkte ein. »Also zum Wohle«, sagte Herr Berger, »zum Wohle, Franta, wir wollen auch auf jene trinken, die in der Slowakei geblieben sind und nie mehr einen Tropfen trinken werden!« Franta kehrte sich mit einem Ruck um, ergriff das Glas und erhob es: »Wir wollen auf den Tod der Faschisten trinken!«

»Bitte, überhören Sie das, Herr Berger«, sagte der Vater; Sturmbannführer Berger wehrte ab: »Aber selbstverständlich, ich habe nichts gehört ... bei Ihnen wird ja immer sehr viel geredet, so daß ich oft staune ... und so könnte auch ich mir erlauben, etwas dazu zu sagen, meinen Sie nicht auch, Herr Cafetier?« Herr Berger schenkte sich noch einen Kognak ein, kippte ihn hinunter, wandte sich an Franta und fuhr fort: »Also hier leckst du dir die slowakischen Wunden, was? Sag, habe ich Wort gehalten, bist du in die Slowakei gekommen, hast du dort gekämpft, bist du jetzt zufrieden? Du warst doch Kommissar einer Partisanengruppe, wie ich erfahren habe ... aber ja, selbstverständlich, ich habe mir über eure Tätigkeit genau berichten lassen – bravo, bravo! Franta, du hast dich gut gehalten, wir sind uns sogar gegenübergestanden, erinnerst du dich, damals bei Vrůtky, Ende November, dort oben ...«

»Dort bin ich verwundet worden«, sagte Franta trocken.

»Ja, ich weiß, man hat es mir gesagt.«

»Wer«, stieß Franta hervor, »wer hat es Ihnen gesagt?«

Berger schlug die Augen nieder: »Der Krieg ist eine schmutzige Angelegenheit, Franzi, nichts Heiliges, nichts Ehrenvolles ist an ihm, nichts als Schweinerei, Verrat, Tod«, Herr Berger hob die Augen zu Franta und fuhr fort, »ein Mann hat es mir gesagt, einer von *euch!*«

Franta schnellte in die Höhe, die Adern an seinem Hals schwollen an, er stand jetzt über Berger: »Ich will wissen, wer es war, hören Sie, ich will und muß es wissen, nennen Sie mir seinen Namen: Hovězák? Jandík? Sulejko? Gasparik? Also wird's bald, sagen Sie mir den Namen«, schrie Franta; Herr Berger füllte langsam sein Glas.

»Ich befinde mich hier bei keinem Verhör, Franta, das mach dir gefälligst klar ... nein, Hovězák war es nicht, Gasparik? – der auch nicht und die anderen ebenfalls nicht ... Jandík – der lebt nicht mehr, er wurde erschossen, ich will mich nicht rechtfertigen, ich hätte ihn auch erschießen lassen, für uns war er ein Saboteur, für euch ein Held, das läßt sich nie vereinen, Franta, der vorgesetzte Offizier sagte: ›An die Wand mit ihm‹, und so wurde also Jandík bei Vrůtky an die Wand gestellt, das war nicht meine Sache, ich mußte mich um – Osip kümmern.«

»Red kein dummes Zeug«, sagte Franta, zuckte mit der Schulter, verzog den Mund, das war jetzt so sein Lächeln, »was sagst du da von Osip, ausgeschlossen ...«

Herr Berger lehnte sich zurück und blies den Rauch zur Decke: jetzt spielte er wieder Komödie, doch uns wurde angst und bange, wie gut er spielte, wie ausgezeichnet sein Text herpaßte, so daß es Franta den Atem verschlug; als Herr Berger wieder zu sprechen anfing, wurden Franta die Knie weich, er setzte sich langsam auf seinen Platz zurück und befand sich wieder dort, wo er anfangs gewesen war: er ließ die linke Hand schlaff auf die Tischplatte fallen, und Naďa streichelte sie ihm.

»Ja, Leutnant Osip«, sagte Herr Berger langsam, »das ist eine etwas verwickelte Geschichte; als es in der Slowakei losging, bekam ich den Auftrag, mich um diese Krawalle ein wenig zu kümmern ... einfach um zu wissen, was und wo sich etwas abspielte oder abspielen werde ... ich klapperte mehrere russische Kriegsgefangenenlager ab ... suchte mir meine Leute aus ... einer von ihnen war, ich kann nichts dafür, er hat sich mir fast von allein angeboten, war eben der Leutnant der Roten Armee Osip ... er organisierte die Flucht, nahm zwei oder drei der verläßlichsten Kommunisten mit sich ... und nachts waren die Wachen einmal ein bißchen angetrunken ... ich habe die Flucht so ein wenig mitarrangiert ... damit die Männer nicht irgendeinem Übereifrigen in die Hände fielen, der mir alles verdorben hätte und selbstverständlich auch der Gruppe ... und habe sie bis in die Slowakei geführt ... und dort begann Osip für uns zu arbeiten ... daß ihr beide Kriegskameraden wart, das war eigentlich ein Zufall.« Herr Berger nahm wieder einen Schluck.

»Du Schwein«, sagte Franta, »du Schwein!«

»Gilt das mir, Franzi?« fragte Herr Berger lachend.

»Ja, Ihnen und ihm ...«
»Aber laßt das doch«, sagte der Vater, »was vorbei ist, ist vorbei, trinken wir noch einen.«
»Was ist aus Osip geworden?« fragte Franta.
Herr Berger griff nach seinem Kognakglas und nippte daran. »Osip heißt nicht mehr Osip, er befindet sich in einem Kriegsgefangenenlager, unter strengster Kontrolle selbstverständlich ... von Zeit zu Zeit gelingt es ihm, zu den anderen Gefangenen einen Kassiber einzuschmuggeln, eine Nachricht ... berichtet ihnen über den Kampf in der Slowakei, fordert sie zur Aktion auf ... und organisiert wieder eine Flucht ... einer meiner Kollegen hilft ihm dabei ein wenig, ich erhalte Meldung, wenn wieder eine Osip-Gruppe aufbricht ... Ziel: das Gebiet von Ostmähren ... ich erhalte Meldung, denn ich bin zum Kommandeur der Kampfeinheiten gegen die Partisanen ernannt worden ... zum Wohle!«
Der Vater hob seine schweren Augenlider und sagte niedergeschlagen: »Ich gratuliere.«
Mich aber brachte Herr Berger in Wut, alles an ihm reizte mich; seine Reden, die Art und Weise, wie er rauchte, die Selbstverständlichkeit, mit der er sich aus unserer Flasche in unsere Gläser einschenkte; warum ist er nur wiedergekommen, dachte ich, was hat er hier noch zu suchen, das ist doch nicht sein Zuhause; Franta war schnell zusammengeklappt, zu einem Häuflein Angst und Unsicherheit zusammengesunken, saß, über den Tisch gebeugt, stumm da, ballte nicht mehr die Faust, sondern zupfte nur mit nervösen Fingern an den Fransen der Tischdecke; er war bleich, erschöpft und ganz herunter: Herrn Berger hatte der Kognak erst in Fahrt gebracht: »Wenn ihr dem Osip hier einmal begegnet«, sagte er dann, »so grüßt ihn von mir und jagt ihm sogleich eine Kugel in den Kopf, ihr erweist mir damit einen großen Dienst, Franzi«, Herr Berger brach in Gelächter aus, ein Lachkrampf schüttelte ihn, seine Augen tränten, »jag ihm sofort eine Kugel mitten in die Stirn und grüß ihn vom Sturmbannführer Berger.« Herr Berger knöpfte sich die Uniformbluse auf, stürzte einen weiteren Kognak hinunter und schrie so laut, daß es durch das ganze Haus schallte: »Jag ihm sofort eine Kugel in den Kopf, tu mir den Gefallen!«
Herr Berger verstummte, verlegen blickte er in die Runde: »Verzeihung, meine Herren, Verzeihung, meine Damen, ich ... ich ...« Dann erhob er sich vom Stuhl und öffnete die Schlafzimmertür einen Spalt: die Mutter saß auf einem niedrigen Hocker und hielt die

schmatzende Kleine an ihrer entblößten, mächtigen, von Milch überquellenden Brust.
»Wir wollen auf das Wohl der wunderschönen Mutter und Tochter trinken«, sagte Herr Berger und holte sein Glas vom Tisch.
In dem Augenblick, als Herr Berger die Tür geöffnet hatte und ich die Mutter mit entblößter Brust gewahrte, glaubte ich, diese Schande nicht überleben zu können; nicht der Brust, sondern Bergers wegen, hier wurde etwas entweiht: die Bluse aufgeknöpft, stand er in der Schlafzimmertür, mit feuchten Lippen, Kognak schlürfend, seine Augen konnte ich nicht sehen, doch ich weiß, sie waren ebenfalls feucht, halb geschlossen, und er sah auf diese mächtige Brust nieder, auf das rosige Gesichtchen der Kleinen, auf die Bächlein von Milch, die ihr aus dem Mündchen über die kleinen Wangen flossen.
Zwei Schritte genügten, und schon war ich im Vorraum, riß die schwere Pistole aus dem Futteral und schlüpfte ins Zimmer zurück; Berger stand mit dem Rücken zu uns, ich legte Franta die Pistole auf die Knie, er zuckte nur ein wenig mit der Schulter, verzog den Mund und spannte dann mit einer langsamen Bewegung den Hahn; Tante Nađa, Entsetzen im Gesicht, setzte sich weg, doch sonst bemerkte niemand etwas: die Großmutter saß auf der Kante der aufgebetteten Couch und streichelte das Laken, ich weiß nicht warum, aber sie streichelte den weißen Damast schon eine hübsche Weile, und der Vater, über die Flasche gebeugt, sog verbissen an seiner Zigarre, sah aber dennoch, daß Franta die Waffe hob: dessen Hand zitterte, sie war noch ziemlich schwach, denn er hatte ja rechts die zerschossene Schulter mit der dünnen, rosigen Haut über der Wunde; gespannte Erwartung im Gesicht, legte der Vater die Zigarre weg, versuchte, sich mit der Zunge die Lippen zu befeuchten, doch auch sein Mund schien ausgedorrt, und wartete nur noch auf den Schuß; ich hatte gedacht, er werde im letzten Moment schwach werden und aufschreien, und legte daher den Finger an den Mund; doch die Mutter war es, die aufschrie; alles spielte sich im Bruchteil von Sekunden ab: der Aufschrei der Mutter in dem Augenblick, als die Waffe auf Bergers Genick gerichtet war, dieser sich mit einem Ruck umdrehte und Frantas durch die Verwundung geschwächter Hand die Waffe entfiel; unsicher tastete der Vater nach seiner Zigarre, sah gar nicht auf den Aschenbecher, in dem sie lag, sondern auf Herrn Berger, dessen Gesicht jetzt plötzlich schweißnaß war; nebenan begann das Baby zu weinen; die Mutter saß mit entblößter Brust regungslos auf der Bettkante, nur ihre Lippen zitterten; Herr Berger

schluckte zweimal, fuhr sich mit der Hand über die feuchte Stirn und stellte langsam das noch nicht geleerte Kognakglas auf den Tisch zurück; Franta erhob sich, er zitterte nicht ein bißchen, er stand vom Tisch auf, wie nach einer verlorenen Schachpartie; sein rechter Arm hing ihm kraftlos vom Körper herab.
»Nächstens, Berger, jag ich dir die Kugel in den Kopf«, sagte er leise; dann schritt er durchs Zimmer, und als er schon an der Tür war, bückte sich Berger mit der Bewegung eines Raubtieres und hob die Pistole auf: »Halt, schrie er, zum Teufel, halt!«
Franta blieb stehen, drehte sich aber nicht um: »Du schießt ja sowieso nicht, du bist viel zu feige dazu«, sagte er ruhig, »du willst dir doch die Hände nicht beschmutzen ... schon der Máňa zuliebe nicht ...«
Berger sicherte die Waffe: »Du hast recht, ich schieße nicht ... aber das eine sag ich dir ... mit dem heutigen Tag sind wir beide quitt, zweimal hast du deine Chance verpaßt, eine dritte geb ich dir nicht mehr ... das nächste Mal schieße ich.«
Franta drehte sich zu ihm um: »Gut, Berger«; dann schlug er die Tür zum Vorraum hinter sich zu; Herr Berger legte die Pistole auf den Tisch und sah mich prüfend an, doch ich hielt seinen Blick aus. »Hol die Pakete aus dem Vorraum«, sagte er dann und steckte die Pistole in seine Hosentasche. Die Pakete enthielten eine komplette Babyausstattung: Windeln und alles, was dazugehört.
»Morgen wird mein Adjutant einen Kinderwagen abliefern«, sagte Herr Berger noch.
Kurz vor Mittag fuhr der schwarze Mercedes vor. Herr Berger verabschiedete sich zeremoniös und ging.

Die Großmutter hatte in der Küche für Franta einen Stollen und Plätzchen gebacken, ein Rucksack wurde gepackt, denn Franta und Naďa rüsteten sich für ihren Aufbruch in den Wald; die Mutter hatte sich ins Schlafzimmer eingeschlossen, sang ihre Wiegenlieder, brach aber immer mitten darin ab und begann nach einer Weile von neuem: ihre Stimme zitterte; ich nahm dieses Zittern und die Unsicherheit in ihrer Stimme mit Befriedigung zur Kenntnis.
Die Dämmerung brach herein, Franta und Naďa verabschiedeten sich.
»Und von der Máňa willst du dich nicht verabschieden?« fragte der Vater.
»Nein«, erwiderte Franta und gab dem Vater die Hand. »Vielen Dank für alles.«

»Keine Ursache«, sagte der Vater und half ihm den Rucksack auf den Rücken heben, »und wenn dir etwas passiert«, fügte er noch hinzu, »weißt du ja, wo wir zu finden sind ...«
Franta erwiderte nichts darauf, zuckte nur die Achseln, küßte die Großmutter, auch Naďa tat das und gab dann dem Vater die Hand; der behielt ihre Hand in der seinen: »Du weißt doch, Naďa, daß du mir hier jederzeit willkommen bist«, sagte er und öffnete die Tür. Als Naďa hinaustrat, zupfte er sie am Ärmel und zog einen Briefumschlag heraus: »Hier hast du etwas; wenn es euch schlecht gehen sollte, wird es euch gelegen kommen.«
Naďa steckte das Kuvert in den Pullover, bedankte sich und stieg die Treppe hinunter.
Die Großmutter mahnte die beiden noch, auf sich gut achtzugeben, und Franta möge jemanden um saubere Wäsche herschicken, wenn die im Rucksack befindliche schmutzig sei, sie werde sich von hier nicht wegrühren, solange er in den Bergen sei; ich begleitete Franta auf den Hof hinunter und nahm ihn an der dunklen Hauswand von Großvaters Baracke beiseite.
»Willst du nicht das Gewehr haben, Franta?« fragte ich ihn leise.
»Nichts wirst du ihm geben«, brummte des Großvaters ärgerliche Stimme aus dem Dunkel, »er wird sich schon selbst eines besorgen, und uns kann es hier sehr gelegen kommen, bei diesen Zeiten weiß man ja nie ...«
»Was tun Sie denn hier in der Kälte?« fragte ihn Naďa.
»Ich kann kein Wasser lassen, es geht nicht in der Wärme und auch nicht in der Kälte, ich versuche es schon auf die verschiedenste Weise«, sagte der Großvater lachend.
Dann fiel hinter ihm die Tür knarrend zu, und wir schritten in die Nacht hinaus; nach einer knappen Stunde langten wir bei Krahujáks in der Küche an: mehrere Männer, auch Herr Karl, wärmten sich hier; er gab mir einen Klaps auf die Schulter und sagte: »How do you do?«
Ich blieb nicht lange und wollte mich gerade auf den Heimweg machen, als mich Franta in der Tür noch einen Augenblick festhielt: »Wenn ich etwas brauchen sollte, werde ich es dich wissen lassen ... und gib auf die Mutter acht, vor allem paß auf Berger auf, der darf *uns* nicht entwischen, merk dir das, wenn nicht ich, dann du ... hast du verstanden?«
»Verstanden, gute Nacht!«
»Noch einen Moment«, sagte Franta und flüsterte mir ins Ohr, »sag

niemandem etwas von dem Gewehr, behalt es für dich selbst, vielleicht wirst du es noch einmal brauchen können.«
Ein prima Kerl, dieser Onkel, dachte ich, zwar ein Mordsbolschewik, aber sonst ein prima Kerl.

Am Sonntag nach Dreikönige fuhren wir das Baby zur Taufe; Herr Berger hatte es so gewünscht, zwei Tage zuvor kam er zu einem ganz kurzen Besuch und sagte zu meinem Vater: »Beschaffen Sie Taufpaten.« Doch der Vater erwiderte: »Nein, ich beschaffe nichts, ich unternehme nichts.«
»Ob und wann ich meine Tochter taufen lasse«, sagte Herr Berger und wurde ganz blaß, »darüber entscheide ich selbst.« Diesmal senkte der Vater nicht den Kopf, aber die Adern an seinem Hals schwollen ihm an, er griff auch nicht zur Zigarre, was er sonst immer tat, wenn er einen Schlag hinnehmen mußte: ja nicht einmal das Kinn sank ihm auf die Brust; ein untrügliches Zeichen dafür, daß er diesmal nicht kapitulierte: zum erstenmal sah ich ihn hinter dem Rücken die Fäuste ballen; ich glaubte sogar Tränen der Wut in seinen Augen zu bemerken, denn sie waren feucht.
»Erwarten Sie mich also am Sonntag«, sagte Herr Berger noch beim Weggehen in der Tür.
Gleich darauf betrat der Vater das Schlafzimmer, und schon in der offenen Tür sagte er zur Mutter: »Mußte das alles so weit kommen, Máňa?«
»Komm herein«, erwiderte die Mutter, und der Vater schloß die Tür hinter sich, nichts mehr war zu hören außer einigen unverständlichen, aufgeregt hingeworfenen Sätzen; als der Vater wieder herauskam, waren seine Augen rot, die Mutter stand beim Fenster und sah durch die gefrorenen Scheiben in den Garten hinaus, und bis zur Taufe sprachen sie kein Wort mehr miteinander, blickten einander nur an und sahen weg, wenn einem von beiden die Augen feucht wurden. Recht geschieht es euch, dachte ich und spürte, wie sich der Hund in mir reckte, jetzt sind euch nur noch Tränen geblieben. Werden sie euch helfen, neue Hoffnungen in euch aufsprießen zu lassen, oder sind sie eben doch nur Salzwasser? Vielleicht werden sie alles, was noch übriggeblieben ist und imstande wäre, ein gesünderes Pflänzchen für die Zukunft hervorzubringen, verbrennen – eigentlich bin nur noch ich übriggeblieben; ich könnte euch wieder zusammenbringen oder aber alles aufgeben, euch schwimmen lassen, mich über Bord stürzen und mir ein anderes Schiff suchen; jawohl, ich bin da,

ich, diese freche, unzufriedene, aufreizende und nicht aus der Welt zu schaffende Erinnerung – und jetzt sind wir sogar zwei –, ich und das kleine Mädchen, ich ein Stück Vergangenheit, sie jetzt nur noch Gegenwart: ihr werdet euch mit ihr abfinden müssen. Ob ihr dazu genügend Mut habt? Mit Tränen allein könnt ihr uns nicht fortschwemmen.

Dann schickten sie mich zu Frau Trčálková, der stotternden Hebamme, die meine Mutter von dem kleinen Mädchen entbunden hatte, und bestellten sie zu uns; der Vater hieß sie im Wohnzimmer Platz nehmen, schenkte ihr ein Gläschen süßen Likör ein, den die Hebamme schmatzend schlürfte: »Werte Frau«, sagte der Vater zu ihr, »wenn Sie schon unserem kleinen Mädchen auf die Welt geholfen haben, so bitte ich Sie, ihr auch behilflich zu sein, in die Kirche einzutreten ... ich möchte gern, daß Sie sie zur Taufe tragen.«

Die Hebamme Trčálková war verdutzt, ihre Unterlippe begann zu zittern, doch das war ohne jede Bedeutung, denn seit ich sie kannte, hatte sie schon immer dieses Zucken der Lippe gehabt, jetzt aber wollte es nicht aufhören, sie wurde ganz rot vor Verlegenheit und wetzte mit ihrem breiten Hinterteil auf dem Stuhl hin und her: »Weißt du, Bohuš, das kann ich nicht«, stotterte sie, »das auf keinen Fall, du weißt sehr gut, daß es nicht dein Kind ist ...«

»Was sagen Sie da?«

»Das ist kein ehrbares Kind«, erwiderte die Hebamme und erhob sich vom Stuhl, »das werde ich nicht zum Herrgott tragen.« Wortlos griff der Vater in die Tasche und legte zwei Tausender auf den Tisch; die Alte war geldgierig; das war im ganzen Dorf bekannt; wie oft schon hatte sie vielen Eltern durch ihre Raffgier die Freude über ihr Neugeborenes verdorben: sie ließ sich bewirten und nahm außerdem noch Taschen voll mit Speisen heim, für jede Entbindung verlangte sie ein Sündengeld und fürs Baden des Babys jedesmal einen Hunderter; jetzt legte sie ihre weiße, fleischige Hand auf den Tisch, streckte die Fingerspitzen nach dem Geld aus, schon schien es, sie würde die zwei Banknoten packen und einstreichen und dann am Sonntag nach Dreikönige das Baby zur Taufe tragen; sie zog die Finger jedoch wieder zurück: »Nein, Bohuš, ich brächte das ganze Dorf gegen mich auf, das kann ich nicht.« Die Gelenke der Alten knackten, und sie schlurfte zur Tür; in der offenen Schlafzimmertür stand die Mutter in ihrem Hausmantel mit dem chinesischen, leuchtendroten Muster, weiß im Gesicht, und sagte mit bebenden Lippen:

»Frau Trčálková, zum Baden des Babys brauchen Sie nicht mehr herzukommen, das kann ich schon allein besorgen, besten Dank.«
Der Frau Trčálková begann wieder die Unterlippe zu zucken, doch das hatte nichts zu bedeuten, dieses Zittern der Lippe hatte sie schon in der Jugend gehabt, deshalb war ihr nichts anderes übriggeblieben, als sich den schwindsüchtigen Trčálek zum Mann zu nehmen, mit dem kein Mädchen im Dorf ins Ehebett steigen wollte; sie hielt ihn in einer vierzigjährigen Ehe am Leben, bis er dann an einem Nierenleiden sanft entschlief.
»Du tust mir leid, Bohuš«, sagte Frau Trčálková, »du hättest eine bessere Frau verdient, nicht eine Dirne.«
»Hinaus«, schrie der Vater, »verdammtes Weib, hinaus mit dir.«
Die Alte schlurfte langsam durch den Vorraum, ich wußte genau, was jetzt noch kam: wenn sie an der Wohnungstür angelangt war, würde sie die Klinke packen, sich umdrehen und ein paar wütende und böse Worte von sich geben: »Warte nur, Bohuš, warte nur!« begann die Trčálková bei der Tür, doch der Vater brüllte nochmals: »Hinaus!« Und die Alte schloß die Tür hinter sich; noch auf der Treppe hörten wir sie schimpfen; im Garten auf dem im Schnee ausgetretenen Pfad blieb sie nochmals stehen und drohte dreimal mit der Faust zu unseren Fenstern hinauf; ich schob den Vorhang ein wenig zurück, aber so, daß es niemand von unserer Familie bemerkte, und streckte ihr die Zunge heraus.
Die Großmutter saß weinend in der Küche, der Vater stand bei ihr, die Hand auf die Schulter der alten Frau gelegt und sagte mit weicher, bebender Stimme, wie ich sie an ihm gar nicht kannte: »Mami, das ist alles meine Schuld, wenn diese schlimme Zeit einmal vorbei sein wird, werden wir ein neues Leben beginnen ... ich ... ich habe Fehler begangen ... und verzeihen Sie mir ... ich habe mich zu euch sehr schlecht benommen ... zu Ihnen, zur Mařka ... es läßt sich noch vieles richten.« Was läßt sich hier noch richten, dachte ich, alles ist schon viel zu abgenützt, eure Ideale haben nicht einmal ein Jahr standgehalten, also was sollte man richten, wo denn beginnen? Die Zeit müßte zurückkehren, um von neuem anfangen zu können, da aber die Zeit eben nicht zurückkehrt, müssen wir umkehren; du mußt umkehren, Vater, dachte ich, und auch du, Mutter, wirst es wohl müssen, zurück in die Zeit, als du dich damals in dem schicken Kleid auf das Inserat hin im Café vorgestellt und die drei Tausender für die Kaution nicht gehabt hast; du müßtest nochmals vor dem verlegenen jungen Chef stehen und mit einer

trotzigen, wirbelnden Bewegung kehrtmachen; und auch der Vater müßte nochmals fragen: Haben Sie auch die Kaution, mein Fräulein? Doch dürfte er diese Frage nicht im Ton eines Chefs stellen, sondern eher wie man einen dummen Scherz anbringt, den man bald wieder vergißt – und müßte sie auch schnell wieder vergessen, denn damals existierten wahrscheinlich bedeutsamere Dinge zwischen euch beiden, die einer Erinnerung wert wären, von denen ich zwar nichts wissen kann, die aber bestimmt da waren: der Anfang eurer Liebe. So weit müßtet ihr umkehren.

Am Sonntag nach dem Dreikönigsfest kam Herr Berger allein in seinem schwarzen Mercedes angefahren: er war in Zivil, und wir verstimmten ihn ein wenig, weil wir ihn ganz allein im Wohnzimmer sitzen ließen und der Vater nur so nebenbei bemerkte, er habe keine Taufpaten aufgetrieben; Herr Berger erhob sich.

»Ich werde rasch zum Leutnant Gregor hinfahren, er wird mir diesen Gefallen bestimmt tun ...«

»Fahren Sie nirgends hin«, sagte die Großmutter, »ich übernehme diese Patenschaft, ich bin zwar schon Großmutter, aber warum könnte ich denn nicht noch Taufpatin sein?«

»Ausgezeichnet«, meinte Herr Berger lachend.

Der Vater schloß die Haustür ab, wir standen wartend auf dem kleinen Hof im Schnee herum, als der Großvater in Hochstimmung aus der Holzbaracke heraustrat; offensichtlich hatte er schon tüchtig geladen, denn seine Augen glänzten, sein Gesicht war gerötet, er nahm eine stramme Haltung an und schlug vor Herrn Berger die Hacken zusammen: »Was denkt ihr euch eigentlich, den Leutnant vom Jägerbataillon Nummer 453 wollt ihr nicht mitnehmen, den wollt ihr daheim lassen?« Der Vater wurde ungeduldig: »Himmelherrgott, Vater, machen Sie doch kein Theater, gehen Sie lieber in Ihre Stube zurück.«

Herr Berger wollte sich vor Lachen ausschütten und sagte: »Kommen Sie, Leutnant, kommen Sie nur mit.«

Wir zwängten uns alle in das Auto, das vorn mit der Evidenznummer der SS gekennzeichnet war; Herr Berger lenkte, der Großvater nahm sogleich neben ihm Platz, die Mutter und die Großmutter mit dem Baby im Steckkissen hinten im Wagen, ich und der Vater drängten uns auf den Klappsitzen zusammen; die Glokken läuteten gerade zur Messe.

Ein Menschenstrom vom oberen Ende des Dorfes und von den Lichtungen her ergoß sich auf die Landstraße und bewegte sich langsam zur Kirche hinunter. Wir überholten mehrere Gruppen festtäglich gekleideter Männer und Frauen; sie neigten sich vor; ich dachte, sie grüßten uns, aber keine Spur, sie beugten sich nur vor, um sehen zu können, wer im Auto saß; Herr Berger fuhr langsam und hupte nicht; wenn einer der Fußgänger aus dem Menschenstrom zur Mitte der Straße abbog, wartete er geduldig, bis jener sich wieder eingereiht hatte; wir wechselten kein Wort.

Bei der Kirche fuhr Herr Berger fast bis an die Eingangstür heran, ich wußte genau, weshalb; er wollte den Weg abkürzen, den wir uns durch die Schar der Dorfleute vor der Kirche bahnen mußten, deshalb wich er mit dem Wagen aus, so weit es nur ging, fast bis zur Mauer; dann stiegen wir aus, die Leute vor der Kirche drängten sich zusammen, verstummten und sahen alle auf uns: in ihren Gesichtern spiegelte sich für einen kurzen Augenblick Überraschung, die aber bald in den Ausdruck von Haß und Bosheit überging – derlei vermag ich sehr gut aus den Blicken der Menschen abzulesen; ich wäre am liebsten wieder in den Wagen gestiegen, um den Leuten nicht unter die Augen treten zu müssen, und ich glaube, auch der Vater hätte sich gern auf seinen unbequemen Klappsitz zurückbegeben, er sah nervös umher, doch schon ergriff die Mutter seinen Arm: »Also komm«, sagte sie mit zusammengepreßten Lippen; die Großmutter, das Baby im Steckkissen auf ihrem Arm, schritt als erste mitten durch die Menge; die Leute traten vor ihr auseinander; ich überwand meine Furcht, vielleicht war es auch Scham, beschleunigte meinen Schritt und faßte die Mutter bei der Hand, ich weiß gar nicht mehr, wann wir zuletzt Hand in Hand miteinander gegangen waren; ich fühlte, wie die Mutter meine Hand fest umschloß; ich wußte, jetzt, in diesem Augenblick, war mein Platz hier und nirgends anderswo, an der Seite von Vater und Mutter, mich konnte weder ein Rückzug ins Auto noch irgendwo anders hin vor dem Haß und der Bosheit hinter meinem Rücken schützen; wahrscheinlich wird das immer so bleiben, dachte ich; Freuden wird es für jeden von uns verschiedenerlei geben, aber Bosheit, die sich über unserem Haupt zusammenzieht, stets nur für uns alle zusammen; einen Augenblick lang wollte ich mir einreden, diese Feindseligkeit und haßvollen Blicke der Leute vor der Kirche galten gar nicht mir, ja, ich sah mich sogar um, überzeugt, ein oder zwei Schritte hinter mir folge ein anderer Jan, mein Doppelgänger, und aller Haß richte sich auf diesen – doch hinter mir war niemand; ich senkte vor

Scham den Kopf und mußte mich sehr zusammennehmen, um nicht vor der Kirche loszuheulen.

Herr Berger ging drei Schritte hinter uns; einen halben Schritt vor ihm schwang der Großvater seinen Stock, antwortete auf Grußworte nicht und stürmte gemeinsam mit uns in diese schon von allem Anfang an verlorene Schlacht: erst später verstand ich, daß er nicht in seiner Holzbaracke daheim bleiben und sich nicht dem Gefecht entziehen wollte, er hatte schon von jeher einen Dickschädel gehabt, was sich auch im Alter nicht geändert hatte; zwei Schritte vor uns schritt die Großmutter mit dem Kindchen im Steckkissen.

Wenn es um ein Kind ging, war die Großmutter imstande, sich auch einem scheuenden Pferdegespann in den Weg zu werfen, wie damals, als sie mich hinter ihren Rock schob und mit der ausgestreckten Hand die rasenden Pferde abwehrte; ich bin überzeugt, sie hätte sich den Pferden auch dann mit bloßen Händen entgegengestellt, wenn sich anstatt meiner ein fremdes Kind hinter ihren Rücken geflüchtet hätte: ein Kind war für die Großmutter etwas Geheiligtes, der Sinn des Lebens; sie hatte sich nie mit meinem Vater gut verstanden, ihm nichts verziehen, doch jetzt, da es um das Kind ging, hätte sie sich an der Seite meines Vaters auch gegen das ganze Dorf gestellt; in ihren Augen war jedes Kind würdig, Lächeln und Liebe zu empfangen, sie selbst war der reinste Quell mütterlicher Liebe.

Beim Kirchentor gewahrte ich Mičko, den buckligen Buchbinder, dessen Laden in unserer Straße in Ostrau zerbombt worden war und der sich jetzt im Heimatdorf auf die verschiedenste Weise durchbrachte und auf das Ende des Krieges wartete; und auch Líba bemerkte ich, das Scheusal, wie sie von uns genannt wurde.

Die Mutter umschloß meine Hand fester, Mičkos Augen blickten böse auf uns, und als wir auf etwa zwei Schritte herangekommen waren, reckte er sein Kinn; seine Frau, ein Weibsbild mit gelblichem Gesicht, eingefallener Brust und hervortretendem Bauch, zupfte ihn am Ärmel und bewegte die Lippen, Mičko riß sich von ihr los und trat einen Schritt vor; auch wir blieben stehen.

Mičkos Adamsapfel begann auf und ab zu hüpfen, er konnte kein Wort herausbringen, sein verzerrtes Gesicht wurde rot vor Wut, und bestimmt wäre es ihm gelungen, sich ein paar böse Worte abzuringen, doch da drängte sich schon der Großvater vor: mit der Spitze seines Knotenstocks zielte er auf Mičkos Brust und sagte: »Gib uns den Weg frei, Lojzek, du siehst doch, wir wollen in die Kirche.«

Mičko schluckte, trat dann zur Seite, und wir setzten unseren Weg fort: im Rücken spürte ich Líbas Blick; während dieser zehn Sekunden, als Vater und Mutter Mičko gegenüberstanden (die Großmutter war auf den Kirchenstufen stehengeblieben, hatte sich umgedreht und blickte zu uns herab, entschlossen, den Buchbinder scharf zurechtzuweisen), hatten Líba und ich einander angesehen und uns mit Blicken gar vieles gesagt: Líba überhäufte mich mit stummen Vorwürfen, ich ertrug diese Last nicht und senkte als erster den Kopf – und schritt dann wortlos an ihr vorüber.

Im Halbdunkel des Kirchenraums trat ein Schatten zu uns und flüsterte dem Vater zu, der Herr Pfarrer möchte gern die notwendigen Formalitäten mit den Taufpaten erledigen, sie sollten sich doch in die Sakristei bemühen. »Wo sind denn, bitte, die Taufpaten?« flüsterte der Schatten.

»Ich bin die Taufpatin«, meldete sich die Großmutter; der Mesner öffnete den Mund, und bevor er noch ein Wort sagen konnte, trat der Großvater vor und flüsterte ihm ins Ohr: »Und ich bin der Taufpate.«

Bei der Taufzeremonie verhaspelte sich der Geistliche mehrmals, das Baby gab keinen Laut von sich, als es mit dem eisigen Wasser auf den Namen Annemarie getauft wurde.

Dann trat Herr Berger mit einer Verbeugung zur Mutter und sagte angesichts des ganzen Dorfes (die Taufe war diesmal vor der Messe vorgenommen worden) in die Stille der Kirche hinein: »Ich wünsche, daß Annemarie, wenn sie herangewachsen ist, dies hier trägt«, und öffnete ein grünes Etui: darin lagen auf schwarzem Samt Ohrgehänge, ein Ring und ein Halskettchen, alles aus Gold, mit Saphiren verziert; der Großvater legte einen Golddukaten ins Taufkissen.

Wir verließen die Kirche durch den Ausgang der Sakristei, draußen war es bereits menschenleer, und in der Kirche setzte schon der Gesang ein; in meinem Ohr tönte immer noch das gedämpfte Aaaah nach, das durch die Kirche gegangen war, als Herr Berger der Mutter das offene Etui überreichte; ich hatte mich umgesehen und die vor Staunen geöffneten Münder der Männer und Frauen, die Blicke voll Neid und Begehrlichkeit gewahrt.

12. KAPITEL

Wenn einmal die Geschichte des zwanzigsten Jahrhunderts geschrieben werden wird, so vergeßt nicht die Götter, Propheten und Messiasse: nie gab es ihrer so viele, sie sind sich gegenseitig und auch den Völkern ein Hemmnis.

Jeder neue Gott will uns irgendwohin führen, jeder von ihnen hat seine eigenen Vorstellungen von Heil und Erlösung, zuvor aber führt er uns durch ein Fegefeuer von Vernichtung und Leiden; wir wollen nicht mehr unter Trommelschlag, dem schrillen Ton der Pfeifen und dem Brüllen der Halbgötter, Pseudopropheten und -messiasse irgendwohin geführt werden, laßt uns lieber an Ort und Stelle zugrunde gehen; für derlei Pilgerfahrten reicht das menschliche Leben nicht aus, man wird nur zu Tode geschunden. Wir sind übersättigt von den Irrtümern der Philosophen und den Philosophien der Irrtümer, von den Belehrungen, wie man leben und denken, wen man hassen, wann man sich freuen und wann man weinen soll; unsere Gehirne gleichen bereits Trödelladen voll halber Lügen und halber Wahrheiten.

Jeder Gott, Prophet und Messias findet heute seine Gefolgschaft – und auch die Peitsche, mit der er die Ungehorsamen und Widerspenstigen züchtigt; jeder neue Erlöser findet auch einen neuen Weg, der zwar dem Anschein nach verschieden ist von den Wegen anderer Usurpatoren, aber im Grunde immer der gleiche ist: ein Weg im Kreis herum, verschieden nur dem Umfang nach. Wären wir Zugtiere, so legte man uns Scheuklappen an; vor wieviel Enttäuschung und Verzweiflung könnte doch eine so billige Vorrichtung schützen, wie viele Tränen denen ersparen, die nach erschöpfender Pilgerfahrt das Ziel vor sich sehen: dieselbe Stelle, von der sie ausgezogen waren; und es gibt keinen anderen Weg auf unserem runden Planeten: immer werden wir dort enden, von wo wir ausgegangen sind, durch die Hinterpforte gelangen wir ans Ziel.

Und wenn sich einmal ein Messias finden wird, wie viele Pilatusse werden sich dann die Hände waschen und ihn ans Kreuz schlagen? Wie viele Chiffren des Schmerzes, Narben von Peitschenschlägen, trägst du, o Mensch, auf deinem Rücken.

Nun, so wähle! Wähl ihn dir aus, deinen Weg.

Es gibt keinen Weg, nur einen Irrweg, die Kreisbahn, die Fortbewegung im Kreise: aus der Ewigkeit bist du gekommen und kehrst auch dorthin wieder zurück; für die dir zugemessene Zeit trägst du allein die Verantwortung, niemand kann dir deine Sünden abnehmen, auch wenn du sie in allen Beichtstühlen und Gotteshäusern der Welt aus dir herausschriest, es hilft dir nichts: deine Sünden bleiben immer deine Sünden.

Auch ich habe einen Messias gesucht und mir gesagt, es muß ihn doch auf Erden geben, und vielleicht war es jener schwachsinnige Alte, der manchmal in der Abenddämmerung an unserer Türschwelle vorbeikam, mit offenen Geschwüren im Gesicht und seinem vom Fieber ausgedorrten Mund, um ein Stück Brot flehend, um Erbarmen, um ein Nachtlager im Stall; am Morgen dann ging er mit stillen Segenswünschen wieder fort.

Es gab Augenblicke, da ich mich aufmachen, Vater und Mutter verlassen wollte, um mit diesem Alten mitzupilgern, im Kreis herum durch die Landschaft zu ziehen, zu den vertrauten Orten zurückzukehren und auf der Bahn des einfachen Lebens und einfachen Sterbens zu wandeln, von der es kein Zurück gibt; diese Lebensbahn erscheint mir bis heute noch als die einzig sichere: alles andere ist nur ein Irren im Kreise – und ich will leben.

Als wir im Auto wieder heimwärts fuhren, schwiegen wir alle, nur der Großvater räusperte sich mehrmals, wollte etwas sagen, blickte um sich, ließ aber dann hilflos den Kopf sinken und schwieg ebenfalls; von der Kirche zu uns hin steigt der Weg sanft an, das Dorf lag im Nebel, aber bei uns, das wußte ich, schien die Sonne: ich wartete, bis der Mercedes mit der Spitze seines Kühlers den letzten Nebelvorhang durchstoßen würde; das geschah vor unserem Hauseingang: der Horizont weitete sich bis zu den Bergkämmen hin, blinzelnd sahen wir in das gleißende Licht, und Herr Berger rief aus: »Wunderschön!«

Ringsum herrschte Stille: die Stunde der Mittagshexe nahte.

Wir standen im grellen Sonnenlicht um das Auto herum, die Mutter mit dem in eine warme Wolldecke gehüllten Baby, der Vater mit der ausgegangenen Zigarre in der Hand – er zündete sie nicht wieder an, noch warf er sie weg –, das Gesicht von der Sonne abgekehrt; er vertrug keine Sonne: er begann stark zu schwitzen und wurde ganz rot im Gesicht; der Großvater rammte seinen Stock in den Schnee, stellte sich breitspurig hin und knöpfte sich mit der freien Hand den Rock auf, die Großmutter hielt ihr Gesicht der Sonne entgegen: ihr Schatten schimmerte ganz blau, von leuchtenden Schneekristallen eingerahmt; Herr Berger wollte schon die Autotür zuwerfen, hielt jedoch inne: lächelnd genoß er mit halbgeschlossenen Lidern das Sonnenlicht.

Erst nach einer Weile ließ er mit einem Schwung die Tür zufallen, und die Schallwellen trugen den metallenen Klang bis zum Wald hin; sein Echo kam zu uns zurück, ging aber bereits in schweres, fernes Donnern über: wie eine Brandung wälzte es sich über die scharfen Grate des klaren Horizontes von Osten heran; Herr Berger hob die Hand in Schulterhöhe, kniff die Augen zu und, das Gesicht nach Osten gekehrt, horchte auf diese Echos; auch ich drückte die Augen zu, hob das Gesicht und spürte auf den halbgeschlossenen Lidern das feine Vibrieren der Schallwellen oder vermeinte nur, es zu spüren: leicht ließ sich abschätzen, wann die nächste Erschütterung kommen würde; das Donnern wälzte sich in regelmäßigen Intervallen über die Berge zu uns heran, und die eisige Luft bebte: die Sonne schien mir durch die halbgeschlossenen Lider, vor denen auf meiner Netzhaut bunte Kreise aufhüpften: orangefarbene, violette und schwarze; mir kamen die Sonneneruptionen, von denen wir in der Schule gelernt hatten, in den Sinn, und ich bildete mir ein, winzigste Partikelchen dieser Strahlung zu sehen, zu hören – und auch zu spüren; sechs oder sieben Wellen des Donnerns gingen vorüber, dann krachten irgendwo hinter dem Berg, doch nicht weit entfernt, Schüsse, eine Salve aus einem Maschinengewehr und noch mehrere vereinzelte Schüsse. Herr Berger ließ die Hand sinken und lockerte seine angespannte Haltung: irgendwo im Wald oben an der Straße war geschossen worden; der Vater warf die kalte Zigarre in den Schnee und sagte: »Gehen wir lieber hinauf.«

Nur der Großvater, auf seinen im Schnee eingerammten Knotenstock gestützt, blieb noch stehen und fuhr sich mit der Linken unruhig über die Rockaufschläge. »Wenn die Geschütze zu heulen aufhören, dann gehen sie zum Sturmangriff über ... Bajonett auf und vorwärts!«

»Der Vater meint, wir sollten lieber hineingehen«, sagte ich zum Großvater.

»Ihr könnt ja gehen, ich warte auf den Sturmangriff ... Bajonett auf!«

Mag er also auf seinen Sturmangriff warten, dachte ich, mit dem Sturm ist es für ihn ohnedies vorbei, wahrscheinlich wird er kalte Füße bekommen, wird in seine geheizte Stube schlüpfen, aus der untersten Schublade des schön geschnitzten Schreibtisches seine drei Medaillen hervorkramen, wird die bunten Ordensbänder streicheln, seufzen und vielleicht dann in seinem Album mit dem abgegriffenen Einband blättern: in seiner Jugend hatte der Großvater Verse hineingeschrieben und später sorgfältig die Adressen der längst vergessenen Toten, der Gefallenen vermerkt; dann wird er, von heftigen Schmerzen befallen, vor die Türschwelle hinaustreten und versuchen, Wasser zu lassen, doch vergeblich, und so wird er mit einem Fluch auf den schmerzverzogenen Lippen wieder hineingehen und sich einen Aufguß aus Birkenblättern bereiten und wütend das Album aus der Jugendzeit einschließen; der Großvater war immer ein wenig verärgert, wenn er von seiner Jugend erzählte, ganz gleich, wovon er sprach und was sich zugetragen hatte, noch bevor sein schwarzer Tag kam, als er im Kartenspiel das gemauerte Haus und sein Gewerbe durchgebracht hatte, immer sprach er von den weit zurückliegenden Geschehnissen mit ironischer Distanz und mit Spott; erst später verstand ich, daß nur Leute so reden, denen es zum Bewußtsein gekommen ist, wieviel Schönes sie versäumt haben oder ihnen entgangen ist, ohne gewußt zu haben, daß es überhaupt existierte: deshalb fühlen sie sich immer vom Leben hintergangen und betrogen.

In der Wohnung war es still und warm; aus Mutters Schlafzimmer drang der Kamillengeruch bis in den Vorraum – hier duftete bereits auf dem Tischchen beim Telefon der Kaffee: Herr Berger stand beim Apparat und schrie in den Hörer, man möge sofort einige Männer zur Straße hinaufschicken; der Vater befand sich im Wohnzimmer und blickte mit besorgtem Gesicht zum Fenster hinaus, und als Herr Berger hereinkam, sagte er: »Bitte, nehmen Sie Platz.« Aber da streifte ich mir auch schon den Pullover über, und auf die Frage der Großmutter: »Wohin gehst du?«, erwiderte ich: »Ein wenig Skifahren.«

»Schweig lieber und lüg wenigstens nicht«, sagte die Großmutter.

In einem halben Stündlein war ich bei den Krahujáks: über dem Haus stieg eine blaue Rauchsäule auf, und in der Küche beim Herd stand Tante Naďa, eine von Štefkas Schürzen um die Hüften gebunden, von allen mir so gut bekannten Gerüchen umgeben: dem Duft der Kartoffelsuppe, wie sie Štefka gekocht hatte, dem Dunst, der zu der geweißten Decke aufstieg, dem durchdringenden Harzgeruch der Holzscheite; damals, als sich Štefka mit stummem Vorwurf in den Augen um die eigene Achse gedreht hatte, war alles fast genauso gewesen wie jetzt: nur daß in diesem Augenblick Franta am Tisch saß, den Kopf in die Hände gelegt. Vielleicht übte diese harte Tischplatte eine Anziehungskraft auf die Stirn aus, schläferte ein und beruhigte, wer konnte das wissen; auf dem Fußboden schliefen zwei weitere Männer, und wie viele im Schlafzimmer lagen, konnte ich nicht sehen; ich rüttelte Franta auf, er schlief fest, und es dauerte lange, bevor er die rotgeränderten Augen voller Müdigkeit öffnete: »Was gibt's, hast du mir etwas von der Taufe mitgebracht?« fragte er lachend.

»Nein, das nicht, aber hast du die Schießerei vor ungefähr einer Stunde gehört?«

»Nein ... das heißt ... wir haben geschlafen, in der Nacht waren wir ...«

»Aber Herr Berger hat sie gehört«, sagte ich.

Kaum hatte ich diesen Namen hervorgestoßen, so straffte sich Frantas Gesicht: die Spuren der Ermüdung waren verschwunden, tief in ihm versunken; er erhob sich vom Tisch: »Was ist mit Berger?« fragte er.

»Vor einer knappen halben Stunde«, erwiderte ich, »hat er von uns aus um ein paar Männer telefoniert, man soll sie zur Straße hinaufdirigieren, um nachzusehen, was los ist.« Mit raschen Bewegungen der rauhen Handflächen rieb sich Franta die Stirn, Nad'a hörte uns aufmerksam zu und sagte dann mit ruhiger Stimme: »Ihr müßt aber zuerst die Suppe essen.«

Franta blieb in der Mitte der Küche stehen, betrachtete die auf dem festgestampften Lehmfußboden schlafenden Männer und schnallte mit einer langsamen Bewegung seinen Gürtel zu; er ist nicht sehr unternehmungslustig, dachte ich, er hat Angst und ist müde, er hat keine Lust, sich vom warmen Ofen und von der Kartoffelsuppe wegzurühren; Franta legte die Hände ans Gesicht, stand eine Weile regungslos in dieser Haltung da, ließ dann mit einem energischen Ruck die Arme herabfallen und faßte mich an der Schulter.

»Lauf schnell heim, pack dich zur Mutter und streich nicht bei uns herum.« Er schob mich ins Vorhaus hinaus und schloß die Tür hinter mir. Ich hörte ihn die Männer wecken, einer von ihnen hustete, ein anderer fluchte; als ich mir im Hof die Skier anschnallte, traten zwei Männer über die Türschwelle, urinierten in den Düngerhaufen und nahmen keinerlei Notiz von mir.

Von Osten her kam wieder das Donnern, doch nicht mehr in aufeinanderfolgenden Wellen wie mittags, jetzt war es nur ein ununterbrochenes Dröhnen, Tosen, Stampfen und Gellen.

Dann trat Stille ein.

Irgendwo hinter dem Waag-Fluß rückt jetzt die Infanterie vor, dachte ich; ich weiß, auch der Großvater lauscht in diesem Augenblick, er sieht das Bild leibhaftig vor sich: die ersten Gefallenen, die Helden, von denen man in Friedenszeiten den Rekruten in den Kasernen der stillen Garnisonen erzählen wird; in diesen Schilderungen wird freilich nichts mehr von der gemeinen menschlichen Angst vor den Sturmangriffen zu spüren sein, sondern nur die Ausstrahlung bombastischen Heldentums: die Schwarmlinien im Schnee, die Feuergefechte, Explosionen, das alles sieht der Großvater deutlich vor sich. Und ich? – ich habe nur eine Handvoll ungewaschener, in stinkende Klamotten gekleidete Männer auf dem Lehmfußboden liegen sehen, und zwei von ihnen haben schamlos vor mir in den Dünger uriniert. In einer Viertelstunde war ich daheim angelangt, bergab über den gefrorenen Schnee ging es ziemlich rasch dahin, und als ich mir gerade vor der Gartenpforte die Skier abschnallte, nahten vom Dorf her drei Kräder mit Beiwagen: der Lenker und die anderen Männer in den Beiwagen waren mit Maschinenpistolen ausgerüstet; als die Motorräder an mir vorüberfuhren, studierte ich sorgfältig die Gesichter der Männer – alle sahen gleich aus: von bleicher Hautfarbe, die Lippen zusammengepreßt, einer glich dem anderen, ich konnte in diesen ernsten, konzentrierten Gesichtern keinen Unterschied herausfinden und forschte daher nach einem ihnen gemeinsamen Wesenszug, stellte jedoch nur Angst an ihnen fest: sechs Männer hatten Angst, sie schimmerte durch ihre Gesichtshaut hindurch, hatte allen die gleichen tiefen Falten eingegraben, ihnen die Kiefer zusammengepreßt, ließ ihre Nacken erstarren, so daß sie weder nach links noch nach rechts blickten, sondern immerzu in die rote Sonne, die jetzt über dem Tesák schon ganz tief stand; die Motorräder entfernten sich und verschwanden hinter der nächsten Biegung in den Schatten des Waldes; ich stellte die Skier in den Korridor, im Vorzimmer kam mir schon die Großmutter entgegen.
»Hast du mit Franta gesprochen?« fragte sie.
»Ja«, flüsterte ich ihr zu.
»Hat er etwas ausrichten lassen?«
»Nein ... eigentlich ja, er läßt dich grüßen, du sollst keine Angst um ihn haben«, log ich schnell.
Der Vater erschien im Vorraum und fragte: »Wo warst du?«
»Skifahren«, gab ich zur Antwort.
»Warum hast du kein Wort gesagt?« erboste sich der Vater; ich zuckte nur die Achseln, ging in mein Zimmer, riß den Pullover

herunter, kleidete mich um und stahl mich leise wieder ins Freie. Auf den rauhen Stamm der jahrhundertealten Linde über Großvaters Häuschen fielen jetzt die Strahlen der Wintersonne, die langsam im Untergehen war, der Frost wurde stärker: auf der Straße unten zog ein Pferdeschlitten vorbei, darauf der pelzvermummte, dösende Kutscher; die Schlittenkufen knirschten auf dem vereisten Weg; wenig später waren von oben her Schüsse und mehrere Detonationen zu vernehmen; der Großvater kam zu mir heraufgehinkt.
»Ich hab' es ja gesagt«, stieß er keuchend hervor, »heute wird es noch einen Sturmangriff geben, jetzt ist er also da.« Mit einem Schlage wurde es still, nur der Kutscher auf der Landstraße unten schrie: »Hü!«
»Was hältst du davon?« fragte ich den Großvater.
»Sackerlot«, erwiderte der Großvater, sich den Kopf kratzend, »sackerlot, das begreife ich nicht, entweder haben sie sie zurückgeschlagen ... oder es war ein Überfall, ein Blitzüberfall.«
Dann hinkte der Großvater zu seiner Wohnung hinunter, er bekam wieder einen seiner Asthmaanfälle, und das Gehen machte ihm Beschwerden. »Geh heim«, sagte er zu mir, »jetzt wird nichts mehr kommen, gar nichts mehr.«
Aus der Ferne vernahm ich das Knattern eines Motorrades, rasch lief ich zur Straße hinunter: von der Biegung über die vereiste Straße her kam ein Motorrad mit Beiwagen herangeschossen, nur mit größter Mühe beherrschte der Lenker die Maschine, er fuhr an mir vorüber: der Soldat besaß weder Stahlhelm noch Waffe mehr, den Mund wie im Schreien geöffnet, das Haar blutverklebt; hinter mir vom Garten her rasche Schritte, Herr Berger stand neben mir.
»Was ist denn los?« fragte er.
»Ich weiß nicht«, gab ich zur Antwort.
Kleinere Gruppen von Dorfleuten kehrten soeben aus der Segensandacht heim, sie traten langsam bis an den Rand der Fahrbahn zurück, Herr Berger stieg in seinen Wagen, wendete ihn in gewagtem Bogen, schaltete in einen höheren Gang und raste mit Vollgas ins Dorf hinunter; kurz darauf vernahm ich von oben erneut das Geräusch eines Motorrads, die Maschine setzte zeitweise aus; dann kam sie langsam die Kurve oberhalb unseres Hauses herabgefahren: die eine Hand auf der Lenkstange, die andere auf den Tank gestützt, hielt der Fahrer Richtung, das Gesicht bis über den Scheinwerfer herabgebeugt, doch er ermannte sich wieder, hob den Kopf und sah umher; als er mich erblickte, starrten seine Augen

direkt zu mir hin; über sein Gesicht rann Blut herab. Der Mann im Beiwagen hing zur Hälfte heraus, das linke Bein über die vereiste Fahrbahn nachschleifend und in der vom Stiefelabsatz eingegrabenen Rille eine Blutspur zurücklassend, die sich zum Großteil durch die Mitte der Straße hinzog; der Motor setzte aus.

Geräuschlos glitt die Maschine den sanften Hang herunter; die aus der Segensandacht kommenden Leute gingen an dem Motorrad vorüber und senkten die Köpfe; zwei oder drei Frauen bekreuzigten sich; ich weiß nicht genau, wann sich mir der Großvater wieder beigesellt hatte; jetzt sagte er hinter meinem Rücken: »Das war also ein Überfall.«

Der Mann an der Lenkstange neigte sich wieder vornüber, er hatte nicht mehr die Kraft, sich aufzurichten; die Maschine änderte die Richtung und schob sich langsam auf die linke Fahrbahn; die Leute traten zur Seite, die Maschine mit dem lallenden Mann im Beiwagen rutschte geräuschlos noch ein Stück weiter: bevor sie stehenblieb, fuhr sie langsam durch ein Spalier von Männern, die die Hüte zogen, und Frauen, die ihre Hände über der eingefallenen Brust gefaltet hielten. Etwa drei Schritte vor mir und dem Großvater blieb die Maschine stehen; die sich auf der Straße abzeichnende Blutspur endete in eine kleine Blutlache: rasch sickerte sie in den Schnee, wo sich ein rosaroter Fleck bildete. »Denen ist nicht mehr zu helfen«, sagte der Großvater und zog ebenfalls den Hut.

Der Mann im Beiwagen öffnete die Augen, sein Kopf fiel zurück, der Helm glitt ihm herab und schlug mit blechernem Klirren auf die Verkleidung des Beiwagens auf, sank dann in den Schnee: feine Kristalle schmolzen auf den verschwitzten, warmen Hautfetzen, die an der Innenseite des Helms klebten. »Wasser, bitte«, flüsterte der Mann; seine Stimme war klar, unverschleiert, er röchelte nicht, noch stöhnte er, bewegte nur das Bein wie einen Uhrzeiger hin und her: der maß seine Zeit. Vom Gesicht des Soldaten las ich ab, was Krieg heißt; ich begann vor Angst zu zittern, wollte ein paar deutsche Worte sagen, schluckte jedoch nur bitteren Geschmack hinunter: Ich war es, Soldat, ich bin bei Krahujáks gewesen, habe Franta geweckt, er hatte vor Müdigkeit blutunterlaufene Augen, wenn ich nicht gewesen wäre, Soldat... ich war es. »Ich, ich«, stieß ich hervor, konnte aber kein weiteres Wort mehr sagen. »Wasser«, wiederholte der Soldat, bewegte das Bein immer schneller (die Zeit eilte unaufhaltsam), sein Kopf fiel zurück und schlug gegen das Blech; über den Tank, auf dem der stumme Fahrer lag,

rann Blut herab und tropfte auf den heißen Zylinder: dort zischte es auf und verwandelte sich rasch in einen braunen Fleck; ich machte kehrt, lief durch den Garten, die Treppe hinauf, stürzte ins Wohnzimmer, wo unsere Familie durchs Fenster hinunterstarrte, erwischte eine Flasche Wein und wollte hinausrasen, doch der Vater packte mich am Arm: »Bleib hier«, sagte er.
»Er stirbt.«
»Du kannst ihm nicht mehr helfen.«
»Das weiß ich«, schrie ich; wie gut, daß der Hund in mir aufwachte, jetzt im richtigen Augenblick, »das weiß ich«, schrie ich weiter, »das weiß ich, aber ich war es... ich bin bei Krahujáks gewesen.« Der Vater ließ meinen Arm los, das Kinn sank ihm auf die Brust, mit nervösen Fingern tastete er die Taschen nach seiner Zigarre ab, sie befand sich in keiner, und die Schachtel auf dem Tisch war leer, und so blickte der Vater ratlos um sich; die Mutter preßte die Lippen zusammen und war ganz blaß geworden, nur die Großmutter sah mich an und sagte: »Geh nur und gib ihm zu trinken.«
Der Soldat lag ruhig da, sein Bein hing reglos herab, eine Menschengruppe stand um das Motorrad herum; der Fahrer hob jetzt ein wenig den Kopf, öffnete die Augen, dann sank sein Kopf mit der Stirn auf den Benzintank, seine Augen blieben offen, sahen aber nichts mehr, sie reflektierten nur: erneut nahmen die Männer den Hut ab, und die Frauen bekreuzigten sich wieder. Ich neigte mich über den Mann im Beiwagen: »Trinken Sie, bitte«, sagte ich und legte ihm den offenen Flaschenhals an den Mund; der Mann hob beide Hände und preßte die Flasche an seine Lippen, begann zu husten, und rosaroter Schaum trat aus seinem Mund; mit einem kurzen, heftigen Ruck sank ihm der Kopf auf die Brust, die Flasche entglitt seinen Händen und fiel in den Schnee; über mir stand Herr Berger, hinter ihm vier Offiziere und der schwarze Mercedes. »Geh heim«, sagte Herr Berger.
Als ich nach oben kam, fielen schon die grauen Abendschatten des verdämmernden, kurzen Wintertags in mein Zimmer; mir schien, als kämen sie von den nackten Zweigen der Linde herabgestiegen; hinter ihnen sah ich die Fläche des zugefrorenen Ozeans, die Trümmer des vom Eis eingeschlossenen und zermalmten Schiffes: erfrorene Männer standen auf Wache, der Steuermann umklammerte mit starrer Hand das Rad, und ringsum herrschte Stille, nur das Eis stöhnte, bebte unter dem Anprall der Wellen unter ihm,

türmte sich hoch, barst, zermalmte die Leiber der bunten Fische; die Sehnsucht hatte sie bis in diese Gewässer getrieben – Eissplitter bohrten sich in meine Augen, sie tränten: ich beweinte den Tod der Matrosen und fühlte mich mit Schuld und Fluch beladen. Es war schon dunkel, als mir die Mutter einen kalten Umschlag auf die Stirn legte. »Rühr mich nicht an«, schrie ich, und der Hund in mir zerrte an seiner kurzen Kette, fletschte die Zähne, knurrte und kläffte wütend, doch in dieser Wut lag ein Stück hilflosen Schmerzes; alle beklagte ich: die toten Soldaten, mich selbst, die Mutter, den Vater, den Großvater und alle, die keinen Messias haben und nie erlöst werden, und auch ich werde nicht mehr erlöst werden, niemand wäscht mir die Schuld ab – die für meine sechzehn Jahre nur allzu groß ist; dann aber dachte ich nicht mehr weiter an die beiden Soldaten im Straßenstaub unter dem Troják und auch nicht an die beiden auf dem Motorrad vor unserer Eingangspforte, ich dachte nur daran, was mir in diesem Augenblick als Pflicht erschien: ein für allemal mußte ich zwischen mir und den anderen einen Grenzstrich ziehen; ich mußte endlich Klarheit darüber bekommen, auf welche Seite des Decks ich selber gehörte. Doch kaum hatte ich damit begonnen, so wurde mir bewußt, daß ich nicht imstande sein würde, meine Mitmenschen richtig einzuordnen: mit einigen wußte ich mir keinen Rat, ob sie auf meine Seite gehörten oder auf das gegnerische Deck; plötzlich war ich ganz unsicher geworden, wohin ich selber gehörte, denn mit einem Male fand ich so viel Schuld an mir, die mich gerade auf die entgegengesetzte Seite verwies, von der, wo ich selbst zu stehen gewünscht hätte; zu vielen Leuten, die ich hätte ablehnen müssen, trug mich eine Welle des Mitleids hin, und mir wurde klar, wie ungerecht es wäre, wenn ich durch eine einzige unüberlegte Grenzziehung zum Beispiel Onkel Hejtmánek oder Kurtin für immer auf die gegnerische Seite plaziert hätte, oder wenn ich in meinem Widerstreben, mich Vater und Mutter zu nähern, sie zu hassen anfinge, was einfacher gewesen wäre, als einen Weg zu ihnen zu suchen; doch andererseits sträubte ich mich dagegen, in mir so etwas wie einen Filialbetrieb unseres Cafés zu errichten, wo jeder schwatzen konnte, was ihm beliebte, und geduldet wurde, solange er nur zahlte; die Frage des Grenzsteins ließ mir keine Ruhe; je mehr ich über die Grenzziehung nachdachte, desto ratloser wurde ich bei der Klassifizierung der Stammgäste, meiner Familie und aller, an denen mir lag: ich wußte mir keinen Rat mit ihnen; manche würden direkt an der Grenze zu stehen kommen: mit einem Fuß auf meiner, mit dem anderen auf der entgegengesetzten Seite; doch ich wollte mich nicht so bald mit Kompromissen abfinden, die Zeit würde mir solche noch früh genug aufzwingen; dann überwältigte mich das Fieber, ich schmorte in der inneren Hitze und hatte Angst, ich könnte einschlafen, ohne mir über die Frage der Grenzziehung klargeworden zu sein; endlich fiel mir die Lösung ein: ich werde rings um mich einen Kreis ziehen, sagte ich mir, und das wird mein Gebiet sein; im Kreis mußt du nur dich selbst verteidigen, distanziere dich von allem, dachte ich, du kannst doch nicht ewig zwischen Mitleid und Wut hin und her schwanken und dich damit kaputtmachen, du bist ein Mann, also sieh zu, daß du damit fertig wirst! Und was ist mit Berger? sagte ich mir weiter. Und bevor ich noch Zeit hatte, auch diese Frage zu bedenken, barst in mir das Samenkorn des Hasses und überwucherte alles andere: ich wünschte mir, Berger zu töten.

Ende Januar fuhr ich mit dem Vater nach Ostrau, ich begleitete ihn, um mir in der Schule die Hausarbeiten abzuholen; erstaunlicherweise funktionierte die Schulinstitution auch in Hörweite der Frontkanonaden, was mir imponierte, denn das Gymnasium hatte länger ausgehalten als meines Vaters Café. Wir fuhren nämlich in die Stadt, um unser Lokal zu schließen, doch die in der Schule dachten nicht im entferntesten daran, zu schließen und einen Zettel auszuhängen: ›Der Unterricht wird erst nach dem Krieg wiederaufgenommen.‹
Bei uns im Lokal langweilte sich irgend so ein Pensionist, den wir engagiert hatten, als unser Ober zum Ausheben von Schützengräben herangezogen worden war; es gab sowieso nichts zu verkaufen, und der alte Mann polierte nur die Theke und kochte Kaffee- und Tee-Ersatz.
Mit den Beerdigungen war es zu Ende.
Trauermärsche hörte man in unserer Straße nicht mehr, denn die Beerdigungen waren jetzt kaum noch der Rede wert, und es gab auch wenige: der Glaube an ein baldiges Ende des Kriegs hielt die Leute am Leben, niemand wollte in die feuchte Grube hinein, da man doch auf die Wende der historischen Ereignisse wartete; sogar die Pensionäre, die schon mit einem Fuß im Grab standen, hielten sich mit aller Gewalt aufrecht, um alles noch mit eigenen Augen sehen zu können. Dagegen Herrn Houžvas Ende! Der war nach

einem Fliegerangriff verschwunden: er war damals aus dem Luftschutzkeller gekommen, hatte die Fenster seines Schlafzimmers mit schweren Decken verhängt, alle Kleider, Dokumente, Bücher und überhaupt sein ganzes Eigentum außer dem Mobiliar verbrannt, hatte sich in der Unterwäsche aufs Bett gelegt, wo er vor Hunger oder Erschöpfung das Bewußtsein verlor; als man seine Wohnung mit Gewalt öffnete, mußte man Herrn Houžva ins Irrenhaus schaffen.

Im Lokal wurde mir ganz traurig zumute: viele Dinge und viele Menschen fehlten mir hier; der Sekundenzeiger lief immer noch exakt, doch die Zeit war eine andere geworden: unsere genaugehende elektrische Uhr zeigte zwar die Stunden richtig an, doch das genügte jetzt nicht mehr; wie lange war das schon her, daß Herr Kempf hier mit ausgestreckten Armen die zwei schweren vernikkelten Deckel gehalten hatte, in die Knie gegangen war, aber die Griffe hartnäckig und fest umklammert hielt; in jedem von uns hatte Herr Kempf seine Spur hinterlassen, als er sich an jenem Märzabend des Jahres neunzehnhundertneununddreißig aus dem Fenster seiner Wohnung stürzte: ich hatte von ihm die Halbschuhe geerbt, die ersten, die ich je besessen hatte; in meinem Ohr tönt für immer die Melodie seiner Stimme nach, die biblische Texte rezitiert; schade, daß die Mutter ihr Foto, das ich damals im Nachtschränkchen fand, als wir das von Herrn Kempfs Haushälterin gekaufte Schlafzimmer nach Hošťálkov transportieren ließen, zerrissen hatte; dieses Foto (die Mutter trug darauf das schöne, elegante Kostüm) hatte genauso wie Herr Kempf geduftet; jetzt war sein Mobiliar in den oberen Räumen unseres Hauses untergebracht, die Matratzen wurden von Zeit zu Zeit gelüftet und mit Naphthalin eingestäubt, denn ihre Füllung bestand aus australischer Wolle; jeder Stammgast hatte hier seine Spuren hinterlassen: sowie ich nur das Klingeln der Kasse höre, taucht wieder alles vor mir auf: Herr Houžva mit seinen wulstigen Lippen, die er angeblich vom Trompetenblasen bekommen hatte, meiner Meinung nach aber vom Saufen; selbstverständlich sehe ich auch Herrn Kempf vor mir: sein asketisches Gesicht, mit den ein wenig hervortretenden Augen, der hohen Stirn und der römischen Nase; auch Herr Klimesch kommt und spricht in seinem wunderschönen Deutsch, er bringt seine Schwermut mit; und auch die anderen kommen: Herr Burian mit seinem ewigen Schnupfen, den er sich von den Ausdünstungen in seiner Bügelanstalt gegenüber zugezogen hat, auch er hat seinen

Laden schon geschlossen und ist nach seinem Heimatdorf Hošťálkov übersiedelt, dann Herr Berger, Herr Mader, die Hakenkreuzler, Faschisten, Beneš-Leute, die Kommunisten, alle sind sie wieder da, sie sitzen an den Marmortischchen: der kalte Stein vibriert, wenn hinten der Kühlkompressor angeht, aus der Ferne hörte ich jetzt wieder das Gewitter herannahen, ich setzte mich aufs Kanapee im Hinterstübchen und wünschte mir diesmal, das Gewitter möge schleunigst kommen, daß Hagel herabfiele, vom offenen Himmel Ströme feurigen Wassers herniedergingen, ich auf dem Kanapee wie in der Arche des Erzvaters Noah hinaussegelte und mich der trübe Strom die Straße hinab in den Sammelkanal spülte, wo ich alles, was ich mit mir herumtrug, ertränken könnte: das Flüstern der Mutter im Hinterstübchen, Herrn Bergers gepreßte Stimme, Štefkas Schluchzen, als ich sie damals, ergriffen von ihrer mir unverständlichen Verzweiflung, auf die halbgeöffneten Lippen küßte, den Kopf bog sie dabei zurück, ich spürte, wie sie ganz in sich selbst versank, nur mit den entgegengestemmten Armen und an die Wand gestütztem äußerstem Ende des Kopfs die Körperbalance haltend, dann hatte sie gesagt: »Genug, nicht mehr«; auch das möchte ich ertränken, begraben, doch alles bleibt in mir lebendig, kehrt wieder und drängt sich in meine Erinnerung; jede Bewegung Štefkas könnte ich beschreiben, ich spüre von neuem ihre feuchten Lippen, die rauhen Hände, den Duft der Weideplätze, den der Milch und der Kartoffelsuppe in den Töpfen auf der glühenden Herdplatte in der Küche der Krahujáks, wo der junge Mann, die Flinte auf den Knien, mit der Handfläche auf dem Tisch Kreise beschreibt; immerzu schreie ich: »Štefi, Štefi«, aber nichts kann ihr Fallen mehr aufhalten, sie hat keine Kraft, sich dagegenzustemmen, sie dreht und windet sich um die eigene Achse: ich konnte sie nicht auffangen; es beruhigt mich, daß ihre Augen in jenem Moment weder Schmerz noch Angst erkennen ließen, sondern nur Vorwurf, und wer weiß, ob er mir gegolten hatte.

Zwei Tischler, die der Vater mit vier Flaschen Wein bestochen hatte, brachten Bretter und verschalten mit ihnen die Eingangstür des Cafés, deren Glasscheibe mit der Aufschrift ›Entree‹ alle Erschütterungen des Kriegs ohne Schaden überdauert hatte; das letzte Brett befestigte der Vater eigenhändig. Dumpf ertönten die Schläge und wurden aus dem Innern des Lokals schallend zurückgeworfen: für den Vater waren sie wie Hammerschläge auf einen Sarg, in dem er seinen Traum begrub, darum arbeitete er mit solcher Verbissenheit; die Straße war still, verschneit, der Schnee war schon lange nicht mehr weggeräumt worden, von dem Haus gegenüber waren nur die Schornsteine und ein Stück Tragmauer übriggeblieben, im ersten Stock mit einem Bildchen des Hradschin an der Wand, im zweiten Stock mit Kleiderhaken und im dritten mit einer abgerissenen Tapete; am oberen Ende des Mauerrestes war nur noch eine Schneemütze zu sehen.

Wir waren mit der Arbeit fertig.

Ich wünschte mir, jetzt möge ein Leichenbegängnis vorüberziehen, ein schönes Begräbnis von Vorkriegsqualität, zwei Paar schwarze Pferde mit Federbüschen, mit einer Musik, wie es sich gebührt, mit einem Pfarrer, Mesner und einer Schar von Ministranten (diesen frechen Schmarotzern), mit den trauernden Hinterbliebenen und mit allem Drum und Dran; ich hob den Kopf, ob wohl ein Trauerzug daherkäme, und er kam tatsächlich: vorn das Pferdegespann, das den altvertrauten Wagen zog; der hätte auch schon eine frische Lackierung und Versilberung des Zierats dringend nötig, dachte ich; Musik war keine dabei, nur ein unbekannter Geistlicher trippelte mit kleinen, raschen Schritten hinter dem Sarg her und hinter ihm mit gleichgültigem Gesicht ein wohlgenährter Ministrant und dann noch ein paar trauernde Hinterbliebene: zwanzig oder dreißig zu einer ungeordneten Gruppe zusammengedrängte Leute – und Schluß.

»Vater, ein Begräbnis kommt«, sagte ich.

Der Vater sah von seiner Arbeit auf: der Trauerzug schlängelte sich durch die Trümmerhaufen hindurch, wir hörten das Knirschen der Räder auf dem gefrorenen Schnee, sahen den dampfenden Atem aus den Nüstern der abgeschundenen Pferde aufsteigen, sogar die Militärverwaltung hatte sich ihrer erbarmt und sie für kriegsdienstuntauglich erklärt; gerade uns gegenüber blieb das Handpferd stehen, grätschte die Hinterbeine, hob den Schwanz und erstarrte in zeremoniöser Stellung; ein Strom gelben Urins klatschte in den nunmehr nassen Schnee, aus dem eine Wolke scharfen Gestanks nach Stall, Pferdeschweiß und Ammoniak aufstieg; die Trauergäste hinter dem Sarg hörten zu weinen auf, suchten, Überraschung in den Blicken, nach einer Erklärung für dieses Anhalten auf dem Weg in die Ewigkeit und blickten verwirrt umher: sie schienen das schlichte Faktum, daß die Schindmähre ihr Wasser abschlug, überhaupt nicht zu begreifen; mir wurde von dem Gestank übel, aber ich mußte doch in mich hineinlachen; der Kutscher sagte dann: »Also hüo, Alte«, und schnalzte, die Schindmähre schnaubte, ruckte an, und die Räder setzten sich im Schnee knirschend in Bewegung: der Vater musterte den Trauerzug, als letzter hinkte ein altes Männlein nach, das zu uns herüberlachte und sagte: »Also was ist, wird aufgemacht, ich habe einen ziemlichen Durst.« Der Vater zuckte die Achseln und erwiderte: »Bedauere, erst nach dem Krieg«; dann machte er mit hastigen Schlägen das letzte Brett fest. Das Café war begraben.

Oben in der ungeheizten Wohnung, wo kein Wasser lief und auch nichts da war, um Kaffee kochen zu können, öffnete der Vater eine Flasche Kognak, doch ich glaube, die hätte er auf jeden Fall geöffnet: er mußte seine Trauer über die mit Brettern zugeschlagene Eingangstür seines Lokals hinunterspülen; der Vater stellte zwei Kaffeetassen auf den Tisch – nach dem Bombardement hatten wir das ganze Glas, Teppiche, Bettzeug, Bilder und überhaupt alles außer dem Mobiliar nach Hošťálkov transportieren lassen; er füllte seine Tasse mit der gelblichen Flüssigkeit bis zum Rand voll, meine nur zur Hälfte.

Zum erstenmal in meinem Leben stieß ich mit dem Vater an, nicht daß ich noch keinen Kognak getrunken hätte, schon vor zwei Jahren hatte ich begonnen, heimlich von ihm zu kosten, jetzt aber war dieses Zuprosten die offizielle Zeremonie der Aufnahme in den Stand der Männer: ich hob meine Tasse, führte sie an die Lippen und benetzte meine Zungenspitze mit der gelben Flüssigkeit; dann erst kippte ich den Inhalt mit einem einzigen Ruck des Arms hinunter; wir schenkten uns nochmals ein.

»Siehst du, so endet das alles«, sagte der Vater, »man plagt sich das ganze Leben, sorgt sich, und bums zerschlägt es einem den einen und beinahe auch den anderen Laden, und dann nehme ich ein paar Bretter, vernagle mit ihnen mein Lebenswerk, und aus ist es.«

Der Vater holte wieder einmal die alten Histörchen aus der Mottenkiste hervor, von dem strebsamen Gesellen, der sich bei den Wallfahrten auf den Hostein fünfhundert Kronen abgespart und sich mit ihnen dann in der Stadt eine Existenz gegründet hatte; er ließ sich wieder über jenen Juden aus, der ihn einmal betrogen hatte, aber nur einmal, dann hatte der Vater zur Abwechslung wieder die Juden gerupft; und weil er schon einmal bei seinen Erinnerungen war, kramte er auch die uralte Geschichte mit dem Krauthobel und den Grünen Kadern hervor, und so ging es in einem fort weiter: eine Lehre fürs Leben und weise Sprüche, wie man es anstellen muß, um es zu etwas zu bringen.

Ich hörte meinem Vater mit vorgetäuschtem Verständnis zu, doch ich wußte, seine Zeit war ein für allemal vorbei, nach diesem Krieg würde wohl kaum ein Geselle mit fünf Hunderten dasselbe erreichen wie mein Vater: diese Zeiten kamen nie mehr wieder – und auch ich hatte keine große Lust, den gleichen Weg zu gehen wie mein Vater; draußen brach die Abenddämmerung herein, und der Vater war mit seinem Erzählen immer noch nicht zu Ende, er schenkte mir eine dritte Tasse ein, die wievielte er selber trank, konnte ich schon gar nicht mehr nachrechnen; ich wollte das Licht andrehen, doch er sagte: »Nein, wir wollen im Dunkeln sitzen bleiben, schlafen können wir hier sowieso nicht, und unser Zug fährt erst gegen Morgen.« Mir wurde klar, der Vater nahm Abschied, er mußte sich alles von der Seele reden und vieles verschweigen; was wir nie jemandem anvertrauen, das bleibt in uns zurück – manchmal als Vorwurf, ein andermal als heimliche Freude, aus der wir leben und die wir in unsere schlimmen Tage hineinleuchten lassen; der Vater redete, doch ich nahm ihn gar nicht wahr, denn vor meinen Augen begannen sich Bilder voller Leben, Aufregungen und Bewegtheit abzuzeichnen: die Mutter mit zwanzig Jahren, ein schönes, gut angezogenes, reizvolles, junges Mädchen ohne Kaution, mit Angst in den Augen ... und später im Ballkleid, in einem für einen Cafetier, der sich gerade erst auf eigene Beine gestellt hatte, viel zu teuren Kleid; die wütende Mutter wirft diese Robe dem Vater an den Kopf, die Seide fällt wie schwere Finsternis über ihn – das hatte der Vater nicht erzählt ... es war ein wunderschönes Kleid, es hängt immer noch im Schrank, aus erstklassiger, schwerer, glänzender Seide, hinten mit einem tiefen, vorn mit einem tiefen Dekolleté, eine Pracht! Heute noch geht Duft und Erregung von dieser Seide aus; manchmal öffne ich Mutters Schrank, lasse die Seide durch die Finger gleiten, auf der Vorderseite ist sie matt, auf der Rückseite ganz glatt und glänzend wie die im Frühjahr abgeworfene Haut einer seltenen Schlange, kühl und geräuschlos glitt sie durch meine Hand: ich hatte das Gefühl, ein Sakrileg begangen zu haben, und zugleich auch das Gefühl einer geheimen Freude ganz besonderer Art.

»Alles habe ich mir verpatzt«, sagte der Vater, »alles, ich hätte ein glücklicher Mensch werden können.« Dann schenkte er sich noch eine Tasse Kognak ein; ich mochte schon keinen mehr und bedeckte meine Tasse mit der Hand.

»Um eines möchte ich dich bitten«, fuhr der Vater fort, »du bist

schon groß genug, hast Verstand, wenn mir oder der Mutter irgend etwas passieren sollte, dann mußt du dich allein um alles kümmern: um das Lokal, die Wohnung, das Haus und um Annemarie, sie ist deine Schwester, verstehst du?« – »Ja«, erwiderte ich und bemühte mich, mir das Bild vorzustellen: ich als Cafetier, ich trage einen Rubinring am kleinen Finger, im Café spielt eine Damenkapelle, die schöne Annemarie singt, die Kasse klingelt, hinten arbeitet fast geräuschlos der Kühlkompressor, wenn ich die Hand auf ein Marmortischchen lege, spüre ich, wie es vibriert und zittert – und alle sind sie wieder im Lokal anwesend wie einst: die Stammgäste, so wie ich sie gekannt habe; das Beben wird jedoch stärker, es überträgt sich auf den Fußboden; ich öffne die Augen. Der Vater steht beim Fenster und sagt zu mir: »Komm dir das anschauen.«
Auf der Straße dröhnen die Motoren von drei Panzern, das ganze Haus bebt. »Stahlsärge«, sagt der Vater, »auch die Kreuze haben sie schon an der Seite aufgemalt«; beim Friedhofstor biegen die Panzer nach links ab, auf den Weg entlang der Mauer zur Bahnstrecke hin. Ich ging ins Vorzimmer zum Telefon und drehte die Nummernscheibe, es meldete sich eine deutsche Stimme; ich verlangte den Hauptmann Mader; im Hörer knackte es, und dann vernahm ich deutlich: »Hier Hauptmann Mader.«
»Gib ihn mir«, sagte der Vater. Ich reichte ihm den Hörer hin und kehrte ins Wohnzimmer zurück: der Plattenspieler lief und spielte leise die Tannhäuser-Ouvertüre; dann spielte ich mir die Rückseite der Platte, den Pilgerchor, vor: das lange Pilgergewand behinderte mich, mir war darin unerträglich heiß, mein Mund war ausgetrocknet, doch ich sang mit den Pilgern im schönsten Bariton mit; in einer Landschaft von Weinbergen und langgestreckten Tälern säumten düstere Zypressen die weißen, mit Kalkstaub bedeckten Wege (meine Augen schmerzten davon); Štefka erschien mir, wie eine Fata Morgana verschwand und erstand sie von neuem in ihren vollkommenen Umrissen, doch immer wieder in neuer Gestalt, bis zu dieser letzten: sich um die eigene Achse drehend, fiel sie zu Boden, durch die halbgeöffneten Lippen wehte mir ihr heißer Atem direkt ins Gesicht, doch in ihren Augen standen nicht Schmerz noch Angst, nur Vorwurf; ich weiß nicht, was sie mir vorwerfen könnte, ich hatte ihr doch nichts Böses getan, und ich weiß auch nicht, warum sie mich mit diesem vorwurfsvollen Blick belastete; Herr Kempf saß traurig und ohne Engelsflügel zur Rechten Gottes; auch Doris erschien mit gelöstem Haar, in weißem, wallendem

Hemd schwebte sie über mir und sang mit dünnem Stimmchen: Geh nach Rom. Und ich fragte sie: Willst du nicht ein Stück Schokolade haben? O nein, jetzt doch nicht, erwiderte sie mit schmollenden Lippen, bewahre, doch nicht jetzt! Und möchtest du ins Kino gehen, es spielt aber nur das Frontkino, und zwar einen Kurzfilm über Sexualprobleme, Miloš hat am Nachmittag einen blinden Soldaten aus dem Lazarett hinbegleitet und mir erzählt, wie großartig es war, vor allem dieser Kurzfilm, also was ist, möchtest du gehen? Ist der Film jugendfrei? fragte Doris und kam etwas tiefer herabgeschwebt. Nein, erwiderte ich, aber gehören wir denn überhaupt zur Jugend? Wir sind gealtert, wir werden nie mehr sechzehn sein, die Jahre haben uns hinterrücks angefallen und uns übersprungen! Ich bin tot, sagte Doris und setzte sich ins Gras neben dem staubigen Weg, ich bin ganz und gar tot, der verdammte Splitter, dieser verdammte Splitter.

Jemand legte mir die Hand auf die Schulter: »Na, was ist denn los mit dir?« – »Ja, jawohl, ich komme schon, schon komme ich«, sagte ich deutsch, »ich habe mich hier nur mit einer Bekannten verplaudert.« Auf meinem Gesicht spürte ich den rauhen Stoff des Pilgergewandes, und als ich die Augen öffnete, erblickte ich über mir Herrn Mader, konnte ihn aber in seinem langen Soldatenmantel, der mein Gesicht streifte, erst erkennen, als er sich durch sein Lachen verriet. »Du hast Gäste und schläfst ganz einfach hier im Sessel.«

»Guten Abend«, stotterte ich.

Herr Mader legte den Mantel ab und warf ihn auf die Couch; erst jetzt stellte ich fest, was ihn so verändert hatte: er war abgemagert und nervös, dreimal strich er sich die Bluse zurecht, bevor er sich an den Tisch setzte, stolperte ungeschickt über einen Hocker und stieß ihn um; im Lüster brannte nur eine einzige Lampe.

»Entschuldigen Sie mich für einen Augenblick«, sagte der Vater und ging hinaus. Ich öffnete das Zigarrenkistchen, in dem sich noch fünf oder sechs Zigarren befanden: »Bitte, bedienen Sie sich, Herr Mader«, sagte ich zu ihm.

»Danke«, erwiderte Herr Mader, nahm sich eine, biß die Spitze ab, entflammte ein Streichholz, das sein Gesicht für einen Moment beleuchtete: seine Züge waren grau, die Augenhöhlen eingefallen, aber seine Augen sahen genauso aus wie früher, nur daß jetzt Unruhe aus ihnen blickte; Herrn Maders Lächeln war nur vorgetäuscht. Am östlichen Horizont stieg jetzt eine grüne Leuchtrakete auf. Die Russen standen zwanzig Kilometer vor der Stadt.

Herr Mader rauchte schweigend; gemeinsam verfolgten wir das Schauspiel am Horizont: von Zeit zu Zeit rötete er sich, lief zu einer Geschwulst an, zuckte, warf sich hin und her, streckte feurige Zungen heraus, und das Donnern setzte erst ein, wenn der Feuerschein schon längst wieder verloschen war.
Nach einer Weile kehrte der Vater ins Zimmer zurück, in der Hand einige Glühbirnen, die er wahrscheinlich aus allen Lampen in der Wohnung herausgeschraubt hatte; jetzt montierte er sie in unser Paradestück, in den Lüster im Wohnzimmer. »Wir pfeifen auf den Krieg, Herr Mader«, sagte er dabei in deutscher Sprache, »wir machen Licht, und der Frieden ist da, ich habe diese Finsternis schon bis zum Hals satt!«
Ich mußte das Lachen unterdrücken: wer hätte je gedacht, daß der Vater in Schuhen auf dem schön polierten Tisch aus echtem Nußbaumholz herumsteigen würde, dann war ganz bestimmt das Ende gekommen. »Mach Licht«, sagte der Vater zu mir; ich erhob mich, drehte den Schalter, der Lüster erstrahlte, und alle drei lächelten wir ein wenig verlegen über dieses Wunder: sein Licht strahlte in vollem Glanz durch die unverhüllten Fenster hinaus, hinter denen Finsternis und Krieg herrschte. Der Vater sprang vom Tisch herunter und erhob seine Kognaktasse: »Auf daß wir es überleben, Herr Mader«, rief er und leerte den Inhalt der Tasse in einem Zug; Herr Mader trank langsam, ich hatte schon mehr als genug.
»Die Russen sind ganz nahe«, sagte Herr Mader leise, stellte seine Tasse auf den Tisch zurück und wischte sich mit dem weißen Taschentuch die Lippen.
»Und bald wird alles zu Ende sein«, fügte der Vater hinzu, »plötzlich und mit einem Schlag zu Ende.«
»Keineswegs, Herr Cafetier«, sagte Herr Mader, »alles wird wieder von vorn anfangen, nur auf einem anderen Gleis laufen.« Unsicher geworden, setzte sich der Vater hin, das Kinn sank ihm herab, die Angst hatte ihn wieder in ihren Klauen.
»Ich weiß, Herr Mader«, sagte er leise, »aber man muß doch wenigstens versuchen, sich zu retten, eigentlich müssen wir uns immerzu nur retten.«
Herr Mader umfaßte seine Tasse mit der Hand und trank ein Schlückchen. »Das habe ich mir auch schon gedacht«, sagte er lachend, »schon ein halbes Jahr überlege ich, wie ich da herauskomme.«
»Machen Sie sich aus dem Staub, Herr Mader«, sagte der Vater,

»schauen Sie, daß Sie heimkommen, der Führer wird sich ohne Sie behelfen müssen, packen Sie sich zusammen, und fahren Sie nach Kärnten auf Ihre Hütte, verkriechen Sie sich, und warten Sie dort die zwei oder drei Monate ab.« Herr Mader erhob sich vom Tisch, die Hand, in der er die Zigarre hielt, zitterte ein bißchen: er wurde verlegen, als er bemerkte, daß ich auf seine Hand starrte, und versteckte sie hinter dem Rücken. »Nein, das kann ich nicht«, sagte er mit gedämpfter Stimme, »und wissen Sie warum? Ich bin nämlich Offizier, jawohl, Offizier der von der ganzen Welt gehaßten Wehrmacht; ich könnte natürlich aus der Uniform herausschlüpfen wie eine Schlange aus ihrer Haut und irgendwo in der Abgeschiedenheit warten, bis mir eine neue wächst, aber das werde ich nicht tun, das kann ich nicht ... ich trage die Verantwortung für dreihundert Männer!« Herr Mader begann im Zimmer hin und her zu marschieren, acht Schritte zur Tür, acht Schritte zum Fenster zurück. »Dreihundert Männer vertrauen jetzt nur noch auf mich, daß ich sie in diesem Schlamassel nicht sitzenlassen werde, mir vertrauen sie, Herr Cafetier, nicht Hitler oder den Nazis, sondern mir persönlich ... früher war ich ihr Kommandant, einzig allein der Schleifer auf dem Exerzierplatz, aber in den letzten zwei Monaten, da uns schon das Wasser bis zum Hals steht, hat sich alles geändert.« Herr Mader legte die Zigarre auf den Tisch, und ihre glühende Asche brannte ein Loch in die Politur, niemand beachtete es, nur ich: mit einer gewissen Schadenfreude sah ich zu, wie die glimmende Zigarrenspitze unseren teuren Tisch beschädigte; Herr Mader befeuchtete sich die trockenen Lippen mit der Zungenspitze und fuhr fort: »Vor einem Monat etwa hat mich einer der Soldaten mit ›Grüß Gott‹ gegrüßt – und so grüßen sie mich jetzt alle.« Herr Mader schenkte sich in seine Tasse nach. »Jawohl, auch ich bin schuldig wie alle anderen, auch ich habe ›Heil Hitler‹ gebrüllt, als die Nazis in Graz einmarschiert sind, auch aus meinem Fenster hat die Hakenkreuzflagge geweht, und ich bezweifle, daß meine Männer anders waren, aber jetzt bezahlen wir schon für unsere Irrtümer, und zwar in bar, und werden wahrscheinlich das ganze Leben lang dafür bezahlen müssen.« Herr Mader schluckte. »Meine Pflicht ist es, Herr Cafetier, bis zum Ende auszuhalten, bis zu dem Augenblick, in dem ich, ohne erröten zu müssen, zu meinen Leuten werde sagen können: Burschen, jetzt könnt ihr endlich heimgehen, ich danke euch, und abtreten – anders kann ich nicht handeln, weder als Offizier noch als Mensch.«

Der Horizont glich jetzt abermals einer großen Schnittwunde: sie erweiterte sich an den entzündeten Stellen, Blut strömte aus ihr heraus und sickerte in die Finsternis; von der Straße brüllte irgend jemand zu uns herauf: »Licht aus, ihr seid wohl verrückt.« Weder Herr Mader noch der Vater nahmen die Stimme zur Kenntnis, beider Blicke waren starr auf den Horizont gerichtet; ich rieb mir die Augen, vielleicht träumte ich gar und hatte mir nur eingebildet, dieses wütende Rufen in deutscher Sprache von unten zu vernehmen. »Donnerwetter«, schrie jetzt wieder eine andere Stimme, und dann ertönte ein Schuß; Herr Mader stand langsam vom Tisch auf, schob den Vorhang zurück, öffnete das Fenster und rief ins Dunkel hinunter: »Halt's Maul und scher dich zum Teufel«, dann schloß er behutsam das Fenster und zog den Vorhang wieder vor. »Das war nur eine pflichteifrige Militärstreife«, sagte er lachend.

Der Vater hob fragend den Kopf: »Sollten wir nicht doch lieber das Licht ausmachen, Herr Mader?« – »Nein«, schrie der Offizier, »nein und abermals nein«, gleich darauf aber verstummte er, und seine Finger glitten zerstreut über die Tischplatte, »Verzeihung, bitte«, flüsterte er schuldbewußt.

Mit ruhiger Hand schenkte der Vater eine neue Runde ein, Herr Mader nahm seine Zigarre vom Tisch, betrachtete nachdenklich die Brandspuren im Lack, klopfte die Asche von der Zigarre und zündete sie sich von neuem an. »Herr Cafetier«, sagte er und blickte meinen Vater an, »ich habe eine Bitte an Sie, es ist aber eine etwas heikle Angelegenheit, so daß ich nicht weiß, ob ich überhaupt ...«

Der Vater befingerte die Zigarren in der Schachtel: er suchte nach der richtigen. Dann hob er die Augen und fragte: »Geld?«

»Ach nein, das doch nicht«, erwiderte Herr Mader und machte ein angewidertes Gesicht, »ich brauche nur einen Zivilanzug, ein Hemd und vielleicht noch einen Mantel oder Hut.« Ich riß ein Streichholz an und gab meinem Vater Feuer.

»Ich brauche die Ausrüstung für den Heimweg«, sagte Herr Mader nach einer Weile.

»Ich verstehe«, erwiderte der Vater sachlich.

»Ich möchte das irgendwo bei der Hand haben, griffbereit für den Fall ... für alle Fälle.«

»Kommen Sie mit«, sagte der Vater, sich erhebend.

Dann hörte ich ihn im Vorraum die Wandschränke öffnen: »Sie müssen sich, Herr Mader, von dem, was hier zurückgeblieben ist, etwas aussuchen, alles übrige habe ich schon wegbringen lassen,

aber vielleicht dieser Anzug, echter englischer Wollstoff, zwar ein bißchen abgetragen, aber für die Reise wie geschaffen, und hier der Mantel, er ist nicht neu, aber wasserdicht, ich wußte gar nicht mehr, daß er noch da ist.«
Beide kehrten ins Zimmer zurück, der Vater mit einem Bündel abgetragener Kleider über dem Arm: er warf sie aufs Sofa und fragte, zu Herrn Mader gewandt: »Nehmen Sie sich das gleich mit?«
Der Herr Hauptmann stand vor dem Kleiderhaufen, rieb sich das Kinn, und alles an ihm erschlaffte: die Schultern hatte er stets schön militärisch gerade gehalten, jetzt fielen sie ihm herab, sein Gesicht belebte sich, und ich glaube, unter der Schwere der zum Greifen nahen Versuchung knickten ihm sogar die Knie ein wenig ein. Mein lieber Mader, dachte ich, schau dich nur an, wie weit du es gebracht hast: ein paar abgetragene Klamotten bringen dich in eine Versuchung, wie sie dir in deinem Leben wahrscheinlich noch nie begegnet ist; wenn ich dir raten darf, laß die Kleider liegen und halt dich an das, was du selbst vor einer Weile hier gesagt hast: die schönen Reden von Offiziersehre haben keinen allzu großen Wert, und in deinem Fall wird ihr Kurs bestimmt noch sinken, aber heute laß diese Klamotten liegen: wenigstens werde ich dann glauben können, daß zumindest einer unserer Stammgäste ein anständiger und prima Kerl war.
»Also was ist, Herr Mader, werden Sie sich gleich umziehen?« fragte der Vater.
Herr Mader aber hörte nicht hin: immer noch stand er vor dem Kleiderhaufen, sich das Kinn reibend, rot vor Verlegenheit; der Vater bemerkte nicht, wie seine Hand zärtlich das Tweedsakko streichelte, Herr Mader aber gleich darauf den Rücken straffte und das Kinn hochriß – der Vater konnte das nicht sehen, denn er stand von ihm abgewandt, zog gerade aus der Brusttasche das Portefeuille heraus, durchwühlte mit flinken Fingern die Banknoten, fischte einige heraus, steckte zwei oder drei nach kurzer Überlegung wieder zurück und kehrte sich dann Herrn Mader zu: »Da haben Sie zwanzig Dollar«, sagte er, »die werden ein sehr gesuchter Passierschein sein und Ihnen alle Türen öffnen, ich rate Ihnen gut, ziehen Sie sich um und hauen Sie ab«; der Vater hielt das Geld Herrn Mader unter die Augen.
»Nein, Herr Cafetier«, erwiderte Herr Mader, »noch ist die Zeit dazu nicht gekommen, jetzt noch nicht.«

Immer noch hielt der Vater das Geld in seiner Hand; wie oft hatte ich diese Banknoten gesehen, wenn er sie von Zeit zu Zeit nachgezählt hatte. »Das ist unsere Sicherheit«, pflegte er dabei zu sagen, »wenn dieses Kriegselend einmal vorbei sein wird, werde ich nicht gar so schlimm daran sein, dann muß ich nicht mehr mit fünf Hundertern anfangen, die ich mir von den Wallfahrern auf dem Hostein erbettle.« Herr Mader setzte sich jetzt an den Tisch zurück, ich sah es meinem Vater am Gesicht an, daß er das Geld am liebsten wieder in die Tasche zurückgesteckt hätte, doch zugleich gewaltige Anstrengungen machte, sich zu überwinden, er preßte die Lippen fest zusammen und sagte dann: »Nehmen Sie nur diese Papierchen, wenn alles zu Ende sein wird, werden sie einen großen Wert haben, Sie können sie mir ja später einmal zurückzahlen.«
Er legte das Geld vor Herrn Mader auf den Tisch: erst in diesem Augenblick lockerten sich seine zusammengepreßten Lippen, und ein Ausdruck der Erleichterung trat in sein Gesicht; Herr Mader faltete die Scheine sorgfältig zusammen, öffnete die Bluse und steckte sie in die Brusttasche.
»Was schulde ich Ihnen?« fragte er.
Der Vater schenkte sich eine halbe Tasse ein: »Vorläufig nichts, Herr Mader«, sagte er, »später nach Ihrem Gutdünken.«
Jetzt ist es mit dem Vater wirklich zu Ende, dachte ich, das ist doch nicht mehr er selbst, er hat sich in einen anderen verwandelt und verschenkt Geld, entweder ist das für ihn ein ganz neuer Anfang oder das Ende; dem Hejtmánek hat er zwar auch Geld geliehen, doch ihn dabei immer seine Überlegenheit fühlen lassen, seine Macht und ein gewisses gönnerhaftes Erbarmen mit diesem Pechvogel – und vielleicht tat es ihm auch wohl, zu sehen, wie weit er selbst über Hejtmánek hinausgewachsen war; auch Kurtin hatte er aus der Patsche geholfen, doch da war die Familienehre auf dem Spiel gewesen; warum er aber jetzt Mader Geld gab, konnte ich damals nicht begreifen – heute schon: wenn der Vater für Hejtmáneks Wechselverpflichtungen und für Kurtins Schulden aufgekommen war, dann hatte er damit nur seinesgleichen gerettet und sich zugleich über sie erhoben, aber Freude hatte ihm das keine bereitet; Herrn Maders Fall lag anders (zuvor aber muß ich noch etwas über jene Dorfburschen sagen, die sich draußen in der Welt ziemlich hoch hinaufgearbeitet haben, um den noblen Herrn spielen zu können; alles hätten sie dazu: die Moneten, schöne Frauen, geräumige Wohnungen, nur eines fehlt ihnen, die Noblesse; übrigens wissen diese Bur-

schen sehr genau, daß es außer Geld auch noch etwas Höheres gibt), Herr Mader hatte all das an sich, was den rasch zu Geld gekommenen Dorfburschen fehlt: er war ein Gentleman, dazu noch ein Diplom-Ingenieur, Eigentümer einer schönen Villa – und einem solchen Menschen Geld zu leihen, das hebt einen selbst auf dessen Niveau; als nun der Vater das Geld vor Herrn Mader auf den Tisch legte, war er ganz verwandelt: er rauchte mit langen Zügen, und bestimmt glaubte er, jetzt bestehe zwischen Herrn Mader und ihm, dem strebsamen Cafetier, so etwas wie eine Freundschaft zwischen Gentlemen, die er, der einfache Dorfbursche, mit einem Darlehen auf Ehrenwort besiegelt hatte, wie man das eben in feinen Kreisen praktiziert.

»Ich könnte in Reichsmark bezahlen«, sagte Herr Mader.

»Nein, Reichsmark will ich nicht«, erwiderte der Vater erschrocken.

»Aber könnten Sie mir, Herr Cafetier, nicht wenigstens andeuten, auf welche Weise ich Ihnen die Schuld zurückzahlen soll?«

Der Vater lachte und sagte: »Ich kenne Sie sehr genau und weiß, daß Sie selbst schon den richtigen Weg finden werden.«

»Also auf die Gesundheit, Herr Cafetier«, sagte Herr Mader und erhob seine Tasse, »wir wollen heute nur auf die Gesundheit trinken, an etwas anderes wollen wir erst gar nicht denken, heute nicht!«

Der Vater nahm einen kräftigen Schluck und stellte dann die Tasse behutsam beiseite: »Ich mache Ihnen einen Vorschlag, Herr Mader«, sagte er, »und wenn er Ihnen nicht paßt, vergessen Sie ihn – deponieren Sie die Kleider bei uns in der Wohnung, ich lasse Ihnen den einen Schlüssel hier, Sie können ab und zu vorbeischauen, sich ausruhen, eventuell könnten Sie die Schlösser beim Lokal unten nachkontrollieren, und wenn der richtige Zeitpunkt gekommen ist, können Sie sich hier die Zivilkleider anziehen, und daß ich nicht vergesse: im Speiseschrank sind noch einige Konserven und fünf Flaschen Wein – alles zu Ihrer Verfügung, Herr Mader.«

»Zu Diensten, Herr Cafetier«, erwiderte Herr Mader und verbeugte sich.

Ich mußte in mich hineinlachen, also das ist doch die Höhe: der Vater engagiert sich einen Hauptmann der deutschen Wehrmacht als Wächter: für ein paar Konserven und fünf Flaschen Wein wird er uns alles bewachen; alle Ehre, Vater, dachte ich, das nenne ich ein prima Geschäft, aber es hat nur einen Haken: es wäre vielleicht auch noch notwendig, sich einen weiteren Offizier zu beschaffen, aber einen aus den gegnerischen Schützengräben, zwanzig Kilometer vor der Stadt, doch das wird dir, Vater, nicht gelingen, das ist zwar sehr ärgerlich, aber dort werden wir keinen finden; der Vater und Herr Mader schenkten sich eine weitere Portion ein und tranken: im Vorhaus schlug die Eingangstür zu, schwere Schritte kamen die Treppe herauf, blieben vor unserer Wohnungstür stehen, und jemand klopfte an. Herr Mader zog die Augenbrauen hoch. »Welcher Narr kommt denn jetzt noch hergekrochen«, sagte er verdrossen. Der Vater zuckte die Achseln und sagte zu mir: »Geh öffnen.« Selbstverständlich ich, immer nur ich, das Versuchskaninchen, das man dem Rachen unbekannter Gefahren vorsetzt; langsam schlenderte ich in den Vorraum hinaus; Herr Mader erhob sich, der Vater blieb sitzen; im Vorraum knipste ich das Licht an und öffnete mit vorgelegter Kette vorsichtig die Tür: durch ihren Spalt gewahrte ich Herrn Flanderka, den Polizisten aus unserem Viertel.

»Bist du allein zu Hause?« fragte er in scharfem Amtston.

»Laß Herrn Flanderka herein«, rief der Vater aus dem Zimmer heraus.

Ich ließ also Herrn Flanderka ein und führte ihn ins Wohnzimmer, wo er sich mit Amtsmiene zu räuspern begann, als er sich jedoch umsah und Herrn Mader in Uniform erblickte, gab es dem alten Polizisten einen Riß, er stellte sich in Positur und stieß hervor: »Melde gehorsamst ...« – »Ach, lassen Sie das doch, mein Bester«, sagte der Vater; Herr Flanderka wollte aber nicht hören, er verharrte in seiner strammen Haltung, die Hand an die Mütze gelegt, und wäre vielleicht noch bis zur vollständigen Kapitulation der deutschen Wehrmacht so dagestanden, hätte nicht Herr Mader zu ihm gesagt: »Rühren, Herr Wachtmeister!«

»Zu Befehl!« rief Herr Flanderka. Das schlichte Faktum, daß er bereits wieder eines kompromißlosen Amtstons fähig war, bestätigte mir, daß der alte Polizist ganz in Form war, er war wieder selbstsicher geworden; wenn ein Polizist seiner selbst nicht sicher ist, dann ist er eben kein richtiger Polizist, denn ohne diese ihm von Amts wegen zugemessene Portion Selbstsicherheit ist jeder Polizist machtlos, verschreckt und total konfus; schon wurde in eine dritte Tasse für Herrn Flanderka eingeschenkt. »Ja, da schau her«, sagte der Vater lachend, »Herr Flanderka ist avanciert, die Streifen eines Inspektors, ich gratuliere, also zum Wohle, Herr Inspektor, das wird Ihnen warm machen.« Herr Flanderka leerte den Inhalt seiner Tasse, schnalzte zweimal und sagte: »Ein prima, primissima

Tröpfchen«, verfiel aber sogleich wieder in seinen Amtston: »Es liegt eine Anzeige vor, daß Sie Ihre Fenster nicht verdunkelt haben, Kruzitürken und Fagott, Sie lassen das Licht hier brennen wie in Friedenszeiten, so etwas dürfen Sie mir, Bohuš, pardon, Herr Cafetier, nicht antun, ich bin nun einmal für die Ordnung in meinem Viertel verantwortlich, und damit basta! Ich muß Ihnen fünfzig Kronen Strafe aufschreiben, und wir sind quitt, nicht wahr ... Sapperment, ist das aber heute ein Frost draußen, was?« Der Herr Inspektor zog einen Block aus seiner Diensttasche, der Vater füllte ihm inzwischen die leere Tasse nach. »Lassen Sie mich doch damit in Ruhe, alter Knabe«, brummte der Vater, griff in seine Brusttasche und zog zwei Banknoten heraus, »da sind zwei Hunderter, mein Bester, und mit diesem Wisch da können Sie sich, Sie wissen schon was«, sagte er lachend. »Aber draußen ist wirklich eine Kälte, sie kommt wieder einmal von Polen herein, also zum Wohle!«

Inspektor Flanderka kippte den Kognak hinunter; ich weiß gar nicht, wie er es mit einer einzigen Bewegung fertigbrachte, den Kognak zu trinken und gleichzeitig die beiden Banknoten in die breite Manschette seines Dienstmantels hineinzubugsieren; offensichtlich hatte er sich diese professionelle Fertigkeit durch langjähriges sorgfältiges Training im Polizeidienst angeeignet; dann stellte er sich wieder in Positur: »Auf Wiedersehen, meine Herren«, sagte er salutierend, »ich bitte Sie nur, Herr Cafetier, machen Sie das Licht aus, ich habe gern Ruhe und Ordnung in meinem Viertel, ich bin nun einmal dafür verantwortlich, und so möchte ich ungern, daß ... nicht wahr?«

Der Vater faßte Herrn Flanderka beim Arm und begleitete ihn in den Vorraum hinaus: »Schauen Sie, Herr Flanderka«, sagte er dort zu ihm, »wir lassen das Licht noch ein Weilchen brennen, es ist doch schon beinahe Frieden, oder nicht? In einem halben Stündlein mach ich dunkel, und alles wird in bester Ordnung sein, passen Sie draußen eine Weile auf, damit uns nicht irgendein Übereifriger stört ... und hier ist noch eine kleine Zubuße für Sie.«

»Danke, Herr Cafetier, ergebensten Dank«, sagte Herr Flanderka, die Stimme dämpfend, »Sie können sich darauf verlassen, aber bitte, gegen zehn ist dann Schluß, nicht wahr, dann fliegen schon die Russen an, und da muß in meinem Viertel alles dunkel sein.« Kurz darauf fiel hinter Herrn Flanderka die Tür zu.

Im Wohnzimmer zog jetzt Herr Mader seinen Mantel an und sagte: »Ich muß auch schon gehen.«

»Schade«, erwiderte der Vater mit bedauerndem Achselzucken, »wir hätten noch ein bißchen miteinander plaudern können.«
»Vielleicht ein andermal«, sagte Herr Mader lachend, doch dieses Lachen erschien mir nur wie eine flüchtige Grimasse.
»Hier ist der Wohnungsschlüssel«, sagte der Vater und löste einen flachen Schlüssel vom Ring, »wenn Sie zum letztenmal von hier weggehen, werfen Sie ihn in den Fluß oder in den Kanal.«
»Ich danke Ihnen, Herr Cafetier«, sagte Herr Mader, nahm den Schlüssel und legte ihn sorgsam in seine Geldbörse; wir standen jetzt im Vorraum; Herrn Maders Mantel strömte einen scharfen Geruch nach Militär aus; ich hielt ihm den Säbel, bis er sämtliche Knöpfe geschlossen hatte; wie gern hätte ich die Klinge aus der Scheide gerissen, ihre Spitze betastet, den Stahl schwirrend durch die Luft geschwungen oder in weiches Holz gebohrt; dann übergab ich Herrn Mader die Waffe, in der Hand hielt ich noch seine Mütze: zum Unterschied von den Käppis der gemeinen Soldaten hatte das seine noch einen silbernen Vorstoß, ein feines Lederfutter und roch nicht nach Schweiß und Schmutz wie alle anderen Soldatenmützen, die eine Rekrutengeneration von der anderen erbte; der Vater stand auf der Schwelle, an den Türpfosten gelehnt, und sah zu, wie Herr Mader sich anzog: es gehörte zu meinen Pflichten, den Gästen in den Mantel zu helfen; der Vater hatte mir das anbefohlen, damit ich ein bißchen Schliff bekäme; was diesen Schliff anlangt, den hatte ich nur zur Genüge bekommen, besonders von Frau Hrnčárková: sie war eine gut erhaltene Vierzigerin, die nur für ihren Hund, einen zottigen Foxel, zu sorgen hatte und für ihren Mann, der sie dauernd vernachlässigte, so daß ihr genügend Zeit blieb, bei uns im Wohnzimmer herumzuhocken und die Komplikationen zu erörtern, die eventuell eintreten könnten, wenn ihre kleine Hündin Junge warf; im Vorraum vor dem Spiegel half ich ihr in den Mantel, und einmal packte sie mich dabei an den Händen, zog sie bis auf ihre mächtige Brust herunter und zerrte mich so auf ihren Rücken hinauf: »Du bist ein netter Junge«, sagte sie lachend in den Spiegel hinein und blickte mir dabei in die Augen; ihre Hündin mit dem aufgetriebenen Leib leckte mir währenddessen den Fuß; ich versetzte dem Hund einen heftigen Tritt, so daß er vor Schmerz aufheulte, Frau Hrnčárková ließ meine Hände los, der Hund wälzte sich auf dem Boden des Vorraums, und ich sagte: »Ich glaube, ich bin dem armen Viecherl aufs Pfötchen getreten, während Sie mich so an den Händen gehalten haben.« Wir telefonierten um ein Taxi, dann um einen Tier-

arzt, doch das nützte nichts mehr: die Hündin warf im Taxi die Jungen und ging dabei ein.
»Also, Herr Cafetier«, sagte Herr Mader und gab meinem Vater die Hand, »wahrscheinlich werden wir uns nicht mehr sehen, und wenn, dann erst nach dem Krieg, die Adressen haben wir ja voneinander, ich danke Ihnen nochmals für alles, und richten Sie, bitte, der gnädigen Frau meinen Gruß aus.«
»Keine Ursache für einen Dank«, erwiderte der Vater leise.
Mir reichte Herr Mader ebenfalls die Hand und sagte: »Hals- und Beinbruch!« Das könnte mir noch so fehlen, dachte ich und öffnete ihm die Tür; Herr Mader trat auf den Gang hinaus. »Ich wollte Sie noch daran erinnern«, flüsterte ihm der Vater ins Ohr, »wenn Sie vielleicht dann später ... so sind Sie bei uns in Hošťálkov gern gesehen.«
Herr Mader stieg die Treppe hinunter, blieb auf der dritten Stufe stehen und drehte sich nochmals um: im Licht der schwachen Glühbirne waren Uniform und Gesicht fast von gleicher Farbe. »Ich verstehe«, sagte er leise, »ich verstehe«, wiederholte er, und seine unruhigen Augen wanderten über die Risse in den Wänden.
Ich schloß die Tür, und wir hörten Herrn Mader noch im Treppenhaus und dann beim Hauseingang: dort schlug der Luftzug die Tür hinter ihm zu; wenig später vernahm ich leises Klopfen und öffnete: auf dem Korridor stand Herr Liebner, der Bankbeamte und Beneš-Anhänger, der Bruder der Großgrundbesitzerin von der Etage über uns; wie immer machte er auch jetzt ein besorgtes Gesicht: schon zehn Jahre wartete er auf den Tod seines lieben Schwesterleins, um das Gut erben zu können, doch seine Emilka war erstaunlich zäh; das Wasser in den Füßen war ihr schon bis in den Bauch gestiegen, doch dort war es stehengeblieben und wollte das verfettete Herzchen absolut nicht überfluten; die Ärzte sagten, das sei ein Wunder und Gottes Wille, doch Herr Liebner war bestimmt der Ansicht, daß hier eher der Teufel seine Hand im Spiel habe; der Bankbeamte ging schön brav zu den Beerdigungen der Stadthonoratioren, doch das ihm wichtigste Begräbnis, auf das er so sehnlichst wartete, fand nicht statt – und als Emilka endlich starb, war es bereits zu spät: erst zwei Tage nach den Februar-Geschehnissen des Jahres neunzehnhundertachtundvierzig hatte das Wasser ihr Herz überflutet, und zu jener Zeit war dieses große Gut auch schon verloren, so daß Herr Liebner an der Beerdigung seiner Schwester gar nicht teilnahm, aus Wut, daß sie so spät gestorben war, und aus Angst, die

Leute im Aktionsausschuß der Volksfront könnten vielleicht glauben, er beklage und beweine eine Gutsbesitzerin.

»Darf ich weiterkommen, junger Mann?« fragte Herr Liebner, und schon drängte er sich herein; im Wohnzimmer trank der Vater gerade den restlichen Kognak. »Guten Abend«, grüßte Herr Liebner höflich.

»Desgleichen«, erwiderte der Vater, überrascht aufblickend, und musterte das besorgte Gesicht des über unser nicht verdunkeltes Fenster ganz entsetzten Bankbeamten: der Lichtstrom fiel auf die verschneiten Trümmer des Hauses gegenüber. »Sie ... Sie haben nicht verdunkelt«, stotterte Herr Liebner; wahrscheinlich hatte er den Satz eher als Frage formulieren wollen, doch nur verlegene Verwunderung war ihm entschlüpft. »Nein«, sagte der Vater kurz angebunden, »ich verdunkle nicht mehr, wir führen eben keinen Krieg mehr, Herr Liebner, wir trinken hier nur noch.«

Herr Liebner gewann langsam seine Fassung wieder.

»Kommen Sie, und trinken Sie einen mit uns«, sagte der Vater, füllte eine neue Tasse und schob sie dem Bankbeamten hin.

»Nein, Herr Cafetier«, erwiderte Herr Liebner schroff, »hier werde ich nicht trinken!«

»Sackerlot, da schau her«, lachte der Vater, »französischer Kognak schmeckt Ihnen wohl nicht mehr, o jeje, russischen Wodka führe ich derzeit noch nicht, aber nehmen Sie doch wenigstens Platz.« Der Vater hatte bereits mehr als genug geladen.

»Nein, das werde ich nicht tun«, erwiderte Herr Liebner und schraubte seine Stimme ein wenig höher, »ich bin heute in einer sehr ernsten Angelegenheit zu Ihnen gekommen, hm, ich möchte Sie nämlich gern darauf aufmerksam machen, daß Ihr Verhalten, mein Herr«, und plötzlich schrie er erregt, »Sie wollen ein Patriot sein und bewirten einen deutschen Offizier, das ist unerhört.« Herrn Liebners Stimme überschlug sich bereits, sie vermochte das unablässige Ansteigen zu einer höheren Stimmlage nicht länger durchzuhalten, sie riß ab, Herrn Liebner ging der Atem aus, und plötzlich versagten seine Stimmbänder; ich mußte lachen und war froh, daß die Mutter nicht zugegen war: bestimmt hätte sie mir für mein Spottgelächter einen strengen Verweis erteilt oder sogar ein Kopfstück gegeben, denn stets hatte sie mir Herrn Liebner als leuchtendes Beispiel hingestellt.

»Sie sind kein Patriot«, krächzte Herr Liebner weiter, dann blieb ihm erneut die Stimme weg. Der Vater brach in schallendes Gelächter aus, und die Adern an seinen Schläfen liefen blau an: »Nein, Herr Liebner, Sie haben wirklich recht, ich bin kein Patriot, ich bin nur«, und der Vater verschluckte sich, »nur ein ganz gewöhnlicher Cafetier, ein gewesener Cafetier, und mit Ihrem Patriotismus können Sie mir, mit Verlaub, den Buckel herunterrutschen. Zum Wohle, Herr Liebner.« Dann trat der Vater ans Fenster, öffnete es und schleuderte die feine Porzellantasse in die Finsternis hinaus: sie flog durch den Lichtkegel und fiel geräuschlos in den Schnee; meines Vaters innerer Hund war erwacht, er heulte vor Schmerz, mit selbstquälerischer Wut rüttelte er an der eigenen Ohnmacht, die ihn mit bösen Vorahnungen wie mit Mauern umstellte und ihm die Eingangstür zu seinem Lokal mit der französischen Aufschrift ›Entree‹ mit Brettern vernagelt hatte.

»Sie, mein Herr«, gickste Herr Liebner jetzt mit einiger Verspätung, und ich glaube, er machte bei diesem Ausruf sogar einen kleinen Hüpfer, bestimmt aber hatte er seine Fäuste geballt, »Sie, mein Herr, scheinen sich dessen gar nicht bewußt zu sein, daß wir für eine auf die Traditionen Masaryks zurückgehende Demokratie kämpfen.« »Wir kämpfen, sackerlot«, lachte der Vater und ließ ihn nicht zu Wort kommen, dampfende Atemwolken stiegen von seinen heißen Lippen durch den Lichtkegel zu der über uns liegenden Etage hinauf, »so, so, Ihnen geht es um die Demokratie, ah, da schau her«, schrie der Vater beim Fenster, »wir kämpfen für die Demokratie, sackerlot! Sie haben sich aber beinahe zerrissen mit Ihrer Kämpferei, Sie Scheißkerl, ich will Ihnen sagen, worum es Ihnen geht: um das große Gut Ihres lieben Schwesterleins, sie warten nur darauf, bis sie im eigenen Wasser ertrinkt, aber daraus wird nichts, werter Herr, kein Gut, die Bolschewiken werden es Ihnen kassieren ... zu dumm, daß aus Ihnen kein Großgrundbesitzer wird ... zu dumm, was?« schrie der Vater. Doch plötzlich wurde seine Stimme brüchig, und schon ging auch ihm der Atem aus: »Die harte Wirklichkeit ist sehr bedauerlich«, sagte er leise, »auch ich werde kein Cafetier mehr sein ...« Langsam schloß der Vater das Fenster, zog den Vorhang vor, setzte sich an den Tisch, schenkte sich noch einen Kognak ein und wandte sich dann Herrn Liebner zu: »Seien Sie doch nicht kleinlich, werter Herr, es geht mit uns bergab, ich bin bereits ernüchtert, Sie noch nicht, ich pfeif' auf Ihr Herumgerede, wenn es um meine Rettung geht – nur daran müssen wir jetzt denken, an nichts anderes.«

»Und wo bleibt das Vaterland«, rief der Bankbeamte Liebner pathetisch aus.

Der Vater zuckte die Achseln: »Sie sind vernagelt, total bekloppt.«
»Sie beleidigen mich«, schrie Herr Liebner.
»Jawohl, ich beleidige Sie«, fuhr der Vater fort, ohne jedoch die Stimme zu erheben, »und ich hätte die größte Lust, Ihnen ein paar Ohrfeigen herunterzuhauen, nur eben so, zu Ihrer Ernüchterung, vorläufig aber genügt es mir, wenn Sie meiner Bitte nachkämen und sich schleunigst entfernten.« Herr Liebner schluckte dreimal: »Das bedeutet also«, sagte er mit unnatürlich tiefer Stimme, »daß Sie mich hinauswerfen?«
»Jawohl«, erwiderte der Vater und kippte abermals einen Kognak hinunter.
»Das werden Sie noch bereuen«, schrie Herr Liebner.
»Verschwinde, du Nachtgespenst«, brüllte der Vater und schenkte dem Bankbeamten keine weitere Beachtung mehr.
Ich schloß hinter Herrn Liebner die Tür.
Am Horizont entzündeten jetzt die russischen Flieger einen Christbaum, die Leuchtraketen fielen an Fallschirmen zur Erde, und je tiefer sie herabkamen, desto längere Schatten warfen sie; ich machte das Licht aus und sah durchs Fenster hinaus: Herrn Flanderkas Schatten zeichnete sich auf der Straße unten in scharfen Umrissen ab, wuchs allmählich in die Länge, sprang auf die Mauer über, und als eine Leuchtrakete in unserer unmittelbaren Nähe hinter der Friedhofsmauer niederging, blitzten die silbernen Knöpfe an Herrn Flanderkas Polizeiuniform und die silbernen Inspektorstreifen an seinem Helm auf: sein Schatten an der Mauer wurde riesengroß und nahm die Gestalt eines Ungetüms an, das leise von Osten nach Westen wanderte, die blutige Ader am Horizont erbleichte, nur ab und zu zuckte noch ein orangefarbener Farbton hindurch.
Gemeinsam mit dem Vater verfolgte ich hinter dem Vorhang diese Lichter; ich warf einen Blick auf sein Gesicht, es war bleich, jedes Fältchen hatte sich in eine tiefe Furche verwandelt, und der dichte Tüll des Vorhangs zeichnete ein exaktes phantastisches Muster auf sein Gesicht: das Muster wanderte über sein Gesicht hinauf und hinterließ in seinen Hautfältchen tiefe Schatten; der Vater tastete im Dunkeln nach meiner Hand; ich zog sie weg.

Herrn Klimeschs Briefe holte ich persönlich von der Post ab und brachte sie der Mutter; jeden Tag fragte mich der Vater: »Was ist, hat Herr Klimesch geschrieben?«
Schweigend zeigte ich ihm manchmal den Briefumschlag mit der bekannten Handschrift, der Vater schob für gewöhnlich neugierig den Kopf vor, wandte sich dann ab und sagte: »Gib ihn der Mutter.«
Bereits ab Februar hörten die Absendungsorte auf, Hoštálkov näher zuzurücken: Herr Klimesch befand sich östlich von uns, irgendwo bei Sillein; dann schrieb er plötzlich wieder von einem mehr südlich gelegenen Ort in der Nähe von Göding, ein weiterer Brief kam aus Pardubitz und die letzte Nachricht dann aus Troppau: der Kreis begann sich zu schließen; die geradlinige Bewegung von Herrn Klimeschs Route zu uns her wich zuerst nach Osten aus und beschrieb allmählich einen großen Bogen um uns, dessen westliches Teilstück sich bis nach Böhmen hinüberzog; die Mutter las uns nicht mehr aus seinen Briefen vor und schloß sich mit ihnen ins Schlafzimmer ein; sie verbrannte sie aber nicht wie Herrn Bergers Briefe, doch nur ungern und voll Argwohn im Gesicht beantwortete sie meine Fragen, wann und woher Herr Klimesch geschrieben habe: die Poststempel auf den Briefumschlägen waren zumeist unleserlich und wichen von Herrn Klimeschs Route ab; wahrscheinlich ließ er seine Briefe von Zivilisten in den Postkasten einwerfen; ich wußte, Herr Klimesch würde zu uns zurückkehren, der Kreis sich verengen; zweierlei Triebkräfte bestimmten die Bahn seines Wegs zu uns her: zum einen die Fliehkraft des Krieges, die ihn herumwirbeln und ihn von seinem Weg zum Mittelpunkt des Kreises wegreißen würde, und zum andern die Anziehungskraft meiner Mutter, ihres Lächelns, in dessen Nähe der asthenische Sudetendeutsche, der Professor am Mädchengymnasium, Zuflucht und Geborgenheit sucht; was werden wir zu ihm sagen, wenn er vor unserer Tür steht, wie werden wir ihn bei der Rückkehr von seiner Reise begrüßen? Mit Erbarmen, wie man es einem von der Sturmflut ans Ufer geworfenen Schiffbrüchigen erweist, oder mit heimlichen Verwünschungen und schiefem Lächeln, mit dem man den Zeugen verübter Schuld ins Haus einläßt, oder aber werden wir nur stumm den Kopf senken und zu ihm sagen: Kommen Sie weiter, Herr Klimesch, nehmen Sie Platz, essen Sie, trinken Sie und gehen Sie schleunigst wieder fort – still und scheu, mit einem unmerklichen Lächeln auf Ihren schmalen Lippen,

so, wie Sie stets von uns fortgegangen sind; wir hatten und haben Sie noch immer gern, Herr Klimesch, doch jetzt gehören Sie nicht mehr zu uns, unsere Stammgäste haben sich in alle Winde zerstreut, und es wird gut sein, wenn auch Sie sich zu Ihren Leuten begeben; nein, niemand wird Sie hinausjagen, aber schützen werden wir Sie wohl nicht können, wir werden mit uns selbst genug zu tun haben; wie schön hatte ich mir doch immer Herrn Klimeschs Rückkehr ausgemalt: in einer Atmosphäre von ein wenig Trauer und Hoffnung würde man mit gedämpfter Stimme Gespräche führen und alle Gemeinheiten der Welt mit einem Seufzer übergehen. So schön hatte ich mir das alles vorgestellt, daß ich meinen letzten Traum sehr bedauerte: Herr Klimesch erhob sich auf seinem wehenden Soldatenmantel wie auf Flügeln über unseren Zaun, erreichte jedoch unseren Garten nicht mehr, denn der Herr Wachtmeister Turek streckte ihn mit einem Schuß aus seinem Dienstgewehr nieder; Herr Klimesch fiel schwer zu Boden, sich mit den Armen auf die Straße stützend, dann gaben die Ellbogen langsam nach und knickten plötzlich ein, sein Kopf sank nach vorn; in diesem Augenblick bekam ich vor mir selber Angst: ich nahm es Herrn Klimesch sehr übel, daß er mir seine so schön ausgemalte Rückkehr verdarb, die Rückkehr in einer Kulisse des Friedens, die Sonne zu seiner Rechten, den Südwind im Gesicht, beim Geräusch der anschlagenden Gießkannen in der Stille des frühen Abends; schon immer habe ich mir kommende Ereignisse ausgemalt, doch bei Herrn Klimesch wollte nichts stimmen und auch nicht bei Berger, was den aber betraf, konnte ich zufrieden sein: er bekam einen Schuß in den Rücken und blieb einen Moment lang, bevor er ins nasse Gras fiel, an unserem Zaun hängen, nur Herrn Bergers Gesicht enttäuschte mich: die Maske blieb ihm auch im Tode. Herrn Klimeschs Ende hat mich jedoch ganz in Verwirrung gebracht: er entschwand mir im dunklen Wald, als er vor mir floh; ich glaubte damals, sogar noch im Finstern seine irren, großen, weißen Augen zu sehen, ich vernahm seine Schreie und seinen schweren Atem; ein Zipfel seines wehenden Soldatenmantels streifte sanft meinen Fuß; dann sah ich Herrn Klimesch niemals wieder: er verlor sich im Dunkel.

Am Morgen jenes Tages, an dem Onkel Hejtmánek mit der Tante und Kusine Lidka in unserem Vorraum auftauchten, hatte Tauwetter eingesetzt, auf den Wegen stand das Wasser, und auf den Bächen trieb das Eis; der Onkel war gekommen, um bei uns die schlimme Zeit abzuwarten, und quartierte sich in den oberen zwei Schlafzimmern ein, in denen Herrn Kempfs Möbel standen; die Tante befühlte die mit australischer Wolle gefüllten Matratzen, hörte zu weinen auf und sagte: »Hier werden wir gut schlafen«; nach dem Abendessen nahm der Onkel meinen Vater beiseite und sagte mit erhobenem Zeigefinger zu ihm, er wolle nicht an seine patriotischen Gefühle appellieren, denn da spräche er wie zu einem Tauben, aber warum müsse denn der Vater ausgerechnet deutsche Offiziere in seine Wohnung führen, Herr Liebner erzähle das angeblich in der ganzen Stadt herum – und dann dieser schreckliche Berger. »Schau, daß du dir diese Leute vom Hals schaffst«, sagte der Onkel abschließend.

»Und wen soll ich mir an ihrer Stelle auf den Hals laden«, fragte der Vater, »dich vielleicht?«

»Na erlaube mal«, schrie der Onkel; die Tante begann wieder zu weinen, blickte meinen Vater vorwurfsvoll an, und Kusine Lidka stopfte sich mit Mehlspeisen voll, wenigstens schwieg sie dabei; der Onkel sprach an diesem Abend noch von so mancherlei, vergaß aber ganz, von praktischen Dingen zu reden: zum Beispiel, wer sie bei uns verpflegen sollte, natürlich verstand es sich von selbst, daß der Vater auch diese Bürde ohne Fragen und Murren auf sich nahm.

In den darauffolgenden Tagen geisterte die Kusine durchs Haus; mit weitaufgerissenen Augen saß sie im Wohnzimmer unten, die Lippen vor Staunen halb geöffnet; sie las das Buch ›Vegetarier der Liebe‹; immer, wenn ich das Wort an sie richtete, beobachtete sie mich, und der Ausdruck des Staunens in ihren Augen verstärkte sich; was sieht sie nur an mir, dachte ich, und um es zu erfahren, berührte ich ihr Knie: die Kusine begann heftig zu atmen, richtete sich kerzengerade auf ihrem Stuhl auf und erstarrte; ich hatte mit dieser Berührung keinerlei Absicht verbunden, es geschah nur aus Neugierde, um festzustellen, ob die Gleichgültigkeit, die sie in meiner Gegenwart zur Schau trug, auch echt war; Lidka umklammerte krampfhaft meine auf ihrem Knie liegende Hand und sagte leise: »Meine Mutter behauptet von dir, du seist ein ganz gemeiner Kerl, du bist dem Vater nachgeraten und ganz verdorben.«

»Die Meinung meiner Tante über mich interessiert mich ganz besonders«, erwiderte ich lachend.

»Die Mutter hat auch gesagt, du hast etwas mit der Štefka gehabt.«

»Na und was weiter?«

»Und dann hat sie noch gesagt, du bist mit dieser Doris herumgezogen.«
»Aber geh«, erwiderte ich und zog die Hand immer noch nicht von ihrem Knie weg, »da bin ich also wirklich ein ganz gemeiner Kerl, wer hätte das von mir gedacht, aber wenn du erst alles wüßtest, ich könnte erzählen!«
Lidka hob die Augen, sie waren wieder sehr groß; die Lippen waren halb geöffnet, und unter dem Baumwollpullover hob sich ihre Brust: »Erzähl doch«, flüsterte sie.
»Auch mit Líba Mičková habe ich etwas gehabt.«
»Mit dem Scheusal«, hauchte Lidka.
»Jawohl«, erwiderte ich, ebenfalls die Stimme dämpfend, »und jetzt werde ich mit dir etwas anfangen, Tatsache«; ich näherte mich ihr: ihre Lippen waren feucht, sie schloß nicht die Augen, sondern richtete sie starr auf mich und beobachtete jede meiner Bewegungen; sie wurde ein wenig weicher, nur ihre Augen störten mich: sie waren weit aufgerissen, doch ich konnte nichts darin lesen, überhaupt nichts, weder Erregung noch Ärger, Freude, Enttäuschung oder Vorwurf; immer nur dieser beobachtende Blick, dann stieß mich Lidka heftig von sich und sagte leise: »Was erlaubst du dir«, erhob sich vom Stuhl, warf das Buch auf den Tisch und verließ das Zimmer.
Beim Abendessen saß ich neben ihr: unter dem Tisch legte ich ihr die Hand aufs Knie, wieder erstarrte sie, in den Augen Leere; sie preßte die Knie fest zusammen und in regelmäßigen Intervallen öffnete und schloß sie sie wieder; sapperment, dachte ich; in der Zwischenzeit, während der ich meine ganze Aufmerksamkeit Lidkas Knie zuwandte, knöpfte Onkel Hejtmánek meinem Vater ein hübsches Stück Geld ab. Das verhielt sich so: irgendein Sudetendeutscher wollte seine Großmetzgerei verkaufen, er ahnte bereits, was ihm bevorstand, und der Onkel wartete mit Ungeduld auf den Moment, um dem Vater sagen zu können, es gelüste ihn nach diesem Geschäft und es fehle ihm nur eine Kleinigkeit – die Moneten. Während ich vollauf mit Lidkas Knie beschäftigt war, konnte ich begreiflicherweise die von meinem Onkel dargelegten Gründe, warum er das Geschäft unbedingt haben wollte, nicht so genau verfolgen; ich sah dann nur, wie der Vater das Geld aus dem Sekretär herausholte, es vor Hejtmánek hinlegte, dem die Tränen in die Augen traten, oder vielleicht war es auch nur ein Glanz, ich will aber nicht ungerecht sein und behaupten, seine Augen glänzten aus reiner Habgier: Lidka hatte auch feuchte Augen, blickte mich aber nicht an, sondern sah zum

Fenster hinaus. »Wie werden wir dir das nur alles bezahlen können«, sagte die Tante und weinte; hab keine Angst, dachte ich, Lidka wird mir schon einen Teil dieser Schuld abtragen; doch in meines Vaters Augen las ich Trauer, schwer erhob er sich vom Tisch, nahm schweigend den Schuldschein an sich, legte der Tante die Hände auf die Schultern, wahrscheinlich reizte es ihn, daß diese wie die gestutzten Flügel eines Vogels hin und her zuckten: er wollte sie beruhigen, aber die Tante knickte unter dem Gewicht seiner Arme im Kreuz ein. »Ewig werde ich dich nicht über Wasser halten, Hejtmánek«, sagte der Vater und ging hinaus.

Lidka stellte die Bewegung ihrer Beine ein; ich legte die Hände auf den Tisch; die Kusine sah mich mit kaum merklichem Lächeln an und verließ das Zimmer.

Der Onkel schaltete den Londoner Sender ein; ich setzte mich ein Weilchen neben ihn und hörte mir Jan Masaryk an: er hatte eine etwas angeschlagene Stimme, und seine Rede gefiel mir gar nicht: viel Pathos, eine süßliche, volkstümliche Biederkeit, für die Massen bestimmt, und Schweißgeruch patriotischer Sokoln beim Bezirksturnfest; Professor Mikešs Bild tauchte vor mir auf: wie er aufs Reck stieg, herunterfiel und ihm niemand auf die Beine half; die Atemübungen, die Zwerchfellmassage, die Möhren zum trockenen Brot; dem war ich schon entwachsen, bevor ich noch reif geworden war.

»Brillant«, sagte der Onkel beim Radio.

Dann legte er mir die Hand auf die Schulter: »Dich erwartet ein glückliches Leben in einem demokratischen Land«, deklamierte er aufgeregt, »du gehörst zu der Generation, in die wir unsere Hoffnungen setzen, wir werden dir den Weg zu einem würdigen Leben erkämpfen«, des Onkels Stimme bebte, wahrscheinlich gefiel er sich selbst ganz ausgezeichnet in dieser Rolle; ich wagte nicht, mich zu rühren; neben mir im Lehnsessel schlummerte die Großmutter und schnarchte ein wenig, die Mutter hatte sich bereits ins Schlafzimmer zurückgezogen, Tante Lída war ihr gefolgt; der Vater kam ins Wohnzimmer zurück, saß dann stumm rauchend da und beobachtete, was der Onkel mit mir noch anstellen würde: ich bemerkte, wie er den Mund zu einem Lächeln verzog. »Gute Nacht, Onkel«, sagte ich und befreite mich von dem Druck seiner Hand, schlüpfte im Dunkeln in mein Zimmer und knipste das Schreibtischlämpchen an. In meinem Bett, bis zur Nasenspitze zugedeckt, lag Lidka mit weitaufgerissenen, ausdruckslosen Augen, nur ihre feuchten, halbgeöffneten Lippen bewegten sich: »Mach das Licht aus«, flüsterte sie.

Im Finstern kleidete ich mich für die Nacht um, tat zwei Schritte zum Bett hin, stockte jedoch, denn ein Geräusch fesselte meine Aufmerksamkeit: der nasse Schnee auf Großvaters Hausdach war ins Rutschen gekommen und fiel mit dumpfem Aufschlag zu Boden, der Wolkenschleier in der Krone der Linde zerriß; das Wetter schlägt um, dachte ich, es wird Frost geben. »So komm endlich, ich kann doch nicht die ganze Nacht hier bleiben«, flüsterte Lidka.
Ich schlüpfte zu ihr unter die Bettdecke: die Kusine war splitternackt.
Als sie wieder ihren Morgenrock anzog, sagte sie zu mir: »Mach kein Licht, ich will nicht, daß du mich siehst.«
Ich kehrte mein Gesicht zur Wand und wartete, bis ich ihre Schritte und das Öffnen der Tür vernehmen würde, doch ich hörte nichts mehr. Hinter der dünnen Schiffswand plätscherten die Wellen des Meeres und umspülten das Boot, aus der Tiefe kamen die bunten Fische zum Schiff emporgeschossen und umschwammen es unter der mondbeschienenen Wasserfläche in ständig sich wandelnden Kreisen; dann tauchten am Schiffsrumpf Raubfische auf: ihre scharfen Zähne begannen das Holz zu benagen, fraßen sich bis zu meinen Füßen durch und verbissen sich in ihr Fleisch: ich schrie auf, und die Fische entflohen, nur der Mond hing stumm in der Krone der Linde, der Nachtwind wehte einen Märzhauch zu mir heran; von meinem Kissen stieg ein leichter Dunst von Parfüm und Mädchenschweiß auf.

Das Haus war verstummt, draußen summten mit hohem Ton die Drähte der elektrischen Maste, das untrügliche Zeichen für einen Witterungsumschlag; die schweren Wolken zerteilten sich und ließen die Mondsichel hervortreten, der Wind hatte sich gedreht und zerrte an den kahlen Zweigen der Linde; das starrgefrorene Holz ächzte, aus Großvaters Schornstein stieg der Rauch durch das Geäst empor, bisweilen verirrte sich ein Funken in die Krone der Linde, bis er in dem Labyrinth der Windwirbel um ihren Stamm erlosch; die Tür meines Zimmers wurde leise geöffnet, ich drehte mich um und erblickte Lidka: »Komm ein Weilchen hinaus, draußen ist es wunderschön«, sagte sie.
Ich zog mich im Dunkeln an: draußen hatte Frost eingesetzt, die Sterne standen ganz niedrig über dem Kogel, die Hunde bellten sich die Abendnachrichten zu; wir nahmen den Schlitten und stiegen den Hang zu der dunklen Reihe der Apfelbäume hinauf, bis zur Quelle:

hier hatte ich im Sommer das Gesicht ins Wasser getaucht und getrunken, jetzt war nur ein Eisklumpen zurückgeblieben, darunter eine Luftblase, die im Licht des Halbmonds wie ein Glastropfen an einem venezianischen Lüster schimmerte.
Wir blieben stehen; Lidka hatte große Augen, mit halbgeöffneten Lippen sog sie den Nachtwind ein, doch sie zu küssen war mir unmöglich: Hier hatten Štefka und ich uns hingekauert, unsere Gesichter in das klare Wasser getaucht und auf den kleinen Spalt zwischen den Steinen geblickt, aus dem der Quell aus der Erde hervorsprudelte, unser Quell; hier hatten wir das Spiel ›wer hält länger aus‹ gespielt: wir hatten die Gesichter ins Wasser getaucht, unter Wasser einander angeschaut, und wer, von der Anstrengung rot und vom verhaltenen Atem erschöpft, das Gesicht früher heraushob, der hatte verspielt; Lidka störte mich jetzt, ihr konnte die Quelle nichts erzählen, für sie war sie nur ein Stück Eis mit einer Luftblase darin, doch mich und Štefka hatte sie in ihren Zauberbann geschlagen: auf den feuchten Steinen kniend, hatten wir uns vor ihr verneigt und aus ihr Lebenskraft getrunken; sogar einen Laubfrosch hatten wir hineingesetzt, um die Quelle zu schützen und sie rein zu erhalten, wie eine Reliquie trugen wir ihn in einem mit wohlriechenden Kräutern ausgelegten Glas hierher, setzten den erschrockenen Springer vorsichtig ins Wasser und beobachteten mit Vergnügen, wie er sich mit heftigen Stößen seiner Schenkel vom Boden abstieß und sich unter die Steine flüchtete; wieder hatten wir die Gesichter ins Wasser getaucht; ich war dem Frosch ganz nahe, er saß mit zitterndem Kröpfchen und gespreizten Beinchen direkt vor meinen Augen; in diesem Moment sah er wie ein riesiges, zum tödlichen Sprung ansetzendes Ungetüm aus; mit mächtigen Stößen schwamm der Frosch rings um meine Stirn, ich spürte seinen Schleim, den glitschigen, kalten Leib; ich schrie auf, zog das Gesicht aus dem Wasser, Štefka lachte, ich aber wandte mich ab und suchte nach einem Stein; die Schwere in meiner Hand beruhigte mich; der Frosch saß, den Kopf herausgestreckt, am Rand der Quelle, sein Kehlchen zitterte – ich nahm Schwung und schleuderte den Stein nach dem Tier: das Wasser verfärbte sich.
»Warum hast du das getan?« flüsterte Štefka.
Ich sagte kein Wort, und auch heute kann ich nicht sagen, warum ich den Stein geworfen hatte: ich weiß nur, in dem Augenblick, in dem ich den Stein in meiner Hand wog, die für einen zielsicheren Schuß nötige Kraft abschätzte, fielen Schrecken und Angst vor dem Unge-

heuer von mir ab – ich schleuderte den sandigen Stein – und erschlug einen ganz gewöhnlichen Frosch.
Lidka legte mir die Hand auf die Schulter: »Was ist los mit dir?« fragte sie.
Ich stellte den Schlitten auf und sagte: »Setz dich, wir fahren.«
Lidka lehnte sich mit dem Rücken an mich, ich stieß ab, und wir sausten den Abhang hinunter: leicht und schnell stoben wir dahin, Schneekristalle hinter uns aufwirbelnd; unterhalb des Hügels wurden wir vom Schwung weitergetragen, bis der Schlitten mit sanftem Aufprall in einer Schneewehe steckenblieb und Lidka mit ihrem ganzen Gewicht auf mich fiel.
»Ich bin sehr glücklich«, sagte sie und fügte dann hinzu: »Eigentlich unglücklich.«
Dieses Wort war mir fremd: ich empfand zwar oft Überdruß, so manches schmerzte mich, doch nie hatte ich Gefühle dieser Art mit Unglück in Verbindung gebracht; Unglück ist das Zusammenwirken heimtückischer Zufälle, die uns treffen, betäuben, erstarren lassen, zerschlagen, zerstören; den Tod habe ich nie als Unglück angesehen, er ist eine Naturgegebenheit; Unglück dagegen ist, einen Menschen zu töten, ihn zu verraten, ihn zu vergewaltigen; ich konnte es Lidka nicht glauben, daß sie wirklich unglücklich war; ich stemmte mich gegen ihr Übergewicht, ihren Rücken mit den Händen festhaltend, glitt dabei vom Schlitten herunter, fiel auf die Knie in den Schnee, richtete mich aber sofort wieder auf, die Hände dauernd auf Lidkas Schultern, und stieß den Schlitten immer schneller über den gefrorenen Schnee vorwärts; was heißt hier Unglück, wo ist es denn, zeig es mir doch, dachte ich, für uns existiert kein Unglück, wir leben und werden sehr lange leben, wir fahren und wir fahren, ich kam schon nicht mehr mit, ich gab dem Schlitten einen Stoß und sauste der Länge nach auf der weißen Fläche hin, mit dem Gesicht direkt in die Schneekristalle; der Schlitten glitt geräuschlos weiter, bis er in die weiße Tiefe eintauchte; ich stand auf und lief die wenigen Schritte zu der Schneemulde, wo Lidka mit zurückgesunkenem Kopf auf dem Schlitten hingestreckt lag. »Ich sehe dich verkehrt«, sagte sie mit kehliger Stimme, »so sieht die Welt ganz anders aus.«
»Wie anders?« fragte ich.
»Sie ist weder schöner noch angenehmer, eben anders«, sagte Lidka und blieb mit zurückgesunkenem Kopf liegen; ich neigte mich über sie und betrachtete ihre Augen, Lippen, ihr Kinn und ihre breite Stirn: das alles hatte ich doch schon einmal auf dem Foto des blau-

äugigen Steigers gesehen und sah es jetzt von neuem in Lidkas Gesicht; den Großvater hatten jene zu Tode gehetzt, und vom vergeblichen Kampf erschöpft, hatte er sich die Schlinge um den Hals gelegt; ich weiß aber nicht, wer *jene* eigentlich gewesen waren und gegen wen, wofür und auf welche Weise er gekämpft hatte.

Langsam schlenderten wir in einem Halbkreis um unser Haus herum und gelangten in sanftem Anstieg bis zu meinem Baum; ich lehnte den Schlitten an seinen Stamm und schwang mich auf den ersten Ast hinauf: ein Stückchen höher hatte ich eine primitive Strickleiter verborgen.

»Klettern wir hinauf?« fragte Lidka. »Dort oben habe ich mein Versteck«, sagte ich, »reich mir die Hand.«

Zwei Meter unter dem Wipfel hatte ich mir ein Versteck angelegt: ein paar verschlungene Zweige, freier Ausblick auf Haus und Straße, ein Sack und darin Gewehr und Patronen, ein kleines Sitzbrett, das ich zwischen zwei Ästen befestigt hatte: Lidka mußte ich auf die Knie nehmen; von den Kirchtürmen im Dorf unten schlug es elf: zuerst elf Schläge von der evangelischen und gleich darauf von der katholischen Kirche; für die Evangelischen schlug die Uhr früher, vermutlich deswegen, weil es ihrer im Dorf mehr gab.

»Du hast ja ein richtiges Gewehr«, flüsterte Lidka, als ich ihr die Waffe zeigte. »Ja, das ist mein Gewehr«, sagte ich in gleichgültigem Ton, obzwar es mir nicht so recht gelang, mein erhobenes Selbstgefühl und meinen Besitzerstolz zu verbergen; wer aus unserer Klasse konnte sich schon damit brüsten, ein richtiges Gewehr zu besitzen?

»Hast du schon jemanden erschossen?« fragte Lidka.

»Beinahe.«

»Jesus Maria«, hauchte sie, »und wen denn?«

»Fast hätte ich Onkel Franta damit umgelegt, dort oben am Waldrand«; ich wies mit der Hand auf die scharfe Grenzlinie zwischen der vom Halbmond beschienenen Wiese und dem bläulichen Wall des Waldes mit den Birken an seinem Rande; ich packte die Flinte wieder ein, aber Lidka konnte ihre Augen nicht vom Wald losreißen und legte mir die Hand aufs Knie. »Dort, beim Wald«, flüsterte sie.

Ich richtete meinen forschenden Blick auf die Grenzlinie zwischen dem Wald und der schneebedeckten Wiese. Aus dem dunklen Fichtenwald lösten sich jetzt zwei Gestalten; in der klaren Eisluft hörte ich den Schnee unter den Tritten der Männer knirschen; die beiden

Silhouetten waren nur undeutlich zu erkennen; ich gab mich damit zufrieden, daß es wahrscheinlich die Maliňáks seien, unsere Nachbarn von weiter oben, die sich manchmal im Winter den Weg bergabwärts über die verschneite Wiese abkürzten; aber warum gehen sie hintereinander, wie zwei Schmuggler; Lidka preßte sich fest an mich: ich spürte ihre Wärme in meinem Gesicht; inzwischen waren die Männer nahe herangekommen, ich konnte schon ihre langen Mäntel und Ohrenmützen unterscheiden; Lidka begann zu zittern; im Schatten eines Apfelbaums verschmolzen die beiden Männer zu einem einzigen dunklen Fleck: die eine Hälfte des Flecks verharrte regungslos, während sich die andere zu unserer Hinterpforte hinbewegte: der Mann öffnete sie mit einer so sicheren Bewegung, daß ich mich wunderte: nur die Hausbewohner wußten, wie die Pforte von außen zu öffnen war; der Mann verschwand unter dem Balkon, dann blinkte im Hausflur das Licht kurz auf, und wieder war es still und dunkel.

»Jetzt können wir nicht hinunter«, flüsterte Lidka; es schlug halb zwölf, wieder zuerst auf der evangelischen und nachher auf der katholischen Kirche; beim Schlagen der evangelischen Uhr küßte ich Lidka heute das erste Mal, als es dann bei den Katholiken halb schlug, wärmte ich mir die starren Hände unter ihrem Pullover und entdeckte mit meinen Lippen unbekannte Landschaften in ihrem Gesicht; die Mondsichel stieg am Himmel hinauf, und erst als sie sich neigte, kehrten die beiden Schatten auf ihren eigenen Spuren in den Wald zurück.

Wir stiegen vom Baum hinunter, schlichen durch den Garten, nur gut, daß ich den Haustürschlüssel bei mir trug: wie zwei Diebe stahlen wir uns, ohne Licht zu machen und uns an den Händen haltend, die Treppe hinauf, bei unserer Wohnungstür küßte ich Lidka nochmals: gerade schlug es bei den Evangelischen eins, nach einer Weile dann auch bei den Katholiken; ich sah auf meine Uhr, ein exakt gehendes Werk, das letzte Vorkriegsmodell: sie zeigte die objektive Zeit, ein Uhr und zwei Minuten.

»Ich warte hier, bis du oben bist«, sagte ich zu Lidka, sie drückte mir die Hand, ich hörte sie im Finstern hinauftappen und die Tür der oberen Wohnung schließen; leise schlich ich durch den Wohnungskorridor in mein Zimmer; ich zog mich im Dunkeln aus und schlüpfte unter die Bettdecke.

Der Vater marschierte im Wohnzimmer hin und her, her und hin, er wollte wohl auf diese Weise seine Abendration an Angst und Unruhe abreagieren; sicherlich raucht er heftig dabei und zieht ganze Rauchschwaden hinter sich her, dachte ich; ein Gläschen klirrte, und wieder war es eine Weile still: jetzt genehmigt sich der Vater eins zur Aufmunterung, dann wieder drei Schritte, und ein zaghaftes Klopfen an der Schlafzimmertür der Mutter: »Máňa, bitte, laß mich hinein.«

Stille.

Der Vater klopfte nochmals und etwas lauter; ich wußte genau, die Mutter schlief noch nicht, sie liegt jetzt regungslos im Bett, starrt zur Zimmerdecke und lauscht, sie hört die Schritte des Vaters, sein Klopfen und seine Bitte, doch sie schweigt, rührt sich nicht, preßt nur die Lippen zusammen und schließt gewaltsam die Augen: Ich weiß, sie weint im Dunkeln und kommt über ihr Weinen nicht hinweg, so daß sie nicht mit bloßen Füßen (niemand im Haus würde davon wissen, nicht einmal ich, denn bis zum Morgen hätte ich längst alles wieder vergessen) zur Tür gehen kann, um den Schlüssel umzudrehen, es genügt, nur den Schlüssel umzudrehen und zu sagen – ja wie soll ich wissen, was, aber es genügt, zwei oder drei Worte zu sagen, im äußersten Falle einen Satz oder auch bloß zu schweigen, aber um Himmels willen mach doch auf! Der Vater klopfte zum drittenmal.

Ich hörte ihn dann leise die Wohnzimmertür schließen und in den Vorraum kommen; jetzt steht er ratlos und allein im Dunkel, wischt sich die Stirn, alle Türen sind ihm verschlossen, nirgends kann er hinein, nur meine ist nicht versperrt: sie ist offen. »Schläfst du schon?« fragt der Vater.

Ich schloß die Augen; ja, ich schlafe, dachte ich, ich schlafe und werde um keinen Preis der Welt aufwachen, ich weiß von nichts, alles habe ich heute verschlafen: sein dreimaliges Klopfen an der Schlafzimmertür der Mutter, seine Bitte um Einlaß, ich weiß von gar nichts; auf meinem Schiff von der Strömung in den Schlaf gewiegt, gleite ich durch die mir bekannte Meeresenge mit den Klippen am Horizont; jetzt kommen auf den Wellen die bunten Fische herbeigeschwommen, aber nicht blau ist das Wasser, sondern dunkel, es kühlt nicht die Handflächen, und wenn ich die Finger an die Stirn, die Wangen oder Lippen lege, spüre ich das bittere Salz; ich schlafe nicht, wie könnte ich auch!

»Schläfst du?« fragt der Vater abermals.

»Nein.«

»Wo warst du den ganzen Abend?«

»Mit der Lidka rodeln.«
»Und da konntest du kein Wort davon sagen, oder früher heimkommen?«
»Das konnte ich nicht, irgendein Kerl hat unser Haus beobachtet.«
Der Vater setzte sich zu mir aufs Bett und legte mir die Hand auf die Schulter. Aha, jetzt kommt es: immer, wenn mir einer der Erwachsenen die Hand auf die Schulter legt, bedeutet das, jetzt wollen sie dir wieder weise Lehren geben; doch der Vater sagte nur:
»Franta war hier und wollte Geld haben.«
»Viel?«
»Sehr viel.«
»Für die Partisanen?«
»Ja.«
»Wirst du es ihm geben?«
»Ich weiß nicht«, erwiderte der Vater mit gedämpfter Stimme, »ich weiß wirklich nicht, was ich tun soll«; er nahm die Hand von meiner Schulter und suchte in seinen Taschen nach einer Zigarre, fand keine, fuhr aber fort: »Wie hab' ich mich doch geschunden, um dieses Geld zusammenzubekommen, und jetzt verliert es für mich allen Wert, und Dinge steigen im Kurs, an denen mir nie gelegen war!«
Ich wollte fragen, welche Dinge meinst du, Vater, doch ich schwieg und gönnte ihm eine kleine Atempause. »Die Leute, diese Leute sind jetzt wie verrückt hinter dem Geld her, und wenn ich es Ihnen gebe, fühle ich so etwas wie eine Erleichterung, als hätte ich mich von einer Last befreit.«
»Vater«, sagte ich leise, »ziehen wir doch weg von hier, gehen wir irgendwo anders hin.«
»Hier bin ich zu Hause«, erwiderte der Vater leise.
»Aber das ist doch kein sicheres Zuhause, Vater.«
Durchs Fenster fiel das Mondlicht auf das Gesicht des Vaters, es sah wie eine Maske aus, wie eine starre, ausdruckslose Maske; dann stand er auf und streckte sich. »Da hast du recht«, sagte er, ging langsam zur Tür, öffnete sie leise und flüsterte mir zu: »Gute Nacht, und nächstens zieh mit dem Mädel nicht mehr so spät herum.«
Ich konnte lange nicht einschlafen, ich hörte des Vaters Schritte im Vorraum, etwas später vernahm ich aus der Küche das Klirren der Kaffeekanne gegen den Eisenrand des Herds, und wieder Schritte, die knapp vor der Schlafzimmertür der Mutter anhielten, wieder ein schwerer Seufzer (oder hatte ich mir das nur eingebildet?) und abermals Schritte, Schritte, Schritte; ich wußte, die Angst hatte von mei-

nem Vater Besitz ergriffen, sie hockt ihm im Nacken, preßt mit ihren dürren Schenkeln sein feistes Genick zusammen, reitet auf ihm, jagt ihn von Tür zu Tür, vom Wohnzimmer in die Küche und wieder zurück: er will nicht allein sein, schon hebt er die Hand, um bei der Mutter anzuklopfen, doch seine Hand vollendet die Bewegung nicht, sie stockt auf halbem Wege, aber wo liegt in einer endlosen Finsternis die Hälfte des Wegs? Der Vater sucht diese Grenzlinie und findet sie in der Gegend seines Herzens: er preßt die flache Hand an diese Stelle, er fühlt sich elend, er hat Angst und ist ganz allein; und wieder geht er im Vorzimmer an meiner Tür vorbei, ich wollte schon ins Dunkel hinausrufen: Vater, so komm doch für eine Weile herein, doch ich vermochte es nicht, meine Rachegelüste meldeten sich; wie oft hätte ich ihn gebraucht, doch er hatte mich übersehen, jetzt werde ich einmal zur Abwechslung schweigen, aber ich konnte mich des Mitleids mit ihm nicht erwehren; gern hätte ich ihm, was die Mutter betraf, geholfen; ich wußte auch, daß seine und meine Angst von gleicher Art war, doch war seine reifer, klüger, durchtriebener und mit mehr Erfahrung in Folterqualen, Kümmernis und Schmerz; Schritte und wieder Schritte: in sich geschlossene Kreise im Vorraum, in dessen Mitte ein Tulpenstrauß welkt; der Vater hatte ihn der Mutter am Nachmittag gebracht, weiß Gott, wo er ihn aufgetrieben hatte; seit drei Uhr nachmittags liegen die Blumen dort, um vier waren Onkel Kurtin und die Tante gekommen, so daß keine Zeit geblieben war, den Strauß ins Zimmer zu stellen, und als Onkel und Tante weggingen, hatte man die Blumen bereits vergessen.

Tante Zdenka konnte ich kaum wiedererkennen: sie war sehr dick geworden, unter ihren Augen hatten sich Fettwülste angesetzt, die Brust war mächtig angeschwollen, und ihr Sonntagskleid aus gutem Stoff platzte in allen Nähten; ganz verlegen zog sie es über die Knie herunter: unverfroren blickte ich auf die beiden Halbkugeln in den Seidenstrümpfen; Schweißgeruch ging von der Tante aus, und als sie mich mit ihren fleischigen Lippen auf den Mund zu küssen versuchte, wich ich aus und hielt ihr die Wange hin, was sie offensichtlich verletzte (Onkel Kurtin hatte kleine Augen, ein etwas lang geratenes Kinn, die schmalen Lippen verschwanden fast unter den rötlichen Bartstoppeln; Kurtin wühlte in Vaters Zigarren, suchte sich die beste heraus, biß die Spitze ab und spie sie auf den Teppich; nein, das war keine Geste der Verachtung, der Onkel war ganz einfach schlecht erzogen, und das ließe sich schließlich entschuldigen; bevor er zu erzählen begann, warf ich schnell noch einen Blick auf die Schenkel der Tante, wo sich unter ihrem Kleid die Unterwäsche und der Strumpfhaltergürtel abzeichneten); die Tante errötete, schlug die Augen nieder und mied die ganze Zeit über, während der Onkel redete, meinen Blick: angestrengt sah sie in den am Sekretär befindlichen Spiegel, die Hände an das verdammte Kleid gepreßt, das ständig höher rutschte und die Knie freigab; kurzerhand verkündete der Onkel dem Vater, er sei jetzt Mitglied des illegalen Nationalausschusses, in dem auch Burian, Mičko, der Herr Wachtmeister Turek und der Herr Lehrer Válek säßen, sie hätten eine Sitzung gehabt, in der beschlossen worden war, das gesamte Vermögen meines Vaters zu beschlagnahmen, selbstverständlich nicht sofort, aber wenn die Rote Armee käme, würde das alles ganz glatt gehen; es sei abgestimmt worden, sagte der Onkel, spuckte auf den Teppich, wischte sich manierlich mit dem Taschentuch den Mund ab und fügte hinzu, er als einziger hätte dagegengestimmt; der Vater hob den Kopf und fragte: »Was willst du dafür?« Der Onkel tat verärgert, was der Vater sich eigentlich denke, aber wenn schon einmal von Geld die Rede sei, er habe einen hübschen Holzhandel begonnen und benötige ungefähr zwanzigtausend ins Geschäft.

Der Vater zählte ihm schweigend das Geld hin. »Du verkaufst mich bereits, bevor du mich noch abgekragelt hast«, sagte er, »du glaubst, ich sei dir jetzt verpflichtet, aber du widerst mich an, das ist kein faires Geschäft mehr, das ist reine Erpressung«; Kurtin blickte unruhig umher, die Zigarre entfiel ihm und rollte auf den Teppich; noch bevor dessen Wolle Feuer fangen konnte, hob ich die Zigarre auf und legte sie in den Aschenbecher zurück; als ich mich bückte, preßte die Tante die Knie zusammen; als ich mich wieder aufrichtete, gewahrte ich gerade noch, wie sich der Onkel die Lippen ableckte, das Geld zusammenraffte und in seine Taschen stopfte; wortlos stand der Vater auf, ging aus dem Zimmer und schmetterte die Tür hinter sich zu; Kurtin war zuerst ganz perplex, und es dauerte eine hübsche Weile, bis in seinen Augen die Wut durchbrach, dann erst gewann er seine Sicherheit wieder, er straffte den Rücken und verließ das Zimmer mit dem typischen Schritt eines Wilddiebs; die Tante blickte nervös um sich, stand dann auf, sah mich an, und ich betrachtete die sich unter ihrem Kleid scharf abzeichnenden Brustwarzen; wir standen uns gegenüber, mir schien, die Tante wollte mich wieder umarmen, doch weil ich mich abwandte, ließ sie es sein.

Während des Nachmittags dachte ich darüber nach, wie ich dem Vater helfen könnte, aber vielleicht machte mich nur sein ununter-

brochenes Herummarschieren in der Wohnung bis in die Nacht hinein nervös; ich wollte schon selbst an die Schlafzimmertür der Mutter pochen und ihr zuschreien, laß ihn doch, zum Teufel, endlich hinein, wer soll denn das mit euch hier aushalten!
Ich blieb aber stumm in meinem Zimmer, und in der Nacht siegte der Trotz über mein Mitleid, das mich den ganzen Nachmittag über erfüllt hatte; diesmal würde ich ihm nicht erliegen, meinetwegen konnten Vater und Mutter zur Hölle fahren und sich dort miteinander aussöhnen, doch gleich darauf bereute ich, ganz verwirrt und voller guter Vorsätze, meine frevlerischen Gedanken. Ich verliere jedes Maß für Proportionen, dachte ich; den ganzen Nachmittag und lange bis in die Nacht hinein hatte ich nachgegrübelt, und keines weiteren Gedankens mehr fähig, betrachtete ich den Halbmond, der sich im Geäst der Linde verfangen hatte und aus dem Labyrinth der kahlen Zweige keinen Weg herausfand; im Haus war es still geworden, die Wellen der Bangigkeit trugen mich fort, Meeresungeheuer streckten den Rücken aus dem Wasser, von unbekannter Hand geschwungen, schlug die Schiffsglocke Alarm; die Salzkristalle verdunsteten auf meinen Lippen und hinterließen feuchte Spuren auf meinem Gesicht; die blauen, gelben und roten Fische trieben mit ihren weißen Bäuchlein nach oben tot auf der Oberfläche des stürmisch bewegten Meeres.

Die Augen des vor mir den ausgetretenen Pfad im Schnee hinaufstapfenden Mannes hatten mir sofort mißfallen, als ich ihn in der Küche der Krahujáks erblickt hatte; viele Dinge wollten mir schon gleich am Morgen nicht gefallen, zum Beispiel, als der Vater mit einem Geldpäckchen zu mir kam und sagte: »Das wirst du zu Franta hintragen, er wartet bei Krahujáks auf dich und wird dich zum Kommandanten führen, dem wirst du das alles übergeben.« Ich konnte gar nichts fragen, denn der Vater verschwand sofort aus meinem Zimmer und befahl mir noch in der Tür mit Nachdruck: »Geh aber gleich los.«
Auch das Wetter mißfiel mir. Schon nach wenigen Schritten spürte ich, daß mein Gesicht feucht war, und auch meinem Begleiter schlug sich der Nebel in feinen Tröpfchen auf Brauen und Wimpern nieder. »Ein Sauwetter«, sagte er und hängte sich dann beim Wald das kurze Gewehr über die Schulter; und außerdem mißfiel mir, daß mich das um meinen Hals hängende Säckchen mit dem Geld drückte.
Im Wald oben hörte es auf zu nieseln, kleine Eisgraupeln kamen

jetzt herab: der nasse Schnee überzog sich mit einer Eiskruste; der Mann vor mir blieb stehen und drehte sich eine Zigarette; seine Augen, die mir schon zuvor nicht gefallen hatten, gefielen mir immer weniger: unstet wanderten sie umher, schon den ganzen Weg hier herauf hatte ich mir über sie Gedanken gemacht, konnte aber ihr Geheimnis nicht enträtseln. Der Bursche zündete sich die Zigarette an und sagte zu mir: »Du hast wohl einen ganz hübschen Pakken Geld bei dir, was?« Dann betrachtete er schweigend die Spitze seiner Zigarette; Stille herrschte, kein Lüftchen regte sich, nur aus der Tiefe des Waldes war ein schweres Ächzen zu vernehmen; das war der nasse Schnee, der von den Bäumen herabsauste und in die Schneewehen fiel; der Mann preßte die Zigarette an seine Oberlippe (die Haut war an dieser Stelle schon ganz braun, von den Zigaretten angesengt), und wir setzten unseren Weg fort.
»Halt«, sagte er auf einer kleinen Lichtung, wo sich drei Wege kreuzten, zog einen roten Stoffetzen aus der Tasche, wischte sich damit die verschwitzte Stirn ab und sog dann den letzten Rest von Rauch aus seiner Zigarette; seine Augen waren feucht, und zwischen den halbgeöffneten Lippen stieß er leise hervor: »Ich muß dir jetzt die Augen verbinden.« Schon den ganzen Weg über hatte ich mir gesagt, der Mann wartet nur auf den geeigneten Augenblick: er wird mir eine Kugel in den Kopf jagen, das Geld an sich nehmen und dem lausigen Wald und den stinkenden Schlupflöchern ade sagen, um sich ein schönes Leben zu machen, es mit Suff und Weibern zu genießen; ich murmelte etwas, doch meine Stimme zitterte und versagte; der Mann lachte, das war aber kein gutes Lachen, es gefiel mir nicht – und schon befiel mich die Angst, eine so lähmende Angst, daß ich weder einer Bewegung noch eines Gedankens fähig war; wenn er in diesem Augenblick auf mich geschossen hätte, hätte ich mich wohl kaum gerührt, nur den Kopf nach vorn sinken lassen und bedauert, daß er mir noch nicht die Augen verbunden hatte; deshalb drückte ich sie zu und sah nun wieder unser Lokal mit den Stammgästen vor mir, doch alle sahen ganz anders aus als sonst. Sie waren bleich und stumm, im Lokal war es still wie in einer Kirche, nur aus der Ferne hörte ich Hufschläge auf dem Pflaster, Lärm von der Straße her: zuerst nur undeutlich, dann verstärkten sich die Geräusche, als drei Männer einen vierten zu uns hereinschleiften. Rosarotes Blut floß aus seinem Mund; sie legten ihn vor meine Mutter bei der Kasse hin, und der eine der Männer sagte, das wären die Polizisten gewesen. Herr Kempf hockte sich zu dem Mann hin, richtete seinen

Kopf auf, fühlte seinen Puls, sah hilflos umher, und als der am Boden Liegende ein wenig die Augen öffnete, sagte er zu ihm: »Mein Sohn, möchtest du nicht beichten, bevor der Arzt kommt?«
Der Mann zuckte mit den Knien und erwiderte: »Kruzitürken, nein, das möchte ich auf keinen Fall, aber einen Schnaps könnte ich gebrauchen.« Herr Kempf wischte ihm das Blut ab und legte den Kopf des Mannes auf seine Knie; alle Stammgäste standen um die beiden herum, hinten telefonierte der Vater, der Mann sah um sich und begriff nichts, nur blutiger Schaum trat aus seinem Mund. »Beichte, mein Sohn«, flüsterte Herr Kempf; durch den Körper des Mannes auf dem Boden ging ein Zucken, das von den Knien bis zum Hals aufwärts lief. »Ich pfeif auf eine Beichte«, sagte er, »was hab ich denn Gutes im Leben gehabt, gar nichts, mein ganzes Leben lang haben sie mich geschunden, alle Sünden hab ich auf mich geladen, ich hab gestohlen, weil ich Hunger hatte, und gelogen, weil niemand meine Wahrheit hören wollte ... ich hab alle Sünden auf mir – und auch du hast kein Heilmittel dagegen.«
Herr Kempf wischte dem Sterbenden den Schweiß von der Stirn, der sich über deren ganze weite Fläche in feinen Tröpfchen ausbreitete und fettig glänzte. »Ich bin vielleicht der letzte Mensch, mit dem du sprichst«, sagte Herr Kempf leise; der Mann blieb ruhig, versuchte nur, sich etwas zur Seite zu drehen, hatte aber nicht mehr die Kraft dazu: »Nun«, sagte er und verlor schon die Gewalt über seine Stimme, »merk dir gut, was ich dir sage, ich hatte eine Wut auf diese Welt, eine Riesenwut, eine so schöne Wut, daß ich sie lieber mit mir nehme.«
Ich stand im nassen Schnee und beneidete den Mann, der einmal vor Jahren in unserem Lokal vor der Kasse gestorben war, um seine schöne und große Wut, die er mit sich genommen hatte: ich empfand keine, nur tiefe Ruhe erfüllte mich, die sich wie eine warme Welle über meinen ganzen Körper ausbreitete; dann band mir der Mann den roten Fetzen über die Augen: er stank nach Schmutz und Schweiß; so riecht der Tod, dachte ich, jetzt schieß aber endlich, damit alles zu Ende ist, solange mich noch diese Ruhe erfüllt und mir die Wärme in den Kopf steigt. »Warum schießt du nicht«, schrie ich, »zum Teufel schieß doch, oder willst du das Geld, willst du es?« Ich riß mir das Tuch von den Augen, zerrte an dem Reißverschluß meines Sweaters, zog das Geldsäckchen heraus und warf es dem Mann vor die Füße, rutschte bei dieser heftigen Bewegung auf dem engen Fußpfad aus und fiel in den Schnee: ein kalter Schauer legte sich auf meine nackte Brust.

»Mach keine Dummheiten«, sagte der Mann; ich schloß wieder die Augen und wartete auf den Schuß; ich atmete ruhig und gelöst, und als er mich wenig später aufrichtete und abermals sagte: »Mach keine Dummheiten, Junge, was denkst du von mir?« las ich in seinen Augen so etwas wie Mitleid, Angst, doch ganz bestimmt Verwirrung; ich senkte den Kopf, hob das Päckchen auf, und wir gingen weiter.

Jetzt spürte ich den Rauch von Lagerfeuern; wir schritten durch Gestrüpp und standen dann am oberen Rand einer Bergwiese; schweigend ließ uns die Wache passieren. Rings um fünf oder sechs Feuern saßen kleinere Gruppen von Männern, bei einer von ihnen blieben wir stehen. »Wo ist der Kommandant?« fragte mein Begleiter.

»Unten, er überprüft die Leute«, gab irgend jemand zur Antwort.

Unten floß ein Bach; im dichten Nebel, wie er bei der Schneeschmelze im März aus den Felsschluchten aufsteigt, bewegten sich Gestalten, traten aus dem Nebel hervor und wurden von ihm wieder verschluckt, auch Stimmen konnte ich deutlich vernehmen; die feuchte Luft ließ sie scharf hervortreten, so daß ich jetzt die abgerissenen Sätze, die Schreie, die Bewegungen und Gesten zu einem Bild, nein, zu keinem Bild, sondern zu einer Art Wachtraum zusammenfügen kann, denn von jenem Augenblick an, als mir der Mann den Fetzen mit dem Todesgeruch um die Augen gebunden hatte, glaubte ich, nur zu träumen, immerzu nur zu träumen, bis zu dem Augenblick, als mich ein heftiger Schmerz auf meinem rechten Handrücken aufwachen ließ: die Mutter beugte sich mit einer brennenden Kerze über mich, und ein heißer Wachstropfen fiel auf meinen Handrükken; sie trug ihren chinesischen Morgenmantel mit den roten Blumen und den feuerspeienden Drachen; wahrscheinlich bin ich erst zu diesem Zeitpunkt richtig aufgewacht und mir darüber klargeworden, daß alles wohl doch wahr sein mußte: Franta kommt nicht zu Krahujáks, wie es verabredet gewesen war, sondern schickt einen Mann hin, dessen Augen mir mißfallen, wie so viele andere Dinge an diesem Tag, ich habe einen roten Fetzen um die Augen, er riecht nach altem Schmutz, Moder und ungesundem Schweiß, irgend jemand setzt sich in den Schnee und zieht die Schuhe aus, irgend jemand gräbt in unsere Türfüllung eine Rille, die bis heute noch zu sehen ist; so hat man früher einmal die Schulden an der Türfüllung vermerkt; diesen senkrechten Strich hat Franta mit dem Knopf seines Uniformmantels eingegraben; welche Schuld wollte er wohl dort vermerken, ich schulde ihm doch nichts.

Unten lärmte der Bach, er sprengte die Eisdecke, im Nebel standen acht Gestalten dort, und eine Stimme brüllte: »Ihr Verräter, ihr habt in der Gefangenschaft eure Ehre verloren.« Dann trat ein großer grauer Schatten aus der Reihe und sagte: »Kommandant, ich war verwundet, als sie mich gefangennahmen.« Der Kommandant schrie abermals: »Wer hat dich danach gefragt?« Etwas abseits davon, gleichgültig abgewandt, stand eine weitere Gestalt: sie rauchte in kurzen, abgerissenen Zügen – dann kamen erneut Schreie herauf, einer dieser acht Schatten fiel auf die Knie, kurz darauf brüllte der Kommandant: »Erschießen«, und aus dem Nebel löste sich ein Mann mit einer Waffe in der Hand; die lässige Gestalt warf die Zigarette weg, verschmolz mit der Reihe der acht Männer im Nebel, und mit einer Stimme, die ebensogut die eines Mannes wie die einer Frau hätte sein können, stieß sie hervor: »Du ... du ... und du«; der Kommandant kam schon durch den hohen Schnee die Wiese heraufgestiegen, jene Gestalt sagte abermals: »Du«, und folgte dann dem Kommandanten in dessen Fußstapfen nach; das Schauspiel war jedoch noch nicht zu Ende: aus dem Nebel löste sich ein hochaufgeschossener Mann in Reithosen, lief dem Kommandanten nach, fiel vor ihm im Schnee nieder und schrie: »Ich verlange ebenfalls erschossen zu werden, wenn jene Verräter sind, dann bin auch ich ein Verräter.« Der Kommandant war ungefähr zwanzig Schritte vor mir; als er stehenblieb, blieb auch die Gestalt hinter ihm stehen; mir schien, daß in den abgestumpften Gesichtszügen dieses Hermaphroditen ein lange zuvor überwundenes Leid geschrieben stand, dessen Spuren zwar nicht an der Oberfläche erkennbar waren, aber durch sie hindurchschimmerten; der Mann in den Reithosen erhob sich aus dem Schnee. »Ich bin kein Verräter«, schrie er, »ich bin der Leutnant der Roten Armee Alexej Pastuchov, diesen Namen, Kommandant, merken Sie sich gut, zweimal bin ich aus einem Kriegsgefangenenlager ausgebrochen, ich bin hergekommen, um zu kämpfen, erschießen Sie mich nur, aber nach dem Krieg wird man Sie dafür vor ein Kriegsgericht stellen!«

»Gib mir die Pistole«, sagte der Kommandant zu dem Hermaphroditen, »gib mir sofort die Pistole.« Der aber zuckte nur die Achseln, winkte dem Mann in den Reithosen zu und machte im hohen Schnee einen Bogen um den Kommandanten. Der senkte den Kopf und sagte: »Also komm.«

»Wer wird jetzt erschossen?« schrie der Mann mit der Waffe vor den sieben Gestalten im Nebel; der Hermaphrodit blieb stehen, desgleichen der Kommandant: beider Blicke verweilten fragend auf Pastuchov, der drehte sich nicht einmal um und rief: »Der Grusinier.« Aus der Mitte der sieben Männer löste sich eine Gestalt, setzte sich in den Schnee, zog die Schuhe aus und nahm dann fünf oder sechs Schritte abseits von der zu einem Knäuel zusammengeballten Gruppe Aufstellung. »Soll ich dir die Augen verbinden?« fragte der Mann mit der Waffe. »Nein«, gab der Grusinier zur Antwort, »ich werde mich aber umdrehen.« Er machte kehrt und blickte in den Nebel: hinter dem Bach war dichter Nebel, und mit einem Male fiel dann die Finsternis auf jenen: wer weiß, ob er die zwei Schüsse noch gehört hat, bevor er mit dem Gesicht in den Schnee fiel.

Sie führten mich zum Kommandanten in den Unterstand. »Also, hast du das Geld mitgebracht?« fragte er in schlechtem Tschechisch; wortlos fuhr ich mit der Hand unter den Sweater und zog das Leinensäckchen hervor, das ganz durchgeschwitzt war; Nikolaj, Major und Kommandant zugleich, nahm es mir aus der Hand, band die Schnur auf und legte drei Bündel Banknoten auf den Tisch. »Gib ihm zu essen«, wandte er sich an den Hermaphroditen.

Im Bruchteil einer Sekunde, als sich dieses Geschöpf zu mir beugte, um Brot und eine Konserve auf den Tisch zu stellen, spürte ich einen leichten Duft von Kölnischwasser und sah die schlanke Hand mit den schön modellierten Fingern. »Wieviel Geld ist es?« fragte Nikolaj, wartete jedoch meine Antwort nicht ab, befeuchtete sich den Finger mit Speichel und zählte es. »Werden Sie mir eine Quittung ausstellen?« fragte ich. Nikolaj hieb mit der Hand auf den Tisch: »Kaufmannsseele, du denkst nur an solchen Papierkram!«

Ich denke nicht nur an solchen Papierkram, sagte es in meinem Innern, das Bild meiner Mutter an der Kasse stieg vor mir auf. Du kannst leicht auf den Tisch hauen, Nikolaj, aber Vater und Mutter mußten jede einzelne dieser fünfzigtausend Kronen in der Hand umdrehen und sich schön dafür bedanken, lächeln, auch wenn ihnen vielleicht manchmal zum Weinen zumute war – und das war bei uns oft genug der Fall; und du drischst ganz einfach auf den Tisch! Aber stell dich, Nikolaj, nur selbst einmal hinter die Theke und bedien im Lokal, nimm dir von diesem Häuflein fünf Hunderter und fang damit etwas an: ohne Maschinenpistole und ganz allein, aus eigener Kraft, und nach zehn Jahren komm und zeig mir, was du erreicht hast. Es ist sehr leicht, vier Männer in den Schnee zu stellen und zu kommandieren: Erschießen! Ich habe es gar nicht gern, wenn jemand so mit der flachen Hand aufs Geld schlägt, ich bin kein Mammonsdiener und will auch meinem Vater keinen Heiligenschein andichten, das wäre ein schöner Heiliger, was, aber ich kenne ihn besser als du. Wenn du dieses Geld wirklich so verabscheust, daß du mit der Hand hineindrischst, dann müßten deine Augen ganz anders aussehen: als du vorhin die Tausender gezählt hast, hast du die Augen zugekniffen, dir die Lippen abgeleckt und den Finger mit Speichel angefeuchtet. Nein, Kommandant Nikolaj, ich will das nicht an dir kritisieren, das auf keinen Fall, ich weiß nur, daß mein Vater mir nicht gefällt, und du gefällst mir ebenfalls ganz und gar nicht.

»Ich werde dir schon einen Wisch geben, du bekommst ihn gleich«, sagte Nikolaj lachend und rief: »Ninotschka«, der Hermaphrodit erhob sich, »bring Papier und Bleistift her, du mußt einen Wisch schreiben.«

Nina nahm ein Heft, zog aus ihrer Bluse einen Bleistift heraus und setzte sich an den Tisch; jetzt, da sie neben mir saß, konnte ich sie genau studieren: mir fielen an ihr vor allem die aufgesprungenen, farblosen und blutleeren Lippen auf und die müden Augen mit den unzähligen roten Äderchen im Augapfel; Nikolaj diktierte langsam, Wort für Wort, überprüfte, was Nina geschrieben hatte, unterzeichnete den Wisch und hielt ihn mir unter die Nase: »Also zufrieden«, sagte er.

Ich las: »Der Kommandant der Partisaneneinheit ...« Nikolaj hieb mir auf die Schulter: »Mensch, wo hast du nur unsere Schrift gelernt?«

»Onkel Franta hat sie mir vor dem Krieg ein wenig beigebracht.«

»Und wer ist dieser Franta?«

»Er dient irgendwo bei euch, in Krahujáks Abteilung.«

»Ein prima Kerl, ich kenne ihn, den kenne ich gut«, lachte Nikolaj.

Leutnant Pastuchov stand in einer Ecke, und erst als Frantas Namen fiel, kam er zu mir, stützte die Arme auf den Tisch und richtete an mich die Frage: »Dein Onkel heißt Franta, Krejczyk Franta?« Ich vergaß zu schlucken, der Bissen Brot blieb mir im Hals stecken, ich blickte in Leutnant Pastuchovs bleiches Gesicht, ich öffnete den Mund, um zu sagen: Und Sie sind Leutnant Osip, Herr Berger spricht diesen Namen immer mit weichem S aus, doch ich sagte kein Wort; dem Pastuchov trat der Schweiß auf die Stirn, die Adern an den Schläfen schwollen ihm genauso an wie meinem Vater, wenn er wütend war.

»Er heißt Krejczyk«, flüsterte Pastuchov. Nina stellte einen Blechtopf mit einer Flüssigkeit vor mich hin und sagte: »Trink!« Ich führte den Blechtopf an die Lippen und nahm den scharfen Geruch des Alkohols gar nicht wahr, spürte nur den brennenden Geschmack der Flüssigkeit im Mund, doch das war mir ganz angenehm, wenigstens mußte ich nicht sofort antworten und konnte einen Hustenreiz vortäuschen; langsam stellte ich den Topf wieder auf den Tisch zurück, wischte mir den Mund ab und sagte: »Ja, der Onkel heißt Krejczyk.«

Pastuchov wischte sich den Schweiß von der Stirn, streifte die feuchten Finger an der Hose ab und setzte sich langsam hin. »Ich habe einen Krejczyk gekannt«, sagte er zögernd, »mit dem ich gemeinsam in der Slowakei gekämpft habe, aber unsere Gruppe wurde zerschlagen, ich kam dann in Gefangenschaft, was mit Franta geschah, weiß ich nicht.« Nikolaj nahm meinen Topf, füllte ihn für sich bis zum Rande voll, wollte ihn schon an die Lippen führen, besann sich jedoch eines anderen und schob ihn Pastuchov hin: »Hier trink, auf Frantas Wohl, ihr werdet einander bald wiedersehen.«

Der Leutnant trank langsam: Pastuchov, Pastuchov, dachte ich, diese Geschichte hättest du nicht erzählen dürfen, ich kenne sie nämlich in anderer Version: Leutnant Osip, Herr Berger spricht diesen Namen immer mit einem weichen S aus, ist ein Verräter, alle anderen gehen zugrunde, und Osip wandert in das nächste Kriegsgefangenenlager, dort bereitet er von neuem einen Ausbruch vor; man wartet schon auf dich, Osip, deine Tage sind gezählt, dir bleibt nur noch so viel Zeit zu leben, bis Franta wieder hierher zurückkommt; langsam faltete ich die Quittung zusammen und schob sie unter den Sweater.

Pastuchov wollte Zeit gewinnen: er trank langsam, Schluck für Schluck. »Franta hat sich bei uns seine Verwundung auskuriert, nachdem er sich von der Slowakei hierher durchgeschlagen hatte«, sagte ich und suchte angestrengt nach einer passenden Formulierung meiner Sätze, bis mir einfiel, folgendermaßen fortzufahren: »Er hat mir viel von einem Leutnant Osip erzählt«; ich kehrte mich Pastuchov zu: »Dieser Osip muß Ihnen sehr ähnlich gesehen haben«, sagte ich und bemühte mich um ein Lächeln, »der war wohl euer gemeinsamer Freund.«

Pastuchov stellte den Topf weg: »Was ist mit ihm passiert?« fragte er.

»Mit wem, bitte?«

»Mit Osip«, erwiderte Pastuchov.

Ich beobachtete seine Unterlippe: sie zitterte; das Gesicht des Leutnants zeigte den konzentrierten Ausdruck eines Seiltänzers, bevor er den ersten Schritt auf dem unsicheren Seil tut. »Ich weiß nicht«, sagte ich und stand vom Tisch auf, »Franta hat mir erzählt, Osip sei verschwunden.«

»Ich werde jetzt gehen müssen«, wandte ich mich dann an Nikolaj.

Ich verließ den Unterstand; draußen trat mein Begleiter zu mir und fragte: »Erledigt?«

»Ja«, erwiderte ich, »vorläufig ist alles erledigt, wir können zurückgehen.«

Der Abend dämmerte bereits, als wir das Haus der Krahujáks erreichten; ich ging hinein, um zu sehen, ob die Luft rein war – sie war es.

In der Küche beim Tisch saß Naďa, den Kopf in die Hände gelegt: »Franta haben sie nach Meseritsch geschickt«, sagte sie, und ihre Augen waren voller Tränen, sie stand auf und lehnte sich mit dem Rücken an die warme Wand beim Ofen, »sie sind die Bahnstrecke überwachen gegangen und werden erst in einigen Tagen zurückkehren«; mein Begleiter schenkte sich Tee aus der Kanne ein; ich trat zu Naďa hin und flüsterte ihr zu: »Wenn Franta zurückkommt, dann sag ihm, daß Osip oben ist, jetzt heißt er Pastuchov, merk dir diesen Namen: Pastuchov.« Naďa blieb der Mund offen: »Franta soll auf sich achtgeben«, flüsterte ich noch.

Über den Hof brach plötzlich die Finsternis herein: sie kam mit Nebel und Regen, der Bach längs des aufgeweichten Wegs rauschte; ich hörte das Bersten seiner Eisdecke und dachte an die Fische.

Daheim wurde ich schon erwartet, die Familie saß im Wohnzimmer um den Tisch herum: der Onkel, die Tante, die Großmutter, der Vater, der schweigend rauchte, nur die Mutter war wahrscheinlich im Schlafzimmer geblieben; Lidka sah ich auch nicht; das Fenster war weit geöffnet, es wurde gelüftet: der Luftzug blähte das Verdunkelungsrouleau wie das schwarze Segel eines Piratenschiffes.

»Also was ist?« fragte der Vater.

Stumm zog ich die Quittung hervor und legte sie auf den Tisch; der Onkel heftete seine Augen darauf und sagte: »Das kann ich nicht lesen.«

Ich las ihnen vor, was Nikolaj bestätigt hatte, der Vater faltete den Wisch langsam zusammen und steckte ihn in die Tasche.

»Wir stehen alle in tiefer Schuld bei dir«, sagte der Onkel mit weicher Stimme, »du hast uns allen sehr geholfen.«

Die Großmutter setzte mir heißen Tee vor, ich war sehr müde, meine Lider wurden schwer, und wenn sich nicht der Hund in mir gemeldet hätte, wäre ich sicher beim Tisch eingeschlafen. »Onkel, hast du schon zusammengerechnet«, sagte ich, »wieviel du uns im ganzen schuldest?« Der Onkel legte die Hände auf den Tisch, sah von einem zum anderen, und sein Blick blieb an dem Lächeln des Vaters haften, der sich schon vom Tisch erhob. »Darüber wollen wir jetzt nicht sprechen«, sagte der Onkel, »jetzt ist nicht der geeignete Moment dazu.« Aber schon öffnete der Vater den Sekretär und zog ein Bündel Papiere heraus. »Nur so aus Interesse, wenn du schon davon angefangen hast, können wir es ja zusammenrechnen.« Das Kinn der Tante begann zu zittern. »Ich denke ununterbrochen nur an die Schulden«, sagte sie, und mit jedem weiteren Wort wurde ihre Stimme brüchiger, bis sie ihr ganz versagte; »ich denke Tag und Nacht daran«, flüsterte sie, »ich finde keine Ruhe mehr und wäre so froh, wenn wir das alles zurückzahlen könnten ...«

Nach einem guten Essen begann der Onkel immer zu schwitzen: zuerst zeigten sich ein paar Tropfen unter seiner Nase, und dann rann ihm der Schweiß über die Wangen herab; ich wußte, was jetzt kommen würde: der Onkel wird alle seine Taschen nach einem Taschentuch absuchen, aber keines finden, mit schuldbewußtem Gesicht wird ihm die Tante ihres hinreichen, er wird es ihr wütend aus der Hand reißen und sich damit hastig übers Gesicht fahren. Der Vater hatte jetzt die Zahlenkolonne addiert und sagte: »Du stehst ganz schön bei mir in der Kreide, aber du hast recht – für heute wollen wir es sein lassen.«

Doch diese Worte kamen bereits zu spät; wenn der Onkel einmal in Wut geriet, war er nicht mehr zu bremsen; diesmal stimmte er in seiner Wut die pathetisch-patriotische Weise an, ein Gebiet, auf dem er sich sehr sicher fühlte. »Von heute an«, begann der Onkel wieder, »will ich von dir, Bohuš, gar nichts mehr haben, nicht eine Krone, ich lasse mich von dir nicht demütigen, ich habe geglaubt, du als guter Tscheche willst einem Tschechen aushelfen, aber wie ich sehe, habe ich mich getäuscht.« Der Onkel wandte sich ab und blickte hartnäckig zur Wand; der Vater zuckte nur die Achseln und verwahrte die Dokumente im Sekretär. »Reden wir nicht mehr davon«, sagte er abermals, doch der Onkel ließ sich nicht besänftigen und rief: »Von heute an werde ich keinen Schritt mehr hier herunter tun.«

Mein innerer Hund begann sich unartig zu betragen, er war böse und hauchte meinen Worten Bosheit ein und Wut auf diesen dicken Kerl, der uns das Blut aussog und uns mit seinem dicken Hinterteil die Stühle abwetzte. »Vergiß aber nicht, Onkel«, sagte ich, »daß auch die oberen Zimmer bis jetzt noch uns gehören.« Der Onkel kehrte sich mir zu, aus seinem Gesicht war jede Farbe gewichen, sein Kinn zitterte, ich erwartete, daß er mich anschreien, mir eine herunterhauen würde, doch nichts dergleichen geschah, er knickte nur im Kreuz ein und sagte zur Tante: »Komm, komm von hier fort, sollen sie doch in ihrem Berg von Fressen ersticken und in ihrem Geld ersaufen.« Die Adern an meines Vaters Stirn und Schläfen begannen zu arbeiten, er holte Atem, wahrscheinlich hatte er gar viel auf dem Herzen und wollte es jetzt Hejtmánek auf einmal ins Gesicht schleudern, doch da öffnete sich die Schlafzimmertür, und darin stand die Mutter in ihrem Morgenrock: »Was ist hier los?« fragte sie.

»Nichts, Mutter«, erwiderte ich, meine Stimme beherrschend, »überhaupt nichts, der Onkel meint nur, wir sollen das halbe Schwein, das wir gestern schwarz gekauft haben, allein essen. Schweinefleisch schmeckt ihm angeblich schon nicht mehr, und er will auch keine Krone mehr von uns haben, mit Ausnahme jener mehreren zehntausend Kronen, die er benötigt, um die Metzgerei von diesem Sudetendeutschen kaufen zu können, dieses Geld zählt natürlich nicht.«

»Schrei doch nicht so«, sagte die Mutter und griff sich an den Kopf.

»Ich schrei doch gar nicht, ich sage hier nur dem Onkel, was ich denke, er wird angeblich keinen Schritt mehr zu uns herein tun, bloß sich die oberen Zimmer sozusagen aneignen, und bis jetzt ist er fünfmal am Tag zu uns zum Essen heruntergekommen und hat gar nicht danach gefragt, woher wir das alles nehmen, wer den Zucker, das Mehl, das Fleisch bezahlt ... er hat alles mit seinem blöden Geschwätz bezahlt!« Ich stand einen Schritt vom Onkel entfernt: sein Gesicht war ganz von violetten Äderchen durchzogen; gleich wird ihn der Schlag treffen, dachte ich, du wirst ja knallrot, das bekommt deinem Herzen nicht. »Du hast richtig gehört, Onkel«, schrie ich ihm ins Gesicht, »mir scheint, du redest viel und bezahlst wenig.«

Ich stand jetzt neben ihm und spürte seinen Atem: der war nicht gerade der angenehmste; ich wartete darauf, daß er mich schlagen würde und wünschte mir diesen Hieb, nicht mir, sondern meinem Hund, damit er sich kuschte und nicht mehr weiterkläffte, denn nicht ich hatte das geschrien, sondern mein Hund; mit einem Male flossen dem Onkel die Tränen, aus beiden Augen zugleich, die Schultern sanken ihm herab, langsam ging er aus dem Zimmer, an der Tante vorbei und beachtete sie mit keinem Blick; die Tante, das hilflose, kleine Wesen, das nur zur Zierde da war, sah umher, dem Weinen nahe, doch niemand kam ihr zu Hilfe, alle senkten die Augen: die Mutter, der Vater und die Großmutter, nur ich nicht, in meinen Augen stand noch die Wut, und ich sagte etwas, was ich aber lieber nicht wiederholen möchte; gleich darauf trippelte die Tante mit kleinen Schritten eiligst hinaus.

Die Wände unseres Zimmers schienen sich zu verengen, alles bedrängte mich, jede Kante, jeder Vorsprung im Zimmer, das Licht des Lüsters bohrte sich in meinen Kopf, die Wände begannen zu schaukeln und drehten sich um die Mutter im roten Schlafrock mit dem chinesischen Muster: Drachen rissen ihre blutdürstigen Feuerrachen auf, giftige Blumen öffneten ihre Knospen voller Schwefeldunst, alles um mich herum kreiste, nichts stand still, nur das vom Ärger verzerrte Gesicht und die erhobene Hand der Mutter: mit aller Kraft knallte sie mir eine Ohrfeige.

Ich suchte nach dem Vater: er stand bei dem schwarzen, vom Wind geblähten Segel des Piratenschiffes; die Wut in mir hatte sich bereits gelegt, ich lachte sogar innerlich schon wieder und stellte mir vor, das geblähte Verdunkelungsrouleau verdeckte zur Hälfte Onkel Jans Hinterteil, das er uns ungezogen zum Fenster hereinstreckte.

»Vater«, sagte ich, doch der hatte für mich keinen Blick übrig, zeigte mir nur den Rücken und schwieg; ich stand auf und ging hinaus; im Dunkeln setzte ich mich in meinem Zimmer an den Schreibtisch und tastete nach meinem Buch von den Abenteuern des Kapitäns James Cook: vor mir aus dem Meer erhoben sich neue Inseln, die nach Gewürzen dufteten und nach dem Dschungel, über den blauen Himmel flogen Riesenvögel, in den Krallen die blutige Beute, die sie in ihre Felsennester trugen, auf Schritt und Tritt lauerte die Gefahr, hinter jedem Baum und Strauch, im Gras, in den Sümpfen, hinter jeder Bambuswand – überall.

Ich öffnete das Fenster.

Der warme Südwind strich durch die Krone der Linde, in diesem regnerischen Hundewetter bellten nicht einmal die Hunde; nur der Schnee rumorte auf dem Blechdach, wenn er heruntersauste: geräuschlos glitt er dann am offenen Fenster vorbei und fiel mit dumpfem Aufprall in den Schneematsch beim Haus; in Großvaters Stube brannte die Petroleumlampe; ich schloß das Fenster und spürte, daß ich nicht allein war.

»Lidka«, flüsterte ich.
»So komm schon«, flüsterte sie aus dem Dunkel zurück.
Sie saß auf meinem Bett, ich streichelte ihr das Haar: meine Fingerspitzen begannen zu jucken, am ganzen Körper überlief mich eine Gänsehaut, wir hielten uns an den Händen und horchten auf die Geräusche im Haus: im Keller schlug das angelehnte Fenster gegen den Rahmen, über uns hörten wir den Onkel im Zimmer herumwandern, nebenan greinte Annemarie, in der Küche weinte leise die Großmutter; aus Vaters Zimmer waren die Paukenschläge des Londoner Senders zu vernehmen. Der Tag kehrte in meine Erinnerung zurück, seine Bilder tauchten vor mir im Dunkeln auf, mit stummem Vorwurf oder Warnung, wer konnte das wissen: ich spürte den warmen Südwind im Gesicht, des Vaters abgekehrter Rücken stand vor mir, das von Ärger verzerrte Gesicht der Mutter, Onkel Hejtmánek mit Tränen in den Augen, der üble Geruch aus seinem Mund, Vaters Bewegung, als er die addierte Schuldsumme unterstrich, das Tosen des Baches, der die Eisdecke zu sprengen drohte, all das zog an mir vorüber, Osip oder Pastuchov, wer wußte es, mit der bebenden Unterlippe, Kommandant Nikolaj befeuchtet sich die Finger und zählt die Banknoten, der kleine Grusinier liegt halb vom Schnee bedeckt da, unweit von ihm stehen seine warmen Schuhe, der Hermaphrodit saugt gierig den letzten Schluck Rauch aus seinem Zigarettenrest; und wieder zerre ich das Leinensäckchen vom Hals und schreie: so erschieß mich doch endlich, die ganze Zeit hast du nur darauf gewartet, also los, ich reiße mir den roten Fetzen von den Augen, und vor mir liegt eine Landschaft voll Herdengeläute und Sonntagsfrieden, Mädchen in gestärkten Blusen, alte Mütterchen in langen Röcken, starrsinnige Gesichter alter Männer unter weichen Hüten; ich werde leicht und schwinge mich auf Flügeln über die Landschaft empor, schon bin ich nicht mehr über unserem Haus, ich erhebe mich immer höher und schwebe jetzt über der ganzen Landschaft; ein unerwarteter Windstoß schleudert mich zur Erde hinunter, meine Flügel zerbrechen, gleich werde ich auf das Blechdach fallen, schreie, schwanke hin und her, und im letzten Bruchteil einer Sekunde, gerade bevor ich auf die Zinkbedachung aufschlage, öffne ich die Augen: meine nasse Hand umklammert Lidkas warme Hand, sie schläft im Sitzen, den Kopf an die Wand gelehnt, das ganze Haus schläft schon, doch ich weiß, daß jemand weint; vielleicht auch nur im Schlaf, hin- und hergeworfen von unruhigen Bildern noch nicht verwirklichter Möglichkeiten, deren Varianten sich im Unterbewußt-

sein ununterbrochen weiterentwickeln und an die Oberfläche drängen.
Ich weiß, jemand weint.
Der Großvater ist es nicht; vielleicht drückt ihn der Harn in der Blase, und er marschiert jetzt mit kurzen, wütenden Schritten in seiner Stube hin und her, von Schmerzen gepeinigt und vom Gewissen geplagt; vielleicht schluchzt Tante Lída in ihr Kopfkissen hinein: es ist von den Tränen schon ganz feucht, und neben ihr schnarcht der Onkel; sollte die Mutter weinen? Vielleicht, und wenn, dann weint sie mit fest zusammengepreßten Lippen in sich hinein, ihre Tränen fließen nach innen: ein solches Weinen bringt keine Linderung; und der Vater, doch der weint nie, leise öffnet er die Zimmertür und klopft bei der Mutter an: »Mach auf, Máňa, bitte«, doch die Mutter weint drinnen in sich hinein, schweigt und öffnet nicht; der Vater heult nicht, sondern läßt den Kopf hängen, der sinkt ihm mit dem Kinn bis auf die Brust, dann setzt er sich im Wohnzimmer in den Lehnsessel, und ganz allein im Dunkeln trinkt und raucht er, zieht Bilanz, unterstreicht die nicht zurückbezahlten Forderungen, die uneinbringlichen Schuldbeträge, sinniert bis in den Morgen hinein über alle möglichen Rettungschancen; beim ersten Nebelgrauen schließt er dann die geschwollenen Lider, kuschelt sich fröstelnd zusammen und schläft im Sessel mit dem guten Vorsatz ein, er müsse sich ändern.
Und die Großmutter? Sie liegt auf dem Rücken, die Hände über der Decke gefaltet, beklagt ihr Alter und die Abnahme ihrer roten Blutkörperchen, die heftigen Schmerzen in ihren Gelenken, die Schwäche ihrer Augen; sie kann die genauen Umrisse der Gefahr nicht mehr erkennen, aber sie tastet sich mit nach allen Seiten ausgestreckten Fühlern gegen sie vor; sie bangt vor jeder Veränderung; ich wünschte mir heiß, die Großmutter müßte sich nicht sorgen, die Geschehnisse würden unverändert festgebannt bleiben, und zwar ganz so, wie es sich die Großmutter ausmalte, von dem sehnlichsten Wunsch in ihrem Inneren beseelt: daß wir alle miteinander glücklich wären, satt zu essen und einander gern hätten. Ich spüre aber den bitteren Nachgeschmack auf der Zunge: er macht sich unter der süßen Schale der Illusion bemerkbar; zugleich spüre ich, daß ich unaufhaltsam in den Leib einer noch ungeformten Zukunft hineinwachse, sie mit meinen Krankheiten infiziere, bis sie verdorben, verkrüppelt, entwertet und irrsinnig geworden hinstirbt, im Aufblitzen jenes winzig kleinen Moments, den wir Gegenwart nennen: in diesem einen

Augenblick leben wir, und nachher ist nur noch ewige Vergangenheit; mir wurde bewußt, daß die Großmutter mich zwar sehr gern hatte, mich aber kaum noch verstand; die Zusammenhänge, in die ich verstrickt bin, die Labyrinthe, aus denen ich nicht herausfinden kann – das alles ist für sie unverständlich und erfüllt sie mit Angst; sie hat keine Kraft mehr, die Hieroglyphen zu entziffern, mit deren Hilfe wir uns verständigen, ohne einander zu verstehen, das Leben hat sie müde gemacht, es stirbt in ihr bereits ab, sie gehört eigentlich schon gar nicht mehr hierher und kehrt zu dem zurück, was ihr Dasein geheiligt hat: zur Liebe, zur Demut, zu dem Verlangen nach Zusammengehörigkeit, zum Willen, Leben zu beschützen.
Ich hatte Tränen in den Augen, wehrte mich aber mit aller Kraft gegen sie: Kraft besaß ich freilich nach diesem Tag, der mir so ganz und gar nicht gefallen hatte, nur sehr wenig.

14. KAPITEL

Vom ersten Märzsonntag an regierte in unserem Wohnzimmer der schwindsüchtige Schneider Nevola; der Vater hatte ganze Ballen von Stoffen bester Vorkriegsqualität auf dem Tisch ausgebreitet, und von solcher schon lange nicht mehr gesehener Schönheit begeistert, strich der Schneider mit zitternden Fingern über die englische Wolle, die Tweeds, Covercoats und über alle diese Herrlichkeiten, von denen wir große Vorräte besaßen; dem Vater nahm Herr Nevola Maß für zwei Anzüge, für einen Sport- und einen Gesellschaftsanzug; weitere Anzüge hat der Vater im Leben dann nicht mehr gebraucht: den Sportanzug zog er an, als man ihn im Mai neunzehnhundertfünfundvierzig verhaftete, im Gesellschaftsanzug begruben wir ihn später, ich erbte von ihm nur einen dunkelblauen Anzug, den ich mir, als ich heiratete, umarbeiten ließ; für die Mutter wurden ein Mantel aus gelblichem Flausch und noch ein Frühjahrskostüm für den Alltag genäht.
»Gehen Sie hinauf«, sagte der Vater zu Herrn Nevola, »und nehmen Sie Herrn Hejtmánek Maß für einen Anzug und der gnädigen Frau oben nach ihrem Wunsch.«
Lidka bekam einen neuen Frühjahrsmantel, der Großvater einen dreiviertellangen Jägerrock, der Stoff für Franta und Tante Naďa wurde zurückgelegt, mich vergaß man, ich wachse zu rasch aus allem heraus, sagte der Vater.

Von den Berghängen kam warme Luft herab, aus dem Schnee traten schon die braunen Erdkrumen der Ackerflächen hervor, und wenn die Sonne herauskam, hatten die Schatten keine blaue Tönung mehr wie bei Frostwetter, sondern waren weich geworden: die Landschaft hatte ihre scharfen Konturen verloren, und um die Mittagszeit konnte man schon den Gesang der ersten Lerchen vernehmen.

Der Großvater heizte im Gewächshaus ein, und die Großmutter säte dort das erste Gemüse aus; Onkel Hejtmánek kümmerte sich um nichts im Haus, er ging mit einem Gesicht umher wie einer, dem man sehr nahegetreten, der jedoch unter bestimmten Bedingungen bereit ist, alles wieder zu vergessen; nach jedem Mittagessen (selbstverständlich kam er zum Essen zu uns herunter) legte er einen Hundertkronenschein auf den Tisch; der Vater warf das Geld auf den Sekretär hin, und nach einer Woche lagen dort sieben Hunderter; der Onkel haßte mich; beim Essen beobachtete er jede meiner Bewegungen: ich mußte mich sehr zusammennehmen, um Gleichgültigkeit vorzutäuschen; nach einer Woche hielt ich es nicht mehr aus und aß lieber in der Küche; ich hatte erwartet, der Vater würde zu mir sagen, mach keine Dummheiten und komm zu uns an den Tisch, oder die Mutter würde mir wortlos den Teller fortnehmen und ihn auf meinen angestammten Platz hinstellen, doch niemand kam; wenn ich nach dem Essen zu den anderen hineinging, um mir die Nachspeise zu holen, warf mir der Vater einen mißbilligenden Blick zu und gab mir zu verstehen, schleunigst wieder zu verschwinden; Lidka saß zur Rechten des Onkels, auch sie beobachtete mich, doch nur Neugierde stand in ihren Augen; sie schob ihr Besteck beiseite und legte lässig die Hände auf den Tisch; mein innerer Hund sträubte zufrieden sein Fell: Ätsch, du Scheißkerl, dachte ich, ich hab dir die Tochter verführt.

Die Tante begann nervös auf ihrem Stuhl hin- und herzurücken, ihr Gesicht zeigte deutliche Spuren erwachter Unruhe, die sie von einer Verwirrung in die andere stürzte; Lidkas Starrheit bei Tisch lockerte sich erst, wenn ich mit der Nachspeise auf dem Teller, mit dem Ausdruck eines Zynikers im Gesicht, das Zimmer verließ; manchmal gewahrte ich auch, wie der Vater die Augen hob und die Tante lange ansah; dann senkte sie schnell den Kopf, beschäftigte sich mit ihren Händen oder verkrampfte sie ineinander und blickte mit verzweifelter Entschlossenheit zum Onkel hin (im Gesicht einen angestrengten Ausdruck, der wohl ein Lächeln bedeuten sollte).

Am ersten Frühlingstag pochte ich an das Schiebefenster des Post-

schalters: es öffnete sich, und eine Hand reichte mir einen Brief heraus, er kam von Herrn Klimesch; die Adresse war mit zittriger Hand geschrieben, der Briefumschlag zerknittert, schmutzig und an einer Ecke sogar angesengt; in flüchtiger, fast unleserlicher Schrift stand der Vermerk darauf: ›Durch Feindeinwirkung beschädigt.‹
Da sieh mal an, dachte ich, worauf es der Feind jetzt schon abgesehen hat, sogar auf Briefe; auf der Straße zogen Militärkolonnen an mir vorüber: apathisch gingen die müden Soldaten hinter den Wagen her, stützten sich mit den Händen gegen die Seitenwände, ließen sich halb und halb mitschleifen, wohin, das schien ihnen ganz egal zu sein; ein langer Offizier auf einem abgemagerten Pferd hielt vor der Kirche an und überblickte den Zug; sein Gesicht war sorgfältig rasiert, was die Fältchen und Furchen nur noch stärker hervortreten ließ, wie auch sein vergebliches Bemühen um ein Lächeln; ich stand daneben und hörte, was der Offizier sagte: »Also Jungens, jetzt heißt es nur noch durchhalten, es geht nach Hause, Kopf hoch und heimwärts«; und die ausgehungerten, erschöpften und verdrossenen Männer, nicht einmal mehr zur Verzweiflung fähig, hoben erst gar nicht den Kopf und schlichen im Armesünderschritt an ihrem Kommandanten vorüber. Einer von ihnen brummte vor sich hin: »Leck mich am Arsch.«
Ich suchte unter ihnen nach Herrn Klimesch: sie schienen ihm alle zu gleichen, mit dem gebeugten Rücken unter der Last des Wehrgehänges und der Unruhe, die sie zusammen mit der Waffe über die unbekannten Berge schleppten, wo jenseits im Graben die Grenze des Feindeslandes anfing.
Vor dem Gemeindeamt an der Pumpe füllte eine Gruppe von Soldaten ihre verbeulten Feldflaschen mit frischem Wasser; ich trat zu ihnen. »Guten Tag«, sagte ich, »sind Sie, bitte, nicht zufällig irgendwo einem Herrn Klimesch begegnet, Herrn Professor Klimesch?« Ein älterer Soldat hob den Kopf, ich blickte in seine müden Augen, die voll Gleichgültigkeit waren: »Der Klimesch«, sagte er, »so ein Blonder, nicht wahr?« Nein, wollte ich ihm antworten, Herr Klimesch ist nicht blond, er hat kastanienbraunes Haar, bestimmt verwechseln Sie ihn, doch da sagte schon ein anderer Soldat, bevor er den Flaschenhals an die Lippen führte: »Der ist gefallen, irgendwo in der Slowakei, vor einem Monat, ich weiß nicht genau, wann und wo«; dann trank er, und ein Rinnsal Wasser lief über sein Kinn bis auf den Hals herab; die Männer hoben ihr Riemenzeug auf, ächzten unter der Last und schritten langsam weiter; ich schlenderte hinter ihnen her.

»Hat Herr Klimesch geschrieben?« fragte die Mutter. Ich schob die Hand mit dem Brief in die Tasche, preßte ihn an mein Bein und sagte: »Nein, heute ist nichts gekommen.«

Ich wußte, die Mutter ging jetzt ins Schlafzimmer und trat hinter den dichten Vorhang ans Fenster: ich hatte ihren Schatten oft vom Garten aus beobachtet; mir schien, er neige sich zur Seite, wachse in die Höhe, als stelle sich die Mutter auf die Fußspitzen und halte Ausschau nach jemandem, der absolut nicht kommen wollte; ich schloß mich in mein Zimmer ein, legte den Brief auf meinen Schreibtisch, strich lange mit der Hand darüber und kämpfte mit der Versuchung, ihn an der beschädigten Stelle in der rechten Ecke aufzureißen, wo in kaum leserlicher Schrift die Entschuldigung der deutschen Feldpost stand: ›Durch Feindeinwirkung beschädigt‹; erst nach einem halben Stündlein entschloß ich mich dazu; als ich den Brief am Rand aufschlitzte, wurde mir über und über heiß.

Auf einem linierten, offensichtlich aus einem Heft herausgerissenen Stück Papier schrieb Herr Klimesch mit kleiner, zittriger Schrift:

Liebste Marie!

Von Angst um Dein Schicksal erfüllt, schreibe ich Dir in der Hoffnung, daß wir dieses Fegefeuer überleben, und wenn die Welt zur Vernunft kommt, werden wir gemeinsam ein vernünftiges Leben beginnen können.

Ich bin bereits wieder an der Waag, und heute nacht haben wir sie überschritten. Auf dem linken Ufer habe ich in einer wahnsinnigen Nachtszene einen Menschen getötet. Ich wollte mich von ihm töten lassen, aber im entscheidenden Augenblick, als von meinem Willen zur Ergebung in den Tod nur noch eine Bewegung übrigblieb, ertönte in mir ein Alarmsignal. Nie hatte ich geahnt, daß sich derartiges in mir befand. Stark und mächtig. Er – oder ich, sagte ich mir. In dem scharfen Aufleuchten meiner Lebensenergie und meines Lebenswillens kam mir die Erinnerung an Dich, und ich drückte ab. Um den Bruchteil einer Sekunde eher als der junge Soldat in der russischen Uniform. Viel zu jung und unerfahren, um mich kaltblütig niedermachen zu können. Wahrscheinlich hat er zu lange mit der Antwort auf seine eigene Frage gezögert.

Jetzt bin ich schon auf dem Weg zu Dir. Ich habe kein anderes Ziel mehr als Deine Liebe und die Verheißung eines zukünftigen Lebens.

Dein Dich liebender Georg.

Ich hatte meine Finger nicht in der Gewalt, ich vermochte den Brief nicht zusammenzufalten und in den Umschlag zurückzuschieben, ich begriff mich selbst nicht, und wenn jetzt jemand hereingekommen wäre, hätte er mir mein Schuldbewußtsein sofort vom geröteten und heißen Gesicht abgelesen; ich wollte den Brief zukleben, doch es blieb nur bei dem Versuch, ich nahm ihn nochmals her und las ihn, dann steckte ich ihn hastig in den Umschlag, sperrte die Tür auf, ging ins Vorzimmer und klopfte bei der Mutter an.
»Wer ist da?« fragte sie.
»Ich bin es«, gab ich zur Antwort.
»Komm herein«, forderte sie mich auf.
Die Mutter saß im Fauteuil beim Fenster, mit Annemarie auf dem Schoß. »Ich habe einen Brief für dich«, sagte ich und legte ihn auf das Babykissen. »Also doch«, hauchte die Mutter, »von Herrn Klimesch.« Sie stand auf und legte das kleine Mädchen vorsichtig aufs Bett, drehte den Brief in den Fingern hin und her und sah mich an. »Er ist geöffnet«, sagte sie leise.
Wenn eine Sünde gutgemacht werden soll, und damals habe ich noch geglaubt, daß alle Sünden gutgemacht werden müßten, dann muß man sie bekennen, und das ist das eigentlich Schwere; vielleicht wird mir die Mutter eine Ohrfeige herunterhauen. »Ich habe ihn geöffnet«, sagte ich, »geöffnet und gelesen.« Das nervöse Hinundherbewegen des Briefes in den Fingern hörte auf, die Mutter legte ihn mit der Adresse nach oben aufs Bett, preßte die Lippen aufeinander und verkrampfte die Muskeln rings um den Mund, doch das Zucken des Kinns löste allmählich wieder den Krampf ihrer Wangen. »Du ... du ... du«, wiederholte sie; ich war auf ihren Schlag vorbereitet; doch der Mutter knickten nur die Knie ein, und schwerfällig setzte sie sich aufs Bett: auf das gemachte Bett, was sie sonst nie tat. »Ich schätze Herrn Klimesch sehr«, sagte ich, »du kannst dich darauf verlassen, daß ich niemandem auch nur ein Sterbenswörtlein davon sagen werde, nie«, und von Bedauern und Enttäuschung darüber erfüllt, keine Ohrfeige bekommen zu haben, womit alles erledigt gewesen wäre, sagte ich noch: »Ich schwöre es!« Und das war das erste und letzte Mal, daß ich aus freiem Willen einen Schwur geleistet und ihn auch ernst gemeint habe.
Leise schloß ich die Tür hinter mir und blieb noch einen Augenblick im Vorraum stehen: vom Schlafzimmer her vernahm ich das Schluchzen der Mutter; am liebsten hätte ich mir den Kopf an der Wand eingerannt, warum hatte ich den Brief nur geöffnet und gelesen, und

wenn das schon geschehen war, ihn dann nicht einfach verbrannt? Wem hatte ich denn damit etwas Gutes erwiesen, daß ich mich zu meiner Schuld bekannte, mir selbst oder gar der Mutter? Wem hatte mein Eingeständnis Erleichterung gebracht? Mir vielleicht? Nie mehr werde ich mich je wieder zu etwas bekennen, sagte ich mir; wenn ich eine Sünde, ein Verbrechen oder was es auch sein mag, begehe, dann muß ich auch den Mut dazu haben, es ganz allein mit mir herumzutragen.

Ich verließ die Wohnung: auf dem Gang draußen lehnte Lidka an der Wand; sie stand wieder mit weitaufgerissenen Augen da, mit halbgeöffneten Lippen und dem Ausdruck eines unersättlichen Weibchens; der Teufel soll dich holen, dachte ich und lief an ihr vorüber, durch das Treppenhaus in den Garten hinunter.

An einem der nächsten Abende stand der Schneider Nevola an die Mauer unseres Hauses gelehnt und hustete.

»Ein Sauwetter, eine vermaledeite Zeit, die einem an die Plauze geht, die Sonne zieht die Feuchtigkeit aus der Erde, und das ist Gift für unsere Lunge«, jammerte er und spuckte rötlichen Schleim aus: der war zähflüssig, und bevor er sich vom Mund des Schneiders ablöste, hing er wie ein feuchtes Band von seinen Lippen herunter; dann fiel er in den Schneerest an der Hausmauer und bildete dort einen eigenartigen Fleck: die Spitzen der scharfen Schneekörner blieben weiß, ihre Unterlage dagegen verfärbte sich purpurrot. »Nein, das ist kein gutes Wetter für unsere Lunge«, sagte Herr Nevola abermals; er sprach stets mit leichtem Prager Akzent: er tat sich sehr darauf zugute, das Schneiderhandwerk in der Hauptstadt erlernt, dort gearbeitet und in den fidelen Jahren des Ersten Weltkriegs in Budapest für die Herren Offiziere genäht zu haben; nach Hošťálkov hatte er den Chic der Großstadtmode und die Syphilis mitgebracht; in den Friedenszeiten der ersten Republik hatte er sich schlecht und recht durchgeschlagen, war dann eine Zeitlang im Ausland herumgezogen und vor dem Jahre neunzehnhundertneununddreißig wieder daheim seßhaft geworden, wo man ihm nichts vergeben und vergessen hatte: die Mütter zeigten ihn heimlich ihren Töchtern – schaut ihn euch nur gut an, das ist er! Jetzt stand er bei unserem Haus und spuckte Blut. »Die Tuberkulose ist ein Teufelszeug«, sagte er nach Luft ringend und hustend, doch offensichtlich fühlte er sich schon wieder besser; mit seinen schlanken Fingern zog er eine Zigarette heraus und zündete sie sich mit Wollust an, inhalierte den blauen Rauch und blies ihn durch den halbgeöffneten Mund in die feuchte Abendluft; ich bemerkte, daß in seinen Mundwinkeln Blutspuren zurückgeblieben waren und sich das Mundstück der Zigarette, die er genießerisch an die Lippen führte, rot verfärbte; ich war in Verlegenheit, was ich mit ihm reden sollte, und vielleicht war es gut, daß ich schwieg; nichts, was Herr Nevola sagte, war für mich oder irgend jemanden anderen bestimmt: er pflegte nämlich Selbstgespräche zu führen; zu lange schon hatte er allein gelebt, von allen gemieden, auch im Wirtshaus wollte niemand mit ihm an einem Tisch sitzen, und der Gastwirt mußte ihm ein eigens für ihn bestimmtes Glas zur Verfügung stellen, aus dem er sein Bier trank; auch wenn er nur von sich selbst sprach, gebrauchte er die Mehrzahl: seine Krankheit betrachtete er gewissermaßen als seine zweite, mit ihm unlöslich verbundene Natur. Dem Schneider trat der Schweiß auf die Stirn, und mir kam der Gedanke, ihm mein sauberes Taschentuch anzubieten: »Wollen Sie ein Taschentuch haben?« fragte ich und zog es schon heraus. »Nein, auf keinen Fall«, wehrte der Schneider erschrocken ab, »nein, nein, ich muß jetzt gehen, ich bin schon wieder fit, ganz in Ordnung.«

Er löste sich von der Mauer, doch viel Kraft besaß er nicht: als er den Gartenweg zur Eingangspforte hinunterging, mußte er sich mit der Hand an die Mauer stützen, und als die zu Ende war, blieb er breitspurig stehen, vor Schwäche hin- und herschwankend: seine obere Körperhälfte beschrieb ganz deutlich eine Ellipse; wenig später stieg in der Ferne, aber fast genau über seinem Kopf, eine gelbe Rakete auf. Herrn Nevolas Schwanken ließ in dem Moment nach, als sein Körper gerade nach rechts geneigt war, und er sagte: »Das ist irgendwo bei Meseritsch.«

Der gelbe Lichtpunkt versank im Abendnebel, Herr Nevola ging jetzt los, und ich spähte zu der Stelle am Horizont hin, wo die Rakete niedergegangen war: von dort her erwartete ich noch weitere schlimme Lichtbotschaften; schon als die erste Rakete am Himmel aufgestiegen war, hatte ich mich gleich an Franta erinnert: bestimmt sieht auch er dieses gelbe Licht, und vielleicht steht es sogar direkt über seinem Kopf: ein geschwänzter, böser Komet; dann stieg eine zweite Rakete hoch, diesmal eine weiße; der Widerhall der Schüsse kam erst später zu uns herüber. Herr Nevola blieb gar nicht stehen, schwenkte nur die Hand und entließ ein blaues Rauchwölkchen aus seinem Mund, das sich rasch grau verfärbte und in der Abenddämmerung unterging; der runde Rücken des Schneiders verschwand durch die Gartenpforte, und dann vernahm ich von der Straße her sein Husten; jetzt war von ihm nur noch ein Schatten mit einem glühenden Punkt in Mundhöhe zu sehen; in der Ferne wurde dauernd geschossen, doch nur matt: von Zeit zu Zeit krachten Gewehrschüsse, zwischenhinein ratterte ein Maschinengewehr; unsere Leute hatten die Verdunkelungsrouleaus noch nicht herabgelassen und standen alle an den Fenstern: die Mutter mit dem Baby auf dem Arm, der Vater mit etwas vorgeneigtem Kopf neben dem zurückgeschobenen Vorhang, die Großmutter am Küchenfenster, doch das lag um die Ecke, und so konnte sie nichts sehen; im Obergeschoß schrie die Tante jetzt »Jesus Maria«, und der Onkel spähte voll Unruhe über ihre Schulter hinweg ins Freie hinaus; ich begab mich in den Hof zurück: gerade trat der Großvater, nur mangelhaft bekleidet, über die Schwelle seines Häuschens und hob den Zeigefinger der rechten Hand. »Hörst du«, sagte er, »Gewehrschüsse, Maschinengewehr- und wieder Gewehrschüsse, sapperlot, sapperlot.« Zuerst erzitterte der Erdboden, es war ein kaum spürbares Beben, das eher aus dem Erdinnern als von der Oberfläche herzukommen schien; gleich darauf setzte Donner und Getöse ein, sich von Tal zu Tal fortwälzend, von den Bergen zurückgeworfen, ein Dröhnen und Stöhnen, bis es hinter die Bergkämme am Horizont ringsum zurückfiel. »Eine Sprengladung«, sagte der Großvater, »eine ganz ordentliche Petarde!« Und wieder trat Stille ein, eine größere Stille als zuvor: eine stehende, undurchdringliche Stille; die Bäume reckten ihre Zweige in die sich verdichtende Finsternis und zogen Nebelfetzen näher zu sich an den Stamm heran: sie hüllten sich für die Nacht ein.

Hinter der Holzbaracke hörte ich den Großvater stöhnen: er versuchte wieder einmal, Wasser zu lassen; diese Abendstunden bedeuteten für ihn eine große Qual; alle Fenster unseres Hauses leuchteten jetzt auf; dann sausten die Verdunkelungsrouleaus herunter: wie von einer Guillotine wurden die in den Garten fallenden Lichtstrahlen abgeschnitten, und Finsternis fiel auf die Mauern unseres Hauses.

Zwei Stunden später ertönte von dem Kirchturm das Sterbeglöckchen; ich kannte sie alle, die an diesem naßkalten Frühlingsabend hätten sterben können: der alte Šabršula lag schon seit zwei Monaten mit einer Lungenentzündung danieder, oder das alte Mütterchen Vrbová – nur noch der verrunzelte Schatten eines Gesichtchens mit freundlichen blauen Augen über dem gestärkten Mieder und Spitzentuch; wie köstlich war doch die frischgemolkene Milch gewesen, die ich aus einem blauen Töpfchen bei ihr getrunken und dazu ein im Rohr aufgebackenes Hörnchen gegessen hatte; vielleicht war der Polizist Hověžák gestorben, wahrscheinlich hatte der Krebs bereits seine Gedärme zerstört; alle kannte ich, die an diesem Abend dem Tod nahe waren.

Von der Kühle im Garten durchgebeutelt, betrat ich das Haus: ich stand im Dunkeln da, die Hand auf dem Schalterknopf, machte jedoch kein Licht. Unser Haus war mir im Dunkeln näher, alles blieb in ihm fest eingeschlossen, nichts konnte von hier entweichen: mein Vaterhaus würde ich sofort wiedererkennen, auch wenn man mich nach zwanzig oder dreißig Jahren hier ins Dunkel hineinstellte und zu mir sagte: Rate mal, wo du bist? Ich würde antworten: Bei uns zu Hause, daheim; ich würde mein Vaterhaus wiedererkennen, auch wenn ich blind und taub hierher zurückkehrte, mit Unrecht beladen und in Wut, oder reich und in Freuden; Jahre hindurch hatte ich es mit allen meinen Sinnen in mich aufgenommen, alles war genauso fest in mir verblieben, wie auch alles in diesem Hause erhalten geblieben war: der Duft von Zigarren und Kaffee, das süße Aroma, das aus dem Keller aufstieg, wo wir das Obst einlagerten; und dann natürlich der Kamillenduft von den Abendbädern der kleinen Annemarie – schon an diesem Geruch allein würde ich mein Vaterhaus auch nach einem halben Jahrhundert wiedererkennen; und wenn mich meine Sinne im Stich ließen, dann würde ich alles mit meinem inneren Ohr hören: die Geräusche, Töne, das Echo all dessen, was hier gesprochen, gesungen und beweint worden war, das alles war in den dunklen Winkeln haftengeblieben; Schreie, Freude, Flüstern, Stöhnen; alles war hier unter dem Resonanzboden des Zinkblechdachs aufbewahrt.

Ich lehnte mich an die Tür.

Ich lauschte den Stimmen des Hauses: alle Töne waren mir bekannt, alle hatte ich schon vorher vernommen; jetzt waren nur noch Bruchstücke von ihnen in mir, und aus diesen Fragmenten von Stimmen ließ ich neue Menschen erstehen und legte ihnen andere Sätze in den Mund: ich wünschte mir, einen mutigen Vater zu haben, damit der Widerhall einer in sich gefestigten Stimme in mir zurückbliebe und nicht das Echo halbverängstigter und angeberischer Reden, die Stimme eines Mannes, der bei Gefahr bereit war, die eigene Haut und nicht die der anderen zu riskieren; ich wünschte mir, daß die Mutter anders wäre und mehr der Großmutter geglichen hätte; immer wieder haben wir die Chance, uns zu unserem Vorteil zu

verändern, doch bleibt die Frage offen, ob wir dann zufriedener wären, wenn wir alle Chancen ausgenützt hätten, wer kann das wissen; der Vater gab jetzt das Geld mit vollen Händen aus und glaubte, sich geändert zu haben, doch im Grunde blieb er immer derselbe: aus Berechnung hatte er das Geld zusammengescharrt, jetzt warf er es aus demselben Grunde unter die Leute – worin lag da der Unterschied? Und außerdem: der Vater begreift gar nichts mehr, er weiß noch nicht, daß sich die Welt schon in den nächsten Wochen rücksichtslos umwälzen, auf die andere Seite drehen wird, wird sie ihn und auch uns unter sich begraben? Der Vater ist erledigt, dachte ich, jetzt versucht er nur noch, das Schicksal zu bestechen, doch das ist bekanntlich unbestechlich; nur die Mutter wußte (oder spürte vielmehr instinktiv), daß der Zeitpunkt herannahte, zu dem alle ihre Ängste, die sie seit ihrer Jugend verfolgt hatten, eine konkrete Gestalt annehmen würden; die nächsten Tage konnten alles mit sich bringen, wovor sie bangte: Hunger, Elend, aufgedunsene Bäuchlein unterernährter Kinder; im Schlafzimmer eingeschlossen, wehrte sie sich gegen ihre Ängste, so gut sie es verstand; ganz in ihre Mutterschaft eingesponnen, baute sie sich ihre eigene Welt, zu der niemand Zutritt hatte, weder ich noch der Vater, nicht einmal die Großmutter, ganz einfach niemand, nur Herr Klimesch: ich wünschte mir, daß er zurückkäme; viel würde sich ändern, wenn wir ihr diesen Herrn Berger verzeihen könnten, doch das vermochten wir nicht, das war uns unmöglich; ich weiß nicht, inwieweit sich der Vater mit dieser Frage befaßt hatte.
Heute freilich könnte ich der Mutter schon verzeihen.
Nur die Großmutter hielt sich für jeden Einsatz bereit und war auf dem Posten; seit dem Tage, da Franta in die Berge gegangen war, hatte sie sich nur selten an unseren Gesprächen beteiligt, mir schien, als sammle sie alle Kräfte in sich; darin lag der wesentliche Unterschied zu uns: unsere Kräfte waren bereits erschöpft, die Großmutter aber sammelte sie, in der sicheren Ahnung, sie würde sich noch einmal einem scheuenden Pferdegespann entgegenwerfen müssen (wütend schnaubt es schon hinter dem Berg, schon nähert sich das Gerassel der Wagen und das Donnern der Hufe, das rasende Getümmel der Kriegsrosse) und würde es unmittelbar vor ihrem Gesicht zum Stehen bringen; auch Onkel Hejtmánek hörte ich im Dunkeln: sein voller Baß klang weich; von ihm wird hier wohl wenig zurückbleiben: Schulden, das leise Weinen der Tante, ihre großen, feuchten Augen, die in höchster Verzweiflung, was bei ihr nur all-

zuoft vorkam, meinen Vater suchen, der aber kehrt sich ab, zuckt nur die Achseln und sagt vor sich hin: »Mädchen, was gewesen ist, ist vorbei, vergiß es«; aber welche schmerzende Stelle muß denn nun vergessen werden, was ist damals eigentlich passiert (ich war dem Kinderwagen noch nicht entwachsen), daß die Tante seit dieser Zeit in Gegenwart meiner Mutter ständig einen Ausdruck von Schuldbewußtsein im Gesicht trägt, daß sie manchmal sorglose Fröhlichkeit vortäuscht, um gleich darauf in Tränen auszubrechen? Und was ist von Štefka zurückgeblieben? Von ihren Armen voller Sommersprossen, mit dem Duft nach Heu, von ihren rauhen Handflächen, den ersten, die ich geküßt habe? Wo ist das Beben ihrer Schultern geblieben, als wir uns zusammen im Luftschutzkeller an die Wand preßten und der Tod nur dreißig Meter von uns entfernt herabkam, wir lebten weiter bis zu jenem anderen Zufall, der ihr eine glühende Kugel in den Bauch jagte (durch die rote Schürze hindurch, die sie von meiner Mutter als Weihnachtsgeschenk bekommen hatte). Damals, als Štefka noch bei uns war, damals, als ... als ... als, dieses Wort ist nur ein grob zubehauener, aufs Geratewohl an dem Abhang unserer Lebenszeit aufgerichteter Grenzstein: ihr Gipfel liegt im Nebel, das Tal in Dunkel getaucht – und dazwischen die Meilensteine unseres Wegs: als ich noch jung und gesund war, ein Meilenstein, als ich dich geliebt habe, ein weiterer, als ich noch Geld hatte, was sind das doch für Grenzen, und wieder Steine und neue Grenzen, Grenzen und Steine; ganz zum Schluß bliebe zu sagen: als ich noch lebte, doch das kann keiner von uns mehr sagen, ein gar schwerer Stein, der allerletzte, drückt uns in die Erde hinunter; ein Meilenstein nach dem anderen, eine ganze Reihe von ihnen auf dem Abhang, bis ins Dunkel hinein.

Damals, als Štefka noch da war, trug sie dem Großvater das Essen in sein Häuschen hinüber, jetzt ist es die Großmutter, die ihm die Teller hinbringt: galant öffnet ihr der Großvater die Tür. »Also Verehrteste«, lacht er, »wie wär's, wenn wir beide uns noch zusammentäten?« Und die Großmutter lacht ebenfalls, und wenn sie guter Laune ist, geht sie scherzend darauf ein: »So ein verschimmelter Alter, der nicht einmal mehr das Wasser lassen kann, der zu nichts mehr taugt, aber noch an Weiber denken möchte, Sie könnten auch schon ein bißchen mehr Verstand haben.«

Dieses Lachen, dieses kostbare und liebe Lachen, wird für immer zurückbleiben, es gehört zum Haus.

Jeder von uns hinterläßt hier seine Spur.

Die kühlen Fliesen unter meinen Füßen waren jetzt von Feuchtigkeit schlüpfrig geworden: immer, wenn sich das Wetter änderte, schwitzten sie; in ihrer Wettervoraussage waren sie fast genauso exakt wie des Großvaters Samenkorn mit seinem zu einer Spirale eingerollten Faden: vor Regen oder Gewitter dehnte sich die Spirale aus, erst nachher sonderten dann die Fliesen im Hausflur ihre Feuchtigkeit ab, und schließlich begannen die Drähte zu summen; der Zusammenhang dieser drei untrüglichen Anzeichen für einen Witterungsumschlag kam mir so recht zum Bewußtsein, als ich im dunklen Hausflur den tiefen, schwingenden Ton der summenden Drähte vernahm: auch das gehörte zu unserem Haus. Mit einem Riesenbogen strich der Abendstern über die vier Drähte, die sich zwischen dem letzten Mast der elektrischen Leitung und unserem Haus spannten: unser Haus war wie ein einziger Instrumentenleib, es tönte vom Keller bis zum Dach hinauf; Unruhe befiel mich, mir schien, als ziehe in diesem Augenblick ein Nachtgespenst seinen Kreis um unser Haus, als komme es zugleich mit dem Schwingen des ansteigenden Tons der elektrischen Drähte immer näher; mir schien sogar, die Feuchtigkeit der Fliesen zu meinen Füßen schlage sich in Tropfen nieder, und ich stellte mir vor, daß auch Großvaters Samenkorn jetzt seine Spirale aufrollte und die Spitze des Keimfadens schlimmes Wetter ankündigte; ich fühlte mich in eine Spiralbewegung hineingezogen, aber vielleicht drehte sich mir nur in momentaner Schwäche der Kopf, doch darauf kam es jetzt nicht an, das Resultat blieb dasselbe: eine große Wolke, oder vielmehr nur ein Nebelfetzen mit dem Kopf eines Ungeheuers und gesträubtem Schwanzende, fliegt um das Anwesen herum, prallt gegen die Drähte, und vom Metall zerschnitten, wimmert und wehklagt es: ich habe den Mund voll von süßlichem Geschmack, auf der Stirn spüre ich eine feuchte Berührung, ich streife sie mit dem Handrücken ab; sowie ich nur meine Stirn angreife, spüre ich einen Schmerz, nicht an der Stirn, vielleicht auf dem Handrücken, das weiß ich aber nicht so ganz genau; denn der Schmerz auf dem Handrücken wird erst morgen kommen, morgen nach Mitternacht, wenn Pastuchov schon der Vergangenheit angehört, wird die Mutter, eine brennende Kerze in der Hand, mein Zimmer betreten, und ein heißer Wachstropfen wird auf meinen Handrücken fallen: vor Schmerz und Angst werde ich aufschreien, von meinem Sturz in den Krater eines Vulkans voll glühender Lava erwachen, die Drachen auf dem Schlafrock der Mutter werden aus unzähligen Rachen Feuer gegen mich speien, das Licht der Kerze zittert, doch nicht vom Luftzug; unter dem Arm hält die Mutter das Eichenholzkästchen mit ihrem Schmuck fest an sich gepreßt: es enthält eine Perlenschnur mit einer rosaroten Perle in der Mitte, zwei Agraffen, ein breites Goldarmband, drei Ringe und ein Ohrgehänge, das andere ist im linken Ohrläppchen der Mutter eingewachsen; auch Herrn Bergers Etui für Annemarie liegt darin.

»Steh auf und zieh dich an«, sagte die Mutter.

Die Brandwunde auf meinem Handrücken schmerzte unerträglich, ich preßte meine Lippen darauf und sah mich hilfesuchend um, auch meine Knie zitterten, und sowie ich nur die müden Augen schloß, tauchte sofort wieder mein Traum von den Vulkanen auf dem Meeresgrund vor mir auf, und wieder vermeinte ich die drei Schüsse in der Mittagsstille zu hören; langsam zog ich mich an, dann traten wir auf den Gang hinaus; die Kerzenflamme zuckte im Luftzug hin und her; hier fand ich das ganz natürlich, doch im Zimmer hatten mich die zitternden Schatten ganz gewöhnlicher Alltagsdinge erschreckt: der Schatten der Vase an der Wand, mein eigener zuckender Schatten, doch ich war nicht ganz sicher, ob die winzigen Stöße, die ihn hin- und herbewegten, aus mir kamen, oder ob nur das Licht sein Spiel mit mir trieb und mich erschreckte.

»Wollen wir nicht lieber das Licht andrehen?« fragte ich leise.

»Nein«, gab die Mutter zur Antwort.

Im Hof sagte die Mutter zu mir: »Hol den Spaten aus dem Schuppen!«

Ich tastete im Dunkeln nach ihm.

Die Mutter blies die Kerze aus, die Nacht war ziemlich klar, ohne Schatten, mit einer Dunkelheit, die sich gleichmäßig über die Felder, um die Bäume und über unsere Gesichter ausbreitete; dann führte mich die Mutter in den Obstgarten, bei jedem Baum blieb sie nachdenklich stehen, und beim siebenten Apfelbaum der ersten Reihe unterhalb des Hangs wies sie auf die Wurzeln: »Hier grab!« Ich stieß den Spaten in den feuchten Erdboden. »Tiefer und etwas breiter«, flüsterte die Mutter.

Ich arbeitete eine Viertelstunde, wir schwiegen beide, das Loch war bereits tief genug, die Mutter bückte sich, legte das Eichenholzkästchen hinein und sagte: »Scharr den Boden wieder zu und stampf ihn fest!« Ich tat es und war nach einer Weile damit fertig.

»Versprich mir, daß du niemandem verrätst, was wir hier vergraben haben!«

»Ich werde es niemandem sagen«, erwiderte ich; über unseren Gesichtern lag die sich gleichmäßig ausbreitende Dunkelheit, die Augen der Mutter leuchteten, sie preßte meinen Arm. »Das Gold gehört Annemarie«, flüsterte sie und bemühte sich, ihre Stimme zu beherrschen, was ihr jedoch nicht gelang, »wenn uns, mir oder dem Vater, etwas zustoßen sollte, dann mußt du dich um deine Schwester kümmern, verstanden? Das Gold gehört nur der Annemarie und nicht dir!«
»Ich habe verstanden«, sagte ich.
Die Mutter zog mich an sich, nie hätte ich gedacht, daß sie eine solche Kraft besaß: mein Gesicht lehnte an den chinesischen Drachen mit den Feuerrachen, ihre weiche Haut aus reiner Seide kühlte mein heißes Gesicht und duftete nach Kamille und Milch. »Du mußt mir versprechen, daß du dich um Annemarie kümmern wirst«, sagte die Mutter leise. »Ich verspreche es«, erwiderte ich ebenfalls leise, aber ich weiß gar nicht, weshalb wir flüsterten; dann ließ der Druck nach, ich schwang den Spaten über die Schulter und ging voraus, die Mutter folgte drei Schritte hinter mir; bei der Linde oberhalb des Hauses blieb ich stehen. »Wäre es nicht besser, dem Vater alles zu sagen?« fragte ich.
»Nein«, erwiderte die Mutter hart.
»Und warum nicht?«
Die Mutter legte ihren Arm um meine Schultern; ich wußte, was jetzt kam: sie würde die Last, die sie allein nicht mehr tragen konnte, auf mich abwälzen und mir einen Teil davon aufladen; ich war wütend auf sie: warum muß gerade ich dieses Kästchen heimlich vergraben, warum muß ich mir alle diese alten Geschichten anhören? Bis jetzt hatte ich sie mir auf meine Weise auslegen, Entschuldigungen und Varianten erfinden können, und nun war es damit vorbei; die Mutter erzählte mir alles vom Vater, von Tante Lída, Naďa und dem Fräulein, mit dem sie ihn damals Arm in Arm getroffen hatte. (Ich kenne Sie nicht, mein Fräulein, hatte der Vater zur Mutter gesagt.) »Du bist schon erwachsen«, sagte die Mutter, Atem holend, »jetzt kann ich dir alles erzählen«; sie holte erneut Atem und suchte nach einem Halt und fand ihn wohl nicht: ihr Atem beschleunigte sich. »Du hast das Leben noch vor dir«, stieß sie hervor, »der Vater nicht mehr, er macht bereits Bilanz«; mit den letzten Worten sank ihre Hand von meiner Schulter, der innere Druck der Mutter ließ nach, und ihr Atem ging jetzt ruhiger, ich wußte vor Verlegenheit nicht, was ich tun sollte; ich blieb daher stumm, fühlte jedoch das

zwingende Verlangen, mich der Mutter zuzukehren und ihr einen Kuß auf die Wange zu drücken; warum habe ich das nur damals nicht getan?

Dann sagte die Mutter: »Komm, sonst erkälten wir uns.«

Im Hausflur sagte sie: »Mach kein Licht!« Ich sog die Gerüche unseres Hauses ein und spürte deutlich einen süßlichen, matten Duft heraus: der war schon gestern da gewesen, dieser Duft von Chrysanthemen, Reisig und Kränzen; wir werden sie am Nachmittag, hinter Frantas Sarg herschreitend, auf den Friedhof tragen: der Onkel liegt jetzt tot in unserem großen Zimmer aufgebahrt, er ist reisefertig, und zu seinen Häupten brennen acht Kerzen, vier auf jeder Seite, mehr konnte ich in der Kirche nicht auftreiben.

Schon standen wir vor unserer Wohnungstür, als oben jemand das Licht anknipste: Onkel Hejtmánek beugte sich über das Geländer und musterte mich aufmerksam, die Mutter hatte er nicht mehr gesehen, die befand sich bereits im Vorraum; des Onkels Augen wanderten über meine lehmigen Schuhe und die an meinen Händen haftenden Erdspuren; mir fiel ein, daß ich den an die Mauer beim Hauseingang gelehnten Spaten vergessen hatte; wenig später verlosch das Licht; bevor noch der Onkel im Finstern erneut den Schalterknopf drücken konnte, hatte ich leise die Wohnungstür hinter mir geschlossen, wartete, bis oben die Tür zufiel, zog rasch die Schuhe aus, lief in Socken die Treppe hinunter, öffnete die Haustür, tastete blindlings nach dem Spaten und rannte, drei Stufen auf einmal nehmend, wieder hinauf: beim letzten Sprung stieß ich mit dem Spaten gegen das Eisengeländer, und der verursachte Lärm schallte wie ein Alarmsignal durch den ganzen Korridor, blitzschnell öffnete der Onkel oben die Tür (wahrscheinlich hatte er startbereit im Flur gestanden), doch bevor er noch den Schalter zu drücken vermochte, war die Wohnungstür hinter mir zugefallen; das Herz schlug mir bis zum Halse ... aber das alles lag ja noch vor mir: der Sturz in den Krater des Vulkans, der glühende Wachstropfen auf meinem Handrücken, die Drachen auf dem Schlafrock meiner Mutter, der siebente Baum in der ersten Reihe unten, die gleichmäßig sich ausbreitende Dunkelheit, die ungerechte und rücksichtslose Zuteilung der Last, die ich mittragen sollte, des Onkels forschender Blick voller Neugier: er fühlte sich betrogen; das Anprallen des Spatens gegen das Eisengeländer und das metallene Getöse, das durch das Haus schallte; jetzt aber stehe ich immer noch im dunklen Hausflur, wie an die Eingangstür festgeschmiedet, spüre die von den Fliesen auf-

steigende Feuchtigkeit, die Drähte sind jetzt um eine Oktave höher gestimmt, und ich bilde mir ein, ein großes Samenkorn mit seinem spiralförmigen Fädchen im Dunkel vor mir zu sehen: die Spirale dehnt sich aus; hier ist es ganz still, von draußen kam jetzt Hundegebell, dann erst hörte ich, wie irgend jemand oder irgend etwas gegen die Außenseite der Eichentür fiel; sind das etwa die Gesichter der Nachtgespenster oder die unförmigen Häupter von Nebelfetzen, die an der Tür lehnen? Auch die Drähte waren verstummt; etwas Metallenes war von draußen an die Tür geprallt und mit kaum hörbaren Kratzen etwa aus der Höhe meiner Schultern auf die Schwelle hinuntergeglitten; ich wollte aufschreien, doch ein schwerer Geruch legte sich mir auf die Zunge, die Arme fielen mir schlaff herab; wie in einer Falle bin ich gefangen, dachte ich und hob langsam den rechten Arm, um nach dem Lichtschalter zu tasten; vor Anstrengung trat mir der Schweiß auf die Stirn: dann klickte der Schaltautomat, ich sah feuchtes Licht auf den Fliesen liegen, dann erst löste sich in mir der Schrei: »Großmutter!« Ich weiß nicht, warum gerade Großmutter, ich hätte doch eigentlich Vater oder wenigstens Mutter rufen sollen; doch schon erschien der Vater auf dem Gang, Tränensäcke unter den Augen, und sagte: »Warum schreist du denn so?«
Das Licht verlosch, ich hatte nicht mehr die Kraft, die Hand zu heben, und sagte im Finstern: »Draußen vor der Tür ist jemand.« Auf dem Gang oben knipste der Vater das Licht wieder an.
Aus der Wohnung im oberen Stockwerk trat jetzt Onkel Hejtmánek heraus; ich lehnte mich mit dem Rücken an die Wand, eine Schwere, die auch durch die Ziegel hindurchdrang, legte sich auf mich; der Vater kam die Treppe herunter, mit zitternder Hand hielt er sich am Geländer fest; die Drähte summten schon wieder um eine Oktave höher; das Licht im Hausflur erlosch, unser Schaltautomat schaltete sich nur allzubald aus.
Der Onkel knipste oben wieder an, die Großmutter trat auf den Gang heraus und kam rasch die Treppe herabgestiegen; und wieder ging das Licht aus: wenn der Onkel oben doch wenigstens auf die Idee käme, den Finger auf dem Schalter zu lassen, dachte ich; im Finstern fuhr mir die Großmutter mit der Hand ins Gesicht, ich schrie auf; dann öffnete sie mit einem energischen Ruck die Haustür: wir sahen nichts als Dunkel, und ein kalter Luftzug wehte uns entgegen; jetzt ließ der Onkel oben wieder das Licht angehen.
Vor der Tür mit dem Kopf an der Schwelle lag ein Mensch, die Großmutter beugte sich zu ihm hinunter und drehte sein Gesicht

zum Licht: wir erkannten Franta; die Lippen der Großmutter versanken in ihrem zahnlosen Mund, kein Schrei entrang sich ihr, und ihre Stimme wurde hart. »Hilf mir, ihn hochheben«, sagte sie zu mir. Das Licht im Hausflur erlosch abermals, das war zum Verrücktwerden: »Mach doch Licht«, schrie die Großmutter im Finstern, und der Onkel hielt endlich seinen Finger auf dem Schalter; jetzt trat der Vater hinzu, schob mich weg und half der Großmutter Franta hochzuheben; als sie ihn hinauftrugen, stießen seine schweren Kommißstiefel gegen die Stufen, seine Arme, die sich der Vater und die Großmutter um den Hals geschlungen hatten, hingen schlaff von ihm herab: ich sah seine weiße, blutleere Hand, sein Gesicht war in Schatten getaucht und gegen das kühle Steinpflaster der Treppe geneigt; jetzt kam die Mutter auf den Gang heraus und schrie auf: »František«; Onkel Franta aber hob nicht den Kopf, sondern grub mit seinen Stiefelspitzen Rillen ins Linoleum im Vorraum, verschob mit ihnen den Teppich im Zimmer und ließ, ohne auch nur aufzustöhnen, den Kopf ins Sofakissen zurücksinken; der Vater zog ihm die Stiefel herunter, die unerbittliche Stimme der Großmutter durchbrach das lähmende Entsetzen und brachte die Mutter, die Tante und Onkel Hejtmánek in Bewegung; mich schob die Großmutter aus dem Zimmer.

In meinem Schlupfwinkel fühlte ich mich geborgen, im Finstern tastete ich auf dem Schreibtisch nach meinem Heft mit der nicht zu Ende geschriebenen Lateinarbeit und daneben nach dem offenen Buch von den Abenteuerfahrten des Kapitäns James Cook; ich strich mit den Fingern über die Seiten des Buchs und sagte mir, jetzt sei es wohl an der Zeit, von der Kindheit Abschied zu nehmen; mein Kleiderschrank stand offen und strömte Naphthalingeruch aus: meine Jungenanzüge, aus denen ich längst herausgewachsen war, hingen in diesem penetranten Gestank, aber warum bewahrte sie die Mutter so sorgfältig auf? Ich war dem Weinen nahe, doch erst im Bett überließ ich mich den Tränen; nebenan wurden ununterbrochen Türen geöffnet und geschlossen, die resolute Stimme der Großmutter überwand das Weinen, und dann, nach einer Weile oder vielleicht auch nach einer Stunde, ich weiß es nicht genau, wurde ihre Stimme weich. Die Aufträge, die sie erteilte, kamen nur zögernd, sie folgten nicht mehr so rasch aufeinander wie zuvor, die Türen wurden jetzt lautlos geöffnet und geschlossen, nur von Zeit zu Zeit schlich jemand auf Fußspitzen durch den Vorraum; hin und wieder verstummten alle Geräusche im Haus, erhoben sich aber erneut aus dem

Dunkel, jedoch immer matter; die Drähte senkten ihren Ton um eine Oktave; dann schrie die Tante auf: »František!«

In diesem Schrei lag weder Verzweiflung noch Schmerz; so rufen wir jemanden zurück, der entschlossen ist, für immer fortzugehen; wir wissen, daß er nie mehr zurückkehrt, unser Schrei will ihn aufhalten, will den vorbestimmten Lauf des Geschehens unterbinden oder wenigstens den Scheidenden zwingen, sich noch einmal umzudrehen und uns einen letzten Gruß zuzuwinken.

Ich wußte, daß Franta gestorben war.

Auf dem Nachtschränkchen tickte meine Schweizer Armbanduhr, die Leuchtzeiger gaben die genaue Zeit an: ein Uhr zweiunddreißig Minuten; der Sekundenzeiger eilte dem Morgen entgegen.

Der tote Franta war bereits aus dem Spiel ausgeschaltet, friedlich lag er auf dem weißen Laken, und nichts betraf ihn mehr; irgendwer öffnete das Fenster, und herein wehte ein leichtes Lüftchen, das nächtliche Kühle und den Duft des Vorfrühlings hereintrug; zu Frantas Häupten brannte eine Kerze, vorläufig nur eine, aber am Morgen brachte ich dann aus der Kirche noch acht Stück.

Die ganze Familie saß um den Toten herum, doch niemand weinte mehr, als ich hereinkam; auf dem Tisch lagen Frantas Revolver und Maschinenpistole; der Vater stand auf, nahm die Waffen und verließ das Zimmer; ich folgte ihm in Großvaters Baracke.

»Bringst du sie?« fragte der Großvater.

Wir gingen in die Stube hinein, lösten ein Brett aus dem Fußboden und legten die Waffen in die Öffnung; sorgfältig befestigte der Großvater wieder das Brett; der Vater erhob sich vom Fußboden, klopfte den Staub von den Knien und sagte: »Wieviel Särge hast du auf dem Boden?«

»Sieben«, erwiderte der Großvater und fuhr sich mit der Hand über seinen runden, kahlgeschorenen Kopf; dann schraubte er den Docht der Petroleumlampe etwas höher: die Umrisse der Schatten im Zimmer wurden schärfer. »Aber den siebenten geb ich nicht her«, sagte er, »der ist für mich bestimmt.«

Vor einigen Jahren hatte der Großvater die Scheune voll Särge gehabt, durch die Beerdigungen konnte er sich etwas nebenbei verdienen: der Besteller gab die Größe an und wählte den Schmuck, und der Großvater brachte dann die Ware nach fünf oder sechs Stunden auf dem Schubkarren direkt in den Hof und war imstande, auch die anspruchsvollsten Wünsche zu befriedigen; doch deren gab es nicht viele: für gewöhnlich genügte schwarzer Lack und auf dem

Sargdeckel ein aus Pappe ausgestanztes Kreuz; jetzt waren von dem großen Vorrat an Särgen nur noch die letzten sieben Stück übriggeblieben: sie standen auf dem Dachboden, waren gut ausgetrocknet, mit einer Firnisunterlage gestrichen und dufteten nach Harz und gesundem Holz; darauf legte der Großvater Wert: sein Holz mußte klingen. »In meinem Sarg«, pflegte er bei guter Laune zu sagen, »kann der Verstorbene das Jüngste Gericht abwarten«; jetzt nahm er die Petroleumlampe in die Hand und sagte zum Vater: »Komm, wir wollen sie uns anschauen«, doch dann stockte er und kratzte sich am Kopf: »Und wer bezahlt?« fragte er.

»Ich«, gab der Vater zur Antwort.

Auf dem Dachboden duftete es nach Kräutern, sie hingen noch so in Säckchen an den Pfosten, wie sie die Großmutter, die vor vielen Jahren dahingegangen war, zu ihren Lebzeiten aufbewahrt hatte; der Sarg, in dem sie begraben wurde, war des Großvaters Meisterstück gewesen, bis aus Vsetín hatte er einen Fotografen bestellt, um diese Pracht verewigen zu lassen; jetzt kramte er manchmal die Fotografie heraus, glättete sie sorgfältig auf dem Tisch und sagte: »Eine Pracht, nicht wahr?« Die Kräuter der Großmutter dufteten immer noch, doch niemand wußte mehr, welche Krankheiten man mit ihnen auskurieren konnte, und so hatte man sie hier in der Wärme und im Trocknen hängen lassen, und der ganze Boden hatte sich mit dem konzentrierten Duft der Wiesen und besonnten Hänge vollgesogen; sogar die Särge dufteten; der Vater hob das Licht hoch und legte die Hand auf den Eichensarg in der Ecke: »Diesen möchte ich haben«, sagte er.

»Nein«, wehrte der Großvater ab, »der ist unverkäuflich, das ist meiner, ich möchte, daß du das weißt, wenn es der Zufall wollte ...«

Schweigend legte der Vater die Hand auf den danebenstehenden Sarg und reichte dem Großvater die Lampe; wir hoben den Sarg, er war leicht; ich hatte mir immer eingebildet, auch leere Särge seien schwer, ihr zukünftiger Inhalt, so dachte ich mir, muß sich doch schon zuvor in ihnen einnisten, und dieses Holz ist ganz bestimmt kein gewöhnliches Holz, sondern saugt schon jetzt die Feuchtigkeit und Kälte der Erde in sich, warum hätten sich denn auch sonst die schönen Hengste, die mit dem Leichenwagen bei unserem Café vorbeigezogen waren, immer mit solcher Kraft ins Geschirr gelegt?

Wir trugen den Sarg über die schmale Bodentreppe hinunter und stießen dabei mit den Kanten an.

Es gab einen hohlen Klang.

Unten stellten wir den Sarg in die Mitte von Großvaters Stube, die Lampe hatte der Großvater bereits auf die Hobelbank gestellt.
»Mach dich sofort an die Arbeit«, sagte der Vater zu ihm, »ich möchte mittags alles fertig haben.«
»Und was für eine Ausstattung?« fragte der Großvater.
»Die teuerste«, erwiderte der Vater.
Draußen wehte vom Wald ein Lüftchen in die Niederungen herüber, vor unserer Haustür dehnte sich eine fremde Katze: auf ihrem Fell lag schon der Schimmer der Morgendämmerung, sie hatte böse Augen und machte einen Buckel; ohne Eile und Furcht vor uns zog sie sich jetzt zur Gartenpforte zurück, dort schien etwas ihre Aufmerksamkeit zu erregen, und mit einem Satz verschwand sie im Gebüsch.
Von der Straße her vernahmen wir Schritte: mehrere Männer kamen im Marschrhythmus über ihre geschotterte Oberfläche herangestampft; wir beugten uns vor und versuchten diese dreißig oder vierzig Meter Morgennebel und Dämmerung, die uns von der Straße trennten, mit unseren Blicken zu durchdringen; dann blies der Wind den Nebel etwas in die Höhe: hinter dem Metallgitter unserer Gartenpforte standen die regungslosen Silhouetten von Männern in langen Mänteln, mit Stahlhelmen; der Vater packte mich an der Schulter, langsam wichen wir zum Haus zurück, öffneten die Tür und wollten schon hineingehen, als wir auf dem kiesbestreuten Gartenweg Schritte hörten.
Des Vaters Hand auf meiner Schulter zitterte, doch sie verlor nicht an Festigkeit, im Gegenteil, ich spürte, wie er mich mit ungeheurer Kraft, der ich mich nicht zu widersetzen vermochte, vor sich hinschob; ich ruckte mit der Schulter und drehte mich zum Vater um: wahrscheinlich zitterte er, doch konnte man sein Zittern nicht sehen, das Kinn war ihm auf die Brust gesunken; die Silhouetten auf der Straße setzten sich jetzt in Bewegung, nur die Schritte auf dem Gartenweg näherten sich, ein Schatten tauchte auf, ich erkannte ihn bereits und flüsterte in die Finsternis hinein: »Herr Berger?«
Die Silhouette tat noch zwei Schritte vorwärts und legte dann den Finger an die Lippen; die silbernen Paspeln am Uniformkragen schimmerten matt durch das Dunkel; der Vater lehnte sich an die Hausmauer, ich hörte ihn schwer atmen; Herr Berger kam näher; ich darf ihm nicht den Weg freigeben, dachte ich, soll er mich nur umstoßen, aber ich weiche vor ihm nicht zurück! Doch Herr Berger ging an meiner rechten Seite vorbei, und der Gestank seiner Soldaten-

uniform schlug mir ins Gesicht; einen halben Schritt vor dem Vater blieb Berger stehen.
»Wo ist er?« fragte er.
»Wer?« fragte der Vater und hob die Augen.
»Also kommen Sie«, sagte Herr Berger, zog seine Pistole aus der Tasche, und mit der anderen Hand schubste er den Vater durch die halbgeöffnete Haustür nach drinnen; der Vater betrat als erster das Wohnzimmer; alle saßen immer noch um Franta herum: eine einzige Kerze brannte zu seinen Häupten, und acht werden erst am Morgen dort stehen, wenn ich sie aus der Kirche geholt haben werde, bevor ich mich noch auf den Weg zu Pastuchov hinaufbegebe; Onkel Hejtmánek gewahrte Berger als erster: er warf ihm einen verständnislosen Blick voll ärgerlicher Überraschung zu, die Tante schrie auf, doch das war kein lauter Schrei, er blieb ihr vielmehr im Hals stecken, und dann erst befiel den Onkel ein Zittern; die Mutter hob nur den Kopf und ließ ihn wieder sinken, das war alles; Kusine Lidka hatte, wie immer, weitaufgerissene Augen und halbgeöffnete Lippen, doch ich sah, daß sie bebten; stumm erhob sich die Großmutter, trat zu Franta hin, und mit einer langsamen Bewegung voller Zärtlichkeit schlug sie das Laken von seinem Gesicht zurück: um Frantas Kinn war ein Seidentuch der Mutter geschlungen, das auf seinem Kopf verknotet war. »Hier ist er«, sagte der Vater leise, und vorsichtig deckte die Großmutter Franta wieder zu.
Langsam schob Herr Berger die Pistole in die Tasche, nahm seine Uniformmütze ab und legte sie auf den Tisch: der silberne Totenkopf mit seinen leeren Augenhöhlen war auf Franta gerichtet, das erschien mir reichlich geschmacklos. »Ach, diese Dummköpfe«, sagte Herr Berger mit einem Seufzer und sank schwerfällig auf einen Stuhl.
Der Onkel erhob sich, desgleichen die Tante und Lidka. »Ich denke, wir gehen am besten, wir wollen nicht länger stören, Herr...«, sagte er, Berger beachtete den Onkel gar nicht und winkte nur ungeduldig mit der Hand. Sollte das etwa ein Gruß sein? Vielleicht, aber mir kam es eher vor, als wollte er sagen, verschwindet.
Die Großmutter stand bei Franta: in aufrechter Haltung, ruhig und undurchdringlich; sie ließ weder Schmerz, Leid noch Verzweiflung erkennen, auch keine Angst.
Herr Berger ließ den Kopf hängen: ich hatte ihn zuerst im Verdacht, er spiele wieder Theater, doch jetzt war das wahrscheinlich

nicht der Fall: seine rotumränderten, müden Augen, die tiefen Falten in seinem Gesicht, die dreckbespritzte Uniform, das alles sprach gegen meinen Verdacht; Herr Berger war groggy, am Ende seiner Kraft, das war kein Spiel mehr. Ich wollte ihn warnen. »Gnädige Frau«, sagte er, leise zur Mutter gewandt, und ein Flehen lag in seinen Augen, »mehr konnte ich nicht tun, wirklich nicht!«
Die Mutter erhob sich, kehrte sich von Herrn Berger ab und verließ das Zimmer. Auch der Vater war aus seinem Trancezustand wieder erwacht, und alle die Bilder, die vor ihm aufgetaucht waren, als er so mit herabgesunkenem Kinn dagesessen hatte, waren jetzt fort, die drängende, verdammte Wirklichkeit wieder gegenwärtig: »Kommen Sie, bitte, in mein Zimmer«, sagte er zu Berger.
Herr Berger stand auf, trat zum offenen Fenster, lehnte sich hinaus und hielt sein Gesicht dem vom Walde herkommenden Wind entgegen: an unseren Fenstern zog ein dünner, milchiger Nebel vorbei, die Umrisse der Gegenstände draußen verschwammen, die Geräusche hingegen hoben sich scharf ab. Drüben in der Holzbaracke arbeitete der Großvater an dem Sarg: die Hammerschläge hallten durchs ganze Haus und den Garten.
»Bitte, Herr Berger«, sagte der Vater und öffnete die Tür zu seinem Zimmer.
Herr Berger zuckte zusammen. War er vielleicht aus einem Traum erwacht oder vor Schreck zusammengefahren, als er sich erneut des fremden Blicks der Mutter erinnerte, mit dem sie sich bei seinem Eintritt ins Zimmer gewappnet hatte? Wer wußte das?
Berger schritt jetzt durchs Zimmer, nahm seine Uniformmütze vom Tisch, schon in der Tür bot ihm der Vater eine Zigarre an, dann setzten sich beide, und der Vater schenkte Kognak ein: als sie ihre Gläser erhoben, sah jeder von ihnen in eine andere Richtung. »Ach, diese Dummköpfe«, wiederholte Herr Berger, schenkte sich selbst einen weiteren Kognak ein und kippte ihn hinunter; ich wunderte mich sehr, daß Herr Berger an diesem Morgen so einsilbig war: diese Eigenschaft kannte ich gar nicht an ihm, mir schien sogar, ein Teil seiner Schweigsamkeit sei bis in sein Gesicht gedrungen und verleihe diesem einen ganz und gar veränderten Ausdruck, darum konnte ich mich in seinem Gesicht wohl nicht mehr zurechtfinden; nachdem er den zweiten Kognak hinuntergestürzt hatte, kehrte sein ursprüngliches Aussehen zurück, ich wartete darauf, daß sich seine Zunge lösen würde, und es dauerte auch nicht lange, bis es soweit war.

»Herr Cafetier«, sagte Herr Berger, »pfeifen Sie auf diese Banditen, lassen Sie sie schwimmen (seine Stimme klang hohl und tonlos), warum investieren Sie Ihr Geld auf so unvernünftige Weise – und gehen ein so sinnloses Risiko ein, das ist doch hinausgeworfenes Geld. Natürlich habe ich sofort am nächsten Tag erfahren, daß Sie Ihren Jungen hinaufgeschickt haben – und Frantas Aktion bei Meseritsch war vollkommen überflüssig, denn sie wurde mir verraten, bevor er noch damit angefangen hatte«; Herr Berger schenkte sich erneut ein. »Ich will das Ende des Krieges überleben«, fuhr er fort, »aber jetzt muß ich hier Ruhe haben, meinetwegen sollen sie in den Bergen Soldaten spielen, sich von den Waldbauern durchfuttern lassen, und das womöglich für Ihr Geld, aber an die Verbindungslinien dürfen sie mir nicht heran. Lachen Sie nicht, mein Herr, die Männer an der Front sollen wissen, daß ihnen ein ungestörter Rückzug gesichert ist, niemand darf sie mir aus dem Hinterhalt abknallen, mein Verbindungsmann dort oben ...«
»Leutnant Pastuchov«, sagte ich, Herrn Berger unterbrechend.
»Du kennst ihn also auch«, lachte Herr Berger.
»Jawohl.«
»Da war er also schon oben, als du mit dem Geld hinaufkamst, was?« Ich schwieg und beobachtete nur, wie Herr Berger sein Hundegesicht aufsetzte, doch heute sah er in dieser Maske kläglich aus: nur die Traurigkeit und Resignation eines altgewordenen Polizeihundes ging von ihm aus – gewissermaßen überdeckt von einem krampfhaften Lächeln um jeden Preis. »Und wo hast du denn diese Räuber gefunden?« Ich schwieg abermals, und Herr Berger überlegte. »Moment mal, ich weiß es schon, vor einer Woche hatten sie doch ihr Quartier auf dieser Waldwiese unterhalb der ›Maruška‹ aufgeschlagen, aber dort sind sie nicht mehr, sie haben sich in die Einödhütten verkrochen, haben ein Schwein ergattert, Schnaps gebrannt, und so sitzen sie jetzt im Warmen, fressen und saufen, und ihr Kommandant Nikolaj, von seinem ständigen Argwohn geplagt, traut nur dieser Sadistin Nina und meinem Verbindungsmann. Wenn ich wollte«, er wandte sich von mir ab und kehrte sich dem Vater zu, »könnte ich sofort mit hundertfünfzig gut ausgebildeten Männern aufbrechen und denen dort oben bis zum Abend die Hölle so heiß machen, daß man noch lange nach dem Krieg in allen euren Lesebüchern davon schreiben würde! Und wo bleibe ich? Heute würde ich sie dort oben ausräuchern, und morgen stehe ich dann auf der Liste der Kriegsverbrecher. Ich bin doch nicht auf den Kopf ge-

fallen.« Herr Berger knöpfte sich jetzt den Mantel auf, eine leichte Röte stieg ihm ins Gesicht, die Füße mit den lehmigen Stiefeln streckte er vor sich auf den Teppich hin. »Nein, ich bin kein Narr.« Herr Berger schlug mit der Faust auf den Tisch; sehr rasch hatte die Trunkenheit von ihm Besitz ergriffen, doch das war nicht verwunderlich, er war heute unausgeschlafen und mit den Nerven ganz herunter. »Auch diesen Nikolaj könnte ich bekommen«, schrie Herr Berger, »wann wollen Sie ihn haben, Herr Cafetier? Heute abend oder morgen zum Frühstück? Lebendig oder tot? Ganz nach Wunsch.«
»Leise, Herr Berger, bitte, leise«, sagte der Vater.
»Also leise«, flüsterte Herr Berger, »ganz leise, damit uns niemand hört: mein Verbindungsmann dort oben hat ihn mir schon angeboten, aber stellen Sie sich nur vor, ich will ihn gar nicht haben, nicht einmal fürs Eiserne Kreuz will ich ihn!« Herr Berger griff nach seinem Glas, trank es aus, knöpfte sich dann Bluse und Hemd auf, stützte sich mit beiden Händen auf den Tisch, neigte sich zum Vater hinüber und sagte ohne jedes Pathos in der Stimme: »Ich bin doch schließlich auch ein Mensch, das ist Ihnen noch gar nicht aufgefallen, was?«
»Um die Wahrheit zu sagen«, erwiderte der Vater zögernd, »manchmal schon.«
»Danke«, sagte Herr Berger lachend, »besten Dank«; er schenkte sich einen weiteren Kognak ein, ließ ihn aber vorläufig stehen, holte dann Atem und sagte: »Wir werden einander wohl nie verstehen, und wozu auch? Zuviel trennt uns voneinander!«
In diesem Moment hob der Vater den Kopf und sah Herrn Berger forschend an; ich wußte, er dachte jetzt an die Mutter, ich übrigens ebenfalls, und am intensivsten denke ich immer an sie, wenn ich mich an Herrn Berger erinnere. »Alles trennt uns voneinander«, wiederholte Herr Berger, »Sprache, Nationalität, Rasse (der Vater verzog den Mund zu einem schiefen Lächeln), jawohl, Herr Cafetier, auch die Rasse! Ich bin Deutscher, und aus dem Bewußtsein, diesem Volk anzugehören, schöpfe ich alles: Selbstvertrauen und Glauben. Aber allmählich lerne ich auch das andere kennen, was wir alle gemeinsam haben: Liebe, Angst und Freude am Leben.« Herrn Bergers Stimme stockte. »Wenn ich Ihnen sage, daß ich mich für die ganze Schweinerei, die wir hier angerichtet haben, mitverantwortlich fühle, werden Sie mir das vielleicht nicht glauben, die ganzen Jahre war ich darauf bedacht, saubere Hände zu behalten, schauen Sie nur her!« Herr Berger hielt seine Hände dem Vater un-

ter die Nase – und tatsächlich: es waren saubere, gepflegte, feinmodellierte Hände, eine Freude, sie anzusehen. Der Vater lachte, sog an seiner Zigarre und stieß den Rauch aus: der strömte zwischen Herrn Bergers Fingern hindurch und blieb über der Tischplatte stehen. »Schauen Sie doch meine Hände an«, wiederholte Herr Berger und schob seine Zunge zwischen die Zähne, »wenn ich mir etwas hätte zuschulden kommen lassen, würde ich die Uniform ausziehen und davonlaufen, aber ich stehe zu meiner Verantwortung, oder glauben Sie mir nicht? Und ich werde bis zum Ende ausharren, nein, nein, das ist kein billiger Rausch der Selbstvernichtung, das ist für mich eine Grundsatzfrage, ich kann jetzt nicht aufgeben, immer wieder bin ich zurückgewichen, auch hier, vor Franta, das war Schwäche, eine große innere Schwäche, was habe ich doch schon alles aufgegeben und verraten, und so bleiben mir am Ende nur noch zwei ganz reale Werte: diese Uniform da und Ihre Frau!« Herr Berger ließ die Hände sinken, sie hingen ihm schlaff vom Körper herab. Ich schenkte ihm nach.

Bergers Gesicht war jetzt starr, aber unter seiner weißen Haut ahnte ich das nervöse Zucken der Muskeln.

Der Vater hob den Kopf, die Adern an seinen Schläfen waren bereits bläulich, das Blut pulsierte in ihnen. Herr Berger fuhr sich mit dem Taschentuch über die Stirn, und der Vater sagte ganz leise: »Sie sind am Ende, Herr Berger, Sie sind erledigt!« Berger schien Vaters Bemerkung gar nicht gehört zu haben, erst nach einer Weile stellte er seine Bewegung mit dem Taschentuch auf der Stirn ein, betupfte sich die Schläfen und sagte:

»Ja, ich sitze in der Falle, Herr Cafetier, in einer verdammten Falle, ich liebe Ihre Frau, es ist eine romantische Liebe, eine viel zu romantische Liebe für meine Jahre!«

Der Vater sog den letzten Rauch aus seiner Zigarre, die Adern an seiner Stirn nahmen eine dunkelviolette Färbung an, dann stützte er die Ellbogen fest auf den Tisch. Ich wußte, er hatte einen Entschluß gefaßt, jetzt würde er einen falschen Trumpf ausspielen. Damals, beim Hazardspiel in unserem Café, bei dem ich Schmiere stehen mußte, hatte er sich genauso verhalten.

Irgend etwas drängte mich, warnend auszurufen: Achtung, Herr Berger, jetzt wird falsch gespielt, aus ist es mit dem ehrlichen Spiel, doch ich schwieg, was ging mich auch dieses Spiel an, ich hatte dabei nichts zu gewinnen oder zu verlieren.

»Packen Sie sich zusammen«, sagte der Vater jetzt unmißverständ-

lich, »und gehen Sie fort, Herr Berger, nehmen Sie sich meine Frau und auch Annemarie mit, alles, was Ihnen gehört, können Sie sich mitnehmen, und scheren Sie sich zum Teufel, ich will hier im Haus Ruhe haben!« Ich schluckte, das war also die großartige Trumpfkarte – und nicht einmal eine so ganz falsche. Sie lag zwischen dem Vater und Berger auf dem Tisch, die Partie schien mir ausgeglichen. Also Berger, jetzt zeig, daß du weißt, was du willst.
Der Vater begann Berger zu duzen: »Kruzitürken«, fuhr er auf ihn los, »in einem fort quasselst du da von deinen sauberen Händen, Berger, aber daß du mir das Leben zerstört hast, das willst du nicht wahrhaben!« Du übertreibst, Vater, dachte ich, du übertreibst gewaltig, dem Leben warst du eigentlich nie gewachsen, du warst ein erstklassiger Cafetier, aber sonst ist mit dir nicht viel los, bemitleide dich doch nicht; wenn du schon einmal einen guten Trumpf ausgespielt hast, dann bleib dabei und zieh nicht etwas ins Spiel hinein, was nicht hineingehört: ein verpatztes Leben, viel zu hohe Töne für dich, wann hättest du je so gesprochen? Niemals; die Mutter hast du nur geheiratet, weil du eine Frau gebraucht hast, und hast dir dabei gedacht, es wäre nicht schlecht, wenn sie dir zusätzlich zu allen anderen angenehmen Dingen auch noch eine Kaution mitbrächte.
Der Vater aber war jetzt nicht mehr zu bremsen, er reckte sich über Berger empor und schrie: »Zum Teufel, sag doch was, oder geh zu ihr ins Zimmer hinein, nimm dir das Weibsbild und den Balg und verschwinde, ich, ich ...«, dem Vater versagte die Stimme, doch nicht vor Schmerz, vielmehr war ihm der Atem ausgegangen, er war nämlich in letzter Zeit vom Rauchen und Trinken ziemlich kurzatmig geworden, nun stand er vor Berger und stieß ihm seinen Atem fast ins Gesicht. »Und noch etwas will ich dir sagen«, gab der Vater mit matter Stimme von sich, seine Lunge hatte nicht mehr genug Luft, »merk dir gut, was ich dir jetzt sage, du bist nur ein Komödiant, ein Dreck, ein beschissenes Nichts von einem Doktor in Uniform. So, und jetzt kannst du gehen!« Der Vater stand hoch aufgerichtet da wie der Engel mit dem Flammenschwert bei der Vertreibung Adam und Evas aus dem Paradies auf dem Bild in meiner Biblischen Geschichte: »Jetzt geh, Berger«, schrie der Vater abermals, »nimm dir das Weibsbild und das Kind und schau, daß du wegkommst!«
Dann mußte sich der Vater an die Wand lehnen.
Herr Berger erhob sich, seine Miene war bis jetzt unverändert geblieben: sie war starr mit dem kaum sichtbaren, nervösen Spiel der

Muskeln unter der bleichen Haut. Er nahm seinen Mantel, den er über den Stuhl geworfen hatte, und klemmte die Uniformmütze unter den Arm: »Nicht so hastig, Cafetier«, sagte er leise, und die Farbe kehrte wieder in sein Gesicht zurück, langsam trat ein himbeerfarbener Hauch unter seine Schläfen und dehnte sich über seine Wangen aus, wo er in einen roten Flecken überging, auf der linken Wange war er größer, auf der rechten kleiner und blasser. »Ich komme sie mir schon holen, Cafetier, es kommt schon dazu, noch ist das Ende nicht da, mir bleiben noch einige Tage, ja wenige Tage, aber nimm dich vor mir in acht!«

Der Vater lachte, kniff die Augen zu und lehnte den Kopf an die Wand: »Schenk dir die Drohungen, Berger, du wirst selbst verdammt aufpassen müssen, dem Galgen zu entkommen, du kehrst nicht mehr zurück.« Herr Berger stand bereits an der Tür, jetzt still und ganz rot im Gesicht. Er hob den Kopf und sagte leise: »Wir sind wohl beide gleich schlimm daran.«

Der Vater öffnete die Augen und blickte umher: der wohlgezielte Schuß hatte ihn mitten ins Herz getroffen, dann fiel ihm das Kinn auf die Brust. Das war also das Ende, beinahe der endgültige Abschluß, jetzt blieb Herrn Berger nur noch übrig, die ihm schlaff herabgesunkenen Schultern wieder zu straffen, er warf den Mantel über den linken Arm und kehrte nochmals zum Tisch zurück, um den Rest Kognak in seinem Glas auszutrinken. Mit einem Male überkam mich das Gefühl der Schande, einer so riesengroßen Schande, daß ich aufsprang, um nicht in ihr zu versinken. Ich vermochte die Tränen, die mir in die Augen traten, nicht zurückzudrängen, ich schämte mich ihrer, konnte sie aber nicht hinunterschlucken; eine mich wehrlos machende Schwäche befiel mich, als sei sie mir angehext, ich bedauerte mich selbst, daß ich nicht genügend innere Kraft besaß. Nur ein Aufschrei blieb in mir zurück, das Aufheulen meines Hundes, bevor er in Wut geriet. Ich wandte mich ab: und wieder tauchte das verzerrte Gesicht der Mutter vor meinem inneren Auge auf. Ich schritt durch das Zimmer, in dem unter dem Laken Franta lag, der süßliche Duft legte sich mir schwer auf die Brust: auch noch im Vorraum und auf dem Korridor, bis ihn draußen der Wind fortblies.

In seiner Stube befestigte der Großvater gerade die letzte Verzierung an dem Sarg: ein großes Kreuz aus Pappkarton; es sah zwar wie aus Metall aus, war aber nur eine Attrappe. »Großvater«, sagte ich zu ihm, »gib mir Frantas Revolver.«

Der Großvater legte den Hammer weg und setzte sich; mit gleichmäßigen Bewegungen der Hand fuhr er sich über das runzlige Gesicht und dann über den runden, kahlgeschorenen Kopf; in den Korbflaschen arbeitete der Hagebuttenwein, vom Großvater ging der scharfe Duft selbstgebauten Tabaks aus und ein gewisser Kommißgeruch, den er nie mehr losgeworden war; die Petroleumlampe brannte mit voller Flamme. »Wozu brauchst du den Revolver?« fragte der Großvater.

»Ich muß zwei erschießen, zuerst den einen und dann den anderen.«

»Sapperlot, sapperlot«, sagte der Großvater und hob den Kopf, er zündete sich den restlichen Tabak in seiner erloschenen Pfeife an und schraubte den Docht der Petroleumlampe herunter: milchiges Zwielicht fiel zwischen uns, die Schatten auf Großvaters Gesicht schimmerten weißlich.

»Also leg los«, sagte der Großvater, »wen hast du denn auf dem Korn?« Ich wollte zwei Namen nennen, aber das hätte wahrscheinlich nicht genügt, mein Fall hatte schon in unserem Lokal mit den Stammgästen seinen Anfang genommen, nichts durfte ich weglassen, auch nicht den auf den Boden des Magazins fallen gelassenen zerbrochenen Topf, das Brummen des Kompressors und das Zischen der Eisluft in den Röhren unter der Decke, nichts unterschlug ich, weder Franta noch Štefka noch Nikolaj, nicht den kleinen Grusinier, der gierig aus dem letzten Rest seiner letzten Zigarette das Aroma des Lebens gesogen hatte, und nicht die bebende Unterlippe in Leutnant Pastuchovs Gesicht, den Schweiß auf seiner Stirn, alles erzählte ich; der Großvater paffte aus seiner Pfeife, durch das Fenster fielen die schrägen Strahlen der Morgensonne auf seinen runden, glänzenden Kopf: im Strom des bläulichen Lichts, das in den dichten, beißenden Rauch eindrang, sah ich die Staubkörnchen der Holzbaracke herumwirbeln.

»Und was ist mit dem Begräbnis?« fragte der Großvater, als ich geendet hatte; er wich mir mit dieser Frage und auch mit seinem Blick aus.

An das Begräbnis hatte ich noch gar nicht gedacht, für mich war Franta nicht tot, noch nicht, ich konnte noch nicht so an ihn denken, ich wehrte den Gedanken an seinen Tod wie eine mich bedrängende Vision ab, die aber immer wieder vor mir auftauchte und ihre Bilder und Töne vor mein inneres Auge und Ohr hinstellte: das Dunkel im Hausflur und das leise, kaum vernehmbare Kratzen, das aus Schulterhöhe zur Erde hinabgeglitten war; dieses kaum hörbare

Kratzen, als der Knopf des Militärmantels in den Lack an der Außenseite der Tür eine Rille einritzte und Franta auf die Schwelle hinabsank, das war in mir noch nicht verstummt; diese Rille ist noch heute zu sehen; die leblosen, an die Stufen anschlagenden Füße in den Kommißstiefeln: Franta war zurückgekehrt, immer kehrte er zurück, wenn es ihm schlecht ging.
Der Großvater sog eine Rauchwolke aus seiner Pfeife, seine linke Hand ruhte auf dem Sargdeckel, der in der Sonne glänzte, als sei er aus Metall: die gute Arbeit eines rechtschaffenen Handwerkers; jetzt wartet er nur noch auf das Entgelt für seine Arbeit und rechnet nicht die Trauer der untröstlichen Hinterbliebenen mit ein, er erwartet nur sein Entgelt ohne irgendwelchen Aufschlag für die Unruhe, mit der die Trauernden an das fertige Werk des Schreiners herantreten und sich bis zum endgültigen Hammerschlag auf den letzten Sargnagel gegen die Realität wehren: da steht der fertiggestellte Sarg, daneben der Handwerker, die Schuld muß beglichen werden: ein Begräbnis ist die nüchterne Begleichung von Schulden, eine feierliche, freilich etwas kostspielige Zeremonie, aber viele Hinterbliebene würden den Verstorbenen und seine Reise in den Himmel nur allzu rasch vergessen, wenn er ihnen durch sein Hinscheiden nicht auch einige irdische Schulden hinterließe.
Ich legte die Hand auf den Sarg: seine Oberfläche war kühl und glatt; ich wehrte mich gegen meinen Schmerz, der mich immer sehr schwächte, und ich konnte die in meinem Inneren auftauchenden Bilder nicht fortscheuchen: der breitschultrige Franta, wie er mit erhobener Faust in der Tür unseres Lokals schreit: Aber sie werden ganz bestimmt kommen und du, Bohuš, wirst dann nach Sibirien wandern! Und jetzt ist es soweit: die Generation der Physkulturisten, der Stachanow-Menschen, Flieger, Panzersoldaten, Kolchosenarbeiter, Mitschurin-Anhänger, sie alle rücken jetzt an, wir können sie schon hören! Und dann wieder Franta, wie er, die Faust geballt, über die Köpfe der Sudetendeutschen hinweg, die ›ein Volk, ein Reich, ein Führer‹ schreien, in den Lärm hineinbrüllt: »Es lebe die Sowjetunion, nieder mit dem Faschismus«, Herr Flanderka droht ihm mit Verhaftung wegen Ruhestörung in seinem Viertel; Herr Kempf in seiner Soutane, fast auf den Knien, doch mit ausgestreckten Armen hält er die beiden verdammten Teufelsdeckel fest umklammert, er überwindet alle zu Boden ziehende Erdenschwere, schwingt sich zu seinem Gott empor und haucht zwischen den zusammengepreßten Zähnen mit schmerzverkrampften, blauen Lippen:

»Du hast verspielt, Bolschewik!« Wer aber vermag die Niederlagen und Siege der einzelnen gegeneinander abzuwägen, oder wurden etwa Sieg und Niederlage von unserer exakt gehenden elektrischen Uhr über dem Kühlpult mechanisch ausgezählt? Was bedeuten denn eigentlich unsere Siege, wofür sind sie ein Beweis? Für Kraft, Macht, für eine größere Portion Rücksichtslosigkeit, oder etwa für stärkere Liebe, tiefere Demut? Und wann haben wir eigentlich einen Sieg errungen? Dann vielleicht, wenn der ohnmächtige Gegner zu unseren Füßen blutend daliegt, oder erst dann, wenn unsere Gerechtigkeit unsere Blindheit wieder wettmacht, mit der wir in der Vergangenheit das Übel geduldet und ertragen, uns vor ihm gedemütigt, ja ihm sogar gedient haben? Ein sich ewig im Kreis drehendes Karussell von Irrtümern und Martern, verschärft durch einen Zusatz von Salz in unsere offenen Wunden; alles kehrt auf dieser Kreisbahn immer von neuem wieder, älter, aber nicht weiser geworden, von noch heftigerer Wut und unstillbarer Gier vorwärts getrieben, von der vergeblichen Wanderung ohne Anfang und Ende zu Tode gehetzt; wann wird der Lauf im Kreis herum ein Ende haben? Wann? Wer weiß?

»Verrat ist eine große Schweinerei«, stieß der Großvater hervor und strich mit der Hand über die glatte Oberfläche des lackierten Holzes.

Ich betrachtete das Samenkorn hinter dem Fenster: der feine, zu einer Spirale zusammengerollte Faden kündigte schönes, sonniges Wetter an. Mir fiel ein, daß der Großvater mir immer noch keine Antwort gegeben hatte. »Was soll ich also tun?« fragte ich ihn nun direkt.

»Was soll ich dir raten?« fragte der Großvater und blies den Rauch von sich, soll ich vielleicht sagen, hier, nimm den Revolver, geh in die Berge hinauf und erschieß den Pastuchov, oder geh in eure Wohnung nach oben und erschieß Berger, falls er noch dort ist? Wenn ich so etwas zu dir sagen würde und dir passiert dann etwas, mein ganzes Leben lang – und ich werde noch lange leben – müßte ich mir Vorwürfe machen, dich dort hinaufgeschickt zu haben! Geh doch zum Vater, er soll dir einen Rat geben.«

Ich erhob mich vom Stuhl.

»Geh lieber nirgends hin«, brummte der Großvater, »ich hab Angst um dich, ich sehe und ich verstehe auch alles, ich hab dich gern.«

»Das ist aber doch der Verrat, der tote Franta«, erwiderte ich und stellte mit Mißbehagen fest, daß ich jetzt pathetisch wurde. Die

Pendeluhr tickte, ich hörte im Fußboden das Geräusch einer Maus, die wohl einen neuen Gang durch das Holz nagte; der Großvater hielt sich keine Katze, er konnte Katzen nicht ausstehen; das Gebälk der alten Baracke ächzte, draußen hatte sich ein Wind erhoben.

»Ich rate dir«, sagte der Großvater mit fester Stimme, »geh dort hinauf und sag dem Nikolaj, was du sagen mußt, wenn du schweigen würdest, vielleicht wäre das auch Verrat.« Dann stand er auf, ergriff das Stemmeisen und kniete sich auf den Fußboden hin: mit dem scharfen Werkzeug stemmte er das Brett los, tastete in der Öffnung nach der Pistole und legte sie mir in die Hand: »Hier hast du sie, und gib gut acht auf dich!«

Dann stampfte er mit energischem Tritt das Brett wieder zu. »Ich dank dir schön, Großvater«, sagte ich zu ihm, doch er hörte nicht mehr, oder wollte ganz einfach nicht hören, er beugte sich über die Schublade seiner Hobelbank und kramte angelegentlich darin, er hob nicht einmal den Kopf, als ich sagte: »Also leb wohl!«

Ich glaube kaum, daß ich sofort, als ich aus Großvaters Häuschen in den Hof hinaustrat, genau wußte, was ich tun sollte; einsam stand ich in der grellen Morgensonne da, mir war bang zumute, und ich fühlte, daß ich in Großvaters Stube, im Duft des gärenden Hagebuttenweins, meine Jungenjahre zurückgelassen hatte; in dem Augenblick, da ich die Schwelle überschritten hatte, war ich eigentlich zum Mann geworden. Ich besaß jetzt eine Waffe; doch ich fühlte mich nicht sehr wohl dabei, denn ich ahnte, die nächste Entscheidung würde Folgen nach sich ziehen, deren Last sich auf mich legen und mich erdrücken würde; zugleich aber war ich mir dessen bewußt, daß ich mich jetzt, und zwar sofort, entscheiden müßte, bevor noch die Sonne in die Krone der Linde emporgestiegen war; wenn sie erst in Augenhöhe vor meinem Gesicht stand und mir der Südwind um die Stirn wehte, dann würde es zu spät sein, etwaige Folgen und Gewissensbelastungen abzuwägen; dann würde ich mich nur noch auf Pastuchovs Hand konzentrieren müssen, die in der Brusttasche nach einer Zigarette tastet, und auf seine andere Hand, mit der er in der Rocktasche die Pistole umklammert; und erst dann würden die drei Schüsse in der Mittagsstille fallen, ich würde Pastuchovs geöffneten Mund und den dunklen Schatten darin sehen; niemand hätte mir einen Vorwurf machen können, wenn ich jetzt von Großvaters Schwelle direkt zu uns heimginge: meine sechzehn Jahre hätten alles erklärt und entschuldigt; niemand hätte mir vor-

werfen oder mich beschuldigen könnten, Pastuchov am Leben gelassen zu haben, auch hätte niemand erkannt, daß die Scham in mir wie eine Geschwulst anwuchs und daß es nur eine Frage der Zeit war, wann ich daran ersticken müßte; wenn man mich damals vor Großvaters Häuschen gefragt hätte, was verstehst du unter Gerechtigkeit, so hätte ich geantwortet: Pastuchovs Tod; heute allerdings würde ich das nicht mehr mit solcher Überzeugung sagen, manche Probleme lassen sich mit zunehmendem Alter nicht leichter lösen, sondern werden nur noch komplizierter; heute würde ich über Gerechtigkeit bereits anders denken als damals an jenem Morgen, an dem ich voll Unruhe und bis zum Scheitel angefüllt mit einem seltsamen Gefühl, gemischt aus Angst und Verlockung, auf denselben Sandsteinen dastand, auf denen einst die Urgroßmutter gesessen und sich das dürre Gesäß gewärmt hatte: Oben wurde jetzt Franta gewaschen und angekleidet; sie zogen ihm Vaters schwarzen Anzug an, der schon ein wenig abgenützt war, denn der Vater hatte ihn wochentags im Café getragen.
Mir kam der Gedanke, ich müßte eigentlich dem Vater und der Mutter einen Abschiedsbrief schreiben; schon des öfteren hatte ich von solchen Briefen gelesen, und mir hatte es immer sehr gefallen, wie treffend sie das Wesentliche der Dinge zum Ausdruck brachten: solange der Mensch lebt, sagt er nie alles, aber wenn es mit ihm zu Ende geht, löst sich plötzlich seine Zunge, und er will alles auf einmal loswerden; man muß es aber verstehen, einen solchen Brief abzufassen, dachte ich, schloß vor der Sonne die Augen und stellte mir vor, wie ich den Brief aufsetzen würde; ich lächelte, denn das war ein Brief, in dem ich dem Vater frei von der Leber weg sagte: Zum Unterschied von dir, Vater, kann ich Unrecht nicht ertragen, besonders jenes nicht, das mich betrifft; diese Passage gefiel mir so gut, daß ich sie mir mehrmals wiederholte; und des weiteren schrieb ich ihm, wir wären uns niemals nähergekommen, und wenn es Momente gegeben hätte, in denen wir glaubten, einander nahe zu sein, so wären es immer nur jene Augenblicke gewesen, in denen wir beide Angst gehabt hatten; ich schloß damit, daß es ungerecht wäre, ihm einen Vorwurf machen zu wollen: es sei sein Verdienst gewesen, daß ich meine sechzehn Jahre nach Kräften genossen hatte, nie hatte ich Hunger gelitten, es immer schön bequem gehabt, denk nicht, Vater, daß ich das nicht zu schätzen wüßte, ich habe viel Elend um mich herum gesehen, es tut mir nur leid, daß du deine vierzig Jahre so vertan hast, das ist wirklich sehr schade; dann wollte ich einen Brief

für die Mutter zusammenstellen, kam aber nicht weiter als bis zu der Anrede: Liebe Mutter; zu mehr brachte ich es nicht; deshalb öffnete ich die Augen und blickte in die große, weiße Sonne, und in diesem Moment kam mir der Gedanke, was wäre, wenn ich mir dort hinten bei der Linde eine Kugel in den Kopf jagte: der Vater würde dann ein schönes Begräbnis für mich arrangieren und meinetwegen weinen müssen, das gefiel mir dabei am allerbesten; doch im nächsten Augenblick mußte ich über diesen Einfall lachen und schritt aus dem Hof, um die Angelegenheit mit Pastuchov in Ordnung zu bringen; mir fiel ein, daß Franta nur mit einer einzigen Kerze aufgebahrt lag, deshalb fuhr ich zuerst noch mit dem Rad zur Kirche und lieh mir dort weitere acht Stück aus.

Nach Frantas Begräbnis war Tante Naďa allein vor unserer Gartenpforte zurückgeblieben; die anderen ließen sie dort verweint und ratlos stehen, niemand sah sich nach ihr um und forderte sie auf: Komm doch mit zu uns hinauf, Mädchen; vielleicht hätte das die Großmutter zu ihr gesagt, aber die konnte es nicht mehr: es ging mit ihren Kräften zu Ende, und es blieb ihr nur noch eine Woche zu leben.

Onkel Hejtmánek hatte sich nach Tante Naďa umgeblickt, aber sofort wieder den Kopf gesenkt: er hatte sie längst von seinem Gewissen abgebucht und strich sie jetzt ganz aus. Seit Frantas Tod schwieg die Mutter beharrlich; sie sprach nur das Notwendigste und äußerte sich nur mit wenigen Worten; immer häufiger versank sie in endlos langes Nachdenken: sie blieb plötzlich auf der Treppe oder im Garten stehen oder hob ohne jeden Anlaß beim Essen den Kopf und musterte uns der Reihe nach mit einem Blick voller Gleichgültigkeit; in der Nacht konnte sie nicht schlafen, ich hörte sie im Schlafzimmer auf und ab gehen, das Fenster in die dunkle Nacht hinaus öffnen; ich wußte, die Mutter wartete auf Herrn Klimesch, er sollte von Osten herkommen, wo am dunklen Horizont von Zeit zu Zeit ein Feuerschein aufzuckte; in diesen Tagen nahm die Entfremdung zwischen mir und der Mutter immer mehr zu; sooft ich das Zimmer betrat, folgte mir ihr Blick voller Argwohn; ich wußte, sie verwünschte im Inneren jenen schwachen Augenblick, als sie mich damals, nachdem wir ihr Eichenholzkästchen vergraben hatten, an sich zog und mir ihr Herz ausschüttete; mit derartigen Selbstbekenntnissen hatte ich schon meine Erfahrungen, und so war mir durchaus klar, daß die Mutter unter einem inneren

Zwang, sich rechtfertigen zu müssen, mir damals in der Nacht ihre Verteidigung vorgetragen hatte. Aber weshalb eigentlich? Ich hatte mich doch nicht als ihr Richter aufgespielt, und warum hatte sie das alles nicht dem Vater erzählt: dreimal hatte er in jener Nacht an ihre Türe geklopft; ich rätselte damals herum, was sich die Mutter mir gegenüber wohl hatte zuschulden kommen lassen – und selbst wenn das der Fall gewesen wäre: ich hätte ihr bestimmt verziehen.
Es war mir peinlich, als ich dahinterkam, daß die Mutter meine Taschen durchstöberte, vielleicht wollte sie sich überzeugen, ob ich ihr nicht wieder einen Brief von Herrn Klimesch vorenthielt.
Ich ertrug gleichmütig ihre Blicke, wich ihnen aber aus, um nicht womöglich durch eine Andeutung oder eine Bewegung der Gesichtsmuskeln Antwort auf Fragen zu geben, die ihr ganz deutlich in den Augen geschrieben standen: Hast du mir nicht wieder einen Brief vorenthalten? Wem hast du das Geheimnis unseres Verstecks ausgeplaudert? Ich schwieg und trug in ihrer Gegenwart absichtlich eine beunruhigte, schuldbewußte Miene zur Schau, als verheimlichte ich ihr tatsächlich schon tagelang einen Brief, oder als hätte ich längst alles ausgeplaudert; doch nie fragte mich die Mutter direkt, und so hatte ich mich schon nach ein paar Tagen daran gewöhnt, ihr dieses Schuldbewußtsein vorzuheucheln, denn ich wußte, daß ich sie damit sehr quälte; ich wartete auf ihre offene Frage, und je länger ich wartete, desto mehr verstärkte sich der Trotz in mir.
Auf dem Rückweg vom Begräbnis schwieg der Vater; bevor wir hinter den Sarg getreten waren, hatte er Naďa einen Umschlag mit Geld zugesteckt: damit war für ihn die Angelegenheit erledigt; jetzt war die Reihe an mir.
Auf halbem Weg zwischen Haus und Gartenpforte blickte ich mich um: Naďa stand auf der Straße; abgemagert, in der dunklen Jacke und mit schwarzem Kopftuch sah sie gealtert aus; ich ging zu ihr zurück: »Möchtest du nicht zu uns mit hinaufkommen«, fragte ich und bemühte mich, meiner Stimme einen überredenden Ton zu geben.
»Nein, ich komme nicht mit«, erwiderte die Tante und führte ihr Taschentuch an die Augen; wieder eine Frau, die weint, dachte ich, warum habe ich nur dauernd eine weinende Frau auf dem Hals, ich habe doch keine Erfahrung damit, das wäre eigentlich die Sache meines Vaters gewesen: auch die Mutter hatte angeblich in den ersten Ehejahren in einem fort geweint, bis sie sich später an alles gewöhnt und begonnen hatte, ihr eigenes Leben zu führen. »Und wohin willst du jetzt gehen?« fragte ich.

Nađa fing auf offener Straße an, wie ein kleines Kind darauflos zu heulen und zu jammern, aus ihren Kulleraugen lösten sich dicke Tränen; die Leute, die an uns vorübergingen, blickten sich mit unverhohlenem Interesse nach uns um.
»Zu den Krahujáks«, sagte Nađa dann.
Wo soll ich nur ein Wort des Trostes und der Ermunterung hernehmen, wußte ich denn überhaupt, wie man eine Witwe tröstet? Ich hatte zwar schon das richtige Wort auf der Zunge, vermochte es jedoch nicht auszusprechen, weil ich mich schämte; am liebsten hätte ich zu ihr gesagt: Ich hab dich gern, Nađa. Nie mehr möchte ich mit einer weinenden, ratlosen und unglücklichen Frau allein auf der Straße stehen, möchte nicht nochmals die Verwirrung durchleben müssen, die mich daran hinderte, etwas ganz Selbstverständliches und Liebes zu sagen, was jeder andere Mann an meiner Stelle gesagt hätte; ich schämte mich auch sehr für meinen Vater; der hätte jetzt den Arm um Nađas Schultern legen müssen, daran wäre jetzt doch gar nichts Anstößiges mehr gewesen, selbst wenn er vor zwei Jahren mit ihr geschlafen hatte; heute war das doch alles längst vorbei, alles hatte sich geändert, die Welt war aus den Fugen geraten, und eine so selbstverständliche Geste der Anteilnahme wie das Umfassen ihrer Schultern hätte in diese verworrenen Tage ein wenig Vernunft und Wärme hineingetragen – doch das konnte ich nur zu mir sagen: der Vater hatte Nađa bloß einen Umschlag mit einem Banknotenbündel zugesteckt, und damit war sie für ihn erledigt; die Verzweiflung war mir in die Glieder gefahren, schon saß sie mir im Nacken und drückte mich wie eine schwere Last nieder; als sich die Verkrampfung meiner Muskeln gelöst hatte, war Nađa schon fortgegangen, sie hatte sich bereits etwa fünf Schritte von mir entfernt, als ich ihr nachflüsterte: »Ich komme dich besuchen!« Und mir blieb unbegreiflich, daß sie das noch hören konnte, ich hatte doch bloß geflüstert.
Sie blieb stehen.
»Ich weiß, daß du kommst«, sagte sie, »du bist sehr lieb, ganz anders, anders als dein Vater . . .«
Nein, schrie es in meinem Innern, ich bin nicht anders, ich bin aus dem gleichen Teig geknetet wie er, bloß ein wenig mißglückt, mein ganzes Leben lang werde ich immer nur diesen einen Vater haben, und ich weiß nicht, ob ich Wut oder Freude darüber empfinden soll, es kommt auch gar nicht darauf an, ob er nun gut oder böse ist, er ist und bleibt mein Vater, an den ich mit allem, was ihn und

auch mich geprägt hat, gefesselt bin, nein, den kann man nicht einfach abbuchen!
Nad̆a schritt am Straßenrand entlang, schwerfällig stapfte sie durch den Staub, unter ihren Absätzen flogen silberne Wölkchen auf: sie schimmerten in der Sonne, auch wenn sie nur Staub waren ... Staub ... Staub in den Augen, damit diese weinten.

Nicht ein einziger dieser Angeber aus der Septima oder Oktava konnte sich rühmen, mit einem Revolver in der Tasche den Berg hinaufgegangen zu sein in der Absicht, einen Kerl zu erledigen, der sich einmal Osip nannte, dann wieder Pastuchov und nächstens vielleicht wieder ganz anders hieß; wenn ich einmal ein alter Mann sein werde, mit einem langen Bart, lächelte ich in mich hinein, dann werde ich das alles meinen Enkelkindern erzählen; wahrscheinlich wird aus mir einmal ein besserer Großvater, als es der meine ist, ich werde nicht einen solchen Dickschädel aufsetzen und möchte auch nicht, daß sich dieses Gefühl der Unzufriedenheit und Resignation in mir festsetzt, das in meinem Großvater wegen der von ihm im Leben versäumten Gelegenheiten zurückgeblieben war; auch nicht mit diesem prachtvollen Sarg, in den er die Großmutter gebettet hatte, konnte er noch irgend etwas wettmachen. Die Luft an diesem Morgen war stark und von Duft erfüllt, ich marschierte leichten Schrittes voran, auch wenn ich in einem fort an Franta denken mußte; ich war bei den Klängen von Trauermärschen aufgewachsen und groß geworden, so daß ich ein Begräbnis nur noch als kommerzielle Angelegenheit betrachtete: in dem Augenblick, in dem sie Franta in den Sarg gelegt hatten, war er nicht mehr der Franta, er war in einen Mechanismus geraten, der ihn in die Grube beförderte; damit mußte ich doch rechnen, denn ich wußte, bei den Begräbnissen ging es schon nicht mehr so sehr um den Toten, als vielmehr um die Hinterbliebenen: die mußten nach dem Begräbnis viele offene Rechnungen miteinander begleichen; und auch ich mußte jetzt die meine begleichen, bevor Franta noch unter dem Rasen lag. Was könnte ich doch heute bereits alles meinen Kindern erzählen, wenn ich plötzlich zum alten Mann würde: zum Beispiel, wie ich mich auf den Weg zu Pastuchov machte, wie schön dieser Frühlingsmorgen war, wie mich Brok in Krahujáks Häuschen zur Begrüßung freudig anbellte ... aber dann würde ich sagen, Kinder, jetzt müßt ihr schlafen gehen, ich werde euch das morgen zu Ende erzählen; was jetzt kommt, sind nur häßliche Dinge: die ausgetretene Türschwelle

zum Vorhaus, der Lehmfußboden und darin Ameisen (sie fallen über den Zucker im Speiseschrank her, genauso wie damals bei der Großmutter), der üble Geruch nach Kartoffeln und saurer Milch; alle Bauernhütten an den Berghängen sehen gleich aus: in der Küche dieses Anwesens hier, hinter dem blankgescheuerten Tisch sitzt Naďa, mit einer sauberen Schürze angetan und frisch frisiert, sie blickt mich mit ihren hervorquellenden Augen an (noch immer empfinde ich Freude in mir und fühle mich erhaben über alle die Septimaner und Oktavaner aus meiner Schule, immer noch ist dieser ungestüme Elan der Jugend in mir, und als ich jetzt die Tante ansehe, sage ich zu mir: Eigentlich sollte sie doch Jod nehmen; dieser Gedanke kam mir wohl deshalb, weil ich aus der ganzen Atmosphäre dieser Küche den durchdringenden Geruch von reinigender Jodtinktur herausspürte), eine Weile schweigt Naďa und fragt dann:
»Wo ist Franta?«
Ach Mädchen, denke ich, das ist eine recht schwierige Frage, er befindet sich jetzt an zwei Orten zugleich: sein Körper liegt bei uns im Sarg, seine Seele aber ist wohl bei Herrn Kempf, vermutlich werden sie dort vor dem Himmelstor miteinander streiten; langsam schließe ich die Tür hinter mir: die vier Glasscheiben in ihrem oberen Teil sitzen locker im Rahmen; wenn man die Tür heftiger als nötig zumacht, hört man sie darin klappern; dauernd sage ich mir vor, du bist doch ein Mann, und ich errichte in mir hohe Dämme gegen die Hochflut der Tränen – immer schon habe ich vor Hochwasser Angst gehabt, einmal habe ich sogar gebetet, es möge nicht kommen, und wenn es Gott doch zuließe, dann sollten die Wassermassen mit einem Male ansteigen und alles in den Hauptkanal hinabspülen, ich selbst mich aber retten können und auf dem verdammten Kanapee wie in der Arche des alten Noah durch die Straßen dahinsegeln.
»Wo ist Franta?« wiederholte die Tante ihre Frage.
»Bei uns«, sagte ich mit nur zwei Silben; Naďa erhebt sich vom Tisch, doch die Art und Weise, wie sie sich erhebt, will mir gar nicht gefallen: weiße Flecken treten ihr ins Gesicht.
»Wann ist er gekommen?« fragte sie.
»Abends«, erwidere ich abermals mit zwei Silben, denn ein richtiger Mann macht in einer solchen Situation nicht viel Worte; die Tante beschleunigt ihre Bewegungen, ihr Gesicht ist nicht mehr bleich, mit einem Male wechseln darin so viele Farben, daß ich sie kaum noch zu unterscheiden vermag; alles steht in ihrem Gesicht geschrieben: die durchwachte Nacht, Angst, Hoffnungslosigkeit, Sehnsucht und

auch Kraft; sie wirft einen Wollschal um die Schultern. »Ich muß rasch zu Franta hin«, sagt sie mit flatterndem Blick.
»Geh«, sage ich, »aber du brauchst dich nicht mehr zu beeilen«; halbgeöffnete Lippen, starre Augen, erschlaffte Gesichtsmuskeln und eine sich unter der Haut ausbreitende Röte, eine stockende Bewegung der linken Hand, mit der sie den Schal enger um ihren Körper zieht, die Wärme des rotglühenden Ofens kriecht mir auf den Rücken hinauf, ich höre mich sagen: »Franta ist in der Nacht bei uns gestorben.« Dann habe ich nur noch das Verlangen nach frischer Luft, nach dem Wind des Waldes und seinem Wehen um meine Stirn; Nad̕a schreit zum erstenmal auf: »Nein«, öffnet die verglaste Tür, die vier Scheiben klirren darin, im Vorraum mit dem Lehmfußboden, in dem üblen Geruch nach Kartoffeln und saurer Milch schreit sie zum zweitenmal »nein«, zum drittenmal im Hof in das Krähen des Hahns hinein; die langen Zipfel des Wollschals flattern wie die schweren, müden Flügel eines Vogels: er möchte sich emporschwingen, vermag es aber nicht; niemand kann sich emporschwingen, auch nicht du, Nad̕a, alle bleiben wir auf der Erde, an unsere Irrtümer, an unsere Schmerzen festgeschmiedet, so wie Herr Kempf an seine Nickeldeckel; auch ich habe leider keine Flügel, die mich zu den Masten der Segelschiffe hintrügen, wo es nur Wind, Salzgeruch des Meeres und Laternen gibt; es ist zum Verzweifeln: wir haben bloß Zementsäcke oder Wollschals, nichts anderes, und auf solchen Flügeln hat sich noch niemand emporgeschwungen; nicht mit Hilfe von Flügeln, sondern aus eigener Kraft müssen wir uns erheben, sagte ich pathetisch zu mir, denn noch immer fühlte ich diese Kraft in meinem Inneren, die Dämme gegen das Salzwasser des Mitleids in mir aufrichtete.
Irgendwo stöhnt eine heisere Stimme: »Wasser!« Im Schlafzimmer auf dem Bett liegt ein Mann; das Laken weist zwei Grundfarben auf – Weiß und Rot, eigentlich umgekehrt, mehr Rot als Weiß; der Mann ist aschfahl im Gesicht, seine Augen sind eingefallen, seinen verkrusteten Lippen entringt sich im Rhythmus der unruhigen Atemstöße schmerzvolles Stöhnen; ich erkenne den Mann mit der spitzen Nase, und weil ich eben ein richtiger Kerl bin, hole ich Wasser und benetze tropfenweise seine Lippen: der Atem des Mannes beschleunigt sich bis an die äußerste Grenze des Möglichen, schneller geht es nicht mehr; ich beuge mich über ihn, doch mein fester Damm hält das Salzwasser ab, meine innere Landschaft liegt immer noch im vollen Licht der Sonne: ich bin ein Mann und gehe jetzt, um meine per-

sönliche Angelegenheit in Ordnung zu bringen, das müßtest du, Mann da, verstehen; von einer unbekannten Kraft angespannt, strecken sich jetzt seine Finger, mit einer krampfartigen Bewegung läßt er den Kopf zurückfallen und preßt ihn ins Kissen, er streckt die Arme von sich, und in diesem Augenblick versinkt er in sich selbst, gelöst, ohne Schmerz, für immer; ich lasse die Tür zur Küche halb geöffnet, versperre das Haus und schiebe den Schlüssel unter den flachen Stein, etwas langsamer als nötig; meine Hand ruht auf dem rauhen Sandstein, ich denke an Štefka; ich streichle den rauhen Stein und denke immerzu an Štefinka: der Damm in mir hält das Salzwasser ab; dann kräht der Hahn – dreimal; ich vermisse jede Angst in mir, und mich beunruhigt diese kühle Konzentration, mit der ich dem Sterbenden den kleinen Topf mit Wasser an die Lippen geführt hatte, meine Hand hatte nicht im geringsten gezittert, als der Mann auf dem Bett die Glieder von sich gestreckt und den Tod in sich aufgenommen hatte.

Der Feldweg führte zum Wald hinauf, ich blickte nicht mehr zurück, das Gefühl wilder Freiheit wuchs in mir: jetzt fürchtete ich niemanden und nichts mehr, von Zeit zu Zeit stürmte ich mit raschen Sätzen einen steilen Hang hinan, blieb dann oben außer Atem, mit zitternden Knien und bis zum Hals hinauf klopfendem Herzen stehen, holte Atem und sog die Luft der lebendigen Erde voll Sonne, Frühling und Duft in mich.

Ich bin sechzehn, sagte ich mir, und fürchte mich nicht mehr vor dem Tode! Quer über den Weg floß ein Gebirgsbach: die Scheitel der auf seinem Grund verborgenen Ungeheuer ragten aus dem klaren Wasser heraus; mit drei Sprüngen setzte ich über die glitschigen Köpfe hinweg, spürte wieder Festigkeit und Sicherheit unter meinen Füßen und wäre am liebsten auf das andere Ufer zurückgesprungen, um den Bach nochmals zu überqueren und noch einmal und ein drittes Mal.

Weiter oben lichtete sich das Dickicht des Waldes: auf dem Bergkamm standen nur noch kahle Birken; im hohen Gras lagen Schneereste, die wie weiße Brotlaibe aussahen; zu meiner Rechten erblickte ich eine Gruppe von Bauernhütten: aus allen Schornsteinen stieg Rauch, doch draußen war niemand zu sehen; ich ging hinten um die Häuser herum und näherte mich dem größten von ihnen von der Scheune her; aus dem solid gebauten Häuschen drangen Lachen, das Geschrei von Männerstimmen und die schrillen Klänge einer Ziehharmonika.

Ich betrat den kleinen Hof, nirgends war ein Hund zu entdecken, die Hütte leer, ich schlich mich zur Haustür vor: ein großes, starkes Weibsbild kam gerade aus der Küche, erblickte mich, schrie auf und schlug die Haustür zu; die Stimmen und die Harmonika drinnen verstummten, nur einer der Männer grölte in einem fort das Liedchen von dem ›Roten Röcklein‹, doch plötzlich schwieg auch er wie abgeschnitten, wahrscheinlich hielt ihm jemand den Mund zu; noch hätte ich verschwinden können: direkt am Zaun entlang, dann hätte ich den kritischen Abschnitt zwischen den Scheunen überqueren und, vom Holzschuppen gedeckt, zum Wald hinrasen müssen, aber ich war nicht hergekommen, um wegzulaufen, und so trat ich entschlossen vor die Haustür; diese sah bei allen Bauernkaten gleich aus: ein grober Holzrahmen, oben vier kleine quadratische Glasscheiben, von innen mit einer dünnen Gardine bedeckt; ich klopfte an.
Und dann ein zweites Mal.
Im Haus war es still, ich klinkte die Tür auf und betrat das kleine Vorhaus: auch diese Vorhäuser gleichen einander wie ein Ei dem anderen – Lehmfußboden, der durchdringende Geruch nach Kartoffeln und saurer Milch, vier verglaste kleine Quadrate in der Küchentür mit einer Gardine davor, links der Speiseschrank und darin bestimmt die roten Ameisen, die sich über den Zucker hermachen; ich klopfte abermals; von drinnen ertönte eine Stimme: »Eintreten und Hände hoch.«
Ich trat ein und hob meine Hände.
Eine Luft zum Ersticken, Rauch, Gestank, verschwitzte Gesichter, so an die zehn Männer, die ihre Waffe auf mich gerichtet hielten: niemand bewegte sich, nur das Weibsbild, in einer Bluse, die eine mächtige Brust bedeckte, schob sich an der Wand entlang zum Kachelofen hin; aus der Pendeluhr streckte jetzt der Kuckuck seinen Kopf heraus und rief elfmal Kuckuck: einige der Männer sahen zu der Uhr hin, und als sie mir ihren Blick zuwandten, schienen ihre Gesichter erleichtert, der angespannte Ausdruck darin war verschwunden; erneut bemächtigte sich ihrer Stumpfheit und gutmütige Betrunkenheit. »Wie bist du hierher gekommen?« fragte ein Mann in einer gesteppten Watteweste und starrte mich an, als sei ich direkt aus einem Loch von der Decke herabgefallen; er als einziger konnte sich von seiner Überraschung nicht erholen und war auch noch halbwegs nüchtern.
»Ich bin hergekommen, um den Kommandanten zu sprechen«, sagte ich, »ich bringe ihm eine wichtige Nachricht«; ich bemühte

mich, meiner Stimme einen forschen Ton zu geben, sorgfältig darauf bedacht, meine Unsicherheit und eine gewisse Furcht zu kaschieren: in Wirklichkeit hatte ich nämlich keine Angst vor diesen Männern, fürchtete aber, sie meine Verlegenheit und meine unsichere Stimme merken zu lassen; deshalb übertrieb ich die Forschheit, mit der ich mein Anliegen vorbrachte, bis an die Grenze der Frechheit.

»Und woher bist du gekommen?« fragte der Mann in der Steppweste.

»Von unten aus dem Dorf«, erwiderte ich.

Der Mann senkte den Lauf seines Revolvers, die anderen taten desgleichen, zwei der Männer lehnten ihre Gewehre an die Wand und setzten sich an den Tisch. »Warte hier«, sagte dann der Mann in der Steppweste, stülpte die Mütze auf und rief den anderen zu: »Gebt auf ihn acht, ich bin gleich wieder zurück.«

Ich hörte das Zuschlagen von Türen hinter mir, zuerst die Küchen-, dann die Haustür; die Männer setzten sich rings um den Tisch; der neben mir, so ein Großer, Schwarzer, er sah fast wie ein Zigeuner aus, schob mir ein Glas hin, ergriff mit seinen behaarten Pranken einen Topf und schenkte mir eine gelbliche Flüssigkeit ein: sie roch widerlich nach Rübenschnaps. »Trink«, sagte er zu mir und ließ seine gelben Zähne sehen.

Daheim hatte ich manchmal an Vaters Kognak genippt, sogar schon Rakija auf der Zunge gekostet, aber ein derartiges gelbliches, nach Rüben stinkendes Zeug noch nicht im Mund gehabt; mir fiel ein, daß ein solcher Topf Schnaps gereicht hätte, die ganze Septima und ein paar dieser Maulhelden aus der Oktava so sternhagelvoll besoffen zu machen, daß sie sich von oben bis unten bekotzt hätten! Und wie schön wäre es, wenn so einige von ihnen jetzt sehen könnten, mit welchem Gleichmut ich dieses Gesöff zum Mund führte; ich mußte mich sehr zusammennehmen, um gelassen zu erscheinen, der Magen drehte sich mir vor Übelkeit um, doch ich mußte dieses Spiel bis zum Ende durchhalten; ich trank diesen Fusel nicht in einem Zug wie ein unerfahrener Draufgänger, sondern langsam in kleinen Schlückchen und stellte das Glas erst auf den Tisch zurück, als es leer war.

»Euer Gesöff ist nicht schlecht«, sagte ich, »aber ich hab schon was Besseres getrunken.«

»Kruzitürken«, verwunderte sich der Schwarze neben mir, »sackerment, hast du aber einen guten Zug, das sieht man gleich.« Hast du eine Ahnung, du schwarzes Bürschlein, dachte ich, wieviel Leute ich schon saufen gesehen habe!

Mehrere Hände schoben eine Bratpfanne mit Fleisch zu mir hin; das Weibsbild beugte sich über meinen Rücken: ich spürte die Berührung ihrer harten Brustwarzen auf meinen Schulterblättern; sie legte einen Brotlaib und ein Messer vor mich hin und sagte: »Schneid dir ab!« Einer der Männer schlug mit der Faust auf den Tisch: »Das rote Röcklein ich am liebsten mag«, lärmend setzte die Ziehharmonika ein, der Schwarze an meiner Seite schenkte sich Schnaps in seinen blauen Topf ein und trank ihn in einem Zug aus, seine Augen begannen zu leuchten, er warf den Kopf zurück und grölte ›Das rote Röcklein‹ mit; ich beugte mich über die Pfanne, stopfte Fleisch in mich und aß Brot dazu: dieses gute, ehrliche Landbrot, wie man es nur bei den Waldbauern backte: man mischt ein paar Kartoffeln unter den Teig, und das fertiggebackene Brot ist dann schön gelb und hat den Duft der Felder im Spätsommer, wenn der Herbst schon nahe ist.

Unter der niedrigen Decke der Küche hingen dicke Rauchschwaden; wenn einer der Männer vom Tisch aufstand, war sein Gesicht in einen graublauen Schleier gehüllt, seine Haut schimmerte bleich hindurch, und die Schatten verkehrten sich: das Licht der auch jetzt am Mittag mit voller Flamme brennenden Petroleumlampe beleuchtete seine verzerrten Gesichtszüge von unten her, infolgedessen fiel der Schatten seiner Augenbrauen auf die Stirn, der seines Kinns auf die Unterlippe, und aus seinen versunkenen Augenhöhlen blitzte das Weiß rings um die betrunken stierenden Pupillen; die Ziehharmonika schmetterte ununterbrochen die Weise vom roten Röcklein, und alle Männer grölten diese paar Worte immer wieder mit, nur einer beim Ofen schwieg, mit einer wollüstigen Bewegung voll heißhungriger Begierde griff er der über die glühende Herdplatte gebeugten Bäuerin unter den Rock und betastete ihre Schenkel: die Frau war ganz rot im Gesicht, entweder von der Glut des Herdes oder vor Scham oder vielleicht auch von den sie überkommenden Vorstellungen, die ihr Ehemann, ein abgerackerter Vierziger, wohl nicht mehr zu verwirklichen vermochte; der hockte stumpf in der Ecke beim Ofen, die sehnigen Hände auf den Knien, mit angeschwollener, unruhig zuckender Halsschlagader; ich wagte nicht, die Augen zu heben, in der Hand hielt ich noch den letzten Bissen Brot, spielerisch drehte ich die weiche Brotkrume zwischen den Fingern hin und her, knetete sie zu einem Kügelchen und legte es

neben meine linke Hand; ich spreizte ein wenig die Finger, und mit der rechten Hand schubste ich das Brotkügelchen abwechselnd in die Lücke zwischen Daumen und Zeigefinger oder zwischen den Mittel- und Ringfinger; dann erschwerte ich mir das Spiel: ich kniff die Augen zu und dachte mir, wenn es dreimal gelänge, blind das Kügelchen zwischen Mittel- und Ringfinger hineinzurollen, dann würde ich Pastuchov heute noch abknallen; das erste Mal gelang es, auch das zweite Mal, doch beim dritten Mal hatte ich Angst, das Schicksal herauszufordern; ich packte das Kügelchen und preßte es fest an die Tasche, in der ich den Revolver spürte; der Alkohol begann mir in die Augen zu steigen, ich fühlte, sie waren jetzt rot und ein wenig feucht, doch vielleicht war auch der Rauch daran schuld; ich hielt es in dieser verrauchten Atmosphäre, in dem beißenden Gestank vom Schweiß der Männer nicht aus: einer von ihnen tat den Mund gar nicht auf, um das Liedchen vom roten Röcklein mitzugrölen, denn seine Hand war schon tief unter dem Rock der Frau am Herd: die Bäuerin stand in ihrer vorgeneigten Stellung über der glühenden Ofenplatte wie erstarrt da, die Röte in ihrem Gesicht verdichtete sich, niemand, außer dem Vierzigjährigen mit den hervorquellenden Adern, schien etwas zu bemerken – wenn ich von den zwei Augenpaaren der Kinder nicht feststellbaren Alters und Geschlechts absehe, die von der oberen Plattform des Backofens auf die regungslos dastehende Mutter und auf den Mann herunterstarrten, der jetzt die Lippen bewegte und mit einem Blick, in dem lüsterne Erwartung geschrieben stand, das Weibchen an sich lockte.
Der Vierzigjährige beim Ofen erhob sich: »Nichts geb ich euch«, sagte er halblaut, offensichtlich setzte er seine durch mein Kommen unterbrochene Rede fort, doch niemand hörte ihn an. »Ihr möchtet nur fortwährend saufen, fressen und herumhuren, nichts bekommt ihr, gar nichts.«
Lärmend stimmte jetzt die Ziehharmonika die Weise an: ›Was schreit die Eule gar so laut hu, hu und hu‹, der Vierzigjährige verließ mit dem humpelnden Gang eines Ischias-Leidenden die Stube, knallte die Tür hinter sich zu, und die Frau beim Ofen löste sich aus ihrer Erstarrung, packte den Mann am Arm, blickte sich scheu um, bewegte die Lippen, und ich weiß, sie sagte zu ihm: »Also komm.«
Der Mann zog seine Hand von ihrem Schenkel zurück, er erhob sich, und sein Blick folgte der Frau zur Kammertür: alle Bauernhäuser haben neben der Küche eine Kammer, die nach Thymian, Heidekraut, Honig und Butter duftet; die Frau blieb auf der Schwelle

stehen: mit einem matten Lächeln voll Ergebung sah sie ihn an; der Mann folgte ihr und schritt an ihr vorbei in die Kammer, gleich darauf schloß sich die Tür hinter beiden; ich legte die Hand, die das Kügelchen umklammerte, auf den Tisch; der Mann in der Steppweste stand plötzlich hinter mir und sagte: »Komm, er erwartet dich!«
Wir verließen die Küche, und niemand scherte sich um uns: der Harmonikaspieler wiegte sich in der Ecke, und fünf oder sechs Männer grölten immer noch das Lied ›Was schreit die Eule gar so laut hu, hu und hu‹; draußen gingen wir auf ein Haus zu, das in einer kleinen Mulde stand; hinter einem Holzstoß schlummerte der Wachtposten, der Mann in der Steppweste versetzte ihm einen Fußtritt; das verschlafene Gesicht des Wächters verzog sich zu einem einfältigen Grinsen: »Du Hurensohn«, fluchte er, »ich hab nur ein wenig gedöst.«
Im Vorhaus dieser Kate war alles genauso wie überall: nur war eine der vier Glasscheiben in der Tür eingeschlagen, und irgend jemand hatte ein Stück Pappendeckel über der Öffnung befestigt; auf einer Bank in der Ecke schlief Nikolaj; Nina, mit einem wattierten Jäckchen bekleidet, saß beim Tisch, den Kopf in die Hände gelegt; unweit von ihrer Stirn hatte sich ein feuchter Fleck auf der Tischplatte gebildet, der von dem Lindenholz allmählich aufgesogen wurde; Leutnant Pastuchov stand beim Fenster, die Stirn an die kühle Glasscheibe gepreßt; der Mann, der mich hereingeführt hatte, machte eine verlegene Bewegung, er wollte wohl salutieren, doch es blieb nur bei dem straffen Ruck seines Körpers; gerade wollte er den Mund auftun, aber da sagte schon Nina, ohne die Augen zu öffnen, mit ihrer Altstimme: »Siehst du denn nicht, daß Nikolaj schläft? Hau ab und laß den da hier!«
Ich stand vor dem Tisch, den Blick auf den schlafenden Nikolaj gerichtet, und wartete auf eine Bewegung seiner Augenlider, um mit meiner Rede beginnen zu können: ich werde ihm alles sagen, was ich über Pastuchov weiß, mag doch Nikolaj selbst urteilen; Nina wird dann bestimmt die Augen öffnen, und das Gericht kann beginnen; vielleicht werden sie jedoch meine Verfahrensordnung nicht akzeptieren und eine andere beantragen: ich werde der Angeklagte sein, und Pastuchov wird neben Nina Platz nehmen, der tote Franta kann nichts mehr bezeugen, der lebendige Pastuchov wird allein das Wort führen, und auch die unberechenbare Verrücktheit eines gehetzten Mannes, des Kommandanten Nikolaj, wird schwer ins

Gewicht fallen; eine leise Angst befiel mich, wie ein leichtes Wölkchen kam sie zuerst heran, verdichtete sich aber immer mehr und legte sich schließlich schwer auf mich; voll Ungeduld wartete ich auf eine Entscheidung: da sie mir nicht rasch genug kam (Nikolaj schlief immer noch), schob ich langsam die rechte Hand in die Tasche; wenn ich jetzt abfeuere, wird Pastuchov zu Boden stürzen oder vielleicht etwas zur Seite fallen – wahrscheinlich auf die Truhe neben dem Fenster; Nikolaj wird erwachen und Pastuchov erblicken, wie er sich im Todeskampf am Vorhang festhalten will: er reißt ihn mit sich ins Dunkel hinein. Nina schlug jetzt die Augen auf, hob aber nicht den Kopf: heute waren ihre Augen schön, schön und weich, wie einem anderen Gesicht entliehen: »Was bringst du uns wieder?« fragte sie.
»Ich habe eine Nachricht für den Kommandanten«, erwiderte ich.
»Er schläft, du kannst sie ja mir anvertrauen.«
»Nein, wecken Sie Nikolaj.«
»So sag wenigstens, worum es sich handelt«, sagte Nina und hob den Kopf.
Pastuchov hörte aufmerksam zu und verfolgte jede meiner Bewegungen: aus seinen blauen Augen konnte ich nichts ablesen, wenn Franta jetzt nicht tot bei uns im Zimmer läge, wenn Herr Berger ... vielleicht hätte ich dann doch lieber kehrtgemacht und wäre auf und davon gegangen, doch das konnte ich nicht: wie wäre ich mir vor den Maulhelden aus der Septima und Oktava vorgekommen, ich wäre um kein Haar besser gewesen als sie, viel Geschwätz und keine Taten; alles zeugte doch und erhob laut seine Stimme gegen Pastuchov: der mit dem Kreuz aus Pappkarton verzierte Sarg, in dem Franta lag, Tante Naďa mit dem wehenden Schal und ihr dreimaliger Aufschrei; Nina lehnte den Kopf an die Wand und schloß wieder die Augen.
»Meine Nachricht betrifft den Verrat«, sagte ich jetzt.
Nina öffnete die Augen und beugte sich etwas vor: ihre Zähne waren nur von schmalen Lippen bedeckt. »Wer hat den Verrat begangen?« fragte sie leise.
Ich begann langsam zu sprechen, wobei ich die einzelnen Worte immer wieder hinauszögerte und verlangsamte; aufmerksam blickte ich dabei auf Pastuchov, damit mir auch nicht die geringste Veränderung seiner Gesichtszüge entging; während ich noch redete, nahmen seine Augen allmählich eine andere Färbung an, seine breiten Backenknochen traten stärker hervor, er zog den Kopf ein

wie eine Schildkröte, die Gefahr wittert; seine ganze Körperhaltung verriet: Achtung, Alarm.
»Den Namen«, stieß Nina hervor.
»Den sag ich nur dem Kommandanten!«
»Den Namen«, schrie jetzt Nina, zog ihre Pistole aus dem Gurt und richtete sie auf mich.
»Schieß doch«, sagte ich, »du kannst ruhig schießen, aber dann wirst du den Namen nie erfahren!« Dieser Name war in mir drinnen, und ich fühlte, daß er mich schützte; solange ich ihn nicht aussprach, würde Nina nicht abdrücken. »Du hast recht«, sagte sie leise und legte den Revolver auf den Tisch, »ich werde den Kommandanten wecken«, fügte sie dann hinzu.
Pastuchov machte eine rasche Bewegung zur Seite: er flieht, dachte ich, ich habe gewonnen, doch er floh keineswegs, er packte nur die auf dem Tisch liegende Pistole, stieß sie mir zwischen die Schulterblätter und schrie mit unnatürlich hoher Stimme: »Sag den Namen, auf der Stelle sag ihn, ich zähle bis drei . . ., eins . . .«
»Mach keinen Blödsinn«, sagte Nina und versuchte, Nikolaj wachzurütteln; ich wußte, Pastuchov würde abfeuern, bevor Nikolaj noch die Augen auftat; ich nahm alle Kraft zusammen und stieß hervor: »Pastuchov!« Doch mein Mund war wie ausgedörrt, meinen von Angst gelähmten Stimmbändern entrang sich nur ein Zischen, der Lebensatem entwich aus mir, wie die Luft aus einem durchlöcherten Schlauch; Pastuchov wird drei sagen und abdrücken – oder umgekehrt: er wird zuerst abdrücken und dann erst drei sagen; von diesem Augenblick trennen mich nur noch Bruchteile einer Sekunde, Nikolaj wird nicht rechtzeitig die Augen aufschlagen, Ninas Rütteln ist vergeblich, noch bevor der Kommandant aufwacht, soll es aus mit mir sein; ich trauerte um mein Lebensprogramm, so schön hatte ich mir das alles ausgemalt: nie zu lügen, sich vor nichts zu fürchten; kann man von einem Sechzehnjährigen noch mehr verlangen? So ein Lebensprogramm, dachte ich und spürte, wie sich in mir Spott über mich selbst zu regen begann, ist eine prima Sache, wenn man beim Großvater schön in der Stube sitzt oder wenn man so ein Programm für andere Leute ausdenkt und ihnen gute Ratschläge gibt, wie sie es verwirklichen sollen; aber alles nimmt sofort ganz andere Dimensionen an, wenn so ein Pastuchov hinter mir steht, auf meinen Rücken zielt und ich in zwei Hälften auseinanderfalle; die eine lacht boshaft: Also los, du Scheißkerl, beweis, daß mehr in dir steckt als in deinem Vater und in diesen An-

gebern aus deinem Gymnasium, als in Onkel Hejtmánek oder Kurtin, beweis es doch! Und die andere heult in mir vor Angst und sucht nach Rettung; nichts als dieses eine; ich wollte um Hilfe schreien oder die Hand aus der Tasche reißen und abfeuern, doch es blieb keine Zeit dazu: ich zog zwar die Hand heraus, aber die leere, und im Bruchteil einer Sekunde, bevor noch Pastuchov drei sagen kann, falle ich, von einer Kraft vorwärtsgestoßen oder vor Schwäche zusammengesackt, ich weiß es nicht mehr, mit dem Oberkörper vornüber auf den Tisch; ich lag da, das Gesicht an die rauhe Tischplatte gepreßt, Nikolaj rieb sich die trockenen Augen, er begriff gar nichts, und Nina schrie auf: »Pastuchov!« – »Pastuchov«, flüsterte ich mit dem Mund dicht über der Tischplatte: von ihr stieg der Duft des Landbrotes auf, ich öffnete die linke Hand: das feuchte, gut zusammengeknetete Brotkügelchen fiel heraus, sofort deckte ich die Hand darüber.

»Er hat eine Nachricht für dich«, schrie Nina Nikolaj ins Ohr.

»Wer hat eine Nachricht für mich?« fragte der Kommandant gähnend.

»Der da«, sagte Nina und wies auf mich.

Nikolajs Lippen waren feucht, seine Augen vereitert, und ein Gestank von Zwiebeln und Schnaps ging von ihm aus. »Warum liegst du hier über dem Tisch?« fragte er.

Ich richtete mich auf, konnte mich aber kaum auf den Beinen halten.

»Begreifst du denn nicht«, sagte Nina und schüttelte unsanft Nikolajs Arm, »er bringt eine Nachricht, er sagt, er kennt den Namen des Mannes, der uns bei Meseritsch verraten hat.«

Nikolaj fuhr sich mit den Fingern über die Stirn, wahrscheinlich dachte er noch über seine Träume nach, und sagte leise: »Du kennst seinen Namen?«

»Ja, ich kenne ihn«, gab ich zur Antwort.

Nikolaj seufzte; es überraschte mich, daß er heute alle seine Bewegungen ausschließlich in sein Gesicht zu konzentrieren schien: jeder einzelne Muskel durchlief einen geschlossenen Zyklus von Kontraktion und Lockerung, was dem großen, verschwollenen Gesicht den Ausdruck einer sich steigernden inneren Unruhe verlieh; alle Bewegungen seiner Arme waren jetzt nur von schwerfälliger Langsamkeit, Nikolaj schien fast seine ganze Kraft verloren zu haben; er sprach nur mit großer Anstrengung, und seine Stimme war ganz tief geworden: »Also sag mir den Namen.«

Ich blickte mich um: Angst war in Pastuchovs Augen getreten, er

zitterte am ganzen Körper: wahrscheinlich wartete er voll Ungeduld, daß ich endlich den Namen nannte, denn er wußte, ihm blieben dann nur noch drei Möglichkeiten: sich selbst zu erschießen oder zuerst mich und nachher sich, oder aber alles auf eine einzige Karte zu setzen und zu leugnen; ich trat ein wenig zur Seite und stand jetzt links neben Pastuchov: wenn er jetzt abdrücken wollte, müßte er sich zuerst mir zukehren, und vielleicht könnte es mir in diesem Bruchteil einer Sekunde gelingen, bevor er noch die Bewegung ganz ausgeführt hatte, ihm auszuweichen: mich unter den Tisch zu werfen oder mit einem raschen Sprung hinter Nina in Deckung zu gehen. »Also heraus mit dem Namen«, sagte Nikolaj abermals.
Die drei Silben blieben mir im Hals stecken, ich schluckte und konnte meine Augen nicht von Pastuchov losreißen: auf seine Stirn trat jetzt Schweiß, und ein Netz von Adern und winzigen Äderchen zeichnete sich auf ihr ab; die rosa Farbe wich aus seinem Gesicht, verebbte, und die Haut über seinen stark hervorgetretenen Backenknochen überzog sich mit Blässe; Nina lehnte den Kopf wieder an die Wand und schloß die Augen, aus denen ich noch einen unruhig zuckenden weißen Streifen hervorschimmern sah; Nikolaj erhob sich, ging um den Tisch herum und blieb ein wenig schwankend vor mir stehen: »Also willst du endlich den Namen nennen«, sagte er mit matter Stimme. Die Fratze des Hohns in mir wuchs und triumphierte schließlich über mich; ich ließ den Kopf bis auf die Brust herabsinken, genauso wie der Vater, wenn er vor Angst die Hosen voll hatte, doch Angst verspürte ich keine, nur Traurigkeit und Resignation übermannten mich: ich schämte mich; mein großartiges Lebensprogramm hat also nicht sehr lange standgehalten, ich werde wohl meine Schlußrechnung machen müssen. Nichts für ungut, Herr Klimesch, dachte ich, wenn ich Ihnen jetzt sagen muß, daß mir alle Ihre Geschichten samt ihren Morallehren in diesem Augenblick recht wenig nützen, ja, damals habe ich an ihre Gültigkeit geglaubt, aber das hätte ich nicht dürfen! Was haben Sie mir doch alles von den herrlichen Helden der Griechen erzählt, die hatten immer die Möglichkeit, ihren Heroismus auf entsprechend hohem, klassischem Niveau zu halten und mit Morallehren ein ästhetisches Spiel zu treiben; selbst die Schurken wurden damals noch durch den Schein in der Schönheit verklärt: ihre Übeltaten waren nur die Konsequenz, die sich harmonisch aus den in logischer Weise miteinander verflochtenen Geschehnissen ergab; oder Ihre Erzählungen von den alten Germanen! Wenn Mordtaten darin vorkamen, spürte ich diese schreck-

liche, schicksalhafte Stärke des Arms, der den tödlichen Schwertstreich führte, förmlich am eigenen Leib, ich hörte in den dunklen Forsten den Klang der Hörner, den Gesang der römischen Legionen, die durch die jungfräulichen Wälder voll lauernder Gefahren vorwärtsdrangen, vernahm das Brausen des Sturmwinds über nördlichen Meeren und die knarrenden Ruderschläge der kühnen Wikinger, sah den Schein der Lagerfeuer, der Brände, der aufzuckenden Blitze, und von solchen Bildern überwältigt, wünschte ich mir heiß, selbst einmal als Opfer der Feme zu sterben, damit man mich als Toten auf einer Stierhaut forttrüge, in der Totenmaske mit Stierhörnern auf dem Kopf, um mich dann vor der Holzeinfriedung des Dorfes bei Einbruch der Dunkelheit zu verbrennen. Jetzt aber habe ich nicht genug Mut, diesen Namen noch einmal auszusprechen; ich werde eine Kugel in den Rücken bekommen, über den Tisch fallen, und alles wird auf eine sehr einfache und gewöhnliche Weise vor sich gehen: ohne jede antike Erhabenheit, ohne Größe im Sterben, die hier werden mich ganz einfach umlegen; ich habe mich sehr geirrt, und Sie haben sehr gelogen, Herr Klimesch, ich bin Ihnen darauf hereingefallen, und jetzt bin ich am Ende und kann mich auch nicht an einen einzigen dieser Hunderte von Versen erinnern, die wir miteinander gelesen haben. Und was ist mit Ihrem Messias, Herr Kempf? Wo ist er denn? Jetzt wäre es gerade allerhöchste Zeit für mich, daß er einträfe, aber er wird nicht kommen, das weiß ich ebensogut, wie Sie es damals gewußt haben – und dennoch haben Sie mir in einer der hinteren Boxen unseres Cafés mit leiser Stimme die wunderbaren Begebenheiten von den Märtyrern erzählt, von Daniel in der Löwengrube und von den Männern im Feuerofen. Das also ist wohl meine letzte Chance, dachte ich, und die höhnische Fratze in mir flüsterte: Jetzt kannst du tun, was du willst, jetzt ist sowieso alles egal, alle deine Verpflichtungen haben für dich aufgehört. Mir blieben nur zwei Möglichkeiten: entweder zu schweigen – oder den Namen zu nennen; was darauf folgen würde, stand eigentlich schon fest: Pastuchov würde drei sagen und abdrücken, oder aber abdrücken und nachher drei sagen (er hatte diese letzte für mein Leben entscheidende Zahl immer noch nicht ausgesprochen, er stand jetzt neben mir, immer noch mit der Pistole in der Hand); ich sammelte meine letzte Kraft, viel war davon nicht mehr übriggeblieben, reichte aber aus, daß ich langsam sagen konnte: »Pastuchov war es, Leutnant Pastuchov.«

»Unsinn«, sagte Nina, erhob sich, stellte sich zwischen mich und Pa-

stuchov und legte ihre Hand auf Nikolajs Schulter, »warte, das erledige ich schon selbst.«
Nikolaj stieß einen schweren Seufzer aus und griff sich an seine heiße Stirn: aus der Nähe sah ich, daß seine Finger zitterten, entweder hatte er hohes Fieber, oder er war betrunken.
Nina schleuderte mir ins Gesicht: »Du Provokateur«, und fragte dann mit leiser Stimme: »Wer hat sich unterstanden, dich hierher zu schicken?«
»Niemand, ich bin von allein gekommen.«
»Und woher weißt du, daß Pastuchov ein Verräter ist?« Nina beugte sich zu mir vor, die dünnen Wimpern, die poröse Gesichtshaut, der warme Atem – das alles warf mich um, drückte mich zu Boden, ich mußte mich breitbeinig hinstellen, um den schwankenden Boden zu beruhigen. »Man hat es mir gesagt«, erwiderte ich.
»Wer?«
»Der Sturmbannführer Berger«, sagte ich.
Nikolaj vergaß seine Hand auf der heißen Stirn und hob seine geröteten Augen voll Fiebertränen zu mir auf; ich wagte es nicht, den Kopf auch nur ein wenig zur Seite zu wenden, um auf Pastuchovs Gesicht mit den angeschwollenen Adern an Schläfen und Stirn hinzublicken, jetzt müßte er drei sagen und abfeuern, doch er schwieg, seine weiße Haut hatte sich noch mehr gestrafft.
»So, also dich zieht Berger ins Vertrauen, nicht wahr«, flüsterte Nina.
Ich fühlte einen dumpfen Schlag auf meinem Kopf, aber er kam von innen: schon nahm ich nichts mehr um mich herum wahr, der Damm in mir gab nach, trübes Wasser trat mir in die Augen, ich unterschied nicht einmal mehr die Umrisse der Dinge, in meinem Inneren dagegen tauchten Bilder und Szenen vor mir auf, die ich in Worte zu fassen begann; von Zeit zu Zeit hörte ich sogar mein Flüstern unter der niedrigen Holzdecke dieser Bauernhütte: »Berger war heute nacht bei uns, er hat gesagt, Pastuchov habe alles verraten, das sei nicht das erste Mal gewesen, schon in der Slowakei habe er Verrat begangen, Berger habe ihm bei seiner wiederholten Flucht aus den Kriegsgefangenenlagern geholfen, Berger hat auch gesagt, daß Franta ... er hat dem Franta gesagt, daß ...«
»Was faselst du da zusammen, Franta hätte mit Berger gesprochen«, sagte Nina, doch ich vermochte weder Zorn noch Arglist oder was auch immer aus ihrer Stimme herauszuhören; ich war ganz und gar davon in Anspruch genommen, wie ich möglichst präzise die kompli-

zierten Beziehungen zwischen Berger und unserer Familie erklären sollte; Nikolajs Methode, komplizierte Probleme zu lösen, war höchst einfach: Kugel und Tod, mir aber ging es darum, unser Verhältnis zu Berger näher zu schildern, um möglichst alles über ihn zu berichten, doch je länger ich redete, desto mehr wuchs meine Verzweiflung, meine Stimme versagte allmählich, mein Kinn zitterte, bis ich schließlich in einem fort nur Berger, Berger und wieder Berger zu stammeln vermochte; ich unterschied nicht mehr Zeit und Raum, nicht mehr Schmerz und Hoffnung, spürte nur den üblen Nachgeschmack vom Rübenschnaps im Mund, und das Echo dieses Namens tönte ununterbrochen in mir fort; und schon schwieg ich.
»Wo ist Franta«, schrie Nikolaj.
Ach, wenn ich das wüßte, Nikolaj, dachte ich, dann würde ich es dir sagen; aber ich weiß nicht, ob er jetzt noch bei uns im Eßzimmer liegt, oder ob sie ihn schon in das große Zimmer hinübergetragen haben; vielleicht ist er noch mit dem Laken bedeckt, damit er nicht auskühlt: die Großmutter hat auch immer den gärenden Brotteig mit einem weißen Tuch zugedeckt, damit er nicht auskühlte, doch das ist schon sehr lange her; vielleicht liegt Franta schon mit Vaters Anzug bekleidet im duftenden Sarg; wenn ich wüßte, wo Franta jetzt ist, würde ich es dir sagen: das könnte meine Lage nicht mehr verschlimmern; so aber kann ich nur über seinen Zustand etwas aussagen.
»Er ist tot«, gab ich leise zur Antwort. Es half nichts: das Geschehen dieser Nacht wurde von neuem in mir lebendig, unser Haus hauchte mir den Duft der Chrysanthemen und des Reisigs der Kränze entgegen, ich hörte den Metallknopf an der Außenseite der Tür herabgleiten, er ritzte eine Rille in die Türfüllung, die bis heute zu sehen ist; Frantas Füße in den Kommißstiefeln schlugen gegen die Stufen der Treppe; vor meinen Augen bildeten sich Kreise. Wenn man einen Stein ins Wasser wirft, bilden sich Kreise, wenn der Hund in mir erwacht, ist es genauso, jeder Kreis umschließt ein vollständiges Bild: die Tante schreit auf: František; der Schneider spuckt roten Schleim aus, über dem Berg steigt die gelbe Rakete mit ihrem Lichtauge auf.
»Du Provokateur«, wiederholte Nina; ihre Zähne waren dünn, aber schön weiß, mit einem Perlmutterglanz. »Erschießen«, sagte sie jetzt und wandte sich von mir ab.
Nikolaj schwieg, Pastuchov atmete heftig, der sich verdichtende Druck in seiner Brust hatte aber seinen Höhepunkt noch nicht er-

reicht und würde diesen auch im nächsten Augenblick nicht überschreiten, sondern sich allmählich verstärken, bis zu jenem Moment, in dem der Kommandant das endgültige Urteil aussprach; der stand jetzt noch mit seinem mächtigen Rücken über den Tisch gebeugt da, mit den großen Händen die Tischkante umklammernd, sein Gesicht zeigte die gleichen Spuren von Erschlaffung wie seine ganze Körperhaltung; die Knie waren ihm eingeknickt, das Fieber erschwerte ihm das Atmen, und sein Blick wanderte zwischen mir und Pastuchov hin und her.

»Wer soll ihn erschießen, Kommandant?« fragte Pastuchov.

Nikolaj setzte sich an den Tisch, zog die Schnapsflasche zu sich heran, führte sie zu den Lippen, der hüpfende Adamsapfel zeigte das genossene Maß an, dann stellte er die Flasche vor sich hin, wischte sich mit dem Ärmel das Kinn ab und hob die Augen; es waren die Augen eines Gehetzten, die mich anblickten. Jetzt, Nikolaj, müßtest du sagen, von nun an wird hier niemand mehr erschossen, du hättest von den dauernden Erschießungen genug und wolltest einmal versuchen, den Menschen zu vertrauen, bisher warst du dazu wohl nicht imstande; doch Nikolaj schwieg, wer aber wußte, was er sich im stillen da selbst vorerzählte, denn ganz unverhofft hieb er mit der Faust auf den Tisch, ließ sie dort liegen und öffnete langsam die Finger; mit gedämpfter Stimme sagte er dann zu mir: »Wer weiß, was du für einer bist, du weißt mir ein bißchen zu viel, allzuviel!« Und er blickte zum Fenster hinaus, seine Augen tränten vom Fieber, seine Oberlippe und sein linker Gesichtsmuskel begannen ein wenig zu zittern; seine auf dem Tisch liegende Hand schloß sich abermals zur Faust. »Pastuchov«, sagte er fast nur noch flüsternd, »geh und erschieß ihn, heute nacht auf der Gendarmeriestation wirst du mir beweisen, daß du kein Verräter bist.« Nikolaj wandte seinen Blick vom Fenster weg, senkte den Kopf und ließ ihn langsam herabfallen, bis seine Stirn die Tischplatte sanft berührte; Nina bewegte sich nicht, ob sie wirklich schlief oder Schlaf nur vortäuschte, das konnte ich nicht feststellen; Pastuchov schob die Pistole in das an einem Nagel an der Wand hängende Futteral, schnallte den Gurt um und sagte: »Wird ausgeführt.«

Dann war es im Haus still geworden.

Ich hatte einen gewaltigen Zorn in mir, er wuchs, je mehr wir uns der Tür mit den vier Glasscheiben und der billigen, dünnen Gardine darüber näherten; Pastuchov öffnete sie mir, ich sah mich gar nicht mehr nach Nikolaj um: dieser Mensch schien mir nur allzu gehetzt;

man hatte ihn in feuchte Unterstände gejagt und in Bauernhütten, wo er hinter dem Ofen mit Männern beisammenhockte, die er nicht kannte und denen er nicht trauen durfte. In der Nacht wird Nikolaj die Gendarmeriestation mit den vier alten Männern dort überfallen (wahrscheinlich werden die schon beim ersten Schuß davonlaufen), wird ihnen die Gewehre abnehmen, die Decken, die Uniformen und sich dann in die Berge zurückziehen, um wieder einmal einen Sieg zu feiern – und mich wird seine Wut umbringen, sein Fieber und sein Unvermögen, jemandem Vertrauen schenken zu können. Du bist ein sehr unglücklicher Mensch, dachte ich, als ich zur Tür hinausschritt. Draußen schien die Sonne auf die flachen Steine vor dem Haus, ich warf einen Blick auf meine Armbanduhr: es interessierte mich, um wieviel Uhr ich sterben werde.

»Also vorwärts«, sagte Pastuchov und deutete mit dem Kopf zu dem Birkenwäldchen hinüber; wir schritten durch den Obstgarten mit den Zwetschgenbäumen, ihre Rinde hatte sich stellenweise vom Stamm gelöst, den Schimmel und Moos überwucherten, die kahlen, verkrümmten Zweige starrten wie rheumatische Greisenfinger zum blauen Himmel empor; ein Südwind blies, warm und Leben verheißend; ich holte tief Atem und dachte an Herrn Professor Mikeš, der mir das richtige Atmen beigebracht hatte, jetzt war es doch zu etwas gut: solange ich atme, lebe ich; aber wozu war dieses Theater mit der Mohrrübe und dem Brot gut gewesen, welche Lehre soll ich für mich daraus ziehen, jetzt, da Pastuchov drei Schritte hinter mir geht, die Pistole in der Hand, um mich dort zwischen den Birken zu erschießen; ich erinnerte mich an Štefka und hob das Gesicht der Sonne entgegen: ich fühlte den heißen Wunsch, leben zu wollen; wenn wirklich das Wunder geschähe, dachte ich, und ich alles überlebe, dann würde ich mich in tropische Länder auf und davon machen, um über die Ozeane zu segeln, mit ihrem blauen Wasser und den bunten Fischen dicht unter seiner Oberfläche, um die Stirn an den salzgetränkten Mast lehnen und dem Knarren des Schiffsrumpfes lauschen zu können, der vollgeladen ist mit Reis, Gewürzen, Tee und Kakaobohnen; ich erinnerte mich auch an Doris und an ihren Blick, mit dem sie beim Gerassel der Räder des Lastzugs dem Waggon mit den ausgemergelten Gestalten in ihren gestreiften Monturen nachgestarrt hatte: mit gefletschten Zähnen hatten sie uns unverständliche Worte zugeschrien, zwei oder drei von ihnen obszöne Gebärden gemacht; ich nahm Abschied von Herrn Kempf und von Herrn Klimesch, viel Zeit blieb mir nicht mehr, wir näherten uns dem Wäldchen; ich hätte einen Umweg über die Wiese hin machen können, aber ich wollte alles rasch hinter mich bringen, und so schritt ich geradeaus über ein kleines Ackerfeld hin: ich sank mit den Füßen in den durchwärmten Erdboden ein.

Das feine Geäst der Birken bewegte sich kaum in der Mittagsstille an diesem windgeschützten Platz, nur der Glanz der Sonne lag auf ihnen, die ihre Knospenhüllen austrocknete und sie aufspringen ließ; am Rand des Wäldchens wird er mich nicht erschießen, dachte ich, vielleicht wird er mich zu den hohen Tannen führen, dort werde ich mich hinstellen, den kühlen Zugwind aus den Wäldern im Rücken, vor mir zum letztenmal den Blick auf ein paar Birken und auf das kleine braune Ackerfeld im Hintergrund; ich werde nicht zu Pastuchov hinschauen. »Willst du eine Zigarette haben?« fragte er.

Ich schwieg; ich war froh, daß das Ackerfeld hinter mir lag: hier wird der Boden nur flach umgeackert, der Pflug gerade nur so leicht an der Oberfläche geführt, wie ihn ein Paar magere Kühe zu ziehen vermögen, wozu auch tief pflügen, nur um Steine und vielleicht einen Toten herauszuackern. »Spar dir die Zigarette«, sagte ich, »von einem Verräter nehme ich nichts an!« Wieder wurde ich pathetisch und bildete mir ein, den für diese Situation passenden Ton angeschlagen zu haben; Pastuchov lachte auf. »Auch du kommst noch an die Reihe«, sagte ich, blickte mich aber nicht um, noch verlangsamte ich meinen Schritt, »du bist ein ganz gemeines Schwein, du hast Franta auf dem Gewissen!« Pastuchov lachte, jetzt mußte ich mich doch umsehen: er stand da, die Hand auf den Stamm einer Birke gestützt, mit der anderen riß er sich gerade die Mütze vom Kopf und lachte; die Sonnenstrahlen fielen auf sein helles Haar: er bot einen schönen Anblick. »Du bist also hergekommen, um mich fertigzumachen«, lachte er, »Junge, Junge, das ist aber ganz anders ausgefallen, was?«

»Dich wird Berger erledigen«, sagte ich leise; Pastuchovs Lachen erstarb wie abgeschnitten; wäre jetzt ein Wölkchen am Himmel gewesen, so hätte ich sagen können, es habe sein erhitztes Gesicht verschattet: und schon wieder traten ihm die Backenknochen deutlich hervor. »Warum?« fragte er.

»Du weißt zuviel, über ihn und über andere.«

Pastuchov befeuchtete seine Lippen mit der Zunge, und mit der rechten Hand öffnete er die Pistolentasche; mein Mund war ganz trocken, ich spürte nur den widerlichen Nachgeschmack vom Rübenschnaps; ich war nicht imstande, meine Augen von Pastuchovs Lip-

pen loszureißen: mit der Zungenspitze strich er über sie hin und her, und die Spitze war nicht rosa, sondern bläulich. »Ich möchte rauchen«, flüsterte ich, und das war jetzt Resignation, war das Ende, die Zigarette wird mir noch ein wenig Zeit und Wärme gewähren, was kann ich noch mehr verlangen; aus den Wäldern herauf wehte ein kalter Zugwind, doch die Zweige der Birken blieben regungslos, nicht einmal die trockenen Grashalme bewegten sich; zwei Schritte links von mir zerschmolz ein letzter Schneerest. Ich sagte noch einmal: »Ich möchte rauchen«, und ließ die Hände herabsinken; bis jetzt hatte ich die Ellbogen etwas angewinkelt gehalten; zuerst spürte ich den rauhen Saum meines Wollsweaters an den Handflächen, dann auf dem rechten Oberschenkel die Pistole in der Hosentasche. »Ich möchte rauchen«, sagte ich jetzt zum drittenmal und ließ die Hand locker auf der rechten Hosentasche liegen; ich hob den Kopf: Pastuchov hatte das Pistolenfutteral bereits geöffnet, die Waffe aber noch nicht herausgezogen, denn mit seiner Rechten griff er jetzt an seine Brusttasche; mein Mund war völlig ausgetrocknet, die Lippen blieben mir an den Zähnen haften; ich konzentrierte meine ganze Aufmerksamkeit, die bis aufs äußerste gespannt war wie die Sehne eines stählernen Bogens vor dem Abschuß des Pfeils, auf diese eine entscheidende Bewegung. In demselben Augenblick, als Pastuchov seine Hand vom Pistolenfutteral wegnahm und den Knopf an seiner Brusttasche öffnete, in der sich seine Zigaretten befanden, schob ich beide Hände in die Taschen; die Tränen traten mir in die Augen: dafür also habe ich gelebt, dachte ich, um die Zeitspanne zu berechnen, die Pastuchov zum Aufknöpfen der Brusttasche benötigt und ich zum Entsichern der Pistole in meiner Hosentasche? Das war also der ganze großartige Sinn meines Lebens, oder ist das vielleicht der Anfang eines neuen Lebens?
»Heul nicht«, sagte Pastuchov, »wir wollen noch eine rauchen.«
Ein Südwind kam wieder auf, aber hier oben regte sich nichts, nur der eisige Luftstrom aus den Wäldern wehte herauf, der feuchte Atem des schmelzenden Schnees in den dunklen Felsschluchten drängte auf die sonnige Wiese nach oben; im Gegenlicht der Sonne konnte ich nur Pastuchovs Umrisse sehen: sein blondes Haar auf dem Hintergrund des braunen Ackerfeldes; ich sah noch eine Menge anderer Geschehnisse und Dinge, hörte Stimmen, aber ich kann davon nicht erzählen: sie tauchten auf und verschwanden wieder, schrien auf und verstummten, sie waren hier und wieder nicht hier, Wind war hier, Weinen, Brennen und Kälte zugleich, und mein

Daumen in der Tasche schien riesengroß und unbeweglich zu sein; solange Pastuchov seine rechte Hand in der Brusttasche hat und nach den Zigaretten sucht, so lange habe ich noch Zeit, so lange ist noch nicht alles verloren: noch bin ich nicht beim letzten Meilenstein angelangt, immer noch existiert die Möglichkeit, daß ich auch den nächsten erreiche; dann gab die Sicherung nach.

Die Entscheidung war gefallen.

Die Geschehnisse liefen mit zwingender Konsequenz ab. Zuerst riß ich die Pistole aus der Tasche und zielte auf Pastuchov: er behielt die rechte Hand in der Brusttasche, öffnete den Mund, ich sah den Schatten darin, Pastuchov schien eine kaum merkliche Bewegung nach rechts machen zu wollen; ich drückte einmal, ein zweites Mal ab, und erst nach dem dritten Schuß tat Pastuchov drei Schritte vorwärts, und beim Versuch, einen vierten zu tun, stürzte er in das hohe, trockene Gras, mit dem Gesicht in einen feuchten Schneehaufen; der Widerhall der Schüsse wurde von den Wäldern weitergetragen und kehrte dann deformiert in Baßlage zurück.

Ich beugte mich über Pastuchov; über seine linke Wange kroch ein winziges Insekt, der Schnee unter ihm färbte sich rot, nur die Kristalle blieben rosafarben; ich richtete mich auf: die Sonne schien mir ins Gesicht, ich empfand weder Angst noch Freude, die Gegend um mich herum wurde alltäglich; ich verließ diesen Ort in dem Bewußtsein, alles getan zu haben, was notwendig gewesen war. Ich brauchte mich für nichts zu schämen, mein Hund schlief.

Nichts weiter.

Ich wußte, Nikolaj hatte die Schüsse gehört: vielleicht hat er einen kräftigen Schluck aus der Flasche genommen, sofern darin noch ein Rest geblieben war; Nina hat wahrscheinlich die Augen ein wenig geöffnet, doch den an die Wand gelehnten Kopf nicht von der Stelle gerückt: ihre harten Gesichtszüge waren unverändert gleichgültig geblieben.

Die Pistole warf ich ins Gebüsch.

Alles, was danach geschehen würde, konnte ich mir leicht ausmalen: Nikolaj wartet auf Pastuchov, der kehrt nicht zurück, er erhebt sich schwerfällig vom Tisch, geht hinaus, torkelt über die Schwelle, wo sich die Sonnenwärme auf das Holz und die Sandsteine legt; Nikolaj brüllt: »Pastuchov«, doch niemand meldet sich, und so begibt er sich durch den Zwetschgengarten zum Ackerfeld: dort sieht er unsere Spuren in der Erde, wankt betrunken oder krank weiter, wer weiß das schon, am Rand des Birkenwäldchens bleibt er stehen und brüllt

abermals: »Pastuchov!« Nikolajs Körper wirft einen scharfen Schatten: er bleibt an seiner linken Seite, zerteilt das hohe Gras, tritt in die nassen Schneereste in den Vertiefungen, bis Nikolaj dann Pastuchov mit dem Gesicht nach unten auf dem großen Schneehaufen entdeckt; er gibt Alarmschüsse ab (schon vernahm ich diese Schüsse), die Männer kommen aus den Häusern herbeigeeilt, schütteln ihre Betrunkenheit ab, im grellen Sonnenlicht blinzeln ihre Augen, und mit mechanischen Bewegungen, voll tierischer Gier, entsichern sie ihre Waffen: dann bilden sie einen Kreis um Pastuchov; sie werden mich verfolgen, sagte ich mir und begann bergabwärts zu rasen, ich stürzte über Steine, kämpfte mich durchs Gebüsch zum Dorf hinunter, in einem fort mit dem Widerhall der Schüsse von oben; der Wald hauchte mir seine Dünste ins Gesicht, ich glaubte ersticken zu müssen und konnte auch auf den Feldern noch nicht zu Atem kommen, als ich von den hohen Feldrainen nur immerzu abwärts sprang; nach einer Stunde war ich oberhalb des Dorfes angelangt; die Sonne stand schon über dem Troják und warf lange Schatten. Das Dach der Gendarmeriestation, das einzige zweistöckige Gebäude im Dorf, lag im vollen Sonnenglanz da. Die glasierten Ziegel warfen die Sonnenstrahlen zurück, und das Dach leuchtete wie ein geschliffener Edelstein. Ich lief durch die Seitengäßchen des Dorfes, betrat die Gendarmeriestation durch den Hintereingang und klopfte an die Tür. »Herein«, rief der Herr Wachtmeister Turek. Ich trat ein, aber er sah von seinem Schreibtisch nicht auf und drehte sich nicht um: er saß mit dem Rücken zur Tür, in Hemdsärmeln, die Uniformbluse über die Stuhllehne geworfen. »Also was gibt's«, brummte er.
»Ich muß Sie sprechen, Herr Turek«, sagte ich zu ihm.
»Also los«, erwiderte der Herr Wachtmeister, drehte sich auf seinem Stuhl zu mir um, und mit einem Schlag veränderte sich sein Gesichtsausdruck. Am Sonntagnachmittag pflegen die Wachtmeister auf dem Dorfe für gewöhnlich eine gutmütige Miene von etwas derber Biederkeit aufzusetzen, aber als Herr Turek mich jetzt erblickte, nahmen seine Züge einen strengen, amtlichen Ausdruck an. »Wer hat dich so zugerichtet?« fragte er.
»Ich allein«, gab ich zur Antwort und bemühte mich um ein Lächeln.
»Lüg nicht!«
Über dem Waschbecken hing ein Spiegel, ich sah hinein: mein Gesicht war von Schrammen übersät, über den Augenbrauen klaffte eine Wunde, mein Sweater war zerrissen; ich sah an mir herunter: meine Hosen fast in Fetzen.

»Ich werde ein Protokoll aufnehmen«, sagte der Herr Wachtmeister, »und die ganze Schlägerei untersuchen«, fügte er hinzu.

»Herr Wachtmeister«, drang ich in ihn, »das ist überflüssig, es hat keine Schlägerei gegeben, ich bin nur hergekommen, Ihnen zu melden, daß die Partisanen heute nacht einen Überfall auf die Gendarmeriestation machen werden.« Herr Turek bekam einen roten Kopf, der Mund blieb ihm offen. »Um Himmels willen, und warum das?« fragte er.

Auf Überfälle war der Wachtmeister nicht eingestellt, ja, so Wirtshausschlägereien, Hühnerdiebstähle, Ohrfeigen unter Nachbarn, das war sein Metier, aber der Krieg, das deutsche Kommando, das war nichts für einen Gendarmeriewachtmeister, der schon unter dem Kaiser, dann unter Väterchen Masaryk gedient hatte und jetzt im Protektorat Böhmen und Mähren. »Das ... das muß ich melden«, flüsterte Herr Turek und griff schon zum Telefonhörer, rasch legte ich die Hand darauf. »Machen Sie keinen Unsinn, Herr Turek«, sagte ich zu ihm in dem gleichen Ton, in dem der Vater mit ihm zu sprechen pflegte.

»Jesus Maria«, stöhnte Herr Turek.

»Packen Sie sich heute abend zusammen und verschwinden Sie von hier, vielleicht haben Sie irgendwo einen Diebstahl zu untersuchen oder Sie müssen gerade irgendeinem verdächtigen Kerl nachspüren, der sich in der Ortschaft herumtreibt«, hämmerte ich dem Gendarmen ein und wunderte mich sehr über mich selbst, wo ich nur diese Einfälle hernahm, die sich da der alte, mit allen Salben geschmierte Wachtmeister dreier Regime mit dem Gesicht eines bekümmerten Wachhundes anhörte. »Schließen Sie alles vorschriftsmäßig ab, Ihre Familie wird, sagen wir, bei der Tante einen Besuch machen, Ihr Töchterchen wird dort krank werden, so daß die Familie über Nacht bleiben muß, Ihre Kollegen schicken Sie auf Streifendienst ...«

»Woher weißt du das«, flüsterte Herr Turek und stützte seine Ellbogen auf den Schreibtisch.

»Das darf ich nicht sagen, Herr Turek, das ist Geheimnis ...«

»Eigentlich müßte ich es doch melden.«

»Nein, Herr Turek, das dürfen Sie auf keinen Fall.« Der Dienst unter dem Kaiser, dem Präsidenten und unter dem Führer hatte ihn aufgerieben, schon allzu vielen Obrigkeiten und Justizbehörden hatte er Gehorsam leisten müssen, ein bißchen viel für einen Wachtmeister, der nur noch auf seine Pensionierung wartete, um endlich die Flinte an den Nagel hängen zu können. »Wenn sich in der Nacht hier nur ein einziger Deutscher zeigt, dann wird es später einmal für Sie sehr schlimm aussehen, Herr Turek«, sagte ich, »Sie wissen ja, wenn die Russen kommen.«

»Ja, ich weiß«, flüsterte Herr Turek.

Beim Hinausgehen benützte ich wieder die Hinterpforte und begab mich über die Felder heim, es dämmerte bereits, als ich leise an Großvaters Tür klopfte: ich hielt mich im Schatten.

»Ich konnte es kaum erwarten, bis du wieder zurück bist«, flüsterte der Großvater, und seine Augen leuchteten. »Komm weiter«, sagte er. Ich setzte mich neben den Ofen, seine Wärme tat meinem Rücken wohl. »Ich habe Pastuchov erschossen«, sagte ich.

»Kruzitürken«, stieß der Großvater hervor, »Kruzitürken, also doch, das ist schlimm, das hätte jemand anderer für dich tun sollen«; mit schweren Schritten begann er in der Stube hin und her zu marschieren, der halbmorsche Bretterboden ächzte unter seinen Tritten. »Da bist du in einer schönen Patsche«, sagte er dann und blickte an mir vorbei.

An den warmen Ofen gelehnt, atmete ich die bekannten Gerüche von Großvaters Stube ein: das hier war ein Stück Heimat, hierher werde ich immer wieder zurückkehren. Die Holzbaracke verwandelte sich in die schützende Kabine auf dem Schiff des Seewolfs; der Kiel strich durch die Wellen, das Gebälk der Kajüte knarrte beim Anprall des Windes, am Horizont trat Land hervor: ein sich unendlich hindehnendes Ackerfeld, Zwetschgenbäume stützten mit ihren verkrüppelten Ästen den blauen Himmel, ausladende Birken, vom Südwind bewegt, schwankten hin und her, und bei ihren verzweifelten Versuchen, einen Schritt vorwärts zu tun, rissen sie ihre eigenen Wurzeln aus dem sandigen Erdreich. Mächtige, unersättliche Ameisen benagen Pastuchovs Wangenknochen.

Der Großvater stieß mich an: »Schlaf hier nicht ein«, sagte er und reichte mir ein Glas Hagebuttenwein. »Hier hast du, trink.«

Der Wein war süß und roch nach Mäusen.

Ich schlüpfte in mein Zimmer, ohne daß mich jemand bemerkte. Lidka döste hier, den Kopf auf meinen Schreibtisch gestützt. Ich legte ihr die Hand auf die Schulter, sie richtete sich auf und hob ihre vom Weinen und von Müdigkeit verschwollenen Augen: »Ich habe auf dich gewartet«, sagte sie.

»Jetzt mußt du aber heimgehen«, erwiderte ich.

»Du bist ganz zerkratzt.«

»Ich bin vom Baum gefallen.«

Ich machte mein Bett zurecht. »Haben die Meinen mich nicht gesucht?« fragte ich.
»Nein . . . ich möchte eine Weile hier bleiben«, flüsterte Lidka.
»Heute nicht, geh fort«, sagte ich; heute kannst du nicht hier bleiben, dachte ich, ich habe noch viele Dinge zu bedenken, und da muß ich ganz allein sein.
»Also gut«, sagte Lidka und verließ das Zimmer.
Ich warf mich in Kleidern aufs Bett: der Schlaf wollte nicht kommen, trotz Großvaters schwerem Wein; aber Halbträume kamen heran: von neuem schritt ich über das Ackerfeld, hörte das Aufspringen der Knospen über meinem Kopf, spürte den kalten Zugwind aus den Wäldern im Rücken, Hunderte von dunklen Zielscheiben breiteten sich fünf Schritte entfernt vor mir aus. Wenn ich mit unsicherer Hand die Waffe hob und schoß, verwandelte sich die Zielscheibe in einen Menschenmund voll Blut; Pastuchov fiel von neuem in den Schnee und legte sich mir auf die Brust, preßte mir das Mark aus den Knochen, ich schrie, wehrte mich mit erschlafften Armen, und im Augenblick des Erwachens kam mir mit Schrecken zum Bewußtsein, daß ich schwere Verantwortung, Schuld auf mich genommen hatte, von der ich mich nicht befreien konnte. Ich habe keinen Messias, der mich erlösen könnte, es gibt keine Vergebung der Sünden, ebensowenig wie es eine Teilung von Verantwortung und ein Abwälzen von Schuld auf den Zufall gibt: alles, was ich getan habe, ist unlöslich mit mir verbunden, ich kann meine Fessel nicht zerreißen. Pastuchovs Tod, das bin ich, und Frantas Tod, das ist Pastuchov: eine fest geschmiedete Kette, und daran mein Hund in der Hütte, böse, vorzeitig erwacht, viel zu früh für mein Alter. Und wieder glitten die Schiffe durch die stille Meeresbucht zu den drohenden Klippen; das Gesicht dicht über dem blankgescheuerten Boden, berührte ich mit der Zungenspitze die salzgetränkten Bretter, streckte Arme und Beine aus und nahm das Wiegen des Schiffes in mir auf; der vom Segelwerk herabgedrückte Wind fiel auf mein Gesicht, Tropfen bitter schmeckenden Wassers von dem sich hochaufbäumenden Schiffsbug und den noch höher gehenden Wellen mit den Spitzensäumen und Fransen auf ihren brechenden Kämmen benetzten mir Lippen und Wangen; die Taue zu meiner Linken waren brüchig und rochen nach feuchtem Werg; ich zerbröckelte sie in den Fingern, ausgestreckt auf dem menschenleeren Deck des unbekannten Schiffes, von dem ich nicht entfliehen kann, ich habe auch keine Kraft mehr dazu: alle Rettungsboote sind vermorscht, die Sonnenglut hat

sie ausgebleicht, das Feuer der Meeresvulkane hat die Griffe der Ruder verbrannt; das Deck bebt, die Vulkane auf dem Meeresgrund speien Schlammassen aus, in denen die Fische ersticken: die roten, blauen, silbernen und gelben: noch bevor Flammen hervorbrechen und abgekühlte Lavabrocken herausgeschleudert werden, spülen die Wellen diese Fische an die Meeresoberfläche, die weißen Bäuchlein der Sonne zugekehrt, dann erst kommen Feuer und Schwefel, Rauch, glühender Staub: ein Staubkörnchen fällt auf meinen Handrücken, vor Schmerz schreie ich auf: die Mutter beugt sich über mich, eine Kerze in der Hand, geschmolzene Wachstropfen rollen herab und fallen neben meine Hand auf das Laken; die Drachen auf Mutters Schlafrock aus chinesischem Brokat speien Feuer und giftige Dämpfe aus ihrem Rachen.

Die Mutter hält das Eichenholzkästchen unter dem Arm, und darin befindet sich ihr Gold.

Wir vergruben es beim siebenten Apfelbaum in der ersten Baumreihe.

Als ich den Spaten ergriff, bemerkte ich, daß ich immer noch das Brotkügelchen aus der Bauernhütte von dort oben in meiner Hand festhielt; ich warf es dann in die Grube zu dem Eichenholzkästchen.

Ich erwachte gegen Mittag und öffnete das Fenster: ins Zimmer herein wehte ein warmer Windhauch; am Fuße der Linde saß eine fremde Katze in der Sonne, sie leckte sich die Pfötchen, hob von Zeit zu Zeit ihre grünen Augen und beobachtete aufmerksam die Amsel in den Zweigen über sich.

Franta lag im offenen Sarg in unserem großen Zimmer, er war mit dem schwarzen Anzug bekleidet, den der Vater wochentags im Café getragen hatte; in dem bleichen Gesicht meines Onkels gewahrte ich so etwas wie ein Lächeln: aus den ein wenig hinaufgezogenen Mundwinkeln schimmerten die Zähne hervor.

Den Bluterguß unter dem Auge, den Riß über den Augenbrauen und die Schrammen im Gesicht erklärte ich damit, daß ich vom Baum gefallen sei; zwar wollte mir das niemand glauben, aber alle hatten so viele andere Sorgen, daß mein entstelltes Gesicht nicht allzuviel Aufmerksamkeit und Interesse erregte.

Der Mechanismus unseres Haushalts funktionierte zuverlässig; alles war zur rechten Zeit vorbereitet: der Sarg und der Anzug für Franta; zur Beerdigung werden wir alle in Maßanzügen aus Qualitätsstoff erscheinen, und wenn dieses Begräbnis, was Größe und Ausstattung anlangt, auch keines Erster Klasse sein wird (wo soll man denn auch hier auf dem Dorfe Federbüsche für die Pferde, Dreispitze für die Leichenträger hernehmen, wo einen Leichenwagen auftreiben), so wird bestimmt unsere kleine, hinter dem Sarg herschreitende Gruppe – dessen war ich mir ganz sicher – gebührenden Eindruck machen; der Vater wird alles selbst arrangieren – und wird es auch gut arrangieren, wenn ich bedenke, daß dies das erste Begräbnis war, das er ganz allein organisierte; bisher hatte er Beerdigungen nur mit dem erfahrenen Blick des Cafetiers in der Straße zum Friedhof verfolgt – und jetzt ruhte alles allein auf seinen Schultern.

Nie hätte ich vermutet, daß sich der Vater Frantas Begräbnis so angelegen sein lassen würde; mehrmals kam mir der Gedanke, er hätte Franta wohl am liebsten so rasch wie möglich unterm Rasen gehabt, und ich mußte über ihn lächeln, mit welcher Würde und wichtigtuerischer Geschäftigkeit er in der Wohnung herumkommandierte, und wie wohl es ihm tat, am Tag der Beerdigung die feste Achse zu bilden, um die sich das ganze Haus ohne Widerrede drehte; jeder wartete auf seine Anweisungen und Ratschläge: wie man sich anziehen solle, wie die Kränze, die Kerzen anzuordnen seien; mit Hilfe des Dorfarztes, für Geld und gute Worte, sorgte der Vater dafür, daß Franta für seine letzte Reise wenigstens einen ordnungsgemäßen Totenschein ausgestellt bekam, in dem schwarz auf weiß stand, daß František Krejczyk an den Folgen der durch einen Unfall bei der Arbeit im Wald verursachten inneren Verletzungen gestorben war; diese Formulierung gefiel mir sehr gut, wenn das Vaters Idee gewesen war, dann allen Respekt, Hut ab.

Den ganzen Tag verhielt sich der Vater tadellos, er sprach nur im Flüsterton, zog die Augenbrauen hoch, wenn ihm etwas nicht behagte, schnalzte bald da, bald dort mit den Fingern, und alles lief wie am Schnürchen, wie ein tadellos funktionierendes Café mit erstklassiger Bedienung; nirgends ein Versagen, das Personal war vorzüglich abgerichtet. Nur mir gefielen diese ganzen Begräbnisvorbereitungen nicht – und am wenigsten gefiel mir der Vater selbst: unruhig begann er durch die Wohnung zu wandern, und zwar immer dann, wenn ich in seinen Augen so etwas wie (nein, Freude war das bestimmt nicht) eine stille Befriedigung wahrzunehmen glaubte; ich erriet, daß sich in diesem schlecht verhehlten Gesichtsausdruck sein Unbewußtes widerspiegelte: er war eigentlich froh, Franta vom Hals zu haben. Aber vielleicht täusche ich mich doch. Seit dieser Zeit habe ich bei Begräbnissen oft schon die Beobachtung gemacht, daß auf den ersten Schrecken über den Tod eine fieberhafte Aktivität zu folgen pflegt: die Organisatoren der Beerdigung tauchen sozusagen immer von selbst auf, nehmen das Zepter des Haushalts in die Hand, dirigieren die Leute, arrangieren, ordnen an, stecken ihre Nase in alles – während die Hinterbliebenen wie gelähmt im Winkel sitzen und heulen und warten, was da noch alles passieren werde. Aber nichts mehr geschieht, alles läuft reibungslos ab: die Kränze sind rechtzeitig da, die Telegramme abgeschickt, die Verwandten treffen ein, der Wagen aus der Anatomie kommt auf die Minute genau an, und seine Mannschaft ist in vielen delikaten Dingen fachgerecht ausgebildet. Ja, über Beerdigungen weiß ich Bescheid und kann mir sofort über den Organisator, wie auch über die gute Durchführung eines Begräbnisses ein richtiges Urteil bilden, und so muß ich sagen, daß der Vater in dieser Hinsicht Format hatte: dreimal am Tag wechselte er sein weißes Hemd, zweimal rasierte er sich – und das hatte er, bitte sehr, nicht einmal bei den bedeutendsten und feierlichsten Beerdigungen getan, die an unserem Café vorüber durch die Straße gezogen waren!

Gegen zwei Uhr nachmittags kam der Herr Pfarrer mit dem Mesner und den Ministranten; der Mesner, ein gebücktes altes Männlein, blieb im Vorraum stehen und ließ sich lange bitten, bevor er dann in der Küche drei Gläschen Rum hinunterkippte; der Herr Pfarrer nippte in Vaters Kabinett an dem ihm vorgesetzten Kognak, wodurch der Beginn der Trauerzeremonien ein wenig hinausgezögert wurde: denn wenn eine Flasche schon einmal angebrochen ist, wäre es doch schade, sich vorzeitig zu erheben. Die Ministranten standen auf dem Korridor herum und stopften sich mit Gebäck voll; als der Herr Pfarrer herauskam, ging alles rasch und reibungslos vor sich, man sah sofort, daß ein erfahrener Professional die Sache in die Hand genommen hatte; der Vater winkte die vier Männer aus dem Hof herauf, einer von ihnen spuckte sich in die Hände, sie kamen langsam die Treppe heraufgestiegen, streiften ihre Schuhe an der Fußmatte ab und betraten schüchtern das Zimmer, in dem Franta lag; mit einer raschen Bewegung hoben sie den Deckel vom Boden auf und befestigten ihn mit Nägeln auf dem Sarg, damit meinem Onkel nicht die Erde in die Augen fallen konnte; alles ging rasch vonstatten, der Vater richtete es so ein, daß in dem Augenblick, in dem sich über Franta der Sarg schloß, niemand zugegen war, nur ich sah vom Vorraum aus, wie die Männer den Deckel zuerst auf die

Sargkante hinter Frantas Kopf hoben, während das andere Ende noch zur Decke gerichtet war, so daß das Ganze wie ein großer, gähnender Rachen mit winzigen Zähnchen aus Papierspitze aussah; langsam schloß sich dieser Rachen: drinnen lag Onkel František mit etwas hinaufgezogenen Mundwinkeln, und mir schien, als lächle er; die vier Männer hoben den Sarg auf und trugen ihn in den Hof hinunter, wo der Herr Pfarrer nun die Zeremonien ein wenig beschleunigte. Dann setzte die Musik ein, die Männer hoben den Sarg auf ihre Schultern, und wir schritten hinaus.

Hinter dem halbgeöffneten Fenster erblickte ich die Silhouette der Mutter im roten Schlafrock mit den chinesischen Drachen: sie sah auf den Trauerzug herunter, der aus dem Garten hinausschritt; die ganze Zeit über, während Franta bei uns im Zimmer lag, hatte die Mutter ihr Schlafzimmer nicht verlassen; das schwarze Kleid hatte ihr die Großmutter auf einem Bügel zurechtgehängt, aber die Mutter hatte es nicht berührt, denn sie schien immer noch nicht wahrhaben zu wollen, daß Franta tot war; sie war durch keine Bitten zu bewegen, an der Beerdigung teilzunehmen.

Die vier Männer, die den Sarg trugen, mußten sich bücken, um unter den niedrigen Zweigen der Trauerweide durchzukommen; obgleich die Musik spielte, konnte ich ganz deutlich das dumpfe Anschlagen der Zweige auf den Sargdeckel vernehmen; vorn begannen jetzt die Frauen zu singen.

Als wir an Mičkos Haus vorüberkamen, sagte ich mir, ich werde nicht den Kopf heben, sondern mit geschlossenen Augenlidern vorbeigehen, doch es ließ mir keine Ruhe: beim Zaun erblickte ich den buckligen Buchbinder im dunklen Anzug, den Hut in der rechten Hand, auf sein spärliches aschgraues Haar mit dem Farbschimmer von Buchbinderleim fiel die Sonne, neben ihm stand Líba, das Gebetbuch in den gefalteten Händen; beide warteten, um sich uns anzuschließen; ich ging mit starrem, auf Onkel Hejtmáneks Nacken vor mir gerichtetem Blick an ihnen vorüber; dann ergriff Líba meine Hand, ich weiß, sie weinte, und wenn ein weibliches Wesen weint, dann kommt es mir gleich schöner vor; ihre Handfläche war feucht, und das mag ich nicht, doch ich konnte meine Hand nicht wegziehen, ich lockerte meinen steifen Hals und sah Líba an: in diesem Augenblick übermannte mich der Schmerz, griff mir mit kalten Fingern ans Herz und entpreßte mir Tränen: ich heulte und drückte diese feuchte Hand fester, als nötig gewesen wäre; sie ist wirklich häßlich, dachte ich und sah Líba an, mein Gott, wie häßlich ist doch dieses

Mädchen! Aber sie stieß mich nicht ab, ganz im Gegenteil; geschieden voneinander durch das Salzwasser in unseren Augen, versanken wir fast in diesem Ozean ohne Grund und Ufer: Schiffbrüchige, die am Leben hingen, und nirgends grüne Ufer in Sicht.

In der Kirche standen Líba und ich nebeneinander, auch draußen auf dem Friedhof, als sie Franta in die Erde senkten, hielten wir uns an den Händen; mit halbgeöffnetem Mund und mit weit aufgerissenen Augen voll Neid und Haß beobachtete uns Kusine Lidka und vergaß vor lauter Wut sogar, am Grabe zu weinen.

Die Männer ergriffen jetzt die Seile: die Oberfläche dieser von schwieligen Händen glattgescheuerten, starken Stricke glänzte in der Sonne; ich weinte, aber nicht um Franta, ich heulte über mich selbst, Angst beschlich mich, denn ich wurde mir bewußt, daß nichts von all dem, was einmal gewesen war, jemals wiederkehren kann, was ich in diesem Augenblick verliere, verliere ich für immer; jede Sekunde des Lichts der Sonne, jede Regung des Lebens, jeder vertane Augenblick wächst tiefer und tiefer in mich hinein, seine wuchernden Würzelchen durchdringen alles, Kopf, Brust und Gliedmaßen, und saugen meine Lebenssäfte weg; was, lebe ich denn nicht für die Zukunft, sagte ich mir, sondern nur, um eine unersättliche, mich beunruhigende Vergangenheit zu nähren: sie ist fest in mir drin, wächst und gärt.

Der Totengräber spuckte sich in die Hände. »Ich muß jetzt gehen«, sagte Líba, »laß dich einmal bei uns blicken.«

»Ich komm schon einmal«, erwiderte ich und ließ ihre Hand los. Unsere Familie stand noch um das Grab herum, die anderen Leute waren bereits fortgegangen; der Totengräber war schon an der Arbeit, dann trat Herr Flanderka zum Vater hin, er war in Zivil. »Mein aufrichtiges Beileid, Herr Cafetier, das ist aber ein Unglück ... und wo ist die gnädige Frau«, flüsterte er und blickte sich nach allen Seiten um. »Haben Sie Dank«, sagte der Vater, »ja Flanderka, Menschenskind, was tun denn Sie hier?«

»Die Sehnsucht nach der Heimat hat mich hergezogen«, erwiderte Herr Flanderka lächelnd, »ich habe die Uniform vorläufig an den Nagel gehängt, ich kann sie ja später einmal wieder anziehen, bis, Sie verstehen schon, Herr Cafetier.« »Ich verstehe«, sagte der Vater.

Auf dem Heimweg begegnete ich dem Herrn Gendarmeriewachtmeister Turek, das heißt, ich hatte eher den Eindruck, daß er auf mich wartete. Er stand vor dem Wirtshaus. »Komm her«, rief er mir zu. Ich blieb stehen und überlegte, soll ich ihm sagen: Rutschen Sie mir den Buckel herunter, oder ihn höflich fragen, was er von mir wünsche. Ich tat das letztere.

»Jetzt habe ich es aber satt«, erboste sich der Herr Gendarmeriewachtmeister, und Schnapsgeruch schlug mir aus seinem Mund entgegen, »da wird mir in der Nacht die Gendarmeriestation ausgeraubt, und ich Blödian laß mich von so einem Rotzbuben belehren, was ich zu tun habe, und muß noch das Maul dabei halten ... Kruzitürken ... und jetzt begrabt ihr da euren Partisanen, die ganze Ortschaft ist auf den Beinen, nur ich, selbstverständlich, weiß von nichts ... das Begräbnis findet ganz einfach statt, und ich bin wohl Luft für euch, was? Zum Teufel jetzt heraus mit der Wahrheit, oder!« – »Oder nichts«, erwiderte ich. Herr Turek spuckte aus und erleichterte sein Gemüt noch durch ein paar weitere Schimpfworte; langsam schlenderte ich heimwärts und wartete, bis mich meine Leute eingeholt hatten; der Vater nahm mich beiseite. »Was hast du denn mit Turek gehabt?« fragte er.

»Mit Turek eigentlich nichts«, gab ich zur Antwort, »aber mit Pastuchov ...«

»Was geht dich denn Pastuchov an«, sagte der Vater und packte mich beim Arm, »pfeif auf ihn und laß ihn laufen, das ist Bergers Angelegenheit, nicht unsere.«

»Unsere nicht«, erwiderte ich, »aber die meine schon, ich habe ihn nämlich gestern mittag erschossen.« Als ich das Wort aussprach, blickte ich den Vater an, ihm schien vorläufig noch gar nicht aufgegangen zu sein, was ich ihm da gesagt hatte, er beschleunigte nur seinen Schritt und sah hartnäckig geradeaus. »Pastuchov ist tot«, sagte ich so gelassen wie möglich, aber in meinem Inneren schrie dieser Satz ganz laut. Der Vater umklammerte meinen Ellbogen: »Jesus Maria«, stieß er hervor, »du wirst uns noch alle ins Unglück bringen!« Schweiß trat auf seine Stirn, das Kinn sank ihm herab, eine Krise nahte: der Druck seiner Finger an meinem Unterarm ließ nach; die anderen gingen schweigend vor uns her; hoffentlich wird mir der Vater nicht hier auf der Straße zusammenbrechen, dachte ich. »Warum hast du das nur getan?« flüsterte der Vater, »um Himmels willen, warum hast du das getan.« Ich faßte ihn an der Hand: »Komm«, sagte ich, »daheim werde ich dir alles erzählen.«

Ich zog den Vater vorwärts, er ließ sich von mir führen: alle die Tanten und Onkel, die zwischen den Vorhängen der Fenster hervorlugten, mochten denken, den Vater habe das Begräbnis so mitge-

nommen. Die Frühjahrssonne brannte auf unsere schwarzen Wollanzüge herunter, die Leute schritten mit ehrerbietigem Gruß an uns vorüber oder wichen uns in weitem Bogen aus; in der Nachmittagssonne erstrahlte unser Haus in leuchtendem Weiß, ich sehnte mich nach einem Schluck frischen Wassers und nach nichts anderem, als nur rasch den schwarzen Anzug ausziehen und mich aufs Bett werfen zu können: an nichts denken zu müssen, die Augen zu schließen und von den salzgetränkten Decks der Segelschiffe zu träumen, von den bunten Fischen in den Tiefen der Ozeane, dem Knirschen der Bootskiele bei der Landung auf sandigem Grund, von den Wogen über den bodenlosen Tiefen. Das große Gartentor war noch geöffnet, ein Häuflein Leute stand dort, sie drückten der Großmutter die Hand und entfernten sich langsam einer nach dem anderen. Auf halbem Weg zwischen Gartenpforte und Haus blickte ich mich um: Nad'a stand auf der Straße, abgemagert, in der dunklen Jacke und mit schwarzem Kopftuch sah sie gealtert aus: ich ging zu ihr zurück.
»Kommst du nicht mit zu uns hinauf?« fragte ich sie.
»Nein«, gab Nad'a zur Antwort.
»Und wohin wirst du gehen?«
»Vorerst zu den Krahujáks und später ...«
»Ich komme dich besuchen«, sagte ich.
»Ich weiß, daß du kommst«, flüsterte sie, »du bist anständig, du bist ganz anders.«
»Nein«, schrie ich auf.
Nad'a entfernte sich schwerfälligen Schrittes die staubige Landstraße entlang. Unter ihren Absätzen flogen Staubwölkchen auf: im Licht der Sonne schimmerten sie silbern, auch wenn sie nur Staub waren ... Staub ... Staub in den Augen, der sie zum Weinen brachte.

15. KAPITEL

Bis spät in die Nacht hinein waren aus Vaters Kabinett das Paukensignal des Londoner BBC-Senders und auch das Pausenzeichen des Moskauer Rundfunks zu vernehmen. Dann hörte ich, wie der Vater das Nebenzimmer betrat (dort standen noch die zwei mit einem schwarzen Tuch bedeckten Stühle, auf denen Frantas Sarg geruht hatte; die Kerzen in den aus der Kirche entliehenen Leuchtern verbreiteten einen matten Duft nach verbranntem Wachs), er blieb vor

der Schlafzimmertür der Mutter stehen und klopfte leise an: »Máňička, mach auf«, flüsterte er.
Die Mutter liegt schon im Bett, schläft aber noch nicht, sie starrt zur dunklen Zimmerdecke: sie hörte die Paukenschläge aus London, die Stimmen aus Moskau und noch andere Stimmen in ihrem Inneren und um sich herum, Vaters Schritte im Zimmer, sein Klopfen und seine Bitte vor der Tür, aber wie schon so oft zuvor öffnete sie auch diesmal nicht; die Mutter schweigt und steht jetzt in ihrem feuerroten Schlafrock am Fenster und blickt in den dunklen Garten hinaus. Also mach doch schon endlich auf, hätte ich am liebsten geschrien, immer wieder verschließen wir voreinander alle Türen, unser Haus ist ein Haus der verschlossenen Türen: ich schließe mich ab, der Vater tut es, zwischen uns liegen ständig trennende Wände aus Mauerwerk oder hartem Holz.
Und dann von neuem Schritte im Zimmer, das unruhige Hin- und Herwandern unter dem schwarzverhangenen Lüster: ich wußte, jetzt wird der Vater zu mir hereinkommen, schon hörte ich ihn im Vorraum, wo ihm ein Sessel in die Quere kam; er stieß ihn im Dunkeln um und fluchte, dann öffnete er leise meine Zimmertür; da aber hatte ich mich schon mit dem Gesicht zur Wand gekehrt und bemühte mich krampfhaft, regelmäßiges Atmen vorzutäuschen; ich hatte keine Lust, mit dem Vater zu sprechen.
»Schläfst du schon?« fragte er.
Ja, ich schlafe schon, sagte ich zu mir selbst, ganz fest schlafe ich, niemand darf mich jetzt wecken. Zum viertenmal ertönt die Schiffsglocke auf dem salzdurchtränkten Deck, über mir die Kämme der Wogen, der zur Seite geneigte Mast ächzt, er vermochte kaum noch den Stürmen Widerstand zu leisten und verlangt jetzt nach Ruhe in einer Bucht warmer, nur vom Schaukeln der Ankerketten leicht gekräuselten Gewässer; ich schlafe und sehne mich nach schönen Träumen, ich möchte schweigen. Niemand wird dir heute nacht öffnen, Vater: die Mutter ist allein, ich weiß, sie weint, ich vermeine hinter der Wand im Schlafzimmer das leise Klirren von Gold zu hören, oder ist dieser Klang vielleicht aus den vorhergehenden Nächten dort haftengeblieben, als die Mutter ihren Schmuck zusammengesucht und in das Eichenholzkästchen gelegt hat? Auch ich werde dir nicht öffnen, Vater, meinetwegen magst du ruhig durch das Haus irren, das du dir gebaut hast, um uns alle beisammen zu haben, aber du siehst, gemeinsam in einem großen Haus zu wohnen, heißt noch lange nicht, darin auch wirklich miteinander zu leben; jetzt hast du

alle beisammen, doch jeder liegt allein in seinem Zimmer; nicht einmal die Großmutter öffnet dir, sie kann nicht, denn sie liegt im Sterben: sie hat nicht genug rote Blutkörperchen und ist schon sehr geschwächt; jetzt stehst du wieder vor meiner Tür, traurig und bedrückt, du weißt nicht, wie du dich entscheiden sollst: sollst du aufschreien, das ganze Haus aufwecken, mit dem Fuß gegen alle geschlossenen Türen treten und den Schläfern rücksichtslos die Bettdecke wegziehen? Oder sollst du mich an der Schulter packen und mich aus meinem nur vorgeschützten Schlaf aufrütteln (so sehr habe ich mich angestrengt, daß sich meine Schultern im Rhythmus der regelmäßigen Atemzüge heben und senken) und mir ins Gesicht schreien: Was ist mit Pastuchov, was hast du da wieder angestellt! Doch der Vater schwieg, er verharrte noch eine Weile in der offenen Tür, ich weiß gar nicht, wann er sie wieder geschlossen hatte und vom Vorraum aus die Treppe hinunter vors Haus gegangen war. Ich war erleichtert, daß ich nicht von Pastuchov sprechen mußte, nicht von Nikolaj und Nina, von gar nichts: ich hatte einen Schlußstrich unter meine Kindheit gezogen, Pastuchov getötet, Franta begraben, ich empfand weder Traurigkeit noch Bedauern, mein Inneres glich einem leeren Raum, in dem, von den Wänden zurückgeworfen, nur dann und wann vage Echos widerhallten, doch sonst herrschte Stille, und ich wartete auf die ersten Regungen meiner erwachenden Männlichkeit: ich hatte mich verwandelt und mit mir die ganze Welt, sie drängte sich jetzt an mich heran, schon war ich ins Spiel einbezogen, es genügte nicht mehr, nur zu beobachten und zu lauschen, schon waren auch mir die Karten zugeteilt, und man mußte mit mir rechnen, denn ich hatte einen Menschen getötet.

Das war kein guter Anfang, dachte ich, ein anderer wäre besser gewesen.

Ich wußte, morgen würde ich vor der Mutter wieder mein heuchlerisches, schuldbewußtes Gesicht aufsetzen, vor dem Vater frech das Kinn heben und ihm ins Gesicht schleudern: Ich habe einen Mann getötet, das war deine Erziehung, Cafetier wird aus mir keiner, auch kein Bankbeamter, wie das die Mutter wünscht. Wahrscheinlich werde ich in Zukunft immer nur mit dem leben müssen, was heute mittag geschehen ist: von neuem werde ich diese Schüsse im Geist rekapitulieren, den Ablauf der Geschehnisse und ihre möglichen Varianten durchdenken, um über alles ins reine zu kommen. Manchmal war ich schon überzeugt, bereits reif für die Besserungsanstalt zu sein: schon der Herr Lehrer Drexler hatte mir das einmal in der dritten Volksschulklasse prophezeit: ich werde bestimmt dort landen, weil ich, vor der Blaskapelle stehend, in der der Herr Lehrer die Posaune blies, an einer Zitrone lutschte und keiner der Bläser, denen sich der Mund zusammenzog, imstande war, einen ordentlichen Ton hervorzubringen. So weit also war es mit mir gekommen, von dem Zitronenlutschen vor der Blaskapelle, in der sich der Herr Lehrer ein paar Kronen nebenbei verdiente, bis zu diesen drei Schüssen in den dunklen Mund. Aber immer noch vermochte ich in mir nicht die unerschütterliche Gewißheit vorzufinden, ich sei bereits ganz und gar verdorben, irgend etwas in meinem Inneren sagte mir, es gäbe immer noch Chancen für mich, und vielleicht sogar noch größere als für alle anderen, aber eben weil diese Chancen bis jetzt noch ganz im ungewissen lagen und noch nicht einmal ein ganzer Tag vergangen war seit dem Zeitpunkt, da ich in einen offenen Mund geschossen hatte (ein tiefer Schatten lag in Pastuchovs Mund), glaubte ich, jetzt wohl ganz verloren zu sein, und wünschte mir, der Vater stünde nochmals vor meiner Tür. Ich würde zu ihm sagen: Komm doch herein, Vater, und würde ihm dann genau schildern, wie ich Pastuchov erschossen hatte. Jawohl, ich würde ihm alles ohne äußere Anzeichen von Entsetzen und mit ganz gleichgültiger Stimme erzählen. Mit Schadenfreude würde ich dann beobachten, wie ihm das Kinn auf die Brust herabfällt, wie er in sich versinkt, und würde innerlich zu mir sagen: Du hast Angst, Vater, und ich gönne sie dir, sie ist ein Stück von meiner Angst.

Ich trat ans offene Fenster: der Vater stand auf den flachen Sandsteinen und riß mit nervösen Fingern ein Streichholz an; zwischen unserem Haus und Großvaters Holzbaracke war es immer zugig; erst mit dem vierten Streichholz gelang es dem Vater, sich die Zigarre anzuzünden: ihr angenehmer Geruch stieg bis zu meinem Fenster herauf.
Beim Großvater brannte noch Licht, ich sah, wie sein Schatten in regelmäßigen Intervallen geräuschlos das Fenster verdunkelte. Wahrscheinlich hatte er wieder Schmerzen, er konnte kein Wasser lassen, und so wandert er jetzt in seiner Stube hin und her, flucht und stürzt diesen widerlichen Absud aus Birkenblättern hinunter; des Vaters Schatten auf den Steinen beugte sich jetzt vor, als horche er auf ein fernes Geräusch, doch es herrschte Stille; seine kaum vernehmbaren Atemzüge fielen mit leisem Anprall auf die kantigen Steine in unserem Garten; der Vater rauchte, und sooft er einen Zug tat, er-

glühte die Spitze seiner Zigarre: auch auf sein Gesicht fiel in diesem Augenblick ein dunkelrosa Schimmer; dann drehte sich die Silhouette des Vaters nach rechts (mir schien, als folge er mit dieser Körperwendung einer anderen Bewegung in der Dunkelheit), zuerst schob er den Kopf vor, dann die Schultern und schließlich auch noch den Fuß; ich erwartete, seine Bewegung würde nach dieser Halbdrehung zum Stehen kommen, aber keineswegs; ein Schauer lief mir über den Rücken, möglicherweise von der Nachtkühle, auch meine Zähne klapperten: der Vater kreiste um seine eigene Achse, zu jeder Halbdrehung setzte er zuerst langsam an, beendete sie aber gleich darauf mit einem Ruck des ganzen Körpers, offenbar ließ ihn der Schreck immer wieder zusammenzucken; sein schwerer Atem drang bis zu meinem Fenster herauf; dann warf er die Zigarre in die Finsternis (die glühende Spitze zog einen kleinen Schweif blasser Funken hinter sich her), hob beide Arme und faßte sich an den Kopf: das tat er alles stumm, ganz allein in der Nacht inmitten des Hofs; dann trat der Großvater in Unterwäsche vor die Türschwelle und schlug sein Wasser ab: als es auf die Sandsteine plätscherte, seufzte er erleichtert auf; den Vater konnte er in der Dunkelheit nicht sehen; der Mond war von dichten Wolken verhüllt: seine Umgebung war wie in flüssiges Silber getaucht.
Unten fiel die Tür ins Schloß; mit unsicherem Schritt kam der Vater im Finstern langsam die Treppe heraufgestiegen; nach einer Weile vernahm man aus seinem Zimmer die abgedämpften Klänge von Rundfunksendungen aus aller Welt: gleichgültige und erregte Stimmen, Reden voll Schmerz, tobendes Gelächter über Komiker, Orgelklänge, Boogie-Woogie, Swing und Musik voll Demut und Liebe: Europa wälzte sich in unruhigen Träumen.

Wir ließen den Arzt zur Großmutter kommen: sie lag in ihrem Zimmerchen hinter der Küche, den Kopf mit Kissen hochgebettet, bleich, mit schlaff auf der Decke ruhenden Händen; der Herr Doktor hielt dem Vater einen Vortrag über rote Blutkörperchen, wir saßen dabei und hörten zu; die Tante begann zu weinen, doch niemand beachtete sie: in letzter Zeit hatte sie in einem fort geweint, und mit einem Achselzucken empfahl sich dann der Herr Doktor.
Draußen war es warm, der Himmel jedoch bedeckt, der Südwind, der im Frühjahr hier bläst, hatte die herbstlichen Äcker ausgetrocknet; auf dem gegenüberliegenden Hang zog ein Gespann Kühe eine flache, dunkle Spur, in die eine Gruppe von Frauen Kartoffeln legte;

die Luft roch nach Regen, aber erst am Nachmittag kam er herab; gegen Abend verschied die Großmutter; ich öffnete das Fenster ihres Kämmerchens; der Garten duftete, das frische Grün der Pflänzchen hatte seinen Existenzkampf um Licht, Raum und Feuchtigkeit gewonnen: so hatte ich mir schon immer das Erwachen des Lebens vorgestellt – Feuchtigkeit mit einem Überschuß strömender Wärme, junges Grün mit dem Hochdruck des Pflanzensaftes – und dem Tod im Rücken.
Großmutters Samenkörner im Garten waren aufgegangen, mir kam der Gedanke, ob auch jene, die sie in mich gesät hatte, aufgehen würden? Für ihre Saat, sagte ich pathetisch zu mir, bin ich ein viel zu unkultivierter Boden, trotzdem will ich alles tun, daß etwas Schönes in mir aufblüht, daß es stark wird, allen und am meisten dem Vater zum Trotz, der dieses Schöne in mir nie begreifen konnte, um mich durch dieses Schöne ihm zu entfremden und mich von ihm zu distanzieren: mag er mir nur ruhig auch weiter mit seinen dauernden Ungerechtigkeiten zusetzen.

Mit der Petroleumlampe in der Hand stiegen wir gemeinsam mit dem Großvater auf den Boden, um einen Sarg für die Großmutter auszusuchen; der Großvater trat zu dem schönen Eichensarg hin, der für ihn selbst bestimmt war.
»Nimm diesen«, sagte er zum Vater.
»Aber das ist doch deiner«, wandte der Vater ein.
»Ich habe gesagt, wir wollen den hier nehmen, also nimm ihn, solange ich in Geberlaune bin!«
»Ich werde ihn bezahlen«, sagte der Vater.
»Kruzitürken«, polterte der Großvater los, hieb mit der Faust auf den Sarg und stampfte mit dem Fuß auf den morschen Fußboden, den Staub aufwirbelnd, der sich mit dem Duft der Kräutersäckchen vermengte (das Niesen stieg mir in die Nase), »Kruzitürken«, erboste er sich, »du denkst nur an Geld, nur daran, aber ich will es gar nicht, ich werde diesen Sarg gratis fertigmachen, ich ...«, sagte er schließlich mit heiserer Stimme, begann zu husten und wandte sich ab; sein Rücken zuckte, er beruhigte sich aber wieder: er spuckte aus, zertrat den Schleim mit seinen Schuhen und wandte sich dann wieder zu uns um: im Licht der Petroleumlampe sah ich in seinen geröteten Augen Tränen schimmern, die ihm vielleicht der Husten entpreßt haben mochte; den Sarg stellten wir in seiner Stube auf zwei Stühle, der Großvater zog einen Sack vom Ofensims herunter, leerte dessen

Inhalt, ein paar gut ausgetrocknete Lindenholzklötzchen, auf den Fußboden, öffnete dann die Tischschublade und kramte die Kassette mit seinem Schnitzwerkzeug heraus.
»Auf diesen Sarg«, sagte der Großvater, »kommen keine Verzierungen aus Papier, ich werde ein Kreuz und eine Rose dafür schnitzen.«
Gegen Abend lag die Großmutter bereits im Sarg in unserem großen Zimmer: auf denselben mit dunklem Stoff bedeckten Stühlen wie Franta; in den Leuchtern brannten acht Kerzen, durch die geöffneten Fenster kam der blaue Abend herein, der Luftzug ließ ihre Flammen hin- und herzucken, und alle Schatten im Zimmer bewegten sich: sie schaukelten wie Barken an ihren Ketten bei unruhiger Strömung, am liebsten hätten sie sich von den Gegenständen losgerissen, waren aber mit ihrem einen Ende am Fußboden festgehalten; die Großmutter sah weiß und jung aus; alle Falten in ihrem Gesicht hatten sich geglättet, die Haut sich gespannt, nur ihre Lippen waren blau und in hartnäckigem Schweigen zusammengepreßt.
Die Mutter kam aus ihrem Schlafzimmer nicht heraus.
Auf der Straße fuhr eine Kolonne von Militärfahrzeugen vorbei, über deren Seitenwände graue Stahlhelme hervorlugten, mich interessierte nicht, wohin sie fuhren. Ich lag angezogen auf dem Bett und betrachtete die unruhig zitternde Wasseroberfläche im Glas auf meinem Nachtschränkchen. Der gläserne Schirm des Nachtlämpchens schlug klirrend gegen den Chromständer. Als ich die Augen schloß, hatte ich das Gefühl, das ganze Haus sei einem ungeheuren Druck, einem Ziehen und Stoßen ausgesetzt, als wolle es eine unbekannte Macht voll Bosheit und Wut aus seinen Fundamenten herausreißen, sie rüttelte an ihm, wollte es zerstören und zu Staub zertrampeln ...
Eine vom Wind aufgewirbelte Staubwolke kreiste umher, Männer mit aufgepflanztem Bajonett auf dem kurzen Gewehr kamen herauf, Pastuchov taumelte, und mit halbgeöffnetem Mund voll Blut stieß er ein paar heisere Worte hervor, zwischen den Lippen blies er rosarote Bläschen heraus und ließ sie zum Himmel aufsteigen: wenn sie platzten, verbreiteten sie einen widerlichen Geruch. Mit verlegenem Lächeln entblößte der Hermaphrodit sein Geschlecht; mit einem Blick zufriedener Erwartung und Verheißung bevorstehender Lust zog er mit seinen schlanken Fingern sein Glied aus den Falten seines Militärmantels hervor; mit dem Schritt eines Dragoners ging er um mich herum und streifte seine Finger an meiner Schulter ab. Nikolaj stand an der Wand, Fieber in den Augen, und knallte die ihm

vorgeführten barfüßigen armen Kerle ab. Alle sind sie Verräter, flüsterte er, alle, einer wie der andere, wer begeht denn nicht Verrat? Jeder einzelne trägt schon den Keim des Verrats in sich, jeder.
Drei Männer ergriffen mich und schleiften mich an das Ende der langsam zu Nikolaj vorrückenden Reihe: sowie ich einmal in der Reihe stand, hatte ich keine Kraft mehr, den Fuß zu heben, um zu fliehen, es gab keinen anderen Ausweg für mich, als in der Reihe vorwärts zu gehen, dicht hinter dem hageren Rücken meines Vordermannes. Die Schüsse ertönten in regelmäßigen Abständen und wurden immer lauter, je näher ich an Nikolaj herankam, sie schmerzten in meinen Ohren, dröhnten und ließen meine ganze, gut verhehlte Angst hervorbrechen, diese nie geahnte, feige und starke, gemeine und zugleich erhabene Angst. Mit Anspannung aller Kraft versuchte ich, einen Schritt aus der Reihe zu tun: es war bereits zu spät, mein Vordermann stand schon vor Nikolaj! Alle sind Verräter, sagte Nikolaj, in jedem liegt diese Möglichkeit, fügte er leise hinzu und feuerte auf den Kopf meines Vordermannes.
»Nein«, schrie ich auf, »nein«, ich ruckte und zuckte hin und her, Schweiß überlief mich, ich klammerte mich an die Bettkante, stemmte meine Füße gegen das Bettende. »Nein«, sagte ich nochmals leise und konnte nicht glauben, daß ich die Schüsse (sie kamen aus der Ferne) tatsächlich hörte. Ich richtete mich ein wenig auf, griff mit unsicherer Hand nach dem Glas auf dem Nachtschränkchen, und als ich von dem lauen Wasser trank, sah ich auf den Bergkämmen oben, dort wo die Hütten der Waldbauern standen, Feuer.
Das Krachen der Schüsse drang bis zu uns herunter, verstummte aber bald wieder, über dem Berg stand jetzt nur noch ein roter Feuerschein, der an jenen Stellen, wo von der Brandstätte ein Schwarm von Funken zum klaren Nachthimmel emporstieg, hell aufleuchtete. Beim Großvater brannte die Petroleumlampe: er saß beim offenen Fenster, über seine Schnitzarbeit gebeugt; vom Garten her vernahm ich Schritte, der Großvater hob den Kopf, und mit einer hastigen Bewegung fegte er die weißen Holzspäne von seinen Knien. Im matten gelben Lichtschein, der aus der Stube auf den Hof fiel, tauchte eine in einen Schal gehüllte Frau auf: ich erkannte Tante Nada, ich eilte zur Tür hinunter und öffnete sie: »Nada«, flüsterte ich ins Dunkel hinein.
»Hier bin ich«, antwortete sie aus dem Schatten. Ihre von dem langen, bis zu den Knien herabwallenden Schal geformte Silhouette löste sich von dem schwarzen Stamm der Linde.

»Ich bin fortgelaufen«, flüsterte Nada, »alle mußten fliehen, gegen Abend haben die Deutschen die Gehöfte der Waldbauern oben umzingelt, alle sind weggelaufen, bis auf Nikolaj, er ist allein gegen die Soldaten vorgegangen und hat so lange geschossen ... bis er gefallen ist. Krahuják ist heruntergekommen, um mich zu warnen, angeblich werden auch die Einödhöfe daran glauben müssen ...«
»Komm hinauf«, sagte ich zu ihr und legte meinen Arm um ihre Schultern.
Ich spürte das schmerzliche Zucken in ihrem Inneren, das sich bis zu ihren Schultern fortpflanzte, ich umschloß sie fester: gehorsam ging sie mit, erst auf der Treppe sagte ich zu ihr: »Die Großmutter ist gestorben.«
Ich öffnete die Tür zum großen Zimmer: der Luftzug jagte die Flammen der acht Kerzen in die entgegengesetzte Richtung, und Nada schrie auf. Die Schatten bewegten sich unruhig, das schwarze Tuch unter dem Sarg blähte sich; in dem kurzen Bruchteil einer Sekunde schien mir, als bewegten sich die Gesichtsmuskeln der Großmutter, doch dann wurde mir klar, daß es nur die Schatten gewesen waren, die dieses Trugbild des Lebens vorgegaukelt hatten.
»Komm, Nada«, sagte ich leise zur Tante und führte sie in mein Zimmer. An der Gartentür unten wurde heftig geläutet, der Vater öffnete das Fenster und fragte in die Nacht hinaus: »Wer ist dort?«
»Kruzitürken«, schrie draußen der Herr Gendarmeriewachtmeister Turek, »verdunkeln Sie gefälligst das Fenster, ihr habt ja beleuchtet wie zu Allerseelen, und ich krieg dann die Scherereien, Kruzitürken!«
Ich hörte gar nicht hin, was so ein übereifriger Ordnungshüter da zu beanstanden hatte, das wußte ich längst – und ich wußte auch genau, was nun folgen würde; der Vater wird mit müder Stimme sagen: Mein guter Turek, lassen Sie doch das Schreien und kommen Sie lieber auf ein Gläschen herauf.

Der Großvater hämmerte mit seinem Werkzeug bis in den Morgen hinein, der sich mit dem Rasseln von Raupenketten und mit Motorenlärm ankündigte: auf der Straße von oben näherte sich eine Kolonne von Militärfahrzeugen. Hinter deren Seitenwänden saßen Soldaten mit tief in den Nacken geschobenen Stahlhelmen, die von den Erschütterungen der schweren Fahrzeuge klappernd hin- und herschwangen. In jedem der Wagen, an die Führerkabine gelehnt, stand ein Mann mit einem Maschinengewehr. Mit müden, vom Staub und vom Feuer der Brandstätte geröteten Augen spähte er gleichgültig in den anbrechenden Tag und streckte sein Gesicht dem kühlen Zugwind entgegen, der an diesem Morgen auch den Nebeldunst von den Hängen mitbrachte. Der letzte Wagen kam heran, bog dann nach zwanzig Metern unterhalb unserer Gartenpforte ab und blieb stehen. Herr Berger in zerknitterter Uniform, mit einem Gesicht voller Furchen, Falten, Schatten und Halbschatten, mit grauen Aschenspuren unter den Augen, sprang vom Wagen herunter: als er mit den Füßen auf dem Boden zu stehen kam, taumelte er ein wenig vor Schwäche.

»Komm her«, sagte er zu mir.

Warum war ich auch ausgerechnet jetzt heruntergekommen, dachte ich ärgerlich, es hätte doch genügt, die Militärwagen vom Fenster aus zu beobachten, nun bleibt mir nichts anderes übrig, als zu Herrn Berger hinzugehen, ihm einen guten Morgen zu wünschen und ihn vielleicht noch nach oben zu bitten. Ich hatte zuvor nur rasch den Mantel über die Schultern geworfen, und meine roten Pyjamahosen lugten darunter hervor. Herr Berger setzte zum Sprechen an, schloß den Mund aber wieder (was ihn große Anstrengung kostete), denn er vermochte die vom Fieber oder von der Feuersglut aufgesprungenen Lippen nicht ganz zu schließen: sie blieben halboffen; er senkte den Kopf, nahm die Uniformmütze ab und wischte ihr verschwitztes Lederinnenfutter mit seinem schmutzigen Taschentuch ab. »Wir fahren weiter«, rief ihm der junge Offizier aus dem Wagen zu, er kaute an seiner Zigarette herum und blickte in einem fort zum Kamm der Hänge zurück: dort stieg in der Stille der Morgendämmerung ein grauer Rauch- und Staubschleier senkrecht zum Himmel auf. Wenn der Rauch in die Höhe steigt, dachte ich, wird es schönes Wetter geben, die Mohrrüben der Großmutter werden aus dem durchwärmten Boden hervorschießen, die Kraft aus der Erde wird frei. »Nein«, sagte Herr Berger, »warten Sie noch.« Dann wandte er sich zu mir, wischte immer noch das Innere der Mütze ab, und mir schien, er hatte nicht den Mut, die Augen zu heben: hätte er das getan, dann hätte er den über der Waldsiedlung aufsteigenden Rauch und Staub direkt vor sich gesehen.

»Richte dem Vater aus«, sagte Herr Berger zu mir, »... richte ihm aus, daß du mich hier gesehen hast.«

Und was weiter, Herr Berger, dachte ich, denn er schwieg bereits und wischte nur an seiner Uniformmütze herum, hatte jedoch nicht den Mut, den Kopf zu heben. Dann machte er plötzlich kehrt, schwang sich auf den Wagen, inzwischen hatte der Lenker den Mo-

tor anspringen lassen, so daß ich Herrn Berger nur schwer verstehen konnte, als er mir zuschrie:
»Sag dem Vater, daß ich heute morgen von der Waldsiedlung oben zurückgekommen bin!« Der Wagen setzte sich in Bewegung, Herr Berger stieß noch etwas zwischen seinen verkrusteten Lippen hervor, ich verstand kein Wort, wußte aber genau, was er sagte: Ich habe mich ermannt, aus ist es mit dem Hin- und Herschwanken, sag dem Vater, ich habe dieses Nest oben ausgeräuchert. Ich stand da und schwieg. Spiel dich nur nicht so auf, Berger, dachte ich, du hast nie so recht gewußt, was du eigentlich willst, und weißt es nicht einmal jetzt, noch heute morgen, sobald du dich gewaschen und rasiert hast und du dich zum Frühstück hinsetzen wirst, werden dich Zweifel über dein Unternehmen befallen, und am Ende wirst du dort angelangt sein, wo du gewesen warst, bevor du dich zu den Waldbauern aufgemacht hast; du wirst schon noch selbst darauf kommen, daß du niemandem die Stirn geboten hast, du hast nur einen Koller bekommen und hast die Bauernhütten dort oben aus Wut, aus ganz gemeiner Wut niederbrennen lassen; du merkst bereits, daß du auf die falsche Karte gesetzt hast, du verlierst an allen Fronten und kehrst nur noch deinen Trotz heraus; nichts bringst du zuwege, überhaupt nichts, du hast kein Format; schon als Stammgast war mit dir nicht viel los, und als Polizist bist du eine Null. Du hast weder Ordnung in deinem Viertel noch in dir selbst.
Ich kehrte heim, und als ich den Vorraum betrat, stand Nada da und fragte mich, wer das da unten gewesen war; ich sagte ihr, die Soldaten seien von den Hütten oben zurückgekehrt; Nada mußte sich an die Wand lehnen: »Ich hatte einen bösen Traum«, hauchte sie.
»Alle haben wir heute böse Träume«, sagte ich lächelnd, doch gleich darauf verschwand das nur vorgetäuschte Lächeln aus meinem Gesicht: beide blickten wir durchs Fenster zum Bergkamm hinauf, wo der Wind den Staub und den letzten Rauch von der Brandstätte emportrug. Wir schwiegen und konnten unsere Augen von den Trauerschleifen über den Baumwipfeln nicht losreißen; erst nach einer Weile fiel mir auf, daß der Großvater zu werken aufgehört hatte. Ich beugte mich aus dem Fenster: der Holzschnitzer saß beim Tisch, den Kopf in die Hände gelegt, und schlief, neben seinem linken Arm schimmerte eine Rose aus Lindenholz; ich beobachtete ihn noch eine Weile; als dann die ersten Strahlen der Morgensonne auf der Kante der auf dem Tisch liegenden Meißel aufblitzten, befiel mich sanfte Müdigkeit und das Verlangen nach Schlaf.

Den Großvater hatte der Rappel gepackt, er witterte den Krieg, der in der Luft lag, und das machte ihn ganz toll; zuerst verlegte er sich aufs Trinken: schon in aller Frühe begann er mit Hagebuttenwein, später gegen Mittag ließ er sich mit schwerem Met vollaufen, und nach dem Mittagessen fing er dann an, Militärmärsche aus den Zeiten Kaiser Franz Josephs zu grölen, bis er schließlich einschlummerte; nach Einbruch der Dunkelheit erwachte er wieder (dann kam für ihn die schwere Stunde des Wasserlassens), er kochte sich Tee aus Birkenblättern, kramte Frantas Maschinenpistole hervor, öffnete das Fenster, schraubte den Docht der Petroleumlampe herunter und hielt bis zum Morgengrauen Wache. Bei Sonnenaufgang entkorkte er die Flasche mit dem Hagebuttenwein, und wieder konnte man den ganzen Tag kein vernünftiges Wort mehr mit ihm reden.

Wie oft hatte ich schon diese Histörchen von den ausgedienten Dragonergäulen erzählen hören: kaum vernahmen sie nur irgendwo in der Ferne den Klang eines Signalhorns, schon warfen sie ihr Hinterteil in die Höhe wie zu ihrer Jugendzeit. Oder die Geschichten, die Herr Pleva, der Leichenwagenkutscher, von den Begräbnisschimmeln erzählte und den nächtlichen Begebenheiten in den Ställen vor großen Beerdigungen, oder wie Líza, diese herrliche schwarze Stute, so mir nichts, dir nichts um Mitternacht auszuschlagen begann und nicht zu beruhigen war, und das gerade im selben Augenblick, als im Dreifaltigkeitsschacht Bergleute verschüttet wurden.

Mit dem Großvater hatte es wohl eine ähnliche Bewandtnis: er witterte den Krieg, von neuem regte sich in ihm das unruhige Blut des ehemaligen schneidigen Leutnants mit den Tapferkeitsmedaillen. Der k. u. k. Feldmarschall von Conrad hatte sie ihm persönlich an die Brust geheftet! »Das hier soll vielleicht Krieg sein«, erboste sich der Großvater eines Vormittags, als er bei einer Flasche Met hockte, »da hättest du uns sehen sollen, als wir bei Asiago einen Sturmangriff machten! In der Nacht vor dem Angriff habe ich meine Mannschaft beiseite genommen und zu ihnen gesagt, also Jungens, morgen wird euch der Hosenboden ein bißchen heiß werden, aber am Abend gehören dann die Weinkeller dort drüben uns, verstanden! Und diesen Sturmangriff hättest du sehen sollen, aber heutzutage? Lauter Flugzeuge, Panzer und solche Tricks«; der Großvater spuckte aus und nahm einen kräftigen Schluck.

Zwei oder drei Tage nach Frantas Begräbnis begab sich der Großvater wieder einmal vor die Türschwelle. Es war eine dunkle Nacht, ein leichter Nieselregen fiel, der Urin klatschte gegen die flachen

Steine, und der Großvater brummte: »Herrgott, das ist eine Erleichterung.« Nach einer Weile fuhr er fort: »Eine solche Ruhe an der Front ist eine sehr gefährliche Sache, Ruhe und Dunkelheit, das kann auch einen alten Landser ganz verrückt machen, das Allerärgste ist: entweder totale Dunkelheit und Ruhe, oder aber wenn die Hölle los ist, ich erinnere mich noch, wie einmal ein Rekrut von den Siebzehnern . . .«

»Hören Sie doch damit auf«, sagte der Vater aus dem Dunkel, »rauchen wir lieber eine.«

Der Großvater behauptete zwar immer, er könne Vaters Zigarren nicht ausstehen, aber wenn sie allein waren, dann änderte sich die Situation: der Großvater wäre beleidigt gewesen, wenn ihm der Vater nicht ein paar gute Zigarren zugesteckt hätte. »Das ist ein Genuß«, sagte der Großvater und schnalzte mit der Zunge. Dann schrie ein Käuzchen: immer im Frühjahr ertönte sein Ruf aus dem Gebüsch am Bach; die Antwort des Weibchens kam von etwas weiter oben her.

»Ich halte so ein wenig Wache in der Nacht«, sagte der Großvater.

»Was fällt Ihnen denn ein, Vater«, hörte ich jetzt meinen Vater lachend sagen, doch das war kein richtiges Lachen, sondern waren nur herausgepreßte Laute, rasche Atemstöße, die keine Befreiung brachten.

»Gestern nacht ist hier jemand herumgeschlichen«, fuhr der Großvater fort, »bevor ich noch dazu kam, anzulegen und zu zielen . . .«

»Herrgott, reden Sie keinen Unsinn, Vater, wer würde denn hier herumschleichen.«

»Ich rede keinen Unsinn«, ereiferte sich der Großvater, »ich sage nur, daß in der Nacht ein Mann hier im Hofe herumgeschlichen ist und hier herumgespäht hat«.

Ich beugte mich aus dem Fenster; beide standen fast direkt unter mir: der Großvater ganz in Weiß, so wie er aus seiner Baracke herausgekommen war. Der Vater warf den Zigarrenstummel in die Finsternis: ein hellrotes Lichtchen beschrieb im Dunkel einen Halbkreis, leuchtete beim Aufprall ein letztes Mal auf und erlosch.

»Wenn sich etwas rühren sollte, Großvater, dann wecken Sie mich«, sagte der Vater, »aber machen Sie mir hier keinen Unsinn.«

Die Stunde der Hundebotschaften kam heran, der klügste Hund im Dorf begann zu bellen, die anderen Hunde im Umkreis schärften ihre Aufmerksamkeit, kamen aus ihren Hütten hervorgekrochen, hoben witternd ihre Schnauzen in den Nachtwind und dechiffrierten die Nachricht, dehnten dann ihren Rücken und bellten die Neuigkeit den Nachbarn zu; das Hundegekläff machte um uns die Runde und wurde allmählich schwächer; nur der Schäferhund bei den Malinǎks oben beharrte noch wütend auf seinem Hunderecht: wahrscheinlich hatte er nicht verstanden, was ihm die Hunde von unten zugebellt hatten.

»Hörst du«, flüsterte der Großvater, »er bellt wieder!«

Der Vater lachte, doch wieder war es nur beschleunigter Atem: »Sie haben es heute aber mit der Angst, was ist denn mit Ihnen los, ein alter Frontsoldat und eine solche Angst?«

»Unsereiner hat eben Witterung«, flüsterte der Großvater, »gestern hat dieser Hund genauso gekläfft, und dann war jener Kerl auch schon im Hof da.«

Ein vormitternächtliches Lüftchen erhob sich: die kleinen Blättchen an der Linde bewegten sich, der Wind wurde abwechselnd schwächer und wieder stärker, wie die Atemzüge eines Riesen dicht vor unserem Haus. »Psst«, machte der Vater, beide preßten sich dicht an die Hauswand, ich hörte ihr Flüstern: es stieg an der Mauer hoch und drang bis zu mir. Ich beugte mich aus dem Fenster, um einen Teil des sumpfigen Geländes und den rückwärtigen Gartenzaun überblicken zu können. Dann hörte auch ich die Schritte: der Fremde kannte nicht den Weg quer über die Wiese, er war direkt in den Sumpf geraten und patschte jetzt durch den Modder und das Wasser. Der Wind hatte sich gelegt, die Blätter an der Linde regten sich nicht, der Riese hatte im Schlaf sein Gesicht dem Wald zugekehrt: dort fuhr der Wind in die Bäume, und bis zu uns herüber vernahm ich das Rauschen in den Wipfeln der Fichten.

»Halt, oder ich schieße«, schrie der Großvater.

Der Schatten auf der Wiese vor unserer Hinterpforte schwankte, rasche Schritte patschten durch den Modder und das Wasser, dann hörte ich einen Körper ins Wasser hineinplumpsen, leises Fluchen kam aus der Dunkelheit, und wieder war das wilde Laufen über die nasse Wiese zum Wald hin zu vernehmen; wütend bellte der Hund bei den Malinǎks; der Vater und der Großvater liefen zur Hinterpforte und blieben am Zaun stehen: leuchtend hob sich der Großvater in seiner Unterwäsche dort ab; die Mondsichel lugte aus den Wolken hervor.

»Ich hole meinen Schießprügel«, sagte der Großvater.

Als er unter meinem Fenster vorbeiging, rief ich hinunter: »Vielleicht war das Herr Klimesch.«

Ich wußte, Herr Klimesch würde zurückkehren, und ich erwartete ihn; unsere Stammgäste beginnen einer nach dem anderen zurückzukehren, jeder auf eine andere Weise und auf anderen Wegen; Herr Klimesch beschreibt auf seiner Wanderung Kreise um unser Haus; jetzt ist er schon ganz nahe, er kreist direkt um unser Haus, der Großvater hätte nicht schreien sollen: Halt, oder ich schieße, ich hätte rufen müssen, Herr Klimesch, warum kehren Sie bei Nacht zu uns zurück und durch die Hinterpforte? Dann säße Herr Klimesch jetzt bereits in unserem Zimmer: Das ist prima, Herr Klimesch, daß Sie wieder da sind, aber was fangen wir jetzt mit Ihnen an?

Ich hatte viel darüber nachgedacht, wann eigentlich ein Mensch zur Vernunft kommt. Der Vater war als Cafetier Klasse, aber im sonstigen Leben blieb er ein ratloser Stümper; bei Onkel Hejtmánek lag der Fall ähnlich: von Schmalz, Fleisch und Schweinen verstand er enorm viel, doch sonst war er ein Versager; der Großvater stellte seinen Mann, wenn es ums Schnitzen, um Holz, Bienen oder die Karten ging; aber wer weiß, ob er sein Geschick im Kartenspiel nicht doch ein wenig überschätzte; mir hatte er Färbel beigebracht, aber mir schien, er spielte es sehr altmodisch, viel zu draufgängerisch; bei uns im Lokal hatte man es mit ganz anderen Finessen gespielt! Der Großvater riskierte zu viel, und das durfte man sich heutzutage in den Zeiten der Halbprofis nicht mehr erlauben; höchstwahrscheinlich hatte er die Zeit gar nicht begriffen und deshalb sein Gewerbe und sein Haus verspielt; geduldig hörte ich mir seine Erklärungen an, dachte aber bei mir: mein lieber Großvater, wenn du bei uns im Lokal so gespielt hättest, dann, o jemine; die Irrtümer des Alters muß man entschuldigen, sagte ich mir, wenn meine Geduld zu Ende war, vielleicht werde ich im Alter auch nicht bereit sein nachzugeben.
Bei alten Leuten habe ich überhaupt die Beobachtung gemacht, daß sie halsstarrig an ihren Fehlern und Irrtümern festhalten: da war zum Beispiel Herr Pleva, der Leichenwagenkutscher, einmal ganz aufgebracht in unser Lokal hereingekommen, hatte einen Wacholder mit einem Zug hinuntergestürzt (was er sonst nie tat) und dann losgelegt: »Stellen Sie sich nur einmal vor, Herr Cafetier, was mir mit unserm Herr Chef passiert ist! Und das, bitte, nach zwanzig Jahren rechtschaffenem Dienst! Gestern führt er mich in den Stall, dort sehe ich zwei Stück neuen Zuwachs und habe natürlich sofort festgestellt: aus einem Rennstall ausgemusterte Halbblut-Perser, pfui Teufel! Und der Chef sagt: Also Pleva, da haben Sie zwei Neue,

lehren Sie die beiden unseren neuen Wagen ziehen, mit denen werden wir jetzt Staat machen, was? Die Knie begannen mir zu zittern. Um Gottes willen, Herr Chef, sage ich, wo haben Sie nur Ihren Verstand gelassen? Ist denn ein Rennpferd imstande, einen Leichenwagen zu ziehen, haben Sie je gesehen, daß man die Toten mit Halbblut-Persern zum Friedhof bringt, die haben doch nicht den ruhigen Schritt, in ihnen ist zu viel Feuer, die ganze trauernde Verwandtschaft wird daran Anstoß nehmen, wenn ich mit einem solchen Gespann vor das Trauerhaus vorgefahren komme! Da muß ich ja fortwährend Angst haben, daß in diese Pferde die Unruhe hineinfährt, niemand wird sich mehr durch uns begraben lassen wollen, und die Firma wird bestimmt zugrunde gehen, wenn es sich in der Stadt herumspricht, daß wir den Leichenwagen von ausgemusterten Rennpferden ziehen lassen! Jeder wird doch Angst haben, sich durch uns begraben zu lassen, daß diese Pferde nicht am Ende einmal losgehen und den Weg der Trauer zur letzten Ruhestätte im Galopp nehmen! Wo haben Sie nur Ihren Verstand gelassen, Herr Chef! Das ist doch gegen alle Gesetze Gottes! Nicht ein Wort hätte ich gesagt, wenn Sie ein Paar Oldenburger Rösser gekauft hätten, das ist eine ruhige Rasse, aber Renn-Perser, pfui Teufel! Der Herr Chef sieht mich nur so an und sagt: Pleva, Pleva, das Geschäft von heute, das verstehen Sie nicht mehr, von Pferden, gut, von denen verstehen Sie etwas, aber vom Geschäft nichts, ich kann Ihnen nur das eine sagen, für unser Renngespann wird ja Interesse bestehen! Jeder Todeskandidat wird in seiner letzten Stunde wenigstens ein bißchen Trost darin finden, daß er von einer so wertvollen Pferderasse zum Friedhof geführt wird – sie werden sich noch an meine Worte erinnern: ein Rennpferd an einem Leichenwagen, das wird der Schlager der heurigen Saison sein, Pleva, lassen Sie sich das sagen. Wir arbeiten ja schon die dritte Generation in dieser Branche. Eben, eben, sage ich darauf, Ihr Vater, Gott geb ihm die ewige Ruhe, hätte eine solche Verunehrung dieses ehrbaren Gewerbes nie geduldet! Aber der Herr Chef ließ sich nichts sagen und erklärte, alle noblen Damen werden angeblich in ihr Testament hineinschreiben, sie wollen nur von unseren Persern zur letzten Ruhe geführt werden. Die Pferde bekommen eine erstklassige Ausrüstung, sagte der Herr Chef weiter, und Sie werden sehen, Pleva, was für eine Parade das abgeben wird! Ich war schon still, Herr Cafetier, Sie wissen doch, Chef ist Chef, aber unsereiner wird sich jetzt schämen müssen, mit dem Wagen durch die Stadt zu fahren: diese Gäule tragen den Kopf hochaufgerichtet, haben Feuer in den Augen, und wie sie einherstolzieren, pfui Teufel! Ich habe jetzt direkt Angst, einer Straßenbahn zu begegnen! Da hat unlängst eine geläutet, und beide Gäule haben wahrscheinlich geglaubt, es wird zum Start abgeläutet, und da hätten Sie diesen Tanz sehen sollen! Ich habe gedacht, ich verliere noch den Toten vom Wagen!«

Herr Pleva hatte wirklich keine Ahnung vom Geschäft: man riß sich um die Perser, und gleich in der ersten Woche bekamen sie zwei Beerdigungen pro Nachmittag in Auftrag.

Ich habe es bereits erwähnt: vom Kartenspiel verstand der Großvater nicht allzuviel, er ließ nur die draufgängerisch-bäurische Art des Spiels gelten und wollte von den feineren Finessen, wie ich sie in unserem Café den Leuten abgeguckt hatte, nichts wissen; wenn es sich um Holz handelte, da war der Großvater Fachmann, und auch von Bienen verstand er ziemlich viel, wie kaum jemand. »Das Leben der Bienen«, sagte er einmal zu mir, als wir eines Vormittags beim Bienenhaus zusammentrafen, »ist vortrefflich durchorganisiert; ohne die strengen und sinnreichen Gesetze ihres Gemeinschaftslebens könnten ihrer niemals so viele auf einem so kleinen Raum miteinander leben und arbeiten.« Der Großvater schloß die hintere Öffnung des Bienenstocks und klappte eine andere auf: »Die Bienen registrieren jede Veränderung, jeden Witterungsumschlag, sie kennen meine Stimme ... Bienen sind für Veränderungen überaus empfindlich und haben dafür ein sehr feines Gespür, ich brauche nur hinzuhören, und schon weiß ich, was los ist, freilich, man muß es verstehen, richtig hinzuhorchen; das Wetter ist für die Bienen das Wichtigste: schönes Wetter und genügend Honig für das junge Bienenvolk im Winter, die Menschen sollten so leben wie die Bienen.«

»Sapperlot, Großvater«, sagte ich, »da würden wir Drohnen sehr schlimm daran sein, was?«

»Die Drohnen sind immer schlimm daran«, erwiderte der Großvater. Ich glaube, mit diesem Satz sagte er ein Stück Wahrheit, allerdings muß ich eingestehen, daß ich bisher noch keinem Menschen begegnet bin, der die ganze Wahrheit besessen hätte: jeder besaß immer nur die seine oder ein Stück der Wahrheit eines anderen; die Wahrheit eines Cafetiers sieht anders aus als die eines Geschäftsmannes mit Schmalz, und eine andere Wahrheit wiederum hat Onkel Kurtin, eine andere Herr Mader oder Herr Klimesch; Herr Pleva besaß, was die ausgemusterten Rennpferde betrifft, bestimmt auch ein Stück Wahrheit, genauso wie sein Herr Chef; und auch Herr Berger glaubt, die Wahrheit zu besitzen, doch für uns ist seine Wahrheit nichts als Lüge; vielleicht wäre es der Mühe wert, die Unterschiede zwischen den einzelnen Auffassungen über Wahrheit festzustellen, die Grenzen, wo die Wahrheit aufhört und die Lüge anfängt; ich war überzeugt, daß diese Grenze in jedem einzelnen ebenso deutlich verlaufen müsse wie die Grenze zwischen dem Dunkel und dem Licht; ich habe mich geirrt; aber das mag wohl der Irrtum sein, an dem ich auch weiterhin starrsinnig festhalten werde.

Am Nachmittag ging ich am Postamt vorüber, und mir kam der Gedanke, in unsere Ostrauer Wohnung zu telefonieren. »Selbstverständlich kann ich Sie verbinden«, sagte das Fräulein am Schalter zu mir, »gestern war die Verbindung unterbrochen, am Stadtrand wird angeblich schon gekämpft, aber heute habe ich noch Verbindung bekommen, welche Nummer haben Sie gesagt, vier sechs zwei sechs? Ach ja, ich erinnere mich, Ihre Familie hat diese Nummer schon oft angerufen, jetzt aber ... Hallo, Ostrau? Bitte, in die Telefonzelle!«
Ich betrat die muffige Kabine; ich wischte den Hörer mit meinem Taschentuch ab, aber so, daß es das Fräulein nicht sah, denn ich wollte sie nicht beleidigen, und dann erst hielt ich ihn ans Ohr.
Bei uns in der Wohnung klingelte es! Ich war überzeugt, niemand würde abheben, ich stand aber noch eine Weile mit dem ans Ohr gepreßten Hörer wartend da und rief mir das Bild unserer Wohnung in Erinnerung: das Telefon klingelte im Vorraum, und wenn der Vater den Kontakt nicht herausgezogen hatte, dann läutete es jetzt auch im Wohnzimmer; was gab es da immer für Zank und Ärger, wenn das Telefon läutete! Die Mutter verließ sich darauf, der Vater würde abheben, und der Vater wiederum, die Mutter würde es tun; schließlich mußte Štefka an den Apparat gehen; großes Vertrauen zum Telefon besaß sie gerade nicht, langsam schob sie das rötliche Haar vom Ohr zurück und stotterte in den Hörer: »Hier die Wohnung des Cafetiers ...« »Niemand meldet sich dort«, schrie mir das Telefonfräulein zu; schon wollte ich den Hörer auf die Gabel auflegen, aber auf halbem Weg zwischen Ohr und Apparat hörte dort das Läuten auf; irgend jemand hob bei uns den Hörer ab, schwieg aber. »Wer ist dort?« fragte ich, und meine Stimme zitterte.
Am anderen Ende Stille, nur das Knistern in den Drähten war im Hörer zu vernehmen; ich hörte auch unruhige und unregelmäßige Atemzüge.
»Ist dort jemand?« schrie ich ins Telefon.

»Mader«, flüsterte eine rauhe Stimme am anderen Ende.
Ich fühlte mich erleichtert.
»Also Sie sind es, Herr Mader«, sagte ich in deutscher Sprache.
»Warum rufen Sie an?« fragte Herr Mader.
»Nur so, ich wollte nur wissen, ob ich noch Verbindung bekomme.«
»Wie Sie also feststellen, ist alles in Ordnung.«
»Sind die Russen schon in der Stadt?«
»Nein, noch nicht, sonst wäre ich ja nicht mehr hier, aber morgen oder übermorgen.«
»Und was ist mit Ihnen, Herr Mader?«
Vom anderen Ende her vernahm ich einen Seufzer, das Prasseln im Apparat verstärkte sich.
»Richten Sie der Mutter einen schönen Gruß aus«, sagte Herr Mader leise, »dem Vater ebenfalls, ich lasse mich für den Anzug bedanken und sagen Sie ihm . . . sagen Sie ihm, ich bedanke mich.«
»Werden Sie bei uns vorbeikommen?«
»Mein Gott, wer weiß, wo ich vorbeikommen werde.«
Ich wußte nichts mehr zu sagen, schwieg eine Weile, und schon wollte ich noch hinzufügen, wir erwarten Sie, Herr Mader, aber er kam mir zuvor: »Leben Sie wohl!« sagte er. »Leben Sie wohl!« erwiderte ich.
Ich verließ die Telefonzelle und bezahlte das Gespräch.
Auf der Straße vor dem Postamt fuhren Bauernwagen vorüber, Pflüge, Eggen, Säcke mit Saatgetreide waren darauf, hinten saßen Frauen mit Kopftüchern und ließen die Füße herabbaumeln. Die Männer führten das Kühegespann am Geschirr dicht bei den feuchten Mäulern, und aus dem Hof von Herrn Kovandas Kolonialwarengeschäft kamen Männer mit Schubkarren herausgefahren, die mit Zuckersäcken beladen waren. In den Gesichtern der Männer sah ich den Ausdruck innerer Spannung und freudiger Erwartung: zwanzig Kilometer östlich von hier hatte sich die Front in Bewegung gesetzt, aber Herr Kovanda gab immer noch genau nach Vorschrift den Zukker zur Stärkung der Bienenvölker aus – fünf Kilo für je ein überwintertes Bienenvolk. Aus der Bäckerei gegenüber trugen die warmen Sonnenstrahlen den Duft des Brotes empor, der Herr Bäckermeister trat mehlbestäubt vor die Ladentür. In Pantoffeln und mit weißer Mütze blinzelte er mit verschlafenen Augen ins Licht, gleichgültig blickte er auf die Kolonne der staubbedeckten Soldaten, die an ihm vorüberzogen. Viele der Männer in den grauen Uniformen, mit dem Reichsadler und dem Hakenkreuz auf der Brust, hoben bei

der Bäckerei den Kopf, sogen den Duft des Brotes ein, und die sich ihnen aufdrängenden Erinnerungen mit einem Lächeln fortscheuchend, zogen sie an der Bäckerei vorüber. Der Gemeindepolizist befestigte an der Aushangtafel vor dem Gemeindeamt ein Verzeichnis jener Landwirte, die die Hunde- und Katzensteuer noch nicht bezahlt hatten: der Herr Bürgermeister machte nachdrücklich darauf aufmerksam, daß diese Steuer bis spätestens zum 5. Mai 1945 zu bezahlen sei. Der Autobus mit den Leuten der Vormittagsschicht fuhr bei dem Gemeindeamt vor, mußte aber seine Fahrt verlangsamen: die Marschkolonne kam ihm in den Weg. Die Soldaten nahmen die ganze Breite der Straße in Anspruch, sie gingen langsam mit gesenkten Köpfen und drehten sich nicht einmal um, als der Chauffeur hupte. Die Arbeiter standen voll Ungeduld im Autobus und gestikulierten, der Chauffeur fuhr dann an den Straßenrand und hielt etwa fünfzig Schritte vor der Haltestelle: Leute mit Kannen und abgeschabten Aktentaschen in der Hand stiegen aus. »Diese Hurensöhne«, sagte ein junger Bursche, »machen sich auf der ganzen Straße breit, als wäre diese nur für sie da.«
»Unsereiner schuftet in der Fabrik«, erboste sich ein zweiter, »und die marschieren da ganz einfach in der Mitte der Straße!«
Dann stieg Onkel Kurtin aus. »Guten Tag, Onkel«, begrüßte ich ihn.
»Ahoj«, sagte er zu mir, blieb stehen, fischte eine Zigarette aus der Tasche und zündete sie sich an.
»Fährst du noch immer in die Waffenfabrik?« fragte ich.
Kurtin schob die Aktentasche unter den Arm und schluckte dreimal: »Sie zahlen gut«, sagte er, »warum sollte ich also nicht dort arbeiten, alle fahren wir, was ist denn dabei?«
»Es geht doch schon alles zum Teufel«, sagte ich.
Onkel Kurtin blickte mich unruhig an und verlor seine Sicherheit. Ich wußte, jetzt würde er sich hin und her drehen. Gedanken würden ihm durch den Kopf gehen, die ihn den ganzen Krieg über beunruhigt hatten.
Einige wenige Männer waren in die Berge gegangen, Tausende aber dösten täglich am Morgen und in der Nacht in den überfüllten Autobussen, die über die Bezirksstraßen zur Waffenfabrik hinrumpelten. Täglich kontrollierte der Werkschutz den Strom der Tausenden in drei Schichten antretenden Arbeiter: Männer mit gesenkten Köpfen, wie von Scham zu Boden gedrückt, die beim Betreten des Eingangs hastig ihre Aktentaschen mit den Brotschnitten und den

Tiegeln mit Kraut und Kartoffeln öffneten, die sie in den Pausen aufwärmten und hinter der Maschine verschlangen. Frauen mit gelblich verfärbter Gesichtshaut, mit einem gelben Streifen im Haar über der Stirn, was angeblich von den Dämpfen der Sprengstoffe herrührte, mit denen sie die Granaten, Fliegerbomben und Artilleriegeschosse in den hinteren, von den anderen durch hohe Erdwälle getrennten Räumen füllten. Noch in den letzten Tagen war das Sanitätsauto mit heulender Sirene auf der Straße zum Kreiskrankenhaus hingejagt, und irgend jemand darin hatte über seinen Armstumpf gejammert oder über das aus der Hüfte herausgerissene Fleisch, oder aber er war nur so dagelegen, ohne sich zu rühren, ergeben und demutsvoll, ohne zu stöhnen. Die Deutschen zahlten gut, die Löhne waren ziemlich anständig, man konnte immer noch ein paar Kronen zusammenscharren. Zwar hatte das Geld keinen Wert mehr, seine Macht über die Menschen hatte es jedoch noch nicht verloren. Mehr als die Leiden, die der Krieg mit sich brachte, interessierten sie ihre eigenen kleinen Schmerzen: die Tochter heiratete, wo sollte man zusätzliche Lebensmittelkarten auftreiben, wo Punkte für Textilien, einen Bezugschein für den Einkauf von Geräten.

Wenn ihnen jemand mit lauter Stimme zugerufen hätte: Leute, unternehmt doch etwas, dann hätten wohl ein paar von ihnen den Rücken gerade aufgerichtet, doch der Großteil wäre an dem Schreier mit einem Blick voll Unwillen vorübergegangen. Was du nur fortwährend hast? Den ganzen Krieg haben wir es ausgehalten, und so wird es diese paar Tage auch noch irgendwie gehen ...

Der Onkel lenkte seine Schritte zum Wirtshaus. »Ich gehe noch ein Bier trinken«, sagte er.

Ich trat hinter ihm ein, das Wirtshaus war überfüllt, man konnte sich kaum rühren. Die Ausdünstung der Männerkörper hing schwer unter der Decke der Wirtsstube und legte sich wie eine Last auf mich.

»Schenk zwei ein«, rief der Onkel am Schanktisch.

Der Gastwirt in einer blauen Schürze, mit feistem Gesicht, warf dem Onkel einen ängstlichen Blick zu, griff dann langsam unter das Schankpult und zog eine Literflasche mit einer durchsichtigen Flüssigkeit hervor.

»Hundert Kronen«, sagte er leise und warf einen forschenden Blick in die Runde.

»Und Zigaretten hast du keine?« fragte der Onkel.

Der Wirt richtete sich auf, sah umher und neigte dann den Kopf vor: »Wieviel?« fragte er.

»Eine Zehnerpackung.«
Der Mann hinter der Theke hob die Schürze, fischte in seinen tiefen Hosentaschen und warf ein Päckchen Zigaretten aufs Pult: »Hundertfünfzig Kronen«, sagte er.
»Und noch zwei Bier«, rief der Onkel, legte das Geld auf den Schanktisch, schob mir eines der Gläschen hin, hob stumm das seine und lächelte mir zu. Wir leerten sie. Die Flüssigkeit roch nach Öl.
»Schenken Sie noch zwei ein«, sagte ich und warf einen Hundertkronenschein aufs Schankpult.
»Du bist doch noch nicht achtzehn«, sagte der Wirt, ergriff aber schon die Flasche und füllte die Gläser nach.
»Schenk ihm nur ein«, sagte der Onkel mit wieherndem Lachen, »er wird dieses Gesöff schon vertragen, auch wenn er etwas Besseres gewohnt ist . . . er soll sich nur auch an solches Zeug gewöhnen, er wird es noch oft genug zu schmecken bekommen.« Wir kippten die Flüssigkeit hinunter und spülten noch Bier nach. Ich dachte bei mir: sehr geistreich bist du nicht, Onkel, aber was kann man schon tun.
Der Onkel wischte sich den Mund ab. »Und noch zwei«, rief er, und auch ich bestellte noch zwei Gläschen, und dann ging es noch zweimal so hin und her. Ich spürte in meinem Kopf heiße Wellen aufsteigen, die bis zu den Haarwurzeln hochgingen, Wellen, die mit warmem Anprall in den Magen hinabsanken und von dort wieder in einem angenehmen Krampf in den Kopf zurückstiegen. In der Bauchgegend vereinigten sie sich mit den Wärmestößen, die aus den Waden über die Schenkel aufstiegen: Trunkenheit ergriff von mir Besitz. »Noch eine Runde«, rief ich und warf einen weiteren Hundertkronenschein auf den Schanktisch.
Ein Gefühl absoluten Vertrauens zu meiner Umgebung, zu den Leuten rechts und links von mir, erfüllte mich, ich bildete mir ein, um mich herum nur Freunde zu haben und selbst der Freund von allen hier zu sein.
»Was macht der Vater?« fragte der Onkel und hob seine halbe Maß Bier.
»Er hat eine Scheißangst«, erwiderte ich.
»Er soll sich in acht nehmen, sie haben es auf ihn abgesehen«, sagte der Onkel und tat einen Zug.
»Wer hat es auf ihn abgesehen?«
»Wenn das hier zusammenkracht«, sagte Kurtin leise, »wird der Vater ganz schön in der Patsche sitzen, er soll lieber verschwinden, solange noch Zeit ist!«

»Wir sind doch hier zu Hause«, sagte ich und verzog den Mund zu einem Lächeln, was mir aber nicht richtig gelang. Ich kehrte mich von der mir zugeneigten Stirn des Onkels ab. In seinem Mund sah ich die goldenen Zähne blitzen. Die hat auch der Vater für dich bezahlt, dachte ich. Als ich den Kopf hob, um in die Runde zu blicken, gewahrte ich die lauernde Spannung, Unruhe und Erwartung in allen Gesichtern um mich herum, sah den schlummernden Hund in den Leuten; der war zwar lange Jahre hindurch mit Selbstgebautem und Selbstgezogenem zum Schweigen gebracht worden, aber er war ein Hund mit bösen Träumen, nur mit Machorka etwas besänftigt, ein Raubtier, dessen Wanst mit Schwarzgeschlachtetem vollgestopft worden war. Jetzt regt sich dieser Hund, man sieht es den Gesichtern schon deutlich an. Mir kam zum Bewußtsein, daß ich mich gründlich geirrt hatte: unter denen hier hatte ich nie einen Freund gehabt und werde hier auch kaum jemals einen finden.
»Wenn das alles einmal zu Ende ist«, sagte der Onkel, »werden viele Leute kein Zuhause mehr haben, und so manches Zuhause wird keinen Schutz mehr bieten.«
Dann neigte er sich zu meinem Ohr: »Das Gold habt ihr schon versteckt«, flüsterte er voll Begehrlichkeit, doch in seinen Worten lag keine Frage, allein die Begehrlichkeit war herauszuhören.
»Ja, schon«, sagte ich.
»Wo«, stieß der Onkel hervor.
Ich kniff lieber die Augen zu, nur um ihm nicht ins Gesicht sehen zu müssen, sogleich sah ich wieder die Mutter vor mir: Das Gold gehört der Annemarie, hatte sie gesagt. Aber was soll ich mit diesem Gold anfangen, ich will es doch gar nicht haben, was soll mir das Gold ausgerechnet jetzt vor Onkel Kurtins halbgeöffnetem Mund, vor seinen unruhigen Fingern auf dem Schanktisch, die begehrlich danach verlangten, das unter den Wurzeln des siebenten Apfelbaums der ersten Reihe vergrabene Eichenholzkästchen auszuscharren, um es unter dem eigenen Apfelbaum zu vergraben, damit er dann eventuell goldene Früchte trage. Wenn wir alles vergraben wollten, was wir für wertvoll halten, dachte ich, was bliebe da alles für immer vergraben, unter Obstbäumen, an unzugänglichen Orten, in tiefen Wäldern, unter schweren Felsblöcken, in den Fundamenten der Häuser. Was bliebe dann noch von uns selbst übrig? Würden wir dann ruhiger schlafen, wäre unser Glück dann besser gesichert?
»Also wo ist das Gold?« flüsterte der Onkel an meinem Ohr.
Es genügt, dir zu sagen, der siebente Baum in der ersten Reihe,

dachte ich, und du, Kurtin, wirst schon genau wissen, wo du graben sollst, du hast ja die Bäume selbst gepflanzt, und der Vater hat dich für diese Arbeit gut bezahlt, jetzt würdest du bei Nacht und sogar gratis graben, das Gold läßt dir keine Ruhe, Mensch, du wirst dich um seinetwillen noch zu Tode hetzen, und das ganz bestimmt, ob du es nun bekommst oder nicht. Vielleicht wäre es besser, wenn ich dir sagte, der siebente Baum in der ersten Reihe, aber damit wäre dir auch nicht viel geholfen: um mit viel Gold umgehen zu können, dazu fehlt es dir an Charakter. Das Gold haben wir vergraben, nur einer der Ohrringe liegt nicht in der Erde: er ist im linken Ohrläppchen der Mutter festgewachsen, und wenn sie den Kopf wendet, funkelt und sprüht der Rubin darin.

»Das werde ich dir nicht verraten, Onkel«, gab ich zur Antwort.

»Aber du könntest es mir doch sagen ...«

»Ich denke, dir wohl am allerwenigsten.«

Der Onkel schluckte, seine Gesichtsmuskeln begannen zu arbeiten. »Einmal werde ich es aus dir herausprügeln«, sagte er leise, »und das wird sehr bald der Fall sein, denk daran, herausprügeln werde ich es aus dir!«

Ich schob mich vom Pult weg, ein schwerer Druck lastete auf meiner Brust. Es kostete mich große Anstrengung, mich an die frische Luft hinauszudrängen. Draußen lehnte ich mich an die Mauer: ich spürte ihre Wärme im Rücken; mir schien, als neigten sich alle Häuser nach einer Seite hin, auch das Gefälle der Straße verlief in entgegengesetzter Richtung, nur die Protektoratsflaggen mit dem Hakenkreuz auf der Gendarmeriestation, auf der Schule und dem Gemeindeamt hingen in der Windstille senkrecht zur Erde: der geliebte Führer feierte seinen sechsundfünfzigsten Geburtstag, und so mußte laut Verordnung geflaggt werden, und Verordnungen hat man zu respektieren, wie uns die Deutschen eingehämmert hatten. Wenn angeordnet wird, Zucker zu verteilen, dann wird ohne Widerrede Zucker ausgegeben, fünf Kilo für jedes überwinterte Bienenvolk, alles muß klappen: der Onkel stellte an der Drehbank seine zwanzig Maschinengewehrläufe pro Schicht her, die Autobusse halten an den für sie bestimmten Stellen, die Hunde- und Katzensteuer muß genau laut Vorschrift bezahlt werden. Das tagtäglich ungestörte Funktionieren dieses ganzen Mechanismus bedrückte mich: keine einzige Funktion setzte aus, nichts geriet in Unordnung – und ich wünschte mir doch so sehr, alles sollte sich jetzt schon ändern, wir alle sollten ganz von neuem beginnen, jeder bei sich selbst, auch der Herr Gendarmerie-

wachtmeister Turek und der Herr Oberlehrer Válek, Mitglied der wackeren Orel-Turnerschaft, Organisator patriotischer Theateraufführungen, Reserveoffizier der tschechoslowakischen Armee, und natürlich auch der Herr Bürgermeister Sousedílek. Der aber hat jetzt noch keine Zeit dazu, er macht ein bekümmertes Gesicht, die Lieferungen für das Großdeutsche Reich machen ihm zu schaffen, der Verzug bei der Eintreibung der Katzen- und Hundesteuer; so ein Waldbauer glaubt, wenn der Krieg zu Ende geht, müsse er für den Hund und den Hauskater keine Steuer mehr bezahlen, da heißt es aber: Brr! werter Herr, gezahlt wird auf alle Fälle!
Im Staub auf der Straße lag ein Hund, er erhob sich langsam und trottete mit gesenktem, halboffenem Maul in den Schatten, von wo aus er mich betrachtete, bis ihm schließlich die Augen zufielen und er einschlief. In uns allen schlummert ein Hund, dachte ich, aber schon beginnt er sich zu regen, er holt Atem, um zu einem langgezogenen Heulen anzusetzen. Jedes offene und auch verborgene Unrecht – ach, wenn es nur das wäre –, auch unsere Fehlschläge im Leben, Neid, Wut, alles, was an uns nagt, was uns beunruhigt, alle die unterschwelligen Strömungen in uns, das alles beginnt sich mit dem Hund in unserem Inneren zu regen: er heult auf und verbeißt sich in seine Beute; zehn, hundert, tausend oder noch mehr Schuldige lasten ihre eigenen Sünden einem einzigen an, und den werfen sie dann den Hunden vor, damit sie sich sättigen und das hungrige Gewissen beschwichtigen.
An der Mauer neben mir tauchte ein Schatten auf: Líba Mičková, das ›Scheusal‹ genannt, musterte mich neugierig; die Sonne stand ihr zu Häupten und ließ ihr Haar wie einen Heiligenschein aufleuchten. Ihr verwunderter Gesichtsausdruck und der Glanz rings um ihren Kopf erinnerten mich an die Szene auf einem der Bilder des Kreuzwegs in unserer Dorfkirche: rohe Muskelmänner nageln Jesus ans Kreuz, unweit davon kniet ein Frau, die dem Scheusal so ähnlich ist, sie betet, und mit einem Blick voll neugieriger Ungeduld und Verwunderung starrt sie auf die muskulöse Wade des römischen Soldaten, der seinen Fuß auf das Kreuz mit dem daraufliegenden Jesus gesetzt hat.
»Was tust du hier?« fragte Líba.
»Nichts, ich war nur im Wirtshaus, habe ein bißchen viel getrunken, und jetzt dreht sich mir der Kopf«, erwiderte ich trocken, ganz im Tonfall des erwachsenen Mannes.
»Wir könnten ein wenig spazierengehen«, sagte Líba leise.

»Gut«, erwiderte ich. Ich spürte noch die Hitze in meinem Körper, doch das Schaukeln hatte bereits nachgelassen. Wir bogen von der Straße auf einen Feldweg ein; dort faßte ich Líba an der Hand: sie legte meine Bewegung falsch aus und preßte meine Finger; ein Stückchen weiter setzten wir uns auf die aufgeschichteten Baumstämme, die die Fuhrleute im Winter hier abgelagert hatten: der Boden ringsum war von Pferdehufen ganz zerstampft, ich spürte den Gestank von Pferdemist und den Brandgeruch erloschener Feuer; auf der Sonnenseite traten aus den Holzstämmen feine Harztröpfchen heraus; ich legte meinen Arm um Líbas Schultern: auch diese Bewegung legte sie falsch aus und lehnte sich an mich; sie wartete darauf, was ich sagen würde.
Ich hätte ihr dasselbe wiederholen können, was ich einst zu Štefka gesagt hatte, als meine Finger über ihren empfindlichen Unterarm voller Sommersprossen geglitten waren und ich ihre nach Heu und Milch duftenden Handflächen geküßt hatte, das aber zu wiederholen, war mir unmöglich, und so suchte ich angestrengt nach neuen Worten, doch kein einziges davon war neu. Und so schloß ich lieber die Augen und dachte an Doris und dann auch an Štefka.
»Sag mir doch was«, bat Líba.
»Ja«, erwiderte ich, und meine Stimme überschlug sich, »ich werde dir was sagen, aber nicht jetzt.«
»Ich werde warten«, hauchte Líba.
»Vielleicht wirst du sehr lange warten müssen.«
»Dann wollen wir nicht mehr davon reden«, lachte sie.
Nach einer Weile sagte sie: »Du hast dich sehr verändert, du bist ernster und ruhiger geworden, entschlossener.« Dann berührte sie mit ihren Fingern mein Gesicht und strich von der Nasenwurzel abwärts über die tief eingegrabene Falte, die wir alle in der Familie haben, ein Merkmal unserer Zusammengehörigkeit. »Ich und ruhig«, lachte ich. Líba hob den Kopf von meiner Schulter zu mir auf, betrachtete mich prüfend und strich mit den Fingern über mein Gesicht; ich wollte den Kopf ein wenig zurückziehen, ich vermeinte unter der Berührung ihrer Hand ein Knistern wie von leichten elektrischen Entladungen auf meiner Haut zu spüren und überall, wo sie mich betastete, einen leisen Juckreiz. »Jawohl, du bist ruhig«, sagte Líba. Ich wandte mich ab und sagte barsch: »Unsinn, ich bin nicht ruhig, ich habe einen Menschen erschossen!«
»Nein«, stieß Líba hervor. Ihre heftigen Atemzüge waren mir zuwider.

»Du bist nicht imstande zu töten«, sagte Líba.
»Sag das nur nicht zu laut, du kennst mich ja überhaupt nicht. Der sich mit dir damals in eurer Werkstatt unterhalten hat, während du den Leim für den Vater angerührt hast, das war eigentlich gar nicht ich.« Ich bemühte mich, mit ruhiger Stimme zu sprechen, doch Ärger floß in meine Worte. Sie war wirklich ein häßliches Mädchen, nichts Schönes war an ihr, außer ihrem Haar und ihren Augen. Jetzt schien mir sogar, daß darin schon die ersten Tränen schimmerten. »Also heul doch nicht«, sagte ich.
Líba zog ihre Knie ans Kinn. »Ich habe gleich gesagt, du hast dich verändert«, bemerkte sie leise, aber ich wußte, im nächsten Augenblick würde sie ihre Stimme steigern, sich über ihre Gefühle, über ihre Träume auslassen wollen, über alle ihre phantasievollen Gedanken: im Stilistischen war Líba schon immer gut gewesen, wenn ihr alle anderen Fächer im Gymnasium so leichtgefallen wären wie die Hausarbeiten über ein Thema nach freier Wahl, hätte sie der Vater wohl nie aus der Schule herausgenommen, und wahrscheinlich hätte sie dann nie stinkenden Leim für den wütenden Buchbinder kochen müssen. Um einen solchen Redestrom zu unterbinden, erhob ich mich und sagte: »Wir wollen heimgehen.«
Ich stolperte den unebenen Feldweg hinunter: hinauf war es leichter gegangen, hinunter jedoch machten mir die Risse und Löcher im Boden zu schaffen; Líba ging drei Schritte vor mir.
In der Ortschaft angelangt, reichten wir uns zum Abschied die Hände. »Ahoj«, flüsterte Líba.
»Leb wohl«, sagte ich, machte kehrt und ging. Und schon dachte ich nicht mehr an Líba.

16. KAPITEL

Diese vierzehn Tage, bevor die Ereignisse heranreiften, kosteten mich viel Kraft; wie mir aber schien, reifte in mir selbst nichts heran, ich war unwirsch, unruhig und widerwärtig zu meiner Umgebung. Von früh bis nachts streifte ich durch den Wald, ich erwartete und suchte Herrn Klimesch. Wenn ich abends heimkam, öffnete die Mutter die Schlafzimmertür einen kleinen Spalt und blickte mich fragend an. Sie wußte, wen ich suchte; nie ließ ich mir ihr gegenüber die Enttäuschung anmerken, daß ich Herrn Klimesch noch nicht gefunden hatte, noch die Hoffnung, ich würde ihn finden: mit der gleichgültigsten Miene streifte ich den Pullover über den Kopf, und nach wenigen Tagen zwang ich mich sogar dazu, im Vorraum diesen idiotischen Schlager ›Ein Regenwurm hat's gut, ein Regenwurm hat's fein‹ vor mich hinzupfeifen. Daraufhin hielt es die Mutter nur noch zwei Tage aus zu schweigen, am dritten Tag begann ihr das Kinn zu zittern, sie riß die Schlafzimmertür sperrangelweit auf und sagte zu mir: »Komm herein!« Nicht einmal, als ich das Schlafzimmer betrat, hörte ich auf, diesen blöden Schlager zu pfeifen. Mit unerwarteter Heftigkeit schlug mich die Mutter ins Gesicht. »Wie du dich wieder aufführst«, sagte sie zu mir, und die Tränen traten ihr in die Augen. Ich begriff, die Ohrfeige hatte ich nicht für mein Pfeifen bekommen, sondern für alles andere zuvor. »Warum quälst du mich so«, sagte die Mutter, ihre Stimme mäßigend, aber ich gab keine Antwort. Vergeblich suchte ich nach Worten: ich war doch schon ein Mann, wozu sollte ich also sagen, ich quäle dich doch nicht, Mutter, oder wozu das Gesicht eines Unschuldslammes machen, dem Unrecht geschieht, da doch das ganze Haus diesen Nervenkrieg verfolgte, den ich mit der Mutter zu führen begonnen hatte und den wir nicht beenden konnten. Deshalb schwieg ich und wußte auch, was nun folgen würde: die Mutter wird zu lamentieren anfangen, wie ungezogen ich sei und wo ich das eigentlich herhabe. Gleichgültig hörte ich mir das alles an, als sei gar nicht von mir die Rede. Ich wußte, ich war das alles schon gar nicht mehr. Dann umfaßte die Mutter meine Schultern, auch das hatte ich erwartet, mich überraschte nur, wie rasch ihr Zorn verraucht war. »Ich hab' dich doch gern«, sagte die Mutter und auch noch anderes, was ich aber gar nicht mehr aufnahm; mir genügten diese ersten Worte vollauf: sie trafen mein Herz gerade im richtigen Augenblick, alle die Jahre hatte ich darauf gewartet, und jetzt, da ich sie vernahm, schien mir alles gleich viel besser und schöner und vor allem – ich war nicht mehr allein! Was habe ich doch alles meiner Mutter in diesem Augenblick verziehen, wie sehr genoß ich die verschiedenerlei Düfte, die von ihr ausgingen: das zarte Fliederparfüm, den Geruch nach guter Seife, nach süßlichem Schweiß, nach Milch und Kamille von den Bädern des Babys. Mit leiser Stimme sagte die Mutter zu mir, wir müßten fest zusammenhalten, ich sei ihre einzige Hoffnung – doch kaum war das Wort ausgesprochen, da spitzte ich auch schon die Ohren: immer wenn mir jemand von seinen Hoffnungen zu erzählen anfängt, befällt mich Skepsis, und ich werde hellhörig. Mutters letzte Hoffnung zu sein, dazu hatte ich am allerwenigsten Lust: das wäre eine zu schwere Bürde für mich gewesen, die ich gar nicht ertragen hätte. Dann nahm die Mutter die schlafende Annemarie auf, legte sie mir in die Arme und sagte, auch die Kleine werde mich nötig haben. »Selbstverständlich«, erwiderte ich lächelnd, doch innerlich war mir wieder einmal gar nicht wohl zumute; mir wäre es lieber gewesen, wenn sie mir noch eine Ohrfeige geknallt hätte: die kann man abschütteln und weitergehen, aber mit einer solchen Last auf dem Arm käme ich wohl nicht sehr weit. Zu meinen übrigen Sorgen bürdete mir die Mutter jetzt noch eine weitere auf: Annemarie, na danke schön – und ich hatte geglaubt, ich könnte in diesem schönen, duftenden Schlafzimmer eine oder gar zwei meiner eigenen Lasten, die ich schon seit Jahren mit mir herumschleppte, abladen, und jetzt siehe da: bürdeten sie mir noch ein Kind auf. Vorsichtig legte ich Annemarie aufs Bett zurück, nur gut, daß sie schlief, denn wenn sie geweint hätte, dann wäre die Eifersucht, die mich in diesem Augenblick quälte, wahrscheinlich in Wut umgeschlagen, bestimmt hätte ich etwas sehr Gemeines gesagt, was mich dann mein Leben lang gereut hätte. Annemarie schlief jedoch, ich drehte mich um und verließ das Schlafzimmer, in der Tür sagte ich noch: »Ich danke dir, Mutter, vielen Dank.« Dann schloß ich die Tür hinter mir, ging mechanisch in mein Zimmer, wo ich aufs Bett fiel und den Kopf in die Kissen vergrub. Ich erstickte beinahe, und das war gut: denn dadurch wurde mir das Weinen unmöglich gemacht.

Bald darauf kam dann die Sache mit den anonymen Briefen. Der Vater erhielt gleich mehrere auf einmal, er öffnete sie schweigend, legte sie vor sich hin und sagte zu mir: »Lies sie vor.«
»Warum liest du sie nicht selbst?« fragte ich.
Einige Briefe enthielten Drohungen, andere wieder Ratschläge, vor wem sich der Vater in acht nehmen sollte, im großen und ganzen nichts Besonderes: von anonymen Briefen hatte ich mehr erwartet, saftigere Schimpfworte, eine bessere Formulierung der Drohungen. Alles war verhältnismäßig zahm abgefaßt, mir schien, daß es nicht so sehr Vaters Schandtaten waren, die die Schreiber zu diesen Briefen bewogen hatten, als vielmehr der hemmungslose Neid der Verfasser selbst: fast bei jeder Zeile brach er deutlich durch.
»Was sagst du dazu?« fragte mich der Vater.
»Schwach«, erwiderte ich.
Durch das geöffnete Fenster sah ich auf dem gegenüberliegenden Hang ein Pferdegespann seine Wagenlast den steinigen Weg hinauf-

ziehen. In der vormittäglichen Stille drangen das wütende Fluchen des Fuhrmanns, sein Peitschenknallen und die Hufschläge auf dem steinigen Fahrweg bis zu uns herüber. Der Vater trat zum Fenster.
»Ich habe viel über dich nachgedacht«, sagte er, »am besten, du verschwindest von hier, ich habe diesbezüglich auch schon etwas veranlaßt, du könntest für einige Zeit bei Bekannten untertauchen, wenigstens so lange, bis sich alles aufgeklärt hat.« Der Vater sprach langsam, er wog jedes seiner Worte ab, und es dauerte immer eine Weile, bevor er es herausbrachte. Dann drehte er sich zu mir um, ich konnte ihm die Erleichterung direkt vom Gesicht ablesen, ja, er atmete sogar befreit auf. Er wollte mich loswerden, er warf schon Ballast ab, um sich selbst oben zu halten. Eigentlich hätte ich darüber traurig sein müssen, doch das war ich nicht, ich fühlte mich erleichtert, ja sogar die Kraft in mir, die Sache Pastuchov allein zu tragen. Das war schon immer so gewesen: man lud mir stets ein größeres Maß an Verantwortung auf, als mir in Wirklichkeit zugekommen wäre, wie zum Beispiel damals, vor drei Jahren, als ich dem Vater eine Zwanzigerpackung Zigarren entwendet hatte, die wir Buben dann beim Indianerspielen in unseren aus grünen Kastanien selbstgefertigten Friedenspfeifen beim Wehr unten an der übelriechenden Ostrau geraucht hatten. Nachher hatten wir uns schön der Reihe nach übergeben, die Köpfe an die kühlen Steine des Wehrs gepreßt, und mehrere Lausbubengesichter hatten von oben auf uns heruntergegrölt: fünf oder sechs deutsche Jungen aus unserer Straße standen nämlich dort oben, unter ihnen auch Kurt Kunze, und lachten uns höhnisch aus. Den Kurt mochte ich nicht besonders leiden, er kam aus einer noblen Familie, seine Schwester hatte einen ›von‹ geheiratet, aber der junge Graf war dann irgendwo im weißen Staub der griechischen Straßen geblieben und hatte seinem Gretchen nur das ›von‹ hinterlassen. In dem deutschen Lazarett, in dem sie Tag und Nacht arbeitete, holte sie sich die Schwindsucht und starb: im Sarg lag sie da wie aus Alabaster. Da sie mit ihren Eltern zwei Häuser weiter von uns zum Friedhof zu wohnte, ging ich sie mir ansehen; Kunze also hatte oben beim Wehr von allen am meisten gegrölt, sein roter Schädel war ihm nur so auf- und abgehüpft. Wir erholten uns zwar von unserer Übelkeit, waren aber noch sehr wacklig auf den Beinen, und so gelang es uns nur, Kurt einzufangen, denn der hatte ein etwas schwaches Herz und konnte nicht gut laufen. Die anderen hatten ihn im Stich gelassen und waren davongerannt.
Wir zerrten Kurt in unser Lager, banden ihn an den Marterpfahl,

ich ließ ein Stück Gummi im Lagerfeuer anbrennen, bis es rauchte; dieses stinkende Zeug hielt ich dem Gefangenen unter die Nase und sagte: »Jetzt laß ich dich nicht eher los, Kurt, bevor du dich nicht da vor uns höchst elegant bekotzt hast, damit du das auch auskostest.«
Kurt hielt sich gut, die Sommersprossen in seinem Gesicht wechselten ununterbrochen die Farbe, schon schien es, er würde sich übergeben müssen, doch er überwand sich, und mit halberstickter Stimme stieß er hervor: »Ihr tschechischen Schweine!«
Wir quittierten diese Beschimpfung mit Bravorufen, derartige Ausdrücke wurden nicht buchstäblich als nationale Beleidigung aufgefaßt, denn sie gehörten gewissermaßen zum Stammrepertoire der Schimpfworte deutscher Jungen. Kurt lästerte in einem fort, er hielt sich aber, dieser sommersprossige Kerl, er mußte den Gummigestank einatmen, aber zum Brechen wollte er sich absolut nicht bequemen. Wir waren schon ganz belämmert, für gewöhnlich kotzten unsere Gefangenen nach dem dritten Einatmen des Gummigestanks, doch Kurt hielt sich tapfer, ich war bereits ein wenig ratlos, da erhob sich Kománek vom Lagerfeuer, der Sohn des Gastwirts der Sokol-Turnhalle, den die Deutschen hingerichtet hatten, er trat zu Kurt hin und sagte: »Wir lassen dich frei, wenn du jetzt sagst, Hitler ist ein Idiot! Aber hübsch laut!« – »Hör mit diesem Blödsinn auf«, sagte ich zu Kománek, »das ist schon kein Spiel mehr!« – »Sag, daß Hitler ein Idiot ist«, wiederholte Kománek. »Nein«, stieß Kurt hervor und atmete wieder ein: natürlich bekam er eine volle Ladung des stinkenden Qualms in die Lunge. Seine Lippen zitterten, aber noch kamen ihm nicht die Tränen, das geschah erst später, als Kománek ihn beim Genick packte, seinen roten Schädel hin und her schüttelte und ihn anbrüllte: »Zum Teufel, wird's bald mit diesem Hitler?«
»Ich sag's nicht, und ich sag's nicht«, krächzte Kurt, in sein Gesicht traten jetzt weiße und rosa Flecken. Der Schlag wird ihn noch treffen, sagte ich mir, er ist herzkrank. Ich fand an der ganzen Sache keinen Spaß mehr und sagte deshalb zu Kománek: »Laß ihn schon in Ruhe«, aber Kománek, der größte Raufbold der Klasse, beutelte Kurt so arg, daß der kleine Deutsche zu weinen anfing. Da wurde Kománek erst recht wild, ich weiß gar nicht, was plötzlich in ihn gefahren war, er holte aus und schlug Kunze ins Gesicht: dem lief gleich das Blut von der Oberlippe herunter. »Damit will ich nichts zu tun haben«, sagte ich, aber Kománek packte mich am Hals.
»Jetzt möchtest du gern kneifen, was? Wer hat ihn denn hierher geschleppt, und wer ist eigentlich auf die Idee mit dem Gummi gekom-

men? Jetzt ziehen wir alle an einem Strang, verstanden?« – »All right«, sagte ich, »wir ziehen alle an einem Strang, aber mir gefällt die Sache nicht.« Den anderen war auch schon ganz elend zumute, wir alle aber wußten, was mit dem alten Kománek passiert war, und so schwiegen wir, nur mir drängte sich die Frage auf, ob eine solche private Lynchjustiz überhaupt noch etwas mit ausgleichender Gerechtigkeit zu tun haben könne. Kománek holte zu einem zweiten Schlag aus, doch ich fiel ihm in den Arm, und auch die anderen sagten: »Zum Teufel, laß das endlich sein.« Ich durfte Kurt jetzt losbinden. »Du kannst gehen«, sagte ich zu ihm, doch er war dazu nicht imstande: er sackte zusammen und fiel ins Gras, wo wir seinen Kopf hochlagerten. Kurt weinte leise vor sich hin, Kománek, ganz rot im Gesicht, stand etwas abseits, und ich fühlte mich weit elender als in dem Augenblick, da wir uns nach dem Genuß von Vaters Zigarren, den Kopf an die Mauer der Flußregulierung gestützt, übergeben hatten. Nach einer Weile stand Kurt doch wieder auf den Beinen, wischte sich das Gesicht mit dem Jackenärmel ab, leckte sich das Blut von der Lippe und ging.

»Lauf ihm nach«, sagte mir Kománek leise ins Ohr, »lauf ihm nach, und sag ihm, er soll das Maul halten.«

»Geh doch selber, ich hab ihn ja nicht verdroschen«, gab ich zur Antwort.

»Aber das mit dem Gummi«, stieß Kománek zwischen den Zähnen hervor, »das war doch deine Idee, das hat doch *jeder* gesehen!«

»Gut«, sagte ich, »ich nehme alles auf mich, das mit dem Gummi und auch die Ohrfeigen«; ich fühlte bei diesen Worten, daß die größere Portion von Verantwortung, die ich vor unserer Bubenclique auf mich nahm, mir auch größere Kraft verlieh. Kománek konnte jetzt nur noch den Kopf senken.

Ich kann mich bis zum heutigen Tage nicht des Eindrucks erwehren, daß Kurt damals unten beim Fluß eigentlich über uns gesiegt hatte: wir vermochten ihn nicht zu zwingen, jemanden zu schmähen, an den er glaubte. Daß Hitler für ihn nicht ein Gott des Heils war, dafür konnte Kurt Kunze nicht: für Hitler und für all das, was dieser angerichtet hatte, trug er nicht die Verantwortung und konnte sie auch nicht tragen. Kurt war nur ein ganz einfacher, gutmütiger, rothaariger Junge, an dem sein eigenes Volk das größte Unrecht begangen hatte – und daß ich es nicht vergesse: weder daheim noch in der Schule hatte Kurt auch nur ein einziges Wort über diesen Vorfall verlauten lassen.

Ich dachte an Kurt, als ich jetzt vor dem Vater stand und fand, daß ich mit Kurt vieles gemeinsam hatte: man lud uns für die Zukunft ein größeres Gewicht an Verantwortung auf, als uns eigentlich zukam, wir tragen viele Irrtümer in uns, für die wir nichts können, mit denen wir uns aber auseinandersetzen müssen, da unsere Väter das für uns zu tun vergessen haben. Ob sie es vergessen haben oder es nicht tun wollten, darauf kommt es nicht an, wichtig ist nur, daß diese Irrtümer da sind und daß alle die Fehler unserer Väter jetzt über unser Haupt kommen. Ich kann nicht fortgehen, Vater, dachte ich im stillen. »Ich werde nirgends hingehen«, sagte ich dann laut. Der Vater zuckte nur die Achseln und sagte, ich sei schon groß genug, um Verstand haben zu können, er jedenfalls könne für mich keinerlei Verantwortung übernehmen.
Damit war unser Gespräch zu Ende.

Das Mittagessen brachte jetzt Tante Lída auf den Tisch. Nach Großmutters Tod hatte sie sich des Haushalts angenommen; wir saßen bereits alle auf unseren Plätzen, nur der Onkel stand noch beim Fenster. »Also komm, Honza, setz dich endlich«, sagte der Vater.
Der Onkel wandte sich zur Tante um: deren Hände, mit denen sie die Suppenschüssel hielt, begannen zu zittern, ihr Kinn bebte, und Tränen traten ihr in die Augen. Hoffentlich fallen die Tränen nicht in die Suppe, dachte ich, dann wäre sie versalzen – wenn die Tante erst einmal zu weinen anfängt, dann hört sie nicht mehr auf. »Stell doch endlich die Schüssel auf den Tisch, Tante«, sagte ich zu ihr, sie gehorchte und führte dann den Schürzenzipfel an die Augen. »Ich ... ich ... ich werde euch nicht mehr das Dienstmädchen abgeben«, schrie sie, was sie bisher noch nie getan hatte. Immer, wenn sie weinte und dabei etwas sagen wollte, ging das über ihre Kräfte: sie blieb dann in der Hälfte des ersten Wortes stecken. Ich schöpfte mir Suppe in den Teller und kostete: sie war natürlich versalzen. Der Onkel warf den Zigarettenstummel auf den schönen dunkelgrünen Teppich des Eßzimmers und ging hinter der Tante langsamen Schrittes, sich in den Hüften wiegend, hinaus.
»Die Suppe ist versalzen«, sagte ich.
Die Mutter war ganz blaß geworden. »Was ist denn nun schon wieder los?«
Tante Naďa senkte den Blick. »Sie werden sich von jetzt an allein kochen, hat der Onkel gesagt, angeblich ist ihm hier alles zuwider.«

»Wirf sie hinaus«, sagte die Mutter mit fester Stimme, »geh hinauf und setz sie sofort an die Luft!«
»Dabei würde ich dir helfen, Vater«, sagte ich.
Der Vater rührte sich jedoch nicht, der Auftritt hatte ihm stark zugesetzt. »Nein«, meinte er, »nein, das geht nicht ...«
»Ach so, du hast Angst«, sagte die Mutter mit nervösem Lachen, »du glaubst, wenn die Bolschewiken kommen, wird er dir aus der Patsche helfen ... o nein ... der wird dich erst recht eintunken, wirf ihn hinaus, solange noch Zeit ist!«
»Nein«, wiederholte der Vater, »nein ... nein.«
Die Mutter stand auf und warf die Serviette auf den Tisch. »Natürlich«, sagte sie mit vorgetäuschtem Lachen, »ich habe ganz vergessen, ich habe nicht an Lída gedacht, du kannst das nicht tun, selbstverständlich kannst du das nicht, schon ihretwegen nicht!«
»Laß das doch«, sagte der Vater verdrossen, »ich hab' ihn doch in der Hand!«
»So, in der Hand hast du ihn, bitte, sag mir doch, was du in der Hand hast«, die Mutter lachte böse auf, »ein paar Wische hast du in der Hand, ein paar Wechsel! Wirf sie hinaus, sag ich dir, oder pakken wir uns zusammen und gehen wir von hier fort, alle miteinander.« Die Stimme der Mutter war leiser geworden, nicht mehr bitterer Hohn war aus ihr herauszuhören, sondern nur noch die flehentliche Bitte einer tief Verletzten.
»Miteinander«, sagte der Vater und wandte sich ihr zu, seine Augen waren voll Trauer, doch als er das Wort wiederholte, leuchtete ein Fünkchen Hoffnung in ihnen auf.
»Ich habe es doch deutlich genug gesagt«, die Lippen der Mutter bebten, »mit wem denn sonst als mit dir«, stieß sie hervor, aber gleich darauf biß sie sich heftig auf die Unterlippe und blickte verwirrt um sich.
»Hier bin ich zu Hause«, sagte der Vater mit weicher Stimme, »die Leute hier sind doch nicht alle lauter Wölfe, niemand jagt uns von hier fort, ich habe niemandem etwas zuleide getan, ich werde schon dafür sorgen ... ich werde ...«
Die Mutter senkte den Kopf, lockerte die zusammengepreßten Lippen, drehte sich um und ging in ihr Schlafzimmer: alle ihre Bewegungen, die Art, wie sie sich vom Tisch erhob, durch das Eßzimmer schritt und die Tür öffnete, verrieten deutlich ihren Trotz; das Mittagessen war gründlich verdorben: die Suppe versalzen, die übrigen Speisen blieben unberührt auf dem Tisch stehen. Auch der Vater

stand auf, sah mich an und sagte: »Die Mutter hat mich nie verstanden.«
Und hast du sie je verstanden, Vater, hätte ich am liebsten gefragt.

Ich ging in den Garten hinaus; an das Glashaus gelehnt stand Kusine Lidka: die Bluse weit aufgeknöpft, genoß sie mit geöffneten Lippen die Mittagssonne; der Wind fuhr in die Seide ihres Kleides und blähte es wie ein Segel.
»Zwischen uns beiden ändert sich natürlich nichts«, sagte Lidka.
»Ich wüßte nicht, was sich eigentlich ändern sollte«, gab ich zur Antwort und öffnete die Tür zum Glashaus: ein warmer Dunstschwall schlug mir entgegen, der Geruch nach Torf und feuchter Erde.
»Die Mutter sagt«, vernahm ich jetzt Lidkas Stimme hinter mir, »du bist ganz verdorben.«
»Das hab' ich schon einmal gehört, du wiederholst dich, Kusinchen.«
»Und der Vater hat gesagt«, fuhr Lidka fort, schloß dabei die Augen und hob sich auf die Fußspitzen, »du bist ein ganz gemeiner Lümmel.«
Ich drehte mich zu ihr um und sagte: »Dein Vater kann mich... Übrigens würde er das bestimmt mit Vergnügen tun, wenn ich ihn nur gut dafür bezahlte.«
»Das werde ich dem Vater sagen«, bemerkte Lidka, öffnete die Augen und blickte mich forschend an.
»Das kannst du ihm getrost ausrichten«, hörte ich mich mit ruhiger Stimme sagen, dann schloß ich die Glastür wieder und trat einen Schritt zu Lidka zurück, blieb aber stehen. Ich fühlte eine Kraft in mir wachsen, mein Hund erwachte, er begann leise und langgezogen zu heulen, aber noch hielt die Kette, sie war fest angeschmiedet, aber wenn er könnte, würde er sich losreißen und jetzt, in der Stille der frommen Mittagsgebete, vorzeitig mit Gekläff die Hundestunden einleiten. Wären sie doch nur schon da, könnte ich doch nur mit einem Schlag älter sein. Nie bin ich wirklich sechzehn gewesen, alles, was von diesen Jahren übriggeblieben ist, geht jetzt in einem Aufschrei voll Wut und Haß unter. Ich werde den blauen Vorhang der Mittagsgespenster zerreißen, die nackten Leiber der scheußlichen Hexen entblößen, selbst wenn ich schließlich vor Abscheu und Ekel ersticken müßte, soll doch alles nackt und bloß sein. Christus ist nackt gestorben, auch die hinterrücks auf dem Wallfahrtsweg zum Hostein erschossenen Soldaten waren entblößt in ihrem Unterzeug

im Straßenstaub dagelegen – und wie werden wir selber einmal sterben?
Ich stand einen Schritt vor Lidka: »Dein Vater soll sich nur unterstehen, einmal die Hand gegen mich zu erheben«, noch immer beherrschte ich meine Stimme, »er soll sich nur trauen, einen hab ich schon umgelegt, und vor dem zweiten hätte ich schon keine Angst mehr.«
»Mach keine Sprüche«, sagte Lidka leise, sie lachte mit geschlossenen Augen, streckte ihr Gesicht in die Sonne, und ich ging ins Glashaus hinein.

Am Abend lag ich mit der Büchse am Waldrand und wartete auf die Stunde der Hundebotschaften, gegen Mitternacht wurde es ziemlich kühl: ich wickelte mich in meine Decke ein und schlief hier bis zum ersten Hahnenschrei, ich träumte, es sei schon nach dem Krieg, in unserem Café blitzte alles wieder vor Sauberkeit, der Herr Ober trug einen neuen Frack, der Vater einen Anzug aus feinstem Stoff, auch die Mutter prangte in vollem Staat, und unsere Stammgäste fanden sich wieder ein, sie waren aber anders geworden: vernünftiger.
Ihre Gesichter strahlten Ruhe und Frieden aus, ihre Bewegungen waren gemessen und würdevoll, ihre mit halblauter Stimme geführten Gespräche voll Besonnenheit; das Häuflein der Faschisten in den hinteren Boxen lärmte nicht mehr, alle saßen jetzt höchst manierlich da und lösten Kreuzworträtsel; der Beneš-Anhänger, Herr Liebner, und Franta beugten den Kopf über ›Das Kapital‹ von Karl Marx und lasen gemeinsam die interessantesten Passagen daraus, Herr Mader kam Arm in Arm mit Herrn Berger angerückt, und beide trugen wunderschöne, weiße Uniformen – und schließlich vernahm ich Musik: ein Begräbnis bog in unsere Straße ein, aber das war nicht nur so eine gewöhnliche Beerdigung. Vier Paar Rennpferde, eine Musikkapelle in Achterreihen und an der Spitze allen voran Herr Housva: vornehm lächelnd grüßte er zu allen Fenstern hinauf, Herr Kempf schritt einher, mit einem Kardinalshut geschmückt, und Herr Burian mit sechs Ministranten an seiner Seite, lauter artigen, erstaunt dreinblickenden Buben. Der Herr Buchbinder Mičko stand gegenüber in der Tür seines eleganten Ladens, in dessen Schaufenster Bücher in prachtvollen, künstlerischen Einbänden lagen, das Ehepaar Caire grüßte im Vorbeigehen mit Kopfnicken zum Vater herüber. Die Umrisse meines Vaters wurden hinter dem Vor-

hang sichtbar: er stand in seinem schwarzen Anzug da und rauchte eine erlesene Zigarre; die ganze Straße war von dem Duft der Lindenblüten erfüllt und dem Summen von Großvaters Bienen. Auch aus den Blumen der herrlichen Kränze auf dem Leichenwagen holten die Bienen Blütenstaub und begleiteten in ganzen Schwärmen den Sarg, um Herrn Plevas Kopf herumsummend, des Leichenwagenkutschers mit dem Dreispitz auf seinem grauen Haar. Langsam öffnete sich die eiserne Friedhofspforte, und dahinter erstreckte sich eine unendlich lange Allee reglos dastehender Bäume: ich wollte mich gerade erheben, um durch die Allee zu laufen, doch da krähte der Hahn. Ich zitterte vor Kälte, der Morgen begann zu dämmern.

Auch in dieser Nacht war Herr Klimesch nicht gekommen. Als ich ins Haus zurückkehrte, erblickte ich den Großvater: er schlief beim offenen Fenster, der Docht der Petroleumlampe war ganz heruntergebrannt.

In meinem Zimmer, in der Stille der Morgendämmerung, überkam mich ein Gefühl der Sinnlosigkeit und Trauer. Ich versuchte mir einzureden, meine Nachtwachen und mein Suchen in den Wäldern seien nicht zwecklos; doch ich war nicht sicher, ob ich mich nicht selbst betrog. Vielleicht hatte ich Herrn Klimesch schon längst abgeschrieben, fürchtete aber, mir das einzugestehen, und setzte meine nächtlichen Rundgänge am Waldrand und meine vergeblichen Wanderungen über Felsschluchten, Wiesen und Abhänge nur aus Beharrlichkeit fort: in Wahrheit suchte ich wohl schon gar nicht mehr nach Herrn Klimesch, und unaufhaltsam kam der Augenblick auf mich zu, da ich mir sagen mußte, Herr Klimesch kommt nicht mehr zurück, ich brauche ihn nicht mehr zu suchen. Eigentlich warte ich nur noch auf diesen Augenblick, um mit ruhigem Gewissen sagen zu können, mehr konnte ich nicht tun. Mir war sehr traurig zumute in diesem Zwielicht des anbrechenden Morgens, und mir kam der Gedanke, ich könnte mich vielleicht Tante Naďa anvertrauen. Sie schlief jetzt in dem Kämmerchen bei der Küche. Langsam drückte ich die Klinke hinunter, öffnete die Tür einen Spalt breit und steckte den Kopf ins Zimmer: Tante Naďa saß auf der Bettkante, die Stirn auf das Nachtschränkchen gestützt. Sie war splitternackt. Im Bett lag der Vater in seinem Paradepyjama und schlief.

Wieder in meinem Zimmer angelangt, vergrub ich den Kopf ins Kissen, auf den Lippen spürte ich den Salzgeschmack des Decks, im ganzen Körper das Schaukeln des Schiffes an den Ankerketten;

übers Meer her kam der Widerhall ferner Detonationen, das vom Salz durchsetzte Holz zerfiel, und unter dem Anprall der Schallwellen barst das Schiff und ging mit Würde langsam unter: ohne Flüche, ohne das Anschlagen der Alarmglocken. Ich lag ganz allein auf dem Schiffsdeck, das Meer verschlang mich, und in der Tiefe kehrte es mein Gesicht nach oben: über mir in lautloser Stille schwammen die blauen, gelben, grünen und roten Fische, sie müssen wohl tot sein, dachte ich, denn wenn sie noch lebten, sähe ich nur ihre weißen Bäuchlein; an der Meeresoberfläche spiegelte sich die Sonne in einem scharf abgegrenzten Kreis, mich aber riß eine Strömung von der Tiefe her fort und trug mich aus der stillen Bucht hin zu den roten Korallenriffen am Horizont.

Das Haus erbebte unter den Erschütterungen einer fernen Explosion. Im Hof stand Onkel Hejtmánek in seinem Sportanzug, mit dem Rucksack auf dem Rücken. Der dreimal pleite gegangene Schmalzhändler war auf dem Weg in die Berge, um ein bißchen Revolution zu machen. Die Tante hing an seinem Hals, er aber gab sich entschlossen und unerschütterlich, erhob absichtlich die Stimme, damit es auch der Vater durch das offene Fenster in seinem Zimmer hören konnte: »Jeder anständige Mensch muß heute etwas für sein Vaterland tun, es ist allerhöchste Zeit, etwas zu opfern! Wein nicht, Lída, das Geld liegt im Büfett unter der Schüssel, und gib auf das Mädel acht, irgendwie gefällt sie mir nicht.«

Ich stand auf dem Hof und wußte nicht recht, was ich vom Onkel denken sollte: in seinem Sportanzug und mit dem Rucksack auf dem Rücken hatte er mich einigermaßen verblüfft. Zuerst glaubte ich, er sei übergeschnappt und unternehme einen Sonntagsausflug auf den Hostein, aber nach seiner mit solchem Nachdruck vorgetragenen Rede wurde mir alles klar. Ich wunderte mich nur, warum er sich jetzt noch engagierte.

Auf der Straße jagten mehrere Pferdegespanne vorüber: auf den Wagen lagen stöhnende Verwundete, und zwei heisergeschriene Sanitäter schlugen mit Haselnußgerten auf das gesträubte Fell der armen Tiere ein. Dann herrschte wieder Ruhe, und der aufgewirbelte Staub legte sich nach und nach auf das junge Grün im Straßengraben.

Bald darauf tauchte aus der Biegung unterhalb unseres Hauses ein Panzerwagen mit einer langen Antenne auf, die wie ein über die Karosserie herausgestreckter Insektenfühler aussah: der Offizier mit staubverkrustetem Gesicht, die Bluse aufgeknöpft und die Kopfhörer an den Ohren, holte Atem und schrie mit monotoner Stimme in das Mikrophon an seinem Mund: »Hallo Schwalbe, hallo Schwalbe, Möwe fliegt ab.« Der Panzerwagen glitt fast geräuschlos durch den Staub, die Stimme des Offiziers verlor sich allmählich in der Ferne, und nach einer Weile kamen einige Nachzügler vorbei: die Gesichter der Soldaten staubverschmiert, die Muskeln darin verkrampft. Sie gingen gleichgültig an unserem Haus vorüber. Der Onkel lüpfte den Rucksack, küßte die Tante auf die Stirn und verließ den Hof mit dem beschwingten Schritt eines wackeren Touristen, der einen Sonntagsausflug unternimmt: er ging ein bißchen Krieg spielen, und ich wünschte ihm für diese Reise, daß er im Wald dort oben einen tüchtigen Kratzer abbekäme. Ich mußte über seine großartige Geste lachen, mit der er bei der Gartenpforte grüßend den Arm erhob. Ich konnte es mir nicht verkneifen, ihm nachzurufen: »Viel Vergnügen beim Ausflug, Onkel«, doch er hörte wohl nicht mehr oder wollte nicht hören, er marschierte quer über die sumpfige Wiese geradewegs in den Wald hinein. Wahrscheinlich hielt es der Onkel für seine nationale Pflicht, diesen nassen Weg zu nehmen und sich nicht gleich die ersten Schritte auf dem Marsch seiner heiligen Sendung allzusehr zu erleichtern. Du lieber Himmel, dachte ich, er gehört also zu jener Sorte von Menschen, die imstande sind, sich hinzuopfern, und bringt es am Ende gar noch fertig, die Flinte zu ergreifen und sich einer ganzen Kompanie deutscher Soldaten entgegenzustellen, um sich seelenruhig abknallen zu lassen, nur so, für nichts und wieder nichts. Ich lief hinaus bis vor die Pforte und rief: »Komm zurück, Onkel, kehr um«, und fügte leise nur für mich hinzu, das würde doch schon genügen, mich hast du ja bereits überzeugt, und weiter in den Wald hineinzugehen, das hat doch gar keinen Sinn, ich weiß, dieser Entschluß ist wohl erst während des ganzen Kriegs in dir herangereift, du hast sehr lange um ihn ringen müssen, bis du dich schließlich überwunden hast und den Sportanzug angezogen, den Rucksack geschultert hast und direkt durch den Sumpf losgezogen bist. Ich weiß, du beginnst jetzt von neuem, wie oft habe auch ich mir gesagt, wir alle müssen ganz von neuem anfangen. »Kehr um, Onkel«, rief ich nochmals, das Lachen war mir längst vergangen, denn mir kam zum Bewußtsein, daß der Vater das nicht fertiggebracht hätte. Onkel Hejtmánek geht jetzt vielleicht dem Vater zum Trotz fort, sich selbst zum Trotz und allem, was ihn in der Vergangenheit gequält und seinen Rücken gebeugt hatte, jetzt steigt er schon den Waldweg zum Kuželek hinauf, die Gurte des Rucksacks

schneiden in seine Schultern ein, der Onkel aber fühlt, er habe sich von einer großen Last befreit.
Als ich durch den Hof zum Haus zurückging, stand dort ein schönes Reitpferd am Zaun angebunden. In der Küche saß bei einer Tasse Tee ein deutscher Major, der Vater sog schweigend an seiner Zigarre. Ich trat ein und grüßte in deutscher Sprache: »Guten Tag.«
»Das ist mein Sohn«, sagte der Vater.
Der Major nahm einen kräftigen Schluck Tee, wischte sich den Mund mit dem Taschentuch ab und steckte es sorgfältig in die Tasche zurück. »Sie sind sicher sehr froh, uns loszuwerden«, sagte er lachend. Der Vater erwiderte nichts darauf und paffte nur.
»Die letzten sind schon vorüber«, fuhr der Major fort, »ich bin der allerletzte, hinter mir kommen nur noch die Russen, sie werden zwar noch etwas aufgehalten, weil wir die Brücke gesprengt haben, aber bestimmt werdet ihr euch eine bessere bauen ... bereiten Sie eine rote Fahne vor, mein Herr.«
»Ich habe keine rote Fahne«, erwiderte der Vater.
»Das würde mich aber sehr wundern«, sagte der Major und nahm wieder einen Schluck aus seiner Tasse, »vor kurzem haben wir aus Versehen irgendein Dorf zum zweitenmal besetzt: überall rote Fahnen, und natürlich auch eine auf dem Gemeindeamt – das schönste dabei war, daß man in der Mitte dieser Fahne einen etwas dunkleren Kreis sah. Die hatten nämlich ganz einfach das schwarze Hakenkreuz auf weißem Grund losgetrennt, und schon hatten sie eine Fahne zur Begrüßung der Russen, gut, nicht wahr«, lachte der Major. »Also werden Sie jetzt auch das Hakenkreuz abtrennen?« fragte er.
»Ich habe Ihnen doch schon gesagt, ich besitze weder eine rote noch eine Hakenkreuzfahne«, erwiderte der Vater, von Unruhe erfaßt.
»Ach so«, sagte der Deutsche gedehnt, »Sie gehören wohl zu jener Sorte von Leuten, denen die Bolschewiken nicht gar so sehr willkommen sind, nicht wahr?«
Der Vater zuckte die Achseln und schob dem Offizier die Zigarrenschachtel hin: »Darf ich Ihnen anbieten«, sagte er.
»Danke, ich bin Nichtraucher«, erwiderte der Major, »aber wenn Sie gestatten, würde ich mir zwei Stück für den Herrn Oberst mitnehmen.«
Ah, da schau her, dachte ich: ein deutscher Major bittet um zwei Zigarren für den Herrn Oberst und errötet dabei vor Scham. »Aber selbstverständlich«, lachte der Vater, »bedienen Sie sich nur, Sie dürfen sich die ganze Schachtel nehmen.«

»Das geht doch nicht ...«, wehrte der Offizier ab.
»Nehmen Sie sie nur, nehmen Sie sie nur mit, sie werden mir nicht fehlen«, sagte der Vater lachend, dann aber wurde sein Gesicht ernst, er neigte sich vor und fragte: »Was für Menschen sind das, die nach Ihnen kommen, Herr Major? Sie haben doch Erfahrung, Sie haben sie selbst gesehen, also sagen Sie mir doch ...«
Der Offizier setzte sich die Uniformmütze auf das kurz geschorene Haar. Er war ein Mann um die Vierzig, sicher Berufssoldat, kein Reserveoffizier, den man vom Schreibtisch weg in die Armee gejagt hatte. »Ich verstehe Ihre Befürchtungen«, sagte der Major und nahm die Uniformmütze wieder ab, »aber ich kann Ihnen keine Antwort auf Ihre Frage geben: ich weiß nämlich nicht, was das für Menschen sind ... ich könnte Ihnen nur wiederholen, was unsere Propaganda sagt, aber die schweigt jetzt bereits. Ich weiß nur das eine: sowie der erste Russe seinen Fuß hierher setzt, wird sich eure ganze Welt ändern, ihr werdet anders leben müssen.«
Mit einer energischen Bewegung setzte sich der Offizier die Mütze wieder auf, trank seinen Tee aus und erhob sich vom Tisch. »Ich danke Ihnen, mein Herr«, sagte er, »und viel Glück.«
»Einen Augenblick, Herr Major, ich möchte Ihnen einen Zivilanzug anbieten.«
»Ich benötige ihn nicht«, erwiderte der Major, »ich habe schon einen im Gepäck.«
»Und was hält Sie ab ...?«
»Ich bin ein Romantiker«, lachte der Offizier, »ich hänge an meinen Irrtümern.«
»Schade um Sie«, sagte der Vater und machte seine Zigarre aus.
»O nein«, erwiderte der Major, »um uns ist es jetzt nicht mehr schade, wir taugen zu nichts mehr, eine Armee, die den Krieg verloren hat, taugt zu überhaupt nichts mehr.«
»Leben Sie wohl«, sagte der Vater.
»Vergessen Sie nicht das Zigarrenkistchen«, sagte ich zu dem Major und reichte ihm die zwölf Havannazigarren in der schönen Packung.
»Besten Dank«, sagte der Offizier mit einer Verbeugung zum Vater.
Im Hof unten tätschelte der Major noch eine Weile das Tier, dann vernahmen wir die Hufschläge auf der feuchten Wiese, wo der Reiter sein Pferd zum Galopp antrieb und im weiten Bogen durch den Obstgarten auf die Straße zurückkehrte.
Wir warteten jetzt, bis diese anderen kommen würden, die Land-

straße war leer, nur kurz nach dem Mittagessen wurde auf einem sauber gescheuerten Mistwagen ein schwarzer Sarg vorübergeführt: zehn oder fünfzehn Waldbauern sputeten sich, ihn zum Friedhof zu bringen, auf dem Kirchturm wurde nicht einmal geläutet. Mir schien, die Hinterbliebenen hatten große Eile: dauernd beschleunigten sie ihre Schritte und drängten sich hinter den Sarg. Der Vater stand hinter dem Vorhang, die erloschene Zigarre im Mund; aufmerksam verfolgte er dieses armselige Begräbnis, und ich vermeinte, in seinen Augen Verachtung aufblitzen zu sehen: das soll ein Begräbnis sein, so weit ist es schon mit uns gekommen?
Am Nachmittag herrschte sonntägliche Stille: die Glocken läuteten nicht zur Segensandacht. Wenn wenigstens irgendwo ein Schuß zu hören gewesen wäre, aber nicht einmal das. Den ganzen Nachmittag über saßen der Vater und ich stumm hinter dem Vorhang; als es zu dämmern begann, zog der Vater seinen grauen Anzug an, dazu ein blaues Hemd, und band sich eine rote Krawatte um, zuvor hatte er sich lange und sorgfältig rasiert. Ich vermied es, Tante Naďa anzusprechen: sie saß auf dem Sofa beim Fenster, die Hände in den Schoß gelegt und blickte zum Horizont hin. Im Zimmer über uns wanderte Tante Lída hin und her: der Vater hob den Blick und verfolgte an der Zimmerdecke ihr nervöses Herummarschieren, mit zitternder Hand nahm er sich eine Zigarette nach der anderen und rauchte wild darauflos. Der Großvater saß beim Fenster seines Häuschens, die Maschinenpistole auf den Knien. Zweimal war ich bei ihm unten, doch er fertigte mich stets mit ein paar unwirschen Worten ab. Sein Gesicht zeigte die konzentrierte Spannung eines Infanteristen vor dem Angriff.
Als ich ins Wohnzimmer zurückkehrte, saß die Mutter im Reisekostüm da, ihre Hand preßte das Taschentuch fest zusammen. »Um Himmels willen, so unternehmen wir doch etwas«, flüsterte sie, »ich kann diese Stille nicht länger ertragen.«
»Man kann gar nichts mehr tun«, sagte der Vater, »nichts, als nur noch warten.«
»Ich wollte ja weggehen, ich wollte nicht hierbleiben«, fuhr die Mutter fort, »ich habe dich gewarnt«, sagte sie mit erhobener Stimme, ihre Adern am Hals schwollen an, und jedes weitere Wort stieß sie nur mit großer Anstrengung hervor, als müßte sie es mit Gewalt aus sich herausreißen. »Du wolltest natürlich nicht, Lída zuliebe nicht und auch Naďas wegen nicht.«
Tante Naďa saß auf dem Sofa, die Hände in den Schoß gelegt und

blickte zum Horizont hin. Sie schien sich seit dem Augenblick, da ich zum Großvater hinuntergegangen war, nicht gerührt zu haben.
Der Vater stand auf und schob den Vorhang zurück. Ich wartete darauf, daß ihm das Kinn herabsinken, daß er sich wie eine Schildkröte in sich selbst verkriechen würde, so, wie er das immer tat, wenn es für ihn brenzlig wurde. »Laß das doch«, sagte er, »jetzt kommt es nicht mehr darauf an, was jeder von uns gesagt und gedacht hat.«
»So, und worauf kommt es denn dann also an«, schrie die Mutter, »worauf denn, vor allem dir selbst?«
»Daß ich es überlebe«, erwiderte der Vater leise und fügte hinzu, »und daß auch du es überlebst.«
»Und was ist mit mir?« fragte ich, ich wollte dem Vater meine Frage frech ins Gesicht schleudern, brachte aber nur ein Stammeln zuwege.
»Du hast einen Fehler gemacht, Junge«, sagte der Vater, »du hast Pastuchov erschossen, dafür kann ich die Verantwortung nicht übernehmen.«
Die Augen der Mutter wanderten zwischen dem Vater und mir hin und her, sie bewegte die Lippen, sagte aber kein Wort. Ich versetzte meinem Hund einen Tritt, um ihn aufzuwecken, aber diesmal verschlief er. Ich stand allein in der Mitte des Zimmers, und plötzlich schienen keine Wände mehr um mich herum zu sein: nur Zugluft ging durch das Haus, ich mußte mich breitbeinig hinstellen, um von ihr nicht umgeworfen zu werden, und mich am Tisch festhalten, um nicht zu Boden zu sinken.
»Die Verantwortung für Pastuchov«, sagte Tante Nada, »die nehme ich auf mich.« »Ich danke dir, Tante«, sagte ich laut, aber dann leise zu mir selbst: Den Pastuchov darfst du mir nicht abnehmen, der gehört mir allein, nie kann ich den aus meiner Erinnerung auslöschen und ebensowenig deinen Blick, als ich die Tür zu deinem Kämmerchen öffnete und du nackt auf dem Bett dasaßest und der Vater in seinem Paradepyjama neben dir schlief. Nein, Tante, den Pastuchov laß mir nur, den trete ich niemandem ab.
»Ja, das wäre eine Möglichkeit«, sagte der Vater langsam.
Ich vermochte jetzt das Zimmer in jeder beliebigen Richtung zu verlassen, die Wände traten vor mir zurück. Zuerst aber ging ich an Nada vorüber und sagte zu ihr: »Das ist lieb von dir, sehr lieb von dir, Nada.« Das Treppenhaus trug mich auf seinem Steinrücken hinunter, im Hof spürte ich die kühlen Sandsteine unter meinen

Sohlen. Ich wußte, das Innere des Sandsteins barg feine Kristalle, und wenn die Sonne mit ihrem unteren Rand einen Bergkamm berührt, leuchtet der Sandstein dort oben auf: zwar nur für ein paar Minuten, aber dennoch. Herr Klimesch kam mir wieder in den Sinn, und weil es bereits dämmerte, begab ich mich in den Wald: direkt über die sumpfige Wiese.

Am nördlichen Horizont schimmerte ein Feuerschein. Schon am Waldrand spürte ich Rauch und arbeitete mich durch Gestrüpp bis zur Felsschlucht vor: im Dunkel unten glomm ein Feuer. Wenn der Wind blies, stob ein Schwarm von Funken heraus. Ich stieg in die Schlucht hinab: neben dem Feuer lag das Eßgeschirr eines Soldaten, nichts weiter, aber wo ein Mann seinen Eßnapf und ein Lagerfeuer zurückläßt, dorthin kommt er bestimmt zurück, sagte ich mir und stieg wieder den steilen Hang zum Felsen hinauf, das Feuer hatte ich zu meiner Linken, der Weg quer durch den Wald lag rechts von mir. Vom Bach wehte nächtliche Kühle herauf, die Dunkelheit glitt geräuschlos durch die Baumwipfel und legte sich an meine Schläfen, ihr beklemmender Druck ließ mich aber immer wieder aus meinem Halbschlaf aufschrecken.

Die Raubvögel der Nacht kreisten über meinem Kopf, ich sah sie nicht, noch hörte ich sie, spürte aber den Luftzug ihrer Fittiche über mir. Das Hundegebell im Dorf hatte schon eingesetzt; um Mitternacht treffen in den Baumwipfeln zwei Winde aufeinander: der Nacht- und der Morgenwind, in unruhigem Schlaf schwanken die Bäume hin und her, sie recken und strecken ihre Zweige und drehen ihre Wipfel auf die andere Seite. Nur die Espen zittern von Mitternacht an bis zum Morgengrauen.

Der Hund bei Maliňáks oben begann zu bellen, anfangs nur so schläfrig, bald aber steigerte er Ton und Lautstärke: mein Mann kam heran.

Auf dem Weg, der durch den Wald herabführte, stolperte er über einen Stein, dann hörte ich zu meiner Rechten seine vorsichtigen Tritte in der Dunkelheit. Nur etwa fünfzehn Schritte trennten uns noch voneinander. Ich hatte erwartet, der Mann würde zum Dikkicht hin einbiegen und in die Schlucht hinuntersteigen, doch er ging an mir vorüber und blieb am Waldrand unten stehen. Die Espen raschelten, und ihr Geräusch schützte mich: ich arbeitete mich zum Weg vor, und unter den Wall des Dickichts zu meiner Rechten geduckt, stieg ich zum Waldrand hinunter. Dort erblickte ich ihn.

Am nördlichen Horizont nahm der Feuerschein eine orangerote Färbung an; die Gestalt im langen Mantel zeichnete sich gegen die warmen Farben des Feuers ab, ich stand jetzt nur noch zehn Schritte hinter dem Mann: er breitete die Arme aus, ich vernahm zusammenhangloses Gemurmel, die Stimme klang rauh: es war die Klage verlassener Menschen in der Einsamkeit, wenn die Nacht sie überfällt und sie nicht wissen, wohin, wenn sie zu den Bäumen sprechen, den Echos ihr Leid klagen und ihnen Phantome mit den starren Gesichtern von Wachsfiguren erscheinen; mit einem Schrei des Entsetzens scheuchen sie diese Trugbilder von sich, schreien und fliehen.
»Hier bin ich«, flüsterte der Mann, »hier bin ich.«
Ich trat auf den Weg hinaus.
»Herr Klimesch, Herr Klimesch«, rief ich ihn mit gedämpfter Stimme an.
Die Bewegungen des Mannes erstarrten, dann drehte er sich langsam um: »Herr Klimesch«, sagte ich abermals.
»Nein«, schrie Herr Klimesch auf, warf die Arme über den Kopf, taumelte auf der Stelle hin und her und brüllte dann nur noch, »nein! nein! nein!« Mir wurde bewußt, daß er mich gegen das Dunkel des Waldes nicht sehen konnte, ich rührte mich und trat drei Schritte vor: »Herr Klimesch, erkennen Sie mich denn nicht«, sagte ich.
»Nein«, schrie Herr Klimesch, »weiche von mir, du Schatten, ich kenne dich nicht«, und stürmte mir dann mit einer Heftigkeit und Stärke, die ich nicht erwarten konnte, entgegen, und ich wich vor seinem rasenden Galopp zurück: als er an mir vorüberjagte, glaubte ich das Weiß in den Augen eines Wahnsinnigen erblickt zu haben. Sein weitschwingender Mantel schlug sanft gegen meinen linken Schenkel, Herr Klimesch floh den Waldweg hinauf. Ich riß das Gewehr von der Schulter und schoß in die Luft: »Bleiben Sie stehen, Herr Klimesch«, schrie ich ihm nach, »ich bin es doch.«
Nur das Geräusch stolpernder Schritte, unverständliche Schreie und Flüche konnte ich noch vom Waldweg her vernehmen.
Ich stieg zum Feuer hinunter, warf Reisig in die Glut, setzte mich auf einen flachen Stein und wartete auf den Morgen. Ich war überzeugt, der Mann würde hierher zurückkehren, und schlief sofort ein. Herr Klimesch kam zu meiner Bank in unserer Allee, setzte sich neben mich, schlug den Schopenhauer auf und las mir weise und edle Sätze vor: ich verstand jedes dieser Worte, und jedes einzelne war ein kleines Wunder; die blühenden Linden sandten Blütenstaub und

Duft auf uns herab, irgendwo in der Nähe unter freiem blauem Himmel erklang Musik von Mozart, der ein Publikum eleganter Herren und Damen lauschte; dann versank die Sonne hinter dem See, es wurde kühl; die Damen hüllten sich in ihre dunkelblauen Schals, und die Herren warfen mit einer würdevollen Geste ihre schwarzen Pelerinen mit orangefarbenem Futter um die Schultern. Herr Klimesch klappte das Buch zu und legte mir seine warme Hand auf die Schulter. Ich öffnete die Augen und spürte immer noch die Hand auf meiner Schulter, ich sah auf: im Morgengrauen stand Herr Berger vor mir.

»In voller Waffenrüstung auf Wache«, sagte er und lachte.

Ich vermochte nicht mehr zwischen Wirklichkeit und Traum zu unterscheiden; ringsum dämmerte der Morgen, nur über die Schlucht und den Grund unten hielt die Nacht noch ihre Hände gebreitet und verschattete die aufgehende Sonne.

»Also wach schon auf«, sagte Herr Berger und warf weitere Holzstücke in die Glut, »ein schöner Wachtposten, ich hätte dich wegtragen können, und du hättest es nicht einmal gemerkt.« Er hockte sich zum Feuer hin und streckte seine Hände über die Flammen.

»Hast du auf mich gewartet?« fragte er dann.

»Auf Sie nicht«, erwiderte ich.

Herr Berger trug einen braunen Sportanzug und darunter einen grauen Pullover. Er hob sein Gesicht vom Feuer auf und kehrte sich mir zu.

»Ihr freut euch wohl schon auf die Russen, was«, lachte er.

»Ich warte auf Herrn Klimesch«, sagte ich, stand auf und warf das Gewehr über die Schulter.

»Das ist wohl dieser verrückte Professor, der bei euch im Café verkehrt hat?«

»In der Nacht war er hier am Waldrand, aber als ich ihn anrief, lief er weg.«

»Das macht die Angst«, sagte Herr Berger und legte drei Kartoffeln in die heiße Asche.

»Ich habe den Eindruck, daß er wahnsinnig geworden ist.«

»Auch möglich«, bemerkte Herr Berger nur so nebenbei vom Feuer her.

Meine Beine waren steif wie aus Holz, in den Fingern hatte ich gar kein Gefühl, und so bewegte ich die Daumen hin und her, um den Blutkreislauf wieder in Gang zu bringen.

»Ich dachte, Sie wären längst fort, Herr Berger . . .«

»Nein, wie du siehst, bin ich noch da, ich komme von hier nicht los«, Herr Berger lachte, aber ich konnte sein Gesicht nicht sehen. Erst jetzt fiel mir auf, daß Herr Berger immer, wenn er mit mir sprach, sein Gesicht von mir abkehrte. Nebel begann langsam aufzusteigen, und die ersten schiefen Strahlen der Morgensonne fielen auf die Baumwipfel. »Gehen Sie doch von hier fort, Herr Berger«, sagte ich, »das wäre für alle besser.«

Herr Berger hörte mich wohl nicht oder wollte nicht hören, er saß über das Feuer gebeugt, seine Lippen bewegten sich: auch er war jetzt schon ziemlich lange im Wald, allein und verlassen und kostete wohl auch schon das Gefühl völliger Sinnlosigkeit aus, wenn der Mensch nur zu sich selbst reden kann und zu den Bäumen, wenn er in den Wind hineinschreit und vor jedem Schatten zittert.

»Nein, ich komme nicht los von hier«, flüsterte er, »etwas zieht mich zu euch ... du hast doch gehört, was dein Vater zu mir gesagt hat, nicht wahr? Und erinnerst du dich noch, was ich darauf geantwortet habe? Dann kannst du dir selber deinen Reim darauf machen.« Herr Berger schürte das Feuer, zog eine flache Flasche aus der Seitentasche seines Sakkos, schraubte den Verschluß ab und nahm einen kräftigen Schluck. »Richte der Mutter aus«, hörte ich ihn dann sagen, »ich komme heute abend, sagen wir gegen zehn, sie soll mich erwarten, mit der Kleinen, wir gehen fort ...«

Herr Berger erhob sich vom Feuer, legte mir die Hand auf die Schulter und drehte mich zu sich herum. An diesem Morgen sah ich sein Gesicht zum erstenmal ganz aus der Nähe: ich hatte mich geirrt, nicht Entspannung las ich darin, sondern nur Müdigkeit und Erschöpfung. »Und du wirst mir dabei helfen, verstanden«, flüsterte er, »wenn die Luft rein ist, drehst du in deinem Zimmer zweimal das Licht an, wenn du aber kein Licht machst, dann bist du nach zehn Uhr hier ... merk dir also: um halb zehn in deinem Zimmer zweimal das Licht andrehen.«

Ich riß die Schulter herum, machte kehrt und war im Begriff wegzugehen.

Herr Berger war mit einem Satz bei mir und stellte sich mir in den Weg.

»Hast du also verstanden«, sagte er scharf.

Ich habe genau verstanden, dachte ich, dein Gesicht kenne ich nur zu genau. Noch heute abend mache ich dich kalt, ich knall dich in unserem Hof nieder, um diese Schande von uns abzuwaschen, mein Hund wird sich in deinen Hals verbeißen, heute abend um halb zehn

setze ich allem ein Ende: ich werde das Licht zweimal andrehen und wieder ausmachen, und du wirst wie ein Nachtfalter mit dem Totenkopf auf den Flügeln zum Licht geflogen kommen und direkt in den Tod.
»Ja, ich habe verstanden«, sagte ich mit beherrschter Stimme.

Als ich beim Frühstück saß, kam die Mutter herein, sie setzte sich zu mir, sah mich forschend an und sagte: »Heute nacht hat jemand im Wald geschossen . . .«
»Ich war das.«
»Und . . .?«
»Ach nichts, ich habe mich nur im Dunkeln gefürchtet.«
Die Mutter erhob sich, um wieder zu gehen, blieb in der Tür stehen, drehte sich aber nicht um und flüsterte: »Jetzt habe ich nur noch dich, ich kann mich nur noch auf dich verlassen«; du wiederholst dich, Mutter, dachte ich, selbstverständlich, verlaß dich nur auf mich; was hätte ich ihr anderes sagen können, alles, was ich jetzt laut sagen würde, hätte ja weder Sinn noch Gewicht. »Niemand wird mehr zurückkommen«, fuhr die Mutter fort, »wir bleiben ganz allein, der Vater trinkt nur in einer Tour, und kaum warst du gestern abend aus dem Haus, ist er sofort in sein Zimmer verschwunden, alles wird jetzt auf deinen Schultern liegen.« – »Draußen ist eine herrliche Luft«, sagte ich – und das war nicht einmal gelogen. »Du bist eigentlich schon erwachsen«, sagte die Mutter leise, »jetzt habe ich überhaupt niemanden mehr.« Die Sonne kam heraus, und ich dachte so im stillen, wie schön das doch wäre, wenn auch ich jemanden hätte: ob mir wohl leichter zumute wäre, wenn ich dem meine Last aufbürden könnte? Die Mutter trat jetzt leise hinter mich und drückte mir einen Kuß aufs Haar: als ich ihre festen Lippen auf meinem Scheitel spürte, wagte ich nicht, mich zu rühren, und blickte starr in den Garten hinaus, über das Glashaus hinweg zu den Wäldern hinüber, und wieder überkam mich diese grenzenlose Traurigkeit, die stets Träume in mir wachrief, schöne und schlimme: auf der Straße unter unseren Fenstern führten sie Herrn Klimesch vorüber. Er ging in der Mitte zwischen Herrn Flanderka in seiner Polizeiuniform und den Inspektorsstreifen am Helm und Herrn Válek, der die Uniform eines Leutnants der ersten Republik trug, und hinter ihnen schritt mit entsichertem Gewehr der Herr Gendarmeriewachtmeister Turek. Alle waren sie unsere Stammgäste gewesen, und jetzt marschierten alle drei unter unseren Fenstern vorbei, den vierten, Herrn Klimesch,

zwischen sich. Herrn Klimesch kann ja nichts passieren, dachte ich, der ist in guten Händen; ich begann meinen Traum weiterzuspinnen (er währte nur kurz, nur jenen Augenblick lang, da die Mutter ihre Lippen auf mein Haar drückte): Herr Turek und Herr Flanderka haben ihre Amtsmiene aufgesetzt, aber das gehört eben zu ihrem Beruf, ein Polizist oder ein Gendarm ohne Amtsmiene, so etwas gibt es gar nicht. Herr Válek dagegen schaut verbissen drein, doch dieser Gesichtsausdruck war mir nicht neu an ihm – seine Karriere als Lehrer war nicht sehr erfolgreich gewesen, und das hatte ihn schon immer gewurmt. Herr Klimesch blickte um sich, hob die Hände über den Kopf, hob sein Gesicht, aus dem (so schien mir wenigstens im Traum) die Spannung, die seine Gesichtsmuskeln zur Grimasse verzerrt hatten, gewichen war. Also marsch, sagte Herr Turek und stieß Herrn Klimesch vorwärts. Los, weiter mit dir, du Kerl, knurrte Herr Flanderka, wie das eben die Polizisten in der ganzen Welt zu tun pflegen. Guten Tag, meine Herren, meine Lippen bewegten sich, doch ich brachte keinen einzigen Ton heraus (ich spürte die Mutter hinter mir: sie duftete nach Milch, Kamille und zartem Fliederparfüm); also genug, meine Herren, dachte ich, lassen Sie doch endlich das Soldatenspielen und kommen Sie herauf, genug des grausamen Spiels. Unsere Stammgäste finden sich wieder ein, das muß gefeiert werden, meine Herren, der Vater wird sich über Ihren Besuch freuen, und wenn wir dann schon beisammen sind, könnten wir uns vielleicht zu einer Partie Färbel hinsetzen, mit Verlaub, Herr Inspektor, aber heute werden Sie schon beide Augen zudrücken müssen – und der ganze Krieg kann uns gestohlen werden, meine Herren, nicht wahr? Ich bewegte meine Lippen, und niemand hörte mich, die Straße unten war leer, ich aber sah alle vier durch den Staub daherstapfen. Plötzlich blieb Herr Klimesch stehen, breitete die Arme aus und schrie: Hier ist es! Seine Stimme zitterte, um Gottes willen, dachte ich, wo habe ich nur diese schreckliche, so lebendige Stimme des Herrn Klimesch her? Ist sie denn so tief in mir verwurzelt? Herrn Klimeschs Augen strahlten und wurden feucht, er nahm einen Anlauf zu unserer Gartenpforte, riß mit einem einzigen Ruck seinen Hemdkragen auf und lief mit wehendem Mantel auf unser Haus zu, seine Soldatenuniform öffnete sich Flügeln gleich, und mit einem Male erhob er sich in die Luft, Herr Klimesch schrie, weinte und schwebte, ja tatsächlich, er schwebte über unserem Zaun. Halt, oder ich schieße, schrie jetzt der Herr Gendarmeriewachtmeister Turek und zielte. Ich weiß nicht, wann er den Schuß abfeuerte, ich weiß nur, wann Herr Klimesch in den Staub der Straße niedersank: das geschah im gleichen Augenblick, als die Mutter meine Schultern umfaßte. Herr Klimesch fiel zuerst auf die Knie, dann neigte sich sein Oberkörper vor, mit den Armen stützte er sich auf die Straße, doch bald erlahmten seine Ellbogen, und er sank vornüber in den Staub. Herr Flanderka spuckte aus und sagte: Kruzitürken, meine Herren, das hätte nicht passieren dürfen, das auf keinen Fall. Der Herr Oberlehrer Válek wiederholte ununterbrochen: Das war ein Fluchtversuch, ein Fluchtversuch war das. Ich kniff die Augen zu, doch der Traum ging weiter: der Herr Gendarmeriewachtmeister versetzte dem toten Herrn Klimesch einen Fußtritt in die Seite und sagte: Du Schwein! Ich stand neben Herrn Flanderka und sagte zu ihm: Herr Flanderka, diesen Mann da habe ich gekannt und Sie doch auch! Der Inspektor hob ganz unglücklich seine Augen und erwiderte: Ja, ich habe ihn jetzt wiedererkannt, das ist ja Herr Klimesch, so ein Unglück! Dann sagte ich: Vielleicht hat er einen Brief bei sich, ich möchte gern in seinen Taschen nachsehen, Herr Flanderka. Aber der Herr Inspektor meinte, das sei gegen alle Vorschriften, und stöhnte dann auf: Kruzitürken, so vieles ist heutzutage gegen alle Vorschriften, ging zu dem Toten hin und durchsuchte seine Taschen. Im Mantel fand er ein in rotes Leder gebundenes Büchlein mit der Aufschrift in Golddruck: ›Die beiden Grundprobleme der Ethik.‹ Wortlos reichte er es mir hin.

»Alles wird wieder gut werden«, sagte ich leise, alles wird wieder zu Vernunft kommen, dachte ich und streichelte die Hand der Mutter: eine tiefe Traurigkeit erfüllte mich, sie war so tief, daß ich in ihr unterzugehen fürchtete und mich an der Hand der Mutter festhielt, um mich nicht für immer zu verlieren. Herr Klimesch wird nie mehr zurückkehren, dachte ich, das alles habe ich ja nur geträumt, wir sind ganz allein.

Über die Straße rumpelte ein von einem Kühegespann gezogener Wagen: das Bäuerlein schlug mit einem Knüttel auf den Rücken der Melkkühe ein und trieb sie zu schaukelndem Trab an. Ich kehrte in mein Zimmer zurück.

Als ich eintrat, kam mir das Zimmer ganz klein vor; alles war klein: der Schreibtisch, der Schrank, das Bett, das Bücherregal, und sogar die Zimmerdecke war niedriger geworden.

Nachzudenken gab es nichts.

Ich wartete also.

Jedes Geräusch ließ mich jedoch zusammenzucken: die Türen im

Haus wurden leise geschlossen, gesprochen wurde nur im Flüsterton, zweimal kam die Mutter zu mir herein und fragte: »Brauchst du etwas, hast du Hunger?«, sogar der Vater kam einmal herein, das Kognakglas in der Hand, öffnete den Mund und sagte: »Weißt du, ich möchte ...« doch dann verstummte er, zuckte die Achseln und schloß leise die Tür hinter sich.
Um zwölf Uhr ertönte wie jeden Tag das Mittagsläuten vom Kirchturm.
Gleich darauf pochte der Herr Gendarmeriewachtmeister Turek in Begleitung eines bewaffneten Mannes an unsere Tür.
»Wo ist dein Vater?« fragte Herr Turek.
Der Vater stand im Vorraum, an die Wand gelehnt, die Augen unter den geschwollenen Lidern halb geschlossen.
»Nehmen Sie einen Spaten und kommen Sie mit«, sagte der Herr Gendarmeriewachtmeister zu ihm.
»Wozu einen Spaten, und warum soll ich mitgehen«, sagte der Vater lachend und beschrieb mit der Hand einen Halbkreis um sich herum.
»Fragen Sie nicht«, brüllte Herr Turek. Der andere Mann war auf dem Gang draußen geblieben und rauchte schweigend.
»Wozu einen Spaten«, wiederholte der Vater und tat einen Schritt vorwärts.
Bleib du nur schön an der Wand stehen, dachte ich, du bist schwach in den Knien, Vater, lehn dich nur schön an, ich werde die Sache mit dem Spaten übernehmen.
»Er ist doch betrunken«, sagte ich zu Herrn Turek, »der wird mit dem Spaten nicht viel ausrichten, ich könnte ja an seiner Stelle mitgehen.«
»Ja, der könnte mitkommen«, brummte Herr Turek vor sich hin.
»Selbstverständlich«, sagte der Vater, »er kann ganz gut mitgehen, er ist ein starker Junge, ja, beinahe ein fertiger Mann!«
Herr Turek zog seinen Gurt fester: »Gut, dann kommst du also mit.«
Die Mutter öffnete die Schlafzimmertür und sagte: »Nirgends gehst du hin!«
»Warum denn nicht, Mutter«, erwiderte ich, »die Herren brauchen Hilfe, der Vater kann nicht, und so gehe ich an seiner Stelle.«
»So ist es, genau so«, sagte der Herr Gendarmeriewachtmeister Turek und fuhr sich mit der Zunge über die Lippen, als er die Mutter in ihrem roten Hausmantel aus chinesischer Seide erblickte. Die Amtsmiene in seinem Gesicht, die er bei seinem Eintritt aufgesetzt hatte, lockerte sich ein wenig, der Vater sah abwechselnd Herrn Turek

und wieder die Mutter an. Als er den Gendarmeriewachtmeister anblickte, sagten seine Augen: Da schauen Sie, Herr Turek, was?
»Wir müssen nur ein Grab ausheben«, sagte Herr Turek, »und sind gleich wieder zurück.«
Rasch verließ ich den Vorraum und ging hinunter, um den Spaten zu holen; Herr Turek und sein Gehilfe, oder wer das war, standen schon im Hof bereit.
Die Mutter öffnete das Fenster und rief mir nach: »Geh ja nirgends hin!«
Ich wandte mich nicht mehr um, mir kam der Gedanke, vielleicht werden sie mich erschießen: zuerst werde ich mir irgendwo beim Wald das Grab schaufeln müssen, dann werden sie mich umlegen, und zwar so geschickt, daß ich direkt in die Grube hineinfalle.
»Wohin gehen wir?« fragte ich Herrn Turek besorgt.
»Nur ein kleines Stückchen«, sagte er. Der andere Mann ging jetzt stumm hinter uns. Dann verließen wir den Weg längs des Waldes und stiegen den Bach entlang immerzu hinauf. Einige Schritte oberhalb eines Tümpels, bei einem kleinen Wasserfall, blieben wir stehen: im kristallklaren Wasser erblickte ich zwei schöne Forellen.
»Also wo war das?« fragte Herr Turek.
»Hier irgendwo«, erwiderte der Mann hinter meinem Rücken – er war ein Slowake –, blickte suchend umher, zuckte dann die Achseln und sagte: »Vielleicht ist es ein Stückchen weiter oben, als wir ihn hingerichtet haben, lag überall noch Schnee, jetzt sieht alles ganz anders aus.« Wir stiegen längs des Baches noch höher hinauf, an seiner Biegung blieb der Slowake vor einem Gebüsch stehen, bog die Zweige auseinander und sagte: »Also hier ist es.« Den Wind hatten wir im Rücken, der süßliche Verwesungsgestank schlug mir schon zwei bis drei Schritte vor dem Gebüsch entgegen. Ein bös summender Fliegenschwarm erhob sich von dem Leichnam eines Mannes, der mit dem Gesicht nach unten auf dem feuchten Nadelboden lag. »Pfui Teufel«, der Herr Gendarmeriewachtmeister spuckte aus und sagte dann, der Kadaver müsse eingegraben werden, er bedrohe die Gesundheit, er liege direkt beim Bach, aus dem man in der Ortschaft unten das Wasser hole.
»Hier fang an zu graben«, befahl er mir.
Ich stieß den Spaten in den weichen Waldboden, ich wagte nicht zu fragen, wie tief und wie breit man ein Grab schaufeln müsse, auch die Länge machte mir Kopfzerbrechen. Der Tote lag ein wenig zusammengekrümmt da, und nur zweimal fand ich genug Kraft, seine

Länge mit einem Blick abzuschätzen: er schien von kleiner Gestalt zu sein, daher machte ich das Grab etwas kürzer. Ich arbeitete rasch; Herr Turek rauchte, und der Slowake lehnte stumm an einem Baum, nach einer Weile legte er seine Maschinenpistole auf den Erdboden und sagte: »Jetzt werde ich ein bißchen graben«, und sprang in die flache Grube. Nach einer knappen Stunde standen wir bis zur Hüfte im Grab. Der Herr Gendarmeriewachtmeister marschierte hin und her und hielt sich das Taschentuch vor den Mund: Windstille lag über dem Wald, und der Gestank blieb im Gesträuch haften. »Pfui Teufel, Kruzitürken«, fluchte Herr Turek, »so, Burschen, das muß genügen, raus aus der Grube, und du schmeiß den dort hier hinein . . .«

»Ich?«

»Wer denn sonst, pack ihn bei den Füßen und schleif ihn her!«

»Nein«, erwiderte ich, nein wiederholte ich leise für mich, das können Sie doch nicht von mir verlangen, Herr Turek, ich kenne diesen Menschen überhaupt nicht, warum soll ich ihn in die Grube schleifen, und wer weiß, vielleicht ist diese Grube viel zu flach und zu kurz, dieses Grab haben wir schlecht geschaufelt.

»Also wird's bald«, brüllte Herr Turek und nahm das Gewehr von der Schulter; ich merkte es ihm an den Augen an, daß ihn bereits der Koller gepackt hatte: diese kurze und seichte Grube, der Gestank und der bloße Rücken des Toten mit dem Fliegenschwarm darauf, das war wirklich zu viel für einen kurz vor seiner Pensionierung stehenden Gendarmeriewachtmeister.

»Ich zähle bis drei«, sagte Herr Turek und entsicherte die Waffe.

Komm mir nur nicht mit diesem Zählen, dachte ich, das habe ich schon hinter mir.

»Warten Sie noch«, sagte der Slowake und trat zwischen mich und Herrn Tureks Gewehr, drehte sich dann zu mir um und sagte: »Nichts zu machen, du mußt!« Der junge Bursche hatte blaue Augen, ein rosiges Milchgesicht, er war kaum zwanzig.

»Eins«, schrie Herr Turek.

Der Slowake faßte den Toten an dem einen Hosenbein und sagte: »Hilf mir.«

Wahrscheinlich muß ich das wirklich, dachte ich, packte den Toten beim anderen Hosenbein und schleifte ihn zur Grube hin. Der Tote hinterließ auf dem Nadelboden eine von seinem Gesicht eingegrabene deutliche Spur, dann fiel er in die Grube, aber nur bis zur Hälfte der Unterschenkel, die Füße ragten heraus: die großen, weißen Fußsohlen mit den weggestreckten Zehen glänzten in der Sonne. Mein Blick blieb an der Spur auf dem Nadelboden haften, mir schien, als schimmerte dort irgendein Gegenstand, und mit der Schuhspitze stieß ich einen vertrockneten Zweig beiseite: darunter erblickte ich eine Taschenuhr. Ich hob sie auf.

»Zeig her, was du gefunden hast!« sagte der Herr Gendarmeriewachtmeister Turek.

Er lehnte sein Gewehr an einen Baum. Bevor ich ihm die Uhr in die offene Hand legte, hatte ich sie, mit dem Zifferblatt nach unten, umgedreht, sie kam mir bekannt vor. Auf der Rückseite war die Widmung eingraviert: ›Daß du immer rechtzeitig nach Hause kommst! Deine dich liebende Frau – Anna 1924.‹

Ich legte die Uhr in Herrn Tureks Hand; angestrengt suchte ich nach dem Zusammenhang zwischen dem Toten in der flachen Grube und der Uhr, die ich schon einmal in der Hand gehabt hatte: dieser bayrische Familienvater hatte sie mir zugesteckt, damit ich ihm dafür das Leben schenke, damals hatte ich mir gewünscht, nicht ein müder alter Landwehrmann wäre vor mir gestanden, sondern Herr Göttlicher, ein Stammgast unseres Lokals, der Friseur von nebenan, damit er mich übers Knie gelegt und mich mit dem Riemen tüchtig versohlt hätte. Als ich jetzt nach einer Erklärung suchte und nach dem Zusammenhang zwischen der Uhr und dem Toten in der Grube, wuchs in mir eine wilde Genugtuung, zufrieden dehnte sich der Hund in mir.

»Du hast ihn gekannt?« fragte der Slowake und wies mit dem Kopf auf die aus dem Grab herausragenden Füße des Toten.

»Nein«, gab ich zur Antwort und fragte meinerseits: »Und du?«

»Ja, ich habe ihn gekannt«, sagte der Slowake, »er war ein Provokateur.«

Herr Turek schüttelte die Uhr an seinem Ohr hin und her: »Sie geht nicht«, sagte er und ließ sie in die offene Hand zurückgleiten.

»Geben Sie sie mir, Herr Turek«, sagte ich, »bitte, lassen Sie sie mir, ich habe sie doch gefunden!«

»Wie stellst du dir das eigentlich vor, das ist doch beschlagnahmtes Staatseigentum, das muß protokolliert werden!«

»Lassen Sie ihm die Uhr«, sagte der Slowake, »ich denke, Sie können sie ihm ruhig lassen, er hat sie gefunden.«

Der Herr Gendarmeriewachtmeister trat unruhig von einem Fuß auf den anderen und räusperte sich dann: »Sie geht doch nicht, also was soll's, da hast du sie.«

»Schauen Sie her, was ich damit mache«, rief ich und schleuderte die Uhr ins Grab.

Nervös fuhr sich Herr Turek mit der Hand über die Stirn, der Slowake wandte sich ab.

»Da hast du sie, du Hurensohn«, schrie ich, »du sollst keine Ruhe finden, dieses Metall soll in dein faulendes Fleisch sinken, ewig soll es an deinen Knochen haftenbleiben, deine Schmach soll deinen Staub überdauern, diese Aufschrift auf der Uhr soll beim Jüngsten Gericht gegen dich zeugen, nie mehr, bis in alle Ewigkeit nicht, sollst du diese Uhr loswerden!«

»Zum Teufel«, polterte Herr Turek los, und seine Stimme überschlug sich, »was ist denn nur in dich gefahren?«

»Herr Turek«, sagte ich lächelnd, aber ich weiß nicht, wie ich damals ein Lächeln zustande brachte, »es gibt eben doch eine Gerechtigkeit!«

»Ich verstehe gar nichts mehr«, meinte Herr Turek, nervös umherblickend, »ich verstehe überhaupt nichts mehr ...« wiederholte er und suchte in seinen Taschen nach einer Zigarette.

»Was machen wir damit?« fragte ich mit einer Kopfbewegung zu den aus der Grube herausragenden Füßen hin.

»Bringt das mit den Füßen irgendwie in Ordnung, schaufelt rasch Erde darauf und weg von hier, nur rasch«, flüsterte Herr Turek.

Ich empfinde keine Scham darüber, daß mein Hund in diesem Augenblick wild wurde, daß er das Makabre dieser Szene auf die Spitze trieb: ich ergriff den Spaten, und mit einem einzigen Hieb hackte ich dem Toten das eine Bein bis zum Knie ab, damit er in das Grab hineinpasse. Ich holte zum zweiten Schlag aus, doch der Slowake fiel mir in den Arm. Sein Gesicht war bleich, seine Augen feucht, seine Lippen zitterten und bebten: »Laß mich das machen«, flüsterte er, »Jesus Christus, halt ein, laß mich lieber heran!« Er riß mir den Spaten aus der Hand und hieb den zweiten Fuß ab.

Wortlos schaufelten wir die Grube zu, stampften den Boden fest, deckten das Grab mit Reisig zu und warfen die restliche Erde in den Bach: das Wasser verfärbte sich gelb. Dann spülte ich den Spaten im Bach ab.

Der Herr Gendarmeriewachtmeister Turek warf das Gewehr über die Schulter. Er verfolgte jede meiner Bewegungen, doch immer, wenn sich unsere Blicke begegnen sollten, sah er zur Seite. Schwerfällig stapfte er einige Schritte vor mir her, und ich erzählte dem Slowaken leise den Vorfall mit den beiden deutschen Soldaten, der

Uhr und dem Gewehr. Der junge Mann wurde ganz blaß, rückte seine Maschinenpistole auf dem Rücken zurecht und warf mir einen scheuen Seitenblick zu. Als ich geendet hatte, sagte er: »Das hättest du nicht tun dürfen!«
Ich bedauere jenen Spatenhieb nicht und schäme mich seiner nicht: ich hatte nur einen Fall abgeschlossen, nur den festen Punkt in einem Kreis bestimmt, den die Uhr des bayrischen Landsers von jenem Augenblick an beschrieben hatte, als ich sie auf der Straße unter dem Hostein in meiner Hand hielt, bis zu jenem Moment, da ich sie in das schlecht geschaufelte Grab schleuderte ... und die restliche Erde hatte ich in den Bach geworfen, das Wasser hatte sich gelb verfärbt, den Spaten hatte ich darin gesäubert; jetzt läuft dieses Wasser bergabwärts, die Tümpel, in denen ich immer Forellen gefangen habe, werden sich trüben: auch damit war es für mich zu Ende; die Hexen werden in diesem Wasser den Soldaten die Fußlappen waschen, die Soldatenpferde werden daraus trinken und das Blut riechen, werden scheuen, ausschlagen, ihre Nüstern blähen, sich bäumen und davonrasen, und niemand mehr wird sich ihnen in den Weg werfen, denn die Großmutter ist tot; dann wird sich dieses Wasser in die Flüsse ergießen und später ins Meer, die Sonne wird es in die Wolken zurücksaugen, der Wind es dorthin zurücktragen, woher es gekommen ist: über diesen Wald, über das festgestampfte, mit Reisig zugedeckte Grab, und der Kreislauf des Wassers wird sich immer von neuem wiederholen, doch der Tümpel wird sich nicht mehr trüben, die Frauen schwenken darin bläuliche Wäsche, die starken Pferde der Bauerngespanne werden daraus trinken und in weitem Bogen, sanft dahintrabend, in ihre Ställe zurückkehren; dann ergießt sich dieses Wasser wieder in die Flüsse und ins Meer, die Sonne saugt es in die Wolken zurück, der Wind trägt es dorthin zurück, woher es gekommen ist; über den Wald und über das festgestampfte, mit Reisig zugedeckte Grab; darin bleicht das Skelett, und im Hüftknochen haftet für ewige Zeiten die Taschenuhr: Dutzendware, wie man sie in Deutschland vor dem Krieg kiloweise hergestellt hatte; und das ist eben die Gerechtigkeit: Verwandlung, der unerbittliche Fortgang aller Geschehnisse, ein Kreislauf, in dem sich alle unsere Besessenheit mit auf unsere Brust gerichteter Schneide gegen uns selbst zurückwendet; das Tal war des Spiels der Schatten müde geworden und hüllte sich in Dunkelheit ein. Daheim stellte ich den Spaten in den Schuppen, im Vorraum erwartete mich die Mutter, und ich sagte zu ihr: »Alles in Ordnung, Mutter.«

Der Wecker in meinem Zimmer zeigte neun Uhr; ich warf einen Blick aus dem Fenster: der Großvater schraubte den Docht der Petroleumlampe herunter und setzte sich ans Fenster, die Maschinenpistole auf den Knien. Ich machte kein Licht; im Finstern zählte ich fünf Patronen ab und schob sie ins Gewehr. Es war Viertel nach neun, Herr Berger hatte nur noch fünfzehn oder zwanzig Minuten zu leben, je nachdem, wie rasch er die Wiese zum Hinterpförtchen hin überqueren würde.

Es war fünf Minuten vor halb zehn, als ich das Gewehr aufs Fensterbrett legte, mich hinausbeugte und dem Großvater zuflüsterte: »Bist du dort, Großvater, mir scheint . . .«

Der Großvater brummte unten: »Sei still, auf Wache wird das Maul gehalten.«

Es war genau halb zehn: ich drehte das Licht in meinem Zimmer zweimal an und wieder aus.

»Herrgott, warum machst du Licht«, erboste sich der Großvater.

Ich schob das Gewehr hinaus und legte den Kolben an die Schulter: »Pssst«, zischte ich, »Achtung, Großvater, mir scheint, er kommt schon!«

Herr Berger steht jetzt am Waldrand, zögert noch eine Weile und wartet, bis sich die Erregung in ihm gelegt hat. Am Himmel, fast schon den Sternen nahe, summte ein Flugzeug, hastig beschleunigte es seine Touren; als es ein Sternbild verdunkelte, zeichneten sich seine Tragflächen ganz deutlich ab. Herr Berger hört dieses Flugzeug, er zieht die Pistole aus der Tasche, ich weiß, sie steckt in der linken Brusttasche seines Sportanzugs, gestern hing ihm die linke Seite des Sakkos etwas tiefer herab. Jetzt kommt Herrn Berger der Gedanke, im Schutz des Motorengeräusches die Wiese zu überqueren, daher erblickte ich ihn erst wenige Schritte vor dem Pförtchen: seine dunklen Umrisse kamen mir sehr klein vor, viel zu klein für Herrn Berger. Die Gartentür knarrte nicht, der Großvater hatte sie gut eingeölt. Schon war Herr Berger im Garten stehengeblieben und lauschte: ich hörte es nicht, ich ahnte es mehr, daß der Großvater jetzt den Hahn spannte. Das Flugzeug war hinter dem Horizont verschwunden, aus der Ferne drang nur noch ein Summen zu uns her, wie das einer Fliege, die gegen eine Glasscheibe prallt. Dann tat Herr Berger drei Schritte vorwärts. Ich wußte, der Großvater zielte bereits, auch ich zielte, ich verfolgte die dunkle Gestalt, meine Hände zitterten nicht. Guten Abend, du Stammgast, dachte ich, oft bist du durch die Hintertür zu uns hereingekommen, jetzt kommst du zum letzten Mal, du wirst nicht mehr fortgehen, noch hast du einen Augenblick Zeit, jetzt kannst du an die Rosen auf unserem Kühlpult denken (in der Sommerhitze waren die Blättchen sehr bald abgefallen) und dich an das Zischen der unter der Decke angebrachten Kühlröhren erinnern; hast du das Klirren gehört, als mir der Topf vom Herzen wegglitt, Berger? Du hättest ein ganz gutes Leben haben können, Berger, wenn du dir nicht alle deine Chancen selbst zunichte gemacht hättest, jetzt bezahlst du in bar.

Schon fünf Sekunden zuvor hätte ich den Schuß abfeuern können und auf die Entfernung dieser zwanzig Schritte wohl schwerlich gefehlt, doch ich wartete und kostete das Gefühl der Überlegenheit über Berger aus. Jetzt hab' ich dich, dachte ich, immer war ich dir gegenüber zu schwach, stets nur der Schwächere, aber jetzt ändert sich alles: du kommst zurück, doch ich bin ein anderer geworden, es bleiben dir nur noch drei oder vier Sekunden deines Lebens, ich warte, bis du auf zehn Schritte Entfernung unter mir angelangt bist, an der Ecke der Holzbaracke. Dort werde ich dich abknallen. Jetzt gehörst du mir allein, denn der Großvater muß noch warten, bis du auf dem freien Platz zwischen der Holzbude und unserem Haus auftauchst, aber ich kann bereits schießen. Ich zielte auf Bergers Brust, doch alles verzögerte sich noch. Der Vater hatte die Tür zu meinem Zimmer heftig aufgerissen, das Licht angedreht, erblickte mich, wie ich da mit dem nach außen gerichteten Gewehr am Fenster kauerte und schrie auf: »Was tust du da!« Im Lichtstrom erspähte ich Herrn Berger: er stand dort unten und kam mir klein vor, kleiner noch als zuvor in der Dunkelheit, nur sein Schatten war lang.

Bevor noch der Vater zum Fenster angetaumelt kam (er war wieder betrunken), zielte ich in aller Eile und feuerte ab.

»Jesus Maria«, stieß der Vater hervor.

»Berger«, schrie ich, »Berger ist unten, er ist nochmals hergekrochen gekommen, Herrgott, Vater, du hast mir alles verdorben.«

Nur wenig später fiel mir Wandverputz auf den Kopf: Herr Berger hatte aus der Dunkelheit auf mich geschossen. Dann hörte ich den Großvater: er fluchte und gab kurze Feuerstöße aus seiner Maschinenpistole ab. Bergers Schatten bewegte sich am Zaun entlang, wahrscheinlich suchte er das Pförtchen, aber vom Licht geblendet, konnte er es nicht finden. Der Vater riß mir mit einer Kraft, die ich bei ihm nicht vermutet hätte, das Gewehr aus der Hand. Der Großvater schoß in einem fort, der Schatten rannte entlang des Zauns hin und her, er schrie irgend etwas, ich weiß nicht, was, vermutlich waren es Schimpfworte. Langsam zog der Vater den Abzug des Gewehrs durch, sein Gesicht nahm in diesem Augenblick den Ausdruck strengster Konzentration an, er fuhr sich mit der Zunge über die ohnedies feuchten Lippen. Die Fensterscheibe zersplitterte, aber der Vater zielte, zielte sehr lang und schoß dann: Bergers Schatten blieb am Zaun hängen, der Großvater feuerte immer noch, und der Vater rief ihm zu: »Zum Teufel, Großvater, hören Sie damit auf, der hat schon genug.«

Er stand noch eine Weile am Fenster, dann legte er langsam das Gewehr weg und sagte: »Das wäre also erledigt, fertig«, das letzte Wort brachte er nur flüsternd heraus, seine Hände begannen zu zittern, er war sehr betrunken, die Farbe war aus seinem Gesicht gewichen, er blickte in meinem Zimmer umher und wiederholte abermals: »Das wäre also erledigt, fertig ...«, dann ging er hinaus und sank im Vorraum in den Lehnsessel. Als ich an ihm vorüber hinauseilte, sagte er etwas, aber vielleicht bewegte er nur die Lippen, er lächelte, atmete mit tiefen Zügen, und der Schweiß rann ihm von der Stirn. Ich trat aus dem Haus, der Großvater hielt mich zurück: »Geh nicht an ihn heran«, flüsterte er, »man muß vorsichtig sein, wer weiß, ob er ...« Der Großvater hatte die Bewegungen eines Hundes, eines guten Jagdhundes, der sich von hinten an seine Beute heranschleicht. In einem Bogen umkreiste er den auf der Erde liegenden Schatten und ging in immer kleiner werdenden Kreisen um ihn herum. Neben mir spürte ich den Atem der Mutter, und der Vater stand ebenfalls schon in der erleuchteten Haustür. Der Großvater beugte sich über den Schatten und sagte: »Es ist aus mit ihm.«

»Wer ist das?« fragte die Mutter.

»Herr Berger«, erwiderte ich.

Die Mutter hob den Kopf und sagte: »Um Gottes willen, was wollte denn der noch hier?«

»Auch Herr Klimesch ist zurückgekommen«, sagte ich.

»Wo ist er«, schrie die Mutter auf, »um Gottes willen, wo ist er!«

»Ich weiß nicht ...« erwiderte ich.

»Niemand kehrt mehr zurück«, sagte die Mutter leise, »nichts kehrt wieder.«

»Nichts kehrt wieder«, wiederholte ich ihre Worte, »wir dürfen uns auf nichts mehr verlassen, nur auf uns selbst, und alles wird wieder gut werden.«

Ich wußte, das war eine Lüge.
Ich führte die Mutter die Treppe hinauf, im Wohnzimmer schenkte ich mir einen Kognak ein und kippte ihn hinunter; es hätte alles schlechter ausgehen können, sagte ich mir. Vom Gang her waren Vaters schwere Schritte zu vernehmen.
Die Nacht währte dann nur mehr kurz; ich schlief im Lehnsessel ein, und der Großvater weckte mich bei Morgengrauen.
Wir holten miteinander einen weiteren Sarg vom Dachboden herunter, trugen Herrn Berger in den Holzschuppen und legten ihn in den bloßen Sarg.
Als sich der Sargdeckel über Herrn Berger senkte, brach gerade der Morgen an.
Der Großvater strich mit der Hand über das lackierte Holz, er wollte etwas sagen, aber sooft er bemerkte oder auch nur spürte, daß ich ihn ansah, senkte er schnell die Augen; dann spuckte er aus.
Wir schritten durch den Hof: der Großvater trug die Petroleumlampe in der Hand, und einige verirrte Nachtfalter stießen mit leisem Klirren gegen den heißen Lampenzylinder. Dann bliesen wir die Flamme aus, und von diesem Augenblick an war es Tag.
»Hast du gewußt, daß Berger kommen wird?« fragte mich der Großvater.
»Ja, ich habe es gewußt«, gab ich zur Antwort, »ich habe mir gewünscht, daß er kommt«, fügte ich müde hinzu.
»Sapperlot, sapperlot«, wiederholte der Großvater in einem fort, trat von einem Fuß auf den anderen, spuckte wieder aus, sah mich an, schüttelte dann den Kopf und schlurfte in sein Häuschen.
Gleich darauf erblickte ich auf der Straße zwei russische Soldaten; ich schrie: »Die Russen sind da«, lief in den Vorraum hinauf und schrie abermals: »Die Russen sind da!«
Nada kam aus der Küche, sie blieb mit halboffenem Mund in der Tür stehen und sah zu, wie ich den Vater aufrüttelte und ihm ins Ohr schrie: »Vater, wach auf, die Russen sind gekommen!«
Tante Nada lehnte sich an die Tür und sagte zu mir, ich solle ihn in Ruhe lassen, er sei betrunken und gerade eingeschlafen.
Eine Kognakflasche war leer und in einer zweiten nur noch ein kleiner Rest.
Ich pochte an die Schlafzimmertür der Mutter: »Die Russen sind da!« Die Mutter drinnen hieß mich, still zu sein, die Kleine sei gerade gefüttert worden und schlafe. Ich öffnete das Fenster im Wohnzimmer: fünf oder sechs Pferdegespanne mit Soldaten auf den

Wagen fuhren in gestrecktem Galopp an unserem Haus unten vorüber, der Onkel mit dem Rucksack auf dem Rücken lief durch den Garten zur Pforte hin; er ist aus den Bergen zurück, dachte ich, gut, daß ihm nichts passiert ist.
Aus der Ferne vernahm ich jetzt das Rasseln von Panzerketten; Onkel Hejtmánek hob beide Arme über den Kopf und schrie: »Es lebe die Rote Armee«, und die Tante stand schon neben ihm, sah ihn fragend an und rief dann gleichfalls: »Es lebe die Rote Armee«, aber nur einmal und ziemlich unsicher.
»Wir haben es überlebt«, schrie der Onkel, »wir haben es überlebt!«
Zum ersten und zum letzten Mal neidete und gönnte ich ihm auch seine Freude; laß sie ihm, sagte ich mir, vielleicht ist das seine einzige echte Freude, die er je ausgekostet hat, er wird an diesen Augenblick bis an sein Lebensende zurückdenken – genauso wie ich.
Als ich mich vom Fenster wieder abkehrte, schenkte sich der Vater gerade ein Gläschen ein, und seine Hand zitterte.
Einem erfahrenen Cafetier – einem Professional darf so etwas nie passieren: man muß immer mit ruhiger Hand einschenken.
Aber der Vater war eigentlich kein Cafetier mehr, deshalb konnte er es sich leisten, den Alkohol überlaufen zu lassen, gar viele Dinge konnte er sich jetzt bereits gestatten, die gestern für ihn noch tabu gewesen waren: einen zerknitterten Hemdkragen, eine lose sitzende Krawatte, und auch den Schweiß durfte er sich mit der bloßen Hand von der Stirn abwischen und ins Leere hineinsagen: »Sie sollten fortgehen, Herr Mader!«
»Hier ist kein Mader«, sagte ich.
»Bevor er eingeschlafen ist«, sagte Nad'a, »hat er dauernd mit dem Mader gesprochen.«
Der Vater kippte den Inhalt des Gläschens hinunter und fuhr fort: »Also scheren Sie sich schon zum Teufel, Herr Mader! Das Lokal ist gesperrt, die Tür mit Brettern verschlagen, wir machen Schluß, rechnen ab, habe die Ehre, Herr Mader.«
»Laß ihn in Ruhe«, sagte Tante Nad'a.
Ich sah wieder aus dem Fenster: auf der Straße unten führte jetzt Onkel Kurtin einen deutschen Soldaten an unserem Haus vorüber; der Onkel mit roter Armbinde und mit Gewehr; der Soldat im langen Mantel, die Hände in den Taschen, ging gebückt vor ihm her.
Ein Stückchen weiter von unserem Haus straffte sich der Soldat, sprang über den Graben und rannte davon, quer über das Saatfeld.

Er lief hervorragend, genauso hatte uns der Herr Professor Mikeš die richtige Körperhaltung beim Laufen vorgeführt. Onkel Kurtin stand unschlüssig beim Graben, setzte dann über ihn hinweg und blieb stehen; er überlegte wohl, was er jetzt tun solle.
Was der Soldat mit dem um ihn herumschlotternden Mantel im Saatfeld vorführte, war kein Fluchtversuch, sondern die Demonstration wohlüberlegten Laufens.
Auf der Straße hinter dem Onkel hielt ein russisches Militärauto, aus dem eine Menge junger Gesichter herauslugten: »Vorwärts, Alter«, brüllten die Soldaten.
Onkel Kurtin wandte sich ihnen zu und sagte: »Ein Deutscher!« dann erst riß er das Gewehr von der Schulter, zog den Abzug durch, hob die Waffe und zielte lange, bevor er abfeuerte. Es war der gute Schuß eines Wildschützen, alle Bewegungen des Onkels waren abgewogen, er ließ sich durch nichts beirren: weder das Geschrei noch Gelächter der Soldaten auf dem Lastauto beschleunigte eine einzige dieser tausendmal erprobten Bewegungen.
Der Wagenlenker gab Gas, und das Lastauto setzte sich in Bewegung; der Soldat im langen Mantel war bereits in das niedrige Saatfeld gesunken, und der Onkel watete zu ihm hinüber. Auf dem Weg dahin nahm er seine Mütze vom Kopf.
Als er vor dem auf dem Boden liegenden Soldaten stand, stieß er ihn mit der Schuhspitze an: »Zum Teufel, los, steh auf, du hast es doch nur in die Schulter abbekommen!«
Der Soldat erhob sich, er hielt sich die linke Schulter und drehte sich langsam um die eigene Achse; im gleichen Augenblick, in dem er Kurtin den Rücken zukehrte, setzte er sich von neuem in Bewegung.
Kurtin vermochte ihn mit zwei, drei raschen Schritten einzuholen und schlug ihm heftig ins Gesicht; der Soldat stürzte abermals, erhob sich sofort und trabte von neuem los; der Onkel schlug ihn mit dem Gewehrkolben auf die unverletzte Schulter.
Diesmal stürzte der Soldat nicht zu Boden.
»Zum Teufel, erschießen Sie mich doch endlich«, schrie er in deutscher Sprache.

»Und was jetzt?« fragte ich den Vater.
»Jetzt gar nichts mehr«, sagte er und stieß das Glas vom Tisch, stand auf und ging zum Sekretär, öffnete ihn und zog ein Bündel Papiere heraus.
»Bewahr das irgendwo auf«, sagte er und stützte sich mit der freien

Hand an die Wand, ich glaubte ein Lächeln in seinem Gesicht zu bemerken, doch kein bitteres, nur ein wenig Resignation lag darin. »Und versteck es so, daß ich nicht weiß, wo es ist«, sagte er noch, legte die Papiere auf den Tisch, wandte sich von mir ab, ergriff die Flasche und wollte sich einschenken, doch sie war leer.
»Vater«, sagte ich, »du solltest das schon sein lassen, du trinkst zu viel.« Ich nahm die Papiere an mich, lauter Schuldscheine, und schlich damit in den Holzschuppen; ich hatte dort unter einem Pfosten in der Ecke ein Versteck, aber als ich den Sarg erblickte, in dem Herr Berger lag, kam mir der Gedanke, ich könnte diese Papiere zu ihm hineinstecken, mag er sie doch für den Vater in Verwahrung nehmen.

»Also Herr Cafetier, wir müssen Sie jetzt verhaften«, sagte Herr Flanderka bei uns im Wohnzimmer. Der alte Polizist trat von einem Fuß auf den anderen und schneuzte sich: er war schon wieder in Uniform. Der Herr Gendarmeriewachtmeister Turek hinter seinem Rücken gebärdete sich amtlich, der Herr Oberlehrer Válek zog dauernd die viel zu kurzen Ärmel seiner Offiziersuniform herunter. Er hatte inzwischen ein Bäuchlein bekommen, und so war ihm die Bluse zu knapp, auch die Hosen saßen nicht gerade einwandfrei: sein Hinterteil war während des Krieges etwas fetter geworden. Das Uniformtuch roch nach Naphthalin; im Hintergrund stand auch noch Herr Mičko, einen Uniformriemen quer über der eingefallenen Brust; der Buchbinder trug einen Gummimantel, und dort, wo sich der Stoff über seinen Buckel anspannte, zeichnete sich seine Mißgestalt, das große Unglück seines Lebens, deutlich ab. Herr Burian, der Plätter, stand in einem Winkel des Vorraums und wischte sich von Zeit zu Zeit mit dem Rockärmel die Nase ab: der Schnupfen, den er sich in der Zugluft seiner Bügelanstalt geholt hatte, ließ ihn auch hier nicht los. Kurtin rauchte schweigend.
»Also im Namen der Republik, nicht wahr, verhaften wir Sie, und Sie müssen jetzt mitkommen«; der Vater stand langsam auf, die Beine wollten ihm heute nicht mehr so richtig gehorchen, er brachte seinen Hemdkragen ein wenig in Ordnung, damit er wenigstens einigermaßen passabel aussähe, rieb sich das Kinn, er wollte irgend etwas sagen und öffnete schon den Mund, doch dann schenkte er sich schweigend noch ein Gläschen ein, hob es, lächelte wieder und schüttelte nur den Kopf. Ich erwartete, das Kinn würde ihm auf die Brust sinken, aber keineswegs, er stand nur da und lächelte, und in

diesem kurzen Augenblick, bevor er den Kognak hinunterkippte, las ich in seinen Augen, was sie beredt andeuteten.
Der Vater stürzte den Alkohol in einem Zug hinunter und sagte: »Meine Herren, wir können gehen.«
Die Mutter stand in der Schlafzimmertür, ein Luftzug wehte die rote, knisternde Seide gegen die weiße Zimmerwand: auf dem Gesicht der Mutter lag ein rosaroter Schimmer. Als der Vater schon im Weggehen war, rief sie ihm nach: »Bohouš!« Er stand schon mit einem Fuß auf dem Gang draußen, blieb aber stehen. Ich glaube, in diesem kurzen Augenblick sagten sie einander sehr viel, viel mehr als all die Jahre zuvor. »Ich möchte dir sagen, daß ich dich gern habe«, sagte die Mutter leise.
»Ich danke dir«, erwiderte der Vater.
»Wir werden von vorn anfangen«, sagte die Mutter.
»Wenn diese Lappalie erledigt sein wird, wollen wir es angehen, gemeinsam.«
»Leb wohl«, flüsterte die Mutter.
»Also los«, zischte der Herr Lehrer Válek.
»Hilf der Mutter«, sagte der Vater noch zu mir.
»Du kannst dich darauf verlassen«, gab ich zur Antwort.
Im Garten blickte sich der Vater nicht mehr um, die Männer nahmen ihn in die Mitte, er war etwas größer als sie. Ich wußte, der Vater war auf die andere Seite der Zeitengrenze geraten: jetzt wird er nur noch von der Vergangenheit sprechen, er wird mit ihr fertig werden müssen, ob er will oder nicht. Mir kam zum Bewußtsein, daß auch ich jetzt in mir werde endgültige Grenzlinien ziehen müssen, um zu wissen, wohin ich gehöre; in dem Kreis, den ich um mich herum gezogen hatte, kann man nicht leben, es ist zu wenig Platz darin. Jetzt werde ich wissen müssen, wohin ich gehöre, wo ich selber beginne und wo der Vater in mir aufhört, niemand kann von mir verlangen, daß ich sage: Das war nicht mein Vater. Er war mein Vater, und ich hatte ihn manchmal sogar gern, es gab Augenblicke, in denen ich eine mitleidlose Wut auf ihn hatte, denn er war ein Schwächling, ein Scheißkerl, und er besaß genau jenen Charakter, der mir am meisten zuwider ist: die harte Rücksichtslosigkeit eines armen Burschen vom Lande, der sich heraufgearbeitet hat; es gab jedoch auch Augenblicke, in denen ich ihn beneidete: mit fünf Hundertern hatte er angefangen, einmal war er bankrott gewesen, mehrmals am Rande des Zusammenbruchs, aber immer wieder hatte er sich auf die Beine gestellt. Oft hatte mir der Vater gesagt, ich sei

schlecht erzogen, wahrscheinlich hatte er recht: zu viel Leute haben mich erzogen, unser ganzes Café, jeder Stammgast hat irgendwelche Spuren in mir hinterlassen, so manches davon mußte ich selbst abwerfen, vieles aber ist bis zum heutigen Tag in mir zurückgeblieben – und das stand gegen den Vater: er sah und spürte es, daß ich mich ihm entfremdete, daß ich zu etwas ganz anderem heranwuchs, als er sich gewünscht hätte, nach einiger Zeit verstand er mich überhaupt nicht mehr – und ich ihn vielleicht auch nicht. Zum letzten Mal sah ich ihn auf seinem Sterbelager, in einem Bett mit Holzeinfassung in der Ecke eines Krankenhauszimmers. So sehr strengte er sich an, mir noch etwas zu sagen, doch er vermochte es nicht, denn er war nicht mehr fähig zu sprechen, und auch seinen Augen konnte ich nichts mehr ablesen, sie waren schon im Erlöschen, und so reichte ich ihm Bleistift und Papier hin, damit er es aufschreibe: mit zittriger Hand kritzelte er einige Krakelfüße auf das Papier. Bis heute habe ich sie nicht entziffern können.

Im Wohnzimmer saß Onkel Kurtin, das Gewehr zwischen den Beinen. »Jetzt werden wir ein Wörtlein miteinander reden«, sagte er, sah aber weder mich noch die Mutter an. »Also, wo habt ihr das Gold?« fragte er, erhob sich von seinem Stuhl, zog den Hosenriemen fester und blickte umher.

»Verschwinde«, sagte ich zu ihm, »immer wieder bist du mit irgendeiner Bitte zu uns hergekrochen gekommen, nie haben wir dich hinausgeworfen, aber jetzt sag ich dir, verschwinde!« Ich erwartete, daß mir der Onkel einen Schlag versetzen würde, ich war darauf vorbereitet, und als er kam, wich ich ihm nicht aus.

»Damals, als dich der Vater aus dem Gefängnis herausgeholt hat«, schrie ich und spuckte Blut aus, »da hast du eine Scheißangst gehabt!« Ich wußte, Kurtin war schon wieder auf dem Sprung, er stand schlagbereit da, und im Bruchteil einer Sekunde, als er gerade mit dem Arm ausholte, spie ich ihm den blutigen Speichel ins Gesicht. Ich hätte auch einen zweiten Schlag ausgehalten, wenn er auf mich herabgesaust wäre, aber die Mutter fiel Kurtin in den Arm. Der Onkel wischte sich meinen Speichel nicht ab, dieser rote Fleck unterstrich noch die Blässe seines Gesichtes, als er die Mutter bei ihrem Schlafrock aus chinesischer Seide packte.

»Wo hast du das Gold, sag, wo du es hast, oder ich werde es aus euch herausprügeln!«

Von draußen wehte ein Lüftchen herein, der aus den Fenstern von oben herabhängende rote Stoff blähte sich, Farbnuancen ohne jeden Übergang wechselten im Zimmer: wenn die rote Seide das Fenster verhüllte, war das Zimmer ganz in Rot getaucht, wenn der Wind die teure Fahne in die Höhe blies, standen wir in der grellen Maisonne geblendet da, die Gesichter voll Schatten. Der im linken Ohrläppchen der Mutter festgewachsene Ohrring leuchtete auf. In dem roten Lichtschimmer gewann das Sprühen des Rubins an Intensität, alle Farben, von Violett angefangen bis zu einem Dunkelrot, leuchteten darin auf.

»Wo hast du das Gold?« schrie Onkel Kurtin, doch die Mutter, die sein Handgelenk festhielt, schleuderte ihn mit einer einzigen heftigen Bewegung von sich weg, der Onkel, auf so viel Kraft seitens der Mutter nicht gefaßt, taumelte, hielt sich am Tisch fest und riß die Decke mit der Kristallschüssel und dem Gebäck darin herunter. Mit nervösen Fingern betastete die Mutter den eingewachsenen Ohrring, riß ihn dann mit einem Ruck aus ihrem Ohrläppchen heraus und warf ihn Kurtin vor die Füße.

»Da hast du das Gold«, sagte sie und ging ins Schlafzimmer hinein.

Ich folgte ihr. Die kleine Annemarie war im Wagen, und die Mutter packte einen Koffer. »Gehen wir also«, sagte sie.

»Wohin?« fragte ich.

»Ich weiß nicht«, die Mutter blieb in der Mitte des Schlafzimmers stehen und nahm Abschied von dem schönen Mobiliar aus kanadischer Birke. »Das weiß ich nicht«, sagte sie dann nochmals, »aber fort von hier müssen wir.« Vom linken Ohrläppchen floß ihr ein Rinnsal Blut bis auf den Hals herab, meine Unterlippe war geschwollen und brannte, im Mund spürte ich salziges Blut.

Von draußen war wütendes Schießen zu vernehmen.

In den Bauernhäusern unterhalb von uns wurden eiligst die Tore geschlossen, die Straße war mit einem Male wie leergefegt, nur ein Hund schwänzelte zwischen den Prellsteinen hindurch, hob sein Bein und setzte auf einen sein Zeichen. Dann kam aus der Biegung der Herr Lehrer Válek auf dem Rad dahergejagt, ich konnte ihn aber zuerst gar nicht wiedererkennen, über die Uniform hatte er schnell eine Briefträger-Pelerine darübergezogen. Als er an unserem Haus unten vorüberfuhr, schrie er: »Die Deutschen kommen zurück!«

Mit einem Ruck riß der Onkel die aus der Etage über uns herabwallende rote Seide herein, mit ungeschickten Bewegungen versuchte er, den Stoff zusammenzurollen, aber immer noch hing ein langer Streifen aus dem Fenster. Erst als ihm Onkel Hejtmánek dabei half, gelang es ihnen, die Seide nach innen zu ziehen, und beide atmeten erleichtert auf.

Das Schießen verstärkte sich. Die Maschinenpistole in der Hand, kam der Großvater in den Garten gehumpelt. »Hallo, Großvater«, rief ich ihm zu, »also was ist, geht's wieder in den Kampf, auf zum Sturmangriff für den Kaiser und das Kaiserhaus!«

»Geh in Deckung«, knurrte der Großvater und preßte sich unten ans Glashaus.

Das Stampfen von Pferdehufen war zu vernehmen: aus der Straßenbiegung unterhalb unseres Hauses tauchte zuerst ein einzelnes, dann ein zweites, drittes und viertes von Pferden gezogenes Bauerngefährt auf, auf jedem Wagen mehrere Soldaten und ein wütender Fuhrknecht mit der Peitsche; die Soldaten schossen kurze Salven in alle Tore und Fenster, die Wagen sprangen lärmend dahin, der Schotter knirschte unter den Hufen der Pferde, die Fuhrleute schwangen die Peitsche und fluchten; eines der Tiere begann vor unserem Garten hinten auszuschlagen, Schaum flog ihm vom Maul, und der Großvater zielte mit seiner Maschinenpistole. Ich beugte mich aus dem Fenster: »Knall sie nur alle ab, Großvater«, rief ich ihm zu, »das ist dein letzter Sturmangriff, danach kommt keiner mehr für dich!« Der Großvater aber senkte die Waffe, der letzte Wagen rasselte heran. Ich stand im offenen Fenster und erblickte einen großen Blondhaarigen, mir schien, er sah mir sehr ähnlich. Nie werde ich diese langsame, lässige Bewegung vergessen, mit der er seine kurze Maschinenpistole hob und auf mich zielte. Eine wilde Freude überschwemmte alles in mir: das Hören, Sehen, die Bewegung, bunte Kreise tanzten vor meinen Augen, rote und weiße Flekken, mir schien, ich stünde am Rande eines großen Wunders, es genüge, nur aufzuschreien und die Hände in die Höhe zu werfen. Unten donnerte der letzte Wagen vorüber, von dem letzten rasenden Pferdegespann dieses idiotischen Kriegs gezogen, und ich wünschte mir, dieser Blondhaarige, der mir so ähnlich sah, hätte eine feste und sichere Hand gehabt. Um mich herum klirrte Glas, hinter mir fiel der Verputz herab, ich stand immer noch am Fenster, die Hände über den Kopf gestreckt und schrie: »Ziel gut, bei allen Teufeln, so schieß doch!«

Der letzte Wagen war vorüber, das Schießen wurde schwächer, und dann war es wieder still.

Beim Glashaus unten richtete sich der Großvater auf: »Das ist das Schlimmste«, sagte er, »wenn der Soldat seine Truppe verliert, denn nur so ins Blinde hineinzulaufen, das ist das Schlimmste, dieses blinde Davonlaufen, das ist wirklich kein Honiglecken.«

Ich ging in mein Zimmer, um meine Sachen zu packen. Das erste, was mir in die Hände fiel, war Herrn Klimeschs Buch – Arthur Schopenhauer, ›Die beiden Grundprobleme der Ethik‹.

Die Mutter stand schon mit dem Kinderwagen im Vorraum bereit, und wir trugen ihn gemeinsam in den Hof hinunter.

Mir war klar, daß schon der nächste Schritt, den wir unternehmen würden, entscheidend war. Alle Möglichkeiten liegen noch vor uns, dachte ich, ein Neubeginn und das Ende, wenngleich das hier weder Beginn noch Ende ist, sondern eben nur ein neuer Schritt. Immer war bei uns davon die Rede gewesen, und jetzt ist dieser Augenblick gekommen und verlangt Kraft von mir: viel Kraft ist mir nicht mehr geblieben, aber vielleicht reicht sie aus, um über mich selbst hinauszuwachsen und alles hinter mir zu lassen.

Ich weiß, keine einzige meiner Wunden wird zuheilen, sie werden sich alle nur mit einem dünnen, empfindlichen Häutchen überziehen, und viele Dinge gibt es, für die ich mich schämen müßte.

Der Großvater begleitete uns mit schmerzverzerrtem Gesicht bis vors Haus (und dieser Schmerz wird ihn bis zum Abend nicht mehr loslassen, bevor er nicht den Absud aus Birkenblättern hinuntergewürgt hat und beruhigt sein Wasser abschlagen kann) und sagte zu mir: »Du bist jetzt schon ein Mann.«

Du sagst mir nichts Neues, Großvater, dachte ich, fortwährend sagt mir hier irgend jemand, ich sei schon ein Mann, und kaum daß er es ausgesprochen hat, schon bürdet er mir etwas auf, was mir gar nicht zukommt: ich bin sechzehn und sollte eigentlich fliegen lernen, ich bin noch gar nicht richtig dazu gekommen, mir scheint eher, ich sinke nur in einem fort tiefer und tiefer.

»Kümmere dich um Berger«, flüsterte ich dem Großvater zu. »Ich schaufle ihm bereits ein Grab, sei unbesorgt«, erwiderte der Großvater.

Dann tat ich den ersten Schritt, ich wußte, ich durfte mich nicht umsehen, sondern mußte nur einfach aus dem Garten fortgehen. »Dreh dich nicht um, Mutter«, sagte ich, »wir werden nicht mehr zurückblicken«, wiederholte ich und bemühte mich, meiner Stimme Festigkeit zu verleihen. Ich wußte jedoch, wir würden von diesem Augenblick an immer zurückblicken. Ich log mir aber selber mit fester Stimme vor: »Alles liegt bereits hinter uns, dreh dich nicht um, und auch ich will mich nie mehr umblicken, die ganze Welt liegt vor uns,

und alles fängt neu an!« Auf der Straße holte uns Naďa ein, ich spürte plötzlich ihre heiße Hand in der meinen.
»Ich komme mit«, sagte sie, »ich habe hier niemanden mehr!«
»Kehr um«, erwiderte ich, »das hier ist kein Weg für dich, du schuldest mir nichts, weder für Franta noch für meinen Vater, geh zurück und warte ab!«
Gleich darauf spürte ich ihre feuchten Lippen auf meiner Wange, der Druck ihrer Hand lockerte sich, und ich weiß nicht, ob sie noch stehenblieb und mir nachsah oder sofort kehrtmachte und zurückging; nur von fern hörte ich sie sagen: »Ich danke dir, ich danke dir vielmals«, doch ich drehte mich nicht mehr um. Alles, was sich in diesem Augenblick zutrug, bewahrte ich in mir für künftige Zeiten auf.

»Durchs Dorf wollen wir nicht gehen«, sagte ich zur Mutter und schob den Kinderwagen mit der kleinen Annemarie über einen holprigen Feldweg; wir machten einen großen Bogen ums Dorf und verirrten uns in einer Wirrnis von Gesträuch, Obstgärten, Zäunen, Kreuzwegen, Feldpfaden, Gärten und Wiesen.
»Wohin gehen wir?« fragte die Mutter.
Ich blickte umher, wir standen an der Kreuzung dreier Wege: am besten gefiel mir der gerade, von hohen Linden gesäumte Weg.
»Gehen wir doch hier weiter«, sagte ich und schob den Kinderwagen in die Allee; als ich nach einer Weile aufsah, gewahrte ich, daß dieser Weg zum Friedhof hinführte. Sein verrostetes Tor hob sich von der weißen Kirchhofmauer vor mir deutlich ab: dahinter dumpfe Schläge einer Spitzhacke in die harte Erde, muskulöse Arme schleuderten in regelmäßigen Intervallen feuchte Erdklumpen aus einem frischen Grab heraus.
»Wohin jetzt?« fragte die Mutter. Ich sah umher, und Bangigkeit befiel mich. Wenn doch wenigstens mein Hund aufwachte, wünschte ich mir, wenn er doch jetzt wütend werden und zu heulen beginnen wollte! Aber nur salziges Wasser stieg mir zum Herzen, durch den Hals dann weiter in den Kopf und schließlich in die Augen.
»Ich weiß nicht, Mutter«, sagte ich, und in diesem Augenblick brach in mir alles zusammen, ich ließ mich von dem salzigen Strom davontragen, lag darin auf dem Rücken, die toten Fische um mich herum. Ich spürte, wie ich auf den Grund hinabsank, die Mutter neben mir flüsterte: »Wir werden wohl umkehren müssen.«
»Ja«, erwiderte ich, »wir werden wohl umkehren müssen.«

Es war Mittag geworden, alle Glocken in der ganzen Umgebung läuteten den Frieden ein. Am blauen Himmel gab es keine bösen Mittagsgespenster mehr, keine Hexen mehr, die im Schatten der Weiden Böses ausheckten, schon war es beinahe Frieden: ein Krieg war zu Ende gegangen, für Millionen von Menschen war die Zeit der Leiden beendet, für Millionen von Menschen fing sie erst an.

Originaltitel ›Cesta ke hřbitovu‹
Aus dem Tschechischen von Josefine Spitzer
Lizenzausgabe mit Genehmigung des S. Fischer Verlages, Frankfurt/M

Schutzumschlag und Einband Wiltraud Jasper, Nürnberg
Satz und Druck F. L. Wagener, Lemgo
Bindung Klemme & Bleimund, Bielefeld
ISBN 3 7632 1397 X
Printed in Germany 1970